D1325515

Stallungen

Ted Stanwin

Gästezimmer

Ankleide-
zimmer

Pförtnerhaus

Lord
Ravencourts   Speicher
Salon

allsaal

Bootshaus

STUART TURTON

DIE
SIEBEN
TODE
DER
EVELYN
HARDCASTLE

KRIMINALROMAN

AUS DEM ENGLISCHEN
VON DOROTHEE MERKEL

TROPEN

Tropen
www.tropen.de
Die Originalausgabe erschien unter dem Titel
»The Seven Deaths of Evelyn Hardcastle«
© 2018 Raven Books, an imprint of Bloomsbury Publishing Plc, London
Für die deutsche Ausgabe
© 2019 by J. G. Cotta'sche Buchhandlung
Nachfolger GmbH, gegr. 1659, Stuttgart
Alle deutschsprachigen Rechte vorbehalten
Printed in Germany
Cover: © Zero-Media.net, München, unter Verwendung der Daten des
Originalverlags, Illustration: © Emily Faccini
Gesetzt von C.H.Beck.Media.Solutions, Nördlingen
Gedruckt und gebunden von GGP Media GmbH, Pößneck
ISBN 978-3-608-50421-7

Für meine Eltern, die mir alles gegeben und nichts verlangt haben. Für meine Schwester, meine erste und strengste Leserin, angefangen bei den Hummel-Geschichten bis hin zum heutigen Tag. Und für meine Frau, deren liebevoller Unterstützung – und Ermahnungen, ab und zu auch einmal den Blick von meiner Tastatur loszureißen – es zu verdanken ist, dass aus diesem Buch so viel mehr geworden ist, als ich es jemals für möglich gehalten hätte.

Hiermit sind Sie herzlich nach Blackheath House zum

MASKENBALL

eingeladen.

Gastgeber ist die Familie Hardcastle

Lord Peter Hardcastle & Lady Helena Hardcastle
mit
ihrem Sohn, Michael Hardcastle
sowie ihrer Tochter, Evelyn Hardcastle

– Einige namhafte Gäste –

Edward Dance, Christopher Pettigrew & Philip Sutcliffe,
die Anwälte der Familie
Grace Davies & ihr Bruder, Donald Davies,
Angehörige der feinen Gesellschaft
Fregattenkapitän Clifford Herrington, Offizier
der britischen Marine im Ruhestand
Millicent Derby & ihr Sohn, Angehörige der feinen Gesellschaft
Daniel Coleridge, professioneller Glücksspieler
Lord Cecil Ravencourt, Bankier
Jim Rashton, Polizeibeamter
Dr. Richard (Dickie) Acker
Dr. Sebastian Bell
Ted Stanwin

– Die wichtigsten Angehörigen des Dienstpersonals –

Der Butler, Roger Collins
Die Köchin, Mrs. Drudge
Das oberste Hausmädchen, Lucy Harper
Der Stallmeister, Alf Miller
Ein vorübergehend im Haus residierender Künstler, Gregory Gold
Lord Ravencourts Kammerdiener, Charles Cunningham
Evelyn Hardcastles Kammerzofe, Madeline Aubert

Wir bitten alle Gäste freundlicherweise davon abzusehen,
Thomas Hardcastle und Charlie Carver zu erwähnen, da die tra-
gischen Ereignisse, die mit diesen Personen in Verbindung stehen,
bei der Familie bis zum heutigen Tage große Trauer auslösen.

DER ERSTE TAG

1.

Zwischen einem Schritt und dem nächsten vergesse ich alles.

»Anna!«, rufe ich und klappe dann überrascht den Mund zu.

In meinem Kopf herrscht völlige Leere. Ich weiß nicht, wer Anna ist oder warum ich ihren Namen rufe. Ich weiß nicht einmal, wie ich hierhergekommen bin. Ich stehe in einem Wald und halte mir schützend die Hand über die Augen, um den Nieselregen abzuwehren. Mein Herz klopft wie wild, ich verströme einen penetranten Geruch nach Schweiß, und mir zittern die Beine. Ich muss gerannt sein, aber ich kann mich nicht erinnern, warum.

»Wie bin ich …« Der Anblick meiner eigenen Hände lässt mich verstummen. Sie sind knochig und hager. Hässlich. Die Hände eines Fremden. Ich erkenne sie nicht wieder.

Ich spüre, wie mich ein erster Anflug von Panik überkommt, und versuche, mir irgendetwas über mich selbst in Erinnerung zu rufen, ein Familienmitglied, meine Adresse, mein Alter, ganz gleich was, aber es will sich nicht das Geringste einstellen. Ich weiß nicht einmal meinen Namen. Sämtliche Erinnerungen, die ich noch wenige Sekunden zuvor gehabt haben muss, sind ausgelöscht.

Meine Kehle schnürt sich zusammen, und meine Atemzüge werden immer lauter und hastiger. Der Wald dreht sich, schwarze Punkte verdüstern mein Blickfeld.

Bleib ruhig!

»Ich kann nicht atmen«, keuche ich. Das Blut tost in meinen Ohren. Ich sinke zu Boden und kralle die Finger in die Erde.

Du kannst atmen, du musst dich nur wieder beruhigen.

Der kalte, gebieterische Klang dieser inneren Stimme hat etwas Tröstliches.

Schließ die Augen und lausche den Geräuschen des Waldes. Sammle dich.

Ich gehorche der Stimme und schließe die Augen so fest wie möglich, aber das Einzige, was ich hören kann, ist mein eigenes panisches Keuchen. Für eine halbe Ewigkeit erstickt es jedes übrige Geräusch. Doch langsam, unendlich langsam gelingt es mir, eine kleine Kerbe in meine Angst zu schlagen, sodass auch andere Laute zu mir durchdringen können. Regentropfen, die auf die Blätter herabrieseln. Äste, die über meinem Kopf rascheln. Ein plätschernder Bach ein Stück weit zu meiner Rechten. Ein paar Krähen, die aus den Bäumen aufflattern und die Luft mit ihren Flügelschlägen zersplittern. Etwas huscht durch das Unterholz. Das dumpfe Trommeln von Kaninchenpfoten, so nah, dass ich das Tier berühren könnte. Ich nehme diese neuen Erinnerungen und verknüpfe sie Stück für Stück miteinander, bis ich schließlich über eine Vergangenheit verfüge, die ganze fünf Minuten währt und in deren schützenden Mantel ich mich einhüllen kann. Es genügt, um meine Panik zu besiegen, jedenfalls für den Augenblick.

Unbeholfen rappele ich mich auf und stelle dann überrascht fest, wie groß ich bin und wie weit ich vom Erdboden entfernt zu sein scheine. Noch ein wenig schwankend wische ich mir die feuchten Blätter von der Hose und bemerke dabei zum ersten Mal, dass ich einen Smoking trage. Das weiße Hemd ist mit Schlamm und Rotwein besudelt. Ich muss auf einem Fest gewesen sein. Meine Taschen sind leer, und ich trage keinen Mantel, also kann ich mich nicht besonders weit von diesem Fest entfernt haben. Das beruhigt mich ein wenig.

Den Lichtverhältnissen nach zu urteilen muss es früh am Morgen sein. Das bedeutet wohl, dass ich die ganze Nacht hier draußen verbracht habe. Man wird sich kaum so schick anziehen, wenn man nur einen ruhigen Abend allein verbringen möchte, was wiederum bedeutet, dass meine Abwesenheit in der Zwischenzeit irgendjemandem aufgefallen sein dürfte. Bestimmt gibt es jenseits dieses Waldes ein Haus, dessen Bewohner gerade aufwachen, alarmiert mein Fehlen bemerken und Suchtrupps losschicken, um mich aufzuspüren. Ich lasse den Blick durch den Wald schweifen und glaube schon fast, jeden Moment meine Freunde zwischen dem dichten Laub der Bäume auftauchen zu sehen. Sie werden mir auf die Schulter klopfen, mich ein wenig necken und dann zurück nach Hause begleiten. Aber irgendwelchen Tagträumen nachzuhängen wird mich nicht aus diesem Wald befreien. Ich kann nicht einfach hier ausharren und auf Rettung hoffen, denn ich zittere am ganzen Körper vor Kälte und mir klappern die Zähne. Ich muss ausschreiten, mich bewegen, und sei es auch nur, um mich warm zu halten. Doch ich sehe nichts als Bäume, ganz gleich, wohin ich schaue. Ich kann also unmöglich wissen, ob ich mich in die richtige Richtung bewege, ob ich der Hilfe entgegeneile oder mich von ihr entferne.

Ratlos kehre ich zu dem letzten Gedanken zurück, der mein vorheriges Ich beschäftigt hat.

»Anna!«

Wer auch immer diese Person sein mag, sie ist ganz offenbar der Grund dafür, dass ich mich hier draußen befinde. Aber es will mir nicht gelingen, mir ihr Bild vor Augen zu führen. Vielleicht ist sie ja meine Frau oder meine Tochter? Keines von beidem fühlt sich richtig an. Und doch übt der Name einen gewissen Sog auf mich aus. Ich kann spüren, wie er meine Gedanken in eine ganz bestimmte Richtung lenken will.

»Anna!«, rufe ich, mehr aus Verzweiflung denn aus Hoffnung.

»Hilfe!«, schreit eine Frau zurück.

Ich drehe mich so schnell um die eigene Achse, dass mir schwindlig wird, und suche nach der Stimme. Dann erhasche ich einen flüchtigen Blick auf eine Frau in einem schwarzen Kleid, weit entfernt zwischen den Bäumen. Sie rennt um ihr Leben. Sekunden später entdecke ich ihren Verfolger, der mit lautem Krachen durch das Unterholz bricht.

»Sie da, bleiben Sie stehen!«, brülle ich, aber meine Stimme ist zu schwach und kraftlos und wird von den beiden durch den Wald hastenden Menschen niedergetrampelt.

Starr vor Schreck bleibe ich stehen, der Mann und die Frau sind schon fast außer Sichtweite, als ich endlich die Verfolgung aufnehme. Ich fliege geradezu über den Boden, in einem Tempo, das ich meinem schmerzgeplagten Körper niemals zugetraut hätte. Aber ganz gleich, wie schnell ich laufe – die beiden anderen bleiben mir immer ein Stück voraus.

Der Schweiß rinnt mir die Stirn herab, und meine ohnehin geschwächten Beine werden immer schwerer, bis sie schließlich unter mir nachgeben und ich der Länge nach zu Boden stürze. Ich stolpere durch die Blätter und raffe mich im selben Moment auf, in dem die Frau schreit. Der spitze, von einer fürchterlichen Angst erfüllte Laut hallt durch den Wald, bis ein Pistolenschuss ihn zum Verstummen bringt.

»Anna!«, rufe ich verzweifelt. »Anna!«

Die einzige Antwort, die ich bekomme, ist das rasch verklingende Echo des Pistolenknalls.

Dreißig Sekunden. So lange habe ich gezögert, als ich sie zum ersten Mal sah und so weit war ich von ihr entfernt, als sie ermordet wurde. Dreißig Sekunden der Unentschlossenheit. Dreißig Sekunden, in deren Verlauf ich jemanden erbarmungslos seinem Schicksal überließ.

Ich hebe einen dicken Ast auf, den ich neben meinen Füßen entdecke, und lasse ihn versuchsweise durch die Luft sausen. Sein Gewicht und die raue Beschaffenheit seiner Rinde haben etwas Beruhigendes. Gegen eine Pistole wird er mir zwar nicht besonders viel nützen, aber es ist immer noch besser, als mich hilflos mit leeren Händen durch diesen Wald zu tasten. Ich bin von dem schnellen Lauf immer noch außer Atem, aber mein Schuldgefühl drängt mich in die Richtung, aus der ich Anna habe schreien hören. Vorsichtig, aus Angst, zu viel Lärm zu machen, biege ich die herabhängenden Äste zur Seite und suche nach etwas, das ich eigentlich gar nicht zu Gesicht bekommen möchte.

Zu meiner Linken knacken Zweige.

Ich halte den Atem an und lausche mit jeder Faser meines Körpers. Das Geräusch erklingt erneut. Füße, die Blätter und Zweige zertreten und sich mir in einem Halbkreis von hinten nähern.

Das Blut gefriert mir in den Adern und lässt mich vollkommen bewegungslos erstarren. Ich wage es nicht, einen Blick über meine Schulter zu werfen.

Das Knacken der Zweige kommt näher, bis schließlich unmittelbar in meinem Rücken flache, gepresste Atemzüge zu hören sind. Meine Beine geben unter mir nach, und der Ast fällt mir aus der Hand.

Ich würde ja ein Gebet sprechen, aber mir fallen keine Worte ein.

Ein warmer Atem streift meinen Nacken. Ich rieche Alkohol und Zigaretten, den Gestank eines ungewaschenen Körpers.

»Nach Osten«, krächzt eine Männerstimme, und dann lässt die Person einen schweren Gegenstand in meine Hosentasche gleiten.

Sie zieht sich in meinem Rücken weiter zurück, und ihre Schritte verhallen im Wald. Ich sacke in mich zusammen, presse meine Stirn gegen den Waldboden, atme den Geruch der nassen Blätter und der Fäulnis ein und lasse zu, dass mir die Tränen die Wangen herabströmen.

Meine Erleichterung ist armselig, meine Feigheit erbärmlich. Ich konnte meinem Peiniger nicht einmal in die Augen sehen. Was bin ich nur für ein Mann?

Es dauert fast zehn Minuten, bis meine Furcht so weit abgeklungen ist, dass ich mich wieder bewegen kann, und selbst dann sehe ich mich noch gezwungen, mich an einen der nahestehenden Bäume zu lehnen, um meine Kräfte zu sammeln. Das Geschenk des Mörders schlingert in meiner Tasche hin und her. Ich fürchte mich vor dem, was ich darin finden werde. Dennoch stecke ich meine Hand hinein und ziehe einen silbernen Kompass hervor.

»Oh«, sage ich überrascht.

Das Glas ist gesprungen, die metallene Oberfläche zerkratzt, und auf der Unterseite sind die Initialen *SB* eingraviert. Ich verstehe nicht, was sie bedeuten, aber die Anweisung des Mörders war klar und deutlich. Ich soll den Kompass benutzen, um nach Osten zu gehen.

Von Schuldgefühlen gepeinigt sehe ich mich im Wald um. Annas Leiche muss hier irgendwo in der Nähe liegen, aber ich habe furchtbare Angst davor, wie der Mörder reagieren könnte, falls ich auf sie stoße. Vielleicht bin ich ja nur deshalb noch am Leben, weil ich mich dem Ort des Geschehens nicht noch weiter genähert habe. Möchte ich wirklich ausloten, wie weit die Grenzen seines Erbarmens reichen?

Gesetzt den Fall, dass es sich hier tatsächlich um Erbarmen handelt.

Eine halbe Ewigkeit lang stehe ich nur da und starre auf die vibrierende Kompassnadel. Es gibt nicht mehr viel, was ich mit Sicherheit weiß, aber bei dieser einen Sache bin ich mir sicher: Mörder kennen kein Erbarmen. Was auch immer das für ein Spiel sein mag, das er hier mit mir spielt, ich kann seinem Rat kein Vertrauen schenken und sollte ihm nicht folgen. Aber wenn ich es nicht tue … Erneut schaue ich mich suchend im Wald um. In jeder Richtung sieht es vollkommen gleich aus. Endlose Baumreihen unter einem gehässigen Himmel.

Wie schlimm muss man sich verirrt haben, um sich vom Teufel heimleiten zu lassen?

So schlimm wie ich in diesem Augenblick, entscheide ich.

Ich löse mich von dem Baum, an den ich mich gelehnt hatte, und betrachte den Kompass, der in meiner Handfläche liegt. Seine Nadel strebt unermüdlich gen Norden. Also drehe ich mich nach Osten, dem Wind, der Kälte und der gesamten erbarmungslosen Welt entgegen.

Die Hoffnung hat mich im Stich gelassen.

Ich bin ein Mann im Fegefeuer, mit Blindheit geschlagen und in Unkenntnis der Sünden, die mich an diesen Ort getrieben haben.

2.

Der Wind heult. Auch der Regen ist heftiger geworden. Er prasselt so ungestüm durch das Laub der Bäume, dass die Tropfen knöchelhoch vom Boden in die Luft zurückspringen. Ich lasse mich von dem Kompass leiten.

Mitten in der Düsternis entdecke ich plötzlich einen blitzartig aufflackernden Farbtupfer und wate zu ihm hinüber. Im Näherkommen erkenne ich, dass dort jemand ein rotes Stück Tuch an einen Baum genagelt hat – das Überbleibsel eines längst in Vergessenheit geratenen Kinderspiels, wie ich vermute. Ich schaue mich suchend nach einem weiteren Tuch um und entdecke eines, das nur ein paar Meter entfernt hängt. Dann noch eins und noch eins. Ich stolpere zwischen ihnen entlang und bahne mir so einen Weg durch die Dunkelheit, bis ich schließlich den Waldrand erreiche. Die Bäume weichen zurück und geben den Blick frei auf ein weitläufiges, im georgianischen Stil errichtetes Herrenhaus, dessen rote Backsteinfassade unter wucherndem Efeu begraben liegt. Soweit ich erkennen kann, ist das Haus leer und verlassen. Auf der langen Kiesauffahrt, die zur Eingangstür führt, wächst üppig das Unkraut, und die rechteckigen Rasenflächen zu beiden Seiten haben sich in Sumpfland verwandelt, an dessen Rändern verdorrte Blumen stehen.

Ich halte nach einem Lebenszeichen Ausschau und lasse den Blick über die dunklen Fenster wandern, bis ich im ersten Stock einen schwachen Lichtschein entdecke. Eigentlich sollte ich erleichtert sein, aber ich zögere. Ich habe das Gefühl, auf ein schlafendes Monstrum gestoßen zu sein – als wäre jenes ungewisse Licht der Herzschlag einer ebenso riesigen wie gefährlichen Kreatur, die im Augenblick noch vollkommen reglos verharrt. Warum sonst sollte mir ein Mörder diesen Kompass schenken, wenn nicht zu dem Zweck, mich einem noch viel größeren Unheil auszuliefern?

Doch der Gedanke an Anna lässt mich schließlich einen Schritt vorwärts machen. Sie hat wegen jener dreißig Sekunden der Unentschlossenheit ihr Leben verloren, und nun stehe ich hier und zögere erneut. Ich versuche, meine Angst in den Griff zu bekommen, wische mir das Regenwasser aus den Augen, überquere den Rasen und steige die zerbröckelnden Stufen zur Eingangstür hoch. Dort angekommen, hämmere ich mit kindischer Wut gegen das Holz und schleudere meine letzte Kraft in jeden Hieb. Etwas Furchtbares ist in jenem Wald geschehen, aber der Schuldige kann immer noch seine gerechte Strafe erhalten, wenn ich es nur schaffe, die Bewohner dieses Hauses aufzurütteln.

Doch unglücklicherweise gelingt mir das nicht.

Obwohl ich so lange gegen die Tür schlage, bis ich keine Kraft mehr habe, kommt niemand, um zu öffnen.

Ich beschirme meine Augen mit beiden Händen und presse die Nase gegen eines der hohen Fenster, von denen die Tür umrahmt wird, aber das Buntglas ist mit einer so dicken Schmutzschicht überzogen, dass ich nur schmierige gelbliche Flecken erkennen kann. Ich schlage mit der Handfläche gegen das Fensterglas, trete dann ein paar Schritte zurück und blicke an der Fassade hoch, um nach einem anderen Weg ins Innere Ausschau zu halten. Erst in diesem Moment fällt mir der Klingelzug auf, dessen rostige Kette sich im Efeu verheddert hat. Ich befreie die Kette mit einem Ruck aus den Fängen der Pflanze und ziehe kräftig daran, immer und immer wieder, bis sich hinter den Fenstern endlich etwas regt.

Die Tür wird von einem verschlafenen Kerl geöffnet, dessen Erscheinungsbild so außergewöhnlich ist, dass ich einen Moment lang nur verblüfft dastehe und ihn anstarre. Ihm scheint es jedoch nicht anders zu ergehen. Er ist klein, krumm und verschrumpelt – offenbar aufgrund eines Feuers, das ihm auch die Hälfte seines Gesichts verbrannt hat. Ein viel zu großer Schlafanzug schlottert ihm um die kleiderbügelähnlichen Glieder, und um seine schiefen Schultern ist ein schmutzig brauner Morgenrock drapiert, dessen Farbe an ein Rattenfell erinnert. Er hat kaum noch Ähnlichkeit mit einem menschlichen Wesen, sondern kommt mir vielmehr wie der letzte Angehörige einer urzeitlichen Spezies vor, die in den Irrungen und Wirrungen unserer Evolution verschollen gegangen ist.

»Oh, dem Himmel sei Dank, ich brauche Ihre Hilfe«, sage ich, nachdem ich mich wieder ein wenig gefangen habe.

Er starrt mich mit offenem Mund an.

»Gibt es hier ein Telefon?«, versuche ich es erneut. »Wir müssen die Polizei verständigen!«

Nichts.

»Stehen Sie nicht einfach nur so dumm da, Sie Teufel!«, rufe ich, packe ihn an den Schultern und rüttele ihn. Schließlich dränge ich mich an ihm vorbei in die Eingangshalle. Als ich meinen Blick durch den Raum schweifen lasse, bleibt mir vor Erstaunen der Mund offenstehen. Überall glänzt und funkelt es, und in dem schwarzweiß karierten Marmorboden spiegelt sich ein Kristallkronleuchter, der mit Dutzenden Kerzen geschmückt ist. Zahllose, in kostbare Rahmen gefasste Spiegel hängen an den Wänden, eine breite Freitreppe mit einem prunkvollen Geländer schwingt sich zu einer Galerie empor, und ein schmaler roter Teppich fließt die Treppen herab wie das Blut eines geschlachteten Tieres.

Im hinteren Teil des Raumes knallt eine Tür, und ein halbes Dutzend Diener erscheint aus den Tiefen des Hauses, die Arme vollbeladen mit violetten und rosafarbenen Blumen, deren Duft den vorher noch so penetranten Geruch nach heißem Wachs fast vollständig überlagert. Als sie das Schreckgespenst entdecken, das keuchend an der Tür steht, brechen sämtliche Gespräche abrupt ab. Einer nach dem anderen drehen sie mir ihre Köpfe zu, und die gesamte Eingangshalle scheint die Luft anzuhalten. Es dauert nicht lange, und das einzige Geräusch, das noch zu hören ist, sind die Wassertropfen, die aus meinen durchnässten Kleidern auf den makellos sauberen Boden fallen.

Tropf.

Tropf.

Tropf.

»Sebastian?«

Ein gutaussehender blonder Mann, der in einen Cricket-Pullover und Leinenhosen gekleidet ist, eilt immer zwei Stufen auf einmal nehmend die Treppe herunter. Er ist etwa Anfang fünfzig, wirkt jedoch keineswegs müde oder abgespannt. Die Jahre haben ihm vielmehr einen zerzausten, dekadent eleganten Anstrich verliehen. Er hat die Hände in den Hosentaschen vergraben und kommt quer durch die Halle geradewegs auf mich zu. Die Dienstboten weichen zu beiden Seiten zurück und geben eine Schneise für ihn frei. Ich habe den Eindruck, als bemerke er ihre Gegenwart überhaupt nicht – mit einer solchen Intensität ist sein Blick auf mich gerichtet.

»Mein lieber Freund, was ist denn mit dir geschehen, um Himmels willen?«, fragt er und runzelt besorgt die Stirn. »Als ich dich das letzte Mal sah …«

»Wir müssen sofort die Polizei rufen«, sage ich und packe ihn am Arm. »Anna wurde ermordet.«

Im Raum erhebt sich ein schockiertes Flüstern.

Der blonde Mann schaut mich erneut stirnrunzelnd an und lässt dann seinen Blick kurz zu den Dienstboten hinüberschweifen, die alle einen Schritt nähergekommen sind.

»Anna?«, fragt er mit leiser Stimme.

»Ja, Anna, jemand hat sie verfolgt.«

»Wer denn?«

»Eine schwarzgekleidete Gestalt. Wir müssen die Polizei rufen!«

»Gleich, gleich, lass uns erst in dein Zimmer hinaufgehen«, versucht er mich zu besänftigen, während er mich zur Treppe hinüberdrängt.

Ich weiß nicht, ob es die Hitze ist, die hier im Haus herrscht, oder die Erleichterung, ein freundliches Gesicht zu sehen, aber ich fühle mich einer Ohnmacht nah und muss mich schwer auf das Geländer stützen, um nicht zu stürzen, während wir die Treppe hinaufsteigen.

Am oberen Ende der Stufen empfängt uns eine alte Standuhr, deren Räderwerk vom Rost zerfressen ist und auf deren reglosem Pendel die Sekunden zu Staub zerfallen. Es ist später, als ich gedacht hatte, schon fast halb elf Uhr morgens.

Zu beiden Seiten erstrecken sich Korridore, die in die einander gegenüberliegenden Flügel des Hauses führen. Der Flur im Ostflügel ist jedoch durch einen Samtvorhang versperrt, den jemand hastig mit Nägeln an die Decke geheftet hat. Ein kleines, am Stoff angebrachtes Schild besagt, dass dieser Teil des Hauses gerade renoviert wird.

Voller Ungeduld, mir endlich den Schock von der Seele zu reden, den ich heute früh erlitten habe, versuche ich erneut, das Gespräch auf Anna zu lenken, aber mein Samariter bringt mich mit einem verschwörerischen Kopfschütteln zum Verstummen.

»Diese verdammten Dienstboten werden alles, was du sagst, in weniger als einer halben Minute im gesamten Haus verbreiten«, sagt er so leise, dass seine Stimme fast vom Erdboden verschluckt wird. »Wir warten mit unserer Unterhaltung am besten, bis wir unter vier Augen sind.«

Und schon ist er mir um zwei Schritte voraus. Ich schaffe es kaum, in einer geraden Linie zu laufen, geschweige denn, mit ihm Schritt zu halten.

»Mein lieber Freund, du siehst ja fürchterlich aus«, sagt er, als er mein Zurückbleiben bemerkt.

Er stützt meinen Arm, legt mir die Hand aufs Kreuz, presst seine Finger leicht gegen mein Rückgrat und geleitet mich so den Flur hinab. Trotz der flüchtigen Berührung kann ich seine Dringlichkeit spüren. Zu beiden Seiten des Flurs, den wir entlanggehen, befinden sich Schlafräume, in denen die Zimmermädchen gerade Staub wischen. Die Wände müssen erst vor Kurzem frisch gestrichen worden sein, denn die Farbdämpfe bringen meine Augen zum Tränen. Während wir durch den Flur eilen, erkenne ich immer mehr Anzeichen dafür, mit welcher Hast hier renoviert wurde. Die Bodendielen sind mit Spritzern einer Holzbeize übersät, die farblich nicht zum

Rest passt, und hier und da liegen Teppiche auf dem Boden, um das Geräusch der knarzenden Fugen zu dämpfen. An den Wänden sind Lehnstühle aufgereiht, damit man die tiefen Risse nicht sehen kann, von denen sie durchzogen sind, und überall sind Gemälde und Porzellanvasen verteilt, die den Blick von den abbröckelnden Simsen lenken sollen. Bei dem Grad von Verfall, der hier herrscht, scheinen mir diese Versuche, ihn zu übertünchen, ein müßiges Unterfangen zu sein. Man hat nichts anderes getan, als eine dem Untergang geweihte Ruine mit allem möglichen Tand auszuschmücken.

»Ah! Dies ist dein Schlafzimmer, nicht wahr?«, sagt mein Gefährte und öffnet die Tür zu einem Raum, der nicht weit vom Ende des Flures entfernt liegt.

Ein kalter Luftzug schlägt mir ins Gesicht und weckt ein wenig meine Lebensgeister, aber mein Begleiter geht rasch voran und schließt das Fenster, durch das die Luft in den Raum geströmt ist. Ich folge ihm dicht auf den Fersen und betrete ein freundlich wirkendes Zimmer. In der Mitte steht ein großes Himmelbett, dessen majestätische Pracht nur unwesentlich durch den durchhängenden Baldachin und die verschlissenen Bettvorhänge getrübt wird – auch wenn die darauf aufgestickten Vögel mit der Zeit so fadenscheinig geworden sind, dass sie eher auseinander- als in die Luft zu fliegen scheinen. Die linke Hälfte des Raumes ist durch einen Wandschirm verdeckt, hinter dem man durch die Lücken zwischen den Paneelen eine gusseiserne Badewanne erkennen kann. Ansonsten ist der Raum äußerst karg möbliert. Er enthält nur noch einen Nachttisch und einen großen Kleiderschrank neben dem Fenster. Beide Möbelstücke sind von der Sonne ausgeblichen, und ihr Holz ist an zahlreichen Stellen abgesplittert. Der einzige persönliche Gegenstand, den ich entdecken kann, ist eine King-James-Bibel mit abgewetztem Buchdeckel und zahlreichen Eselsohren, die auf dem Nachttisch liegt.

Während mein Samariter mit dem schwergängigen Fenster kämpft, stelle ich mich neben ihn. Die Aussicht, die sich mir dort bietet, verbannt für einen Moment alle anderen Gedanken aus meinem Kopf.

Wir sind an allen Seiten von dichtem Wald umgeben, dessen grünes Kronendach von keinem einzigen Dorf, keiner einzigen Straße durchbrochen wird. Ohne den Kompass, ohne die Gnade eines Mörders, hätte ich diesen Ort niemals gefunden. Und doch kann ich das Gefühl nicht abschütteln, in eine Falle gelockt worden zu sein. Warum sollte er Anna töten und mich verschonen, wenn nicht, um irgendeinen größeren, weitreichenderen Plan zu verfolgen? Was will dieser Teufel von mir, das er mir nicht auch schon im Wald hätte nehmen können?

Mein Begleiter schlägt das Fenster zu und weist auf einen Sessel, der neben dem sanft flackernden Kaminfeuer steht. Dann reicht er mir ein frisches weißes Handtuch, das er aus dem Schrank genommen hat, setzt sich auf die Bettkante und schlägt ein Bein über das andere.

»Dann erzähl mal ganz von vorn, altes Haus«, sagt er.

»Dazu ist keine Zeit«, entgegne ich und umklammere die Armlehne des Sessels. »Ich werde all deine Fragen zu gegebener Zeit beantworten, aber jetzt müssen wir zuallererst die Polizei rufen und den Wald durchsuchen! Da draußen läuft ein Wahnsinniger frei herum.«

Sein Blick mustert mich, als sei die Wahrheit über das Geschehene in den Falten meiner schmutzigen Kleider zu finden.

»Ich fürchte, wir können niemanden anrufen. Wir haben hier draußen keinen Telefonanschluss«, sagt er und reibt sich das Kinn. »Aber wir können den Wald durchsuchen und dann einen der Dienstboten ins Dorf schicken, falls wir dort fündig werden. Wie viel Zeit brauchst du, um dich umzuziehen? Du wirst uns die Stelle zeigen müssen, wo es passiert ist.«

»Nun ...« Ich ringe die Hände, während ich das Handtuch umklammert halte. »Das ist schwierig, ich hatte die Orientierung verloren.«

»Dann beschreibe eben, wie es sich zugetragen hat«, sagt er und zieht ein Hosenbein hoch, sodass sein Knöchel und eine seiner grauen Socken zum Vorschein kommen. »Wie sah der Mörder aus?«

»Ich habe sein Gesicht nicht gesehen. Er war in einen schweren schwarzen Mantel gekleidet.«

»Und diese Anna?«

»Sie war ebenfalls schwarz gekleidet«, sage ich. Mir steigt die Hitze in die Wangen, als mir bewusst wird, wie spärlich die Informationen sind, die ich zu bieten habe. »Ich … Nun, ich weiß nichts als ihren Namen.«

»Verzeih mir, Sebastian, aber ich dachte, sie sei eine Freundin von dir.«

»Nein …« Ich stottere. »Ich meine, ja, vielleicht. Ich kann es nicht mit Gewissheit sagen.«

Mein Samariter beugt sich mit einem verwirrten Lächeln vor und lässt dabei die Hände zwischen den Knien baumeln. »Ich habe da wohl etwas nicht ganz verstanden, fürchte ich. Wie ist es möglich, dass du ihren Namen weißt, aber nicht sicher sein kannst, ob …«

»Ich habe mein Gedächtnis verloren, verdammt noch mal«, unterbreche ich ihn. Mein Geständnis landet mit einem dumpfen Aufprall zwischen uns auf dem Fußboden, als hätte ich einen Stein fallengelassen. »Ich kann mich nicht mal mehr an meinen eigenen Namen erinnern, geschweige denn an die meiner Freunde.«

Sein Blick füllt sich mit Skepsis. Ich kann es ihm nicht verübeln. Das alles hört sich sogar in meinen eigenen Ohren absurd an.

»Mein Gedächtnisverlust hat jedoch meine Erinnerung an die Geschehnisse, deren Zeuge ich wurde, in keiner Weise beeinträchtigt«, insistiere ich und versuche verzweifelt, mich an den letzten Rest meiner Glaubwürdigkeit zu klammern. »Ich habe gesehen, wie eine Frau verfolgt wurde, ich habe sie schreien hören, und dann wurde sie durch einen Pistolenschuss zum Schweigen gebracht. Wir müssen diesen Wald durchsuchen!«

»Ich verstehe«, sagt er, hält dann einen Moment inne und schnipst sich ein paar Staubflusen vom Hosenbein. Seine nächsten Worte sind ein behutsames Angebot, ebenso vorsichtig gewählt wie unterbreitet.

»Besteht die Möglichkeit, dass es sich bei den beiden Menschen, die du gesehen hast, vielleicht um ein Liebespaar handelte? Zwei Menschen, die im Wald irgendein Spiel gespielt haben? Das Geräusch war vielleicht das Knacken eines Astes, vielleicht ja sogar eine Startschusspistole.«

»Nein, nein, sie hat um Hilfe gerufen, sie hatte Angst«, entgegne ich. Meine Aufregung reißt mich vom Sessel hoch, und ich werfe das nun schmutzige Handtuch auf die Erde.

»Natürlich, natürlich«, sagt er beruhigend und sieht mir dabei zu, wie ich verzweifelt hin und her laufe. »Ich glaube dir ja, alter Freund, aber die Polizei ist bei diesen Dingen immer sehr genau, und darüber hinaus gibt es nichts, was diese Leute mehr erfreut, als wenn es ihnen gelingt, Angehörige der besseren Gesellschaft dumm aussehen zu lassen.«

Ich starre ihn hilflos an und habe das Gefühl, in einem Meer von Allgemeinplätzen zu ertrinken.

»Der Mörder hat mir dies hier gegeben«, sage ich, als mir plötzlich der Kompass wieder einfällt. Ich ziehe ihn aus der Tasche. Er ist voller Schlamm, und ich muss ihn mit meinem Ärmel erst sauber wischen. »Da sind Buchstaben auf der Rückseite eingraviert«, sage ich und zeige mit einem zitternden Finger darauf.

Er betrachtet den Kompass mit zusammengekniffenen Augen und wendet ihn dann mit methodischer Zielstrebigkeit um.

»SB«, sagt er gedehnt und schaut zu mir hoch.

»Ja!«

»Sebastian Bell.« Er hält inne, als er meine Verwirrung bemerkt. »Das ist dein Name, Sebastian. Das hier sind deine Initialen. Das ist *dein* Kompass.«

Mein Mund öffnet und schließt sich wieder, ohne dass ich einen Ton von mir gegeben hätte.

»Ich muss ihn verloren haben«, sage ich schließlich. »Vielleicht hat ihn der Mörder ja aufgehoben.«

»Vielleicht«, nickt er.

Seine Liebenswürdigkeit nimmt mir vollkommen den Wind aus den Segeln. Er hält mich für halb wahnsinnig, für einen betrunkenen

23

Narren, der die Nacht im Wald verbracht hat und bei seiner Rück-kehr irgendwelche Fantastereien brabbelt. Doch statt wütend darüber zu werden, bemitleidet er mich. Das ist das Schlimmste. Wut ist greif-bar, sie hat ein gewisses Gewicht. Man kann mit den Fäusten darauf einschlagen. Doch Mitleid ist ein Nebel, in dem man sich nur verirren kann.

Ich lasse mich zurück in den Sessel fallen und vergrabe den Kopf in den Händen. Da draußen läuft ein Mörder frei herum, und mir will es nicht gelingen, mein Gegenüber von der drohenden Gefahr zu über-zeugen.

Ein Mörder, der dir den Heimweg gewiesen hat?

»Ich weiß, was ich gesehen habe«, sage ich.

Du weißt nicht einmal, wer du bist.

»Natürlich tust du das«, sagt mein Gefährte. Er hat offenbar miss-verstanden, was ich hier eigentlich beteuern wollte.

Ich starre ins Leere. Das Einzige, woran ich denken kann, ist eine Frau namens Anna, die tot im Wald liegt.

»Hör zu. Du ruhst dich jetzt erst einmal aus«, sagt er und steht auf. »Ich höre mich mal im Haus um, ob irgendjemand vermisst wird. Vielleicht kommt dabei ja etwas heraus.«

Sein Tonfall ist versöhnlich, klingt jedoch gleichzeitig auch sehr nüchtern. Trotz der Güte und Freundlichkeit, die er mir erwiesen hat, kann ich mich nicht darauf verlassen, dass er bei den Zweifeln, die er ganz offensichtlich hegt, irgendetwas Sinnvolles zustande bringen wird. Wenn sich die Tür meines Zimmers erst einmal hinter ihm ge-schlossen hat, wird er allenfalls ein paar halbherzige Fragen an ein paar vereinzelte Mitglieder der Dienerschaft richten. Und derweil liegt Anna dort draußen im Wald, von allen im Stich gelassen.

»Ich habe gesehen, wie eine Frau ermordet wurde«, sage ich, wäh-rend ich mich resigniert von meinem Stuhl erhebe. »Eine Frau, der ich hätte helfen müssen. Und wenn ich jeden Zentimeter dieses Waldes durchsuchen muss, um das zu beweisen, dann werde ich das eben tun.«

Er schaut mir einen Moment lang fest in die Augen, und ich kann erkennen, wie seine Skepsis angesichts meiner unumstößlichen Gewissheit ins Schwanken gerät.

»Wo würdest du anfangen?«, fragt er. »Es gibt dort draußen tausende Hektar Land. Deine Absichten mögen noch so ehrenvoll sein, aber du hast es ja schließlich kaum geschafft, die Treppe hinaufzusteigen. Wer auch immer diese Anna ist – sie ist bereits tot, und ihr Mörder ist geflohen. Gib mir eine Stunde Zeit. Ich stelle einen Suchtrupp zusammen und höre mich um. Irgendjemand in diesem Haus muss doch wissen, wer sie ist und welche Richtung sie eingeschlagen hat. Wir werden sie finden, das verspreche ich dir, aber wir müssen dabei mit Bedacht vorgehen.«

Er legt mir eine Hand auf die Schulter.

»Könntest du tun, worum ich dich gebeten habe? Nur eine Stunde, bitte.«

Ich habe so viele Einwände, dass ich fast daran ersticke, aber er hat recht. Ich muss mich ausruhen, muss wieder zu Kräften kommen, und ich mag mich wegen Annas Tod noch so schuldig fühlen, aber ich will auf keinen Fall allein in diesen Wald hinaustapfen. Es ist mir ja schon das erste Mal kaum gelungen, daraus zu entfliehen.

Ich füge mich in das Unvermeidliche und nicke kleinlaut.

»Danke, Sebastian«, sagt er. »Man hat ein Bad für dich eingelassen. Warum wäschst du dich nicht erst einmal, und ich schicke derweil nach dem Arzt und bitte meinen Kammerdiener, ein paar Kleider für dich zurechtzulegen. Ruh dich ein bisschen aus, und dann treffen wir uns zur Mittagszeit im Salon.«

Ich hätte ihm eigentlich alle möglichen Fragen zu diesem Haus stellen sollen, bevor er das Zimmer verlässt, und dazu, weshalb ich mich eigentlich hier aufhalte, aber ich bin viel zu ungeduldig und möchte, dass er so bald wie möglich mit seiner Befragung beginnt, damit wir die Suche nach Anna aufnehmen können. Doch es gibt eine Sache, die mir jetzt wichtig erscheint. Er hat die Tür bereits geöffnet, als ich die richtigen Worte finde.

»Habe ich hier im Haus Familie?«, frage ich. »Gibt es irgendjemanden hier, der sich vielleicht Sorgen um mich gemacht hat?«

Er wirft mir über die Schulter einen Blick zu und wählt – offenbar aus Mitgefühl – seine nächsten Worte sehr behutsam.

»Du bist Junggeselle, alter Freund. Und du hast keine nennenswerte Familie, außer einer schrulligen alten Tante irgendwo da draußen, die dir jederzeit den Geldhahn zudrehen kann. Du hast natürlich Freunde, zu denen auch ich zähle, aber wer auch immer diese Anna ist, du hast sie jedenfalls mir gegenüber noch nie erwähnt. Um ehrlich zu sein, habe ich dich bis zum heutigen Tag nicht einmal ihren Namen sagen hören.«

Mit einem verlegenen Schulterzucken kehrt er mir und meiner Enttäuschung den Rücken zu, verschwindet in den kalten Flur hinaus und schließt die Tür hinter sich, sodass das Feuer unstet aufflackert.

3.

Kaum, dass sich der Luftzug verflüchtigt hat, bin ich schon aus meinem Sessel aufgesprungen und habe die Schubladen meines Nachttisches geöffnet. Ich durchsuche meine sämtlichen Besitztümer nach einem Hinweis auf Anna, nach irgendetwas, das beweist, dass sie nicht das Hirngespinst eines verwirrten Geistes ist. Doch das Schlafzimmer gibt sich unglücklicherweise bemerkenswert zugeknöpft. Abgesehen von einer Brieftasche, die einige wenige Pfundscheine enthält, ist der einzige andere persönliche Gegenstand eine in Gold gestanzte Einladungskarte, auf der vorne eine Gästeliste und auf der Rückseite eine in eleganter Handschrift verfasste Nachricht steht.

Lord und Lady Hardcastle laden Sie anlässlich der Rückkehr ihrer Tochter Evelyn aus Paris herzlich zum Maskenball ein. Die Feier wird am zweiten Septemberwochenende auf Blackheath House stattfinden. Da sich das Anwesen in einer sehr abgeschiedenen Lage befindet, werden wir für alle geladenen Gäste einen Transfer vom nahegelegenen Ort Abberly arrangieren.

Die Einladung ist an einen gewissen Doktor Sebastian Bell gerichtet – ein Name, bei dem es einige Sekunden dauert, bis ich ihn als meinen eigenen erkenne. Zwar hatte mein Samariter ihn eben noch erwähnt, doch es ist sehr viel verstörender, ihm nun in schriftlicher Form zu begegnen, und dann auch noch in Verbindung mit meinem Berufsstand. Ich fühle mich nicht wie ein Sebastian, geschweige denn wie ein Arzt.

Ein gequältes Lächeln huscht mir übers Gesicht.

Ich frage mich, wie viele meiner Patienten mir wohl treu bleiben werden, wenn ich mich ihnen mit einem verkehrt herum gehaltenen Stethoskop nähere.

Ich werfe die Einladung zurück in die Schublade und wende mich der Bibel zu, die auf dem Nachttisch liegt. Während ich die zerlesenen Seiten durchblättere, stelle ich fest, dass manche Abschnitte unterstrichen und einige beliebig wirkende Worte mit roter Tinte umkringelt sind. Ich kann beim besten Willen nicht verstehen, was diese Worte für eine besondere Bedeutung haben sollen. Ich hatte gehofft, eine Widmung im Innern zu finden oder einen Brief, der in den Seiten versteckt ist, aber die Bibel hat mir keine weiteren Erkenntnisse zu bieten. Ich umklammere das Buch mit beiden Händen und unternehme einen unbeholfenen Versuch zu beten, in der Hoffnung, ich könne vielleicht so den Glauben wieder zum Leben erwecken, den ich einmal besessen haben muss – welche Gestalt dieser auch immer gehabt haben mag. Doch mein Bemühen fühlt sich äußerst töricht an. Offenbar hat mich meine Religion im Stich gelassen, genau wie alles Übrige, das mein Leben ausgemacht hat.

Als Nächstes wende ich mich dem Schrank zu und durchsuche die Taschen meiner Kleider, aber auch da werde ich nicht fündig. Doch dann entdecke ich einen Schiffskoffer, der unter einem Stapel Decken begraben liegt. Es ist ein wunderschöner alter Koffer, dessen abgewetztes Leder von matten Eisenbeschlägen eingefasst ist. Ein schwerer Schnappverschluss schützt den Inhalt vor neugierigen Blicken, und auf dem Etikett ist eine Londoner Adresse eingetragen – meine eigene Adresse, vermutlich, aber sie ruft keinerlei Erinnerung in mir wach.

Ich ziehe mein Jackett aus und schleife den Koffer mühsam über das blanke Holz der Fußbodendielen, wobei sein Inhalt bei jedem Ruck ein lautes Scheppern von sich gibt. Ich murmele unwillkürlich aufgeregt vor mich hin, während ich auf den Knopf des Verschlusses drücke, doch mein Murmeln geht in ein enttäuschtes Aufstöhnen über, als mir klar wird, dass das verdammte Ding verschlossen ist. Ich zerre an dem Deckel, einmal, zweimal, doch er gibt nicht nach. Noch einmal durchsuche ich die geöffneten Schubladen und die Kommode und lege mich sogar auf den Bauch, um unter dem Bett nachzuschauen. Aber dort gibt es nichts als Staub und kleine Kügelchen mit Rattengift.

Der Schlüssel ist nirgends zu finden.

Der einzige Ort, an dem ich noch nicht gesucht habe, ist der Teil des Raumes, in dem die Badewanne steht. Ich laufe wie ein Besessener um den Wandschirm herum und erschrecke mich fast zu Tode, als mir auf der anderen Seite eine Kreatur mit wild aufgerissenen Augen begegnet, die mir dort aufgelauert hat.

Es ist mein Spiegelbild.

Die wild dreinblickende Kreatur im Spiegel macht bei dieser Entdeckung einen ebenso peinlich berührten Eindruck wie ich.

Vorsichtig trete ich einen Schritt vor und betrachte mich zum ersten Mal. Enttäuschung steigt in mir hoch. Jetzt, da ich diesen zitternden, ängstlichen Kerl dort sehe, wird mir bewusst, dass ich ganz andere Erwartungen in mich selbst gesetzt hatte. Größer, kleiner, dünner, dicker, ich habe keine Ahnung, aber jedenfalls nicht diese nichtssagende Gestalt im Spiegelglas. Braune Haare, braune Augen, ein Kinn, das diese Bezeichnung kaum verdient – ich bin irgendein Gesicht in der Menge. Nur ein bisschen Füllmaterial, mit dem Gott die Lücken schließt, die sich gelegentlich auftun.

Ich bin meines eigenen Spiegelbilds sehr rasch überdrüssig. Stattdessen setze ich die Suche nach dem Schlüssel zu meinem Koffer fort, aber abgesehen von ein paar Toilettenartikeln und einem Krug Wasser ist hier hinten nichts weiter zu entdecken. Wer auch immer ich früher gewesen sein mag – es hat ganz den Anschein, als hätte ich vor meinem Verschwinden auch mich selbst weggeräumt, zusammen mit sämtlichen Spuren, die ich in der Welt hinterlassen habe. Ich will gerade vor lauter Frustration laut aufheulen, als ich von einem Klopfen an der Tür unterbrochen werde. In den fünf beherzten Schlägen lässt sich schon die gesamte Persönlichkeit desjenigen erkennen, der dort Einlass begehrt.

»Sebastian, sind Sie da?«, fragt eine barsche Stimme. »Mein Name ist Richard Acker und ich bin Arzt. Man hat mich gebeten, nach Ihnen zu schauen.«

Ich öffne die Tür und sehe mich einem gigantischen grauen Schnurrbart gegenüber. Es ist ein wahrhaft bemerkenswerter Anblick. Die gekräuselten Spitzen des Bartes stehen so weit vom Gesicht ab, dass man meinen könnte, sie gehörten gar nicht mehr dazu. Der Mann, der hinter dem Schnurrbart steckt, ist etwa Mitte sechzig, vollkommen kahl und hat eine Knollennase und blutunterlaufene Augen. Er riecht nach Brandy, aber auf eine heitere Weise, als hätte er jeden einzelnen Tropfen des Alkohols mit einem glücklichen Lächeln genossen.

»Du lieber Gott, Sie sehen ja furchtbar aus«, sagt er. »Um mal eine ganz fachmännische Diagnose abzugeben.«

Er nutzt meine Verwirrung, um sich an mir vorbei ins Zimmer zu drängen, wirft seine schwarze Arzttasche auf das Bett und schaut sich gründlich um, wobei er insbesondere meinem Koffer besondere Aufmerksamkeit widmet.

»Ich hatte früher auch mal so ein Ding«, sagt er und streicht liebevoll mit der Hand über den Deckel. »La volaille, nicht wahr? Hat mich in den Orient und wieder zurückbegleitet, als ich noch in der Armee gedient habe. Man sagt ja immer, man könne den Franzosen nicht über den Weg trauen, aber ohne das von ihnen hergestellte Gepäck wäre ich aufgeschmissen.«

Er tritt versuchsweise dagegen und stößt einen schmerzlichen Laut aus, als sein Fuß von dem unnachgiebigen Leder abprallt.

»Da müssen Sie ja Ziegelsteine drin haben«, sagt er und legt erwartungsvoll den Kopf schief, als gäbe es auf diese Bemerkung eine vernünftige Antwort.

»Er ist verschlossen«, stottere ich.

»Und Sie können den Schlüssel nicht finden, was?«

»Ich ... nein. Doktor Acker, ich ...«

»Nennen Sie mich Dickie, alle anderen tun das auch«, sagt er forsch, während er zum Fenster geht und einen Blick nach draußen wirft.

»Ich mochte den Namen noch nie, wenn ich ehrlich sein soll, aber ich scheine ihn nicht loswerden zu können. Daniel sagt, es sei Ihnen etwas Übles zugestoßen.«

»Daniel?«, frage ich und versuche, mich an das Gespräch festzuklammern, das mir immer mehr zu entgleiten droht.

»Coleridge. Der Bursche, der Sie heute früh in der Eingangshalle aufgelesen hat.«

»Ach so, ja.«

Doktor Dickie strahlt mich an, als er meine Verwirrung bemerkt.

»Gedächtnisverlust, was? Na, da machen Sie sich mal keine Sorgen, ich habe während des Krieges ein paar solcher Fälle erlebt. Nach ein oder zwei Tagen kehrten sämtliche Erinnerungen wieder zurück, ob der Patient das nun wollte oder nicht.«

Er schiebt mich zu dem Koffer hinüber und fordert mich auf, darauf Platz zu nehmen. Dann zieht er meinen Kopf nach vorn und untersucht ihn mit dem Zartgefühl eines Metzgers. Als ich vor Schmerz zusammenzucke, kichert er.

»O ja, Sie haben hier am Hinterkopf eine hübsche Beule abbekommen.« Er schweigt einen Moment und betrachtet meine Verletzung. »Sie müssen sich irgendwann gestern Abend den Kopf gestoßen haben. Ich nehme an, das war dann auch der Moment, an dem Ihnen alle Tassen aus dem Schrank gekippt sind, sozusagen. Haben Sie noch über irgendwelche anderen Symptome zu klagen? Kopfschmerzen, Übelkeit oder dergleichen?«

»Da ist diese Stimme«, antworte ich, ein wenig beschämt ob dieses Eingeständnisses.

»Eine Stimme?«

»In meinem Kopf. Ich glaube, es ist meine eigene Stimme, außer dass sie, nun ja, dass sie gewisse Dinge sehr genau zu wissen scheint.«

»Ich verstehe«, sagt er nachdenklich. »Und diese ... Stimme, was sagt sie denn so?«

»Sie erteilt mir Ratschläge. Manchmal kommt es auch vor, dass sie Kommentare dazu abgibt, was ich gerade tue.«

Dickie schreitet nachdenklich im Raum hinter mir auf und ab und zupft währenddessen an seinem Schnurrbart herum.

»Und diese Ratschläge, sind die … nun, wie soll ich das ausdrücken … sind die immer ganz hasenrein? Nichts Gewalttätiges oder Perverses?«

»Selbstverständlich nicht«, sage ich, verärgert über diese Unterstellung.

»Und hören Sie die Stimme jetzt in diesem Moment auch?«

»Nein.«

»Seelisches Trauma«, sagt er schroff und hebt einen Finger in die Luft. »Das wird es sein. Und das ist absolut nichts Ungewöhnliches. Man stößt sich den Kopf, und dann passieren plötzlich alle möglichen Dinge. Man sieht Gerüche, schmeckt Geräusche, hört Stimmen. Das geht meistens nach ein, zwei Tagen vorbei, höchstens nach einem Monat.«

»Ein ganzer Monat!«, rufe ich und drehe mich, immer noch auf dem Koffer sitzend, panisch nach ihm um. »Wie soll ich es einen ganzen Monat in diesem Zustand aushalten? Wäre es nicht besser, ich würde mich in einem Krankenhaus untersuchen lassen?«

»Du lieber Gott, nein, das sind ganz scheußliche Einrichtungen, diese Krankenhäuser!«, entgegnet er entsetzt. »Da fegt man Krankheit und Tod einfach in eine Ecke und lässt zu, dass sich alle möglichen Seuchen ganz gemütlich direkt zu den Kranken ins Bett legen. Hören Sie lieber auf meinen Rat: Gehen Sie spazieren, schauen Sie, ob Sie in Ihren persönlichen Habseligkeiten irgendwelche Anhaltspunkte finden und reden Sie mit ein paar Freunden. Ich habe gestern Abend gesehen, wie Sie und Michael Hardcastle sich beim Essen gemeinsam eine Flasche Wein gegönnt haben. Genauer gesagt waren es mehrere Flaschen. Es muss ziemlich hoch hergegangen sein, wie man hört. Michael sollte Ihnen doch eigentlich helfen können. Ich kann Ihnen versichern, wenn erst einmal Ihr Gedächtnis zurückgekehrt ist, wird auch diese innere Stimme wieder verschwinden.«

Er schweigt einen Moment, bevor er fortfährt. »Dieser Arm macht mir viel größere Sorgen.«

Wir werden von einem Klopfen an der Tür unterbrochen. Bevor ich Einspruch erheben kann, hat Dickie sie schon geöffnet. Es ist Daniels Kammerdiener, der die versprochenen Kleider vorbeibringt. Dickie bemerkt meine Unentschlossenheit, nimmt dem Dienstboten kurzerhand den Stapel ab, schickt ihn seiner Wege und legt die ordentlich gebügelten Kleider dann auf dem Bett für mich zurecht.

»Also, wo waren wir stehen geblieben?«, fragt er. »Ach ja, dieser Arm.«

Ich folge seinem Blick und entdecke ein Muster aus Blutflecken, das sich über meinen Hemdsärmel zieht. Dickie schiebt den Ärmel ohne langes Federlesen hoch und legt mehrere üble Schnitte und das zerfetzte Fleisch darunter frei. Es sieht so aus, als hätte sich ursprünglich bereits eine Kruste gebildet, aber die Strapazen der letzten Stunden müssen dafür gesorgt haben, dass die Wunden erneut aufgebrochen sind.

Der Arzt nimmt meine steifen Finger, biegt sie einen nach dem anderen nach hinten, um ihre Beweglichkeit zu prüfen, fischt dann eine kleine braune Flasche und Verbandszeug aus seiner Tasche, reinigt die Wunden und tupft schließlich noch etwas Jod darauf.

»Das sind Messerstiche, Sebastian«, sagt er mit besorgter Stimme. Seine fröhliche Stimmung hat sich von einem Moment auf den anderen in Luft aufgelöst. »Und es ist auch noch gar nicht so lange her, dass man sie Ihnen zugefügt hat. Es sieht aus, als hätten Sie den Arm hochgehalten, um sich selbst zu schützen. Etwa so.«

Er demonstriert es mir mit einem Tropfenzähler aus seiner Arzttasche. Dabei tut er so, als würde er sich damit gewaltsam den Unterarm aufschlitzen, den er sich schützend vors Gesicht gehoben hat. Sein kleines Schauspiel jagt mir eine Gänsehaut über den Körper.

»Können Sie sich an irgendetwas von gestern Abend erinnern?«, fragt er und zieht den Verband um meinen Arm so fest, dass mir ein schmerzliches Zischen entfährt. »Irgendetwas, ganz gleich was?«

33

Ich konzentriere mich. Als ich aufwachte, ging ich davon aus, dass alles verloren sei, doch jetzt stelle ich fest, dass das nicht der Fall ist. Ich kann spüren, dass meine Erinnerungen fast in Reichweite sind. Sie haben eine Gestalt, haben Gewicht, wie verhüllte Möbel in einem verdunkelten Zimmer. Ich habe einfach nur die Lampe verloren, mit deren Lichtschein ich sie betrachten könnte.

Seufzend schüttele ich den Kopf.

»Es will sich nichts einstellen«, sage ich. »Aber heute früh habe ich gesehen, wie ...«

»Eine Frau ermordet wurde«, unterbricht mich der Arzt. »Ja, Daniel hat es mir erzählt.«

Jedes seiner Worte ist von Skepsis durchtränkt, doch er verknotet meinen Verband, ohne einen Einwand zu erheben.

»Wie dem auch sei, Sie müssen unbedingt sofort die Polizei verständigen«, sagt er. »Die Person, die für diese Wunden verantwortlich ist, wollte Ihnen erheblichen Schaden zufügen.«

Er nimmt seine Tasche vom Bett auf und schüttelt mir etwas unbeholfen die Hand.

»Ein strategischer Rückzug, mein lieber Freund, das ist es, was hier jetzt vonnöten ist«, sagt er. »Reden Sie mit dem Stallmeister, er kann bestimmt einen Transfer ins Dorf für Sie arrangieren. Und von dort aus können Sie dann auch die Gendarmerie auf den Plan rufen. In der Zwischenzeit ist es wahrscheinlich das Beste, wenn Sie stets auf der Hut sind. Es übernachten an diesem Wochenende zwanzig Leute in Blackheath und weitere dreißig werden für den Ball am heutigen Abend erwartet. Den meisten davon ist so ein Angriff durchaus zuzutrauen. Und sollten Sie einem von denen in die Quere gekommen sein ... Nun ...«, er schüttelt den Kopf, »seien Sie bloß vorsichtig, das rate ich Ihnen.«

Nachdem er das Zimmer verlassen hat, hole ich hastig den Zimmerschlüssel aus der Kommode, um die Tür hinter ihm abzuschließen, verfehle jedoch mehr als einmal das Schlüsselloch, weil meine Hände so heftig zittern.

Vor einer Stunde noch hielt ich mich für den Spielball eines Mörders. Ich dachte zwar, man wolle mich quälen, glaubte mich jedoch gleichzeitig vor jeder körperlichen Bedrohung gefeit. Da ich mich in der Gesellschaft anderer Menschen befand, fühlte ich mich sicher genug, um auf der Bergung von Annas Leichnam zu bestehen und somit auch die Suche nach ihrem Mörder in die Wege zu leiten. Doch dieses Gefühl der Sicherheit ist nun verflogen. Da draußen ist jemand, der schon einmal versucht hat, mir das Leben zu nehmen, und ich hege nicht die Absicht, ihm eine weitere Gelegenheit dazu zu geben. Die Toten können von den Lebenden keine Schuld einfordern. Was auch immer ich Anna schuldig sein mag, muss aus sicherer Entfernung beglichen werden. Sobald ich die Verabredung mit meinem Samariter im Salon hinter mich gebracht habe, werde ich Dickies Ratschlag befolgen und dafür sorgen, dass mich jemand ins Dorf bringt.

Es ist Zeit, dass ich heimkehre.

4.

Das Wasser schwappt über den Rand der Badewanne, während ich hastig die zweite Haut aus Schlamm und Blättern entferne, in die ich eingehüllt bin. Ich untersuche meinen sauber geschrubbten, rosafarbenen Körper nach Muttermalen oder Narben – irgendetwas, das meinem Gedächtnis auf die Sprünge helfen könnte. In zwanzig Minuten werde ich unten im Salon erwartet, und ich weiß noch immer nicht mehr über Anna als in dem Moment, als ich die Eingangsstufen von Blackheath hinaufstolperte. Es war frustrierend genug, gegen diese Mauer in meinem Kopf anzurennen, als ich noch glaubte, bei der Suche behilflich sein zu können, aber jetzt könnte mein Unwissen das gesamte Unterfangen zum Scheitern verurteilen.

Als ich mit dem Waschen fertig bin, ist das Badewasser so schwarz wie meine Stimmung. Niedergeschlagen trockne ich mich ab und inspiziere die Kleidung, die der Kammerdiener vorbeigebracht hat. Die von ihm getroffene Auswahl erscheint mir recht steif und formell, doch als ich einen Blick auf die etwaigen Alternativen in meinem Kleiderschrank werfe, verstehe ich das Dilemma. Bells Kleidung – denn es will mir wahrhaftig noch immer nicht gelingen, uns beide unter einen Hut zu bringen – besteht aus mehreren vollkommen identischen Anzügen, zwei Smokings, Jagdbekleidung, einem Dutzend Hemden und einigen wenigen Westen. Sämtliche Kleider sind in Grau- oder Schwarztönen gehalten. Es ist die fade, biedere Uniform eines Menschen, der, soweit ich das bis jetzt beurteilen kann, ein außerordentlich anonymes Leben zu führen scheint. Die Vorstellung, dieser Mann könne irgendjemanden zu einer Gewalttat veranlasst haben, ist so absurd, dass sie mir – je länger ich darüber nachdenke – unglaubwürdiger vorkommt als alles andere, was an diesem Vormittag geschehen ist.

Rasch kleide ich mich an, aber mein Nervenkostüm ist derart angegriffen, dass ich erst tief durchatmen und mich selbst mit ein paar strengen Worten ermahnen muss, bis ich es endlich schaffe, mich der Tür zu nähern.

Ich habe das instinktive Bedürfnis, mir etwas in die Hosentaschen zu stecken, bevor ich den Raum verlasse. Meine Hand huscht in Richtung der Kommode, bleibt dort jedoch unverrichteter Dinge in der Luft schweben. Das war ganz offenbar der Versuch, persönliche Gegenstände an mich zu nehmen, die nicht vorhanden sind und an die ich mich nicht mehr erinnern kann. Zweifellos ein Teil von Bells Routine – ein Schatten meines früheren Lebens, der mir immer noch durch den Kopf spukt. Der Drang ist so stark, dass es mir äußerst seltsam vorkommt, wie ich da so mit leeren Händen stehe. Dieser verdammte Kompass war unglücklicherweise das Einzige, was ich aus dem Wald mitnehmen konnte, aber auch ihn kann ich nirgends entdecken. Mein Samariter – der Mann, den Doktor Dickie als Daniel Coleridge bezeichnet hat – muss ihn mitgenommen haben.

Während ich in den Flur hinaustrete, kribbelt mein ganzer Körper vor Aufregung.

Mein Gedächtnis erstreckt sich lediglich über einen einzigen Vormittag, und nicht einmal diese wenigen Erinnerungen kann ich festhalten.

Ein vorbeieilender Diener weist mir die Richtung zum Salon, der hinter dem Speisesaal liegt, nur ein paar Türen von der marmornen Eingangshalle entfernt, durch die ich heute früh das Haus betreten habe. Der Raum wirkt sehr unfreundlich und erinnert wegen seiner dunklen Holzvertäfelung und roten Vorhänge an einen überdimensionalen Sarg. Im Kamin flackert ein Kohlenfeuer und spuckt seinen öligen Rauch in die Luft. Es sind etwa zwölf Personen versammelt. Auf einem der Tische wurden kalte Platten serviert, doch die meisten Gäste scheinen das Essen zu ignorieren. Sie haben sich in Ledersessel fallen lassen oder stehen an den bleiverglasten Fenstern und starren schwermütig in das grauenhafte Wetter hinaus, während ein Dienstmädchen mit Marmeladenflecken auf der Schürze unauffällig zwischen ihnen hin und her huscht und die schmutzigen Teller und leeren Gläser auf einem riesigen Silbertablett sammelt, das sie kaum zu halten vermag. Ein rundlicher Mann in grüner Jagdkleidung hat sich an das Klavier gesetzt, das in einer Ecke steht, und spielt eine schlüpfrige Melodie, die aber einzig und allein wegen ihrer stümperhaften Darbietung Anstoß erregt. Niemand schenkt ihm besonders viel Aufmerksamkeit, ganz gleich, wie sehr er sich auch bemüht.

Es ist fast Mittag, aber Daniel ist nirgends zu sehen. Also vertreibe ich mir die Zeit, indem ich die verschiedenen Karaffen im Getränkeschrank inspiziere, ohne auch nur die geringste Ahnung zu haben, worum es sich dabei handelt oder was mir davon schmecken könnte. Schließlich gieße ich mir irgendeine braune Flüssigkeit ins Glas, drehe mich zu den anderen Gästen um und starre sie an. Falls eine dieser Personen für die Wunden an meinem Arm verantwortlich ist, müsste ihr Unmut darüber, mich nun gesund und munter hier stehen zu sehen, doch eigentlich offen zu Tage treten. Und sicher würde doch mein Verstand mir keinen Streich spielen und die Identität dieser Person vor mir geheim halten, sollte diese sich dazu entschließen, sich mir zu erkennen zu geben? Immer gesetzt den Fall, mein Kopf schafft es irgendwie, Schuldige und Unschuldige auseinanderzuhalten. Bei fast sämtlichen der hier anwesenden Herren handelt es sich um bullige, blökende, rotgesichtige Rüpel in Jägerkluft, während die Damen eher nüchtern gekleidet sind und Röcke, Leinenblusen und Strickjacken tragen. Anders als ihre prahlerischen Ehemänner unterhalten sie sich mit gedämpften Stimmen, geben sich zurückhaltend und mustern mich aus den Augenwinkeln. Ich habe das Gefühl, als würde man mich beobachten wie einen seltenen Vogel. Es ist ein zutiefst verunsicherndes Gefühl, obwohl dieses Verhalten natürlich andererseits durchaus verständlich ist. Daniel kann seine Fragen unmöglich gestellt haben, ohne dabei gleichzeitig meine gegenwärtige Verfassung preiszugeben. Und nun bin ich zu einem Teil des Unterhaltungsprogramms geworden, ob mir das nun gefällt oder nicht.

Ich umklammere mein Glas und versuche mich abzulenken, indem ich ein paar der Gespräche belausche, die um mich herum stattfinden. Es ist ein Gefühl, als würde ich meinen Kopf in einen Dornbusch stecken. Die eine Hälfte beklagt sich, die andere Hälfte lässt diese Klagen über sich ergehen. Man beschwert sich über die Unterbringung, über das Essen, über die Frechheit der Dienerschaft, über die abgelegene, isolierte Lage oder über den Umstand, dass man nicht selbst herfahren konnte, sondern sich abholen lassen musste (obwohl nur der Himmel weiß, wie sie diesen Ort ganz allein finden wollten). Hauptsächlich richtet sich ihr Zorn jedoch gegen Lady Hardcastle, die sich noch nicht hat blicken lassen, obwohl viele der Anwesenden bereits gestern Abend eingetroffen sind – ein Umstand, den man als persönliche Beleidigung zu empfinden scheint.

»'Tschuldigung, Ted«, sagt das Dienstmädchen, während sie versucht, sich an einem Mann mit breiter Brust vorbeizudrängen. Er ist etwa Mitte fünfzig, hat schütter werdende rote Haare, leuchtend blaue Augen und einen Sonnenbrand auf dem Schädel. Auch er ist in eine Jägerkluft aus Tweed gekleidet, die sich um seinen breiten, zur Dickleibigkeit neigenden Körper spannt.

»Ted?«, ruft er wütend, packt sie am Handgelenk und drückt es so fest, dass sie vor Schmerz zusammenzuckt. »Wen zum Teufel glaubst du denn hier vor dir zu haben, Lucy? Du hast mich gefälligst Mr. Stanwin zu nennen. Ich gehöre nicht mehr zu den Ratten im Dienstbotentrakt.«

Sie nickt verängstigt und lässt ihren Blick hilfesuchend über unsere Gesichter gleiten. Niemand bewegt sich, selbst das Klavier scheint sich auf die Zunge zu beißen. Alle hier haben Angst vor diesem Mann, wie mir in diesem Augenblick klar wird. Zu meiner Schande muss ich gestehen, dass ich auch nicht anders reagiere. Ich bin gleichsam auf dem Boden festgefroren, halte den Blick gesenkt und betrachte das Geschehen aus den Augenwinkeln, in der verzweifelten Hoffnung, dass er seine vulgäre Wut nicht in meine Richtung lenkt.

»Lass sie los, Ted«, sagt Daniel Coleridge von der Türschwelle her.

Seine Stimme ist fest und eiskalt. In jedem Wort schwingt die Drohung eines Nachspiels mit.

Stanwin schnaubt durch die Nase und starrt Daniel mit zusammengekniffenen Augen an. Eigentlich sind die beiden alles andere als ebenbürtige Gegner. Stanwin ist ein stämmiger, gedrungener Kerl, der Gift und Galle spuckt. Doch in der Art, wie Daniel dort steht, die Hände in den Hosentaschen vergraben, den Kopf zur Seite geneigt, ist etwas, das Stanwin innehalten lässt. Vielleicht fürchtet er, er könne von dem Zug überrollt werden, auf dessen Ankunft Daniel zu warten scheint.

Eine Uhr trommelt all ihren Mut zusammen und gibt ein lautes Ticken von sich.

Mit einem Grunzen lässt Stanwin das Dienstmädchen los und drängelt sich im Türrahmen an Daniel vorbei. Dabei murmelt er etwas, das ich nicht ganz verstehen kann.

Der Raum atmet auf, das Klavier spielt weiter, die heldenhafte Uhr tickt, als wäre nichts geschehen.

Daniels Augen gleiten von einem zum anderen. Sein Blick scheint sämtliche Anwesende auf die Waagschale zu legen.

Unfähig, seiner Musterung standzuhalten, wende ich den Kopf und starre stattdessen mein Spiegelbild im Fenster an. Auf meinem Gesicht zeichnet sich Ekel ab, Ekel und Abscheu vor den nicht enden wollenden Schwächen meines Charakters. Erst der Mord im Wald und jetzt dies. Wie viele Ungerechtigkeiten lasse ich noch tatenlos geschehen, bevor ich genügend Mut aufbringe, einzuschreiten?

Daniel kommt zu mir hinüber, ein Geist im Fensterglas.

»Bell«, sagt er leise und legt mir eine Hand auf die Schulter. »Ob du wohl einen Moment Zeit hättest?«

Schamgebeugt folge ich ihm in das angrenzende Arbeitszimmer, während sich sämtliche Augenpaare in meinen Rücken bohren. Nebenan ist es noch düsterer. Wild wuchernder Efeu hat die Bleiglasfenster unter sich begraben, und das wenige Licht, dem es gelungen ist, sich durch das Glas zu zwängen, wird von zahlreichen Gemälden in dunklen Ölfarben aufgesogen. In einer Ecke steht ein Schreibtisch, der so ausgerichtet ist, dass man von dort aus auf die Wiese vor dem Haus schauen kann. Es sieht so aus, als hätte gerade eben noch jemand daran gesessen. Aus einem Füllhalter tropft Tinte auf ein zerfetztes Stück Löschpapier und daneben liegt ein Papiermesser. Man mag sich kaum vorstellen, was das für Briefe sind, die in einer derart bedrückenden Atmosphäre verfasst wurden.

In der gegenüberliegenden Ecke, in der Nähe einer zweiten Tür, die aus dem Zimmer hinausführt, steht ein ebenfalls in Tweed gekleideter junger Mann, starrt ratlos in den Trichter eines Grammophons und fragt sich ganz offensichtlich, warum die sich drehende Platte keine Musik in den Raum befördert.

»Da studiert er ein einziges Semester in Cambridge, und schon hält er sich für Isambard Kingdom Brunel«, sagt Daniel. Bei seinen Worten schaut der junge Mann von dem Rätsel auf, das er gerade zu lösen versucht. Er ist kaum älter als vierundzwanzig, hat dunkle Haare und breite, flache Gesichtszüge – so flach, dass der Eindruck entsteht, als sei sein Antlitz gegen ein Fensterglas gepresst. Als er mich sieht, zieht sich ein breites Grinsen über sein Gesicht. Sofort ist hinter der männlichen Fassade der kleine Junge zu sehen, der er einmal war – ganz so, als würde dieser zum Fenster hinausschauen.

»Belly, du Krücke, da bist du ja«, sagt er, drückt meine Hand und klopft mir gleichzeitig auf den Rücken. Es fühlt sich an, als hätte er mich in einen liebevollen Schraubstock gespannt.

Er starrt mir prüfend und erwartungsvoll ins Gesicht und kneift, als ich ihn ganz offenbar nicht wiedererkenne, seine grünen Augen zusammen.

»Es stimmt also, du kannst dich an nichts mehr erinnern«, sagt er und wirft Daniel einen flüchtigen Blick zu. »Du Glückspilz! Komm, lass uns zur Bar gehen! Dann zeige ich dir mal, was ein ordentlicher Kater ist.«

»Neuigkeiten verbreiten sich ja schnell in Blackheath«, sage ich.

»Bei der gewaltigen Langeweile, die hier herrscht, steht ihnen ja auch kaum ein Hindernis im Wege«, sagt er. »Ich heiße Michael Hardcastle. Du und ich, wir sind alte Freunde, obwohl dann wohl jetzt der Begriff ›neue Bekannte‹ zutreffender wäre.«

In der Bemerkung lässt sich auch nicht die geringste Spur einer Enttäuschung entdecken. Er scheint sich vielmehr über das Ganze zu amüsieren. Schon bei der ersten Begegnung wird rasch deutlich, dass sich Michael Hardcastle über die meisten Dinge amüsiert.

»Michael hatte gestern beim Abendessen einen Platz direkt neben dir zugewiesen bekommen«, sagt Daniel, der nun seinerseits das Grammophon inspiziert. »Wenn ich's mir recht überlege, bist du wahrscheinlich genau deshalb in den Wald geflüchtet und hast dir dort selbst eins über den Schädel gezogen.«

»Nun tu schon so, als fändest du das urkomisch, Belly. Wir warten alle noch auf den Tag, an dem er tatsächlich etwas Lustiges von sich gibt«, sagt Michael.

Es entsteht eine Pause. Beide rechnen offenbar instinktiv mit einer launigen Erwiderung meinerseits, aber weil sie ausbleibt, fällt das Gespräch wie ein Soufflé in sich zusammen. Zum ersten Mal seit ich heute früh aufgewacht bin, sehne ich mich nach meinem früheren Leben. Ich vermisse es, diese beiden Männer zu kennen. Ich vermisse die Vertrautheit ihrer Freundschaft. Meine Trauer spiegelt sich auf den Gesichtern meiner Gefährten wider und in dem betretenen Schweigen, das nun folgt, breitet sich der Graben, der zwischen uns klafft, immer weiter aus. In der Hoffnung, wenigstens einen Bruchteil des Vertrauens wiederzugewinnen, das wir einander früher entgegengebracht haben müssen, krempele ich meinen Hemdsärmel hoch und zeige ihnen den Verband, der meinen Arm bedeckt und durch den bereits frisches Blut hindurchgesickert ist.

»Ich wünschte, ich hätte mir tatsächlich selbst auf den Schädel gehauen«, sage ich. »Doktor Dickie glaubt, dass mich letzte Nacht jemand angegriffen hat.«

»Du lieber Gott«, stößt Daniel entsetzt aus.

»Daran ist allein diese blöde Nachricht schuld, nicht wahr«, sagt Michael, während er meine Verletzungen in Augenschein nimmt.

»Was redest du da, Hardcastle?«, fragt Daniel und zieht die Augenbrauen hoch. »Willst du damit behaupten, dass du etwas darüber weißt? Warum hast du das eben nicht erwähnt?«

»Es ist nicht viel dran an der Sache«, sagt Michael kleinlaut und schiebt seine Schuhspitze in dem dichten Teppich hin und her. »Als wir gerade bei unserer fünften Flasche Wein waren, brachte eines der Dienstmädchen eine Nachricht. Und eh ich mich versah, hatte Belly sich auch schon verabschiedet und den Raum verlassen, auch wenn er sich erst einmal mühsam in Erinnerung rufen musste, wie man eine Türklinke betätigt.« Er wirft mir einen betretenen Blick zu. »Ich wollte dich ja begleiten, aber du hast steif und fest behauptet, du müsstest unbedingt allein gehen. Ich bin davon ausgegangen, dass du mit irgendeiner Frau verabredet warst oder so, also habe ich dich nicht weiter bedrängt. Und das war das letzte Mal, dass ich dich gesehen habe, bis eben jetzt.«

»Was stand denn in der Nachricht drin?«, frage ich.

»Ich habe nicht den blassesten Schimmer, altes Haus, du hast sie mich nicht lesen lassen.«

»Weißt du denn noch, welches Dienstmädchen es war, das die Nachricht gebracht hat, oder ob Bell jemanden namens Anna erwähnt hat?«, fragt Daniel.

Michael zuckt mit den Schultern und scheint die Erinnerung mit aller Macht aus den Tiefen seines Gedächtnisses ausgraben zu wollen. »Anna? Nein, ich fürchte, das sagt mir leider nichts. Und was das Dienstmädchen anbelangt, nun ...« Er bläht die Wangen auf und stößt dann mit einem langen Zischen die Luft aus. »Schwarzes Kleid, weiße Schürze. Ach, zum Teufel, Coleridge, jetzt mach mal einen Punkt. Es gibt einfach zu viele von ihnen, wie soll man sich da ihre Gesichter merken?«

Er wirft uns beiden einen hilflosen Blick zu, dem Daniel mit einem angewiderten Kopfschütteln antwortet.

43

»Jetzt mach dir mal keine Sorgen, alter Junge. Wir werden der Sache schon auf den Grund gehen«, sagt er dann zu mir und drückt mir freundschaftlich die Schulter. »Und ich habe auch schon eine Idee, wie wir das anfangen.«

Er weist auf eine Karte, die an der Wand hängt. Es ist eine architektonische Zeichnung des gesamten Anwesens. Sie weist zwar einige Wasserflecken auf und ist an den Rändern schon ganz vergilbt, doch ihre Darstellung des Hauses und des umgebenden Geländes ist von exquisiter Schönheit. Blackheath ist ganz offenbar ein riesiges Anwesen. Im Westen befindet sich der Familienfriedhof, im Osten liegen die Stallungen, und dazwischen schlängelt sich ein Pfad zu einem See hinunter, an dessen Ufer ein Bootshaus steht. Dann gibt es noch die Auffahrt, die im Grunde genommen nichts anderes ist als eine stur immer weiter geradeaus führende Straße, die schließlich im Dorf endet. Alles andere ist Wald. Nichts als Wald. Wie schon die Aussicht von den Fenstern im Obergeschoss offenbarte, sind wir mutterseelenallein in diesem Meer von Bäumen.

Kalter Schweiß kribbelt mir auf der Haut.

Ich hätte eigentlich in dieser endlosen Weite verschwinden sollen, so wie Anna es an diesem Morgen getan hat. Ich bin auf der Suche nach meinem eigenen Grab.

Daniel spürt meine Besorgnis und wirft mir einen Blick zu.

»Ein ziemlich einsamer Ort, nicht wahr?«, murmelt er, klopft aus einem silbernen Etui eine Zigarette heraus, klemmt sie sich an die Unterlippe und durchsucht seine Hosentaschen nach einem Feuerzeug.

»Mein Vater hat uns nach hier draußen verfrachtet, als seine politische Karriere den Bach hinunterging«, sagt Michael, zündet erst Daniels Zigarette an und nimmt sich dann selbst eine. »Der alte Herr dachte wohl, er könne hier den Landadligen spielen. Hat natürlich nicht ganz so funktioniert, wie er sich das erhofft hatte.«

Ich hebe fragend eine Augenbraue.

»Mein Bruder wurde von einem Kerl namens Charlie Carver ermordet, einem unserer Hilfsgärtner«, erklärt Michael daraufhin so seelenruhig, als läse er gerade die Ergebnisse vom Pferderennen vor.

Fassungslos, dass ich eine solch entsetzliche Geschichte habe vergessen können, stottere ich eine Entschuldigung.

»Es … Es tut mir leid, das muss ja …«

»Furchtbar lange her sein«, unterbricht mich Michael mit einem Anflug von Ungeduld in der Stimme. »Neunzehn Jahre, um genau zu sein. Ich war erst fünf Jahre alt, als es passiert ist, und, um ehrlich zu sein, ich kann mich kaum noch daran erinnern.«

»Im Gegensatz zu einem Großteil der Skandalpresse«, wirft Daniel ein. »Carver und ein anderer Kerl haben sich bis zur Raserei betrunken und sind dann in der Nähe des Sees über Thomas hergefallen. Erst haben sie ihn halb ertränkt und dann haben sie die Sache mit einem Messer zu Ende gebracht. Er war damals sieben oder acht Jahre alt. Ted Stanwin stürzte hinzu und hat sie mit einem Gewehr verscheucht, aber da war Thomas schon tot.«

»Stanwin?«, frage ich und versuche, nicht allzu schockiert zu klingen. »Der Grobian vom Mittagessen?«

»Oh, das würde ich hier nicht zu laut sagen«, wirft Daniel ein.

»Meine Eltern halten große Stücke auf den alten Stanwin«, sagt Michael. »Er war damals ein bescheidener kleiner Wildhüter, als er versuchte, Thomas zu retten, aber mein Vater hat ihm eine unserer Plantagen in Afrika geschenkt und da hat sich dieser Bengel dann eine goldene Nase dran verdient.«

»Und was ist mit den Mördern geschehen?«, frage ich.

»Carver wurde gehängt«, sagt Daniel und klopft die Asche seiner Zigarette auf den Teppich. »Die Polizei fand das Messer, das er benutzt hatte, unter den Bodendielen in seiner Hütte, zusammen mit etwa einem Dutzend geklauter Schnapsflaschen. Sein Komplize wurde nie gefasst. Stanwin hat behauptet, er hätte ihm mit dem Gewehr einen Streifschuss verpasst, aber im örtlichen Krankenhaus ist niemand mit einer entsprechenden Verletzung aufgetaucht. Und Carver hat sich geweigert, seinen Komplizen zu verraten. Lord und Lady Hardcastle gaben an jenem Wochenende eine Party, es kann also auch einer der Gäste gewesen sein, aber die Familie hat steif und fest behauptet, dass niemand der Gäste Carver gekannt hat.«

»Sehr zwielichtige Angelegenheit, das Ganze«, sagt Michael tonlos. Sein Gesichtsausdruck ist so schwarz wie die Wolken, die sich vor den Fenstern zusammenballen.

»Also läuft der Komplize da draußen immer noch frei herum?«, frage ich, und die Angst kriecht mir die Wirbelsäule hinauf. Ein Mord vor neunzehn Jahren und ein Mord heute früh. Das kann kein Zufall sein.

»Da fragt man sich, wofür die Polizei überhaupt zu gebrauchen ist, nicht wahr?«, sagt Daniel und schweigt dann wieder.

Mein Blick geht zu Michael, der einfach nur dasteht und in den Salon hinüberstarrt. Der Raum beginnt sich zu leeren. Die Gäste driften zur Eingangshalle hinüber und nehmen ihre Unterhaltungen mit sich. Sogar von hier aus kann ich noch den stechenden, brodelnden Schwarm aus Beleidigungen hören, von denen nichts verschont bleibt, angefangen bei dem heruntergekommenen Zustand des Hauses über Lord Hardcastles Trunkenheit bis hin zu Evelyn Hardcastles eisigem Gebaren. Armer Michael. Ich mag mir kaum ausmalen, wie sich das anfühlen muss, wenn die eigene Familie so unverhohlen zum Gegenstand des Spottes gemacht wird, und dann auch noch in ihrem eigenen Haus.

»Aber wir sind hier schließlich nicht zusammengekommen, um dich mit alten Geschichten zu langweilen«, sagt Daniel und durchbricht damit unser Schweigen. »Ich habe mich überall nach Anna umgehört. Und ich habe keine guten Nachrichten, fürchte ich.«

»Keiner kennt sie?«

»Es gibt niemanden dieses Namens unter den Gästen oder dem Dienstpersonal«, sagt Michael. »Und was noch viel wichtiger ist – es wird auf Blackheath auch niemand vermisst.«

Ich öffne den Mund, um zu widersprechen, doch Michael hebt die Hand und bringt mich zum Verstummen.

46

»Dass du mich aber auch nie ausreden lässt, Belly! Ich bekomme also keine Suchmannschaft zusammen, aber in etwa zehn Minuten gehen wir auf die Jagd, ein paar der Gäste und ich, und wenn du mir eine ungefähre Schilderung gibst, wo die Stelle liegen könnte, wo du heute früh aufgewacht bist, dann werde ich dafür sorgen, dass wir in diese Richtung gehen und unsere Augen offenhalten. Wir sind fünfzehn Personen, also ist es sehr gut möglich, dass wir etwas entdecken.«

Dankbarkeit erfüllt meine Brust.

»Danke, Michael.«

Er lächelt mich durch eine Wolke aus Zigarettenrauch an. »Es ist noch nie deine Art gewesen, das Blaue vom Himmel herab zu schwadronieren, Belly, und deshalb kann ich es mir auch nicht vorstellen, dass du es in diesem Fall tust.«

Ich starre die Karte an, eifrig bemüht, meinen Teil zu der Suche beizutragen, aber ich habe nicht die leiseste Ahnung, an welcher Stelle ich mich befand, als ich Anna gesehen habe. Der Mörder hat mich nach Osten geschickt, und der Wald hat mich in unmittelbarer Nähe von Blackheath ausgespien, aber ich kann nur vage vermuten, wie lange ich gelaufen bin oder von wo aus ich losgegangen sein mag. Ich atme tief ein, vertraue auf das Schicksal und drücke die Fingerspitze auf das Glas, während mir Daniel und Michael über die Schulter gucken.

Michael nickt und reibt sich das Kinn.

»Ich sage den anderen Bescheid.« Er mustert mich von oben bis unten. »Du solltest dich besser umziehen. Wir brechen bald auf.«

»Ich komme nicht mit«, sage ich, während mir vor Scham fast die Stimme versagt. »Ich muss jetzt ... ich kann nicht ...«

Der junge Mann tritt peinlich berührt von einem Fuß auf den anderen. »Nun komm schon ...«

»Denk doch mal nach, Michael«, unterbricht ihn Daniel, und klopft mir mit der Hand auf die Schulter. »Sieh doch, was man ihm angetan hat. Der arme Bell hat es kaum aus diesem Wald hinausgeschafft, warum sollte er da noch mal zurückgehen wollen?« Sein Tonfall wird milder. »Mach dir mal keine Sorgen, Bell, wir finden dein vermisstes Mädchen schon, und auch den Mann, der sie ermordet hat. Das Ganze liegt jetzt in unseren Händen. Schau du mal, dass du von hier fortkommst und dich so weit wie möglich von diesem ganzen Schlamassel entfernst.«

5.

Ich stehe an einem der Bleiglasfenster, halb von den Samtvorhängen verdeckt. Draußen auf der Auffahrt mischt sich Michael gerade unter die anderen Männer. Sie schwanken unter der Last ihrer schweren Mäntel, halten die aufgekippten Läufe ihrer Gewehre über die Ellenbogen gekrümmt und lachen und plaudern, während ihr Atem in lauter kleinen Dampfwolken in die Luft hinaufsteigt. So wie sie da draußen stehen – befreit von der erdrückenden Atmosphäre des Hauses und erfüllt von der erfreulichen Aussicht auf ein fröhliches Schlachten – wirken sie fast menschlich.

Daniels Worte waren tröstlich, aber sie können mir keine Absolution erteilen. Ich sollte dort draußen bei den anderen sein, sollte mit ihnen zusammen nach dem Leichnam der Frau suchen, die ich im Stich gelassen habe. Stattdessen laufe ich weg. Da ist es das Mindeste, was ich tun kann, die Schmach zu ertragen, ihnen dabei zuzusehen, wie sie ohne mich losziehen.

Jetzt kommt die Hundemeute am Fenster vorbei. Die Tiere zerren an ihren Leinen, und die Piköre müssen alle Kraft aufwenden, um sie festzuhalten. Die beiden Gruppen wirbeln erst chaotisch durcheinander, verschmelzen dann miteinander und machen sich schließlich gemeinsam quer über die Rasenfläche zum Wald auf, genau in die Richtung, die ich Daniel gezeigt habe, auch wenn ich meinen Freund nicht unter ihnen entdecken kann. Er wird wohl später zu der Gruppe stoßen.

Ich warte, bis auch der Letzte von ihnen zwischen den Bäumen verschwunden ist, und wende mich dann wieder der Karte zu, die an der Wand hängt. Falls ihre Angaben stimmen, sind die Stallungen nicht allzu weit vom Haus entfernt. Sicherlich ist das der Ort, wo ich den Stallmeister finden werde. Der wird mir doch wohl eine Kutsche zum

Dorf zur Verfügung stellen, von wo aus ich dann einen Zug nach Hause nehmen kann.

Als ich mich zum Salon umdrehe, muss ich feststellen, dass die Tür von einer riesigen schwarzen Krähe versperrt wird.

Mein Herz macht einen Satz, und ich tue es ebenso, direkt in die Anrichte hinein, wodurch mehrere Familienfotos und kleine Ziergegenstände mit lautem Scheppern zu Boden fallen.

»Sie brauchen keine Angst zu haben«, sagt das Wesen und macht einen halben Schritt vorwärts aus der Dunkelheit heraus.

Es ist alles andere als ein Vogel. Vielmehr handelt es sich um einen Mann, der sich als mittelalterlicher Pestdoktor verkleidet hat. Das, was ich für Federn hielt, ist eigentlich ein schwarzer Paletot, und der Schnabel gehört zu einer Maske aus Porzellan, die im Licht einer nahestehenden Lampe schimmert. Es wird wohl sein Kostüm für den Ball sein, der heute Abend stattfinden soll, auch wenn dies nicht erklärt, warum er ein solch finsteres, unheimliches Gewand schon am helllichten Tag trägt.

»Sie haben mich erschreckt«, sage ich, presse die Hände gegen die Brust und lache betreten, während ich versuche, meine Angst abzuschütteln. Er legt den Kopf schief und begutachtet mich, als sei ich ein streunendes Tier, das sich ins Haus verirrt hat und vor ihm auf dem Teppich hockt.

»Was haben Sie mitgebracht?«, fragt er.

»Wie bitte?«

»Sie sind mit einem Wort auf Ihren Lippen aufgewacht. Welches Wort war das?«

»Kennen wir uns?«, frage ich zurück und werfe einen Blick durch die Tür in den Salon, in der Hoffnung, noch irgendeinen anderen Gast dort zu sehen. Unglücklicherweise scheinen wir vollkommen allein zu sein. Und das war mit allergrößter Wahrscheinlichkeit genau seine Absicht, wie mir mit steigender Besorgnis klar wird.

»Ich kenne Sie«, sagt er. »Das reicht für den Augenblick. Wie lautete das Wort, bitte?«

»Warum nehmen Sie nicht die Maske ab, damit wir uns von Angesicht zu Angesicht unterhalten können«, entgegne ich.

»Meine Maske ist Ihre geringste Sorge, Dr. Bell«, sagt er. »Beantworten Sie die Frage.«

Obwohl er keine Drohung ausgesprochen hat, wird doch seine Stimme durch das Porzellan in einer Weise gedämpft, dass es scheint, als würde jeder Satz von einem leisen, animalischen Knurren begleitet.

»Anna«, sage ich und umklammere meinen Oberschenkel mit der Hand, um zu verhindern, dass mein Bein zittert.

Er seufzt. »Das ist ein Jammer.«

»Wissen Sie, wer sie ist?«, frage ich hoffnungsvoll. »Niemand sonst in diesem Haus hat jemals von ihr gehört.«

»Es hätte mich auch sehr überrascht, wenn sie hier jemandem bekannt wäre«, sagt er und wischt meine Frage mit einer behandschuhten Hand fort. Dann zückt er eine goldene Taschenuhr aus seiner Manteltasche und schnalzt missbilligend mit der Zunge. »Wir werden in Kürze einiges an Arbeit zu erledigen haben, aber nicht heute und nicht in Ihrem gegenwärtigen Zustand. Wir werden uns schon bald wieder unterhalten, wenn alles ein bisschen klarer geworden ist. In der Zwischenzeit rate ich Ihnen, sich mit Blackheath und den übrigen Gästen vertraut zu machen. Genießen Sie Ihren Aufenthalt, so lange Ihnen dies noch möglich ist, Doktor. Der Lakai wird Sie schon bald aufsuchen.«

»Der Lakai?«, frage ich. Dieses Wort lässt irgendwo tief in meinem Innern eine Alarmglocke läuten. »Ist er für Annas Mord verantwortlich? Oder für die Wunden an meinem Arm?«

»Das bezweifle ich stark«, sagt der Pestdoktor. »Der Lakai wird nicht bei Ihrem Arm haltmachen.«

In meinem Rücken erschallt ein gewaltiger, dumpfer Schlag, und ich fahre auf dem Absatz herum, um nachzusehen, was dieses Geräusch verursacht hat. Ein kleiner Blutspritzer verschmiert das Fenster, und draußen, inmitten des Unkrauts und der verwelkten Blumen,

51

haucht ein totgeweihter, verzweifelt zuckender Vogel die letzten Reste seiner Lebenskraft aus. Das arme Ding muss gegen das Fensterglas geflogen sein. Ich bin überrascht, wie groß das Mitleid ist, das mich angesichts dieses sinnlos zerstörten Lebens ergreift. Eine Träne schleicht mir ins Auge, und ich nehme mir vor, den Vogel zu begraben, jetzt sofort, als allererstes, bevor ich irgendetwas anderes unternehme. Ich wende mich meinem geheimnisvollen Gesprächspartner zu, um mich von ihm zu verabschieden, doch dieser ist bereits verschwunden.

Ich starre auf meine Hände herab. Sie sind so fest ineinander verschlungen, dass sich meine Fingernägel tief in meine Handflächen gegraben haben.

»Der Lakai«, wiederhole ich für mich.

Ich habe keine Ahnung, wer sich dahinter verbirgt, aber das Gefühl, das dieses Wort in mir auslöst, ist unverkennbar. Aus irgendeinem Grund habe ich schreckliche Angst vor dieser Person.

Meine Furcht treibt mich zu dem Schreibtisch hinüber und zu dem Papiermesser, das ich vor einer Weile dort habe liegen sehen. Es ist klein, aber scharf genug, dass ein wenig Blut aus meiner Daumenspitze tritt, als ich damit in sie hineinritze. Ich sauge an der Wunde und stecke die Waffe ein. Es ist zwar nicht gerade viel, aber es reicht aus, um mich davon abzuhalten, mich in meinem Zimmer zu verbarrikadieren.

Ein wenig zuversichtlicher mache ich mich auf den Weg zurück in mein Schlafgemach. Jetzt, da keine anderen Gäste mehr zugegen sind, die vom Interieur hätten ablenken können, wirkt Blackheath in der Tat wie ein äußerst trübsinniger Steinhaufen. Außer der prachtvoll gestalteten Eingangshalle sind alle übrigen Räume, die ich auf meinem Weg durchquere, modrig und voller Schimmel, als hätte man sie einfach dem Verfall anheimgegeben. In den Ecken liegen Häufchen mit Rattengift, und alle Oberflächen, die zu hoch sind, als dass ein Dienstmädchen sie mit ihren kurzen Armen erreichen könnte, sind von einer dicken Staubschicht überzogen. Die Teppiche sind verschlissen, die Möbel zerkratzt, das stumpfe Silbergeschirr wirkt hinter dem schmutzigen Glas der Vitrinen wie aufgebahrt. Mögen die übrigen geladenen Gäste auch noch so unerquicklich sein, ich vermisse dennoch das unterschwellige Brausen ihrer Gespräche. Sie haben diesem Ort Leben eingehaucht und die zahllosen Lücken gefüllt, in denen ansonsten ein düsteres Schweigen herrscht. Wenn sich keine Menschen darin aufhalten, ist Blackheath ein toter Ort, eine deprimierende Ruine, die auf den Gnadenstoß der Abrissbirne wartet.

Ich hole Mantel und Schirm aus meinem Zimmer und begebe mich nach draußen. Der Regen prasselt auf die Erde herab, und die Luft ist vom Gestank verfaulter Blätter durchtränkt. Weil ich nicht genau weiß, gegen welches Fenster der Vogel geflogen ist, folge ich dem schmalen Rasenstreifen, der sich um das Haus zieht, bis ich schließlich seinen kleinen Körper finde. Dann benutze ich das Papiermesser als behelfsmäßige Schaufel und hebe dem Vogel ein flaches Grab aus. Meine Handschuhe werden bei dieser Arbeit vollkommen durchnässt.

Bereits nach wenigen Minuten zittere ich vor Kälte. Unschlüssig, welchen Weg ich nun einschlagen soll, betrachte ich die gepflasterte Straße, die zu den Stallungen und um das untere Ende der Rasenfläche herumführt. Ich könnte quer über das Gras laufen, aber meine Schuhe scheinen für ein solches Unterfangen wenig geeignet. Ich entscheide mich also stattdessen für die sicherere Variante und folge dem Kiesweg, bis zu meiner Linken die Straße auftaucht. Wie nicht anders zu erwarten war, befindet sie sich in einem überaus schlechten Zustand. Die wuchernden Baumwurzeln haben einzelne Steine ausgehebelt, und die seit Jahren nicht zurückgeschnittenen Äste scheinen wie räuberische Finger nach mir greifen zu wollen.

Immer noch verstört von meinem Zusammentreffen mit dem seltsamen Mann im Pestdoktorkostüm, halte ich das Papiermesser fest umklammert und gehe äußerst langsam. Ich habe Angst, das Gleichgewicht zu verlieren und zu stürzen. Wer weiß, wer oder was in einem solchen Augenblick aus dem Wald springen könnte, um mich zu überfallen. Ich habe keine Ahnung, was dieser Mensch mit seiner Verkleidung bezwecken wollte. Doch genauso wenig will es mir gelingen, seine warnenden Worte mit einem Achselzucken abzutun. Irgendjemand hat Anna ermordet und mir einen Kompass gegeben. Es ist kaum anzunehmen, dass es ein und dieselbe Person war, die mich gestern Abend überfiel und heute früh rettete. Und nun muss ich mich also auch noch gegen diesen Lakaien zur Wehr setzen. Was war ich nur für ein Mensch, dass ich eine solche Schar von Feinden auf mich ziehe?

Die Straße mündet in einen hohen Torbogen aus rotem Backstein, in dessen Mitte eine große, gläserne Uhr mit einem zersplitterten Ziffernblatt hängt. Dahinter liegt ein Hof, um den sich Ställe und Nebengebäude gruppieren. Am Rand stehen Futtertröge, die vor Hafer überquellen, und in der Mitte sind zahlreiche Kutschen versammelt, die mit grünen Planen zugedeckt sind, um sie vor dem Wetter zu schützen. Sie stehen so dicht nebeneinander, dass sich ihre Räder berühren.

Das Einzige, was fehlt, sind die Pferde.

Sämtliche Ställe sind leer.

»Hallo?«, rufe ich zaghaft. Das Echo meiner Stimme hallt über den Hof, aber ich bekomme keine Antwort.

Eine schwarze Rauchwolke kräuselt sich aus dem Schornstein einer kleinen Hütte, und da ich die Tür unverschlossen finde, folge ich dem Nachhall meines Grußes ins Innere. Niemand ist zu Hause. Dieser Umstand ist äußerst seltsam, denn im Kamin flackert ein Feuer und der Tisch ist mit einer Schüssel Haferbrei und mehreren Scheiben Toast gedeckt. Ich ziehe meine durchnässten Handschuhe aus und hänge sie an den Kesselhaken übers Feuer, in der Hoffnung, dass mein Rückweg dann nicht ganz so unbehaglich wird.

Ich berühre den Haferbrei kurz mit der Fingerspitze und stelle fest, dass er lauwarm ist. Die Person, die ihn zubereitet hat, muss ihn vor nicht allzu langer Zeit hier zurückgelassen haben. Neben dem Tisch liegt ein ausrangierter Sattel, zusammen mit einem Lederflicken, was nahelegt, dass hier jemand bei der Reparatur unterbrochen wurde.

Ich kann nur annehmen, dass die Person, die hier wohnt – wer auch immer das sein mag –, nach draußen gestürmt ist, um sich um irgendeinen Notfall zu kümmern. Ich überlege, ob ich auf ihre Rückkehr warten soll. Es ist ein gar nicht mal so ungemütliches Refugium, auch wenn wegen der brennenden Kohle ziemlich schlechte Luft herrscht und es recht streng nach Lederpolitur und Pferdehaar riecht. Was mir jedoch viel größere Sorgen bereitet, ist die einsame Lage der Hütte. Bis ich weiß, wer mich letzte Nacht angegriffen hat, muss ich jedem, der sich auf Blackheath aufhält, mit äußerster Vorsicht begegnen, und dazu gehört auch der Stallmeister. Ich sollte ihm also, sofern sich das verhindern lässt, auf keinen Fall allein gegenübertreten.

An einem Nagel neben der Tür hängt ein Dienstplan und daneben baumelt ein Bleistift an einer Schnur. Ich nehme den Plan von der Wand und wende ihn um, denn ich möchte eine Notiz darauf hinterlassen, dass man mich bitte ins Dorf bringen möge. Aber dort steht bereits eine Nachricht:

Du darfst Blackheath auf keinen Fall verlassen, es hängen mehr Leben davon ab als nur Dein eigenes. Komm um zwanzig nach zehn Uhr abends zu dem Mausoleum auf dem Familienfriedhof. Ich treffe Dich dort und werde Dir alles erklären. Oh, und vergiss Deine Handschuhe nicht, sie fangen gerade zu brennen an.

In Liebe, Anna

Rauch steigt mir in die Nase, und als ich mich umdrehe, sehe ich, wie meine Handschuhe über dem Feuer schwelen. Ich reiße sie vom Haken und trete die Asche aus, mit weit aufgerissenen Augen und klopfendem Herzen, während ich mich in der Hütte nach irgendwelchen Anzeichen dafür umsehe, wie man diesen Trick wohl zustande gebracht haben mag.

Warum fragst du nicht Anna, wenn du sie heute Abend triffst?

»Weil ich sie habe sterben sehen«, knurre ich in den leeren Raum hinein und schäme mich sofort meiner selbst.

Als ich die Fassung wiedergewonnen habe, lese ich die Nachricht noch einmal, aber damit komme ich der Wahrheit auch nicht näher. Falls Anna überlebt hat, müsste sie schon eine sehr grausame Kreatur sein, um ein solches Spiel mit mir zu treiben. Viel wahrscheinlicher ist, dass mir jemand einen Streich spielen möchte, und zwar jemand, der von dem Unglück erfahren hat, das mir heute früh widerfahren ist. Schließlich hat sich die Nachricht darüber im gesamten Haus verbreitet. Warum sollte man sonst einen so unheimlichen Ort und eine derart späte Stunde für das geplante Treffen wählen?

Und dieser jemand ist ein Hellseher?

»Es herrscht übles Wetter heute, da kann ja jeder voraussagen, dass ich nach meiner Ankunft hier meine Handschuhe trocknen möchte.«

Die Hütte lauscht meinen Worten mit höflichem Schweigen. Doch diese Schlussfolgerung hat selbst in meinen eigenen Ohren einen verzweifelten Klang. Fast so verzweifelt wie mein Drang, die Nachricht als gefälscht abzutun. Allem Anschein nach bin ich so kleinmütig und charakterschwach, dass ich ohne zu zögern jede Hoffnung auf Annas Überleben aufgeben würde, nur damit ich ruhigen Gewissens von hier fliehen kann.

Von einem ziemlich elenden Gefühl durchdrungen ziehe ich mir die versengten Handschuhe an. Ich muss unbedingt nachdenken, und das scheint mir im Gehen besser zu gelingen.

Also laufe ich um die Stallungen herum. Auf der anderen Seite stoße ich auf eine von Unkraut überwucherte Koppel. Das Gras ist hüfthoch gewachsen und die Umzäunung derart verrottet, dass sie nahezu vollständig in sich zusammengebrochen ist. Auf der anderen Seite der Koppel kann ich zwei Gestalten erkennen, die sich Arm in Arm unter einem Regenschirm zusammengedrängt haben. Sie folgen wohl einem Pfad, den ich von hier aus nicht sehen kann, denn sie kommen relativ mühelos voran. Der Himmel weiß, wie es ihnen gelungen ist, mich in diesem heftigen Regen überhaupt auszumachen, aber einer von ihnen hebt grüßend die Hand. Ich erwidere die Geste und empfinde dabei einen kurzen Moment lang so etwas wie entfernte Seelenverwandtschaft. Im nächsten Moment sind die beiden Gestalten in der Finsternis des Waldes verschwunden.

Ich lasse meine Hand wieder herabsinken und treffe im selben Moment eine Entscheidung.

Ich habe mir eingeredet, dass eine tote Frau keinerlei Ansprüche an mich erheben kann und dass daher meiner Abreise aus Blackheath nichts entgegensteht. Es war die Entscheidung eines Feiglings, aber wenigstens hatte sie einen gewissen Wahrheitsgehalt.

Doch wenn Anna noch lebt, dann trifft das nicht länger zu.

Ich habe sie an diesem Morgen im Stich gelassen und konnte seither an nichts anderes mehr denken. Jetzt, da ich eine zweite Chance bekomme, darf ich diese nicht in den Wind schlagen. Anna ist in Gefahr, und ich kann ihr helfen, also muss ich das auch tun. Wenn das nicht ausreicht, um mich zum Verbleib in Blackheath zu bewegen, dann habe ich das Leben nicht verdient, das zu verlieren ich eine solche Angst habe. Komme, was da wolle, ich muss um zwanzig nach zehn Uhr abends auf dem Friedhof sein.

6.

»Da draußen gibt es jemanden, der meinen Tod will.«

Es fühlt sich seltsam an, diese Worte laut auszusprechen, als würde ich dadurch eben dieses Schicksal auf mich selbst herabbeschwören. Aber wenn ich es schaffen möchte, bis zum heutigen Abend zu überleben, dann muss ich mich dieser Angst stellen. Ich weigere mich, noch mehr Zeit damit zu verschwenden, mich in meinem Schlafzimmer zu verschanzen. Nicht, wenn es noch so viele unbeantwortete Fragen gibt.

Ich gehe zum Haus zurück und lasse währenddessen den Blick über die Bäume gleiten, auf der Suche nach Anzeichen für eine etwaige Gefahr. Dabei huschen meine Gedanken unablässig zwischen den Ereignissen des Vormittags hin und her. Immer und immer wieder frage ich mich, was es mit den Schnittwunden an meinem Arm, dem Mann im Pestdoktorkostüm, dem Lakaien und dieser geheimnisvollen Anna auf sich hat, die lebendig und wohlauf zu sein scheint und rätselhafte Nachrichten für mich hinterlässt.

Wie ist es ihr im Wald gelungen zu überleben?

Möglicherweise hätte sie die Nachricht auch am frühen Morgen schreiben können, bevor sie attackiert wurde, aber woher soll sie dann gewusst haben, dass ich in diese Hütte kommen und meine Handschuhe über dem Feuer trocknen würde? Ich habe niemandem von meinen Plänen erzählt. Habe ich sie etwa laut ausgesprochen? Ist es möglich, dass sie mich beobachtet hat?

Ich schüttele den Kopf und bemühe mich, meine Gedanken von diesem wundersamen Kaninchenloch fortzulenken, auf dass ich nicht darin verschwinde.

Ich konzentriere mich viel zu sehr auf die Zukunft, während ich doch eigentlich eher zurückschauen sollte. Michael hat mir erzählt, dass mir ein Dienstmädchen gestern Abend eine Nachricht überbrachte und dass das der Moment war, an dem er mich das letzte Mal gesehen hat.

Damit hat alles begonnen.

Du musst das Dienstmädchen finden, das dir die Nachricht übergeben hat.

Ich bin kaum durch die Tür von Blackheath House getreten, als ich Stimmen höre, die mich in Richtung des Salons locken. Der Raum ist leer, abgesehen von zwei jungen Dienstmädchen, die damit beschäftigt sind, die Überreste des Mittagsbuffets auf zwei riesige Tabletts zu verfrachten. Sie arbeiten Seite an Seite und haben die gesenkten Köpfe zu einer heimlichen Tratscherei zusammengesteckt. Meine Anwesenheit auf der Türschwelle bemerken sie nicht.

»… Henrietta meint, sie sei verrückt geworden«, sagt das eine Mädchen, deren braune Locken unter ihrer weißen Haube hervorquellen.

»Es ziemt sich nicht, so etwas über Lady Helena zu sagen, Beth«, schimpft das andere Mädchen. »Sie hat uns immer gut behandelt und war nie ungerecht!«

Beth scheint abzuwägen, was mehr Gewicht hat – dieser Umstand oder die faszinierenden Klatschgeschichten, die man ihr zugetragen hat.

»Henrietta hat mir erzählt, Lady Helena hätte den Verstand verloren«, fährt sie dann fort. »Sie hätte Lord Peter angeschrien. Henrietta meinte, das läge wahrscheinlich daran, dass sie nun wieder zurück auf Blackheath ist, nach dem, was damals mit Master Thomas passiert ist. Das steckt man nicht so einfach weg, hat Henrietta gesagt.«

»Sie sagt eine Menge Dinge, diese Henrietta. Wenn ich du wäre, würde ich sie mir ganz rasch aus dem Kopf schlagen. Es ist ja schließlich nicht so, als wäre es das erste Mal, dass wir mit anhören, wie die beiden sich streiten, oder? Und außerdem: Wenn es eine ernste Sache wäre, dann würde Lady Helena es Mrs. Drudge erzählen. Das macht sie in solchen Fällen doch immer.«

»Mrs. Drudge kann sie nirgends finden«, entgegnet Beth triumphierend, weil sie nun einen unumstößlichen Beweis für die gegen Lady Helena erhobenen Unterstellungen gefunden hat. »Sie hat sie schon den ganzen Vormittag nicht gesehen, aber …«

Mein Eintreten führt dazu, dass ihr die nächsten Worte im Hals steckenbleiben. Überrascht versuchen beide Dienstmädchen, in einem Knicks zu versinken, doch dieser Versuch endet nach kürzester Zeit in einem einzigen Gewirr aus Armen, Beinen und schamroten Gesichtern. Ich wische ihre Verwirrung mit einem Wink meiner Hand beiseite und frage, welche Dienstboten am gestrigen Abend das Essen serviert haben. Doch die einzige Antwort, die ich bekomme, sind ein paar gemurmelte Entschuldigungen und ratlose Blicke. Ich stehe schon im Begriff aufzugeben, als Beth die Bemerkung wagt, Evelyn Hardcastle würde gerade im Sonnenzimmer im hinteren Bereich des Hauses eine kleine Gesellschaft für die weiblichen Gäste geben und wisse sicherlich mehr.

Nach einer kurzen Diskussion führt mich eine der beiden durch eine Verbindungstür in das Arbeitszimmer, in dem ich Daniel und Michael heute Mittag getroffen habe. Dahinter liegt eine Bibliothek, die wir rasch durchschreiten, und danach gelangen wir in einen dämmrigen Flur. Dunkle Schatten regen sich, als wollten sie uns begrüßen. Eine schwarze Katze kommt unter einem kleinen Telefontischchen hervorgehuscht, trottet auf lautlosen Pfoten den Gang entlang, wobei sie mit ihrem Schwanz den staubigen Holzfußboden fegt, und verschwindet schließlich am hinteren Ende durch eine Tür, die einen Spaltbreit offensteht. Ein warmes, in einem hellen Orange leuchtendes Licht sickert unter dem Spalt hervor und von der anderen Seite sind Musik und Stimmen zu hören.

»Miss Evelyn ist dort drin, Sir«, sagt das Dienstmädchen.

Ihr lapidarer Tonfall legt nahe, dass sie weder auf den Raum noch auf Evelyn Hardcastle besonders große Stücke hält.

Ich kümmere mich nicht weiter um ihre geringschätzige Haltung und öffne die Tür. Im Raum herrscht eine unsägliche Hitze, die mich mit voller Kraft ins Gesicht trifft. Die Luft ist schwer und süß vom Parfüm der Damen und wird einzig durch eine kratzige, hässliche Musik ein wenig in Bewegung gebracht. Die Klänge schrauben sich in die Höhe, schweben von einer Ecke in die andere, prallen gegen die Wände und taumeln schließlich benommen zu Boden. Große Bleiglasfenster geben den Blick auf den hinter dem Haus gelegenen Garten frei, wo sich graue Wolken über der gläsernen Kuppel eines Gewächshauses auftürmen. Um das Kaminfeuer stehen Stühle und Chaiselongues gruppiert, und einige junge Frauen sind gleich welken Orchideen darauf niedergesunken, rauchen Zigaretten und halten die Gläser mit ihren Drinks fest umklammert. Es herrscht eine unruhige, aufgewühlte Stimmung, die nicht recht zu einem Willkommensfest passen will. Das einzige nennenswerte Lebenszeichen kommt von einem an der gegenüberliegenden Wand hängenden Ölgemälde, das eine alte Frau mit glühenden Kohleaugen darstellt. Sie scheint über den Raum zu Gericht zu sitzen, und ihr Gesichtsausdruck bringt nur allzu beredt zum Ausdruck, mit welchem Widerwillen sie die hier versammelte Gesellschaft betrachtet.

»Meine Großmutter, Heather Hardcastle«, sagt eine Frauenstimme hinter mir. »Es ist kein besonders schmeichelhaftes Porträt, aber sie war auch alles andere als eine schmeichelhafte Person, nach dem, was man so hört.«

Ich wende mich zu der Stimme um und werde rot, als ich den Blicken eines Dutzend Gesichter begegne, die sich aus dem trüben Gewässer ihrer Langeweile an die Oberfläche haben treiben lassen, um mich näher in Augenschein zu nehmen. Überall im Raum erklingt mein Name und zieht, von einem plötzlichen aufgeregten Summen gejagt, seine Runden, als wäre ein Schwarm Bienen hinter ihm her.

An einem Schachtisch sitzen sich zwei Personen gegenüber, eine Frau, von der ich annehmen muss, dass es sich dabei um Evelyn Hardcastle handelt, und ein ältlicher, in höchstem Grade dickleibiger Mann, der zu allem Überfluss auch noch einen Anzug trägt, der ein paar Nummern zu klein für ihn ist. Die beiden bilden ein seltsames

Paar. Evelyn ist Ende zwanzig, hat einen dünnen, eckigen Körper, hohe Wangenknochen und blonde Haare, die sie in einer strengen Frisur zurückgebunden hat. Sie erinnert irgendwie an eine Glasscherbe. Das grüne, modisch geschnittene Kleid mit umgürteter Taille, das sie trägt, scheint mit seinen scharfkantigen Konturen den strengen Ausdruck ihres Gesichtes widerzuspiegeln.

Der dicke Mann hingegen dürfte wohl keinen Tag jünger als fünfundsechzig sein, und ich mag mir kaum vorstellen, welche Verrenkungen notwendig gewesen sein müssen, um seinen riesigen Leib hinter den winzigen Schachtisch zu zwängen. Auch sein Stuhl ist viel zu klein und unnachgiebig, sodass er den Anschein eines Märtyrers erweckt, der gerade einer Geißelung unterzogen wird. Auf seiner Stirn glänzt der Schweiß, und das durchnässte Taschentuch, das er mit einer Hand umklammert hält, zeugt davon, wie lange er diese Qual schon über sich ergehen lässt. Er schaut mich auf eine seltsame Weise an, mit einem Gesichtsausdruck, der irgendwo zwischen Neugier und Dankbarkeit anzusiedeln ist.

»Ich bitte um Verzeihung«, sage ich. »Ich wollte …«

Evelyn schiebt einen Bauern vor, ohne vom Schachbrett aufzuschauen. Der fette Mann wendet seine Aufmerksamkeit wieder dem Spiel zu und lässt eine dickfleischige Fingerspitze auf seinem Springer ruhen, sodass die Figur fast darunter begraben wird.

Ich überrasche mich selbst damit, dass ich über seinen Fehler aufstöhne.

»Sie spielen Schach?«, fragt mich Evelyn, starrt aber weiter unverwandt auf das Spielbrett, ohne den Blick zu heben.

»Es sieht ganz so aus«, antworte ich.

»Vielleicht könnten Sie ja dann nach Beendigung dieser Partie für Lord Ravencourt übernehmen?«

Ungeachtet meiner Warnung stolziert Lord Ravencourts Springer schnurstracks in die von Evelyn gestellte Falle und wird im nächsten Moment von einem ihm auflauernden Turm dahingeschlachtet. Nun hält die Panik Einzug in Ravencourts Spiel. Evelyn wirft ihre Figuren nach vorn und treibt ihren Kontrahenten zu ungebührlicher Hast an, während dieser doch eigentlich viel eher Geduld walten lassen müsste. Das Spiel ist in vier Zügen vorüber.

»Danke für die Zerstreuung, Lord Ravencourt«, sagt Evelyn, als er seinen König umwirft. »Ich glaube, Ihre Anwesenheit ist nun anderweitig vonnöten.«

Es ist eine ebenso schroffe wie unmissverständliche Entlassung. Mit einer ungelenken Verbeugung befreit sich Ravencourt aus seiner unglückseligen Verflechtung mit dem Schachtisch und verlässt humpelnd den Raum. Beim Hinausgehen nickt er mir kaum merklich zu.

Evelyns Widerwille scheint ihn geradezu aus dem Zimmer zu jagen, aber ihre schlechte Stimmung ist sofort verflogen, kaum, dass er fort ist. Mit einer einladenden Geste weist sie auf den ihr gegenüberstehenden Stuhl.

»Bitte«, sagt sie.

»Ich fürchte, ich kann nicht«, sage ich. »Ich bin auf der Suche nach einem der Dienstmädchen. Sie hat mir gestern während des Abendessens eine Nachricht überbracht. Das ist jedoch leider alles, was ich über sie weiß. Ich hatte gehofft, Sie könnten mir vielleicht helfen.«

»Unser Butler könnte helfen«, sagt sie und lässt währenddessen die Figuren ihrer durcheinander gebrachten Armee wieder in Reih und Glied aufmarschieren. Jede Figur wird genau in der Mitte ihres Feldes platziert und zwar so, dass sie dem Feind das Gesicht zuwendet. Auf diesem Spielfeld ist ganz offensichtlich kein Platz für Feiglinge.

»Mr. Collins kennt jeden einzelnen Schritt, den jeder einzelne Dienstbote in diesem Haus tut, oder zumindest lässt er sie dies gerne glauben«, sagt sie. »Unglücklicherweise wurde er heute früh das Opfer eines Angriffs. Doktor Dickie hat veranlasst, dass er ins Pförtnerhaus gebracht wird, damit er sich dort ungestört ausruhen kann. Ich hatte ohnehin vor, einmal nach ihm zu schauen. Vielleicht kann ich Sie ja begleiten.«

Ich zögere eine Sekunde und wäge ab, wie hoch die Gefahr sein könnte, der ich mich dadurch aussetze. Sollte Evelyn Hardcastle mir tatsächlich Leid zufügen wollen, so würde sie wohl kaum vor einem Raum voller Zeugen ihre Absicht kundtun, mit mir zusammen fortzugehen.

»Das wäre sehr freundlich von Ihnen«, antworte ich und bekomme ein flüchtiges, kaum merkliches Lächeln geschenkt.

Evelyn steht auf. Entweder tut sie so, als würde sie die neugierigen Blicke, die uns folgen, nicht bemerken, oder sie bekommt tatsächlich nichts davon mit. Der Raum hat mehrere Terrassentüren, die in den Garten führen, aber wir verschmähen sie und verlassen das Haus stattdessen durch die Eingangshalle, denn das gibt uns die Gelegenheit, erst unsere Mäntel und Hüte aus unseren jeweiligen Zimmern zu holen. Evelyn ist immer noch damit beschäftigt, sich ihren Hut so fest wie möglich auf den Kopf zu setzen, während wir Blackheath House schon verlassen und in den stürmischen, kalten Nachmittag hinaustreten.

»Darf ich fragen, was Mr. Collins widerfahren ist?«, versuche ich sie auszuhorchen, denn mir ist der Gedanke gekommen, dass der Angriff auf ihn vielleicht etwas mit dem Angriff auf mich am gestrigen Abend zu tun haben könnte.

»Offenbar hat sich einer unserer Gäste auf ihn gestürzt, ein Künstler namens Gregory Gold«, sagt sie und knotet sich ihren dicken Schal um den Hals. »Dem Vernehmen nach fand dieser Angriff vollkommen grundlos statt, und Gold hat den Butler ziemlich übel zugerichtet, bevor endlich jemand eingeschritten ist. Ich sollte Sie jedoch vorwarnen, Doktor Bell, man hat Mr. Collins ziemlich starke Betäubungsmittel verabreicht. Ich weiß also nicht, ob er Ihnen überhaupt behilflich sein kann.«

Wir folgen dem Kiesweg, der zum Dorf führt, und wieder einmal wird mir bewusst, in was für einer seltsamen Situation ich mich befinde. An irgendeinem Zeitpunkt während der vergangenen Tage muss ich auf genau dieser Straße hierhergekommen sein, glücklich und aufgeregt, oder vielleicht auch verärgert wegen der Entfernung und der einsamen Lage dieses Ortes. Habe ich da schon begriffen, in welcher Gefahr ich mich befand, oder wurde mir das erst später klar, im Laufe meines Aufenthaltes? Ein riesiger Teil von mir ist verloren gegangen. Mein Gedächtnis wurde einfach fortgeweht, wie die Blätter, die auf der Erde liegen, und doch stehe ich jetzt hier, als gänzlich neu erschaffene Person. Ich frage mich, ob Sebastian Bell diesen Mann wohl gutheißen würde, zu dem ich geworden bin. Würden wir überhaupt miteinander auskommen?

Ohne ein Wort zu sagen, hakt Evelyn sich bei mir ein. Ein warmes Lächeln breitet sich auf ihrem Gesicht aus und verwandelt es völlig. Es ist, als hätte jemand in ihrem Innern ein Feuer entfacht. Ihre Augen funkeln lebhaft. Die Frau, die mir eben noch begegnet ist und die wie in einen Nebel eingehüllt schien, ist spurlos verschwunden.

»Es fühlt sich so gut an, einmal aus diesem Haus herauszukommen«, ruft sie und legt den Kopf zurück, um sich den Regen ins Gesicht rinnen zu lassen. »Wie gut, dass Sie just in diesem Augenblick den Raum betreten haben, Doktor Bell. Ganz ehrlich, wenn Sie eine Minute später gekommen wären, hätten Sie mich mit meinem Kopf im Kaminrost vorgefunden.«

»Dann ist es ja ein großes Glück, dass ich vorbeischaute«, sage ich, ein wenig verwundert über ihren Stimmungswandel. Evelyn spürt meine Verwirrung und lacht leichthin.

»Oh, lassen Sie sich durch mich nicht irritieren«, sagt sie. »Ich hasse es einfach nur, neue Leute kennenzulernen. Deshalb mache ich auch jeden, der mir bei der ersten Begegnung sympathisch ist, sofort zu meinem Freund. Das spart auf Dauer eine Menge Zeit.«

»Ich kann den Reiz dieser Methode durchaus nachvollziehen«, sage ich. »Darf ich fragen, womit ich einen solch günstigen Eindruck verdient habe?«

»Nur wenn Sie mir gestatten, bei meiner Antwort ganz offen zu sein.«

»Und jetzt, in diesem Moment, sind Sie nicht offen?«

»Ich wollte nur höflich sein. Aber Sie haben recht, es scheint mir nie zu gelingen, das rechte Maß zu finden«, sagt sie mit gespieltem

Bedauern. »Nun, um ganz offen zu sein, ich mag es, wie nachdenklich Sie sind, Doktor. Sie machen auf mich den Eindruck, als wären Sie in diesem Augenblick viel lieber anderswo – ein Gefühl, das ich von ganzem Herzen nachvollziehen kann.«

»Soll ich daraus schließen, dass Sie Ihre Heimkehr nicht gerade genießen?«

»Oh, dieser Ort ist schon seit sehr langer Zeit nicht mehr meine Heimat gewesen«, sagt sie und springt über eine große Pfütze. »Ich habe während der vergangenen neunzehn Jahre in Paris gelebt. Seit dem Tag, an dem mein Bruder getötet wurde.«

»Was ist mit den Frauen, in deren Gesellschaft ich Sie im Sonnenzimmer habe sitzen sehen? Sind das nicht Ihre Freundinnen?«

»Sie sind heute früh hier eingetroffen, und, um ehrlich zu sein, ich habe keine einzige von ihnen wiedererkannt. Die Kinder von damals haben sich gehäutet. Sie haben ihr altes Wesen abgestreift und sich in die feine Gesellschaft hineingeschlängelt. Ich bin hier ebenso ein Fremder wie Sie es sind.«

»Wenigstens sind Sie sich selbst gegenüber keine Fremde, Miss Hardcastle«, sage ich. »Dieser Umstand sollte Ihnen doch einen gewissen Trost spenden, oder nicht?«

»Ganz im Gegenteil«, sagt sie und sieht mich an. »Ich stelle es mir ganz wunderbar vor, für eine kleine Weile ein wenig Abstand von mir selbst zu gewinnen. Ich beneide Sie.«

»Sie beneiden mich?«

»Warum nicht?«, fragt sie und wischt sich den Regen aus dem Gesicht. »Sie sind eine von allem entblößte Seele, Doktor Bell. Keine Reue, keine Wunden, frei von diesen Lügen, die wir uns selbst erzählen, damit wir jeden Morgen in den Spiegel schauen können. Sie sind …«, sie beißt sich auf die Lippen, um nach dem richtigen Wort zu suchen, »… ehrlich.«

»Ein anderes Wort dafür wäre ›ungeschützt‹«, entgegne ich.

»Soll ich daraus schließen, dass Sie *Ihre* Heimkehr nicht genießen?« Ihr Lächeln ist ein wenig schief. Ihre Lippen haben sich in einer

66

Weise verzogen, die manch einer als vernichtend empfinden könnte, die in meinen Augen jedoch verschwörerisch wirkt.

»Ich bin nicht der Mann, der zu sein ich gehofft hatte«, sage ich leise, überrascht von meiner eigenen Offenheit. Irgendetwas an dieser Frau sorgt dafür, dass ich meine Deckung ein wenig herunternehme. Ich fühle mich in ihrer Gegenwart wohl, obwohl ich beim besten Willen nicht sagen kann, warum.

»Inwiefern?«, fragt sie.

»Ich bin ein Feigling, Miss Hardcastle«, seufze ich. »Vierzig Jahre voller Erinnerungen, einfach so ausgelöscht, und das Einzige, was mir unter der Oberfläche aufgelauert hat, ist diese Feigheit. Das ist alles, was mir bleibt.«

»Oh, nennen Sie mich doch Evie! Dann kann ich Sie Sebastian nennen und Ihnen sagen, dass Sie sich nicht so wegen Ihrer Schwächen grämen sollen. Wir haben alle welche. Und wenn ich selbst ganz neu in diese Welt hineingeboren würde, dann wäre ich vielleicht auch vorsichtig«, sagt sie und drückt meinen Arm.

»Das ist sehr freundlich von Ihnen, aber das hier ist etwas, das viel tiefer geht. Es ist etwas Instinktives.«

»Na und, was wäre schon dabei, wenn Sie tatsächlich ein Feigling wären?«, fragt sie. »Es gibt viel Schlimmeres, das Sie sein könnten. Wenigstens sind Sie nicht engherzig oder grausam. Und jetzt haben Sie ja die Wahl, nicht wahr? Statt gezwungen zu sein, sich selbst im Dunkeln zusammenzubauen, wie es der Rest von uns getan hat – sodass man eines Tages aufwacht und keine Ahnung mehr hat, wie es dazu kommen konnte, dass man zu dieser Person geworden ist –, können Sie frei entscheiden. Sie können die Welt um Sie herum betrachten, können sich die Menschen anschauen, von denen Sie umgeben sind, und dann die Bestandteile Ihres Charakters auswählen, die Sie übernehmen möchten. Sie können sagen: ›Ich werde mir die Ehrlichkeit dieses Mannes da aneignen und den Optimismus dieser Frau dort‹, ganz so, als würden Sie in die Savile Row gehen, um sich einen Anzug schneidern zu lassen.«

»Sie haben meinen Zustand in ein Geschenk verwandelt«, sage ich und spüre, wie sich meine Stimmung hebt.

»Nun, wie sonst würden Sie es nennen, wenn man eine zweite Chance bekommt?«, fragt sie. »Sie mögen den Mann nicht, der Sie früher waren. Schön und gut. Seien Sie also jemand anderer. Jetzt gibt es ja schließlich nichts mehr, das Sie davon abhalten könnte. Wie ich schon sagte, ich beneide Sie. Wir Übrigen sind dazu verdammt, mit unseren Fehlern zu leben.«

Darauf habe ich keine Antwort, und es ist auch keine vonnöten, jedenfalls nicht sofort. Wir sind an zwei riesigen Torpfeilern angelangt, auf deren Spitzen ein Paar zerbrochener Engel in ihre lautlosen Trompeten blasen. Das Pförtnerhaus steht ein wenig abseits unter den Bäumen zu unserer Linken, und hier und da leuchten die Farbtupfer seines roten Ziegeldachs durch das dichte Laubdach herüber. Ein Pfad führt zu einer grün gestrichenen, uralten Tür, die von zahllosen Rissen durchzogen ist und von deren aufgedunsenem Holz die Farbe abblättert. Evelyn beachtet die Tür jedoch nicht, sondern zieht mich stattdessen an der Hand zur rückwärtigen Seite des Hauses. Auf dem Weg dorthin kämpfen wir uns durch das wuchernde Unterholz, dessen Äste bis an das zerbröckelnde Mauerwerk heranreichen.

Die Hintertür ist nur mit einem einfachen Riegel verschlossen, den man von außen öffnen kann. Wir betreten eine dunkle, muffige Küche. Die Arbeitsflächen sind von einer dicken Staubschicht überzogen und auf dem Herd stehen lauter alte Kupferpfannen. Sobald wir uns im Innern des Hauses befinden, verharrt Evelyn einen Moment und lauscht angespannt.

»Evelyn?«, frage ich.

Sie bedeutet mir still zu sein und geht einen Schritt weiter in Richtung Flur. Von dieser plötzlichen Vorsicht verunsichert, spanne ich sämtliche Muskeln an, doch im nächsten Moment lacht sie laut auf und bricht den Bann.

»Es tut mir leid, Sebastian, ich habe nur gelauscht, ob mein Vater gerade da ist.«

»Ihr Vater?«, frage ich verwirrt.

»Er übernachtet hier«, antwortet sie. »Er hatte vor, an der Jagd teilzunehmen, aber es hätte ja sein können, dass er sich verspätet hat. Ich wollte es lieber nicht riskieren, ihm hier über den Weg zu laufen. Ich fürchte, wir mögen einander nicht besonders.«

Bevor ich weitere Fragen stellen kann, winkt sie mich in einen mit Fliesen ausgelegten Flur und eine schmale Stiege hinauf, deren nackte Holzstufen unter unseren Füßen ein schrilles Knarzen und Quietschen von sich geben. Ich folge ihr dicht auf den Fersen und schaue mich alle paar Schritte verstohlen um. Das Pförtnerhaus ist schmal und schief, und die Türen sind in seltsam schrägen Winkeln in die Wände eingelassen, wie wild wuchernde Zähne. Durch die Fenster pfeift der Wind und bringt den Geruch von Regen mit sich. Das gesamte Haus klappert auf seinen Grundfesten, und alles an ihm scheint darauf angelegt zu sein, seinen Besuchern den letzten Nerv zu rauben.

»Warum hat man den Butler denn so weit hier draußen untergebracht?«, frage ich Evelyn, die gerade versucht, sich zwischen den Türen zu entscheiden, die zu beiden Seiten des Flurs liegen. »Es hätte doch sicherlich einen bequemeren Ort für ihn gegeben.«

»Alle Zimmer im Haupthaus sind belegt, und Doktor Dickie hat strikte Ruhe verordnet. Und auch ein gutes Feuer. Ob Sie's glauben oder nicht, dies ist wahrscheinlich der beste Ort für ihn. Kommen Sie, versuchen wir es mal mit dieser Tür«, sagt sie, klopft vorsichtig an die Tür zu unserer Linken und öffnet sie einfach, als sie keine Antwort bekommt.

Von einem Haken an der Decke baumelt ein hochgewachsener Kerl in einem kohlebefleckten Hemd herab. Seine Hände sind zusammengebunden, und man hat ihn so aufgehängt, dass seine Füße gerade eben noch den Boden berühren. Er ist bewusstlos. Sein Kopf mit den dunklen lockigen Haaren ist ihm auf die Brust gesunken, und sein Gesicht ist über und über mit Blut besudelt.

»Nein, es muss auf der anderen Seite sein«, sagt Evelyn. Ihre Stimme bleibt vollkommen gleichgültig und ausdruckslos.

»Was zum Teufel?«, rufe ich aus und trete erschrocken einen Schritt zurück. »Wer ist dieser Mann, Evelyn?«

»Das ist Gregory Gold, der Kerl, der unseren Butler angegriffen hat«, antwortet Evelyn und beäugt ihn, als wäre er ein Schmetterling, den man an eine Korktafel geheftet hat. »Der Butler hat meinem Vater während des Krieges als Offiziersbursche gedient. Scheint ganz so, als hätte mein Vater diesen Angriff ziemlich persönlich genommen.«

»Persönlich genommen?«, rufe ich aus. »Evie, man hat den Mann ja wie Schlachtvieh an den Haken gehängt!«

»Vater war noch nie ein besonders subtiler Mensch. Und auch nicht besonders klug«, sagt sie mit einem Schulterzucken. »Ich denke, diese beiden Eigenschaften gehen wohl Hand in Hand.«

Zum ersten Mal, seit ich aufgewacht bin, gerät mein Blut in Wallung. Was auch immer das für Verbrechen sein mögen, die dieser Mann begangen hat, der Gerechtigkeit kann nicht durch ein Stück Seil in einem verschlossenen Zimmer genüge getan werden.

»Wir können ihn nicht so hier hängen lassen«, protestiere ich. »Das ist unmenschlich.«

»Was er getan hat – das war unmenschlich«, sagt Evelyn, und zum ersten Mal bekomme ich ihre Kälte zu spüren. »Mutter hat Gold damit beauftragt, ein paar der Familienporträts auszubessern, weiter nichts. Er kannte den Butler nicht einmal. Und doch hat er ihn heute früh mit einem Schürhaken angegriffen und halb zu Tode geschlagen. Glauben Sie mir, Sebastian, er verdient Schlimmeres als das, was ihm hier gerade widerfährt.«

»Und was soll mit ihm passieren?«, frage ich.

»Ein Schutzmann ist vom Dorf aus hierher unterwegs«, sagt Evelyn, zieht mich aus dem kleinen Raum und schließt die Tür hinter uns. Sofort hellt sich ihre Stimmung auf. »Vater möchte in der Zwischenzeit nur, dass Gold seinen Unwillen zu spüren bekommt, das ist alles. Ah, hier muss es sein.«

Sie öffnet eine andere Tür auf der gegenüberliegenden Seite des Flurs, und wir betreten ein kleines Zimmer mit weißgetünchten

Wänden und einem einzelnen Fenster, das derart vor Schmutz starrt, dass man nicht mehr hindurchschauen kann. Anders als im Rest des Hauses ist hier keine Zugluft zu spüren. Im Kamin flackert ein kräftiges Feuer, neben dem ein großer Stapel Holz liegt, damit immer Nachschub zur Hand ist. In einer Ecke steht ein eisernes Bett, in dem der Butler liegt – eine unförmige Gestalt unter einer grauen Decke. Ich erkenne ihn wieder. Es ist der verbrannte Mann, der mich heute Morgen ins Haus gelassen hat.

Evelyn hatte recht, man hat ihm auf das Grausamste mitgespielt. Sein Gesicht hat hässliche bläuliche Prellungen und Schnitte davongetragen, und das Kopfkissen ist mit zahlreichen Flecken getrockneten Blutes übersät. Man könnte ihn für tot halten, wäre da nicht das ständige Stöhnen und Murmeln, das er von sich gibt. Die Schmerzen vergiften ihm den Schlaf.

Neben ihm sitzt ein Dienstmädchen in einem Holzstuhl, auf deren Schoß ein großes Buch aufgeschlagen liegt. Sie kann nicht älter als dreiundzwanzig sein. Ihre blonden Haare quellen unter ihrer Haube hervor, und sie ist von so winziger Statur, dass man den Eindruck bekommt, man könne sie sich glatt in die Hosentasche stecken. Bei unserem Eintreten schaut sie auf und als sie erkennt, wer wir sind, schlägt sie das Buch zu, springt hastig auf und streicht sich die weiße Schürze glatt.

»Miss Evelyn«, stammelt sie, wobei sie den Blick gesenkt hält. »Ich wusste nicht, dass Sie auf einen Besuch vorbeischauen würden.«

»Mein Freund hier wollte Mr. Collins etwas fragen«, antwortet Evelyn.

Die braunen Augen des Dienstmädchens huschen zu mir hinüber, nur, um sich im nächsten Moment direkt wieder auf den Fußboden zu heften.

»Es tut mir leid, Miss, er hat sich den ganzen Vormittag noch nicht gerührt«, sagt das Mädchen. »Der Doktor hat ihm was gegeben, damit er besser schlafen kann.«

»Und man kann ihn nicht aufwecken?«

»Ich habe es noch nicht versucht, Miss, aber Sie beide haben fürchterlichen Lärm gemacht, als Sie die Treppe hinaufgekommen sind, und da hat er nicht mal mit der Wimper gezuckt. Ich weiß nicht, was ihn sonst aufwecken könnte, wenn das nicht gereicht hat. Der schläft so tief und fest, wie man nur schlafen kann.«

Wieder gleitet der Blick des Dienstmädchens zu mir hinüber und bleibt lange genug an mir hängen, um auf eine gewisse Vertrautheit schließen zu lassen. Doch im nächsten Moment nimmt sie wie zuvor die Betrachtung des Fußbodens wieder auf.

»Entschuldigen Sie, aber kennen wir uns?«, frage ich.

»Nein, Sir, eigentlich nicht, es ist nur, dass … Ich habe Sie gestern Abend bedient.«

»Haben Sie mir eine Nachricht gebracht?«, frage ich aufgeregt.

»Nein, das war ich nicht, das war Madeline.«

»Madeline?«

»Meine Zofe«, unterbricht uns Evelyn. »Das Haus verfügte nicht über genügend Dienstboten, also habe ich sie hinunter in die Küche geschickt, damit sie aushilft. Nun, das ist doch ein Glücksfall«, sagt sie und schaut auf ihre Armbanduhr. »Madeline bringt der Jagdgesellschaft gerade Erfrischungen vorbei, aber sie wird gegen drei Uhr nachmittags wieder zurück sein. Dann können wir sie nach ihrer Rückkehr gemeinsam befragen.«

Ich wende meine Aufmerksamkeit wieder dem Dienstmädchen zu.

»Wissen Sie noch irgendetwas über diese Nachricht?«, frage ich. »Kennen Sie vielleicht deren Inhalt?«

Das Mädchen schüttelt den Kopf und ringt gleichzeitig die Hände. Das arme Geschöpf sieht aus, als wäre ihr diese Situation fürchterlich unangenehm. Ich erbarme mich ihrer, spreche ihr meinen Dank aus und verlasse den Raum.

7.

Wir folgen der Straße zum Dorf. Bei jedem Schritt scheinen die Bäume ein Stück näher zu rücken. Die Straße ist nicht ganz das, was ich erwartet hatte. Die Karte im Arbeitszimmer hatte den Eindruck erweckt, als sei der Fahrweg das Ergebnis einer gigantischen Kraftanstrengung. Sie hatte mich glauben machen, es handele sich um einen Boulevard, für den man mit heroischer Kraft eine Schneise durch den Wald geschlagen hat. In Wirklichkeit ist es jedoch kaum mehr als ein erbärmlicher Feldweg mit unzähligen Schlaglöchern, der von herabgefallenen Ästen übersät ist. Man hat den Wald beileibe nicht gezähmt, sondern allenfalls ein kleines Scharmützel mit ihm ausgetragen. Alles, was die Hardcastles geschafft haben, ist, ihrem mächtigen Nachbarn ein paar winzige Zugeständnisse abzuringen.

Ich kenne unser Ziel nicht, aber Evelyn glaubt, dass wir Madeline auf ihrem Rückweg von der Jagdgesellschaft abfangen können. Ich hege insgeheim den Verdacht, dass sie einfach nur nach einem Vorwand sucht, ihre Abwesenheit vom Haupthaus noch ein wenig in die Länge zu ziehen. Nicht, dass ein derartiges Täuschungsmanöver noch nötig wäre. Während dieser letzten Stunde, die ich in Evelyns Gesellschaft verbrachte, habe ich mich zum ersten Mal wie eine vollständige Person gefühlt und nicht nur wie eine Ansammlung kümmerlicher Überbleibsel. Hier draußen, im Wind und Regen, mit einer Freundin an meiner Seite, fühle ich mich glücklicher als jemals zuvor an diesem Tag.

»Was hoffen Sie denn, von Madeline zu erfahren?«, fragt mich Evelyn, während sie einen Ast vom Weg aufhebt und in den Wald wirft.

»Die Nachricht, die sie mir gestern Abend brachte, hat mich in den

Wald hinausgelockt, und dort bin ich dann überfallen worden«, antworte ich.

»Sie wurden überfallen?«, unterbricht mich Evelyn schockiert. »Hier, in diesem Wald? Warum?«

»Ich weiß es nicht, aber ich hoffe, dass Madeline mir sagen kann, wer mir diese Nachricht geschickt hat. Vielleicht hat sie sie ja sogar gelesen.«

»Vielleicht? Darüber gibt es gar keinen Zweifel. Sie hat sie auf jeden Fall gelesen«, entgegnet Evelyn. »Madeline war mit mir zusammen in Paris. Sie ist mir treu ergeben und bringt mich zum Lachen, aber als Kammerzofe ist sie eine Katastrophe. Und sie betrachtet es wahrscheinlich als netten kleinen Bonus ihres Berufs, ein paar neugierige Blicke in die Korrespondenz anderer Leute zu erhaschen.«

»Sie sind aber sehr nachsichtig.«

»Das muss ich auch sein, denn ich kann es mir nicht leisten, ihr einen angemessenen Lohn zu zahlen«, sagt sie. »Und wenn sie Ihnen gesagt hat, was in der Nachricht stand, was passiert dann?«

»Dann unterrichte ich die Polizei«, antworte ich. »Und hoffentlich ist diese Angelegenheit damit aus der Welt geschafft.«

An einem verwitterten, windschiefen Wegweiser wenden wir uns nach links und folgen einem schmalen Pfad in den Wald hinein. Hier kreuzen sich zahllose Schotterwege, sodass es mir irgendwann unmöglich wird, mir den Rückweg zu merken.

»Kennen Sie diesen Weg? Wissen Sie, wo wir hingehen?«, frage ich nervös und streife mir einen tief herabhängenden Ast aus dem Gesicht. Das letzte Mal, als ich diesen Wald betrat, hat er mir mein Gedächtnis geraubt.

»Wir folgen diesen Dingern da«, sagt sie und zupft an einem gelben Stück Stoff, das man an einen Baum genagelt hat. Es ähnelt den roten Stofffetzen, die ich heute früh im Wald entdeckt habe und mit deren Hilfe ich es zurück nach Blackheath geschafft habe. Diese Erinnerung verstört mich nur noch mehr, als ich es ohnehin schon bin.

»Das sind Wegmarkierungen«, sagt sie. »Die Hilfsgärtner und Wildhüter benutzen sie, um sich im Wald zurechtzufinden. Keine Sorge, ich führe Sie schon nicht in die Irre.«

Kaum hat sie diese Worte ausgesprochen, erreichen wir eine kleine Lichtung, in deren Mitte ein steinerner Brunnen steht. Das darüber gebaute Holzdach ist in sich zusammengefallen, und das Eisenrad, mit dessen Hilfe früher der Eimer hochgezogen wurde, liegt verrostet im Schlamm, nahezu gänzlich unter einem Haufen Blätter begraben. Evelyn klatscht begeistert in die Hände und berührt zärtlich den moosbedeckten Stein. Sie hofft ganz offenbar, dass ich nicht bemerke, wie sie einen kleinen Zettel aus einer Spalte in der Ummauerung zieht und ihn in der geballten Hand verschwinden lässt. Ich bin es unserer Freundschaft schuldig, so zu tun, als hätte ich nichts bemerkt, und wende daher hastig den Blick ab, als sie sich zu mir umwendet. Es gibt in Blackheath ganz offenbar jemanden, der ihr den Hof macht, und ich muss mir beschämt eingestehen, dass ich auf diesen heimlichen Briefwechsel und den Verfasser dieses Zettels eifersüchtig bin.

»Hier ist es«, sagt sie und schwenkt ihren Arm in einer theatralischen Geste. »Madeline wird auf ihrem Rückweg zum Haus über diese Lichtung kommen. Das dürfte jetzt nicht mehr allzu lange dauern. Sie wird um drei Uhr zurück im Haus erwartet, denn sie soll dabei helfen, den Ballsaal für heute Abend herzurichten.«

»Wo sind wir?«, frage ich und sehe mich um.

»Es ist ein Wunschbrunnen«, antwortet sie, während sie sich über die Brüstung lehnt und ins Dunkel hinabstarrt. »Michael und ich sind früher oft hierhergekommen, damals, als wir noch Kinder waren. Dann haben wir jedes Mal einen Kieselstein hineingeworfen und uns etwas gewünscht.«

»Und was waren das so für Dinge, die sich die kleine Evelyn Hardcastle gewünscht hat?«

Sie runzelt die Stirn. Die Frage hat sie ganz offensichtlich verblüfft.

»Wissen Sie was, ich kann mich beim besten Willen nicht mehr daran erinnern«, sagt sie. »Was wünscht sich ein Kind, das schon alles hat?«

Noch mehr. Genau wie jeder andere Mensch.

»Ich fürchte, darauf hätte ich auch keine Antwort gewusst, als ich noch über all meine Erinnerungen verfügte«, antworte ich mit einem Lächeln.

Evelyn wischt sich den Schmutz von den Händen und sieht mich fragend an. Ich kann sehen, wie groß die Neugier ist, die in ihrem Innern brennt, und welche Begeisterung sie verspürt, an einem Ort, an dem ihr ansonsten alles vertraut ist, etwas Unbekanntem, Unerwartetem begegnet zu sein. Mich durchzuckt ein Gefühl der Enttäuschung, als mir bewusst wird, dass ich nur deshalb mit ihr zusammen hier draußen bin, weil sie meinen Zustand faszinierend findet.

»Haben Sie schon mal darüber nachgedacht, was Sie tun werden, falls Sie Ihr Gedächtnis nicht zurückgewinnen?«, fragt sie und mildert die Frage ein wenig durch den sanften Tonfall ab, in dem sie gestellt ist.

Jetzt ist es an mir, verblüfft zu sein.

Seit meine anfängliche Verwirrung verflogen ist, habe ich mich bemüht, nicht mehr allzu viel über meinen Zustand nachzudenken. Wenn überhaupt, dann habe ich den Verlust meines Gedächtnisses eher als frustrierend denn als Tragödie empfunden. Lediglich während der Momente, in denen ich damit hadere, mich nicht an Anna erinnern zu können, empfinde ich das Ganze als mehr als nur eine Unannehmlichkeit. Bei den Ausgrabungsarbeiten, die ich bisher zur Person des Sebastian Bell angestellt habe, bin ich auf zwei Freunde, eine mit Notizen gespickte Bibel und einen verschlossenen Koffer gestoßen. Eine ziemlich magere Ausbeute, wenn man bedenkt, dass ich bereits seit vierzig Jahren auf dieser Erde wandle. Weder habe ich eine Ehefrau, die Tränen um unsere gemeinsamen, verloren gegangenen Jahre vergießt, noch ein Kind, das fürchten würde, es könne den geliebten Vater womöglich nicht zurückgewinnen. Aus einer solchen Perspektive betrachtet, erscheint das Leben des Sebastian Bell wie ein Verlust, der leicht wiegt und umso schwerer zu betrauern ist.

Irgendwo im Wald knackt ein Ast.

»Lakai«, sagt Evelyn. Sofort gefriert mir das Blut in den Adern und ich muss an die Warnung des Pestdoktors denken.

»Was haben Sie gesagt?«, frage ich und lasse meinen Blick mit fieberhafter Eile durch den Wald schweifen.

»Dieses Geräusch. Das war ein Lakai«, antwortet sie. »Die sammeln hier draußen Brennholz. Ist das nicht peinlich? Wir haben nicht genügend Diener, um alle Kamine mit Holz zu versorgen, also sind unsere Gäste gezwungen, zu diesem Zweck ihre eigenen Lakaien in den Wald zu schicken.«

»Mehrere Lakaien? Wie viele von ihnen gibt es denn im Haus?«

»Einen für jede Familie, die gerade zu Besuch ist. Und es kommen noch mehr«, antwortet sie. »Ich schätze, es befinden sich bereits sieben oder acht davon auf Blackheath.«

»Acht?«, frage ich mit erstickter Stimme.

»Mein lieber Sebastian, geht es Ihnen nicht gut?«, fragt Evelyn, der meine Beunruhigung nicht entgangen ist.

Unter anderen Umständen hätte ich diese Besorgnis und Zeichen der Zuneigung ihrerseits begrüßt, aber hier und jetzt ist mir ihr prüfender Blick peinlich. Wie soll ich ihr erklären, dass ein seltsamer Kerl in einem Pestdoktorkostüm mich gewarnt hat, ich solle mich vor einem Lakaien hüten – eine Bezeichnung, mit der ich nichts verbinde und die mich doch mit einer lähmenden Angst erfüllt, wann immer ich sie höre?

»Es tut mir leid, Evie«, antworte ich und schüttele wehmütig den Kopf. »Da ist noch mehr, was ich Ihnen erzählen muss, aber nicht hier und nicht jetzt. Jedenfalls noch nicht.«

Unfähig, ihrem fragenden Blick standzuhalten, schaue ich mich auf der Lichtung nach irgendetwas um, das uns von unserem gegenwärtigen Gesprächsthema ablenken könnte. Hier bei dem Brunnen treffen drei Pfade zusammen, nur um sich jenseits der Lichtung wieder im Wald zu verlieren. Einer von ihnen schlägt eine Schneise geradewegs zu einem Gewässer hinunter.

»Ist das …«

»Ein See«, antwortet Evelyn und schaut an meinem Kopf vorbei. »*Der* See, wie Sie vielleicht sagen würden. Das ist der Ort, an dem mein Bruder von Charlie Carver ermordet wurde.«

Ein stiller, eisiger Schauder schiebt sich trennend zwischen uns.

»Es tut mir so leid, Evie«, sage ich schließlich. Es ist mir peinlich, wie erbärmlich das klingt.

»Sie werden mich für einen furchtbaren Menschen halten, aber es ist vor so langer Zeit geschehen, dass es mir kaum noch real erscheint«, sagt sie. »Ich kann mich nicht einmal mehr an Thomas' Gesicht erinnern.«

»Michael hat von einer ganz ähnlichen Empfindung erzählt«, sage ich.

»Das ist kein Wunder. Schließlich war er noch sehr jung, als es passiert ist.« Sie hat sich die Arme eng um den Leib geschlungen, und ihre Stimme klingt abwesend. »Ich hätte mich an jenem Morgen eigentlich um Thomas kümmern sollen. Aber ich wollte unbedingt reiten gehen, und er hat mich immer bedrängt und gequengelt, also habe ich eine Schatzsuche für die Kinder organisiert und ihn allein gelassen. Wäre ich nicht so egoistisch gewesen, dann hätte er sich überhaupt gar nicht erst an diesem See aufgehalten, und Carver hätte ihn nicht in seine schmutzigen Finger gekriegt. Sie können sich nicht vorstellen, was diese Erkenntnis bei einem Kind für Spuren hinterlässt. Ich habe damals keinen Schlaf mehr gefunden und kaum noch etwas gegessen. Ich war nicht in der Lage, etwas anderes als Wut und Schuld zu empfinden. Und ich habe jede Person, die mich zu trösten versuchte, absolut grässlich behandelt.«

»Und was hat schließlich dafür gesorgt, dass sich die Dinge änderten?«

»Michael.« Sie lächelt wehmütig. »Ich war widerwärtig zu ihm, grausam geradezu, aber er ist mir nicht von der Seite gewichen, ganz gleich, was ich zu ihm gesagt habe. Er hat gesehen, dass ich traurig war und wollte mich aufmuntern. Ich glaube gar nicht mal, dass er wusste, was da gerade geschehen war, jedenfalls nicht wirklich. Er war einfach nur nett, aber er hat verhindert, dass ich ganz und gar den Halt verlor.«

»War das der Grund, warum Sie nach Paris gegangen sind? Um Abstand von all dem zu gewinnen?«

»Es war nicht meine Entscheidung fortzugehen. Meine Eltern haben mich weggeschickt, nur ein paar Monate, nachdem es passiert ist«, antwortet sie und beißt sich auf die Unterlippe. »Sie konnten mir nicht verzeihen und sie hätten es auch nicht zugelassen, dass ich mir selbst verzeihe, wenn ich hiergeblieben wäre. Ich weiß, dass es eine Strafe sein sollte, aber eigentlich war mein Exil ein Segen.«

»Und doch sind Sie zurückgekehrt?«

»Sie sagen das so, als hätte ich eine Wahl gehabt«, entgegnet sie bitter und zieht sich den Schal enger um den Hals, um sich vor dem Wind zu schützen, der sich mit eisigen Fingern durch die Bäume schneidet. »Meine Eltern haben mir die Rückkehr befohlen. Sie haben sogar gedroht, mich zu enterben, falls ich mich weigern sollte. Und als das nicht fruchtete, haben sie gedroht, stattdessen Michael zu enterben. Deshalb stehe ich hier.«

»Das verstehe ich nicht. Warum sollten Ihre Eltern sich derart verabscheuungswürdig verhalten und dann im nächsten Moment eine Feier für Sie veranstalten?«

»Eine Feier?«, sagt sie und schüttelt den Kopf. »Du liebe Güte, mein lieber Freund, Sie haben tatsächlich keine Ahnung, was hier gerade vor sich geht, habe ich recht?«

»Vielleicht, wenn Sie …«

»Heute ist es genau neunzehn Jahre her, dass mein Bruder ermordet wurde, Sebastian. Ich weiß nicht warum, aber meine Eltern haben beschlossen, anlässlich dieses Jahrestages das Haus, in dem es geschehen ist, wieder zu öffnen, und genau dieselben Gäste einzuladen, die auch damals anwesend waren.«

Wut steigt in ihrer Stimme hoch, zusammen mit einem dumpfen, pulsierenden Schmerz. Ich würde alles tun, um sie davon zu befreien. Sie hat den Kopf abgewandt und schaut zum See hinüber. In ihren blauen Augen glänzen Tränen.

»Sie haben eine Gedenkfeier als Party kaschiert und mich zum Ehrengast gemacht. Deshalb muss ich davon ausgehen, dass mir irgendetwas Fürchterliches droht«, fährt sie fort. »Es ist keine Jubelfeier, es ist eine Bestrafung, und fünfzig Leute, die sich in ihre kostbarsten Gewänder geworfen haben, werden herumstehen und zusehen.«

»Sind Ihre Eltern tatsächlich so gehässig?«, frage ich schockiert. Ich habe ein ganz ähnliches Gefühl wie in dem Moment vor ein paar Stunden, als der Vogel gegen das Fenster flog. Eine gewaltige Welle des Mitleids erfasst mich. Und auch eine heftige Empörung darüber, wie ungerecht die Grausamkeiten des Lebens sind, die so unvermittelt über einen Menschen hereinbrechen können.

»Meine Mutter ließ mir heute früh eine Nachricht zukommen, in der sie mich aufforderte, sie am See zu treffen«, fährt Evelyn fort. »Doch sie selbst ist nicht gekommen und ich glaube auch nicht, dass sie das jemals vorhatte. Sie wollte einfach nur, dass ich dort draußen stehe, da, wo es passiert ist, und mich daran erinnere. Beantwortet das Ihre Frage?«

»Evelyn … Ich … Ich weiß nicht, was ich sagen soll.«

»Da gibt es nichts zu sagen, Sebastian. Reichtum vergiftet die Seele, und meine Eltern sind schon seit sehr langer Zeit reich – genau wie die meisten anderen Gäste, die zu dieser Party geladen wurden«, sagt sie. »Das gute Benehmen dieser Leute ist nur eine Maske, und Sie täten gut daran, das nicht zu vergessen.«

Sie lächelt über meinen schmerzlichen Gesichtsausdruck und ergreift meine Hand. Ihre Finger sind kalt, doch ihr Blick ist voller Wärme. Sie ist von dem fragilen Mut einer zum Tode Verurteilten erfüllt, die gerade die letzten Stufen zum Galgen hinaufsteigt.

»Oh, nun grämen Sie sich doch nicht so, mein Lieber«, sagt sie nun. »Ich habe mich nachts schon mehr als genug hin- und hergewälzt und sehe wenig Sinn darin, wenn Sie sich deswegen jetzt auch noch schlaflose Nächte bereiten. Wenn Sie möchten, können Sie sich ja etwas für mich wünschen, auch wenn ich es gut verstehen könnte, wenn Sie andere, dringendere Sorgen haben.«

Sie nimmt eine kleine Münze aus ihrer Manteltasche.

»Hier«, sagt sie und reicht sie mir. »Ich glaube, die Kieselsteine, die wir damals benutzten, haben nicht gerade viel geholfen.«

Die Münze scheint eine Ewigkeit zu fallen und als sie endlich unten landet, trifft sie auf Stein statt auf Wasser. Entgegen dem Rat, den Evelyn mir gab, habe ich keine Hoffnungen und Wünsche für mich selbst an das kleine Stück Metall geknüpft. Stattdessen bitte ich darum, Evelyn möge von diesem Ort entfliehen, ein glückliches Leben führen und nicht mehr unter den Machenschaften ihrer Eltern leiden müssen. Wie ein kleines Kind schließe ich die Augen und hoffe darauf, dass die natürliche Ordnung der Dinge zu Fall gebracht wurde, sobald ich sie wieder öffne. Dass das Unmögliche nur aufgrund meines Willens möglich geworden ist.

»Sie haben sich so sehr verändert«, murmelt Evelyn, und ein leiser Zug des Unbehagens huscht über ihr Gesicht, als ihr bewusst wird, was sie da gerade gesagt hat.

»Sie kannten mich schon vorher?«, frage ich überrascht. Aus irgendeinem Grund bin ich nie auf den Gedanken gekommen, dass Evelyn und ich vielleicht schon vor dem heutigen Tag miteinander gesprochen haben könnten.

»Ich hätte nichts sagen sollen«, antwortet sie und geht ein paar Schritte von mir fort.

»Evie, ich befinde mich seit über einer Stunde in Ihrer Gesellschaft. Das macht Sie zu dem besten Freund, den ich in diesem Leben habe«, sage ich. »Bitte, seien Sie ehrlich zu mir. Wer bin ich?«

Ihr Blick gleitet forschend über mein Gesicht.

»Ich bin die falsche Person, um das zu beantworten«, widerspricht sie dann. »Wir haben uns vor zwei Tagen kennengelernt, und es war auch nur eine sehr kurze Begegnung. Das meiste, was ich über Sie weiß, stammt aus irgendwelchen versteckten Andeutungen und Gerüchten.«

»Ich sitze vor einem leeren Tisch. Also nehme ich jeden noch so winzigen Brotkrumen entgegen, den man mir zuwirft.«

Sie hat die Lippen fest zusammengepresst und zupft peinlich berührt an den Ärmeln ihrer Jacke. Am liebsten würde sie sich jetzt wohl in Luft auflösen. Die Taten eines guten Menschen erzählt man nicht mit einem derartigen Widerstreben, und allmählich beginne ich mich vor dem zu fürchten, was sie mir zu berichten hat. Dennoch. Jetzt kann ich nicht mehr zurück.

»Bitte«, flehe ich sie an. »Sie haben mir eben noch gesagt, ich könne wählen, wer ich sein möchte. Aber das kann ich nicht tun, wenn ich nicht weiß, wer ich war.«

Der Wall, zu dem sich ihre hartnäckige Weigerung aufgetürmt hatte, beginnt ein wenig zu bröckeln, und sie schaut mich unter gesenkten Wimpern an.

»Sind Sie sicher, dass Sie das wissen möchten?«, fragt sie. »Mit der Wahrheit tut man den Leuten nicht immer einen Gefallen.«

»Gefallen oder nicht, ich muss wissen, was mir verloren gegangen ist.«

»Nicht besonders viel, wenn Sie mich fragen«, seufzt sie und drückt meine Hand mit ihren beiden Händen. »Sie waren ein Drogenhändler, Sebastian. Sie haben Ihren Lebensunterhalt damit verdient, die Langeweile der reichen Müßiggänger zu zerstreuen. Und den Räumlichkeiten Ihrer Praxis in der Harley Street nach zu urteilen, haben Sie wahrhaftig nicht schlecht dabei verdient.«

»Ich bin ein ...«

»Drogenhändler«, wiederholt sie. »Laudanum ist gerade ganz groß in Mode, glaube ich, aber ich habe mir sagen lassen, dass Ihr Wunderkoffer etwas für jeden Geschmack bereithält.«

Ich sacke in mich zusammen. Ich hätte nicht geglaubt, dass die Vergangenheit mich so tief treffen könnte. Doch die Offenbarung meines vormaligen Berufs reißt ein gewaltiges Loch in meine Seele. Mochten meine Fehler und Versäumnisse noch so zahlreich sein, so stand diesen doch immer noch der – wenn auch verhaltene – Stolz gegenüber, ein Arzt zu sein. Dieser Berufsstand schien zumindest etwas Edles auszustrahlen. Etwas Ehrenvolles gar. Aber nein, Sebastian Bell hat sich diesen Titel genommen und ihn missbraucht, hat ihn für seine eigenen selbstsüchtigen Zwecke vollkommen verdreht und zu einer Perversion gemacht und das wenige Gute, das noch in ihm verblieben sein mochte, verleugnet.

Evelyn hatte Recht. Wenn man jemandem die Wahrheit sagt, tut man ihm nicht immer einen Gefallen. Kein Mensch sollte auf diese Weise entdecken müssen, wer er ist. Als stünde er ganz plötzlich in dunkelster Nacht vor einem verlassenen Haus.

»Ich würde mir deshalb nicht allzu viele Gedanken machen«, sagt Evelyn und legt den Kopf schief, um meinen abgewandten Blick zu suchen. »Ich kann so gut wie nichts von dieser verabscheuungswürdigen Kreatur in dem Menschen erkennen, der gerade vor mir steht.«

»Ist das der Grund dafür, warum ich zu dieser Party gekommen bin?«, frage ich leise. »Um meine Waren zu verkaufen?«

Ihr Lächeln ist voller Mitgefühl. »Ich denke schon.«

Ich fühle mich vollkommen taub. Als ginge ich zwei Schritte hinter mir. Jeder seltsame Blick, den man mir im Laufe dieses Tages zugeworfen hat, jedes geflüsterte Wort und jedes unruhige Gemurmel, das entstand, wenn ich ein Zimmer betrat, hat nun eine Erklärung gefunden. Ich hatte geglaubt, die Leute würden sich um mein Wohlergehen sorgen, aber sie haben sich lediglich gefragt, wie bald mein Koffer seinen Geschäftsbetrieb wieder aufnehmen wird.

Was bin ich doch für ein Narr gewesen.

»Ich muss sofort ...«

Ich bin schon losgegangen, bevor ich weiß, wie dieser Satz enden soll. Meine Beine tragen mich zurück durch den Wald, in einem immer schneller werdenden Tempo. Als ich die Straße erreiche, laufe ich schon fast. Evelyn folgt mir auf dem Fuße und hat Mühe, mit mir Schritt zu halten. Sie versucht, mich zu beruhigen, mir mit ihren Worten einen Anker zuzuwerfen, mir Halt zu geben, erinnert mich an meinen Wunsch, Madeline zu treffen, aber alle Aufrufe zur Vernunft prallen an mir ab. Ich werde von einem wilden Hass auf den Mann verzehrt, der ich war. Seine Schwächen hätte ich akzeptieren, vielleicht ja sogar überwinden können, aber das hier, das ist Verrat. Er hat seine Verbrechen begangen und ist dann geflüchtet, sodass ich nun dastehe und die Fetzen seines in Flammen aufgegangenen Lebens in den Händen halte.

Die Tür von Blackheath House steht offen. Ich laufe so rasch die Treppe hinauf und durch den Flur bis zu meinem Zimmer, dass immer noch der Geruch nach feuchter Erde an mir haftet, während ich mich bereits keuchend über meinen Koffer beuge. War es das, was mich letzte Nacht in den Wald hinausgetrieben hat? Habe ich deshalb Blut vergossen? Wie dem auch immer sein mag, ich werde alles zertrümmern. Und damit jegliche Verbindung zu dem Mann, der ich einmal war.

Als Evelyn eintrifft, durchwühle ich gerade mein Zimmer auf der verzweifelten Suche nach einem Gegenstand, der schwer genug wäre, das Schloss des Koffers aufzubrechen. Sie errät meine Absicht, huscht in den Flur hinaus und kehrt mit der Büste eines römischen Kaisers zurück.

»Sie sind ein Schatz«, sage ich und benutze die Büste, um das Schloss zu zertrümmern.

Als ich den Koffer heute früh aus dem Schrank zerrte, war er so schwer, dass es aller meiner Kräfte bedurfte, ihn zu heben, aber jetzt hat er so wenig Gewicht, dass er bei jedem Schlag rückwärts rutscht. Erneut kommt mir Evelyn zu Hilfe, indem sie sich auf den Koffer setzt, um ihn an Ort und Stelle zu halten. Nach drei gewaltigen Schlägen fällt das Schloss mit einem Scheppern zu Boden.

Ich werfe die Büste aufs Bett und hebe den schweren Deckel.

Der Koffer ist leer.

Oder zumindest größtenteils.

In einer dunklen Ecke liegt eine einzelne Schachfigur, in deren Sockel der Name »Anna« geschnitzt ist.

»Ich glaube, es ist an der Zeit, dass Sie mir den Rest Ihrer Geschichte erzählen«, sagt Evelyn.

8.

Die Dunkelheit presst sich gegen das Fenster meines Schlafzimmers und ihr kalter Atem überzieht das Glas mit Frost. Wie als Antwort darauf gibt das Feuer im Kamin ein trotziges Zischen von sich. Seine hin und her wogenden Flammen sind meine einzige Lichtquelle. Hinter meiner fest verschlossenen Tür höre ich Schritte den Flur entlangeilen und das wilde Stimmengewirr derer, die sich gerade zum Ball hinunterbegeben. Irgendwo in weiter Ferne erklingen die ersten Töne einer schmelzenden Geige.

Ich wärme meine Füße am Feuer und warte darauf, dass wieder Stille einkehrt. Evelyn hat mich gebeten, sowohl an dem Abendessen als auch am Ball teilzunehmen, aber ich kann mich unmöglich unter all diese Leute mischen, in dem Bewusstsein, wer ich bin und was sie in Wirklichkeit von mir wollen. Ich habe dieses Haus gründlich satt, und auch die Spielchen, die diese Leute spielen. Ich werde Anna um zwanzig nach zehn auf dem Friedhof treffen, und dann werde ich einen der Stallburschen bitten, uns zum Dorf zu fahren, weit fort von all diesem Wahnsinn.

Mein Blick kehrt zu der Schachfigur zurück, die ich im Koffer gefunden habe. Ich halte sie ins Licht, in der Hoffnung, damit vielleicht noch ein paar Erinnerungen hervorzulocken. Doch bisher hat die Figur hartnäckig geschwiegen und weist auch so gut wie nichts auf, das meinem Gedächtnis auf die Sprünge helfen könnte. Es handelt sich um den König. Er ist handgeschnitzt und mit weißer Farbe besprenkelt und nicht im Geringsten zu vergleichen mit den teuren Schachfiguren aus Elfenbein, die ich überall im Haus gesehen habe, und doch ... bedeutet mir diese Figur etwas. Ich verbinde ein Gefühl mit ihr, vollkommen unabhängig von jeglicher Erinnerung, ein

Gefühl, fast so etwas wie Trost. Sie in der Hand zu halten, macht mir Mut.

Es klopft an der Tür. Unwillkürlich schließt sich meine Hand noch fester um die Schachfigur, während ich gleichzeitig vom Stuhl hochfahre. Je näher das Treffen auf dem Friedhof heranrückt, desto nervöser werde ich. Jedes Mal, wenn im Kamin ein Holzscheit knackt, springe ich fast aus dem Fenster.

»Belly, bist du da drin?«, fragt Michael Hardcastle.

Er klopft erneut. Beharrlich. Ein höflicher Rammbock.

Ich stelle die Schachfigur auf den Kaminsims und öffne die Tür. Im Flur wimmelt es vor kostümierten Menschen. Michael trägt einen leuchtend orangefarbenen Anzug und nestelt an den Schnüren einer riesigen Sonnenmaske.

»Da bist du ja«, sagt er und runzelt die Stirn. »Warum hast du dich noch nicht umgezogen?«

»Ich werde nicht teilnehmen«, antworte ich. »Es ist mir alles zu …«

Ich wedele mit der Hand in Richtung meines Kopfes, aber meine Geste ist ihm zu vage.

»Fühlst du dich nicht wohl?«, fragt er. »Soll ich Dickie rufen? Ich habe ihn gerade noch gesehen …«

Ich muss Michael rasch am Arm packen, damit er nicht sofort auf der Suche nach dem Arzt den Flur hinunter hastet.

»Ich fühle mich all dem einfach nicht gewachsen«, sage ich.

»Bist du sicher? Es wird ein Feuerwerk geben, und ich bin fest davon überzeugt, dass meine Eltern schon den ganzen Tag irgendeine große Überraschung aushecken. Es wäre doch eine Schande, wenn …«

»Ganz ehrlich, ich möchte lieber nicht kommen.«

»Wenn du dir sicher bist«, sagt er widerstrebend. Der Klang seiner Stimme ist so niedergeschlagen wie sein Gesichtsausdruck. »Es tut mir leid, dass du so einen scheußlichen Tag hattest, Belly. Ich hoffe sehr, dass morgen alles besser ist oder es zumindest weniger Missverständnisse geben wird.«

»Missverständnisse?«, frage ich.

»Das ermordete Mädchen?« Er lächelt verwirrt. »Daniel hat mir erzählt, es sei alles ein großer Irrtum gewesen. Ich bin mir wie ein ziemlicher Idiot vorgekommen, als ich die Suche auf halber Strecke abgeblasen habe. Aber es ist ja kein Schaden entstanden.«

Daniel? Woher um alles in der Welt wusste er, dass Anna noch am Leben ist?

»Es *war* doch ein Irrtum, oder nicht?«, fragt er, als er meine Verwirrung bemerkt.

»Natürlich«, antworte ich so heiter wie möglich. »Ja ... ein furchtbarer Irrtum. Es tut mir leid, dass ich dich damit behelligt habe.«

»Kein Grund zur Sorge«, sagt er mit einem leicht zweifelnden Unterton. »Vergiss die Sache einfach.«

Seine Worte klingen ein wenig überstrapaziert, als wären sie ein dünnes Gummiband, das die Last nicht zu tragen vermag, die man ihm aufgebürdet hat. Ich kann seine Zweifel hören, nicht nur an meiner Geschichte, sondern auch an der Person, die vor ihm steht. Ich bin schließlich nicht mehr derselbe Mensch, den er gekannt hat, und ich glaube, ihm wird allmählich bewusst, dass ich dieser Mensch auch nicht mehr sein möchte. Heute früh hätte ich fast alles getan, um den Bruch zwischen uns zu kitten, aber Sebastian Bell war ein Drogenhändler und Feigling und hat mit giftigen Schlangen verkehrt. Und mit diesem Mann war Michael befreundet. Wie kann er da jemals mein Freund sein?

»Nun, ich sollte wohl los«, sagt er und räuspert sich. »Gute Besserung, altes Haus.«

Er klopft mit den Fingerknöcheln gegen den Türrahmen, wendet sich ab und folgt den übrigen Gästen hinunter zur Party.

Ich schaue ihm nach, wie er davongeht, und versuche, die Neuigkeiten zu verdauen, die er mir gerade mitgeteilt hat. Ich hatte Annas Flucht heute früh durch den Wald fast vergessen. Unser unmittelbar bevorstehendes Treffen auf dem Friedhof hat dieser ersten Erinnerung einen Großteil ihres Schreckens geraubt. Und doch ist ganz eindeutig etwas von großer Tragweite geschehen, da mag Daniel den

Leuten noch so sehr erzählen, dass dies nicht der Fall ist. Ich weiß genau, was ich gesehen und gehört habe, sowohl den Gewehrschuss als auch die Angst. Anna wurde von einer schwarzgekleideten Gestalt gejagt, von einer Person, bei der ich nun davon ausgehen muss, dass es sich um den Lakaien handelte. Irgendwie ist es ihr gelungen zu überleben, so wie es auch mir gelungen ist, nachdem man mich gestern Abend angegriffen hat. Ist es das, worüber sie mit mir reden möchte? Über unseren gemeinsamen Feind und darüber, warum er unseren Tod wünscht? Vielleicht hat er es auf die Drogen abgesehen? Sie sind ganz offenbar von einigem Wert. Möglicherweise ist Anna ja meine Geschäftspartnerin und hat die Drogen aus dem Koffer entfernt, um sie vor unserem Feind zu schützen? Das würde zumindest die Schachfigur erklären. Vielleicht handelt es sich dabei ja um eine Art Visitenkarte?

Ich nehme meinen Mantel aus dem Schrank, wickle mir einen langen Schal um den Hals und schlüpfe mit den Händen in ein dickes Paar Handschuhe. Auf dem Weg nach draußen stecke ich noch das Papiermesser und die Schachfigur ein. Wie zur Belohnung werde ich draußen von einer klaren, kalten Nacht begrüßt. Während ich darauf warte, dass sich meine Augen an die Dunkelheit gewöhnen, atme ich die frische, vom Sturm immer noch feuchte Nachtluft ein und folge dann dem Kiesweg um das Haus herum in Richtung des Friedhofs.

Meine Schultern sind vollkommen verspannt und in meinem Magen rumort es.

Ich habe Angst vor diesem Wald. Doch vor dem bevorstehenden Treffen fürchte ich mich noch mehr.

Als ich heute früh aufwachte, hatte ich keinen größeren Wunsch, als mich selbst wiederzufinden. Doch das Unglück von letzter Nacht erscheint mir nun wie ein wahrer Segen. Durch diese Verletzung bekam ich die Gelegenheit, noch einmal ganz von vorn zu beginnen. Aber was, wenn das Treffen mit Anna zur Folge hat, dass all meine alten Erinnerungen wieder auf mich einfluten? Kann diese Persönlichkeit, die ich mir da im Verlauf des heutigen Tages zusammengeschustert habe, eine solche Sintflut überleben oder wird sie zur Gänze fortgeschwemmt werden?

Werde ich fortgeschwemmt werden?

Dieser Gedanke genügt beinahe, damit ich mich auf dem Absatz umdrehe und zum Haus zurückkehre. Aber ich kann gegen die Person, die ich früher einmal war, keinen Widerstand leisten, indem ich vor dem Leben davonlaufe, das sie sich aufgebaut hat. Da ist es schon besser, sich hier und jetzt zur Wehr zu setzen, während mich die unumstößliche Gewissheit erfüllt, was für eine Art Mensch ich sein möchte.

Ich beiße die Zähne zusammen und folge dem Pfad durch die Bäume, bis ich schließlich ein kleines Gärtnerhäuschen mit dunklen Fenstern erreiche. Und dort steht Evelyn, eine brennende Laterne zu ihren Füßen, lehnt sich gegen die Hauswand und raucht eine Zigarette. Sie trägt einen langen beigefarbenen Mantel und Gummistiefel – eine Ausrüstung, die nicht recht zu ihrem prächtigen blauen Abendkleid und dem diamantenbesetzten Diadem passen will, das in ihren Haaren funkelt. Sie ist tatsächlich eine sehr schöne Frau, auch wenn sie nicht recht zu wissen scheint, wie sie mit dieser Schönheit umgehen soll.

Sie merkt, dass ich sie anstarre.

»Ich hatte nach dem Abendessen keine Zeit mehr, mich umzuziehen«, sagt sie abwehrend und wirft ihre Zigarette weg.

»Was tun Sie hier, Evie?«, frage ich. »Sie sollten auf dem Ball sein.«

»Ich habe mich davongeschlichen. Sie haben doch nicht geglaubt, ich würde mir den ganzen Spaß hier entgehen lassen?«, sagt sie und drückt die Zigarette mit dem Absatz aus.

»Aber es ist gefährlich«, entgegne ich.

»Dann wäre es umso törichter, ganz allein dort hinzugehen. Außerdem habe ich ein wenig Unterstützung mitgebracht.«

Sie zieht einen schwarzen Revolver aus ihrer Handtasche.

»Wo um alles in der Welt haben Sie denn den aufgetrieben?«, frage ich schockiert, während ich gleichzeitig von Schuldgefühlen erfasst werde. Der Gedanke, dass mein Problem dafür verantwortlich ist, dass sich Evelyn bewaffnet hat, kommt mir in gewisser Weise wie ein Verrat vor. Sie sollte warm und geborgen in Blackheath House sein und nicht hier draußen, wo sie allen möglichen Gefahren ausgesetzt ist.

»Er gehört meiner Mutter. Also wäre vielleicht eher die Frage angebracht, wo sie dieses Ding aufgetrieben hat.«

»Evie, Sie können nicht …«

»Sebastian, Sie sind mein einziger Freund an diesem schrecklichen Ort, und ich lasse nicht zu, dass Sie mutterseelenallein auf diesen Friedhof gehen, ohne die geringste Ahnung, was Sie dort erwartet. Es hat schon einmal jemand versucht, Sie zu töten. Ich habe nicht vor zuzulassen, dass diese Person es erneut versucht.«

Eine große Dankbarkeit steigt in mir hoch und schnürt mir die Kehle zu.

»Danke.«

»Seien Sie nicht albern. Das hier ist viel besser, als wenn ich dort drüben im Haus bleiben und ertragen müsste, wie mich alle anstarren«, sagt sie und hebt die Laterne vom Boden auf. »Ich sollte vielmehr Ihnen danken. Also, wollen wir jetzt gehen? Ich komme in Teufels Küche, wenn ich nicht rechtzeitig zu den ganzen Reden wieder da bin.«

Die Dunkelheit hat sich wie eine schwere Last auf den Friedhof gesenkt. Unter ihrem Gewicht ist die eiserne Umzäunung eingeknickt, und die Bäume haben sich tief über die schiefen Grabsteine gebückt. Die Gräber liegen erstickt unter gewaltigen Haufen aus verrottendem Laub, und die zerbröckelnden, von zahllosen Sprüngen durchsetzten Grabsteine haben die Namen der Toten mit sich ins Vergessen gezogen.

»Ich habe Madeline auf die Nachricht angesprochen, die Sie gestern Abend erhalten haben«, sagt Evelyn, drückt das quietschende Tor auf und geht mir voran auf den Friedhof. »Ich hoffe, das war in Ihrem Sinne.«

»Natürlich war es das«, sage ich und schaue mich nervös um. »Das hatte ich ganz vergessen, um ehrlich zu sein. Was hat sie gesagt?«

»Nur, dass Mrs. Drudge, die Köchin, ihr die Nachricht in die Hand gedrückt hat. Ich habe mich auch mit Mrs. Drudge unterhalten und sie hat mir erzählt, jemand habe die Nachricht in der Küche hinterlassen, aber sie könne unmöglich sagen, wer dieser Jemand gewesen sei. Es seien zu viele Leute dort ein und aus gegangen.«

»Und hat Madeline die Nachricht gelesen?«, frage ich.

»Natürlich«, antwortet Evelyn trocken. »Sie ist nicht einmal rot geworden, als sie das zugab. Die Nachricht war anscheinend sehr kurz. Sie wurden darin lediglich aufgefordert, sofort zum üblichen Ort zu kommen.«

»Das war alles? Keine Unterschrift?«

»Ich fürchte nein. Es tut mir leid, Sebastian. Ich hatte gehofft, Ihnen etwas Hilfreicheres erzählen zu können.«

In der Zwischenzeit haben wir das Mausoleum am entgegengesetzten Ende des Friedhofs erreicht. Es ist ein großer, rechteckiger Kasten, der von zwei zerbröckelnden Engeln bewacht wird. Die Engel scheinen uns herbeizuwinken. Von der Hand des einen Engels hängt eine brennende Laterne herab, die in der Dunkelheit flackert, auch wenn es hier nichts Bemerkenswertes zu geben scheint, das zu beleuchten sich lohnen würde. Der Friedhof ist menschenleer.

»Vielleicht hat sich Anna ja ein wenig verspätet«, sagt Evelyn.

»Aber wer hat dann die brennende Laterne hier zurückgelassen?«, frage ich.

Mein Herz rast. Während ich knöcheltief durch das Laub wate, steigt die Feuchtigkeit an meinen Hosenbeinen hoch. Evelyns Armbanduhr zufolge sind wir zur rechten Zeit hier angelangt, aber Anna ist nirgends zu sehen. Es gibt nur diese verfluchte Laterne, die im Windhauch mit einem leisen Quietschen hin- und herschwingt. Eine Viertelstunde oder länger stehen wir stocksteif darunter. Ihr Licht legt sich über unsere Schultern, während unsere Blicke den Friedhof nach Anna durchsuchen. Wir entdecken sie überall: in den umherwandernden Schatten, dem flatternden Laub und den niedrig hängenden Ästen, die in der leichten Brise schwanken. Immer wieder berührt einer von uns den anderen an der Schulter und weist ihn auf ein plötzliches Geräusch oder ein aufgeschrecktes Tier hin, das durchs Unterholz huscht.

Während es später und später wird, fällt es mir schwer, meine Gedanken nicht an noch beängstigendere Orte schweifen zu lassen. Doktor Dickie glaubte, die Wunden an meinem Arm rührten daher, dass ich mich zu verteidigen versuchte. Er meinte, es hätte so ausgesehen, als hätte ich einen Angreifer mit einem Messer abwehren wollen. Was, wenn Anna nun gar keine Verbündete, sondern eine Feindin ist? Vielleicht hatte ihr Name sich ja deshalb in mein Gedächtnis eingebrannt? Ist es nicht genauso gut möglich, dass sie die Verfasserin der Nachricht ist, die mir beim Abendessen gebracht wurde, und dass sie mich nun hierhergelockt hat, um die Tat zu vollenden, die sie gestern Abend begonnen hat?

Diese Gedanken schlagen tiefe Kerben in mein ohnehin schon brüchiges Nervenkostüm, und in die entstandenen Risse und Spalten flutet die Angst. Nur Evelyns Gegenwart hält mich noch aufrecht. Ihr Mut verpflichtet mich dazu, nicht die Flucht zu ergreifen.

»Ich fürchte, sie wird nicht mehr kommen«, sagt Evelyn.

»Nein, wohl eher nicht«, antworte ich und spreche sehr leise, um meine Erleichterung zu übertünchen. »Vielleicht sollten wir zurück zum Haus gehen.«

»Das sollten wir wohl«, sagt sie. »Es tut mir so leid, mein lieber Freund.«

Mit zittriger Hand hebe ich die Laterne vom Arm des Engels herunter und folge Evelyn durch das Tor nach draußen. Wir sind erst ein paar Schritte gegangen, als Evelyn mich am Arm packt und ihre eigene Laterne zum Boden herabsenkt. Das Licht fällt auf die Blätter, die auf der Erde liegen, und offenbart unserem Blick das Blut, mit dem sie bespritzt sind. Ich knie mich hin und reibe die klebrige Substanz zwischen Daumen und Zeigefinger.

»Hier«, sagt Evelyn leise.

Sie ist den Blutstropfen zu einem nahegelegenen Grabstein gefolgt, wo etwas zwischen den Blättern glitzert. Ich wische das Laub beiseite und entdecke den Kompass, der mich heute früh aus dem Wald hierher geleitet hat. Sein Gehäuse ist zertrümmert und blutverschmiert, doch seine Nadel weist in unerschütterlicher Treue gen Norden.

»Ist das der Kompass, den der Mörder Ihnen gegeben hat?«, fragt Evelyn mit leiser Stimme.

»Das ist er«, antworte ich und wiege ihn in der Handfläche. »Daniel Coleridge hat ihn mir heute früh abgenommen.«

»Und dann, so scheint es, hat jemand anderes ihn Daniel Coleridge abgenommen.«

Was auch immer das für eine Gefahr war, vor der mich Anna warnen wollte, es hat ganz den Anschein, als hätte sie diese Gefahr bereits ereilt und als wäre Daniel Coleridge irgendwie in die Sache verwickelt.

Evelyn legt eine Hand auf meine Schulter und späht mit zusammengekniffenen Augen argwöhnisch in die Dunkelheit, die sich jenseits des Lichtscheins der Laterne erstreckt.

»Ich glaube, es ist das Beste, wenn Sie Blackheath verlassen«, sagt sie. »Gehen Sie auf Ihr Zimmer, ich sorge dann dafür, dass eine Kutsche für Sie bereitsteht.«

»Ich muss Daniel finden«, widerspreche ich schwach. »Und Anna.«

»Hier ist etwas ganz Fürchterliches im Gange«, zischt sie. »Die Schnitte auf Ihrem Arm, die Drogen, Anna, und jetzt noch dieser Kompass. Das sind alles Figuren in einem Spiel, dessen Regeln wir beide nicht kennen. Sie müssen abreisen, Sebastian, mir zuliebe. Soll sich die Polizei mit alledem auseinandersetzen.«

Ich nicke. Mir fehlt der Wille, mich zur Wehr zu setzen. Anna war der einzige Grund, warum ich überhaupt hiergeblieben bin. Die letzten kümmerlichen Fetzen meines Mutes hatten mir die Überzeugung abgerungen, es sei ehrenvoll, einer auf so rätselhafte Weise ausgesprochenen Bitte Folge zu leisten. Doch ohne diese Verpflichtung sind alle Bande, die mich noch an diesen Ort gefesselt haben, gekappt.

Schweigend gehen wir nach Blackheath zurück. Evelyn schreitet voran und hält ihren Revolver der Dunkelheit entgegengestreckt. Ich folge ihr wortlos, wenig mehr als ein Hund, der bei Fuß läuft, und ehe ich mich versehe, verabschiede ich mich auch schon von meiner Freundin und öffne die Tür zu meinem Schlafzimmer.

Dort ist nicht alles so, wie ich es verlassen habe.

Auf meinem Bett steht eine Schachtel. Sie ist mit einer roten Schleife zugebunden, die sich sofort löst, als ich daran ziehe. Kaum habe ich den Deckel zur Seite geschoben, kehrt sich mir der Magen um und Galle steigt mir in die Kehle. Im Innern der Schachtel liegt ein totes Kaninchen, von einem Tranchiermesser durchbohrt. Geronnenes Blut hat sich auf dem Boden der Schachtel gesammelt, das Fell des Tieres durchtränkt und die Notiz nahezu unleserlich gemacht, die man ihm ans Ohr geheftet hat.

Von deinem Freund,
dem Lakaien.

Schwärze steigt mir in die Augen.

Eine Sekunde später verliere ich das Bewusstsein.

DER ZWEITE TAG

9.

Ein ohrenbetäubendes Scheppern lässt mich mit einem Ruck kerzengerade in die Höhe fahren. Hastig halte ich mir beide Ohren zu und schaue mich stöhnend nach dem Ursprung des Geräuschs um. Dabei stelle ich fest, dass man mich während der Nacht an einen anderen Ort verlegt hat. Statt des hellen, freundlichen Schlafzimmers mit der Badewanne und dem einladenden Kaminfeuer, finde ich mich nun in einem engen Raum mit weißgetünchten Wänden und einem schmalen Einzelbett aus Eisen wieder. Durch ein winziges Fenster dringt ein schwacher, von zahllosen Staubkörnern durchsetzter Lichtschein. An der gegenüberliegenden Wand steht eine Kommode, und an einem Türhaken daneben hängt ein Morgenrock, dessen Farbe an das schmutzige Braun eines Rattenfells erinnert.

Ich schwinge beide Beine aus dem Bett, und meine Füße berühren den eiskalten Steinboden. Ein Schauder fährt mir die Wirbelsäule hinauf. Nach der Geschichte mit dem toten Kaninchen habe ich sofort den Lakaien im Verdacht, irgendeine neue Teufelei ausgeheckt zu haben, aber dieser unablässige Lärm macht es mir unmöglich, mich zu konzentrieren.

Ich ziehe den Morgenrock an, wobei ich fast an dem Geruch des billigen Rasierwassers ersticke, von dem er durchtränkt ist, und stecke den Kopf in den Flur. Die auf dem Boden ausgelegten Fliesen sind rissig und kaputt, und die weißgetünchten Wände blähen sich vor Feuchtigkeit auf. Es gibt keine Fenster, nur ein paar Lampen, die alles in ein schmutzig gelbes Licht tauchen, das sich jedoch nirgendwo niederlassen zu wollen scheint. Hier draußen ist das Scheppern noch um einiges lauter. Ich halte weiterhin meine Ohren bedeckt und folge dem Geräusch, bis ich am Fuß einer alten, splittrigen Holztreppe ankomme, die hinauf ins Haupthaus führt. An einem Brett an der Wand sind lauter große Blechglocken befestigt und unter jeder von ihnen hängt ein Schild, das den Teil des Hauses benennt, für den sie zuständig ist. Die Glocke, unter der »Eingangstür« steht, schwingt so heftig hin und her, dass ich fast fürchte, sie könne die Grundmauern erschüttern.

Während ich mir die Hände immer noch auf die Ohren gepresst halte, starre ich die Glocke an. Die einzige Möglichkeit, wie ich sie zum Schweigen bringen kann – abgesehen davon, sie einfach aus der Wand zu reißen – scheint im Öffnen der Haustür zu bestehen. Ich knote den Morgenrock enger zusammen, eile die Treppe hinauf und betrete in einer der hinteren Ecken die Eingangshalle. Hier oben ist es wesentlich ruhiger. Dienstboten ziehen in einer friedlichen Prozession an mir vorüber, die Arme mit Blumensträußen und anderem Zierrat gefüllt. Ich kann nur annehmen, dass sie zu beschäftigt damit sind, die Abfälle der gestrigen Feier zu entfernen, und daher den Lärm nicht gehört haben.

Mit einem verärgerten Kopfschütteln öffne ich die Eingangstür und sehe mich Doktor Sebastian Bell gegenüber.

Er hat die Augen weit aufgerissen, ist tropfnass und zittert vor Kälte.

»Ich brauche Ihre Hilfe«, sagt er und spuckt mir die Worte vor Panik fast ins Gesicht.

Meine Welt wird leer.

»Gibt es hier ein Telefon?«, fährt er fort, mit einer fürchterlichen Verzweiflung in den Augen. »Wir müssen die Polizei verständigen!«

Was hier gerade geschieht, ist ganz und gar unmöglich.

»Stehen Sie nicht einfach nur so dumm da, Sie Teufel!«, ruft er, packt mich an den Schultern und schüttelt mich. Die kalte Berührung seiner Hände durchdringt den Stoff meines Schlafanzugs.

Nicht gewillt, auf eine Antwort zu warten, drängt er sich auf der Suche nach Hilfe an mir vorbei in die Eingangshalle.

Ich versuche zu begreifen, was ich hier gerade sehe.

Das bin ich.

Das bin ich am gestrigen Tag.

Jemand spricht mit mir, zerrt mich am Ärmel, aber ich kann mich auf nichts anderes konzentrieren als auf den Hochstapler, der dort gerade den Boden der Eingangshalle volltropft.

Am oberen Ende der Treppe tritt Daniel Coleridge in Erscheinung.

»Sebastian?«, sagt er und steigt mit einer Hand am Geländer die Treppe hinunter.

Ich beobachte ihn genau, suche nach einem Trick, nach einem Anzeichen, mag es auch noch so winzig sein, dass dies alles einstudiert, dass es ein Scherz ist, aber er springt die Treppen genauso leichtfüßig hinunter wie er das gestern getan hat, genauso selbstbewusst und von allen bewundert.

Wieder zerrt jemand an meinem Arm, und ein Dienstmädchen schiebt sich in mein Blickfeld. Sie schaut mich besorgt an, und ihre Lippen bewegen sich.

Ich blinzle, um meiner Verwirrung Herr zu werden, und sehe sie nun deutlicher. Und jetzt verstehe ich auch, was sie sagt.

»… Mr. Collins, geht es Ihnen nicht gut, Mr. Collins?«

Ihr Gesicht kommt mir bekannt vor, auch wenn ich nicht sagen kann, woher.

Ich schaue über ihren Kopf hinweg zur Treppe hinüber, wo Daniel sich bereits anschickt, Bell auf sein Zimmer zu begleiten. Alles geschieht exakt so wie gestern.

Ich reiße mich von dem Dienstmädchen los und haste zu einem der Spiegel, die an der Wand hängen. Ich ertrage es kaum, hineinzusehen. Ich bin von schweren Verbrennungen gezeichnet, meine Haut ist fleckig und fühlt sich rau an, wenn man sie berührt, wie Obst, das man zu lange in der sengenden Sonne liegen gelassen hat. Ich kenne diesen Mann. Aus irgendeinem Grund, ich weiß nicht wie, bin ich im Körper des Butlers aufgewacht.

Mein Herz rast wie wild. Ich wende mich wieder dem Dienstmädchen zu.

»Was geschieht mit mir?«, stammele ich und packe mich selbst an der Kehle, vor lauter Überraschung über die heisere Stimme mit dem nordenglischen Akzent, die sie hervorgebracht hat.

»Sir?«

»Wie konnte …«

Aber ich frage die falsche Person. Meine Antwort ist von oben bis unten mit Dreck verkrustet und trottet gerade die Treppe zu Bells Zimmer hinauf.

Ich hebe den Saum meines Morgenrocks hoch und eile den beiden nach, einer Spur aus Blättern und schlammigem Regenwasser folgend. Das Dienstmädchen ruft meinen Namen. Ich bin schon halb die Treppe hinaufgelaufen, als sie an mir vorbeistürmt, sich vor mir aufpflanzt und mir beide Hände gegen die Brust stemmt.

»Dort können Sie nicht hinaufgehen, Mr. Collins«, sagt sie. »Wenn Lady Helena Sie dabei erwischt, wie Sie dort in Ihrer Unterwäsche herumrennen, dann kommen Sie in Teufels Küche.«

Ich versuche, einfach an ihr vorbeizugehen, doch sie macht einen Schritt zur Seite und stellt sich mir erneut in den Weg.

»Lass mich durch, Mädchen!«, verlange ich und bereue es sofort. So rede ich nicht, so ungehobelt und gebieterisch.

»Sie haben einen Ihrer Anfälle, Mr. Collins, das ist alles«, sagt sie. »Kommen Sie mit hinunter in die Küche, ich koche uns eine Kanne Tee.«

Ihre Augen sind blau und aufrichtig. Ihr Blick huscht verlegen über meine Schulter, und als ich mich umsehe, stelle ich fest, dass sich zahlreiche andere Dienstboten am Fuß der Treppe versammelt haben. Sie starren uns an, die Arme immer noch mit Blumen beladen.

»Einen meiner Anfälle?«, frage ich. Der Zweifel sperrt weit seinen Rachen auf und verschlingt mich mit Haut und Haar.

»Wegen Ihrer Verbrennungen, Mr. Collins«, antwortet sie leise. »Manchmal sagen Sie so komische Sachen oder sehen etwas, das nicht wirklich da ist. Was Sie jetzt brauchen, ist eine Tasse Tee, das ist alles. In ein paar Minuten ist dann alles wieder in bester Ordnung.«

Ihre Fürsorge ist voller Wärme. Schwer und erdrückend. Ich muss an Daniels gestrige Bitte denken, an die behutsame Art, wie er mit mir geredet hat, als könne ich zerbrechen, wenn man mich zu heftig bedrängt. Er hielt mich für verrückt, so wie es auch jetzt dieses Dienstmädchen tut. Wenn man bedenkt, was gerade mit mir geschieht – von dem ich *glaube*, dass es gerade mit mir geschieht –, kann ich keineswegs sicher sein, dass die beiden nicht möglicherweise recht haben.

Ich werfe dem Dienstmädchen einen hilflosen Blick zu. Sie nimmt mich am Arm und führt mich wieder die Treppe hinunter. Die Menge teilt sich, um uns durchzulassen.

»Eine Tasse Tee, Mr. Collins«, sagt sie beruhigend. »Das ist alles, was Sie jetzt brauchen.«

Sie führt mich wie ein verirrtes Kind, und der zarte Griff ihrer schwieligen Hände hat eine ebenso beruhigende Wirkung wie ihr Tonfall. Zusammen verlassen wir die Eingangshalle, gehen die Dienstbotentreppe wieder hinab und den düsteren Flur entlang bis zur Küche.

Mir steht der Schweiß auf der Stirn. Aus den Öfen und Kochstellen steigt mir eine fast unerträgliche Hitze entgegen, und über den offenen Flammen brodeln zahllose Töpfe. Ich rieche Bratensauce, geröstetes Fleisch, frisch gebackene Kuchen, Zucker und den Schweiß anderer Menschen. Zu viele Gäste und zu wenige funktionstüchtige Kochstellen und Öfen, das ist das Problem. Sie mussten jetzt schon mit der Zubereitung des Abendessens beginnen, um gewährleisten zu können, dass später auch alles rechtzeitig aufgetragen wird.

Dass ich das weiß, verwirrt mich.

Es stimmt, da bin ich ganz sicher, aber woher kann ich das wissen, es sei denn, ich wäre tatsächlich der Butler?

Zahlreiche Dienstmädchen eilen aus der Küche und tragen das Frühstück nach oben, das aus großen, auf silberne Tablette gehäufte Portionen von Rührei und geräuchertem Hering besteht. Eine ältere Frau mit breiten Hüften, rötlichem Teint und einer mit Mehl bestäubten Schürze steht neben dem Ofen und brüllt Anweisungen. Ich möchte behaupten, dass kein General jemals seine medaillenbehängte Brust mit derartiger Überzeugung vorgestreckt hätte, wie sie das tut. Trotz des Tumults, von dem sie umgeben ist, entgeht ihr unsere Ankunft nicht. Ihr stahlharter, stechender Blick streift zunächst kurz das Dienstmädchen an meiner Seite und bleibt dann an mir hängen. Sie wischt sich die Hände an ihrer Schürze ab und kommt zu uns hinüber.

»Du wirst anderswo sicherlich dringender benötigt als hier, Lucy!«, sagt sie mit einem strengen Blick.

Das Mädchen zögert und fragt sich wohl, ob es weise wäre, Einspruch zu erheben.

»Ja, Mrs. Drudge.«

Als sie mich loslässt, hinterlässt ihre Hand einen einsamen leeren Fleck auf meinem Arm. Rasch wirft sie mir noch ein mitfühlendes Lächeln zu. Im nächsten Moment ist sie auch schon verschwunden und geht im allgemeinen Getöse unter.

»Setz dich, Roger«, sagt Mrs. Drudge, und versucht dabei so sanft zu klingen, wie ihr das nur irgend möglich ist. Ihre Unterlippe ist aufgeplatzt, und um ihren Mund herum zeigen sich erste blaue Flecken. Jemand muss sie geschlagen haben, und das Sprechen bereitet ihr ganz offensichtlich ziemliche Schmerzen.

In der Mitte der Küche steht ein Holztisch, der über und über mit Servierplatten beladen ist, die ihrerseits mit Zunge, gebratenen Hähnchen und Schinken überhäuft sind. Außerdem gibt es noch Suppen und Eintöpfe und Tabletts mit Gemüse, das vor Butter glänzt. Und das schwergeprüfte Küchenpersonal, von denen die meisten so aussehen, als hätten sie selbst eine Stunde im Ofen verbracht, fügt immer größere Mengen hinzu.

Ich ziehe mir einen Stuhl unter dem Tisch hervor und setze mich.

Mrs. Drudge holt ein Blech mit Teegebäck aus dem Ofen, legt einen der Scones auf einen Teller und fügt noch einen kleinen Kringel Butter hinzu. Sie bringt den Teller zu mir hinüber, stellt ihn vor mich hin und berührt kurz meine Hand. Ihre Haut ist so hart wie altes Leder.

Für einen kurzen Moment bleibt ihr Blick an mir hängen. Er ist voller Güte, die sich jedoch unter dem stacheligen Gewand einer Distel versteckt hält. Dann wendet sie sich ab und bahnt sich – laute Befehle brüllend – einen Weg zurück durch die Menge.

Das Gebäck ist köstlich und noch so warm, dass die schmelzende Butter an seinen Rändern herabtropft. Ich habe erst einen Bissen davon genommen, als ich Lucy wiederentdecke und mir endlich wieder einfällt, warum sie mir bekannt vorkam. Sie ist das Dienstmädchen, das zur Mittagszeit im Salon sein wird – dieselbe, die von Ted Stanwin so übel angepöbelt und von Daniel Coleridge gerettet werden wird. Sie ist sogar noch hübscher als in meiner Erinnerung, mit Sommersprossen, großen blauen Augen und roten Haaren, die unter ihrer Haube hervorlugen. Gerade versucht sie, mit vor Anstrengung verzerrtem Gesicht, ein Marmeladenglas zu öffnen.

Das Mädchen hatte Marmeladenflecken auf ihrer Schürze.

Es passiert wie in Zeitlupe. Das Glas rutscht ihr aus den Händen und fällt auf den Boden, sodass sich die Scherben über die ganze Küche verteilen und ihre Schürze über und über mit triefender Marmelade bespritzt ist.

»Ach, verdammt noch mal, Lucy Harper!«, ruft einer der anderen Dienstboten konsterniert.

Mein Stuhl fällt polternd zu Boden, während ich schon aus der Küche stürze, den Flur entlang renne und zurück nach oben laufe. Ich bin derart in Eile, dass ich, als ich um die Ecke zum Gästeflur biege, mit einem drahtigen Kerl zusammenpralle. Seine lockigen schwarzen Haare fallen ihm in die Stirn, und sein weißes Hemd ist mit Kohle beschmiert. Ich murmele eine Entschuldigung, nur um im nächsten Moment in das Gesicht von Gregory Gold hinaufzuschauen. Eine blinde Wut hat sich seiner bemächtigt, als trüge sie ihn wie einen maßgeschneiderten Anzug. In seinen Augen ist nicht die geringste Spur menschlicher Vernunft zu entdecken. Er kocht vor Zorn und zittert am ganzen Körper und erst, als es zu spät ist, fällt mir wieder ein, was als Nächstes passieren wird und wie der Butler aussah, nachdem dieses Monster sein Werk getan hatte.

Ich versuche zurückzuweichen, aber er hat mich schon mit seinen langen Fingern am Morgenrock gepackt.

»Sie müssen nicht ...«

Mein Blickfeld verschwimmt, und meine Welt schrumpft zu einem buntschillernden Fleck zusammen. Ein blitzartiger Schmerz durchfährt mich, während ich in die Wand hineingeschmettert werde und dann zu Boden stürze. Blut rinnt mir am Kopf herab. Gold steht drohend über mir, den eisernen Schürhaken immer noch in der Hand.

»Bitte«, sage ich und versuche, seitwärts von ihm fort zu rutschen. »Ich bin nicht ...«

Er tritt mir in die Seite, sodass mir alle Luft aus der Lunge entweicht.

Ich strecke eine Hand aus, versuche, etwas zu sagen, ihn anzuflehen, aber das scheint seine Wut nur noch mehr anzufachen. Er tritt mich schneller und immer schneller, bis mir nichts anderes mehr übrigbleibt, als mich zu einer Kugel zusammenzurollen, während er seinen Zorn über mich ergießt.

Ich kann kaum atmen, kaum sehen. Ich schluchze und werde unter meinem Schmerz begraben.

Dann lässt mich ein barmherziges Schicksal das Bewusstsein verlieren.

DER DRITTE TAG

10.

Es ist dunkel. Das Netz am Fenster flattert im Atem einer mondlosen Nacht. Das Laken ist weich, das Bett bequem, und über mir wölbt sich ein Baldachin.

Ich vergrabe die Hand in der Federdecke und lächle.

Es war ein Albtraum, nichts weiter.

Langsam, ein Schlag um den anderen, beruhigt sich mein Herz, und der Blutgeschmack verflüchtigt sich, genau wie der üble Traum, der mich heimgesucht hatte. Es dauert ein paar Sekunden, bis ich wieder weiß, wo ich bin, und eine weitere Sekunde, bis ich die dunkle Gestalt eines hochgewachsenen Mannes sehe, der in der Ecke steht.

Mir stockt der Atem.

Ich schiebe meine Hand unter der Decke hindurch zum Nachttisch und strecke sie nach den Streichhölzern aus, doch sie entgleiten meinen tastenden Fingern.

»Wer sind Sie?«, frage ich in die Dunkelheit, unfähig, das Zittern aus meiner Stimme zu verbannen.

»Ein Freund.«

Es ist die Stimme eines Mannes, tief und gedämpft.

»Freunde lauern einem nicht in der Dunkelheit auf«, entgegne ich.

»Ich habe nicht gesagt, dass ich Ihr Freund bin, Mr. Davies.«

Mein blindes Tasten führt dazu, dass ich fast die Öllampe vom Nachttisch fege. Während ich versuche, sie wieder aufrecht hinzustellen, finden meine Finger die Streichhölzer, die sich hinter ihrem Sockel versteckt gehalten hatten.

»Scheren Sie sich nicht um das Licht«, sagt die Dunkelheit. »Es wird Ihnen kaum von Nutzen sein.«

Mit zitternder Hand zünde ich das Streichholz an und halte es an den Lampendocht. Hinter dem Glas flammt das Feuer hell auf, vertreibt die Schatten bis tief in die Ecken hinein und taucht meinen Besucher in ein grelles Licht. Es ist der Mann im Pestdoktorkostüm, dem ich schon einmal begegnet bin. Das Licht bringt einige Einzelheiten zum Vorschein, die mir im düsteren Arbeitszimmer entgangen sind. Sein Paletot ist abgewetzt und an den Rändern zerfleddert, auf seinem Kopf sitzt ein Zylinder und die Maske mit dem Porzellanschnabel verdeckt sein gesamtes Gesicht. Nur die Augen bleiben frei. Seine Hände stecken in Handschuhen und ruhen auf einem schwarzen Gehstock, in dessen Schaft eine Inschrift aus funkelnden silbernen Buchstaben eingraviert ist. Die Schrift ist jedoch viel zu klein, um sie auf diese Entfernung lesen zu können.

»Ein aufmerksamer Beobachter«, bemerkt der Pestdoktor. Von irgendwoher im Haus sind Schritte zu hören, und ich frage mich, ob ich wohl über genügend Fantasie verfüge, um auch noch solch profane Details in diesem außergewöhnlichen Traum heraufzubeschwören.

»Was zum Teufel tun Sie in meinem Zimmer?«, herrsche ich ihn an, selbst überrascht über meinen Ausbruch.

Die Schnabelmaske unterbricht ihre eingehende Betrachtung des Zimmers und wendet sich wieder mir zu.

»Wir haben viel zu tun«, sagt er. »Ich habe ein Rätsel, das es zu lösen gilt.«

»Ich glaube, Sie verwechseln mich mit jemandem«, sage ich wütend. »Ich bin Arzt.«

»Sie waren ein Arzt«, entgegnet er. »Dann ein Butler, heute ein Lebemann, morgen ein Bankier. Keiner dieser Menschen ist Ihr wahres Gesicht oder Ihre wahre Persönlichkeit. Beides wurde Ihnen genommen, als Sie Blackheath betraten, und wird Ihnen erst zurückgegeben, wenn Sie diesen Ort verlassen.«

Er steckt die Hand in die Tasche, zieht einen kleinen Spiegel daraus hervor und wirft ihn auf das Bett.

»Sehen Sie selbst.«

Ich greife den Spiegel mit zitternder Hand und sehe mich einem jungen Mann mit markanten blauen Augen gegenüber, hinter denen sich jedoch herzlich wenig Weisheit zu verbergen scheint. Das Gesicht im Spiegel gehört weder Sebastian Bell noch dem verbrannten Butler.

»Sein Name ist Donald Davies«, sagt der Pestdoktor. »Er hat eine Schwester namens Grace und einen besten Freund namens Jim, und er mag keine Erdnüsse. Davies wird für den heutigen Tag Ihr Gastgeber sein, und wenn Sie morgen aufwachen, wird ein anderer diese Rolle ausfüllen. So funktioniert das hier.«

Es war also doch kein Traum. Es ist tatsächlich passiert. Ich habe denselben Tag zweimal in den Körpern zweier unterschiedlicher Menschen erlebt. Ich habe mit mir selbst geredet, mich selbst beschimpft und mich durch die Augen eines anderen betrachtet.

»Ich werde also gerade wahnsinnig, nicht wahr?«, frage ich und sehe ihn über den Rand des Spiegels hinweg an.

Ich kann selbst hören, wie brüchig meine Stimme klingt.

»Natürlich nicht«, antwortet der Pestdoktor. »Der Wahnsinn wäre ja schließlich eine Fluchtmöglichkeit. Es gibt jedoch nur einen einzigen Weg, auf dem man Blackheath entkommen kann. Deshalb bin ich hier. Ich habe Ihnen einen Vorschlag zu unterbreiten.«

»Warum haben Sie mir das angetan?«, frage ich wütend.

»Das ist ein schmeichelhafter Gedanke, aber ich bin nicht für Ihre missliche Lage verantwortlich und im Übrigen auch nicht für die von Blackheath.«

»Wer ist es dann?«

»Niemand, dessen Bekanntschaft Sie machen möchten. Das ist auch gar nicht vonnöten«, antwortet er und tut meine Frage mit einem Winken seiner Hand ab. »Was mich zurück zu meinem Vorschlag bringt ...«

»Ich muss mit ihm reden«, unterbreche ich ihn.

»Mit wem?«

»Mit dieser Person, die mich hierhergebracht hat, wer auch immer das ist. Die Person, die mir meine Freiheit wiedergeben kann«, stoße ich durch meine zusammengebissenen Zähne hervor, während ich gleichzeitig versuche, mein Temperament zu zügeln.

»Nun, Erstere ist schon seit Langem fort, und die Zweitgenannte steht vor Ihnen«, sagt er und klopft sich mit beiden Händen an die Brust. Vielleicht liegt es ja am Kostüm, aber diese Geste wirkt irgendwie theatralisch, fast wie einstudiert. Ich habe plötzlich das Gefühl, in einem Theaterstück mitzuspielen, bei dem jeder seinen Rollentext kennt außer mir.

»Ich allein weiß, wie Sie Blackheath verlassen können«, sagt er.

»Sie meinen Ihren Vorschlag?«, frage ich argwöhnisch.

»Genau. Auch wenn das Wort ›Rätsel‹ der Wahrheit vielleicht näherkäme«, antwortet er und zückt eine Taschenuhr, um nachzuschauen, wie spät es ist. »Während des Balls heute Abend wird jemand ermordet werden. Es wird nicht wie ein Mord aussehen, und man wird den Mörder daher nicht fassen. Bereinigen Sie dieses Unrecht, und ich zeige Ihnen den Weg hinaus.«

Ich erstarre und vergrabe die Finger im Laken.

»Wenn es in Ihrer Macht steht, mich zu befreien, warum zum Teufel tun Sie es dann nicht einfach!«, rufe ich. »Warum spielen Sie diese Spielchen?«

»Weil es in der Ewigkeit langweilig ist«, antwortet er. »Oder vielleicht ja auch, weil das Spielen das eigentlich Wichtige ist. Ich überlasse es Ihnen, sich den Kopf darüber zu zerbrechen. Doch zaudern Sie nicht zu lange, Mr. Davies. Dieser Tag wird sich acht Mal wiederholen und Sie werden ihn durch die Augen acht verschiedener Wirte sehen. Bell war Ihr erster, der Butler Ihr zweiter und Mr. Davies ist der dritte. Das bedeutet, dass Ihnen nur noch fünf Wirte zur Verfügung stehen werden, um die Wahrheit aufzudecken. Wenn ich Sie wäre, dann würde ich mich ein wenig beeilen. Sobald Sie eine Antwort haben, bringen Sie sie um elf Uhr abends zum Ufer des Sees, zusammen mit Ihren Beweisen. Ich werde dort auf Sie warten.«

»Ich weigere mich, dieses Spiel zu Ihrer Zerstreuung zu spielen«, knurre ich und beuge mich drohend vor.

»Dann scheitern Sie eben aus purer Gehässigkeit. Aber bedenken Sie es wohl: Wenn Sie dieses Rätsel nicht bis Mitternacht gelöst haben, im Körper Ihres letzten Wirtes, dann löschen wir Ihre sämtlichen Erinnerungen aus, schicken Sie in den Körper von Doktor Bell zurück, und alles beginnt wieder von vorne.«

Er schaut auf die Uhr und lässt sie mit einem missbilligenden Blick zurück in seine Tasche gleiten. »Die Zeit läuft uns davon. Kooperieren Sie, und ich werde noch mehr Ihrer Fragen beantworten, wenn wir uns das nächste Mal treffen.«

Ein Windhauch huscht durch das Fenster, löscht das Licht aus und hüllt uns in Dunkelheit. Als ich endlich die Streichhölzer gefunden und die Lampe wieder angezündet habe, ist der Pestdoktor verschwunden.

Voller Angst und völlig verwirrt springe ich so rasch aus dem Bett, als sei ich gestochen worden, reiße die Zimmertür auf und trete in den kalten Flur hinaus. Dort herrscht tiefste Dunkelheit. Er könnte fünf Schritte von mir entfernt stehen, und ich würde ihn dennoch nicht sehen.

Ich schließe die Tür, haste zum Kleiderschrank und ziehe die Kleidungsstücke an, die mir als Erstes in die Hand fallen. Wessen Körper auch immer das sein mag, in dem ich da gerade stecke, er ist dünn und klein und hat einen Hang zu greller, auffälliger Kleidung. Als ich fertig angezogen bin, sehe ich aus, als wäre ich in eine Farbpalette gefallen: Ich trage fliederfarbene Hosen, ein orangefarbenes Hemd und eine gelbe Weste. Hinten im Schrank hängen noch ein Mantel und ein Schal, und ich hole beides hervor, ehe ich mich nach draußen begebe. Ein Mord am Morgen und Kostümierungen am Abend, rätselhafte Nachrichten und verbrannte Butler; was auch immer hier vor sich geht, ich *weigere* mich, zuzulassen, dass man mich weiterhin wie eine Marionette an einer Schnur durch die Gegend zerrt.

Ich muss aus diesem Haus entkommen.

Die Standuhr am oberen Treppenabsatz weist mit müden Zeigern darauf hin, dass es 3:17 Uhr morgens ist, und gibt ein missbilligendes Schnarren von sich, als ich an ihr vorüberhaste. Auch wenn es mir widerstrebt, zu solch fürchterlich früher Stunde den Stallmeister zu wecken, habe ich doch keine andere Wahl, wenn ich diesem Wahnsinn entfliehen will. Also springe ich, immer zwei Stufen auf einmal nehmend, die Treppe hinunter, wobei ich fast über die absurd winzigen Füße dieses eitlen Pfaus stolpere, in dessen Körper ich mich gerade befinde.

Bei Bell oder dem Butler hatte ich nicht so ein seltsames Gefühl wie bei diesem Körper – als würde ich von innen gegen seine Wände gedrückt und als platzte er aus allen Nähten. Ich komme mir unbeholfen und tollpatschig vor, fast so, als wäre ich betrunken.

Als ich die Eingangstür öffne, wird ein großer Schwung Blätter ins Innere gefegt. Draußen tobt ein heftiger Sturm. Regentropfen wirbeln durch die Luft, im Wald zersplittern die Äste, und die Bäume schwanken hin und her. Es ist eine hässliche Nacht, als hätte man Fäuste voll Ruß aus dem Ofen genommen und damit den Himmel besprengt. Ich werde mehr Licht brauchen, wenn ich, ohne zu stürzen und mir das Genick zu brechen, meinen Weg finden will.

Ich gehe zurück ins Haus und steige die Dienstbotentreppe am hinteren Ende der Eingangshalle hinunter. Das Holz des Geländers fühlt sich rau an, und die Stufen kommen mir wacklig vor. Glücklicherweise verströmen die Lampen im Flur nach wie vor ihr ranziges Licht, auch wenn ihre Flammen sehr niedrig brennen und nur ab und zu entrüstet aufflackern. Der Flur ist länger, als ich ihn in Erinnerung habe. Die weißgetünchten Wände schwitzen Kondenswasser aus, und durch den Putz dringt der Geruch nach Erde. Alles ist feucht und verfault. Ich habe mittlerweile wohl mit den meisten schmutzigen Ecken Bekanntschaft gemacht, die es in Blackheath gibt, aber ich habe keinen anderen Ort gesehen, der einen so offensichtlich vernachlässigten Eindruck macht. Es wundert mich, dass es hier überhaupt noch Dienstboten gibt, wenn man bedenkt, mit welcher Geringschätzung sie von ihrer Herrschaft behandelt werden.

In der Küche haste ich zwischen den mit Vorräten beladenen Regalen hin und her, bis ich endlich eine Sturmlaterne und eine Schachtel Streichhölzer finde. Beim zweiten Versuch gelingt es mir schließlich, die Lampe anzuzünden, und schon springe ich wieder die Treppe hinauf, verlasse das Haus durch die Eingangstür und trete hinaus in den Sturm.

Das Licht der Lampe schlägt eine winzige Schneise in die Dunkelheit, und der Regen brennt mir in den Augen. Ich folge der Auffahrt zu der gepflasterten Straße, die zu den Ställen führt. Um mich her wogt der Wald. Ich rutsche auf den unebenen Steinen aus und halte verzweifelt nach der Hütte des Stallmeisters Ausschau, doch die Lampe ist zu hell und verbirgt so einen Großteil dessen, was sie doch eigentlich sichtbar machen sollte. Ich stehe schon unter dem Bogen, bevor ich ihn überhaupt wahrgenommen habe, und rutsche im selben Moment auf Pferdemist aus. Genau wie beim letzten Mal stehen die Kutschen dichtgedrängt im Hof, jede von ihnen mit einer Plane bedeckt, die im Wind flattert. Anders ist nur, dass jetzt die Pferde in ihren Ställen stehen und im Schlaf vor sich hin schnauben.

Ich schüttele mir den Kot von den Füßen, suche unter dem Dach der Hütte Schutz und betätige mit wilder Gewalt den Türklopfer. Nach ein paar Minuten geht das Licht an, die Tür öffnet sich einen Spaltbreit und das verschlafene Gesicht eines älteren Mannes in langen Unterhosen kommt zum Vorschein.

»Ich muss fort«, sage ich.

»Zu dieser Stunde, Sir?«, fragt er skeptisch, reibt sich die Augen und schaut zum pechschwarzen Himmel hinauf. »Sie werden sich den Tod holen.«

»Es ist dringend.«

Er seufzt, sieht sich prüfend um, öffnet dann weit die Tür und winkt mich ins Innere des Hauses. Dort schlüpft er in eine Hose und zieht sich die Hosenträger über die Schultern. Jede seiner Bewegungen zeugt von der trägen Benommenheit eines Menschen, den man ganz plötzlich aus seinem behaglichen Schlaf gerissen hat. Er nimmt seine Jacke vom Haken, bedeutet mir, an Ort und Stelle zu bleiben, und verlässt mit schleppenden Schritten das Haus.

Ich muss zugeben, dass ich seiner Aufforderung freudig Folge leiste. Die Hütte platzt geradezu vor Wärme und Gemütlichkeit, und der Geruch nach Leder und Seife ist wie eine greifbare, tröstliche Gegenwart. Ich bin versucht, einen Blick auf den Dienstplan zu werfen, um nachzuschauen, ob dort bereits Annas Nachricht geschrieben steht, aber ich habe kaum die Hand ausgestreckt, als ich fürchterlichen Lärm höre und ein grelles Licht mich durch das Fenster blendet. Ich trete in den Regen hinaus. Der alte Stallmeister sitzt in einem grünen Automobil, dessen Motor spuckt und hustet, als sei er von irgendeiner schrecklichen Krankheit befallen.

»Hier, bitte schön, Sir«, sagt er und steigt aus. »Ich habe den Motor schon für Sie angeworfen.«

»Aber ...«

Ich finde keine Worte und starre fassungslos das Vehikel an, das da vor mir steht.

»Gibt es denn keine Kutschen?«, frage ich.

»Doch, schon, aber die Pferde sind verängstigt und sehr schreckhaft, wenn es donnert, Sir«, antwortet er und steckt eine Hand unter sein Hemd, um sich in der Achselhöhle zu kratzen. »Bei allem Respekt, Sir, Sie wären nicht in der Lage, die Tiere zu zügeln.«

»Ich bin nicht in der Lage, dieses Ding da zu zügeln«, sage ich mit erstickter Stimme, während ich das abscheuliche mechanische Monstrum betrachte, in das ich einsteigen soll. Der Regen springt klirrend vom Metall ab und verwandelt die Windschutzscheibe in einen einzigen See.

»Das ist so leicht wie das Ein- und Ausatmen«, sagt er. »Sie brauchen nur die Hände ans Lenkrad zu legen und es in die Richtung zu drehen, in die Sie fahren möchten. Und dann drücken Sie mit dem Fuß das Pedal nach unten. Das haben Sie im Handumdrehen kapiert.«

Seine Zuversicht befördert mich mit so nachhaltigem Druck in das Automobil, als hätte er mir die Hand aufs Kreuz gelegt und mich hineingeschoben. Mit einem leisen Klicken schließt sich die Tür.

»Folgen Sie dieser gepflasterten Straße bis zu ihrem Ende und biegen Sie dann nach links auf den Feldweg ab«, sagt er und weist in die Dunkelheit hinaus. »Der wird Sie dann zum Dorf führen. Der Weg ist lang und gerade, aber passen Sie auf, er ist auch ein wenig uneben. Die Fahrt dauert wohl an die vierzig Minuten, wenn nicht gar eine Stunde, je nachdem, wie vorsichtig Sie fahren. Aber Sie können den Weg gar nicht verfehlen, Sir. Und wenn es Ihnen nichts ausmacht, dann stellen Sie das Automobil bitte an einem Ort ab, wo man es nicht übersehen kann. Dann schicke ich einen meiner Burschen gleich morgen früh hin, um es abzuholen.«

Und mit diesen Worten ist er auch schon wieder in seiner Hütte verschwunden und hat die Tür hinter sich zugeknallt.

Ich umklammere das Lenkrad, starre die vielen Hebel und Messanzeiger an und versuche, mir einen Reim aus dem Ganzen zu machen. Als ich versuchsweise das Pedal herunterdrücke, schlingert das grausige Vehikel vorwärts, und als ich ein wenig mehr Druck ausübe, gelingt es mir, das Automobil unter dem Torbogen hindurch auf die holprige Pflasterstraße zu lenken, bis wir schließlich die Abzweigung zur Linken erreichen, von der der Stallmeister gesprochen hat.

Der Regen hat das Glas der Scheibe vollkommen undurchsichtig gemacht, sodass ich mich aus dem Fenster lehnen muss, um sehen zu können, wo ich hinfahre. Die Frontscheinwerfer beleuchten einen Feldweg, der mit Blättern und gefallenen Ästen übersät ist und von einer wahren Sintflut aus Regenwasser überspült wird. Trotz der Gefahr halte ich das Gaspedal so tief wie möglich auf den Boden gedrückt. Meine anfängliche Furcht weicht einem Gefühl der Euphorie. Nach allem, was mir hier widerfahren ist, schaffe ich es endlich,

Blackheath zu verlassen. Jede Meile auf dieser holprigen Straße bringt mich ein Stück weiter von diesem Wahnsinn fort.

Der Morgen kommt als schmutziger Fleck, als graues Halblicht, das alles verschleiert, statt es zu erhellen. Zumindest hört jetzt endlich der Regen auf. Wie versprochen setzt sich die Straße geradeaus fort, durch einen Wald, der kein Ende nimmt. Irgendwo inmitten dieser Bäume wird gerade ein Mädchen ermordet, und Bell wacht auf, um Zeuge dieses Geschehens zu werden. Ein Mörder wird ihm sein Leben schenken, indem er ihm einen silbernen Kompass gibt, der ihn zu einem Ort weist, der jeder Logik entbehrt, und wie ein Narr glaubt er sich gerettet. Aber wie kann ich gleichzeitig im Wald und in diesem Auto und zwischenzeitlich auch noch ein Butler sein? Meine Hände umklammern das Lenkrad noch fester. Wenn ich in Gestalt von Sebastian Bell mit dem Butler reden konnte, dann läuft vermutlich auch die Person, die ich morgen sein werde, bereits jetzt in Blackheath herum. Vielleicht bin ich ihr ja schon begegnet. Und nicht nur dem, der ich morgen sein werde, sondern auch dem Mann, der ich am darauffolgenden Tag und an dem Tag danach sein werde. Wenn das der Fall ist, wer bin ich dann? Und wer sind diese anderen Personen? Sind wir Splitter ein und derselben Seele, verantwortlich für die Sünden der anderen wie unserer eigenen? Oder sind wir vollkommen unterschiedliche Menschen und jeweils nur blasse Kopien eines lang schon in Vergessenheit geratenen Originals?

Die Tankanzeige nähert sich dem roten Bereich, just in dem Moment, als der Nebel aus den Bäumen gekrochen kommt und einen dichten Teppich über dem Erdboden ausbreitet. Das Hochgefühl, das ich vorhin noch empfunden habe, ist verflogen. Ich hätte schon vor langer Zeit im Dorf ankommen müssen, aber in der Ferne ist kein Schornsteinrauch zu sehen. Kein Ende dieses Waldes.

Schließlich geht ein letztes Beben durch das Automobil, und dann verstummt es. Im Todeskampf knirschen noch ein paar Einzelteile, bevor das Gefährt nur wenige Zentimeter vor den Füßen des Pestdoktors zum Stehen kommt, dessen schwarzer Paletot sich scharf von dem weißen Nebel absetzt, aus dem er so plötzlich herausgetreten ist. Meine Beine sind steif, und mein Rücken schmerzt, aber die Wut schleudert mich geradezu aus dem Auto.

»Haben Sie Ihrer Torheit nun endlich genüge getan?«, fragt der Pestdoktor und lässt beide Hände auf dem Knauf seines Gehstocks ruhen. »Sie hätten mit diesem Wirt so viel vollbringen können; stattdessen haben Sie ihn an diese Straße verschwendet und nichts, aber auch gar nichts erreicht. Blackheath wird Sie nicht loslassen. Und während Sie vergebens an Ihrer Leine zerren, machen Ihre Rivalen mit ihren Ermittlungen große Fortschritte.«

»Aha, jetzt habe ich also plötzlich Rivalen«, sage ich verächtlich. »Wie viele Taschenspielertricks haben Sie denn noch in petto? Erst erzählen Sie mir, ich sei hier gefangen, und jetzt geht es plötzlich um einen Wettstreit, wem wohl die Flucht gelingt?«

Ich marschiere auf ihn zu, mit der felsenfesten Absicht, einen Ausweg aus ihm herauszuprügeln.

»Verstehen Sie denn nicht?«, rufe ich. »Ihre Regeln sind mir vollkommen egal, denn ich werde nicht mitspielen. Entweder lassen Sie mich jetzt sofort gehen, oder es wird Ihnen noch leidtun, dass ich geblieben bin.«

Ich bin nur noch zwei Schritte von ihm entfernt, als er seinen Gehstock auf mich richtet. Obwohl der Stock einen Zentimeter vor meiner Brust in der Luft hängenbleibt, wirkt er um Welten bedrohlicher als jede Kanone. Die silberne Inschrift an seiner Seite pulsiert, und vom Holz steigt ein blasser Schimmer auf, der den Nebel wegbrennt. Ich kann die Hitze, die er ausstrahlt, durch meine Kleider hindurch spüren. Sollte es der Pestdoktor so wollen, dann vermag mich dieser so harmlos aussehende Gehstock in Stücke zu reißen – da hege ich keinen Zweifel.

»Donald Davies ist von all Ihren Wirten stets der Kindischste gewesen«, sagt er tadelnd und schaut zu, wie ich nervös einen Schritt rückwärts mache. »Aber Sie haben keine Zeit, seinen Launen zu frönen. Im Haus gibt es noch zwei weitere Personen, die dort gefangen sind und im Körper eines Gastes oder Dienstboten stecken, genau wie Sie. Nur einer von Ihnen kann entkommen, und es wird derjenige sein, der mir als Erster die Antwort bringt. Verstehen Sie jetzt? Der Ausweg ist nicht am Ende dieses Feldwegs zu finden, er lässt sich einzig und allein durch mich erlangen. Also laufen Sie weg, wenn das Ihr Wunsch ist. Laufen Sie, bis Sie nicht mehr stehen können, und wenn Sie dann immer und immer wieder in Blackheath aufwachen, so tun Sie dies gefälligst in dem Bewusstsein, dass hier nichts dem Zufall überlassen und nichts übersehen wird. Sie werden hierbleiben, so lange, bis ich zu einer anderweitigen Entscheidung gelange.«

Er senkt den Gehstock und zückt seine Taschenuhr.

»Wir werden uns bald wieder sprechen, wenn Sie sich ein wenig beruhigt haben«, sagt er und steckt die Uhr wieder ein. »Versuchen Sie, sich Ihrer Wirte von jetzt an mit etwas mehr Klugheit zu bedienen. Ihre Rivalen sind listiger, als Sie sich das vorstellen können, und ich versichere Ihnen, dass diese mit der ihnen zur Verfügung stehenden Zeit nicht so leichtfertig umspringen wie Sie.«

Ich möchte mich auf ihn stürzen und mit wirbelnden Fäusten auf ihn einschlagen, aber jetzt, da sich der rote Schleier meines Zorns ein wenig verzogen hat, kann ich erkennen, wie unsinnig dieser Gedanke ist. Auch ohne sein unförmiges Kostüm ist er ein großer, starker Kerl und mehr als fähig, sich gegen meinen Angriff zu wehren. Also entscheide ich mich stattdessen, einen Bogen um ihn zu schlagen. Und während der Pestdoktor sich zurück in Richtung Blackheath aufmacht, eile ich in den vor mir liegenden Nebel hinein. Mag diese Straße auch kein Ende haben, mag auch kein Dorf zu finden sein, so kann ich doch nicht aufgeben, bevor ich dies nicht mit absoluter Sicherheit weiß.

Freiwillig kehre ich nicht zurück zu diesem Spiel eines Wahnsinnigen.

DER VIERTE TAG

11.

Ich wache mit einem kurzatmigen Schnaufen auf, erdrückt unter der Last des gewaltigen Bauchs meines neuen Wirtes. Das Letzte, woran ich mich erinnern kann, ist, wie ich erschöpft auf der Straße zusammenbreche, nachdem ich unzählige Stunden gelaufen bin und verzweifelt zu dem Dorf hinübergebrüllt habe, das ich nicht erreichen konnte. Der Pestdoktor hat die Wahrheit gesagt. Aus Blackheath gibt es kein Entkommen.

Ein Reisewecker, der neben dem Bett steht, teilt mir mit, dass es halb elf Uhr morgens ist. Ich bin schon im Begriff, mich zu erheben, als durch eine Verbindungstür ein hochgewachsener Mann den Raum betritt. Er trägt ein silbernes Tablett, das er auf der Kommode abstellt. Er ist wohl etwa Mitte dreißig, wie ich vermute, hat dunkle Haare, ein glatt rasiertes, attraktives, wenn auch nichtssagendes, in keiner Weise einprägsames Gesicht und trägt eine Brille, die ihm auf seiner eher kleinen Nase herabgerutscht ist. Sein Blick ist fest auf die Vorhänge gerichtet, auf die er in diesem Moment zugeht. Ohne ein Wort zu sagen, zieht er sie auf, öffnet die Fensterflügel und gibt so den Ausblick auf den Garten und den dahinter liegenden Wald frei.

Ich beobachte ihn fasziniert.

Diesem Mann ist eine seltsame Präzision zu eigen. Alles, was er tut, geschieht mit kleinen, raschen Gesten und dem geringstmöglichen Aufwand. Es kommt einem so vor, als würde er seine Kraft für eine gewaltige Anstrengung aufsparen, die ihm zu einem späteren Zeitpunkt noch bevorsteht.

Er bleibt etwa eine Minute lang am Fenster stehen, kehrt mir den

Rücken zu und lässt die kalte Morgenluft in den Raum strömen. Ich habe das Gefühl, als würde irgendetwas von mir erwartet, als hätte er diese Pause absichtlich erzeugt, mir zuliebe. Doch ich kann beim besten Willen nicht erraten, was ich jetzt tun soll. Gewiss spürt er meine Unentschlossenheit, denn er gibt seinen Posten auf, greift mir mit beiden Händen unter die Achseln und zerrt mich in eine sitzende Position.

Ich bezahle für seine Hilfe mit einer heftigen, unerträglichen Scham.

Mein seidener Pyjama ist schweißdurchtränkt und der Gestank, der von meinem Körper aufsteigt, ist so penetrant und beißend, dass er mir die Tränen in die Augen treibt. Ohne von meiner Scham Notiz zu nehmen, holt der Mann das silberne Tablett von der Kommode, stellt es auf meinen Schoß und hebt die Servierglocke hoch. Die Platte darunter ist mit einer riesigen Portion Rührei mit Schinken vollgeladen, begleitet von mehreren Schweinekoteletts, einer Kanne Tee und einem Krug Milch. Man sollte es eigentlich für unmöglich halten, dass ein einzelner Mensch eine solch gewaltige Mahlzeit vertilgen kann, aber ich habe einen Bärenhunger und mache mich wie ein Tier darüber her. Der hochgewachsene Mann – bei dem es sich, wie ich vermute, nur um meinen Kammerdiener handeln kann – verschwindet derweil hinter einem orientalischen Wandschirm. Bald darauf höre ich das Geräusch von strömendem Wasser.

Ich unterbreche meine Mahlzeit, weil ich nach Luft schnappen muss, und nutze diese Gelegenheit, um mich im Raum umzuschauen. Im Gegensatz zu der doch eher kargen Einrichtung von Bells Schlafzimmer ist dieser Raum von Reichtum und Luxus geradezu überschwemmt. Rote Samtvorhänge fließen an den Fenstern herab und stauchen sich auf einem dichten blauen Teppich. Zahlreiche Kunstwerke zieren die Wände, und das lackierte Mahagoniholz der Möbel wurde auf Hochglanz poliert. Wer auch immer ich bin – es ist eine Person, die von der Familie Hardcastle äußerst hoch gewertschätzt wird.

Der Kammerdiener kehrt just in dem Moment zurück, als ich mir mit einer Serviette das Fett von den Lippen wische und dabei nach den Anstrengungen des Essens immer noch heftig keuche. Er muss vollkommen angewidert sein. Ich bin selbst angewidert. Ich komme mir vor wie ein Schwein, das in einen Trog gefallen ist. Dennoch lässt sich nicht die geringste Gefühlsregung auf seinem Gesicht erkennen, während er das Tablett entfernt und sich dann meinen Arm über die Schulter legt, um mir so besser aus dem Bett heraushelfen zu können. Gott allein weiß, wie oft er dieses Ritual schon über sich hat ergehen lassen müssen oder wie viel ihm bezahlt wird, damit er dies tut, aber mir reicht schon ein einziges Mal. Wie ein verwundeter Soldat lasse ich mich halb von ihm stützen, halb zum Wandschirm zerren, hinter dem ein heißes, dampfendes Bad auf mich wartet.

Und jetzt kommt der Moment, in dem er beginnt, mich zu entkleiden.

Ich hege keine Zweifel, dass dies alles zur morgendlichen Routine gehört, aber die Scham ist zu groß, als dass ich sie ertragen könnte. Obwohl dies nicht mein Körper ist, fühle ich mich doch seinetwegen auf das Fürchterlichste erniedrigt. Die wogenden Fleischwülste, die mir an den Hüften wabbeln, und die Art, wie sich meine Beine beim Gehen aneinander reiben, ekeln mich an.

Ich versuche, den Mann an meiner Seite fortzuscheuchen, aber es nutzt nichts.

»Aber Mylord, Sie können nicht ...« Er hält inne und wählt seine nächsten Worte sehr sorgfältig. »Sie werden es nicht schaffen, ganz allein ins Bad und wieder heraus zu steigen.«

Ich würde ihm am liebsten sagen, dass er sich zur Hölle scheren und mich in Ruhe lassen soll, aber er hat – natürlich – Recht.

Ich kneife die Augen zu und nicke gehorsam.

Mit geübten Handgriffen knöpft er mein Pyjamaoberteil auf und zieht mir dann die Hose herunter, wobei er meine Füße einen nach dem anderen hochhebt, damit ich mich nicht im Stoff verfange. Nur wenige Sekunden später stehe ich nackt da, während sich mein Begleiter in eine respektvolle Entfernung zurückzieht.

Als ich die Augen öffne, sehe ich mein eigenes Spiegelbild in einem bodenlangen Ankleidespiegel, der an der Wand hängt. Ich ähnele einer grotesken Karikatur des menschlichen Körpers. Meine Haut wirkt gelbsüchtig und geschwollen, und aus einem struppigen Büschel Schamhaare lugt ein schlaffer Penis hervor.

Ich werde von Ekel und Schmach überwältigt, und unwillkürlich entfährt mir ein Schluchzen.

Ein Ausdruck der Überraschung huscht über das Gesicht des Kammerdieners, und dann, nur für eine Sekunde, leuchtet es vor Freude. Es ist ein starkes, unverfälschtes Gefühl, aber es verschwindet so rasch, wie es gekommen ist.

Er eilt zu mir hinüber und hilft mir in die Badewanne.

Ich erinnere mich an das Hochgefühl, das ich empfand, während ich mit Bells Körper in das heiße Wasser stieg. Doch dies ist etwas vollkommen anderes. Mein ungeheures Gewicht bedeutet, dass die Freude, in ein warmes Bad zu steigen, vollständig von der Demütigung ausgelöscht wird, die unvermeidlich folgen wird, wenn ich wieder heraussteigen muss.

»Werden Sie heute früh die Finanzberichte benötigen, Lord Ravencourt?«, fragt mich mein Begleiter.

Ich schüttele den Kopf, bleibe stocksteif im Bad sitzen und hoffe, dass er das Zimmer verlässt.

»Man hat hier im Haus ein paar Zerstreuungen für den heutigen Tag vorbereitet: Es wird eine Jagd geben, einen Spaziergang im Wald, man hat angefragt ...«

Ich schüttele erneut den Kopf und starre auf die Wasseroberfläche. Wie viel mehr muss ich noch ertragen?

»Sehr wohl. Dann also nur die vereinbarten Termine.«

»Sagen Sie sie ab«, sage ich leise. »Sagen Sie alle ab.«

»Selbst den mit Lady Hardcastle, Mylord?«

Zum ersten Mal begegne ich dem Blick seiner grünen Augen. Der Pestdoktor hat behauptet, ich müsse einen Mord aufklären, bevor ich dieses Haus verlassen kann, und wer wäre besser dafür geeignet, mir bei der Aufdeckung der hiesigen Geheimnisse zu helfen, als die Dame des Hauses selbst.

»Nein, diesen nicht«, antworte ich. »Wo bin ich noch einmal mit ihr verabredet?«

»In Ihrem Salon, Mylord. Es sei denn, Sie möchten, dass ich das Treffen an einem anderen Ort arrangiere?«

»Nein, das wird genügen.«

»Sehr wohl, Mylord.«

Da nun die letzte unserer geschäftlichen Angelegenheiten erledigt ist, verlässt er den Raum mit einem höflichen Nicken, sodass ich mich in Frieden in meinem Bad und meinem Elend suhlen kann.

Ich schließe die Augen, lege den Kopf auf den Rand der Wanne und versuche, aus meiner gegenwärtigen Situation schlau zu werden. Sich in einer vom Körper abgetrennten Seele wiederzufinden, würde manche Leute wohl auf den Gedanken bringen, sie seien gestorben, aber im tiefsten Innern weiß ich, dass dies hier nicht das Leben nach dem Tode sein kann. In der Hölle gäbe es weniger Dienstboten und besseres Mobiliar. Und außerdem wäre es doch eine recht armselige Methode, über einen Menschen zu Gericht zu sitzen, indem man ihn von der Kenntnis all seiner bisherigen Sünden befreit.

Nein, ich bin quicklebendig, wenn auch nicht in einem Zustand, der mir in irgendeiner Form vertraut wäre. Dies ist etwas dem Tode Verwandtes, aber sehr viel Teuflischeres, und ich bin nicht der Einzige, dem es widerfahren ist. Der Pestdoktor hat behauptet, es gebe drei von uns, die miteinander wetteifern, wem die Flucht aus Blackheath gelingt. Könnte der Lakai, der mir das tote Kaninchen hinterlassen hat, hier genauso gefangen sein wie ich? Das würde zumindest erklären, warum er versucht, mir einen solch höllischen Schrecken einzujagen. Schließlich lässt sich ein Rennen nur schwer gewinnen, wenn man sich davor fürchtet, die Ziellinie zu erreichen. Vielleicht ist das ja genau die Methode, die der Pestdoktor gewählt hat, um sich Zerstreuung zu verschaffen: Uns einander auf den Leib zu hetzen, wie halbverhungerte Hunde in einem Kampfring.

Vielleicht solltest du ihm Vertrauen schenken.

»So viel zum Thema ›seelisches Trauma‹«, murmele ich der Stimme zu. »Ich dachte, ich hätte dich in Bell zurückgelassen.«

Ich weiß, dass das eine Lüge ist, noch während ich es sage. Ich bin mit dieser Stimme verbunden, auf dieselbe Weise, auf die ich mit dem Pestdoktor und dem Lakaien verbunden bin. Ich kann das Gewicht unserer gemeinsamen Vorgeschichte spüren, auch wenn ich mich nicht an sie erinnern kann. Die drei sind ein Teil von allem, was mir hier widerfährt, gehören zu ein und demselben Rätsel, das zu lösen ich mich bemühe. Ob sie nun Freund oder Feind sind, kann ich unmöglich sagen, aber was auch immer die wahre Natur dieser Stimme sein mag, sie hat mich bisher niemals fehlgeleitet.

Dennoch kommt es mir bestenfalls naiv vor, meinem Gefängniswärter zu vertrauen. Die Vorstellung, dass all dies zu Ende sein soll, sobald ich nur den Mord aufgeklärt habe, erscheint mir absurd. Was auch immer der Pestdoktor beabsichtigen mag, er hat sich hinter einer Maske und in der nächtlichen Dunkelheit verborgen. Er will nicht gesehen werden, was wiederum heißt, dass ich Macht über ihn gewinnen kann, wenn ich ihm die Maske herunterreiße.

Ich schaue auf die Uhr und wäge meine Handlungsmöglichkeiten ab.

Ich weiß, dass er im Arbeitszimmer sein wird, um sich dort mit Sebastian Bell zu unterhalten – eine vorherige Version meiner selbst, auch wenn mir dieses Phänomen noch immer nicht so richtig in den Kopf will – und zwar nach dem Aufbruch der Jagdgesellschaft. Das wäre doch der ideale Zeitpunkt, um ihm aufzulauern. Er möchte, dass ich den Mord aufkläre, also werde ich das auch tun. Doch das wird am heutigen Tag nicht meine einzige Aufgabe sein. Wenn ich meine Freiheit zurückgewinnen will, muss ich die Identität desjenigen aufdecken, der sie mir genommen hat, und zu diesem Zweck werde ich Hilfe brauchen.

Wenn man der Aufzählung des Pestdoktors Glauben schenken darf, dann habe ich bereits drei der mir zur Verfügung stehenden acht

Tage in diesem Haus verschwendet, und zwar die Tage von Sebastian Bell, dem Butler und Donald Davies. Einschließlich meines gegenwärtigen Ichs bedeutet das, dass mir noch fünf Wirte verbleiben, und wenn Bells Zusammentreffen mit dem Butler als Richtschnur gelten kann, dann laufen diese Personen in diesem Moment ebenso in Blackheath herum wie ich selbst.

Eine ganze Armee, die nur auf ihren Einsatz wartet.

Alles, was ich tun muss, ist herauszufinden, in wessen Körper sie stecken.

12.

Das Wasser ist seit einer Ewigkeit kalt. Ich bin schon ganz blau angelaufen und zittere am ganzen Körper. Es mag ja verschwendete Eitelkeit sein, aber ich kann den Gedanken nicht ertragen, dass mich der
Kammerdiener gleich aus diesem Bad hebt wie einen vollgesogenen
Sack Kartoffeln.

Ein höfliches Klopfen an der Schlafzimmertür nimmt mir die Entscheidung ab.

»Lord Ravencourt, ist alles in Ordnung?«, fragt der Kammerdiener,
während er den Raum betritt.

»Durchaus«, antworte ich. Meine Hände sind taub.

Sein Kopf lugt hinter dem Wandschirm hervor, und mit einem
prüfenden Blick hat er die Lage erfasst. Er nähert sich mir, ohne dass
ich ihn herbeigebeten hätte, rollt seine Ärmel hoch, und zieht mich
aus dem Wasser, und zwar mit einer Kraft, die man seiner schmächti-
gen Gestalt gar nicht zugetraut hätte.

Dieses Mal lege ich keinerlei Einspruch ein. Es ist mir nicht genug
Stolz verblieben, den zu retten es lohnen würde.

Während er mir aus der Badewanne hinaushilft, entdecke ich den
Ausläufer einer Tätowierung, die unter seinem Hemd hervorlugt. Sie
ist nur noch ein undeutlicher grüner Fleck, dessen Einzelheiten längst
nicht mehr zu erkennen sind. Er bemerkt meinen Blick und zieht sich
hastig den Ärmel hinunter.

»Eine jugendliche Torheit, Mylord«, sagt er.

Ganze zehn Minuten lang stehe ich da und lasse mich schweigend
erniedrigen, während er mich erst mit einem Handtuch trockenreibt
und mich dann, wie eine Mutter ihr Kleinkind, in einen Anzug
zwängt. Erst das eine Bein, dann das andere, erst der eine Arm, dann

der andere. Sämtliche Kleider sind aus Seide und wunderbar verarbeitet, doch sie ziehen und zerren an mir und kneifen mich wie ein ganzes Zimmer voll ältlicher Tanten. Sie sind eine Nummer zu klein und allenfalls auf Ravencourts Eitelkeit zugeschnitten, nicht aber auf seinen Körper. Als der Kammerdiener mit dem Ankleiden fertig ist, kämmt er noch meine Haare, reibt mein fleischiges Gesicht mit Kokosöl ein und reicht mir schließlich einen Spiegel, damit ich das Ergebnis besser betrachten kann. Das Spiegelbild geht auf die Sechzig zu, hat verdächtig schwarze Haare und braune Augen in der Farbe wässrigen Tees. Ich suche in ihrem Blick nach einem Zeichen meiner selbst, nach der in Ravencourt versteckten Person, die nun im Innern seine Fäden zieht, doch ich bleibe verborgen. Zum ersten Mal frage ich mich, wer ich wohl gewesen sein mag, bevor ich an diesen Ort kam, und welche Kette von Ereignissen es war, die mich in diese Falle geführt hat.

Solche Mutmaßungen könnten ja auch durchaus faszinierend sein, wenn sie nicht so frustrierend wären.

Genau wie bei Bell bekomme ich eine Gänsehaut, als ich Ravencourt im Spiegel sehe. Es gibt einen Teil von mir, der sich an mein wahres Gesicht erinnert und den der Anblick dieses Fremden, der mir da gerade entgegenstarrt, stutzig macht.

Ich gebe dem Kammerdiener den Spiegel zurück.

»Wir müssen die Bibliothek aufsuchen«, sage ich.

»Ich weiß, wo sie ist, Mylord«, sagt er. »Soll ich Ihnen ein Buch holen?«

»Ich komme mit Ihnen.«

Der Kammerdiener schweigt einen Moment und runzelt die Stirn. Er spricht zögerlich, als wollten seine Worte erst prüfen, wie stabil der Boden ist, den sie gerade auf Zehenspitzen überqueren.

»Das ist ein recht langer Weg, Mylord. Ich fürchte, er könnte Sie … ermüden.«

»Ich schaffe das schon. Außerdem wird mir die Bewegung guttun.«

Worte des Widerspruchs scheinen sich hinter seinen zusammengebissenen Zähnen hervordrängen zu wollen, doch er holt schweigend meinen Stock und meinen Aktenkoffer und führt mich in den dunklen Flur hinaus, wo zahlreiche Öllampen ihr warmes Licht auf die Wände werfen.

Wir kommen nur sehr langsam vorwärts. Der Kammerdiener versucht, mich mit irgendwelchen Neuigkeiten zu unterhalten, die er mir gleichsam vor die Füße wirft, aber meine Gedanken bleiben an der Schwerfälligkeit dieses Körpers haften, den ich hier so unendlich mühsam durch die Gegend schleppe. Es ist, als hätte irgendein böser Geist das Haus über Nacht umgebaut, hätte die Räume in die Länge gezogen und die Luft dicker gemacht. Ich wate in die plötzliche Helligkeit der Eingangshalle hinaus und stelle überrascht fest, wie steil mir die Treppe nun vorkommt. Um diese Stufen zu bewältigen, die ich als Donald Davies hinuntergespurtet bin, würde ich heute früh eine Bergsteigerausrüstung benötigen. Kein Wunder, dass Lord und Lady Hardcastle dafür gesorgt haben, dass Ravencourt ebenerdig untergebracht wurde. Es hätte eines Flaschenzugs, zweier kräftiger Männer und eines ganzen Tageslohns bedurft, um mich hinauf in Bells Zimmer zu hieven.

Der Umstand, dass ich häufige Pausen benötige, ermöglicht es mir zumindest, die anderen Gäste zu beobachten, während diese im Haus umhergehen, und es wird sofort deutlich, dass dies keine fröhliche Zusammenkunft ist. Alle Ecken und Winkel hallen vor geflüsterten Auseinandersetzungen wider, laut erhobene Stimmen eilen hastig die Treppe hinauf, nur um dann von zugeschlagenen Türen abgeschnitten zu werden, Eheleute werfen sich gegenseitig spitze Bemerkungen an den Kopf und halten die Gläser mit ihren Drinks so fest umklammert, dass diese fast zerbrechen, während ihre Gesichter vor kaum unterdrückter Wut rot anlaufen. Jedes Gespräch scheint mit Nadelstichen gespickt, überall lauert Gefahr, die Luft ist voller Dornen. Vielleicht sind es ja meine Nerven oder die zweifelhafte Weisheit, die mir meine Voraussicht verleiht, aber Blackheath scheint mir ein äußerst fruchtbarer Boden für ein tragisches Unglück zu sein.

Als wir endlich die Bibliothek erreichen, zittern meine Beine heftig und mein Rücken schmerzt von der Anstrengung, mich aufrecht zu halten. Unglücklicherweise bietet der Raum nur wenig Lohn für die ausgestandenen Leiden. Staubige, überladene Bücherregale säumen die Wände, und der Fußboden liegt unter einem modrigen roten Teppich begraben. Im Kamin entdecke ich das Skelett eines ausgebrannten Feuers, ihm gegenüber steht ein Lesetisch und daneben ein unbequemer hölzerner Stuhl.

Mein Begleiter fasst seine Gefühle mit einem einzigen missbilligenden Kopfschütteln zusammen.

»Einen Moment, Mylord, ich hole Ihnen einen bequemeren Stuhl aus dem Salon«, sagt er.

Und den werde ich brauchen. Meine linke Handfläche ist voller Blasen, dort wo sie sich am Griff meines Gehstocks gerieben hat, und meine Beine wabbeln und schwanken unter meinem Gewicht. Der Schweiß hat mein Hemd durchtränkt, sodass es mich am ganzen Körper juckt. Ich bin ein Wrack, nur weil ich das Haus durchquert habe, und falls ich den See heute Nacht noch vor meinen Rivalen erreichen möchte, werde ich einen neuen Wirt benötigen, und zwar möglichst einen, der in der Lage ist, eine Treppe zu erklimmen.

Ravencourts Kammerdiener kehrt mit einem Ohrensessel zurück und stellt ihn vor mich auf den Boden. Dann nimmt er mich am Arm und lässt mich vorsichtig in die grünen Kissen hinabsinken.

»Darf ich fragen, was Sie mit Ihrem Hiersein bezwecken, Mylord?«

»Wenn wir Glück haben, werden wir ein paar Freunde treffen«, antworte ich und wische mir das Gesicht mit einem Taschentuch ab.

»Haben Sie ein Stück Papier zur Hand?«

»Selbstverständlich.«

Er holt einen Bogen Kanzleipapier und einen Füllfederhalter aus dem Aktenkoffer und wartet auf das Diktat. Ich öffne den Mund, um ihn fortzuschicken, aber ein einziger Blick auf meine verschwitzte, mit Blasen übersäte Hand belehrt mich eines Besseren. In diesem Moment ist der Stolz nur ein verarmter Vetter und muss hinter der Lesbarkeit zurückstehen.

Nachdem ich eine Minute damit verbracht habe, mir die richtigen Worte im Kopf zurecht zu legen, beginne ich, laut zu diktieren.

»Es ist nur logisch, davon auszugehen, dass viele von Euch schon länger hier sind als ich und Wissen hinsichtlich dieses Hauses, unserer Aufgabe hier und des Mannes, der uns gefangen nahm, also des Pestdoktors, besitzen, über das ich nicht verfüge.«

Ich halte inne und lausche dem Kratzen des Füllfederhalters.

»Ihr habt mich bisher nicht aufgesucht, und ich muss davon ausgehen, dass es einen guten Grund dafür gibt, aber ich bitte Euch nun, mich zur Mittagszeit in der Bibliothek zu treffen und mir dabei behilflich zu sein, unseren Gefängniswärter zu ergreifen. Falls Euch dies nicht möglich sein sollte, so bitte ich Euch, alles, was Ihr in Erfahrung bringen konntet, auf dieses Stück Papier zu schreiben. Was auch immer Ihr wisst, ganz gleich wie unbedeutend, mag uns von Nutzen sein, um uns baldigst zur Flucht zu verhelfen. Man sagt, zwei Köpfe seien besser als einer, aber ich glaube, dass in diesem Fall unser vereinter Kopf genügen sollte.«

Ich warte darauf, dass das Kratzen aufhört, und schaue dann in das Gesicht meines Begleiters hinauf. Er sieht verwirrt aus, aber auch eine Spur amüsiert. Er ist ein recht neugieriger Geselle, der da vor mir steht, und keineswegs so gradlinig, wie es anfangs den Anschein hatte.

»Soll ich dies auf die Post geben, Mylord?«, fragt er.

»Nicht notwendig«, sage ich und weise auf das Bücherregal. »Schieben Sie es zwischen die Seiten des ersten Bandes der *Encyclopaedia Britannica*, und die Adressaten werden es dort schon finden.«

Er beäugt erst mich und dann die Nachricht, bevor er meinem Wunsch Folge leistet und die Seite in das Buch gleiten lässt. Ein sehr passender Ort, wie mir scheint.

»Und wann können wir mit einer Antwort rechnen, Mylord?«

»In ein paar Minuten, vielleicht auch erst in ein paar Stunden, das kann ich nicht mit Sicherheit sagen. Wir müssen immer mal wieder nachschauen.«

»Und was geschieht bis dahin?«, fragt er und wischt sich mit einem Taschentuch den Staub von den Händen.

»Reden Sie mit den Dienstboten. Ich muss unbedingt wissen, ob es irgendjemanden unter den Gästen gibt, der das Kostüm eines mittelalterlichen Pestdoktors in seinem Schrank hängen hat.«

»Mylord?«

»Eine Maske aus Porzellan, ein schwarzer Paletot, so etwas in dieser Richtung«, antworte ich. »In der Zwischenzeit werde ich mir ein kleines Schläfchen gönnen.«

»Hier, Mylord?«

»Ja, hier.«

Er betrachtet mich mit gerunzelter Stirn und versucht, sich aus den verschiedenen Informationsfetzen, die ich vor ihm ausgestreut habe, einen Reim zu machen.

»Soll ich im Kamin ein Feuer machen?«, fragt er.

»Nicht nötig, ich werde es auch so bequem genug haben«, antworte ich.

»Sehr wohl«, sagt er, bleibt jedoch immer noch stehen.

Ich bin mir nicht sicher, worauf er wartet, aber was auch immer es ist, es tritt nicht ein. Mit einem letzten Blick verlässt er das Zimmer und seine Verwirrung schleicht lautlos hinter ihm her.

Ich falte die Hände über meinem Bauch und schließe die Augen. Bisher war es so, dass ich jedes Mal, wenn ich einschlief, in einem anderen Körper wieder aufwachte, und obwohl es riskant ist, einen Wirt auf diese Weise zu opfern, will sich mir andererseits nicht erschließen, was ich mit Ravencourt sonst noch erreichen könnte. Mit ein bisschen Glück werden sich, sobald ich wieder aufwache, meine anderen Selbsts mit mir durch die Enzyklopädie in Verbindung gesetzt haben, und ich werde unter ihnen sein.

DER ZWEITE TAG (FORTSETZUNG)

13.

Furchtbare Qualen.

Ich schreie, schmecke Blut.

»Ich weiß, ich weiß, es tut mir leid«, sagt eine Frauenstimme.

Ein Zwicken, dann wird mir eine Nadel in den Hals gestochen. Die Schmerzen lösen sich in Wärme auf.

Das Atmen fällt schwer, sich zu bewegen ist unmöglich. Ich kann die Augen nicht öffnen. Ich höre rollende Räder, Pferdehufe auf Pflastersteinen, eine andere Person an meiner Seite.

»Ich ...« Ich fange an zu husten.

»Schsch! Nicht sprechen. Du bist wieder zurück im Butler«, flüstert die Frau beschwörend und legt mir eine Hand auf den Arm. »Es ist fünfzehn Minuten her, dass Gold dich angegriffen hat, und du wirst gerade mit der Kutsche zum Pförtnerhaus gefahren, damit du dort ungestört schlafen kannst.«

»Wer sind ...?«, krächze ich.

»Eine Freundin, das ist jetzt nicht wichtig, jedenfalls noch nicht. Hör mir gut zu, ich weiß, du bist verwirrt und müde, aber das hier ist sehr wichtig. Es gibt Regeln bei dieser Geschichte, denen du folgen musst. Und es nützt dir überhaupt nichts, deinen Wirt einfach so aufzugeben, wie du es eben getan hast. Du bekommst in jedem von ihnen einen ganzen Tag, ob du das nun willst oder nicht. Das heißt, von dem Zeitpunkt an, an dem die jeweilige Person aufwacht, wann auch immer das ist, bis Mitternacht. Verstehst du?«

Ich drohe einzuschlafen und muss mich sehr anstrengen, wach zu bleiben.

»Deshalb bist du auch wieder hier«, fährt sie fort. »Wenn einer deiner Wirte vor Mitternacht einschläft, dann springst du in den Butler zurück und erlebst diesen Tag weiter. Und wenn dann der Butler einschläft, kehrst du wieder in den anderen Wirt zurück. Und falls der Wirt bis nach Mitternacht schläft oder stirbt, springst du in jemand Neues.«

Ich höre noch eine andere Stimme. Sie klingt wesentlich rauer und kommt vom vorderen Teil der Kutsche.

»Wir kommen gleich am Pförtnerhaus an.«

Ihre Hand berührt meine Stirn.

»Viel Glück.«

Ich bin zu müde, um mich noch weiter an meinem Bewusstsein festzuklammern und lasse mich zurück in die Dunkelheit gleiten.

DER VIERTE TAG (FORTSETZUNG)

14.

Eine Hand schüttelt mich sanft an der Schulter.

Ich blinzle, öffne die Augen und finde mich in der Bibliothek und im Körper von Ravencourt wieder. Erleichterung durchflutet mich. Ich hatte geglaubt, nichts könne schlimmer sein als diese klobige Masse, aber ich habe mich geirrt. Der Butler fühlte sich an wie ein Sack aus zerbrochenem Glas, und ich würde lieber ein ganzes Leben als Ravencourt verbringen als zu dieser Folter zurückzukehren, auch wenn es ganz so scheint, als hätte ich keine Wahl. Wenn die Frau in der Kutsche die Wahrheit gesagt hat, dann ist es mein Schicksal, wieder in diesen Körper zurückgezogen zu werden.

Über mir steht Daniel Coleridge und schaut durch eine Wolke aus gelbem Rauch auf mich herab. Eine Zigarette baumelt von seiner Unterlippe. Er hält einen Drink in der Hand und trägt dieselbe abgewetzte Jagdkleidung wie bei dem Gespräch, das er mit Sebastian Bell im Arbeitszimmer geführt hat. Meine Augen huschen zur Standuhr hinüber. Es ist zwanzig Minuten vor zwölf. Gerade muss er unterwegs zu diesem Treffen sein.

Er reicht mir den Drink und setzt sich auf die Kante des Tisches, der mir gegenüber steht. Neben ihm liegt die geöffnete Enzyklopädie.

»Ich glaube, du hast nach mir gesucht«, sagt Daniel und bläst Rauch aus den Mundwinkeln. In Ravencourts Ohren klingt er ganz anders – so als habe er die Sanftheit, die ihm früher zu eigen war, wie eine Schlangenhaut abgestreift. Bevor ich ihm eine Antwort geben kann, fängt er an, mir aus der Enzyklopädie vorzulesen.

»Es ist nur logisch, davon auszugehen, dass viele von euch schon länger hier sind als ich und Wissen hinsichtlich dieses Hauses, unserer Aufgabe hier und des Mannes, der uns gefangen nahm, also des Pestdoktors, besitzen, über das ich nicht verfüge.« Er schließt das Buch.

»Du hast gerufen, und ich bin gekommen.«

Forschend schaue ich in diese scharfsinnigen Augen, die mich betrachten.

»Du bist wie ich«, sage ich.

»Ich bin du, nur vier Tage später«, antwortet er. Dann schweigt er einen Moment, damit ich mir den Kopf an dieser Vorstellung grün und blau schlagen kann. »Daniel Coleridge ist dein letzter Wirt. Es ist unsere Seele und sein Körper, falls das für dich irgendeinen Sinn ergibt. Unglücklicherweise ist es auch sein Verstand« – bei diesen Worten tippt er sich mit dem Zeigefinger an die Stirn – »weshalb wir beide, du und ich, auch ganz unterschiedlich denken.«

Er hält die Enzyklopädie in die Höhe.

»Nehmen wir dies hier, zum Beispiel«, sagt er und lässt das Buch wieder auf den Tisch fallen. »Coleridge wäre nie auf die Idee gekommen, an unsere Wirte zu schreiben und um Hilfe zu bitten. Das war eine sehr raffinierte Idee. Sehr logisch. Typisch Ravencourt.«

Seine Zigarette flammt im trüben Licht auf und beleuchtet das gequälte Lächeln darunter. Das ist nicht der Daniel, den ich als Bell kennengelernt habe. Etwas viel Kälteres, Härteres ist in seinem Blick, als wollte er am liebsten versuchen, meine Schale aufzubrechen und einen Blick in mein Inneres zu werfen. Ich begreife nicht, wie ich das übersehen konnte, als ich Bell war. Ted Stanwin hat es gesehen, als er im Salon klein beigab. Dieser Lump ist klüger, als ich dachte.

»Du bist also bereits ich gewesen … dieses Ich? Ravencourt, meine ich?«, frage ich.

»Und alle, die auf ihn folgen«, antwortet er. »Es ist ein ziemlich anstrengender Haufen. Du solltest Ravencourt genießen, solange du kannst.«

»Bist du deshalb hier, um mich vor meinen anderen Wirten zu warnen?«

Der Gedanke scheint ihn zu amüsieren. Ein leichtes Lächeln huscht über seine Lippen, verfliegt jedoch zusammen mit dem Zigarettenrauch.

»Nein, ich bin gekommen, weil ich mich daran erinnere, dort gesessen zu haben, wo du jetzt sitzt, und das gehört zu haben, was ich im Begriff stehe, dir zu erzählen.«

»Und das ist?«

Auf der anderen Seite des Tisches steht ein Aschenbecher. Er lehnt sich vor und zieht ihn zu sich hinüber.

»Der Pestdoktor hat dich aufgefordert, einen Mord aufzuklären, aber er hat dir nicht das Opfer genannt. Es ist Evelyn Hardcastle. Das ist die Person, die heute Abend während des Balls sterben wird«, sagt er und klopft die Asche in den Aschenbecher.

»Evelyn?«, rufe ich und versuche, mich aufrecht hinzusetzen, wobei ich ein paar Tropfen des Drinks verschütte, den ich vollkommen vergessen hatte. Panik befällt mich, eine entsetzliche Angst davor, dass meiner Freundin ein Leid widerfährt – einer Frau, die keine Mühe gescheut hat, um freundlich zu mir zu sein, während gleichzeitig ihre eigenen Eltern das Haus mit Grausamkeit vergifteten.

»Wir müssen sie warnen!«, fordere ich.

»Was soll das nützen?«, fragt Daniel. Die seelenruhige Art, mit der er auf meine Besorgnis reagiert, ist wie ein kalter Wasserguss. »Wir können unmöglich den Mord an einer Person aufklären, die noch gar nicht tot ist. Und ohne diese Aufklärung kommen wir nicht frei.«

»Du würdest sie einfach sterben lassen?«, frage ich, schockiert über seine Herzlosigkeit.

»Ich habe diesen Tag acht Mal durchlebt, und sie ist jedes Mal gestorben, allen meinen Bemühungen zum Trotz«, antwortet er, während er mit der Fingerspitze an der Tischkante entlangstreicht. »Was auch immer gestern geschah, wird morgen und übermorgen und alle Tage darauf wieder geschehen. Ich versichere dir, so sehr du es auch in Betracht ziehen magst, einzuschreiten, du hast es bereits versucht und bist gnadenlos gescheitert.«

»Sie ist meine Freundin, Daniel«, sage ich, überrascht, wie tief das Gefühl ist, das ich ihr entgegenbringe.

»Meine ebenso«, sagt er und beugt sich näher zu mir herab. »Aber jedes Mal, wenn ich versucht habe, die Ereignisse des heutigen Tages zu ändern, bin ich zu dem Schmied eben jenes Unglücks geworden, das ich verhindern wollte. Du kannst mir glauben, jeder Versuch, Evelyn zu retten, ist reine Zeitverschwendung. Ich bin durch Umstände hierhergelangt, die sich meiner Kontrolle entzogen, und sehr bald schon, eher, als du dir vorstellen kannst, wirst du an dieser Stelle sitzen, an der ich jetzt bin, und das Ganze erklären, so wie ich es gerade erklärt habe, und du wirst dir wünschen, es wäre dir immer noch der Luxus vergönnt, so hoffen zu können, wie Ravencourt es gerade tut. Die Zukunft ist keine Warnung, mein Freund, sie ist ein Versprechen – eines, das wir nicht brechen werden. Genau das ist das Wesen der Falle, in die wir geraten sind.«

Er erhebt sich, geht zu einem der Fenster hinüber und stößt es auf, nachdem er kurz mit dem rostigen Griff gekämpft hat. Sein Blick ruht in weiter Ferne und scheint sich auf ein Vorhaben zu konzentrieren, das genau vier Tage über mein Verständnis hinausgeht. Er hat kein Interesse an mir, an meinen Ängsten und Hoffnungen. Ich bin nur Teil einer alten Geschichte, die zu erzählen er überdrüssig ist.

»Das ergibt doch keinen Sinn«, sage ich, in der Hoffnung, ihn an Evelyns wunderbare Eigenschaften zu erinnern, an all die Gründe, warum sie es wert ist, gerettet zu werden. »Evelyn ist ein gütiger, liebenswürdiger Mensch, und sie ist neunzehn Jahre lang fort gewesen. Warum sollte ihr jetzt jemand ein Leid antun wollen?«

Doch noch während ich dies sage, beginnt ein Verdacht in mir aufzusteigen. Als wir gestern im Wald waren, erwähnte Evelyn, dass ihre Eltern ihr nie verziehen haben, dass sie Thomas mutterseelenallein ließ. Sie gab sich selbst die Schuld an dem Mord, den Carver an ihm beging, und, was noch viel schlimmer ist, ihre Eltern taten es auch. Der Zorn ihrer Eltern war sogar so groß, dass Evelyn die feste Überzeugung hegte, sie würden für den Ball eine fürchterliche Über-

133

raschung planen. Könnte es das sein? Ist es wirklich möglich, dass sie ihre eigene Tochter so sehr hassen? So sehr, dass sie sie ermorden wollen? Falls es sich tatsächlich so verhalten sollte, könnte sich meine Verabredung mit Helena Hardcastle als glücklicher Zufall erweisen.

»Ich weiß es nicht«, sagt Daniel. Seine Stimme klingt leicht gereizt. »Es gibt so viele Geheimnisse in diesem Haus, da ist es so gut wie unmöglich, das richtige Geheimnis aus dem Stapel herauszuziehen. Aber falls du meinen Rat beherzigst, dann wirst du sofort damit anfangen, nach Anna zu suchen. Acht Wirte mag ja wie eine Menge klingen, aber für diese Aufgabe bräuchte man eigentlich doppelt so viele. Du wirst alle Hilfe brauchen, die du bekommen kannst.«

»Anna«, rufe ich aus und muss an die Frau denken, die zusammen mit dem Butler in der Kutsche war. »Ich dachte, sie wäre eine Bekannte von Bell?«

Er nimmt einen langen Zug von seiner Zigarette und betrachtet mich durch zusammengekniffene Augen. Ich kann sehen, wie er in Gedanken die Zukunft durch ein Sieb streicht und zu entscheiden versucht, wie viel davon er mir erzählen soll.

»Sie ist hier genauso gefangen, wie wir es sind«, sagt er schließlich. »Sie ist eine Freundin, so weit das in unserer Situation überhaupt für irgendjemanden möglich ist. Du solltest sie rasch finden, bevor es der Lakai tut. Er ist auf der Jagd nach uns beiden.«

»Er hat letzte Nacht ein totes Kaninchen in meinem – in Bells – Zimmer hinterlassen.«

»Das ist erst der Anfang«, sagt er. »Er hat vor, uns zu töten. Aber erst, wenn er seinen Spaß gehabt hat.«

Mir gefriert das Blut in den Adern, und mein Magen dreht sich um. Ich hatte das schon vermutet, aber es ist etwas vollkommen anderes, diesen Umstand so unverblümt mitgeteilt zu bekommen. Ich schließe die Augen, atme langsam durch die Nase aus und lasse zusammen mit meinem Atem auch meine Angst fahren. Dies ist eine Angewohnheit Ravencourts, eine Methode, die er anwendet, um seinen Kopf wieder frei zu bekommen, auch wenn ich unmöglich sagen kann, woher ich das weiß.

Als ich die Augen öffne, bin ich wieder vollkommen ruhig.

»Wer ist er?«, frage ich, beeindruckt davon, wie kräftig meine Stimme klingt.

»Ich habe keine Ahnung«, antwortet Daniel und bläst den Zigarettenrauch in den Wind hinaus. »Ich würde ihn als Teufel bezeichnen, wenn ich diesen Ort für etwas so Banales wie die Hölle hielte. Er macht uns einen nach dem anderen zunichte, um sicherzustellen, dass er keinen Rivalen mehr hat, wenn er dem Pestdoktor heute Abend seine Antwort bringt.«

»Hat er noch andere Körper, andere Wirte, so wie wir?«

»Das ist ja das Seltsame«, antwortet er. »Ich glaube nicht, und er scheint sie auch gar nicht zu brauchen. Er kennt die Gesichter jedes einzelnen unserer Wirte, und er schlägt immer dann zu, wenn wir am verletzlichsten sind. Jedes Mal, wenn ich einen Fehler gemacht habe, hat er mir schon aufgelauert.«

»Wie können wir einen Mann aufhalten, der jeden unserer Schritte kennt, noch bevor wir sie selbst gemacht haben?«

»Wenn ich das wüsste, dann bräuchten wir uns jetzt nicht zu unterhalten«, sagt er gereizt. »Sei vorsichtig. Er spukt in diesem Haus herum wie ein verdammter Geist, und wenn er dich erwischt, während du allein bist ... nun, lass es nicht dazu kommen.«

Daniels Stimme klingt düster, und sein Gesichtsausdruck legt nahe, dass er intensiv über etwas nachdenkt. Wer auch immer dieser Lakai sein mag, er hat die Gedanken meines zukünftigen Selbsts in einer Weise vereinnahmt, die beunruhigender ist als sämtliche Warnungen, die er ausgesprochen hat. Es ist leicht zu verstehen, warum. Der Pestdoktor hat mir acht Tage und acht Wirte Zeit gegeben, um Evelyns Mord aufzuklären. Und weil Sebastian Bell bis nach Mitternacht geschlafen hat, ist er nun für mich verloren.

Es bleiben also sieben Tage und sieben Wirte übrig.

Mein zweiter und dritter Wirt waren der Butler und Donald Davies.

Die Frau in der Kutsche hat Davies nicht erwähnt – ein seltsames Versäumnis –, aber ich gehe davon aus, dass für ihn dieselben Regeln gelten wie für den Butler. Beiden bleiben noch mehr als genug Stunden bis Mitternacht, aber einer von ihnen ist schwer verletzt und der andere ist irgendwo auf einer Straße eingeschlafen, meilenweit von Blackheath entfernt. Beide sind also praktisch nutzlos. So viel zu den Tagen zwei und drei.

Ich durchlebe bereits meinen vierten Tag, und Ravencourt stellt sich eher als eine Bürde denn als Segen heraus. Ich weiß nicht, was ich von meinen noch verbleibenden vier Wirten zu erwarten habe – obwohl Daniel recht kompetent zu sein scheint –, aber ich habe das Gefühl, als hätte mir der Pestdoktor bei diesem Spiel überaus schlechte Karten zugeteilt. Wenn der Lakai tatsächlich alle meine Schwächen kennt, dann möge Gott mir beistehen, denn es gibt derer wahrlich eine gewaltige Schar, die sich ausnutzen lässt.

»Erzähl mir alles, was du bis jetzt über Evelyns Tod herausgefunden hast«, sage ich. »Wenn wir zusammenarbeiten, können wir das Rätsel lösen, bevor der Lakai Gelegenheit hat, uns zu schaden.«

»Das Einzige, was ich dir erzählen kann, ist, dass sie jeden einzelnen Abend pünktlich um elf Uhr stirbt.«

»Aber sicher weißt du doch noch mehr als das?«

»Sehr viel mehr, aber ich kann es nicht riskieren, diese Informationen mit dir zu teilen«, antwortet er, während er mir einen flüchtigen Blick zuwirft. »Meine sämtlichen Pläne gründen auf dem, was du tun wirst. Wenn ich dir jetzt etwas erzähle, das dich davon abhält, diese Dinge zu tun, kann ich nicht sicher sein, dass alles in der gleichen Weise geschehen wird wie bisher. Du könntest einen schlimmen Bock schießen, mitten in einem Vorfall, der sich eigentlich zu meinen Gunsten abspielen sollte, oder du könntest dich andernorts aufhalten, während du doch eigentlich gerade einen Kerl ablenken solltest, in dessen Zimmer ich mich schleichen möchte. Ein falsches Wort, und mein ganzer Plan wäre ruiniert. Dieser Tag muss sich genau so abspielen, wie er es immer getan hat. Das ist nicht nur in meinem Interesse, sondern in gleichem Maße auch in deinem eigenen.«

Er reibt sich die Stirn, und in dieser einen Geste scheint sich seine gesamte Erschöpfung Bahn zu brechen. »Es tut mir leid, Ravencourt, die sicherste Vorgehensweise ist die, dass du mit deinen Untersuchungen fortfährst, ohne dass ich oder einer der anderen dich dabei in irgendeiner Form beeinflussen.«

»Nun gut«, sage ich und hoffe, dass er meine Enttäuschung nicht bemerkt. Das ist natürlich sehr töricht von mir. Er ist ich und kann sich an dieses Gefühl nur zu gut erinnern. »Aber der Umstand, dass du mir rätst, diesen Mord aufzuklären, bedeutet doch, dass du dem Pestdoktor Vertrauen schenkst«, sage ich. »Hast du seine Identität aufgedeckt?«

»Noch nicht«, antwortet er. »Und Vertrauen ist ein viel zu starkes Wort. Er verfolgt in diesem Haus seine eigenen Absichten, da bin ich mir ganz sicher, aber für den Moment sehe ich keine andere Lösung, als zu tun, was er verlangt.«

»Und hat er dir erzählt, warum uns dies alles widerfährt?«, frage ich.

Wir werden dadurch unterbrochen, dass jemand den Raum betritt, wenden beide die Köpfe und erblicken Ravencourts Kammerdiener, der sich gerade halb aus seinem Mantel geschält hat und gleichzeitig versucht, sich aus der Umklammerung eines langen violetten Schals zu befreien. Er ist windzerzaust und außer Atem, und seine Wangen sind vor Kälte rot angeschwollen.

»Ich bekam eine Nachricht, dass Sie meiner dringend bedürfen, Mylord«, sagt er, während er immer noch an dem Schal herumzerrt.

»Das habe ich veranlasst, altes Haus«, sagt Daniel, der nun wieder gewandt in seine Rolle schlüpft, als sei nichts gewesen. »Du hast einen arbeitsreichen Tag vor dir, und ich dachte, Cunningham hier könnte dir dabei nützlich sein. Und wo wir gerade von arbeitsreichen Tagen sprechen, ich selbst muss jetzt ebenfalls los. Ich habe eine Verabredung mit Sebastian Bell.«

»Ich werde Evelyn nicht einfach ihrem Schicksal überlassen, Daniel«, sage ich.

»Das habe ich ebensowenig getan«, sagt er, schnippt die Zigarette in das Beet vor dem Haus und schließt das Fenster. »Aber ihr Schicksal hat sie dennoch ereilt. Darauf solltest du gefasst sein.«

Und weg ist er, mit wenigen raumgreifenden Schritten. Als er die Tür zum Arbeitszimmer öffnet, um es auf seinem Weg zum Salon zu durchqueren, füllt sich die Bibliothek mit Stimmengewirr und dem lauten Klappern von Besteck. Die Gäste versammeln sich bereits zum Mittagessen. Das bedeutet, dass Stanwin bald das Dienstmädchen Lucy Harper bedrohen wird, während Sebastian Bell vom Fenster aus zusehen und sich wie das kümmerliche Bruchstück eines wahren Mannes fühlen wird. Eine Jagdgesellschaft wird aufbrechen, Evelyn wird einen Brief an sich nehmen, der am Brunnen versteckt ist, und auf einem Friedhof wird Blut vergossen werden, während zwei Freunde auf eine Frau warten, die niemals eintreffen wird. Wenn Daniel recht hat, gibt es kaum etwas, das ich tun kann, um den Verlauf dieses Tages in irgendeiner Form zu beeinflussen. Aber ich will verdammt sein, wenn ich mich einfach hilflos meinem Schicksal ergebe. Das Rätsel des Pestdoktors mag zwar mein Ausweg aus diesem Haus sein, aber ich werde nicht über Evelyns Leiche gehen, um von hier zu entkommen. Ich habe fest vor, sie zu retten, ganz gleich, was mich das kosten mag.

»Wie kann ich zu Diensten sein, Mylord?«

»Geben Sie mir ein Stück Papier, einen Füllfederhalter und etwas Tinte, bitte. Ich muss etwas aufschreiben.«

»Selbstverständlich«, sagt er und holt die erwünschten Gegenstände aus seinem Aktenkoffer.

Meine Hände sind viel zu ungeschickt, um eine elegante Handschrift zustande zu bringen, aber trotz der verschmierten Tinte und der hässlichen Flecken lässt sich die Nachricht einigermaßen deutlich lesen.

Ich schaue auf die Uhr. Es ist 11:56 Uhr. Fast an der Zeit.

Nachdem ich das Blatt ein wenig hin und her geschwenkt habe, damit die Tinte trocknet, falte ich es säuberlich, drücke es fest zusammen und reiche es dann Cunningham.

»Nehmen Sie das«, sage ich. Als er die Finger nach dem Brief ausstreckt, fallen mir die Spuren von schmierigem schwarzen Dreck auf, die sich noch an seinen beiden Händen befinden. Er hat seine Hände zwar so heftig geschrubbt, dass sie ganz rot sind, aber der Schmutz hat sich tief in die geschwungenen Hautfurchen seiner Fingerspitzen eingegraben. Er bemerkt meinen aufmerksamen Blick, nimmt den Brief und verschränkt rasch die Hände hinter dem Rücken.

»Ich möchte, dass Sie jetzt sofort zum Salon gehen, wo man gerade das Mittagessen serviert«, sage ich. »Bleiben Sie dort und beobachten Sie das Geschehen. Dann lesen Sie diesen Brief und kehren zu mir zurück.«

Verwirrung macht sich auf seinem Gesicht breit. »Mylord?«

»Wir haben einen äußerst seltsamen Tag vor uns, Cunningham, und ich werde Ihr uneingeschränktes Vertrauen benötigen.«

Ich winke ab, als er protestieren will, und bedeute ihm mit einer Geste, mir aus dem Sessel hoch zu helfen.

»Tun Sie, worum ich Sie gebeten habe«, sage ich und wuchte mich mit einem Grunzen auf die Füße. »Und kommen Sie dann in diesen Raum zurück und warten hier auf mich.«

Während Cunningham sich zum Salon begibt, nehme ich meinen Gehstock und mache mich in Richtung des Sonnenzimmers auf, in der Hoffnung, dort auf Evelyn zu treffen. Da es noch recht früh ist, ist der Raum erst halbvoll. Die anwesenden Damen schenken sich an der Bar etwas zu trinken ein oder haben sich wie welke Blumen über die Stühle und Chaiselongues drapiert. Die geringste Handlung scheint ihnen fürchterliche Mühe zu bereiten, als sei die zarte Blüte der Jugend eine unerträgliche Bürde, die ihnen sämtliche Kraft und Energie raubt. Sie tuscheln miteinander über Evelyn und ein hässliches Gelächter brandet in Richtung des kleinen Tisches in der Ecke, auf dem ein Schachspiel vor ihr aufgebaut steht. Sie hat keinen Gegner und bemüht sich stattdessen mit großer Konzentration, sich selbst zu überlisten. Was auch immer das für ein Unbehagen sein mag, unter dessen drückender Last die anderen Damen sie zu begraben versuchen – sie scheint keine Notiz davon zu nehmen.

»Evie, können wir kurz reden?«, frage ich, während ich zu ihr hinüberhumpele.

Sie hebt langsam den Kopf, und es dauert einen Moment, bis sie mich wirklich wahrnimmt. Genau wie gestern sind ihre blonden Haare zu einem Pferdeschwanz zusammengebunden – eine Frisur, die ihren Gesichtszügen etwas Strenges, Abgezehrtes verleiht. Doch anders als gestern wird ihr Ausdruck auch nicht die Spur weicher.

»Nein, ich denke nicht, Lord Ravencourt«, sagt sie und wendet ihre Aufmerksamkeit wieder dem Spielbrett zu. »Die Liste der unerquicklichen Dinge, die ich am heutigen Tag zu erledigen haben, ist ohnedies schon lang genug.«

Ein gedämpftes Gelächter ertönt, und das Blut in meinen Adern wird zu Staub und Asche. Ich falle in mich zusammen wie ein Kartenhaus.

»Bitte, Evie, es ist …«

»Für Sie heiße ich immer noch Miss Hardcastle, Lord Ravencourt«, sagt sie spitz. »Ob man ein Gentleman ist, zeigt sich an seinen Manieren, nicht an seinem Bankkonto.«

Ein tiefer Abgrund der Scham klafft in meinen Eingeweiden auf. Dies ist Ravencourts schlimmster Albtraum. Wie ich hier in diesem Zimmer stehe, von zahllosen Augenpaaren angestarrt, komme ich mir wie ein christlicher Märtyrer vor, der darauf wartet, unter einem Steinhagel begraben zu werden.

Evelyn betrachtet mich nachdenklich, während ich schwitzend und zitternd vor ihr stehe. Ihre Augen verengen sich zu funkelnden schmalen Schlitzen.

»Aber wie wär's? Sie können ja versuchen, mich zu schlagen«, sagt sie und klopft mit einem Finger auf das Schachbrett. »Wenn Sie gewinnen, unterhalten wir uns. Wenn ich gewinne, lassen Sie mich für den Rest des Tages in Ruhe. Wäre das in Ihrem Sinne?«

Ich weiß, dass es eine Falle ist, aber da es mir nichts nützen würde, ihr zu widersprechen, wische ich mir den Schweiß von der Stirn und zwänge mich – sehr zum Amüsement der anwesenden Damen – in den kleinen Stuhl, der ihr gegenübersteht. Hätte sie mich genötigt, meinen Kopf unter die Klinge einer Guillotine zu stecken, so hätte ich mich weit weniger unbehaglich gefühlt. Mein Körper quillt an allen Seiten aus dem Sitz, und die niedrige Lehne bietet so wenig Halt, dass ich vor Anstrengung, mich aufrecht zu halten, am ganzen Leib zittere.

Von meinen Qualen völlig ungerührt, verschränkt Evelyn die Arme, überlegt kurz und lässt dann einen ihrer Bauern über das Schachbrett ziehen. Ich antworte mit einem Turm und spiele in Gedanken verschiedenste Muster durch, wie sich der Mittelteil der Partie gestalten könnte. Zwar sind wir uns als Gegner ebenbürtig, doch meine äußerst unbequeme Lage untergräbt meine Konzentration, und meine Taktik steht auf zu wackligen Füßen, als dass ich Evelyn besiegen könnte. Das Beste, was ich tun kann, ist, die Partie in die Länge zu ziehen, doch nach einer halben Stunde voller Finten und Gegenzüge ist meine Geduld erschöpft.

»Ihr Leben ist in Gefahr«, platzt es aus mir heraus.

Evelyns Hand hält in ihrer Bewegung inne und bleibt über einem ihrer Bauern in der Luft hängen. Das winzige, kaum merkliche Zittern ihrer Finger ist wie das verräterische Läuten einer Glocke. Ihr Blick huscht über mein Gesicht, um dann prüfend zu den Damen hinter uns zu wandern, ob irgendjemand meine Bemerkung gehört hat. Panisch schweifen ihre Augen hin und her, als wollten sie diesen Moment wie einen hässlichen Fleck vom Antlitz der Erde tilgen.

Sie weiß es bereits.

»Ich dachte, wir hätten eine Vereinbarung, Lord Ravencourt«, unterbricht sie mich, und ihr Gesichtsausdruck wird wieder hart.

»Aber ...«

»Wäre es Ihnen lieber, wenn ich den Raum verließe?«, fragt sie. Ihr wütender Blick erstickt jeden weiteren Versuch meinerseits, das Gespräch mit ihr fortzusetzen. Ein Spielzug folgt dem anderen, aber ihre

Antwort hat mich dermaßen verblüfft, dass ich meiner Taktik kaum noch Beachtung schenke. Was auch immer heute Abend geschehen wird – Evelyn scheint darüber Bescheid zu wissen. Und doch scheint ihre Sorge, jemand anderes könne davon erfahren, wesentlich größer zu sein als ihre Angst vor dem Kommenden selbst. Ich kann mir beim besten Willen nicht erklären, aus welchem Grund sich das so verhalten sollte, und es ist allzu deutlich geworden, dass Ravencourt der letzte ist, dem sie ihr Herz ausschütten würde. Ihre Verachtung für diesen Mann ist grenzenlos, was bedeutet, dass ich, wenn ich ihr Leben retten will, mir entweder ein Gesicht zulegen muss, das sie mag, oder die Sache ohne ihre Hilfe vorantreiben muss. Das ist eine verteufelte Wendung des Schicksals, und ich versuche gerade verzweifelt, einen Weg zu finden, wie ich meine Warnung anders formulieren kann, als Sebastian Bell durch die Tür tritt. Sein Eintreffen löst ein äußerst seltsames Gefühl in mir aus. Egal, wie man es betrachtet, dieser Mann bin ich. Aber während ich ihm dabei zusehe, wie er sich ins Zimmer schleicht, als wäre er eine Maus, die heimlich an der Fußleiste entlanghuscht, fällt es mir äußerst schwer, dies zu glauben. Sein Rücken ist gebeugt, sein Kopf hängt tief herab, seine Arme kleben ihm stocksteif am Leib. Jeder vorsichtige Schritt ist von einem verstohlenen Blick begleitet, als bestünde seine Welt aus lauter scharfen Ecken und Kanten.

»Meine Großmutter, Heather Hardcastle«, sagt Evelyn, der aufgefallen ist, dass er das Bild an der Wand betrachtet. »Es ist kein besonders schmeichelhaftes Porträt, aber sie war auch alles andere als eine schmeichelhafte Person, nach allem, was man so hört.«

»Ich bitte um Verzeihung«, sagt er. »Ich wollte …«

Ihre Unterhaltung nimmt exakt den gleichen Verlauf wie gestern, und Evelyns unverhohlenes Interesse an diesem zerbrechlichen, zarten Wesen löst ein heftiges Gefühl der Eifersucht in mir aus. Doch das ist keineswegs meine Hauptsorge. Bell wiederholt meinen Tag haargenau bis in alle Einzelheiten und doch glaubt er, seine Entscheidungen frei treffen zu können, so wie ich es tat. Es ist also höchstwahrscheinlich, dass ich selbst in diesem Moment blind einem Weg folge, der mir wiederum von Daniel vorgezeichnet wurde, wodurch ich zu einem, ja, zu was denn eigentlich … zu einem Echo werde, einer Erinnerung, oder einfach nur zu einem Stück Treibholz, das von der Strömung mitgerissen wird?

Wirf das Schachbrett um, verändere diesen Moment. Beweise, dass du einzigartig bist.

Ich strecke meine Hand aus, aber der Gedanke, wie Evelyn reagieren wird, ihre Verachtung, das Gelächter der versammelten Damen, all das ist zu viel. Die Scham lähmt mich und ich reiße die Hand zurück. Es wird andere Gelegenheiten geben. Ich muss nur danach Ausschau halten.

Zutiefst demoralisiert und die unvermeidliche Niederlage vor Augen presche ich durch die letzten, noch verbleibenden Züge und liefere meinen König mit ungebührlicher Hast ans Messer. Dann wanke ich aus dem Zimmer, während Sebastian Bells Stimme in meinem Rücken verhallt.

15.

Cunningham wartet wie befohlen in der Bibliothek auf mich. Er sitzt auf der Kante eines Stuhls und hält den Brief, den ich ihm gab, auseinandergefaltet in seiner leicht zitternden Hand. Bei meinem Eintreten erhebt er sich. Doch ich bin in meinem Verlangen, das Sonnenzimmer so schnell wie möglich hinter mir zu lassen, zu rasch gegangen. Ich höre mich selbst atmen, das keuchende, verzweifelte Ringen meiner überforderten Lunge.

Er macht keinerlei Anstalten, mir zu Hilfe zu eilen.

»Woher wussten Sie, was im Salon geschehen würde?«, fragt er.

Ich versuche zu antworten, aber in meiner Kehle ist nicht genügend Platz für Luft und Worte. Ich entscheide mich für die Luft und verschlinge sie mit demselben unbändigen Löwenhunger, mit dem Ravencourt auch alles andere in seinem Leben in sich hineinfrisst. Währenddessen werfe ich rasch einen Blick hinüber ins Arbeitszimmer. Ich hatte gehofft, den Pestdoktor abzufangen, während er sich mit Bell unterhält, doch mein vergeblicher Versuch, Evelyn zu warnen, hat sehr viel länger gedauert, als ich erwartet hatte.

Aber das sollte mich wohl kaum verwundern.

Wie ich schon auf der Straße zum Dorf erkennen musste, scheint der Pestdoktor immer zu wissen, wo ich als Nächstes sein werde und auch wann, und kann sich daher zweifelsohne die rechte Zeit für sein Erscheinen auswählen.

»Es ist haargenau so passiert, wie Sie es beschrieben haben«, fährt Cunningham fort und starrt ungläubig auf das Blatt Papier in seiner Hand. »Ted Stanwin hat das Dienstmädchen beleidigt, und Daniel Coleridge ist eingeschritten. Die drei haben sogar dieselben Worte gewechselt, die Sie aufgeschrieben haben. *Exakt* dieselben Worte.«

Ich könnte es ihm erklären, aber er ist offenbar noch nicht zu dem Teil gelangt, der ihn am meisten beunruhigt. Stattdessen humpele ich zu dem Ohrensessel hinüber und lasse mich mit einer gewaltigen Anstrengung in die Kissen sinken. In meinen armseligen, dankbaren Beinen pocht das Blut.

»War es ein Trick?«, fragt er.

»Nein, kein Trick«, antworte ich.

»Und diese ... diese letzte Zeile, wo Sie schreiben, dass ...«

»Ja.«

»... dass Sie nicht Lord Ravencourt sind.«

»Ich bin nicht Ravencourt«, sage ich.

»Sind Sie nicht?«

»Nein, bin ich nicht. Holen Sie sich einen Drink, Sie sehen ein wenig blass aus.«

Er tut wie geheißen. Der Gehorsam scheint das Einzige an ihm zu sein, das noch funktioniert. Der Rest von ihm hat allem Anschein nach vollkommen entmutigt die Hände über dem Kopf zusammengeschlagen. Er gießt sich irgendetwas ein, kehrt mit dem Glas zurück, setzt sich, nippt an seinem Drink und starrt mich dabei die ganze Zeit unverwandt an, mit fest zusammengepressten Beinen und gebeugten Schultern.

Ich erzähle ihm alles, angefangen bei dem Mord im Wald und meinem ersten Tag als Bell bis hin zu der niemals endenden Straße und meiner kürzlich erfolgten Unterhaltung mit Daniel. Zweifel flackern über sein Gesicht, aber jedes Mal, wenn sich diese Zweifel einnisten wollen, schaut er auf den Brief hinunter. Fast habe ich Mitleid mit ihm.

»Brauchen Sie noch einen Drink?«, frage ich und nicke zu seinem halb leeren Glas hinüber.

»Wenn Sie nicht Lord Ravencourt sind, wo ist er dann?«

»Das weiß ich nicht.«

»Ist er am Leben?«

Er schafft es kaum, mir in die Augen zu sehen.

»Wäre es Ihnen lieber, er wäre es nicht?«, frage ich.

»Lord Ravencourt ist immer gut zu mir gewesen«, sagt er, während ein zorniges Aufblitzen über sein Gesicht flackert.

Das ist keine Antwort auf meine Frage.

Ich sehe Cunningham noch einmal an. Gesenkter Blick und schmutzige Hände, eine verwischte Tätowierung aus einer bewegten Vergangenheit. Intuitiv durchzuckt mich die Erkenntnis, dass er Angst hat. Aber nicht vor dem, was ich ihm erzählt habe, sondern davor, was jemand über ihn wissen könnte, der diesen Tag schon einmal durchlebt hat. Jemand, der gesehen hat, was in seinem Verlauf geschieht. Er verbirgt irgendetwas, da bin ich mir ganz sicher.

»Ich brauche Ihre Hilfe, Cunningham«, sage ich. »Es gibt viel zu tun, und während ich an Ravencourt gefesselt bin, stehen mir nicht die nötigen Beine zur Verfügung, um irgendetwas davon selbst zu unternehmen.«

Er leert sein Glas und steht auf. Der Alkohol hat ihm zwei Farbflecken auf die Wangen gemalt, und als er nun spricht, schwingt in seiner Stimme der Mut mit, den ihm die Flasche verliehen hat.

»Ich werde mich jetzt empfehlen und meinen Dienst morgen wieder aufnehmen, wenn Lord Ravencourt ...« – er hält inne und denkt über das richtige Wort nach – »zurückgekehrt ist.«

Er macht eine steife Verbeugung und geht zur Tür.

»Glauben Sie, er wird Ihre Dienste weiterhin in Anspruch nehmen, wenn er erst einmal Ihr Geheimnis kennt?«, frage ich unvermittelt, als mir ganz plötzlich eine Idee in den Sinn kommt, ganz so, als wäre ein Stein in einen Teich gefallen. Falls ich recht habe, und Cunningham tatsächlich etwas zu verbergen hat, dann könnte es schändlich genug sein, um es als Druckmittel gegen ihn einzusetzen.

Er bleibt reglos neben meinem Stuhl stehen, die Hände zu Fäusten geballt.

»Wie meinen Sie das?«, fragt er und blickt starr geradeaus.

»Schauen Sie unter dem Kissen Ihres Stuhls nach«, sage ich und versuche, die Anspannung aus meiner Stimme zu verbannen. Das, was ich hier gerade versuche, beruht auf einer einwandfreien Logik, doch das bedeutet nicht unbedingt, dass es auch tatsächlich funktionieren wird.

Er schaut zu dem Stuhl hinüber und sieht dann wieder mich an. Ohne ein Wort zu sagen tut er wie geheißen und entdeckt dort einen kleinen weißen Umschlag. Ein triumphales Lächeln breitet sich auf meinen Lippen aus, während er den Umschlag mit hängenden Schultern aufreißt.

»Woher wissen Sie das?«, fragt er mit brüchiger Stimme.

»Ich weiß nicht das Geringste. Aber wenn ich in meinem nächsten Wirt aufwache, werde ich mich der Aufgabe widmen, Ihr Geheimnis aufzudecken, dann in diesen Raum zurückkehren, die so erlangte Kenntnis aufschreiben und in diesen Briefumschlag stecken, damit Sie ihn dort finden. Sollte dieses Gespräch hier nicht nach meinen Wünschen verlaufen, werde ich den Umschlag an einem Ort deponieren, wo ihn die anderen Gäste finden werden.«

Er schnaubt mir ins Gesicht. Seine Verachtung ist wie eine Ohrfeige.

»Sie mögen zwar nicht Ravencourt sein, aber Sie klingen haargenau wie er.«

Der Einwand ist so verblüffend, dass er mich einen Moment lang zum Schweigen bringt. Bisher war ich davon ausgegangen, dass sich meine Persönlichkeit – wie auch immer diese aussehen mag – in jeden neuen Wirt übertragen und diesen ausfüllen würde wie eine Handvoll Pfennige eine Hosentasche. Aber was, wenn ich mich geirrt habe?

Keiner meiner früheren Wirte wäre auf die Idee gekommen, Cunningham zu erpressen, geschweige denn, dass er den Schneid gehabt hätte, diese Drohung auch umzusetzen. Genau genommen kann ich, wenn ich auf Sebastian Bell, Roger Collins, Donald Davies und jetzt Ravencourt zurückblicke, wenig im Verhalten dieser Personen entdecken, das nahelegen würde, dass hier ein und dieselbe Hand die Strippen zieht. Kann es sein, dass ich mich ihrem Willen beuge, statt umgekehrt? Falls dem so sein sollte, muss ich mich in Acht nehmen. Es ist eine Sache, in diesen Menschen gefangen zu sein, aber eine vollkommen andere, sich ihrem Willen rückhaltlos auszuliefern.

Meine Gedanken werden von Cunningham unterbrochen, der gerade eine Ecke des Briefes mit einem Feuerzeug in Brand setzt, das er aus der Hosentasche gezogen hat.

»Was wollen Sie von mir?«, fragt er mit harter, ausdrucksloser Stimme und lässt das brennende Papier auf den Feuerrost fallen.

»Erst einmal vier Dinge«, sage ich und zähle sie an meinen dicken Fingern ab. »Als Erstes müssen Sie einen alten Brunnen finden, der ein wenig abseits der Straße gelegen ist, die zum Dorf führt. In einem Spalt in der Brunnenmauer ist eine Nachricht versteckt. Lesen Sie die Nachricht, stecken Sie sie wieder in die Mauer und kehren Sie dann zurück, um mir den Inhalt mitzuteilen. Und tun Sie dies bald, denn innerhalb der nächsten Stunde wird die Nachricht verschwunden sein. Als Zweites müssen Sie das Pestdoktorkostüm finden, das ich vorhin schon einmal erwähnt habe. Drittens möchte ich, dass Sie überall in Blackheath den Namen »Anna« ausstreuen, als würden Sie mit Konfetti um sich werfen. Geben Sie den Leuten zu verstehen, dass Lord Ravencourt nach ihr sucht. Und viertens sollen Sie Bekanntschaft mit Sebastian Bell schließen.«

»Sebastian Bell, der Arzt?«

»Genau der.«

»Warum?«

»Weil ich mich daran erinnere, Sebastian Bell gewesen zu sein, aber nicht daran, Sie kennengelernt zu haben«, antworte ich. »Wenn wir das ändern, dann bedeutet das, dass ich mir auf diesem Wege bewiesen habe, dass auch andere Dinge am heutigen Tag geändert werden können.«

»Evelyn Hardcastles Tod?«

»Ganz genau.«

Cunningham stößt einen langen Atemzug aus und dreht sich zu

mir um. Er scheint geschrumpft zu sein, als wäre unser Gespräch eine Wüste, zu deren Durchquerung er eine ganze Woche gebraucht hat.

»Wenn ich all das tue, kann ich dann davon ausgehen, dass der Inhalt dieses Briefes unter uns bleibt?«, fragt er, und sein Gesichtsausdruck scheint eher eine Hoffnung als eine Erwartung auszudrücken.

»Das wird er. Darauf haben Sie mein Wort.«

Ich strecke ihm eine verschwitzte Hand entgegen.

»Dann habe ich keine andere Wahl, wie es scheint«, sagt er und erwidert meine Geste mit einem festen Händedruck, wobei nur ein winziges Aufflackern des Ekels über sein Gesicht huscht.

Dann verlässt er hastig den Raum, wahrscheinlich aus Sorge, ich könne ihm, wenn er zu lange verweilt, noch weitere Aufgaben aufbürden. Kaum ist er fort, scheint sich die feuchtkalte Luft der Bibliothek auf mich herabzusenken und mir durch die Kleider hindurch bis in die Knochen zu sickern. Dieser Ort ist mir dann doch zu trostlos, um mich noch länger darin aufzuhalten. Also zwänge ich mich aus meinem Sessel und nehme den Gehstock zu Hilfe, um mich auf die Füße zu hieven.

Ich durchquere das Arbeitszimmer und mache mich auf den Weg zu Ravencourts Salon. Dort werde ich es mir rechtzeitig vor meinem Treffen mit Helena Hardcastle bequem machen. Falls sie tatsächlich planen sollte, Evelyn heute Abend zu ermorden, dann, bei Gott, werde ich dies aus ihr herausbekommen.

Im Haus ist es still. Die Männer sind auf die Jagd gegangen, und die Frauen nehmen Getränke im Sonnenzimmer ein. Sogar die Dienerschaft ist verschwunden. Sämtliche Angestellte haben sich zur Vorbereitung des Balls ins Untergeschoss zurückgezogen und nur noch ein großes Schweigen zurückgelassen. Einzig der Regen leistet mir Gesellschaft, klopft an die Fenster und fordert Einlass. Bell hat die Geräusche seiner Mitmenschen vermisst, doch als eine Person, die den Bosheiten anderer gegenüber äußerst feinhörig ist, empfinde ich diese

Stille als erholsam. Es ist, als würde man die Fenster aufreißen und einen modrigen Raum durchlüften.

Der Klang schwerer Schritte reißt mich aus meinen Träumereien. Jeder Schritt ist langsam und mit Vorbedacht ausgeführt, als ginge es einzig und allein darum, meine Aufmerksamkeit auf sich zu ziehen. Ich habe eben den Speisesaal erreicht, wo ein langer Tisch aus Eichenholz steht, auf den zahllose ausgestopfte Tierköpfe von den Wänden herabstarren. Die Kreaturen, von denen sie abstammen, müssen schon vor sehr langer Zeit erlegt worden sein, denn ihr Fell ist verblichen und von einer dicken Staubschicht bedeckt. Der Raum ist menschenleer, und doch scheinen die Schritte, die meinen humpelnden Gang nachahmen, von überall her widerzuhallen.

Ich bleibe stehen, erstarre. Dicke Schweißtropfen treten mir auf die Stirn.

Die Schritte halten ebenfalls inne.

Ich tupfe mir mit einem Taschentuch die Stirn ab und sehe mich nervös um, während ich gleichzeitig wünschte, ich hätte Bells Papiermesser zur Hand. Unter der Last von Ravencourts schwerfälligem Fleisch begraben, komme ich mir wie ein Mann vor, der einen Anker hinter sich herzieht. Ich kann weder fortlaufen, noch mich kämpfend zur Wehr setzen, und selbst wenn ich dies könnte, würde ich mit meinen Fäusten auf die leere Luft einschlagen. Ich bin vollkommen hilflos.

Nach kurzem Zögern setze ich meinen Weg fort, doch jene gespenstischen Schritte folgen mir erneut. Ich bleibe abrupt stehen, und sie verharren mit mir, während ein unheimliches, Unheil verkündendes Kichern aus den Wänden herüberweht. Mein Herz klopft wie wild, und an meinen Armen stehen die Haare zu Berge. Die Angst treibt mich vor sich her und lässt mich der sicheren Zuflucht der Eingangshalle entgegentaumeln, die durch die Tür des Salons zu erkennen ist. Inzwischen machen sich die Schritte gar nicht mehr die Mühe, mich nachzuahmen, sie vollführen einen entfesselten Tanz, und das Kichern scheint nun aus allen Richtungen zu kommen.

Als ich den Durchgang erreiche, keuche ich vor Anstrengung, bin schweißgebadet und bewege mich so rasch, dass ich Gefahr laufe, über meinen eigenen Gehstock zu stolpern. In dem Moment, in dem ich die Eingangshalle erreiche, hört das Gelächter ganz plötzlich auf, und ein Flüstern jagt mich über die Schwelle.

»Auf bald, kleines Kaninchen.«

16.

Zehn Minuten später ist das Flüstern längst verklungen, aber die schreckliche Angst, die es ausgelöst hat, hallt noch nach. Es waren gar nicht mal so sehr die Worte selbst, sondern vielmehr das unverhohlene Frohlocken, mit dem sie ausgesprochen wurden. Die Warnung war eine Art Anzahlung auf das Blut und die Qualen, die noch folgen werden, und nur ein Narr wäre so blind, nicht zu erkennen, dass der Lakai dahintersteckt.

Ich halte meine Hand hoch, um zu sehen, wie heftig sie noch zittert, komme zu dem Schluss, dass ich mich wieder einigermaßen gefangen habe, und setze den Weg zu meinen Gemächern fort. Ich bin erst ein oder zwei Schritte gegangen, als ein Schluchzen meine Aufmerksamkeit auf eine dunkle Türöffnung im hinteren Teil der Eingangshalle lenkt. Eine ganze Minute lang bleibe ich aus Angst vor einer Falle zögernd auf der Schwelle stehen und spähe in die Dunkelheit. Gewiss würde der Lakai nicht so bald schon einen weiteren Anschlag auf mich planen und außerdem wäre er wohl kaum in der Lage, einen derart bemitleidenswerten, tränenerstickten Schluckauf nachzuahmen, wie ich ihn jetzt gerade höre – oder etwa doch?

Mein Mitgefühl drängt mich, einen Schritt vorwärts zu gehen, und so finde ich mich in einer schmalen Galerie wieder, die mit zahlreichen Porträts der Familie Hardcastle geschmückt ist. Ganze Generationen verwelken hier an den Wänden. Die gegenwärtigen Besitzer von Blackheath hängen der Tür am nächsten. Lady Hardcastle sitzt majestätisch auf einem Stuhl, und ihr Ehemann steht neben ihr. Beide haben dunkle Haare und dunkle Augen und eine herrlich hochnäsige Ausstrahlung. Daneben hängen die Porträts ihrer Kinder. Evelyn steht am Fenster, spielt mit den Fingern am Saum des Vorhangs herum und scheint auf die Ankunft von jemandem zu warten. Michael hingegen sitzt auf einem Stuhl und hat lässig ein Bein über die Lehne gehängt, während ein achtlos fortgeworfenes Buch neben ihm auf der Erde liegt. Er wirkt gelangweilt und scheint gleichzeitig von einer flirrenden, rastlosen Energie erfüllt zu sein. In der Ecke eines jeden Bildes findet sich eine flüchtig hingeworfene Signatur. Wenn ich mich nicht täusche, ist es die Unterschrift von Gregory Gold. Die Erinnerung an die Schläge, die der Butler von diesem Mann erdulden musste, ist noch allzu frisch, und ich merke, wie ich mich an meinem Gehstock festklammere und erneut das Blut in meinem Mund schmecke. Evelyn hat mir erzählt, man habe Gold nach Blackheath einbestellt, um die Porträts auszubessern, und nun kann ich auch sehen, warum. Der Mann mag zwar wahnsinnig sein, aber er hat Talent.

Wieder erklingt ein Schluchzen aus der Ecke des Raumes.

Die Galerie hat keine Fenster und wird lediglich von ein paar brennenden Öllampen erhellt. Es ist so düster, dass ich die Augen zusammenkneifen muss, um das Dienstmädchen auszumachen, das in sich zusammengesunken in einer dunklen Ecke sitzt und in ein durchnässtes Taschentuch weint. Das Feingefühl gebietet mir eigentlich, mich so leise wie möglich zu nähern, aber Verstohlenheit ist etwas, wofür Ravencourt nicht gebaut ist. Das Pochen meines Gehstocks auf dem Fußboden und das laute Geräusch meines Atmens eilen mir voraus und kündigen meine Gegenwart an. Bei meinem Anblick springt das Dienstmädchen so hastig auf, dass sich ihre Haube löst und ihre lockigen roten Haare zum Vorschein kommen.

Ich erkenne sie sofort wieder. Es ist Lucy Harper, das Dienstmädchen, das beim Mittagessen von Ted Stanwin so schlecht behandelt wurde, und ebenso die Frau, die mich hinunter zur Küche geleitete, nachdem ich in der Gestalt des Butlers aufwachte. Die Erinnerung daran, wie freundlich und fürsorglich sie war, hallt immer noch in mir nach. Ein herzliches, warmes Gefühl des Mitleids steigt in mir hoch und formt die Worte, die nun aus meinem Mund kommen.

»Es tut mir leid, Lucy, ich wollte Sie nicht erschrecken«, sage ich.

»Nein, Sir, es ist nicht … ich sollte nicht …« Sie sieht sich verzweifelt nach einer Fluchtmöglichkeit um und verfängt sich derweil immer tiefer im Sumpf der Etikette.

»Ich habe Ihr Weinen gehört«, sage ich und versuche, ein mitfühlendes Lächeln auf mein Gesicht zu zaubern. Das ist nicht ganz leicht, wenn man gezwungen ist, dafür den Mund einer anderen Person zu benutzen, insbesondere, wenn man dabei so viel Fleisch in Bewegung bringen muss.

»Oh, Sir, Sie sollten nicht … es war meine Schuld. Ich habe während des Mittagessens einen Fehler gemacht«, sagt sie und wischt sich den letzten Rest ihrer Tränen aus dem Gesicht.

»Ted Stanwin war abscheulich zu Ihnen«, sage ich und bemerke dann überrascht, wie ihr die Angst in die Augen steigt.

»Nein, Sir, das dürfen Sie nicht sagen«, entgegnet sie, wobei ihre Stimme eine ganze Oktave nach oben schnellt. »Ted, ich meine, Mr. Stanwin, er war immer gut zu uns Dienstboten. Hat uns immer sehr gerecht behandelt. Er ist nur … jetzt, wo er doch ein Gentleman ist, kann er es nicht zulassen, dass man sieht, wie er …«

Sie steht wieder kurz davor, in Tränen auszubrechen.

»Ich verstehe«, sage ich hastig. »Er möchte nicht, dass die anderen Gäste ihn wie einen Dienstboten behandeln.«

Ein strahlendes Lächeln breitet sich auf ihrem Gesicht aus.

»Das ist es Sir, genau das ist es. Man hätte Charlie Carver damals nie erwischt, wenn Ted nicht gewesen wäre, und trotzdem sehen ihn die anderen Gentlemen immer noch so an, als wäre er einer von uns. Aber nicht Lord Hardcastle, der nicht. Der nennt ihn immer Mr. Stanwin und so.«

»Nun gut, solange bei Ihnen jetzt alles wieder in Ordnung ist«, sage ich, überrascht, wie viel Stolz bei den eben von ihr gesagten Worten in ihrer Stimme mitschwang.

»Das ist es, Sir, das ist es wirklich«, antwortet sie und fühlt sich ermutigt genug, um ihre Haube vom Boden aufzuheben. »Ich sollte wieder zurück zu den anderen, die werden sich sicher schon fragen, wo ich bin.«

Sie macht einen Schritt auf die Tür zu, aber sie ist nicht schnell genug, um zu verhindern, dass ich ihr noch eine letzte Frage in den Weg werfe.

»Lucy, kennen Sie vielleicht irgendjemanden namens Anna? Ich dachte, es könnte sich vielleicht um eines der Dienstmädchen handeln.«

»Anna?« Sie bleibt stehen und bringt sämtliche, ihr zur Verfügung stehende gedankliche Kraft auf, um über meine Frage nachzudenken. »Nein, Sir, so jemanden kenne ich nicht.«

»Verhält sich vielleicht eines der Dienstmädchen irgendwie seltsam?«

»Nein, Sir. Und Sie werden es nicht glauben, aber Sie sind schon der Dritte, der heute diese Frage gestellt hat«, antwortet sie und windet sich dabei eine Strähne ihrer lockigen Haare um den Finger.

»Der Dritte?«

»Ja, Sir, Mrs. Derby war erst vor einer Stunde unten in der Küche und hat ganz genau dieselbe Frage gestellt. Sie hat uns damit einen ziemlichen Schrecken eingejagt. So eine hochgeborene Dame, die im Untergeschoss herumspaziert, sowas gehört sich nicht.«

Meine Hand krallt sich um den Griff meines Gehstocks. Wer auch immer diese Mrs. Derby sein mag, sie verhält sich seltsam und stellt dieselben Fragen wie ich. Vielleicht habe ich noch einen weiteren Rivalen gefunden.

Oder einen weiteren Wirt.

Der Gedanke lässt mich rot werden. Ravencourts Kenntnis über Frauen beschränkt sich bisher einzig und allein auf den Umstand, dass sie ebenfalls auf diesem Erdenrund existieren. Die Vorstellung, zu einer von ihnen zu werden, ist für ihn ebenso unbegreiflich wie die, einen ganzen Tag lang Wasser statt Luft zu atmen.

»Was können Sie mir über Mrs. Derby erzählen?«, frage ich.

»Nicht viel, Sir«, antwortet Lucy. »Sie ist eine ältere Dame mit einer scharfen Zunge. Ich fand sie eigentlich ganz nett. Ich weiß nicht, ob das irgendetwas zu bedeuten hat, aber da war auch noch ein Lakai. Der ist ein paar Minuten nach Mrs. Derby nach unten gekommen und hat dieselbe Frage gestellt: Verhält sich irgendeiner der Dienstboten irgendwie seltsam?«

Meine Hand drückt den Knauf meines Gehstocks noch fester als zuvor, und ich muss mir auf die Zunge beißen, um nicht laut zu fluchen. »Ein Lakai?«, frage ich. »Wie sah er aus?«

»Blonde Haare, ziemlich groß, aber ...« Ihre Gedanken schweifen ab, und sie sieht ein wenig beunruhigt aus. »Ich weiß auch nicht, irgendwie selbstgefällig. Arbeitet wahrscheinlich für einen der feinen Herren. Dann passiert es schon mal, dass sie so hochnäsig werden. Sie tun dann ganz vornehm und halten sich für was Besseres. Er hatte eine gebrochene Nase, die war ganz schwarz und lila angelaufen, als wäre das eben erst passiert. Er ist wohl irgendjemandem in die Quere gekommen.«

»Und was haben Sie ihm erzählt?«

»Er hat gar nicht mit mir gesprochen, Sir, sondern nur mit Mrs. Drudge, der Köchin. Sie hat zu ihm dasselbe gesagt, was sie auch schon Mrs. Derby gesagt hatte, dass mit den Dienstboten nämlich alles in Ordnung ist und dass es die Gäste sind, die den Verstand ...«, sie wird rot, »oh, entschuldigen Sie, Sir, ich wollte nicht ...«

»Keine Angst, Lucy, ich finde die meisten Menschen in diesem Haus genauso seltsam, wie Sie das tun. Was haben die Gäste denn so für Sachen gemacht?«

Sie grinst, während ihr Blick gleichzeitig schuldbewusst zur Tür hinüberhuscht. Als sie mit ihrer Rede fortfährt, ist ihre Stimme so leise, dass sie fast vom Knarzen der Bodendielen übertönt wird.

»Nun, heute früh war Miss Hardcastle draußen im Wald, zusammen mit ihrer Kammerzofe. Die ist Französin, Sie sollten sie mal hören, *quelle* dies und *quelle* das. Irgendjemand hat die beiden draußen bei Charlie Carvers alter Hütte angegriffen. Einer der Gäste anscheinend, aber sie weigerten sich zu sagen, wer.«

»Angegriffen? Sind Sie da sicher?«, frage ich und erinnere mich an den Vormittag, den ich als Bell verbrachte, und an die Frau, die ich durch den Wald flüchten sah. Ich ging davon aus, dass es sich um Anna handelte, aber was wäre, wenn ich mich geirrt hätte? Es wäre nicht die erste Vermutung, mit der ich mir hier auf Blackheath selber ein Bein gestellt habe.

»Das haben die beiden jedenfalls gesagt, Sir«, berichtet Lucy, die angesichts meines Eifers ein wenig verlegen wird.

»Ich denke, ich werde mit dieser französischen Zofe wohl mal ein Wörtchen reden müssen. Wie lautet ihr Name?«

»Madeline Aubert, Sir. Aber es wäre mir lieb, wenn Sie ihr nicht sagen würden, wer Ihnen das erzählt hat. Die beiden versuchen nämlich, das Ganze totzuschweigen.«

Madeline Aubert. Das ist das Dienstmädchen, das Bell gestern Abend die Nachricht überbracht hat. Angesichts der chaotischen jüngsten Ereignisse hatte ich die Schnittwunden an seinem Arm ganz vergessen.

»Ich werde schweigen wie ein Grab«, sage ich und lege den Finger auf die Lippen. »Aber ich muss trotzdem mit ihr reden. Könnten Sie ihr Bescheid geben, dass ich nach ihr suche? Sie müssen ihr ja nicht sagen, warum. Aber ich verspreche Ihnen beiden eine Belohnung, falls Madeline in meinen Salon kommt.«

Sie sieht skeptisch aus, erklärt sich jedoch ohne Weiteres dazu bereit und ergreift rasch die Flucht, bevor ich die Gelegenheit bekomme, sie womöglich mit noch weiteren Versprechungen zu umgarnen.

Wäre Ravencourt zu so etwas in der Lage, dann würde ich die Galerie jetzt mit geradezu beflügelten Schritten verlassen. Was auch immer das für eine Abneigung sein mag, die Evelyn Ravencourt gegenüber hegt, sie ist immer noch meine Freundin, und ich bin nach wie vor fest entschlossen, sie zu retten. Wenn sie heute früh im Wald tatsächlich von jemandem bedroht wurde, dann liegt die Vermutung nahe, dass dieselbe Person auch bei ihrem Mord eine Rolle spielen wird. Ich muss alles mir Menschenmögliche tun, um mich dieser Person in den Weg zu stellen, und diese Madeline Aubert wird mir hoffentlich dabei helfen können. Wer weiß, vielleicht habe ich ja morgen um diese Zeit schon den Namen des Mörders in Erfahrung gebracht. Wenn der Pestdoktor seinem Verspechen treu bleibt, dann könnte ich diesem Haus entkommen, sogar ohne alle mir zur Verfügung stehenden Wirte benötigt zu haben.

Mein Hochgefühl verfliegt jedoch wieder, kaum dass ich den Flur erreicht habe, und das fröhliche Pfeifen auf meinen Lippen gerät bei jedem Schritt, mit dem ich mich von der hell erleuchteten Eingangshalle entferne, ein wenig mehr ins Stocken. Blackheath hat sich durch die Gegenwart des Lakaien verwandelt. Nun sorgen die herumhuschenden Schatten und dunklen Ecken dafür, dass sich meine Fantasie mit hunderten verschiedener Todesarten bevölkert, die mir von seiner Hand zuteil werden könnten. Jedes noch so geringe Geräusch reicht aus, um mein ohnehin überlastetes Herz wild zum Klopfen zu bringen. Als ich endlich meinen Salon erreiche, bin ich vollkommen durchgeschwitzt und habe einen Knoten in der Brust.

Ich schließe die Tür hinter mir und stoße einen langen, zittrigen Atemzug aus. Wenn ich so weitermache, braucht mich der Lakai gar nicht mehr zu töten. Mein Körper wird vorher schon von ganz allein seinen Geist aufgeben.

Der Salon entpuppt sich als ein wunderschöner Raum. Eine Chaiselongue und ein Sessel sind unter einem prachtvollen Kronleuchter versammelt, in dem sich die Flammen eines tosenden Feuers spiegeln. Auf einer Anrichte stehen Spirituosen und Mixer, Teller mit kleingeschnittenen Früchten, Bitterliköre und halb geschmolzene Eiswürfel. Daneben ist ein gefährlich schwankender Stapel mit Roastbeef-Sandwiches aufgebaut, von deren Rändern der Senf herabtropft. Mein gieriger Magen will mich zu dem Essen hinüberzerren, doch mein Körper bricht unter mir zusammen.

Ich muss mich dringend ausruhen.

Der Sessel nimmt mein Gewicht missmutig in sich auf, und seine Beine knicken unter der Last fast ein. Draußen trommelt der Regen gegen die Fenster, und der Himmel hat sich in ein schwarzviolettes Gewand gehüllt. Sind das dieselben Tropfen, die gestern schon fielen? Dieselben Wolken? Graben sich die Kaninchen da draußen gerade dieselben Löcher, scheuchen dabei dieselben Insekten auf? Folgen dieselben Vögel im Flug denselben Mustern und prallen dabei gegen dieselben Fenster? Wenn das eine Falle ist, welches Opfer hätte dann eine solche Falle verdient?

»Ich könnte einen Drink gebrauchen«, murmele ich und reibe mir die pochenden Schläfen.

»Da hast du einen«, sagt eine Frauenstimme direkt hinter mir. Der Drink erscheint über meiner Schulter, von einer kleinen Hand mit knochigen, schwieligen Fingern dargereicht.

Ich versuche, mich umzudrehen, aber dazu gibt es zu viel Ravencourt und zu wenig Sitzfläche.

Die Frau schüttelt ungeduldig das Glas, sodass die darin enthaltenen Eiswürfel klirren.

»Du solltest das trinken, bevor das Eis schmilzt«, sagt sie.

»Sie werden mir verzeihen, wenn ich so meine Bedenken habe, einen Drink von einer mir unbekannten Frau anzunehmen«, entgegne ich.

Sie bückt sich und bringt ihren Mund so nah an mein Ohr, dass ich ihren warmen Atem an meinem Hals spüren kann.

»Aber du kennst mich doch«, flüstert sie. »Ich war zusammen mit dem Butler in der Kutsche. Ich bin Anna.«

»Anna!«, rufe ich und versuche, mich vom Sessel zu erheben.

Ihre Hand legt sich wie ein Amboss auf meine Schulter und drückt mich in das Sitzpolster zurück.

»Bemüh dich gar nicht erst. Wenn du es erst einmal geschafft hast, dich zu erheben, bin ich längst verschwunden«, sagt sie. »Wir werden uns bald wieder treffen, aber du musst aufhören, nach mir zu suchen.«

»Aufhören? Warum?«

»Weil du nicht der Einzige bist, der das tut«, antwortet sie und tritt ein paar Schritte zurück. »Der Lakai ist ebenfalls hinter mir her, und er weiß, dass wir beide zusammenarbeiten. Falls du weiterhin nach mir suchst, wirst du ihn direkt zu mir führen. Solange ich versteckt bleibe, sind wir beide in Sicherheit, also pfeif deine Hunde zurück.«

Ich spüre, wie sie sich entfernt, und höre dann Schritte, die sich der Tür an der gegenüberliegenden Seite des Raumes nähern.

»Warten Sie«, rufe ich. »Wissen Sie, wer ich bin, oder warum wir hier sind? Bitte, es muss doch irgendetwas geben, was Sie mir sagen können.«

Sie bleibt einen Moment lang stehen und scheint darüber nachzudenken.

»Die einzige Erinnerung, mit der ich aufgewacht bin, war ein Name«, sagt sie dann. »Ich glaube, es ist deiner.«

Meine Hände umklammern die Sessellehnen.

»Wie lautete er?«, frage ich.

»Aiden Bishop«, antwortet sie. »Jetzt habe ich getan, was du verlangt hast, also tu du auch, was ich von dir verlange. Hör auf, nach mir zu suchen.«

17.

»Aiden Bishop«, sage ich und lasse mir die einzelnen Vokale über die Zunge gleiten. »Aiden ... Bishop. Aiden, Aiden, Aiden.«

Während der vergangenen halben Stunde habe ich die verschiedensten Kombinationen, Betonungen und Aussprachen meines Namens ausprobiert, in der Hoffnung, meinem widerspenstigen Verstand irgendwelche Erinnerungen abzuringen. Bisher ist das Einzige, was ich damit erreicht habe, dass mein Mund ganz trocken geworden ist. Es ist eine frustrierende Methode, sich die Zeit zu vertreiben, aber ich habe kaum Alternativen. Der Zeitpunkt meiner Verabredung mit Helena Hardcastle, der auf halb zwei festgesetzt war, ist verstrichen, ohne dass diese mir eine Nachricht geschickt und ihr Nichterscheinen begründet hätte. Als ich ein Dienstmädchen herbeirief, um sie holen zu lassen, wurde mir mitgeteilt, niemand habe die Dame des Hauses seit den Morgenstunden zu Gesicht bekommen. Diese vermaledeite Person ist einfach verschwunden.

Zu allem Überfluss ist bisher auch weder Cunningham noch Madeline Aubert bei mir aufgetaucht. Ich habe zwar kaum damit gerechnet, dass Evelyns Kammerzofe auf meine Aufforderung hin erscheinen würde, aber Cunningham ist nun schon seit Stunden fort. Ich kann mir nicht erklären, was ihn so lange aufhält, und werde immer ungeduldiger. Wir haben so viel zu erledigen, und es bleibt nur noch so wenig Zeit dafür.

»Hallo, Cecil«, sagt eine krächzende Stimme. »Ist Helena noch hier? Ich habe gehört, du würdest dich mit ihr treffen.«

Eine ältere Dame steht im Türrahmen. Sie verschwindet nahezu gänzlich unter einem riesigen roten Mantel, und ihre Füße stecken in schlammbespritzten Gummistiefeln, die ihr fast bis an die Knie reichen. Ihre Wangen sind wund vor Kälte, und ihr finsterer Blick scheint auf ihrem Gesicht festgefroren zu sein.

»Das Treffen fand nicht statt, fürchte ich«, antworte ich. »Ich warte immer noch auf sie.«

»Du also auch, eh? Dieses verdammte Weib war heute früh im Garten mit mir verabredet, wo ich eine geschlagene Stunde zitternd vor Kälte auf einer Bank gesessen und auf sie gewartet habe«, sagt sie und stapft zum Kamin hinüber. Sie trägt so viele Kleiderschichten, dass ein einziger Funke des Feuers genügen würde, um sie wie bei einem Wikingerbegräbnis in Flammen aufgehen zu lassen.

»Wo mag sie wohl sein?«, fragt sie, zerrt sich die Handschuhe von den Händen und wirft sie auf den Sessel, der neben meinem steht. »Es ist schließlich nicht so, als könnte man hier auf Blackheath so wahnsinnig viel unternehmen. Drink gefällig?«

»Ich bin noch mit diesem hier zugange«, antworte ich und schwenke mein Glas in ihre Richtung.

»Du machst es richtig. Ich hatte es mir in den Kopf gesetzt, etwas spazieren zu gehen, aber bei meiner Rückkehr konnte ich niemanden dazu bewegen, mir die Eingangstür zu öffnen. Eine halbe Stunde lang habe ich wie eine Wilde an alle möglichen Fenster geklopft, aber es war nirgendwo auch nur ein einziger Diener in Sicht. So wie dieses Haus geführt wird, könnte man meinen, man wäre in Amerika.«

Karaffen werden aus ihren Ständern gezogen, Gläser mit einem dumpfen Geräusch auf einer Holzoberfläche abgestellt, Eiswürfel klirren und knistern, als sie mit Alkohol übergossen werden. Ein Zischen erklingt und dann ein befriedigendes Plätschern, gefolgt von einem lauten Schlucken und einem langen, genüsslichen Seufzer, der der Kehle der alten Dame entfährt.

»Ah. Das tut gut«, sagt sie, und eine neuerliche Runde Gläserklirren lässt darauf schließen, dass sie sich mit dem ersten Drink nur warmgelaufen hat. »Ich habe Helena mehrfach gesagt, dass diese Party hier eine schreckliche Idee ist, aber sie wollte ja nicht auf mich hören. Und jetzt haben wir den Salat: Peter hat sich im Pförtnerhaus verkrochen, Michael hält die Gesellschaft mühsam so gerade eben mit einem seidenen Faden zusammen, und Evelyn spielt Verkleiden, als wäre sie auf einem Kindergeburtstag. Das Ganze wird in einer absoluten Katastrophe enden, das kannst du mir glauben.«

Mit dem Drink in der Hand kehrt die ältere Dame zu ihrer Position vor dem Feuer zurück. Dadurch, dass sie ein paar Schichten abgelegt hat, ist sie gewaltig in sich zusammengeschrumpft. Nun sind ihre rosafarbenen Wangen und kleinen rosafarbenen Hände zum Vorschein gekommen, zusammen mit einem Schopf grauer Haare, die wirr in alle Richtungen abstehen.

»Und was ist das hier?«, fragt sie und greift sich eine weiße Karte, die auf dem Kaminsims liegt. »Wolltest du mir eine Nachricht schreiben, Cecil?«

»Wie bitte?«

Sie reicht mir die Karte, auf dessen Vorderseite eine sehr kurze und schlichte Nachricht steht.

Mit Millicent Derby treffen
A.

Das war Anna, kein Zweifel.

Erst die brennenden Handschuhe und jetzt eine Aufforderung zum Kennenlernen. So seltsam es auch sein mag, dass mir jemand auf meinem Weg durch diesen Tag Brotkrumen streut, ist es doch schön zu wissen, dass ich hier eine Freundin habe. Aber es widerlegt meine Theorie, Mrs. Derby könne einer meiner Rivalen oder sogar ein weiterer Wirt sein. Diese alte Dame ist viel zu sehr sie selbst, um unter der Oberfläche jemand anderes sein zu können.

Aber warum hat sie dann in der Küche herumgeschnüffelt und Fragen über die Dienstmädchen gestellt?

»Ich bat Cunningham, dir ein Billet zu schicken, um dich auf einen Drink einzuladen«, antworte ich ohne zu zögern und nehme einen

Schluck von meinem Whisky. »Er muss abgelenkt worden sein, während er die Nachricht aufschrieb.«

»Das kommt davon, wenn man Leute aus der Unterschicht mit wichtigen Aufgaben betraut«, schnieft Millicent und lässt sich in einen Stuhl neben mir fallen. »Lass dir das gesagt sein, Cecil. Eines Tages wirst du feststellen, dass er deine Konten leergeräumt hat und mit einem deiner Dienstmädchen durchgebrannt ist. Sieh dir nur diesen verdammten Ted Stanwin an. Als er noch zu den Wildhütern hier gehörte, da hat er die Leute so unauffällig umschmeichelt wie ein lindes Lüftchen. Und jetzt könnte man meinen, ihm gehöre das Ganze hier. Eine Unverschämtheit ist das.«

»Stanwin ist ein unangenehmer Zeitgenosse, da gebe ich dir Recht. Dennoch habe ich das hiesige Dienstpersonal durchaus ins Herz geschlossen«, entgegne ich. »Man hat mich hier sehr freundlich behandelt. Außerdem habe ich mir sagen lassen, dass du vor einer Weile unten in der Küche gewesen bist. Also kannst du sie ja nicht allesamt so unerträglich finden, wie du behauptest.«

Sie winkt mit ihrem Glas in meine Richtung und lässt eine Handvoll Whisky über meinen Einwand schwappen.

»Ach, das, ja …« Sie lässt den Satz einfach im Sande verlaufen und schlürft an ihrem Drink, um Zeit zu gewinnen. »Ich bin davon überzeugt, dass eines der Hausmädchen etwas aus meinem Zimmer gestohlen hat. Das war alles. Wie ich schon sagte, man weiß nie, was bei diesen Leuten unter der Oberfläche so vor sich geht. Kannst du dich an meinen Ehemann erinnern?«

»Vage«, antworte ich und bewundere die Eleganz, mit der sie einfach das Thema gewechselt hat. Was auch immer sie da unten in der Küche gewollt hat, ich hege starke Zweifel, dass es irgendetwas mit einem Diebstahl zu tun hatte.

»Mit ihm war es das Gleiche«, schnaubt sie. »Seine Kinderstube war das Letzte – übelste Unterschicht –, aber er hat es geschafft, über vierzig Baumwollspinnereien aufzubauen. Und dabei ist er niemals etwas anderes gewesen als ein kompletter Esel. Unsere Ehe hat fünfzig Jahre gedauert, und während dieser fünfzig Jahre habe ich kein einziges Mal gelächelt, bis zu dem Tag, an dem ich ihn begraben habe. Und seitdem habe ich nicht mehr mit dem Lächeln aufgehört.«

Sie wird von einem knarrenden Geräusch unterbrochen, das vom Flur kommt, gefolgt von quietschenden Türangeln.

»Vielleicht ist das ja Helena«, sagt Millicent und erhebt sich. »Ihr Zimmer ist direkt nebenan.«

»Ich dachte, die Hardcastles würden im Pförtnerhaus wohnen?«

»Peter schläft im Pförtnerhaus«, antwortet sie und zieht eine Augenbraue hoch. »Helena wohnt hier. Hat anscheinend darauf bestanden, nach allem, was man so hört. Das war noch nie eine besonders gute Ehe, aber jetzt scheint sie in einem geradezu höllischen Tempo vor die Hunde zu gehen. Ich sage dir, Cecil, das allein war es schon wert, hierherzukommen: nur, um Zeuge dieses Skandals zu werden.«

Die alte Dame tritt in den Flur hinaus, ruft Helenas Namen und verstummt dann plötzlich. »Was um alles in der Welt ...«, murmelt sie dann und steckt im nächsten Moment wieder ihren Kopf in meinen Salon. »Steh auf, Cecil«, sagt sie nervös. »Hier geht etwas sehr Seltsames vor sich.«

Voller Besorgnis quäle ich mich auf die Füße und in den Flur hinaus. Helenas Zimmertür schwingt knarrend in einem Windhauch hin und her. Das Schloss wurde zertrümmert, die Holzsplitter liegen über den Fußboden verteilt und verursachen bei jedem Schritt ein knirschendes Geräusch.

»Hier ist jemand eingebrochen«, zischt Millicent und stellt sich schutzsuchend hinter mich.

Ich benutze meinen Gehstock, um die Tür ganz langsam aufzudrücken und uns so einen Blick ins Innere zu verschaffen.

Das Zimmer ist leer und zwar schon seit einer ganzen Weile, so wie es aussieht. Die Vorhänge sind immer noch zugezogen, sodass der Raum nur von den Lampen erhellt wird, die den Flur säumen. Das Himmelbett ist ordentlich gemacht, und der Frisiertisch daneben quillt vor Gesichtscremes, Puder und Schönheitsmittel aller Arten förmlich über.

Nachdem sie sich vergewissert hat, dass keine Gefahr besteht, tritt Millicent hinter meinem Rücken hervor, schaut mich mit einem Blick an, den man wohl am ehesten als streitlustige Entschuldigung beschreiben könnte, geht um das Bett herum zu den Fenstern und zieht die schweren Vorhänge auf, um die Dunkelheit zu vertreiben.

Der Eindringling scheint sich einzig an einem Sekretär aus Kastanienholz zu schaffen gemacht zu haben. Die Schubladen unterhalb der Rollklappe wurden herausgerissen, und inmitten des bunt durcheinander liegenden Gewirrs aus Tintenfässern, Briefumschlägen und Farbbändern steht eine große Lackschatulle, deren Innenpolster mit zwei revolverförmigen Ausbuchtungen versehen ist. Die Revolver selbst sind nirgends zu sehen, doch ich hege den Verdacht, dass Evelyn einen von ihnen zum Friedhof mitgenommen hat. Schließlich erwähnte sie, dass die Waffe ihrer Mutter gehörte.

»Nun, jetzt wissen wir zumindest, was der Einbrecher hier gewollt hat«, sagt Millicent und klopft mit dem Finger auf die Schatulle. »Aber das ergibt nicht den geringsten Sinn. Wenn jemand eine Waffe brauchte, dann hätte er sie ebenso leicht aus den Ställen stehlen können. Dort gibt es Dutzende davon. Da würde niemand auch nur mit der Wimper zucken.«

Als Millicent die Schatulle zur Seite schiebt, kommt ein Moleskine-Büchlein zum Vorschein. Sie blättert durch seine Seiten und gleitet derweil mit dem Finger über die einzelnen Verabredungen, Termine, Erinnerungen und Notizen, mit denen es gefüllt ist. Der Inhalt deutet auf ein geschäftiges, wenn auch eher langweiliges Leben hin. Das einzig Interessante ist der Umstand, dass die aktuelle Seite herausgerissen wurde.

»Das ist ja seltsam: Die Verabredungen für den heutigen Tag fehlen«, sagt Millicent, und ihr Unmut wird zu Argwohn. »Warum sollte Helena die herausreißen wollen?«

»Glaubst du denn, dass sie das selbst getan hat?«, frage ich.

»Welchen Nutzen sollte die Seite denn für jemand anderen haben?«, fragt Millicent zurück. »Denk an meine Worte, Cecil, Helena führt irgendetwas Törichtes im Schilde und möchte nicht, dass jemand herausfindet, worum es sich dabei handelt. Wenn du mich jetzt entschuldigen würdest, Cecil, ich muss sie dringend finden und sie dazu überreden, das Ganze sein zu lassen. Wie üblich.«

Sie wirft den Terminkalender aufs Bett, stolziert aus dem Schlafzimmer und geht durch den Flur davon. Ich bemerke ihren Aufbruch kaum, denn ich bin viel zu sehr mit den schwarzen, verschmierten Fingerabdrücken beschäftigt, die sich auf den Seiten des Kalenders befinden. Mein Kammerdiener ist hier gewesen. Und es hat ganz den Anschein, als würde auch er nach Helena Hardcastle suchen.

18.

Die Welt hinter den Fenstern schrumpft in sich zusammen, und ihre düsteren Ränder drängen einer immer schwärzer werdenden Mitte entgegen. Die ersten Jäger tauchen aus dem Wald auf und watscheln wie übergroße Vögel über die Wiese. Weil ich zu ungeduldig war, um noch länger in meinem Salon auf Cunninghams Rückkehr zu warten, habe ich mich stattdessen auf den Weg zur Bibliothek gemacht, um einen Blick in die Enzyklopädie zu werfen. Eine Entscheidung, die ich bereits heftig zu bereuen beginne.

Dieses ganze Herumgelaufe am heutigen Tag hat mich bereits unendlich viel Kraft gekostet, und der behäbige Körper, in dem ich stecke, wird mit jeder Sekunde schwerer. Zu allem Überfluss ist auch das Haus wieder aufgewacht und voller Geschäftigkeit. Überall sind Dienstmädchen, die Kissen aufklopfen, den Blumenschmuck arrangieren und hierhin und dorthin flitzen wie ein Schwarm aufgescheuchter Fische. Ihr Elan bringt mich in Verlegenheit, ihre Grazie schüchtert mich ein.

Als ich schließlich die Eingangshalle betrete, wimmelt es dort von den zurückgekehrten Mitgliedern der Jagdgesellschaft, die sich den Regen aus ihren Kappen schütteln, während sich zu ihren Füßen das Wasser in Pfützen sammelt. Sie sind vollkommen durchnässt und grau vor Kälte und erwecken den Eindruck, als wären sämtliche Lebensgeister aus ihnen herausgewaschen worden. Ganz offensichtlich haben Sie einen üblen Nachmittag durchlitten.

Nervös bahne ich mir einen Weg durch die Menge, halte den Blick gesenkt und frage mich, ob irgendeines dieser finster dreinblickenden Gesichter dem Lakaien gehört. Lucy Harper hat mir erzählt, er hätte eine gebrochene Nase gehabt, als er in die Küche hinunterkam. Das lässt darauf hoffen, dass meine Wirte sich zur Wehr setzen. Ganz zu schweigen davon, dass er auf diese Weise leicht zu erkennen sein dürfte.

Da ich bei keinem der Anwesenden eine Verletzung entdecke, setze ich meinen Weg etwas zuversichtlicher fort. Die Jäger treten beiseite und machen Platz, sodass ich auf meinem Weg zur Bibliothek ungehindert an ihnen vorbeischlurfen kann. Dort hat man die schweren Vorhänge zugezogen und ein Feuer im Kamin angezündet. Ein leichter Hauch von Parfüm liegt in der Luft. Mehrere große Stumpenkerzen stehen auf Untersetzern im Raum verteilt, und durchbrechen mit ihren warmen, schleierförmigen Strahlen das Dunkel. In ihrem Licht sind drei Frauen zu erkennen, die sich auf ihren Sesseln zusammengerollt haben und in die Bücher vertieft sind, die aufgeschlagen in ihren Schößen liegen.

Ich gehe zu dem Bücherregal hinüber, in dem die Enzyklopädie stehen sollte, doch als ich dort in der Dunkelheit umhertaste, finde ich nur eine klaffende Lücke. Ich hole mir eine der Kerzen von einem nahegelegenen Tisch und lasse ihren Lichtschein über das Regal gleiten, in der Hoffnung, jemand könnte das Buch vielleicht an eine andere Stelle gestellt haben, aber es ist definitiv verschwunden. Ich stoße sämtliche Luft aus meiner Lunge und falle in mich zusammen wie der Blasebalg irgendeines unsäglichen Apparates. Mir war bis jetzt gar nicht bewusst gewesen, welch große Hoffnung ich in diese Enzyklopädie gesetzt hatte, und auch in die Aussicht, meinen zukünftigen Wirten von Angesicht zu Angesicht zu begegnen. Es war nicht nur ihr Wissen, nach dem es mich so dringend verlangte. Nein, ich hatte auch die Gelegenheit herbeigesehnt, sie genauestens zu studieren, so wie man vielleicht sein eigenes verzerrtes Bild in einem Spiegelkabinett betrachten würde. Bei einer derartigen Beobachtung würde ich doch gewiss irgendwelche Wesensarten entdecken, die allen gemeinsam sind – Bruchstücke meines wahren Ichs, die ich in jede Person mit hineingetragen habe, ohne dass sie von deren Persönlichkeit kontaminiert wurden? Ohne diese Gelegenheit weiß ich nicht, wie ich

die Abgrenzungen meines eigenen Ichs bestimmen, wo ich die Trenn-
linie zwischen meiner eigenen Persönlichkeit und der meiner Wirte
ziehen soll. Wer weiß – am Ende besteht der einzige Unterschied zwischen mir und dem Lakaien in dem Bewusstsein des Wirtes, an dem
ich gerade teilhabe.

Die Last dieses Tages senkt sich schwer auf meine Schultern herab
und drückt mich in einen der Sessel hinunter, die neben dem Feuer
stehen. Die aufgeschichteten Holzscheite prasseln und knistern, und
die von ihnen ausgehende, schimmernde Hitze hängt schwer in der
Luft.

Mir stockt der Atem.

Dort, zwischen den Flammen, liegt die Enzyklopädie. Sie ist bereits zu Asche verbrannt, bewahrt jedoch immer noch ihre Form und
ist nur einen Atemzug davon entfernt, vollends in sich zusammen-
zufallen.

Das ist das Werk des Lakaien, kein Zweifel.

Ich habe das Gefühl, als hätte man mir eine Ohrfeige verpasst, was
zweifellos auch der gewünschte Effekt war. Ganz gleich, wo ich hin-
gehe, der Lakai ist mir immer einen Schritt voraus. Und doch reicht es
ihm nicht, einfach nur der Gewinner zu sein. Er will unbedingt, dass
ich das auch weiß. Er will, dass ich mich fürchte. Aus irgendeinem
Grund will er, dass ich leide.

Fassungslos über diese ebenso unverfrorene wie verächtliche Tat
starre ich ins Feuer und verliere mich in den Flammen. Am liebsten
würde ich auch all meine Zweifel und Ängste hineinwerfen. Ich
komme erst wieder zu mir, als Cunningham von der Türschwelle her
meinen Namen ruft.

»Lord Ravencourt?«

»Wo zum Teufel sind Sie gewesen?«, blaffe ich ihn an und verliere
vollkommen die Beherrschung.

Er kommt seelenruhig um meinen Stuhl herumspaziert, stellt sich
so nah wie möglich ans Feuer und wärmt sich die Hände. Er sieht
aus, als wäre er mitten in den Sturm hineingeraten. Zwar hat er seine

Kleider gewechselt, doch seine feuchten Haare stehen ihm vom Abtrocknen immer noch zu Berge.

»Wie schön zu sehen, dass Ravencourts Temperament unversehrt geblieben ist«, sagt er gelassen. »Ich wäre tatsächlich vollkommen hilflos ohne meine tägliche Standpauke.«

»Spielen Sie hier nicht das Opfer«, sage ich und wedele drohend mit meinem Finger vor seinem Gesicht. »Sie sind schon seit Stunden fort.«

»Gut Ding braucht Weile«, antwortet er und wirft mir einen Gegenstand in den Schoß.

Als ich ihn ins Licht hochhalte, starre ich in die leeren Augenhöhlen einer Schnabelmaske aus Porzellan. Sofort löst sich meine ganze Wut in Luft auf. Cunningham senkt die Stimme, als sein Blick die anwesenden Damen streift, die uns mit unverhohlener Neugier anstarren.

»Sie gehört einem Kerl namens Philip Sutcliffe«, berichtet Cunningham. »Einer der Diener entdeckte die Maske in dessen Kleiderschrank. Also bin ich in sein Zimmer geschlichen, als er zur Jagd aufbrach. Und tatsächlich – auch der Zylinder und der Paletot befanden sich dort, zusammen mit einer Notiz, die besagte, dass der Verfasser Lord Hardcastle während des Balls treffen würde. Ich dachte, wir könnten ihm vielleicht auflauern.«

Ich klatsche begeistert mit der Hand auf mein Knie und grinse ihn wie ein Wahnsinniger an. »Gute Arbeit, Cunningham, sehr gute Arbeit, fürwahr.«

»Ich dachte mir schon, dass Sie sich darüber freuen würden«, sagt er. »Unglücklicherweise ist das aber auch schon das Ende meiner guten Neuigkeiten. Die Nachricht, die am Brunnen auf Miss Hardcastle wartete, war, nun ja … seltsam, gelinde gesagt.«

»Seltsam? Inwiefern?«, frage ich und halte mir die Schnabelmaske vors Gesicht. Das Porzellan fühlt sich kalt und klamm an, passt jedoch ansonsten ziemlich gut.

»Der Regen hatte die Schrift verwaschen, aber soweit ich das noch entziffern konnte, standen darin die Worte: ›Halte Dich von Millicent Derby fern‹. Und darunter war eine sehr schlichte Zeichnung von einer Burg. Das war alles.«

»Eine merkwürdige Warnung«, sage ich.

»Warnung? Ich hatte es für eine Drohung gehalten«, entgegnet Cunningham.

»Glauben Sie etwa, Millicent Derby könne sich mit ihren Stricknadeln auf Evelyn stürzen?«, frage ich und hebe eine Augenbraue.

»Unterschätzen Sie diese Frau nicht, nur weil sie alt ist«, sagt er und erweckt das niederbrennende Feuer wieder ein wenig zum Leben, indem er mit dem Schürhaken darin herumstochert. »Früher stand mindestens die Hälfte der Menschen in diesem Haus unter ihrer Fuchtel. Es gab kein schmutziges Geheimnis, das sie nicht ausgegraben und keinen schmutzigen Trick, den sie nicht angewandt hätte. Im Vergleich zu ihr war Ted Stanwin ein blutiger Anfänger.«

»Hatten Sie mit ihr zu tun?«

»Ravencourt hatte Geschäfte mit ihr. Und er traut ihr nicht über den Weg«, antwortet er. »Der Mann ist zwar ein ekelhafter Mistkerl, aber er ist nicht auf den Kopf gefallen.«

»Das ist gut zu wissen«, sage ich. »Haben Sie sich mit Sebastian Bell getroffen?«

»Noch nicht, aber ich werde ihm sicher heute Abend begegnen. Über die mysteriöse Anna habe ich auch nichts herausfinden können.«

»Oh, das ist nicht mehr nötig, sie hat mich bereits selbst gefunden«, sage ich und zupfe an einem Stück Leder herum, das sich von der Armlehne gelöst hat.

»Tatsächlich? Was hat sie gewollt?«

»Das hat sie nicht gesagt.«

»Und woher kennt sie Sie?«

»Zu dieser Frage sind wir nicht mehr gekommen.«

»Kann sie als Freund gelten?«

»Möglicherweise.«

»Also eine gewinnbringende Zusammenkunft?«, fragt er listig und stellt den Schürhaken wieder in seinen Ständer. »Und wo wir gerade von Zusammenkunft reden, wir sollten schauen, dass wir Sie alsbald in die Badewanne verfrachten. Um acht wird das Essen serviert, und Sie fangen allmählich an, ein wenig streng zu riechen. Wir sollten den Leuten nicht noch mehr Gründe für ihre Abneigung gegen Sie geben, als sie ohnehin schon haben.«

Er macht Anstalten, mir aus dem Sessel hochzuhelfen, aber ich winke ab.

»Nein, Sie müssen für den Rest des Abends Evelyn beschatten«, sage ich und versuche verzweifelt, mich allein aus dem Sessel zu erheben. Die Schwerkraft scheint jedoch Einwände gegen dieses Bestreben zu haben.

»Zu welchem Zweck?«, fragt er und sieht mich mit gerunzelter Stirn an.

»Jemand hat vor, sie zu ermorden«, antworte ich.

»Ja, und dieser jemand könnte genauso gut ich sein«, entgegnet er schlicht, als wollte er mir gerade etwas so Beiläufiges mitteilen, wie dass er eine Vorliebe fürs Varietétheater habe.

Der Gedanke trifft mich mit einer derartigen Macht, dass ich zurück in das Sitzpolster falle, dem ich schon halb entkommen war. Das Holzgestell ächzt unter mir. Ravencourt vertraut Cunningham blind, und diesen Wesenszug habe ich, ohne ihn auch nur eine Sekunde zu hinterfragen, einfach übernommen, obwohl ich doch wusste, dass er irgendein furchtbares Geheimnis hat. Er ist genauso verdächtig wie alle anderen.

Cunningham tippt sich an die Nase. »Da habe ich Ihnen aber zu denken gegeben«, sagt er und legt sich meinen Arm über die Schultern. »Ich gehe Bell suchen, sobald ich Sie in die Badewanne gesetzt habe, aber wenn Sie mich fragen, dann wäre es viel besser, wenn Sie Evelyn selbst beschatten würden, sobald Sie dazu in der Lage sind. In der Zwischenzeit werde ich Ihnen nicht von der Seite weichen, damit Sie mich als Verdächtigen ausschließen können. Mein Leben ist schon kompliziert genug. Da brauche ich nicht noch acht Leute, in denen Sie drinstecken, die mich durchs Haus jagen und des Mordes beschuldigen.«

»Sie scheinen ja ziemliche Routine bei derartigen Angelegenheiten zu haben«, sage ich und versuche aus den Augenwinkeln, seine Reaktion auf meine Bemerkung auszumachen.

»Nun, ich bin nicht immer ein Kammerdiener gewesen«, sagt er.

»Und was waren Sie dann?«

»Ich glaube nicht, dass diese Information ein Teil unserer kleinen Abmachung ist«, sagt er und verzieht das Gesicht zu einer Grimasse, während er versucht, mich hochzuhieven.

»Nun, dann erzählen Sie mir doch, was Sie in Helena Hardcastles Schlafgemach zu suchen hatten?«, schlage ich vor. »Sie haben die Tinte verschmiert, als Sie ihren Terminkalender durchgeblättert haben. Das ist mir heute früh an Ihren Händen aufgefallen.«

Er gibt ein erstauntes Pfeifen von sich.

»Oha, da sind Sie aber ganz schön fleißig gewesen.« Seine Stimme wird härter. »Dann ist es umso erstaunlicher, dass Sie noch nichts über meine skandalöse Beziehung zu den Hardcastles gehört haben. Oh, ich möchte Ihnen auf keinen Fall die Überraschung verderben. Hören Sie sich um. Es ist nicht gerade ein Geheimnis, und ich bin mir sicher, dass sich irgendjemand findet, der es Ihnen mit größter Begeisterung erzählen wird.«

»Sind Sie in das Zimmer eingebrochen, Cunningham?«, verlange ich zu wissen. »Zwei Revolver sind verschwunden, und aus Lady Hardcastles Terminkalender wurde eine Seite herausgerissen.«

»Ich musste nicht einbrechen, ich wurde eingeladen«, sagt er. »Von diesen Revolvern weiß ich nichts, aber der Terminkalender war noch unversehrt, als ich ging. Das habe ich mit eigenen Augen gesehen. Ich nehme an, ich könnte Ihnen jetzt erzählen, was ich dort gemacht habe und warum ich nicht der von Ihnen gesuchte Schuldige bin, aber wenn Sie auch nur ein Fünkchen Verstand besitzen, dann werden Sie mir kein Wort davon glauben. Also wäre es ohnehin besser, Sie würden es auf eigene Faust herausfinden. Auf diese Weise können Sie wenigstens sicher sein, dass es die Wahrheit ist.«

Wir erheben uns, von einer feuchten Schweißwolke umhüllt. Cunningham tupft mir erst die Tropfen von der Stirn und reicht mir dann den Gehstock.

»Eins würde ich gern wissen, Cunningham«, sage ich dann. »Warum gibt sich ein Mann wie Sie mit einem Job wie diesem zufrieden?«

Er steht einen Moment lang wie versteinert da, und sein normalerweise so undurchdringliches Gesicht verdüstert sich.

»Das Leben lässt einem nicht immer eine Wahl dabei, wie man es führt«, antwortet er grimmig. »Und jetzt kommen Sie schon, wir sind zu einem Mord geladen.«

19.

Unter dem flackernden Schein der Kandelaber, die das Abendmahl beleuchten, liegt ein Friedhof aus Hühnerknochen, Fischgräten, Hummerschalen und Schweinefett ausgebreitet. Trotz der draußen herrschenden Dunkelheit hat man die Vorhänge nicht zugezogen, und so bietet sich den am Tisch versammelten Gästen der Ausblick auf den sturmgepeitschten Wald.

Ich kann mich selbst essen hören, höre das Malmen und Knacken, das Schlingen und Würgen. Die Bratensoße läuft mir an meinen zahlreichen Kinnfalten herab, und das Fett überzieht meine Lippen mit einem grausig schimmernden Glanz. Mein Heißhunger ist derart heftig, dass er mir zwischen den einzelnen Bissen ein Keuchen abringt. Meine Serviette gleicht einem Schlachtfeld. Die anderen Gäste betrachten dieses abscheuliche Schauspiel aus den Augenwinkeln und versuchen verzweifelt, ihre jeweiligen Gespräche aufrechtzuerhalten – als hätte ich nicht längst jegliche Anstandsregeln mit meinen Zähnen zermahlen. Wie ist es für einen einzelnen Menschen nur möglich, einen solchen Hunger zu empfinden? Wie ungeheuer groß muss der innere Abgrund sein, den er dadurch zu füllen versucht?

Michael Hardcastle sitzt zu meiner Linken, aber wir haben seit meiner Ankunft kaum ein Wort miteinander gewechselt. Er hat einen Großteil des Abends damit verbracht, sich mit gedämpfter Stimme mit Evelyn zu unterhalten. Die beiden haben die Köpfe zusammengesteckt, und die offenkundige Zuneigung, die sie füreinander hegen, wirkt wie eine undurchdringliche Mauer. Für eine Frau, die weiß, dass sie in Gefahr ist, wirkt Evelyn erstaunlich gelassen.

Vielleicht glaubt sie ja, sie würde von jemandem beschützt.

»Sind Sie jemals in den Orient gereist, Lord Ravencourt?«

Wenn doch nur der Inhaber des Platzes zu meiner Rechten ähnlich wenig Notiz von mir nehmen würde. Es handelt sich dabei um Fregattenkapitän Clifford Herrington, einem kahl werdenden ehemaligen Marineoffizier, auf dessen Uniform zahllose Tapferkeitsabzeichen glitzern. Nachdem ich eine Stunde in seiner Gesellschaft verbracht habe, will es mir nicht mehr so recht gelingen, den Mann, der da vor mir sitzt, mit den angeblich von ihm errungenen Heldentaten in Einklang zu bringen. Vielleicht liegt es an dem fliehenden Kinn oder dem abgewandten Blick oder dem Eindruck, er wolle sich andauernd für irgendetwas entschuldigen. Aber wahrscheinlich ist es eher der Whisky, den man förmlich in seinem Blick hin- und herschwappen sieht.

Herrington hat schon den ganzen Abend mit fürchterlich langweiligen Geschichten um sich geworfen und das auch noch ohne die Höflichkeit zu besitzen, das Ganze mit Übertreibungen auszuschmücken. Und nun wird unser Gespräch also, so scheint es, an den Gestaden Asiens an Land geschwemmt. Ich schlürfe meinen Wein, um meine Gereiztheit zu übertünchen, und stelle dabei fest, dass das Getränk einen unangenehm säuerlichen Geschmack hat. Die Grimasse, die ich daraufhin ziehe, veranlasst Herrington dazu, sich verschwörerisch zu mir hinüberzulehnen.

»Ich habe ganz genauso reagiert«, sagt er und trifft mich dabei mit seinem warmen, alkoholgetränkten Atem mitten ins Gesicht. »Ich habe einen der Diener nach dem Jahrgang gefragt. Genauso gut hätte ich das Glas fragen können, aus dem ich gerade trinke.«

Die Kandelaber überziehen sein Gesicht mit einem gruseligen Gelbstich und lassen den abstoßenden, trunkenen Glanz in seinen Augen erkennen. Ich stelle mein Weinglas ab und sehe mich nach einer Ablenkung um. Es werden wohl an die fünfzehn Personen am Tisch sitzen, und die ansonsten doch recht triste Gesprächskost wird durch einige Brocken aus dem Französischen, Spanischen und Deutschen gewürzt. Teurer Schmuck schlägt klirrend gegen die Gläser, und das Besteck klappert, während die Kellner die Teller abräumen. Die Stimmung im Raum ist gedrückt. Die wenigen verstreuten Gespräche finden mit gedämpfter, dringlicher Stimme statt und werden über die aufragenden Lehnen eines Dutzend leerer Stühle hinweg geführt. Die Stühle bieten einen traurigen, um nicht zu sagen gespenstischen Anblick, und obwohl die Abwesenheit der Personen, die hier eigentlich sitzen sollten, durchaus auffällt, scheinen sich alle die größte Mühe zu geben, diesen Umstand zu ignorieren. Ich kann nicht erkennen, ob dieses Verhalten nur ihrer guten Kinderstube geschuldet ist oder ob es irgendeine andere Erklärung gibt, die ich verpasst habe.

Ich schaue mich nach vertrauten Gesichtern um, die ich dazu hätte befragen können, aber Cunningham ist losgezogen, um Bell zu treffen, und von Millicent Derby, Doktor Dickie oder gar dem widerwärtigen Ted Stanwin ist nicht die geringste Spur zu sehen. Abgesehen von Evelyn und Michael gibt es nur noch eine einzige andere Person, die ich unter den Anwesenden wiedererkenne, und zwar Daniel Coleridge, der am anderen Ende des Tisches neben einem dünnen Männchen Platz genommen hat. Beide sitzen vor ihren halb gefüllten Weingläsern und mustern die übrigen Gäste mit kritischem Blick. Irgendjemand scheint an Daniels hübschem Gesicht Anstoß genommen zu haben und hat es mit einer aufgeplatzten Lippe und einem geschwollenen Auge verziert. Das Auge wird morgen gewiss noch sehr viel schlimmer aussehen – immer gesetzt den Fall, der morgige Tag tritt überhaupt ein. Die Verletzungen scheinen Daniel nicht über Gebühr zu stören. Ich jedoch empfinde sie als ziemlich beunruhigend, denn bis zu diesem Augenblick war ich davon ausgegangen, Daniel sei immun gegenüber den Machenschaften und Umtrieben dieses Ortes. Ich hatte geglaubt, seine Kenntnis der Zukunft würde es ihm ermöglichen, allen etwaigen Unglücksfällen einfach aus dem Weg zu gehen. Ihn derart gedemütigt zu sehen, ist so ähnlich, als hätte ich mitbekommen, wie einem Zauberer die gezinkten Karten aus dem Ärmel purzeln.

Daniels Tischnachbar lacht begeistert über irgendeinen Witz, den dieser gerade gemacht hat, und schlägt dabei mit der Faust so laut auf den Tisch, dass er meine Aufmerksamkeit auf sich lenkt. Der Kerl kommt mir bekannt vor, aber ich weiß nicht woher.

Vielleicht ein zukünftiger Wirt.

Ich hoffe doch sehr, dass dies nicht der Fall ist. Er ist kein Mann, sondern vielmehr ein verschmierter Fleck mit öligen Haaren und einem blassen, verhärmten Gesicht, und sein Gebaren legt nahe, dass er alles und jeden im Raum als unter seiner Würde empfindet. Ich wittere Verschlagenheit in ihm, aber auch Grausamkeit, obwohl ich nicht ganz verstehe, woher dieser Eindruck kommt.

»Und dann benutzen sie dort auch noch so absonderliche Heilmittel«, sagt Clifford Herrington und erhebt dabei ein wenig seine Stimme, um meine Aufmerksamkeit wieder auf sich zu lenken.

Ich blinzle ihn verwirrt an.

»Die Orientalen, Lord Ravencourt«, fügt er hinzu und lächelt liebenswürdig.

»Natürlich«, sage ich. »Nein, ich fürchte, ich bin noch niemals dort gewesen.«

»Ein unglaublicher Ort, wirklich unglaublich. Die haben da diese Krankenhäuser ...«

Ich hebe die Hand, um einen der Dienstboten herbeizurufen. Wenn mir schon diese Unterhaltung nicht erspart wird, dann sollte ich wenigstens von dem fürchterlichen Wein verschont bleiben. Und wer weiß, vielleicht bringt der eine Segen ja gleich den nächsten mit sich.

»Ich habe mich gestern Abend mit Doktor Bell über ein paar der Opiate unterhalten, die man dort im Orient zu sich nimmt«, fährt er fort.

Oh, lass es bald zu Ende gehen ...

»Sind die Speisen zu Ihrer Zufriedenheit, Lord Ravencourt?«, fragt mich Michael Hardcastle und schaltet sich damit elegant in die Unterhaltung ein.

Ich wende mich zu ihm um, während meine Augen vor Dankbarkeit fast überfließen.

Er hält ein Glas Rotwein in der Hand, das er halb an die Lippen gehoben hat, und seine grünen Augen funkeln verschmitzt. Die Art, wie er mich ansieht, steht in krassem Gegensatz zu dem Blick seiner Schwester, die mir allein mit der Kraft ihrer Augen die Haut in einzelnen Fetzen vom Körper reißen zu wollen scheint. Sie trägt ein blaues Abendkleid und ein Diadem in ihren blonden Haarlocken. Ihre hochgesteckte Frisur gibt den Blick auf das prunkvolle Diamantkollier frei, das sich um ihren Hals schmiegt. Es ist dieselbe Aufmachung, wenn auch ohne Mantel und Gummistiefel, die sie ein wenig später am heutigen Abend tragen wird, wenn sie Sebastian Bell zum Friedhof begleitet.

Ich tupfe mir mit der Serviette die Lippen ab und neige den Kopf.

»Sie sind exzellent. Das einzig Bedauernswerte ist, dass nicht mehr Gäste hier sind, um in ihren Genuss zu kommen«, antworte ich und winke mit der Hand in Richtung der leeren Stühle, die um den Tisch verteilt stehen. »Ich hatte mich besonders darauf gefreut, Mr. Sutcliffe kennenzulernen.«

Samt seinem Pestdoktorkostüm, füge ich im Stillen hinzu.

»Nun, da haben Sie Glück«, unterbricht uns Clifford Herrington. »Der alte Sutcliffe ist ein guter Freund von mir. Vielleicht kann ich Sie ja während des Balls einander vorstellen.«

»Gesetzt den Fall, er schafft es überhaupt, zum Ball zu kommen«, sagt Michael. »Er und mein Vater werden sich mittlerweile schon durch das gesamte Spirituosenkabinett hindurchgetrunken haben. Zweifellos versucht meine Mutter just in diesem Moment, sie aus ihrem Rausch wachzurütteln.«

»Wird denn Lady Hardcastle heute Abend in Erscheinung treten?«, frage ich. »Ich habe mir sagen lassen, dass sie am heutigen Tag so gut wie niemand zu Gesicht bekommen hat.«

»Die Rückkehr nach Blackheath war sehr schwer für sie«, sagt Michael und senkt die Stimme, als würde er uns gerade ein Geheimnis anvertrauen. »Sie hat den Tag zweifellos damit verbracht, vor der Party noch rasch ein paar Gespenster aus der Vergangenheit zu besiegen. Seien Sie versichert, meine Mutter wird da sein.«

Wir werden von einem der Kellner unterbrochen, der sich zu Michael hinunterbeugt und ihm etwas ins Ohr flüstert. Sofort legt sich ein dunkler Schatten über das Gesicht des jungen Mannes. Während sich der Kellner zurückzieht, gibt er die Nachricht an seine Schwester weiter, deren Gesichtsausdruck sich nun ebenfalls verdüstert. Die Geschwister schauen sich einen Moment lang an und halten sich an den Händen. Schließlich erhebt Michael sich und klopft mit der Gabel an sein Glas. Während des Aufstehens scheint er sich wie ein Blütenblatt auseinanderzufalten, sodass er nun unglaublich groß wirkt und das trübe Licht, das die Kandelaber verbreiten, weit überragt. Das zwingt ihn, seine Rede aus der Dunkelheit an uns zu richten.

Im Raum wird es still. Alle Augen sind auf ihn gerichtet.

»Ich hatte eigentlich gehofft, meine Eltern würden uns noch mit ihrer Gegenwart beehren und es mir auf diesem Wege ersparen, einen Trinkspruch auszubringen«, sagt er. »Aber sie ziehen es offenbar vor, nachher auf dem Ball einen möglichst imposanten Auftritt zu inszenieren. Und so wie ich meine Eltern kenne, wird ihnen das auch auf das Eindrücklichste gelingen.«

Das gedämpfte Lachen der Gäste zaubert ein schüchternes Lächeln auf sein Gesicht.

Ich betrachte eins nach dem anderen die Gesichter der Anwesenden und treffe dabei geradewegs mit Daniels amüsiertem Blick zusammen. Er tupft sich die Lippen mit seiner Serviette ab und winkt mit den Augen zu Michael hinüber, als Aufforderung, dass ich ihm meine uneingeschränkte Aufmerksamkeit widmen soll.

Er weiß, was jetzt kommt.

»Mein Vater wollte Ihnen allen gerne danken, dass Sie am heutigen Abend den Weg zu uns gefunden haben, und ich bin mir sicher, dass er das später noch ausführlich nachholen wird«, sagt Michael.

Seine Stimme zittert leicht, und ich vermeine, einen Hauch von

Unbehagen darin zu erkennen. »Ich mochte daher jedem Einzelnen von Ihnen an seiner statt meinen ganz persönlichen Dank ausssprechen, dafür, dass Sie nach Blackheath gekommen sind und meine Schwester Evelyn nach ihrem Aufenthalt in Paris hier in ihrem Zuhause willkommen heißen.«

Auf Evelyns Gesicht spiegelt sich die grenzenlose Liebe ihres Bruders wider, und die beiden Geschwister lächeln einander auf eine Weise zu, die weder mit diesem Raum noch mit den anwesenden Gästen auch nur das Geringste zu tun hat. Dennoch werden die Gläser erhoben, und überall am Tisch spricht man seinerseits Dankesworte aus.

Michael wartet, bis sich das Stimmengewirr gelegt hat, und fährt dann fort. »Evelyn wird schon bald ein ganz neues Abenteuer antreten. Sie wird …« Er schweigt einen Moment und hält den Blick starr auf den Tisch gerichtet. »Nun, sie wird Lord Cecil Ravencourt heiraten.«

Schweigen hüllt uns ein, während sich alle Blicke auf mich richten. Aus dem ersten Schock wird Verwirrung und dann Abscheu. Die Gesichter der Gäste spiegeln meine eigenen Gefühle exakt wider. Es müssen wohl an die dreißig Jahre und tausende von Mahlzeiten zwischen Ravencourt und Evelyn liegen, deren Feindseligkeit von heute früh damit mehr als erklärt wird. Falls Lord und Lady Hardcastle ihrer Tochter tatsächlich die Schuld an Thomas' Tod geben, dann haben sie sich eine wahrhaft erlesene Strafe ausgedacht. Es scheint so, als wollten sie ihr all die Jahre stehlen, die Thomas gestohlen wurden.

Ich schaue zu Evelyn hinüber, aber sie spielt an einer Serviette herum und beißt sich auf die Lippen. Ihre eben noch so ausgelassene Stimmung ist wie weggeblasen. Eine Schweißperle rinnt an Michaels Stirn herab, und der Wein bebt in seinem Glas. Er kann seine Schwester nicht einmal mehr anschauen, wohingegen ihr Blick an ihm haftet, als könne sie es nicht ertragen, irgendwo anders hinzusehen. Nie hat ein Mann derart gebannt auf eine Tischdecke gestarrt, wie ich es in diesem Augenblick tue.

»Lord Ravencourt ist ein alter Freund der Familie«, sagt Michael mechanisch und prescht mutig in das entstandene Schweigen vor. »Ich kann mir niemanden vorstellen, der sich besser um meine Schwester kümmern würde.«

Endlich schaut er Evelyn an und begegnet dem Blick ihrer tränenfeuchten Augen.

»Evie, ich glaube, du wolltest auch noch ein paar Worte sagen.«

Sie nickt, während sie gleichzeitig mit den Händen ihre Serviette stranguliert.

Sämtliche Augenpaare starren sie unverwandt an. Niemand bewegt sich. Sogar die Dienstboten starren. Sie stehen nebeneinander aufgereiht an der Wand und halten schmutziges Geschirr und frische Weinflaschen in den Händen. Endlich schaut Evelyn von ihrem Schoß auf und begegnet dem ihr zugewandten Tableau aus erwartungsvollen Gesichtern. Ihre Augen sind so wild wie die eines in die Falle gegangenen Tieres. Was auch immer es für eine Rede war, die sie vorbereitet hatte, die Worte entgleiten ihr sofort und werden durch ein so verzweifeltes Schluchzen ersetzt, dass sie gezwungen ist, den Saal zu verlassen. Sofort läuft Michael ihr hinterher.

Unter den Personen, die sich mir nun mit lautem Kleiderrascheln zuwenden, suche ich Daniels Blick. Die Belustigung von eben ist verflogen, und seine Augen sind starr auf das Fenster gerichtet. Ich frage mich, wie oft er wohl dabei zugesehen hat, wie mir langsam die Röte in die Wangen steigt, und ob er sich überhaupt noch daran erinnern kann, wie sich diese Scham angefühlt hat. Ist das der Grund dafür, dass er mich jetzt nicht ansehen kann? Werde ich es besser machen können, wenn die Reihe an mir ist?

Wie ich da so verlassen am Tischende sitze, habe ich das instinktive Bedürfnis, zusammen mit Michael und Evelyn die Flucht zu ergreifen, aber genauso gut könnte ich wünschen, der Mond möge herabsteigen und mich in die Lüfte entführen. Das Schweigen umflutet uns wie eine Stromschnelle, bis schließlich Clifford Herrington aufsteht. Als er das Glas erhebt, funkelt das Kerzenlicht in seinen Marineorden.

»Auf viele glückliche Jahre«, sagt er vollkommen ohne Ironie, wie es scheint.

Einer nach dem anderen heben sämtliche Gäste ihre Gläser in die Höhe und wiederholen den Trinkspruch in einem heuchlerischen Singsang.

Vom anderen Ende des Tisches zwinkert Daniel mir zu.

20.

Der Speisesaal hat sich längst geleert, sämtliche Gäste sind verschwunden, und die Dienstboten haben die letzten Teller abgeräumt, als endlich Cunningham eintritt, um mich abzuholen. Er stand bereits seit über einer Stunde draußen, aber jedes Mal, wenn er hereinkommen wollte, habe ich ihn wieder fortgewinkt. Nach der erlittenen Demütigung während des Abendessens wäre es wahrlich eine Erniedrigung zu viel, mir noch von irgendjemandem dabei zusehen lassen zu müssen, wie mein Kammerdiener mir aus dem Stuhl hilft. Als er dann tatsächlich den Raum betritt, tut er dies mit einem schadenfrohen Grinsen im Gesicht. Zweifellos hat die Nachricht meiner Beschämung schon das gesamte Haus durcheilt: der fette alte Ravencourt und seine geflüchtete Braut.

»Warum haben Sie mir nichts von Ravencourts geplanter Heirat mit Evelyn erzählt?«, frage ich mit einer solchen Vehemenz, dass er einen Moment lang erstaunt stehen bleibt.

»Um Sie zu demütigen«, antwortet er dann.

Ich erstarre, und meine Wangen röten sich erneut, als er meinem Blick begegnet.

Seine Augen sind grün, und ihre Pupillen unterschiedlich groß, wie zwei Pfützen aus verschütteter Tinte. Die leidenschaftliche Überzeugungskraft in seinem Blick würde genügen, um ganze Armeen in die Schlacht zu schicken und Kirchen niederzubrennen. Falls sich dieser Junge jemals entschließen sollte, nicht mehr Ravencourts Fußschemel zu spielen, dann möge Gott dem Baron gnädig sein.

»Ravencourt ist ein eitler Mann und leicht zu beschämen«, fährt Cunningham gelassen fort. »Mir ist aufgefallen, dass Sie diese Eigenschaft geerbt haben, und so habe ich mich darüber lustig gemacht.«

»Warum?«, frage ich, verblüfft über seine Ehrlichkeit.

»Sie haben mich erpresst«, antwortet er mit einem Schulterzucken. »Sie haben doch wohl nicht gedacht, ich würde das einfach so hinnehmen?«

Ich blinzle ihn ein paar Sekunden an und breche dann im nächsten Moment in ein haltloses, laut dröhnendes Gelächter aus. Sämtliche Fettrollen an meinem Körper schwabbeln anerkennend ob seiner Kühnheit. Ich habe ihn gedemütigt, und er hat mir dieses Unheil mit gleicher Münze heimgezahlt. Dabei hat er sich nichts weiter als seine eigene Geduld zunutze gemacht. Welcher Mann wäre von dem Charme eines solchen Kunststücks nicht eingenommen?

Cunningham starrt mich an und runzelt die Stirn.

»Sind Sie denn gar nicht wütend?«, fragt er.

»Ich vermute, dass meine Wut Sie kaum interessieren dürfte«, antworte ich und wische mir eine Träne aus dem Auge. »Wie auch immer, ich habe den ersten Stein geworfen. Da kann ich mich nicht gerade beschweren, wenn dann ein Felsbrocken auf mich zurückfällt.«

Meine Erheiterung bringt schließlich auch ihn zum Lächeln.

»Es scheint ganz so, als gäbe es doch ein paar Unterschiede zwischen Ihnen und Lord Ravencourt«, sagt er, wobei er jedes einzelne seiner Worte mit Bedacht wählt.

»Nicht zuletzt den Namen«, sage ich und halte ihm meine Hand hin. »Ich heiße Aiden Bishop.«

Er schüttelt mir mit festem Griff die Hand, und sein Lächeln vertieft sich.

»Es freut mich sehr, Ihre Bekanntschaft zu machen, Aiden. Ich heiße Charles.«

»Nun, ich habe nicht die Absicht, irgendjemandem von Ihrem Geheimnis zu erzählen, Charles, und ich entschuldige mich dafür, dass ich damit gedroht habe. Ich möchte einzig und allein Evelyn Hardcastles Leben retten und aus Blackheath entkommen, und mir bleibt weder für das eine noch das andere sonderlich viel Zeit übrig. Ich werde einen Freund brauchen.«

»Wahrscheinlich mehr als einen«, sagt er und wischt seine Brille mit dem Hemdsärmel sauber. »Um ehrlich zu sein, diese Geschichte ist so seltsam, dass ich es, selbst wenn ich wollte, gar nicht mehr über mich bringen könnte, dem Ganzen nun den Rücken zu kehren.«

»Dann lassen Sie uns gehen«, sage ich. »Daniel hat behauptet, Evelyn würde heute Abend um elf Uhr während der Party ermordet werden. Wenn wir sie retten möchten, dann müssen wir um diese Zeit dort sein.«

Da sich der Ballsaal auf der anderen Seite der Eingangshalle befindet, ist Cunningham mir unterwegs behilflich, indem er seine Hand stützend unter meinen Ellbogen legt. Immer mehr Kutschen kommen vom Dorf her und reihen sich draußen auf der Kieseinfahrt in eine Schlange ein. Pferde schnauben, Lakaien öffnen die Türen, und die kostümierten Gäste flattern ins Haus, als wären sie aus ihren Käfigen befreite Kanarienvögel.

»Warum ist Evelyn gezwungen, Ravencourt zu heiraten?«, frage ich Cunningham flüsternd.

»Geld«, antwortet er. »Lord Hardcastle hat ein Händchen für schlechte Investitionen, und bei weitem nicht genug Intelligenz, um aus seinen Fehlern zu lernen. Man munkelt, er sei im Begriff, die Familie in den Bankrott zu treiben. Als Gegenleistung für Evelyns Jawort bekommen Lord und Lady Hardcastle eine sehr großzügige Mitgift und zudem Ravencourts Versprechen, dass er Blackheath in ein paar Jahren für eine ordentliche Summe kaufen wird.«

»So sieht es also aus«, sage ich. »Den Hardcastles steht das Wasser bis zum Hals und deshalb verpfänden sie ihre eigene Tochter wie irgendein altes Familienerbstück.«

Meine Gedanken kehren flüchtig zu dem Schachspiel am heutigen Vormittag zurück und zu dem Lächeln, das sich auf Evelyns Gesicht ausgebreitet hat, während ich mich wie ein geprügelter Hund aus dem Sonnenzimmer geschleppt habe.

Ravencourt kauft sich keine Braut, o nein. Er kauft sich vielmehr einen bodenlosen Abgrund aus Gehässigkeit. Ich frage mich, ob der alte Narr auch nur die geringste Ahnung hat, auf was er sich da einlässt.

»Und was ist mit Sebastian Bell?«, frage ich, eingedenk der Aufgaben, die ich ihm gestellt habe. »Haben Sie mit ihm reden können?«

»Ich fürchte, nein. Der arme Kerl lag ohnmächtig in seinem Zimmer auf der Erde, als ich dort eintraf«, antwortet er, wobei in seiner Stimme echtes Mitleid mitschwingt. »Ich habe das tote Kaninchen gesehen. Es scheint ganz so, als hätte Ihr Lakai einen ziemlich schwarzen Sinn für Humor. Ich habe den Arzt gerufen und die beiden dann allein gelassen. Ihr Experiment wird bis zu einem anderen Tag warten müssen.«

Meine Enttäuschung wird von der Musik übertönt, die eben noch gegen die geschlossenen Türen des Ballsaals anbrandete und nun in die Eingangshalle hinausschallt, als einer der Diener uns öffnet. Es sind wohl an die fünfzig Gäste im Saal, die sich unter dem sanften Licht eines mit zahllosen Kerzen geschmückten Kronleuchters im Kreise drehen. Auf einer schmalen Bühne, die sich an die gegenüberliegende Wand schmiegt, sitzt ein bravourös spielendes Orchester, doch der überwiegende Teil des Raumes gehört der Tanzfläche, auf der Harlekine in prachtvoller Livree ägyptische Prinzessinnen und grinsende Teufel umwerben. Hofnarren springen umher und treiben ihre Späße, reißen den anderen Gästen ihre gepuderten Perücken von den Köpfen oder stoßen ihnen die an langen Stäben vors Gesicht gehaltenen goldenen Masken fort. Kleider, Umhänge und Kutten rascheln und wirbeln in einem verwirrenden Chaos aus Leibern über den Tanzboden. Der einzige freie Platz im Raum befindet sich im Umkreis von Michael Hardcastle. Die spitz zulaufenden Strahlen seiner schillernden Sonnenmaske ragen so weit von seinem Gesicht ab, dass es gefährlich wäre, ihm zu nahe zu kommen.

Während wir all dies von einer Empore aus betrachten, von der eine schmale Treppe hinunter zur Tanzfläche führt, pochen meine Finger im Takt auf das Geländer. Irgendein Teil von mir, der Teil, der immer noch zu Ravencourt gehört, kennt dieses Lied und genießt es, zuzuhören. Am liebsten würde er ein Instrument ergreifen und mitspielen.

»Ist Ravencourt ein Musiker?«, frage ich Cunningham.

»In seiner Jugend«, antwortet dieser. »Er war ein begabter Violinist, so sagt man. Dann hat er sich bei einem Sturz vom Pferd den Arm gebrochen und konnte nie wieder so gut spielen wie zuvor. Er vermisst es immer noch, glaube ich.«

»Das tut er«, antworte ich und bin überrascht, wie groß die Sehnsucht ist, die er verspürt.

Ich dränge das Gefühl beiseite und wende meine Aufmerksamkeit wieder unserem gegenwärtigen Vorhaben zu. Doch ich habe keine Ahnung, wie es uns gelingen soll, inmitten dieser Menschenmenge Sutcliffe auszumachen.

Oder den Lakaien.

Mir wird bang ums Herz. Das hatte ich nicht bedacht. Bei all diesem Lärm und dichten Gedränge hätte eine heimlich geführte Klinge leichtes Spiel und könnte wieder verschwinden, ohne dass jemand das Geringste davon mitbekäme.

Solche Gedanken hätten Bell dazu veranlasst, sofort wieder zurück auf sein Zimmer zu flüchten, aber Ravencourt ist aus härterem Holz geschnitzt. Wenn dies der Ort ist, an dem man Evelyn nach dem Leben trachten wird, dann muss ich auch genau hier ausharren, komme, was wolle. Und so steigen wir, während mir Charles unterstützend unter den Arm greift, die Treppe hinab und halten uns, einmal unten angekommen, an den eher im Schatten liegenden Rändern des Ballsaals auf.

Clowns klopfen mir auf die Schulter, und Frauen mit Schmetterlingsmasken in der Hand wirbeln dicht an mir vorüber. Ich versuche, sie so gut es geht zu ignorieren, und dränge mich zu den Sofas durch, die in der Nähe der Terrassentüren stehen. Ich muss meinen müden Beinen unbedingt eine Rast gewähren.

Bisher waren mir die anderen Gäste immer nur in kleineren Gruppen begegnet, und ihre Gehässigkeit hatte sich wie ein dünner Schleier über das ganze Haus verteilt. Doch es ist etwas vollkommen ande res, so wie jetzt inmitten all dieser Menschen gefangen zu sein. Je weiter ich mich in den Tumult hineinbegebe, desto dichter und stärker scheint mir ihre Boshaftigkeit. Die meisten der Männer erwecken den Eindruck, als hätten sie den Nachmittag damit verbracht, immer tiefer ins Glas zu gucken. Sie stolpern mehr, als dass sie tanzen, knurren und starren und benehmen sich wie Wilde. Junge Frauen werfen die Köpfe zurück und lachen, während ihre Schminke zerrinnt und ihre Frisuren sich auflösen. Sie werden von einem zum anderen weitergereicht und provozieren dabei mit ihren Reizen eine Gruppe verheirateter Frauen, die sich schutzsuchend zusammengerottet haben und diese keuchenden, wild dreinblickenden Kreaturen ängstlich anstarren.

Es geht doch nichts über eine Maske, um die wahre Natur eines Menschen zu offenbaren.

Auch Charles, der an meiner Seite geht, wird immer angespannter und mit jedem Schritt graben sich seine Finger tiefer in meinen Unterarm. All dies fühlt sich vollkommen verkehrt an. Hier stimmt etwas nicht. Diese Feier ist zu verzweifelt, zu bemüht, zu sehr zum Äußersten entschlossen. Als wäre es das letzte Fest vor dem Untergang Gomorras.

Wir erreichen eines der Sofas, und Charles lässt mich vorsichtig in die Kissen hinuntersinken. Zahlreiche Kellnerinnen, die Tablette mit Getränken tragen, schlängeln sich durch die Menge, aber es erweist sich als unmöglich, ihnen aus unserer Position am Rand des Geschehens einen Wink zu geben. Es ist zu laut, um sich unterhalten zu können, aber Charles weist mich wortlos auf den Champagner-Tisch hin, von dem die Gäste Arm in Arm fortstolpern. Ich nicke und tupfe mir den Schweiß von der Stirn. Vielleicht sorgt ja ein Getränk dafür, dass sich meine Nerven ein wenig beruhigen. Just in dem Moment, als er fortgeht, um eine Flasche Champagner zu holen, spüre ich, wie mir ein Windhauch über die Haut streicht, und sehe, dass jemand die Terrassentüren geöffnet hat, vermutlich, um ein wenig frische Luft in den Raum zu lassen. Draußen ist es stockduster, aber man hat zahlreiche Feuerschalen aufgestellt, deren flackernde Lichter sich bis zu einem von Bäumen umringten Spiegelteich hinüberziehen.

Die Dunkelheit verwirbelt sich und beginnt, eine Gestalt anzunehmen, deren Konturen immer deutlicher werden, bis sie schließlich mit einer schwungvollen Drehung den Saal betritt. Kerzenlicht tropft auf ein blasses Gesicht.

Kein Gesicht. Eine Maske.

Eine weiße Schnabelmaske aus Porzellan.

Ich sehe mich nach Charles um, in der Hoffnung, er könnte vielleicht nahe genug sein, um sich den Kerl zu greifen, aber die Menge hat ihn mit sich fortgerissen. Als ich zurück zu den Terrassentüren schaue, drängt sich der Pestdoktor gerade mit der Schulter voraus durch die Menge der Feiernden.

Ich packe mir meinen Gehstock und hieve mich auf die Füße. Ganze Schiffswracks wurden mit weniger Mühe vom Meeresboden geborgen. Dennoch schaffe ich es, der Kaskade aus Kostümen entgegen zu humpeln, in deren Mitte sich meine Jagdbeute verborgen hat. Ich lasse mich von den flüchtigen Blicken leiten, die ich auf die Gestalt erhasche – dem Glitzern einer Maske, dem Wirbeln eines Umhangs – aber sie ist wie Nebel im Wald. Unmöglich zu fassen.

Irgendwo in einer der hinteren Ecken verliere ich sie endgültig.

Sofort bleibe ich stehen und drehe mich im Kreis, um nach ihr Ausschau zu halten, aber in diesem Moment stolpert jemand mit voller Wucht in mich hinein. Ich brülle wütend auf und begegne dem Blick zweier brauner Augen, die mich hinter einer Schnabelmaske aus Porzellan anstarren. Mein Herz macht einen Sprung, und ich selbst tue dies offenbar auch, denn mein Gegenüber reißt sich rasch die Maske herunter, sodass ein schmales, knabenhaftes Gesicht zum Vorschein kommt.

»Du liebe Güte, das tut mir aber leid«, sagt er. »Ich wollte nicht ...«

»Rochester, Rochester, hier drüben!«, ruft ihm jemand zu.

Wir drehen uns gleichzeitig um. Ein zweiter Kerl in einem Pest-doktorkostüm kommt auf uns zu. Hinter ihm ist ein dritter, und drei weitere haben sich unter die Menge gemischt. Meine Beute hat sich vervielfacht, doch keiner von ihnen kann mein Gesprächspartner sein. Sie sind alle entweder zu klein und gedrungen oder zu groß und dünn. Es sind zu viele mangelhafte Kopien des echten Doktors. Sie versuchen, ihren Freund mit sich fortzuziehen, aber ich ergreife den Arm, der mir am nächsten ist – irgendeinen Arm, es ist ganz egal, sie sind alle gleich.

»Wo habt ihr diese Kostüme her?«, frage ich.

Der Kerl, den ich mir gegriffen habe, wirft mir aus grauen, blut-unterlaufenen Augen einen bösen Blick zu. Es sind lichtlose, voll-kommen ausdruckslose Augen. Leere Türöffnungen, hinter denen kein einziger schlüssiger Gedanke steht. Er reißt sich von meinem Griff los und stößt mir einen Finger in die Brust.

»Frag gefälligst nett«, lallt er mit betrunkener Stimme. Er brennt auf einen Streit, und indem ich mit meinem Gehstock nach ihm aus-keile, gebe ich ihm, was er haben will. Das schwere Holz trifft ihn am Bein, sodass er wild fluchend in die Knie geht. Als er versucht, das Gleichgewicht wiederzuerlangen, und sich zu diesem Zweck mit der Handfläche am Tanzboden abstützt, lasse ich die Spitze meines Stocks auf seinen Handrücken herunterfahren und nagele ihn fest.

»Die Kostüme«, brülle ich. »Wo habt ihr sie her?«

»Vom Speicher«, antwortet er, während sein Gesicht so bleich wird wie die Maske, die er fortgeworfen hat. »Da sind Dutzende solcher Kostüme. Sie hängen alle an einem Kleiderständer.«

Er zieht und zerrt, um freizukommen, aber bisher habe ich mich nur mit einem Bruchteil meines Gewichts auf den Stock gelehnt. Ich verstärke den Druck, und der Schmerz zerreißt ihm das Gesicht.

»Woher wusstet ihr, dass sie dort waren?«, frage ich und verringere den Druck auf seine Hand ein wenig.

»Ein Diener hat uns gestern Abend aufgesucht«, sagt er, während ihm die Tränen in die Augen treten. »Er trug bereits selbst eines dieser Kostüme, die Maske, den Hut, den ganzen Aufzug. Wir hatten keine Kostüme mitgebracht, also hat er uns mit auf den Speicher genommen, damit wir uns dort welche suchen. Er hat allen geholfen, es waren weit über zwanzig Leute da oben, ich schwöre es.«

Scheint so, als wolle der Pestdoktor nicht gefunden werden.

Ich schaue noch eine Sekunde oder zwei zu, wie er sich windet, und wäge den Wahrheitsgehalt seiner Geschichte gegen den Grad des Schmerzes ab, der sich auf seinem Gesicht abzeichnet. Schließlich bin ich überzeugt, dass beide gleiches Gewicht haben, hebe meinen Stock hoch und lasse ihn laufen. Er verschwindet, während er seine schmerzende Hand umklammert hält. Kaum habe ich ihn aus den Augen verloren, da löst sich Michael, der mich aus einiger Entfernung entdeckt hat, aus der Menge und kommt geradewegs auf mich zu. Er ist völlig aufgewühlt und hat zwei hektische rote Flecken auf den Wangen. Sein Mund bewegt sich wie wild, aber seine Worte gehen in der Musik und dem Gelächter unter.

Ich signalisiere ihm, dass ich ihn nicht verstehen kann, und er kommt noch einen Schritt näher.

»Haben Sie meine Schwester gesehen?«, brüllt er.

Ich schüttele den Kopf und werde von einer plötzlichen Angst ergriffen. Ich kann es in seinen Augen sehen, dass etwas nicht stimmt, aber bevor ich ihn noch weiter ausfragen kann, hat er sich schon von mir fort durch die im Kreis wirbelnden Tänzer geschoben. Mir ist heiß und schwindelig, und eine bange Vorahnung lastet dunkel auf meiner Seele, während ich mich zurück zu meinem Sitzplatz kämpfe. Dort entledige ich mich meiner Halsbinde und lockere den Kragen. Maskierte Gestalten ziehen vorüber, nackte Arme glitzern vor Schweiß.

Mir ist übel, und ich kann nichts von dem, was ich sehe, die geringste Freude abgewinnen. Ich denke gerade darüber nach, ob ich mich der Suche nach Evelyn nicht anschließen soll, als Cunningham mit einer Flasche Champagner in einem silbernen, bis obenhin mit Eis gefüllten Kübel und zwei langstieligen Gläsern zurückkehrt. Das Metall schwitzt Kondenswasser aus, und auch Cunningham schwitzt. Es ist seitdem so viel Zeit verstrichen, dass ich schon ganz vergessen hatte, warum er überhaupt losgezogen war. Ich brülle ihm ins Ohr.

»Wo sind Sie gewesen?«

»Ich dachte ... Sutcliffe gesehen«, brüllt er zurück, wobei nur etwa die Hälfte seiner Worte durch die Musik dringen. »... Kostüm.«

Offensichtlich hat Cunningham eine ganz ähnliche Erfahrung gemacht wie ich.

Ich nicke ihm zu, um anzuzeigen, dass ich verstehe, und dann sitzen wir schweigend da, trinken und halten nach Evelyn Ausschau. Meine Frustration steigt mit jeder Sekunde.

Ich muss wieder auf die Beine kommen, muss das Haus durchsuchen, die Gäste verhören, aber Ravencourt ist nicht in der Lage, solche Heldentaten zu vollbringen. In diesem Raum sind viel zu viele Menschen, und sein Körper ist zu erschöpft. Er ist ein Mann der Beobachtung und Berechnung – kein Mann der Tat. Und wenn ich Evelyn helfen möchte, dann sind das genau die Fertigkeiten, die ich mir jetzt zunutze machen muss. Morgen werde ich durch die Gegend rennen, doch heute muss ich observieren. Wenn ich den Ereignissen dieses Abends in irgendeiner Weise zuvorkommen will, muss ich alles beobachten, was in diesem Ballsaal geschieht, und jedes einzelne Detail katalogisieren.

Der Champagner sorgt dafür, dass ich mich ein wenig beruhige, doch nach ein paar Schlucken stelle ich das Glas wieder ab, weil ich auf keinen Fall riskieren möchte, meine Geisteskräfte abzustumpfen. Genau in diesem Moment sehe ich Michael, wie er die wenigen Stufen zur Empore hinaufsteigt, die den Ballsaal überblickt.

Das Orchester verstummt, das Gelächter und die Gespräche ebben langsam ab, und alle Köpfe wenden sich dem Gastgeber zu.

»Es tut mir leid, die Feier zu unterbrechen«, sagt Michael, während er das Geländer umklammert hält. »Ich komme mir ein wenig töricht vor, dies zu fragen, aber weiß irgendjemand, wo meine Schwester ist?«

Ein dumpfes Gemurmel brandet durch den Saal, während sich die

Gäste gegenseitig fragend ansehen. Es dauert nur eine Minute, bis alle zu dem Schluss gekommen sind, dass Evelyn sich nicht im Ballsaal befindet.

Cunningham entdeckt sie als Erster.

Er berührt meinen Arm und zeigt auf eine Gestalt, die zwischen den Feuerschalen hin und her in Richtung des Spiegelteichs wankt, als wäre sie betrunken. Sie befindet sich bereits in einiger Entfernung vom Haus und wird zwischendurch immer wieder von der Dunkelheit verschluckt. Eine kleine silberne Pistole funkelt in ihrer Hand.

»Holen Sie Michael!«, rufe ich.

Während sich Cunningham durch die Menge drängt, wuchte ich mich auf die Füße und taumele zu den Terrassentüren hinüber. Niemand sonst hat Evelyn gesehen, und das ausgelassene Getümmel nimmt nach und nach wieder seinen Lauf, nachdem sich die erste Aufregung über Michaels Ansprache gelegt hat. Der Geigenspieler prüft den Ton einer Saite, die Uhr zeigt elf.

Ich erreiche die Terrassentüren genau in dem Moment, in dem Evelyn an den Teich gelangt.

Sie wankt, zittert.

Nur wenige Meter entfernt steht der Pestdoktor zwischen den Bäumen und sieht tatenlos zu, während sich die Flammen des Holzfeuers in seiner Maske spiegeln.

Die silberne Pistole blitzt auf, als Evelyn sie hebt und sich gegen den Bauch drückt. Der Schuss durchschneidet den Lärm aus Musik und Stimmengewirr.

Und doch hat es einen Moment lang den Anschein, als wäre alles gut.

Evelyn steht immer noch am Rand des Wasserbeckens, als wollte sie ihr eigenes Spiegelbild bewundern. Doch dann geben ihre Beine unter ihr nach, die Pistole fällt ihr aus der Hand, und sie stürzt mit dem Gesicht zuerst in den Teich. Der Pestdoktor neigt den Kopf und verschwindet in der Finsternis des Waldes.

Ich nehme die Schreie kaum wahr, und auch nicht die Menge in meinem Rücken, die an mir vorbei auf die Rasenfläche stromt, während gleichzeitig das angekündigte Feuerwerk mit seinem lauten Knallen die Luft erfüllt und den Teich in ein bunt schillerndes Licht taucht. Ich sehe, wie Michael in die Dunkelheit hinausrennt, der Schwester entgegen, zu deren Rettung er zu spät kommen wird. Er schreit ihren Namen, doch seine Stimme wird vom Lärm des Feuerwerks übertönt. Er watet in das tiefschwarze Wasser hinaus, reißt sich ihren Körper in die Arme, versucht, sie rutschend und stolpernd aus dem Teich zu ziehen, und bricht schließlich zusammen, sie immer noch in seinen Armen wiegend. Er küsst ihr Gesicht, fleht sie an, die Augen zu öffnen, aber seine Mühe ist vergeblich. Die Würfel sind gefallen, und Evelyn hat ihre Schulden bezahlt. Alles, was wertvoll war, hat der Tod in seinen Besitz genommen.

Michael vergräbt sein Gesicht in ihren nassen Haaren und schluchzt haltlos.

Er bemerkt die sich um ihn scharende Menschenmenge nicht, bis einige starke Arme ihn von dem schlaffen Körper seiner Schwester lösen und diesen auf dem Gras niederlegen, damit Doktor Dickie sich neben sie knien und sie untersuchen kann. Nicht, dass seine Künste noch gefragt wären – das Loch in ihrem Bauch und die silberne Pistole auf dem Gras erzählen ihre eigene Geschichte, die beredt genug ist. Dennoch bleibt der Arzt bei ihr und presst seine Finger an ihren Hals, um nach einem Herzschlag zu suchen. Schließlich wischt er ihr liebevoll das schmutzige Wasser aus dem Gesicht.

Immer noch kniend winkt er Michael heran, nimmt die Hand des weinenden Mannes, neigt den Kopf und fängt an, leise etwas zu murmeln, das wie ein Gebet aussieht.

Sein andächtiges, ehrfürchtiges Gebaren erfüllt mich mit Dankbarkeit.

Ein paar Frauen vergießen Tränen an zuvorkommend dargebotenen Schultern, doch ihr Gebaren hat etwas Leeres, Unechtes. Es ist, als wäre der Ball noch nicht wirklich zu Ende. Die Gäste tanzen immer noch, nur dass sich jetzt ihre Schrittfolge geändert hat. Evelyn hat etwas Besseres verdient, als diesen Leuten, die sie doch eigentlich nur verachtet hat, als Objekt der Zerstreuung zu dienen. Der Arzt scheint das zu verstehen, denn jede seiner Handlungen, und mag sie auch noch so unbedeutend sein, ist darauf ausgelegt, ihr einen kleinen Teil ihrer Würde zurückzugeben.

Das Gebet dauert nur eine Minute und als es zu Ende ist, legt er sein Jackett über Evelyns Gesicht, als würde ihr starrer Blick größeren Anstoß erregen als das Blut, das ihr Kleid befleckt.

Eine Träne rinnt ihm an der Wange herab, als er aufsteht, seinen Arm um Michael legt und Evelyns schluchzenden Bruder wegführt. In meinen Augen sieht es so aus, als wären beide um Jahre gealtert. Als gingen sie nun viel langsamer und gebeugter und trügen eine große Last der Trauer auf ihren Schultern.

Kaum haben sie das Haus betreten, da machen schon in rasender Geschwindigkeit die Gerüchte ihre Runden. Die Polizei komme, heißt es, ein Abschiedsbrief sei gefunden worden, Charlie Carvers Geist habe sich ein weiteres Kind der Hardcastles geholt. Die Geschichten werden einfach so zwischen einem tratschenden Mund und dem nächsten frei aus der Luft gegriffen. Als sie schließlich bei mir ankommen, sind sie bereits mit zahlreichen Details und neuen Wendungen ausgestattet und gefestigt genug, um aus diesem Haus in alle Welt hinausgetragen zu werden.

Ich schaue mich suchend nach Cunningham um, kann ihn aber nirgends entdecken. Ich kann mir nicht erklären, womit er gerade beschäftigt ist, aber er ist mit einer raschen Auffassungsgabe und hilfsbereiten Händen gesegnet und wird zweifellos etwas Sinnvolles zu tun gefunden haben – im Gegensatz zu mir. Der Schuss hat mich vollkommen aus der Bahn geworfen.

Ich schleppe mich in den nunmehr leeren Ballsaal zurück, lasse mich auf das Sofa fallen, auf dem ich mich eben schon ausgeruht habe, und bleibe dort zitternd sitzen, während mir die Gedanken durch den Kopf rasen.

Ich weiß, dass meine Freundin morgen wieder lebendig sein wird, aber das ändert nichts an dem Geschehenen, noch daran, wie niedergeschmettert ich mich fühle, dessen Zeuge geworden zu sein.

Evelyn hat sich das Leben genommen, und ich bin dafür verantwortlich. Ihre Heirat mit Ravencourt war eine Strafe, eine Demütigung, die darauf angelegt war, ihr den letzten, noch fehlenden Stoß in den Abgrund zu geben, und ich hatte Teil daran, sei es auch noch so unbeabsichtigt. Es war mein Gesicht, das sie hasste, meine Gegenwart, die sie mit einer Pistole in der Hand zum Rand des Teiches getrieben hat.

Und was ist nun mit dem Pestdoktor? Er hat mir die Freiheit in Aussicht gestellt, falls es mir gelingen sollte, einen Mord aufzuklären, der nicht wie ein Mord aussehen würde. Doch ich habe mit eigenen Augen gesehen, wie Evelyn sich selbst erschoss, nachdem sie zuvor in tiefster Verzweiflung von dem abendlichen Festmahl geflüchtet war. Es kann kein Zweifel an ihrer Tat oder an den Gründen bestehen, die sie dazu getrieben haben. Und das lässt mich wiederum an den Beweggründen meines Gefängniswärters zweifeln. War sein Angebot einfach nur eine weitere Methode, mich zu quälen? Ein Hoffnungsschimmer, dem man vergeblich hinterherjagt, bis man schließlich dem Wahnsinn anheimfällt?

Was ist mit dem Friedhof? Was ist mit der Pistole?

Und wenn Evelyn tatsächlich so am Boden zerstört war, warum wirkte sie dann so fröhlich, als sie Bell zum Friedhof begleitete, kaum zwei Stunden nach dem Abendessen? Und was ist mit der Pistole, die sie da bei sich hatte? Es war ein großer schwarzer Revolver, fast zu groß, um noch in ihre kleine Handtasche zu passen. Die Waffe, mit der sie sich das Leben nahm, war eine silberne Pistole. Aus welchem Grund hätte sie die austauschen sollen?

Ich weiß nicht, wie lange ich dort sitze, von den begeistert trauernden Gästen umgeben, und über all das nachdenke. Die Polizei ist in der Zwischenzeit jedenfalls nicht aufgetaucht.

Die Menge lichtet sich, die Kerzen brennen nieder, die Party flackert noch einmal kurz auf und erlischt.

Das Letzte, was ich vor mir sehe, bevor ich in meinem Sessel einschlafe, ist das Bild Michael Hardcastles, wie er im Gras kniet und den vollkommen durchnässten Körper seiner toten Schwester in den Armen wiegt.

DER ZWEITE TAG (FORTSETZUNG)

21.

Der Schmerz weckt mich auf. Jeder Atemzug ist eine Qual. Ich blinzle die letzten zerfransten Reste des Schlafes fort und sehe eine weiße Wand, ein weißes Laken und auf dem Kissen neben mir eine Blüte aus verkrustetem Blut. Meine Wange ruht auf meiner Hand und der Speichel hat meine Oberlippe mit meinen Handknöcheln verklebt.

Ich kenne diesen Moment. Ich habe ihn durch Bells Augen gesehen.

Ich bin wieder der Butler, und zwar, nachdem man ihn ins Pförtnerhaus verlegt hat.

Jemand geht neben meinem Bett hin und her. Ein Dienstmädchen, dem schwarzen Kleid und der weißen Schürze nach zu urteilen. Sie hält ein riesiges aufgeschlagenes Buch in ihren Armen, in dem sie mit wütender Hast blättert. Mein Kopf ist zu schwer, um höher als zu ihrer Taille schauen zu können, also stöhne ich, um sie herbeizurufen.

»Oh, gut, du bist wach«, sagt sie und unterbricht ihr unruhiges auf und ab Schreiten. »Wann wird Ravencourt endlich allein sein? Das hast du nicht aufgeschrieben. Der verdammte Trottel hat seinen Kammerdiener in die Küche geschickt, um dort herumzuschnüffeln ...«

»Wer sind ...« Meine Kehle hat sich mit Blut und Schleim zugesetzt.

Das Dienstmädchen läuft zu der Anrichte hinüber, auf der eine Karaffe mit Wasser steht, legt ihr Buch dort ab, schenkt mir ein Glas Wasser ein und hält es mir an die Lippen. Ich bewege meinen Kopf, nur eine winzige Spur, um in ihr Gesicht hinaufzuschauen, aber die Welt fängt sofort wieder an, sich im Kreis zu drehen.

»Du solltest lieber nicht versuchen zu sprechen«, sagt sie und wischt mir mit einem Zipfel ihrer Schürze einen Wassertropfen vom Kinn.

Für einen kurzen Moment schweigt sie.

»Ich meine, du darfst schon reden, aber erst, wenn du dich dazu in der Lage fühlst.«

Sie unterbricht sich erneut.

»Um ehrlich zu sein, wäre es wirklich dringend notwendig, dass du meine Frage zu Ravencourt beantwortest, bevor er es noch schafft, dass ich abgemurkst werde.«

»Wer sind Sie?«, krächze ich.

»Wie schlimm hat dieser Grobian ... warte ...« Sie senkt ihr Gesicht zu meinem herab, und ihre braunen Augen suchen nach etwas. Sie ist blass und hat verquollene Wangen, und ihre wirren blonden Haare haben sich aus ihrer Haube gelöst. Plötzlich begreife ich, dass dies das Dienstmädchen ist, dem Bell und Evelyn begegnet sind. Das Mädchen, das den Schlaf des Butlers behütet hat.

»Wie viele Wirte hast du bereits gehabt?«, fragt sie.

»Ich kann ...«

»Wie viele Wirte?«, beharrt sie und setzt sich auf die Bettkante. »In wie vielen Körpern bist du schon gewesen?«

»Du bist Anna«, sage ich und verrenke den Hals, um sie besser sehen zu können. Der Schmerz jagt ein loderndes Feuer durch meine Knochen. Sehr sanft drückt sie mich wieder in die Kissen zurück.

»Ja, ich bin Anna«, sagt sie geduldig. »Wie viele Wirte?«

Freudentränen steigen mir in die Augen, und ich werde von einem gewaltigen Gefühl der Zuneigung durchflutet wie von einem Schwall warmen Wassers. Obwohl ich keinerlei Erinnerung an diese Frau habe, spüre ich doch die Jahre der Freundschaft, die uns verbinden, spüre ein Vertrauen, das fast schon instinktiv zu nennen ist. Mehr als das, ich bin überwältigt von der unverfälschten Freude, die dieses Wiedersehen in mir auslöst. Und so seltsam es sein mag, dies über jemanden zu sagen, an den ich mich nicht erinnere: Ich stelle in diesem Moment fest, wie sehr ich sie vermisst habe.

Als Anna die Rührung in meinem Gesicht sieht, treten auch ihr die Tränen in die Augen. Sie beugt sich herab und umarmt mich behutsam.

»Ich habe dich auch vermisst«, sagt sie und kleidet meine Gefühle in Worte.

Wir verharren eine Weile so, bis sie sich schließlich räuspert und die Tränen aus den Augen wischt.

»Nun, genug davon«, schnieft sie. »Uns gegenseitig etwas vorzuheulen, wird uns nicht viel helfen. Du musst mir jetzt dringend von deinen Wirten erzählen, sonst ist Weinen schon bald das Einzige, was wir noch tun können.«

»Ich … ich …« Ich kämpfe mit dem Kloß in meinem Hals, der mich am Reden hindern will. »Ich bin als Bell aufgewacht, dann als Butler, dann als Donald Davies, dann als Ravencourt, danach wieder als Butler, dann erneut als Ravencourt, und jetzt …«

»Wieder als der Butler«, sagt sie nachdenklich. »Aller guten Dinge sind drei, was?«

Sie streicht mir eine verirrte Haarsträhne aus der Stirn und beugt sich näher zu mir herab.

»Ich nehme an, wir sind einander noch nicht vorgestellt worden, oder zumindest bist du mir noch nicht vorgestellt worden«, sagt sie. »Ich heiße Anna, und du bist Aiden Bishop, oder haben wir diesen Teil bereits hinter uns? Du kommst andauernd in der falschen Reihenfolge an, ich weiß nie, an welcher Stelle wir uns gerade befinden.«

»Du hast meine anderen Ichs schon alle kennengelernt?«

»Sie schauen kurz vorbei und verschwinden dann wieder«, antwortet sie und wirft einen Blick zur Tür, als plötzlich Stimmen im Haus zu hören sind. »Für gewöhnlich bitten sie mich dann immer um einen Gefallen.«

»Was ist denn mit deinen Wirten, sind sie …«

»Ich habe keine anderen Wirte, ich bin die Einzige«, sagt sie. »Und ich bekomme auch keine Besuche vom Pestdoktor oder erlebe den Tag immer wieder neu. Morgen werde ich mich an nichts hiervon erinnern, was eigentlich ein Glück ist, wenn man bedenkt, wie dieser Tag bisher verlaufen ist.«

»Aber du weißt, was hier vor sich geht. Du weißt über Evelyns Selbstmord Bescheid?«

»Es ist Mord, kein Selbstmord, und das wusste ich, als ich aufgewacht bin«, sagt sie und streicht mein Laken glatt. »Ich konnte mich nicht an meinen eigenen Namen erinnern, aber an deinen schon, und ich wusste, dass eine Flucht von hier nur dann möglich ist, wenn es uns gelingt, mit dem Namen des Mörders und einem Beweis für seine Schuld um elf Uhr abends zum See zu kommen. Das sind feststehende Regeln, glaube ich. Worte, die man mir eingebrannt hat, damit ich sie nicht vergesse.«

»Ich konnte mich an gar nichts erinnern, als ich aufgewacht bin«, entgegne ich und versuche zu begreifen, aus welchem Grund man uns unterschiedlichen Torturen aussetzt. »Abgesehen von deinem Namen. Das andere musste mir alles der Pestdoktor erklären.«

»Natürlich musste er das, weil du nämlich sein Lieblingsprojekt bist«, sagt sie und rückt mein Kissen zurecht. »Dem ist es schnurzpiepegal, was ich so treibe. Ich habe den ganzen Tag noch keinen Mucks von ihm gehört. Aber dich lässt er keine Sekunde lang in Frieden. Ich bin schon ganz erstaunt, dass er nicht genau in diesem Augenblick unter deinem Bett hockt.«

»Er hat mir erklärt, es könne nur einer von uns entkommen«, sage ich.

»Ja, und es ist nur allzu offensichtlich, dass er will, dass du das bist.« Die Wut verschwindet so schnell wieder aus ihrer Stimme, wie sie gekommen ist. Sie schüttelt den Kopf. »Tut mir leid, ich sollte das nicht an dir auslassen. Ich kann nur einfach das Gefühl nicht loswerden, dass er etwas im Schilde führt. Und das gefällt mir ganz und gar nicht.«

»Ich weiß genau, was du meinst«, sage ich. »Aber wenn nur einer von uns entkommen kann ...«

»Warum helfen wir uns dann gegenseitig?«, unterbricht sie mich.

»Weil du einen Plan ausgeheckt hast, wie wir beide entkommen können.«

»Das habe ich?«

»Nun, das hast du zumindest behauptet.«

Ihre Zuversicht scheint zum ersten Mal ins Wanken zu geraten, und sie runzelt besorgt die Stirn. Aber bevor ich noch nachfragen kann, was sie damit gemeint hat, knarzen draußen auf dem Flur die Holzdielen, und man hört, wie dumpfe Schritte die Treppe hinaufkommen. Es fühlt sich an, als würde das ganze Haus erbeben.

»Einen Moment«, sagt sie und nimmt das Buch von der Anrichte. Erst jetzt erkenne ich, dass es sich um ein Skizzenbuch handelt, wie Künstler es benutzen. Der braune Ledereinband ist mit zahlreichen losen Blättern gefüllt, die achtlos mit einer Schnur zusammengebunden sind. Sie versteckt das Buch unterm Bett und holt stattdessen ein Gewehr darunter hervor. Dann drückt sie sich den Kolben gegen die Schulter, pirscht zur Tür hinüber, öffnet diese einen Spaltbreit und lauscht in den Flur hinaus.

»Oh, verdammt«, sagt Anna und tritt die Tür mit ihrem Fuß zu. »Das ist der Arzt mit deinem Beruhigungsmittel. Schnell, wann wird Ravencourt allein sein? Ich muss ihm unbedingt sagen, dass er aufhören soll, nach mir zu suchen.«

»Warum, wer ist …«

»Dafür haben wir keine Zeit, Aiden«, sagt sie und schiebt das Gewehr wieder unter das Bett und somit außer Sichtweite. »Ich werde hier sein, wenn du das nächste Mal aufwachst, und dann können wir uns ausgiebig unterhalten, das verspreche ich dir, aber jetzt musst du mir sagen, wie es sich mit Ravencourt verhält. Jede Einzelheit, an die du dich erinnern kannst.«

Sie beugt sich über mich und ergreift mit flehentlichem Blick meine Hand.

»Er wird um 13:15 Uhr in seinem Salon sein«, sage ich. »Du gibst ihm einen Whisky, plauderst kurz mit ihm, und dann kommt Millicent

Derby. Du lässt ihm eine Karte da, auf der du ihren Namen für ihn aufschreibst.«

Sie kneift die Augen zusammen und murmelt Zeit und Ort immer und immer wieder lautlos vor sich hin, um sich alles so fest wie möglich einzuprägen. Erst jetzt, als sie sich so stark konzentriert, dass sich unwillkürlich ihre Gesichtszüge glätten, erkenne ich, wie jung sie ist. Sie kann nicht älter als neunzehn Jahre sein, vermute ich, auch wenn die harte Arbeit, die sie verrichten muss, ein paar Jahre mehr auf ihren Buckel geladen zu haben scheint.

»Noch eins«, zischt sie, legt mir die Hand an die Wange und beugt sich so nah zu mir herab, dass ich die bernsteinfarbenen Tupfen in ihren braunen Augen erkennen kann. »Wenn du mir da draußen begegnest, dann tu so, als würdest du mich nicht kennen. Komm nicht einmal in meine Nähe, wenn du es verhindern kannst. Es gibt da diesen Lakaien … Ich werde dir später alles über ihn erzählen. Oder auch früher, wie man's nimmt. Was ich damit sagen will, es ist gefährlich, wenn man uns zusammen sieht. Wenn es irgendetwas zu besprechen gibt, dann tun wir das hier.«

Sie küsst mich rasch auf die Stirn und lässt ihren Blick ein letztes Mal durch den Raum schweifen, um sicherzustellen, dass auch alles so ist, wie es sein soll.

Die Schritte haben den Flur erreicht, und ein Gewirr aus zwei immer lauter werdenden Stimmen kommt auf uns zu. Ich erkenne die Stimme von Dickie, aber nicht die zweite. Sie ist tief und dringlich, aber ich kann nicht verstehen, was gesagt wird.

»Wer ist denn da in Dickies Begleitung?«, frage ich.

»Lord Hardcastle, wahrscheinlich«, antwortet sie. »Er ist schon den ganzen Vormittag über immer mal wieder hergekommen, um nach dir zu sehen.«

Das ergibt durchaus Sinn. Evelyn hat mir erzählt, der Butler sei im Krieg Lord Hardcastles Offiziersbursche gewesen. Und weil die beiden sich so nahestehen, baumelt Gregory Gold nun im gegenüberliegenden Zimmer von der Decke.

»Läuft das jetzt immer so?«, frage ich. »Dass ich die Antworten vor den Fragen bekomme?«

»Keine Ahnung«, sagt sie, steht auf und streicht sich die Schürze glatt. »Ich mache das erst seit zwei Stunden, und alles, was *ich* bisher bekommen habe, sind Befehle.«

Doktor Dickie öffnet die Tür. Sein Schnurrbart kommt mir genauso absurd vor wie beim ersten Mal, als ich ihn gesehen habe. Sein Blick gleitet von Anna zu mir und dann wieder zurück, während er vergeblich versucht, den abgerissenen Faden unserer hastig beendeten Unterhaltung zu erhaschen. Da er mit diesem Ansinnen jedoch scheitert, stellt er seine schwarze Arzttasche auf die Anrichte und kommt zu mir hinüber.

»Aha, Sie sind wach, wie ich sehe«, sagt er, wiegt sich auf den Fersen vor und zurück und hält dabei die Finger in die Uhrentasche seiner Weste eingehakt.

»Lass uns allein, Mädchen«, sagt er dann zu Anna. Bevor sie den Raum verlässt, macht sie einen Knicks und wirft mir noch rasch einen letzten Blick zu.

»Und, wie fühlen Sie sich?«, fragt er. »Die Kutschfahrt hat Ihnen hoffentlich nicht geschadet?«

»Nicht schlecht ...«, beginne ich, aber in diesem Moment schiebt er die Bettdecke beiseite und hebt meinen Arm, um meinen Pulsschlag zu fühlen. Selbst diese sanfte, vorsichtige Bewegung führt dazu, dass ich mich vor Schmerz vollkommen verkrampfe und der Rest meiner Antwort in einem gequälten Keuchen untergeht.

»Ein wenig wund, hm?«, sagt er und lässt meinen Arm wieder sinken. »Das ist nicht verwunderlich, wenn man bedenkt, was für üble Schläge Sie einstecken mussten. Haben Sie irgendeine Ahnung, was dieser Kerl Gregory Gold von Ihnen wollte?«

»Nein. Er muss mich mit jemandem verwechselt haben, Sir.«

Das »Sir« stammt nicht von mir, es ist eine alte Gewohnheit des Butlers, und ich bin erstaunt, wie selbstverständlich es mir über die Lippen kam.

Der scharfsinnige Blick des Doktors scheint sich meine Erklärung zu packen, sie ins Licht zu halten und ein Dutzend verschiedener Löcher hineinzustochern. Dann schenkt er mir ein kurzes Lächeln, das etwas Komplizenhaftes und Ermutigendes hat, aber auch eine Spur bedrohlich wirkt. Was auch immer in diesem Flur geschehen ist – der scheinbar so gutmütige Doktor Dickie weiß jedenfalls mehr darüber, als er durchblicken lassen möchte.

Mit einem lauten Klicken öffnet er seine Tasche und holt ein braunes Fläschchen und eine Injektionsspritze daraus hervor. Er lässt mich keinen Moment lang aus den Augen, während er mit der Nadel das Wachssiegel durchsticht und die Spritze mit einer farblosen Flüssigkeit füllt.

Meine Hand krallt sich in das Laken.

»Es geht mir gut, Herr Doktor, ganz ehrlich«, sage ich.

»Ja, und das ist genau das, was mir zu denken gibt«, sagt er und sticht mir die Nadel in den Hals, bevor ich Einspruch erheben kann.

Eine warme Flüssigkeit durchflutet meine Adern und ertränkt meine Gedanken. Der Arzt schmilzt, Farben blühen auf und verblassen schließlich in einem alles verschlingenden Dunkel.

»Schlaf, Roger«, sagt er. »Ich kümmere mich um Mr. Gold.«

DER FÜNFTE TAG

22.

Ich huste eine ganze Lunge voll Zigarrenrauch aus, öffne ein neues Augenpaar und stelle fest, dass ich fast vollständig bekleidet auf den hölzernen Dielen des Fußbodens liege, während eine Hand triumphierend auf dem unberührten Bett ruht. Meine Hose ist bis zu den Knöcheln heruntergezogen und ich habe mir eine Flasche Brandy an den Bauch gedrückt. Ich muss gestern Abend ganz offensichtlich den Versuch unternommen haben, mich zu entkleiden, aber dieses Kunststück scheint die Kräfte meines neuen Wirtes, dessen Atem so entsetzlich stinkt wie ein alter Bierdeckel, vollständig überfordert zu haben.

Stöhnend ziehe ich mich am Bettgestell hoch. Diese Bewegung löst jedoch einen derart heftigen, pochenden Kopfschmerz aus, dass es mich fast wieder zu Boden wirft.

Ich bin in einem ähnlichen Schlafzimmer wie dem, das man Bell zugeteilt hat. Die Asche des gestrigen Kaminfeuers zwinkert mir aus dem Feuerrost zu, die Vorhänge sind geöffnet, und im Himmel hängt welk das Licht eines frühen Morgens.

Evelyn ist im Wald, du musst sie finden.

Ich ziehe mir die Hose zur Taille hoch und stolpere zum Spiegel, um diesen Toren, den ich jetzt bewohne, besser in Augenschein nehmen zu können.

Fast stürze ich in ihn hinein.

Nachdem ich so lange an Ravencourt gefesselt war, fühlt sich dieser neue Kerl vollkommen schwerelos an, wie ein Blatt, das von einer leichten Brise umhergewirbelt wird. Und das erstaunt mich auch nicht mehr, nachdem ich einen Blick in den Spiegel geworfen habe. Mein neuer Wirt ist klein und zierlich, etwa Ende zwanzig, hat recht lange Haare, blutunterlaufene Augen und einen säuberlich gestutzten Bart.

Ich probiere sein Lächeln aus und entdecke dabei eine Reihe leicht schiefgestellter weißer Zähne.

Es ist das Gesicht eines Gauners.

Meine Habseligkeiten liegen in einem unordentlichen Haufen auf dem Nachttisch. Ganz oben auf entdecke ich eine Einladungskarte, die an Jonathan Derby adressiert ist. Jetzt weiß ich wenigstens, wen ich für diesen scheußlichen Kater zu verfluchen habe. Ich durchsuche die Gegenstände mit spitzen Fingern und entdecke ein Taschenmesser, einen alten, zerkratzten Flachmann, eine Armbanduhr, die 8:43 Uhr anzeigt, und drei zugekorkte braune Fläschchen ohne Aufschrift. Ich ziehe einen der Korken heraus und schnuppere an der Flüssigkeit, die sich darin befindet. Der widerlich süße Geruch, den das Fläschchen verströmt, dreht mir den Magen um.

Das muss das Laudanum sein, das Bell verkauft hat.

Ich kann sofort verstehen, warum es so beliebt ist. Allein, dass ich an dem Zeug gerochen habe, hat schon ausgereicht, um meinen Kopf mit hellen, bunten Lichtern zu füllen.

Neben einem kleinen Waschbecken in der Ecke steht ein Krug mit kaltem Wasser. Ich ziehe meine Kleider aus und wasche mir den Schmutz und Schweiß vom Körper, um die Person zum Vorschein zu bringen, die sich darunter verbirgt. Das, was von dem Wasser noch übrigbleibt, kippe ich mir in den Mund und trinke, bis ein ganzer Ozean in meinem Bauch hin und her zu schwappen scheint. Unglücklicherweise ist mein Versuch, den Kater zu ertränken, zum Scheitern verurteilt. Ich habe es lediglich geschafft, ihn ein wenig zu verdünnen, und der von ihm ausgelöste dumpfe Schmerz durchdringt jeden einzelnen meiner Knochen und Muskeln.

Es herrscht ein überaus hässliches Wetter an diesem Morgen, weshalb ich mir die dicksten Kleider anziehe, die ich finden kann: Jagdkleidung aus Tweed und einen schweren schwarzen Mantel, der beim Verlassen des Zimmers über den Boden schleift.

Trotz der frühen Stunde steht auf dem oberen Treppenabsatz ein betrunkenes Paar und zankt sich. Sie sind in ihre gestrige Abendgarderobe gekleidet, halten ihre Drinks noch in der Hand und werfen sich gegenseitig mit immer lauter werdenden Stimmen Vorwürfe an den Kopf. Ich gehe an ihnen vorbei und schlage dabei einen möglichst weiten Bogen um ihre rudernden Arme. Ihr Gezänk verfolgt mich bis in die Eingangshalle, die von den Eskapaden der vergangenen Nacht vollkommen auf den Kopf gestellt wurde. Halsbinden baumeln von den Kronleuchtern, und der Marmorboden ist mit hereingewehten Blättern und den Scherben zerschmetterter Karaffen übersät. Zwei Dienstmädchen sind damit beschäftigt, Ordnung zu schaffen, und ich frage mich, wie es hier wohl ausgesehen haben muss, bevor sie mit ihrer Arbeit begonnen haben. Ich versuche, aus ihnen herauszubekommen, wo sich Charlie Carvers Hütte befindet, aber sie sind so stumm wie Schafe, senken als Antwort auf meine Frage nur den Blick und schütteln die Köpfe.

Ihr Schweigen bringt mich fast zur Weißglut.

Wenn der von Lucy Harper aufgefangene Klatsch nicht allzu weit von der Wahrheit entfernt ist, dann befindet sich Evelyn zusammen mit ihrer Kammerzofe irgendwo in der Nähe der Hütte, wenn sie angegriffen wird. Wenn ich herausfinde, wer sie bedroht, kann ich vielleicht ihr Leben retten und zugleich diesem Haus entkommen – auch wenn ich nicht die leiseste Ahnung habe, wie ich dann auch noch Anna freibekommen soll. Sie hat ihre eigenen Vorhaben zurückgestellt, um mir zu helfen, und zwar in dem Glauben, dass ich irgendeinen Plan ausgeheckt habe, mit dessen Hilfe wir beide von hier fliehen können. Im Augenblick kann ich jedoch nicht erkennen, inwiefern das etwas anderes als ein hohles Versprechen sein kann. Und nach ihrem besorgten Stirnrunzeln während unserer Unterhaltung im Pförtnerhaus zu urteilen, beginnt sie allmählich, denselben Argwohn zu hegen.

Meine einzige Hoffnung besteht darin, dass meine zukünftigen Wirte um einiges cleverer sein werden als meine bisherigen.

Ein weiterer Versuch, etwas aus den Dienstmädchen herauszubekommen, führt nur dazu, dass sie sich noch tiefer in ihr hartnäckiges Schweigen flüchten. Also bin ich gezwungen, mich woanders nach Hilfe umzusehen. In den Räumen zu beiden Seiten der Eingangshalle ist es totenstill. Das Haus scheint immer noch knietief im gestrigen Abend zu waten, und da ich keine andere Möglichkeit sehe, bahne ich mir vorsichtig einen Weg durch das zerbrochene Glas und steige die Treppe zur Küche hinab.

Der Flur im Untergeschoss ist schmutziger, als ich ihn in Erinnerung habe, und von dem Geklapper des Geschirrs und dem Geruch nach gebratenem Fleisch wird mir übel. Dienstboten starren mich an, als ich an ihnen vorüberkomme, und wenden die Köpfe ab, sobald ich den Mund öffne, um ihnen eine Frage zu stellen. Sie sind ganz unverkennbar der Ansicht, dass ich nicht hierhergehöre und genauso unverkennbar ist es, dass sie keine Ahnung haben, wie sie mich loswerden sollen. Dies ist ihr Reich, ihre unterirdische Zuflucht, in der sie sich nicht verstellen müssen und die normalerweise von einem stetigen Strom aus fröhlichem Klatsch und Tratsch durchflossen wird. Ich besudele dieses Reich mit meiner Gegenwart.

Eine heftige Unrast erfasst mich, und das Blut pocht mir in den Ohren. Ich bin müde und wund, und die Luft fühlt sich an, als sei sie aus Schmirgelpapier.

»Sie wünschen?«, fragt eine Stimme hinter mir.

Die Worte sind wie ein Wurfgeschoss, das mir mit Wucht in den Rücken geschleudert wurde.

Ich drehe mich um und stelle fest, dass die Köchin, Mrs. Drudge, zu mir hochstarrt und die breiten Hände in die ausladenden Hüften gestemmt hat. Durch die Augen meines gegenwärtigen Wirts sieht sie aus wie ein Gebilde, das ein Kind aus Ton geformt hat, mit einem kleinen Kopf, der auf einem unförmigen Körper sitzt und Gesichtszügen, die ihr mit zwei ungeschickten Daumen ins Antlitz gepresst wurden. Sie wirkt hart und abweisend und lässt keine Spur von der Frau erkennen, die dem Butler in ein paar Stunden einen Teller mit warmem Gebäck zurechtmachen wird.

»Ich bin auf der Suche nach Evelyn Hardcastle«, sage ich und halte ihrem grimmigen Blick stand. »Sie ist zusammen mit ihrer Kammerzofe Madeline Aubert im Wald spazieren gegangen.«

»Und was geht Sie das an?«

Ihr Tonfall ist so brüsk, dass ich fast zurückzucke. Ich verschränke meine Hände und versuche, meinen wachsenden Zorn zu beherrschen. Die vorüberhuschenden Dienstboten verrenken die Köpfe. Sie wollen unbedingt Zeugen des dargebotenen Theaters werden, haben jedoch gleichzeitig große Angst vor der Hauptdarstellerin.

»Jemand möchte ihr etwas antun«, sage ich durch meine zusammengebissenen Zähne. »Wenn Sie mir den Weg zu Charlie Carvers alter Hütte weisen, dann kann ich sie warnen.«

»Ach, das war es also, was Sie gestern Abend mit Madeline gemacht haben, ja? Sie haben sie gewarnt? War deshalb ihre Bluse zerrissen? Und hat sie deshalb so heftig geweint?«

Eine Ader pulsiert auf ihrer Stirn, und ihre Empörung kocht mit jedem einzelnen Wort weiter hoch. Sie tritt einen Schritt vor und bohrt mir einen Finger in die Brust, während sie weiterredet.

»Ich weiß, was …«, sagt sie.

Weißglühende Wut bricht aus mir hervor. Ich schlage ihr ins Gesicht, ohne auch nur eine Sekunde nachzudenken, stoße sie zurück und gehe mit einem wahrhaft teuflischen Zorn auf sie los.

»Sagen Sie mir sofort, wohin Evelyn gegangen ist!«, brülle ich, während mir der Speichel aus dem Mund sprüht.

Mrs. Drudge presst die Lippen zusammen und schaut mich finster an.

Meine Hände ballen sich zu Fäusten.

Mach, dass du hier fortkommst.

Mach, dass du schleunigst hier fortkommst.

Ich nehme all meine Willenskraft zusammen, kehre Mrs. Drudge den Rücken zu und stapfe den nun totenstillen Flur entlang. Diener springen zur Seite, als ich an ihnen vorbeikomme, aber für meine Wut ergibt nichts einen Sinn außer ihrem eigenen leidenschaftlichen Glühen.

Kaum bin ich um die Ecke gebogen, bleibe ich stehen, gleite an der Wand herab, sacke in mich zusammen und stoße einen langen Atemzug aus. Meine Hände zittern, und der Nebel in meinem Gehirn klärt sich langsam auf. Für jene wenigen, erschreckenden Sekunden war Derby vollkommen meiner Kontrolle entglitten. Das war sein Gift, das aus meinem Mund sprühte, seine Galle, die durch meine Adern raste. Ich kann es immer noch spüren. Heißes Öl auf meiner Haut, spitze Nadeln in meinen Knochen. Der Drang, etwas Fürchterliches zu tun. Was auch immer heute geschehen wird, ich muss unbedingt meine Wut zügeln, muss mein Temperament fest im Griff behalten, sonst wird diese Kreatur wieder losbrechen. Und der Himmel weiß, was er dann tun wird.

Und das ist das Gruseligste an dem Ganzen.

Meine Wirte können sich wehren. Sie schlagen zurück.

23.

Schlamm saugt sich an meinen Stiefeln fest, während ich durch das Dunkel der Bäume eile. Die Verzweiflung zerrt mich hinter sich her wie einen Hund an der Leine. Weil ich mit meinem Versuch, in der Küche etwas Hilfreiches zu erfahren, so übel gescheitert bin, laufe ich nun auf gut Glück in den Wald, in der Hoffnung, Evelyn vielleicht auf einem der markierten Pfade zu begegnen. Ich verspreche mir davon, mit simplen körperlichen Anstrengungen dort Erfolg zu erzielen, wo ich mit gedanklichem Kalkül gescheitert bin. Und selbst wenn mir das nicht gelingen sollte, so ist es doch dringend geboten, dass ich zwischen Derby und den Versuchungen von Blackheath einen sicheren Abstand schaffe.

Ich bin noch nicht weit gekommen, als die roten Fähnchen mich zu einem Bach führen, in dessen Mitte ein großer, vom Wasser umspülter Felsen aufragt. Eine zertrümmerte Weinflasche ist halb im Schlamm versunken, und direkt daneben liegt ein dicker schwarzer Mantel, aus dessen Tasche Bells silberner Kompass herausgefallen ist. Ich hebe den Kompass aus dem Matsch auf und wende ihn in meiner Handfläche um, genau wie ich es an jenem ersten Morgen getan habe. Meine Finger zeichnen die Initialen SB nach, die auf der Unterseite des Deckels eingraviert sind. Wie töricht ich mir vorkam, als Daniel mich darauf hinwies. Auf dem Boden liegt ein halbes Dutzend weggeworfener Zigarettenstummel, was nahelegt, dass Bell eine Weile an dieser Stelle gestanden hat – wahrscheinlich, weil er hier auf jemanden wartete. Dies muss der Ort gewesen sein, zu dem er sich aufmachte, nachdem er während des Abendessens die geheimnisvolle Nachricht erhielt, obwohl ich mir beim besten Willen nicht erklären kann, was ihn zu so später Stunde in die Kälte und den Regen hinausgetrieben haben mag. Ich durchsuche seinen achtlos auf die Erde geworfenen Mantel, finde jedoch keinerlei Hinweise, die mir weiterhelfen könnten, abgesehen von einem einzelnen silbernen Schlüssel, der wahrscheinlich zu seinem Koffer gehört.

Da ich nicht noch mehr kostbare Zeit an meinen früheren Wirt verschwenden will, stecke ich mir den Schlüssel und den Kompass in die Tasche und mache mich auf die Suche nach dem nächsten roten Fähnchen, während ich gleichzeitig die Augen nach irgendeinem Anzeichen dafür offenhalte, dass mir womöglich der Lakai auf den Fersen ist. Dieser Ort wäre perfekt für einen Hinterhalt.

Weiß der Himmel, wie lange ich durch den Wald laufe, bis ich endlich auf die Ruinen eines Hauses stoße. Das muss Charlie Carvers alte Hütte gewesen sein. Ein Feuer hat das Gebäude bis auf seine Grundfesten ausgehöhlt und auch einen Großteil des Daches zerstört, sodass nur vier rußgeschwärzte Wände übriggeblieben sind. Als ich das Innere der Hütte betrete, knirscht bei jedem Schritt der Schutt unter meinen Füßen. Ein paar aufgeschreckte Kaninchen, deren Fell mit nasser Asche verschmiert ist, ergreifen die Flucht und huschen in den Wald. In einer Ecke stehen die skelettartigen, in sich zusammengesunkenen Überreste eines alten Bettes, und auf dem Boden liegt ein einzelnes Tischbein. Trümmer eines jählings durchtrennten Lebensfadens. Evelyn hat mir erzählt, die Hütte sei an dem Tag in Flammen aufgegangen, an dem Carver gehängt wurde.

Viel wahrscheinlicher ist, dass Lord und Lady Hardcastle hier ihre sämtlichen Erinnerungen auf einen Scheiterhaufen geworfen und diesen dann höchstpersönlich angezündet haben.

Und wer möchte es ihnen verdenken? Carver hat am Ufer jenes Sees das Leben ihres Sohnes gestohlen. Da scheint es doch nur folgerichtig, dass sie sich seiner durch ein gewaltiges Feuer entledigt haben.

Der hinter der Hütte gelegene Garten wird von einem morschen Zaun umgeben, dessen Latten aufgrund der jahrelangen Vernachlässigung größtenteils in sich zusammengefallen sind. Große Büschel violetter und gelber Blumen sind ins Kraut geschossen und wachsen kreuz und quer, und von den Halmen, die sich an den Zaunpfählen hinaufwinden, baumeln rote Beeren herab.

Genau in dem Moment, in dem ich mich hinknie, um meine Schnürsenkel zuzubinden, tritt ein Dienstmädchen zwischen den Bäumen des Waldes hervor.

Ich hoffe, nie wieder in meinem Leben ein derartiges Entsetzen im Gesicht eines Menschen sehen zu müssen.

Alle Farbe weicht aus ihrem Gesicht, ihr Korb fällt zu Boden, und die Pilze, die darin enthalten waren, rollen in alle Himmelsrichtungen davon.

»Sind Sie Madeline?«, frage ich, aber sie weicht bereits zurück, wobei sie sich gleichzeitig verzweifelt nach Hilfe umsieht. »Ich bin nicht hier, um Ihnen etwas anzutun, ich versuche nur …«

Sie ist verschwunden, bevor ich noch ein weiteres Wort sagen kann, und flüchtet panisch in den Wald. Ich stolpere ihr nach, während die Schlingen des Unkrauts nach mir greifen und ich halb über den Zaun stürze.

Als ich mich wieder aufgerappelt habe, sehe ich, wie sie durch die Bäume davonläuft. Hier und da erhasche ich einen Blick auf ihr schwarzes Kleid, das sich sehr viel schneller entfernt, als ich das für möglich gehalten hätte. Ich rufe ihr nach, aber meine Stimme scheint sie im Gegenteil wie eine Peitsche in den Rücken zu treffen und sie vor sich herzutreiben. Doch ich bin trotz allem schneller und stärker als sie, und obwohl ich sie nicht erschrecken möchte, darf ich sie auf keinen Fall aus den Augen verlieren, aus Angst davor, was sonst Evelyn widerfahren könnte.

»Anna!«, ruft Bell von irgendwoher in der Nähe.

»Hilfe!«, schreit Madeline panisch schluchzend zurück.

Fast habe ich sie erreicht. Ich strecke die Hand aus, in der Hoffnung, sie aufhalten zu können, aber meine Finger streifen nur den Stoff ihres Kleides, sodass ich das Gleichgewicht verliere und wieder hinter ihr zurückbleibe.

Sie duckt sich, um einem herunterhängenden Ast auszuweichen und stolpert. Ich kralle meine Hand in ihr Kleid, woraufhin sie erneut aufschreit. Im nächsten Moment pfeift ein Schuss an meinem Ohr vorbei und schlägt splitternd in die Rinde eines hinter mir gelegenen Baumstamms ein.

Überrascht lasse ich Madeline los, und sie stolpert Evelyn entgegen, die in diesem Augenblick aus den Bäumen hervortritt. Sie hält den schwarzen Revolver in der Hand, den sie auf den Friedhof mitnehmen wird, aber die Waffe ist längst nicht so beängstigend wie die nackte Wut, die in ihrem Gesicht zu lesen ist. Ein falscher Schritt, und sie knallt mich nieder, da bin ich mir ganz sicher.

»Es ist nicht so, wie es ... ich kann alles erklären«, keuche ich, während ich mich mit den Händen an den Knien abstütze.

»Männer wie du können immer alles erklären«, sagt Evelyn und schiebt das vollkommen verängstigte Mädchen mit einem Arm hinter sich.

Madeline schluchzt und zittert am ganzen Körper. Gott steh mir bei – aber Derby genießt das Ganze. Ihre Angst erregt ihn. Es ist nicht das erste Mal, dass er etwas Derartiges tut.

»All das ... bitte ... es ist ein Missverständnis«, stoße ich schwer atmend hervor und mache einen beschwörenden Schritt vorwärts.

»Keinen Schritt weiter, Jonathan«, sagt Evelyn scharf und umfasst den Revolver mit beiden Händen. »Lass deine Finger von diesem Mädchen. Oder besser noch, lass deine Finger von allen Mädchen.«

»Ich wollte nicht ...«

»Deine Mutter ist eine Freundin der Familie, das ist der einzige Grund, warum ich dich jetzt laufen lasse«, unterbricht mich Evelyn. »Aber wenn ich dich in der Nähe irgendeiner anderen Frau sehe oder auch nur davon höre, dass du einer zu nahegekommen bist, dann schieße ich dir eine Kugel in den Leib, das schwöre ich.«

Sie zieht ihren Mantel aus, immer darauf achtend, dass die Waffe auf mich gerichtet bleibt, und legt ihn um Madelines bebende Schultern.

»Du weichst mir heute nicht mehr von der Seite«, flüstert sie der verängstigten Zofe zu. »Ich passe auf dich auf. Es wird dir kein Leid geschehen.«

Die beiden Frauen stolpern durch die Bäume davon und lassen mich allein im Wald stehen. Ich lege den Kopf in den Nacken, schaue zum Himmel hinauf und sauge die kalte Luft in die Lungen, in der Hoffnung, der mir ins Gesicht fallende Regen möge meine Frustration ein wenig abkühlen. Ich bin hierhergekommen, weil ich den Überfall auf Evelyn verhindern wollte und weil ich hoffte, zugleich auch einen Mörder zu entlarven. Stattdessen habe ich genau den Vorfall verursacht, den ich vereiteln wollte. Ich habe mich selbst ins Bockshorn gejagt und dabei auch noch eine unschuldige Frau zu Tode geängstigt. Vielleicht hatte Daniel ja recht. Vielleicht ist die Zukunft tatsächlich ein Versprechen, das wir nicht brechen können.

»Sie vertrödeln schon wieder Ihre Zeit«, sagt die Stimme des Pestdoktors hinter mir.

Er steht auf der anderen Seite der Lichtung, wenig mehr als ein Schatten. Wie jedes Mal scheint er sich eine absolut perfekte Position ausgesucht zu haben. So weit entfernt, dass ich ihn unmöglich greifen kann, aber nah genug, damit wir uns ohne große Probleme unterhalten können.

»Ich dachte, ich würde helfen«, sage ich bitter. Das Geschehene versetzt mir immer noch einen schmerzlichen Stich.

»Das können Sie auch jetzt noch«, antwortet er. »Sebastian Bell irrt hilflos im Wald umher.«

Natürlich. Ich bin nicht wegen Evelyn hier, ich bin hier, um Bell zu helfen. Ich bin hier, um sicherzustellen, dass die Endlosschleife wieder von vorne beginnt. Das Schicksal führt mich an der Nase herum.

Ich ziehe den Kompass aus der Tasche, lege ihn in meine Handfläche und erinnere mich daran, mit wieviel Zweifeln und Zaudern ich an jenem ersten Vormittag der bebenden Nadel gefolgt bin. Ohne dieses Ding wird es Bell mit allergrößter Wahrscheinlichkeit nie gelingen, aus dem Wald herauszufinden.

Ich werfe den Kompass in den Schlamm zu Füßen des Pestdoktors. »Das ist meine Art, die Ereignisse zu ändern«, sage ich und gehe davon. »Helfen Sie ihm doch selbst.«

»Sie missverstehen den Zweck meines Hierseins«, sagt er, und die Schärfe, mit der er gesprochen hat, lässt mich innehalten. »Wenn Sie Sebastian Bell jetzt mutterseelenallein durch den Wald irren lassen, wird er Evelyn Hardcastle niemals kennenlernen und niemals diese Freundschaft schließen, auf die Sie so großen Wert legen. Wenn Sie Bell jetzt im Stich lassen, dann wird es Ihnen danach auch vollkommen egal sein, ob Evelyn gerettet wird oder nicht.«

»Wollen Sie damit sagen, dass ich sie vergessen werde?«, frage ich alarmiert.

»Ich will damit sagen, dass Sie vorsichtig sein sollten, an welchem Faden Sie ziehen, um das Knäuel zu entwirren«, antwortet er. »Wenn Sie Bell jetzt im Stich lassen, dann lassen Sie auch Evelyn im Stich. Das wäre eine Grausamkeit ohne Sinn und Zweck, und nach dem zu urteilen, was ich bisher von Ihnen gesehen habe, sind Sie kein grausamer Mensch.«

Vielleicht bilde ich es mir ja nur ein, aber zum ersten Mal schwingt so etwas wie Wärme in seiner Stimme mit. Das wirft mich vollends aus dem Gleichgewicht. Ich drehe mich um und sehe ihn an.

»Ich brauche einen Beweis, dass sich dieser Tag ändern lässt«, sage ich und höre selbst, wie verzweifelt meine Stimme klingt. »Ich muss mit eigenen Augen sehen, dass das möglich ist.«

»Es ist verständlich, dass Sie frustriert sind, aber welchen Nutzen bringt es, die Möbel zu verrücken, wenn Sie dabei das ganze Haus zum Einsturz bringen?«

Er bückt sich, hebt den Kompass auf und wischt mit den Fingern den Schlamm ab. Die Art, wie er ächzt, und wie schwer seine Glieder wirken, als er sich wieder erhebt, legt nahe, dass sich unter dem Kostüm ein älterer Mann verbirgt. Als er mit seinem Werk zufrieden ist, wirft er mir den Kompass wieder zu. Das verdammte Ding rutscht mir fast aus den Fingern, so nass und glitschig ist seine Oberfläche.

»Nehmen Sie dies und klären Sie den Mord an Evelyn auf.«

»Es war Selbstmord. Das habe ich selbst gesehen.«

»Wenn Sie glauben, dass die Sache so einfach ist, dann sind Sie wesentlich tiefer ins Hintertreffen geraten, als ich dachte.«

»Und Sie sind sehr viel grausamer, als ich dachte«, knurre ich. »Wenn Sie so genau wissen, was hier vor sich geht, warum verhindern Sie es dann nicht? Warum spielen Sie diese Spielchen? Legen Sie dem Mörder doch eine Schlinge um den Hals, bevor er ihr etwas antun kann!«

»Ein interessanter Gedanke. Nur weiß ich nicht, wer der Mörder ist.«

»Wie ist das möglich?«, frage ich ungläubig. »Sie kennen jeden Schritt, den ich tun werde, bevor ich überhaupt den Vorsatz fasse, ihn zu tun. Wie können Sie da so blind gegenüber dem Umstand sein, der in diesem Haus die allergrößte Bedeutung hat?«

»Weil mir dieses Wissen nicht zusteht. Ich beobachte Sie, und Sie beobachten Evelyn Hardcastle. Wir haben beide unsere Rollen zu spielen.«

»Dann könnte ich ja jede beliebige Person dieses Verbrechens bezichtigen«, rufe ich und hebe entnervt die Hände in die Luft. »Es war Helena Hardcastle! Da, sehen Sie! Und nun lassen Sie mich frei!«

»Sie vergessen, dass ich Beweise benötige. Ihr Wort allein reicht nicht aus.«

»Und was ist, wenn ich sie rette? Was geschieht dann?«

»Ich glaube nicht, dass das möglich ist. Und ich glaube zudem, dass Sie Ihren eigenen Ermittlungen im Weg stehen werden, wenn Sie das versuchen. Aber mein Angebot bleibt dennoch bestehen. Evelyn wurde gestern Abend ermordet und auch an jedem vergangenen Abend zuvor. Selbst wenn Sie sie heute Abend retten, ändert das nichts mehr daran. Bringen Sie mir den Namen der Person, die Evelyn Hardcastle tötet oder vorhat, sie zu töten, und ich werde Sie befreien.«

Zum zweiten Mal seit meiner Ankunft auf Blackheath stehe ich da, halte einen Kompass in der Hand und denke über die Anweisungen einer Person nach, der ich kein Vertrauen schenken kann. Wenn ich tue, was der Pestdoktor von mir verlangt, lasse ich mich auf einen Tag ein, der unweigerlich damit endet, dass Evelyn ermordet wird. Und doch scheint es keine Möglichkeit zu geben, die Dinge zu ändern, ohne sie noch schlimmer zu machen. Angenommen, der Pestdoktor sagt die Wahrheit, dann muss ich nun meinen ersten Wirt retten, wenn ich Evelyn nicht im Stich lassen will.

»Zweifeln Sie etwa an meiner Glaubwürdigkeit?«, fragt er. Mein Zögern scheint ihn zu verärgern.

»Natürlich zweifle ich an Ihrer Glaubwürdigkeit«, antworte ich. »Sie tragen eine Maske und sprechen in Rätseln, und ich glaube nicht eine Sekunde lang, dass Sie mich nur deshalb hierhergebracht haben, um einen Mord aufzuklären. Sie verheimlichen doch etwas.«

»Und Sie glauben, wenn Sie mir meine Verkleidung herunterreißen, werden Sie enthüllen, was das ist?«, fragt er spöttisch. »Gesichter sind auch nur Masken in einer anderen Gestalt. Sie müssten das doch besser wissen als jeder andere. Auch wenn Sie durchaus recht haben: Ich verheimliche etwas. Wenn Sie sich dadurch besser fühlen, dann verrate ich Ihnen, dass ich es nicht vor Ihnen verheimliche. Sollten Sie Erfolg haben und sollte es Ihnen irgendwie gelingen, mir diese Maske vom Gesicht zu reißen, dann würde man mich ganz einfach durch jemand anderen ersetzen und Ihre Aufgabe bliebe dennoch dieselbe. Und was Ihre Gegenwart auf Blackheath anbelangt, so würde es Ihre Zweifel vielleicht ein wenig zerstreuen, wenn Sie den Namen des Mannes erfahren, der Sie hierhergebracht hat.«

»Und wie lautet der?«

»Aiden Bishop«, antwortet er. »Anders als Ihre Rivalen sind Sie freiwillig hierhergekommen. Sie haben sich alles, was am heutigen Tag geschieht, selbst zuzuschreiben.«

Sein Tonfall scheint ein gewisses Bedauern zu enthalten, aber seine ausdruckslose weiße Maske verleiht dieser Bemerkung etwas Düsteres und macht seine Traurigkeit zur Parodie.

»Das kann unmöglich stimmen«, sage ich störrisch. »Warum sollte ich aus freien Stücken hierhergekommen sein? Warum sollte sich das irgendjemand selbst antun wollen?«

»Das Leben, das Sie vor Ihrer Ankunft auf Blackheath geführt haben, geht mich nichts an, Mr. Bishop. Klären Sie den Mord an Evelyn Hardcastle auf, und Sie werden sämtliche Antworten bekommen, die Sie benötigen«, sagt er. »In der Zwischenzeit braucht Bell Ihre Hilfe.« Er zeigt hinter mich. »Er befindet sich in dieser Richtung.«

Ohne ein weiteres Wort tritt er in den Wald zurück und wird sofort von der Dunkelheit verschluckt. In meinem Kopf schwirren hunderte von Fragen umher, aber keine von ihnen nützt mir hier im Wald auch nur das Geringste. Also schiebe ich sie alle beiseite und mache mich auf die Suche nach Bell. Ich finde ihn zusammengekauert auf der Erde und vor Erschöpfung zitternd. Als ich mich ihm nähere und er das Geräusch der unter meinen Füßen zerbrechenden Zweige hört, erstarrt er zur Salzsäule.

Seine Ängstlichkeit widert mich an.

So falsch Madeline die Dinge auch aufgefasst haben mag, sie war zumindest klug genug, die Flucht zu ergreifen.

Ich gehe um mein früheres Ich herum, sorgsam darauf bedacht, ihn mein Gesicht nicht sehen zu lasen. Ich könnte versuchen, ihm zu erklären, was hier gerade geschieht, aber verschreckte Kaninchen sind schlechte Verbündete. Insbesondere solche, die bereits die feste Überzeugung hegen, einem Mörder gegenüberzustehen.

Ich will nichts weiter von Bell, als dass er überlebt.

Zwei Schritte noch, und ich stehe direkt hinter ihm. Ich beuge mich nah genug zu ihm herab, um ihm ins Ohr zu flüstern. Schweiß rinnt ihm am Körper herab – ein Geruch, als würde man mir einen verseuchten Lumpenfetzen auf die Nase pressen. Ich schaffe es kaum, die zwei Worte herauszubringen, ohne mich zu übergeben.

»Nach Osten«, sage ich und lasse den Kompass in seine Tasche gleiten.

Dann lasse ich ihn allein und gehe durch den Wald zurück zu Carvers ausgebrannter Hütte. Bell wird noch etwa eine Stunde weiter durch die Gegend irren. Ich habe mehr als genug Zeit, den Stofffetzen zurück zum Haus zu folgen, ohne ihm begegnen zu müssen.

Trotz all meiner Bemühungen geschieht alles genau so, wie ich es in Erinnerung habe.

24.

Durch die Lücken zwischen den Bäumen zeichnen sich die drohend aufragenden Umrisse von Blackheath ab. Ich bin an der Rückseite des Hauses angekommen, die in einem noch viel schlimmeren Zustand ist als die Vorderseite. Mehrere Fensterscheiben sind zersplittert, das Mauerwerk bröckelt ab, und ein Teil der steinernen Brüstung ist vom Dach herabgestürzt und hat sich im Gras verkeilt, wo er bereits von einer dichten Moosschicht überwuchert wurde. Offensichtlich haben die Hardcastles nur die Bereiche des Hauses repariert, die ihre Gäste auch zu Gesicht bekommen würden – was kaum verwunderlich ist, wenn man bedenkt, wie erbärmlich es um ihre Finanzen bestellt ist.

Ganz ähnlich wie ich an jenem ersten Morgen zögernd am Waldrand stehen blieb, durchquere ich auch jetzt den Garten mit einem Gefühl drohenden Unheils. Wenn ich tatsächlich freiwillig hierhergekommen bin, muss ich dafür einen guten Grund gehabt haben, aber ganz gleich wie sehr ich mein Gedächtnis anstrenge, die Erinnerung entzieht sich mir.

Ich würde gerne glauben, dass ich ein guter Mensch bin, dass ich hierherkam um zu helfen, aber falls dem so sein sollte, bin ich gerade im Begriff, so ziemlich alles zu verpfuschen. Heute Abend wird sich Evelyn – wie an jedem anderen Abend auch – selbst töten, und falls mein Handeln an diesem Vormittag irgendein Anhaltspunkt ist, so führen meine Versuche, uns von der Katastrophe fortzusteuern, womöglich dazu, dass wir ihr mit sehr viel schnellerer Geschwindigkeit entgegeneilen. Wer weiß, vielleicht sind ja gerade meine ungeschickten Bemühungen, Evelyn zu retten, der unmittelbare Grund dafür, dass sie am Ende mit einer silbernen Pistole zum Wasserbecken geht.

Ich bin so tief in Gedanken versunken, dass ich Millicent erst bemerke, als ich direkt vor ihr stehe. Die alte Dame sitzt zitternd vor Kälte auf einer schmiedeeisernen Bank mit Blick auf den Garten und hält die Arme verschränkt, um sich vor dem Wind zu schützen. Sie ist in gleich drei unförmige Mäntel eingehüllt, die ihren Körper vollständig verdecken. Lediglich ihre Augen lugen über einem Schal hervor, den sie sich ums Gesicht gewickelt hat. Obwohl sie sich zudem noch eine Mütze bis über beide Ohren herabgezogen hat, ist sie blau vor Kälte. Als sie meine Schritte hört, wendet sie mir den Kopf zu, und in ihren runzligen Gesichtszügen macht sich Überraschung breit.

»Du liebe Güte, du siehst ja furchtbar aus«, sagt sie und zieht sich dabei den Schal vom Mund.

»Dir auch einen guten Morgen, Millicent«, sage ich, verblüfft ob des plötzlichen Gefühls der Wärme, das ihre Gegenwart in mir auslöst.

»Millicent?«, sagt sie und spitzt die Lippen. »Das sind ja recht moderne Sitten, die du da an den Tag legst, mein Lieber. Ich würde es dann doch vorziehen, wenn du ›Mutter‹ zu mir sagst, falls es dir nichts ausmacht. Die Leute sollen ja nicht denken, ich hätte dich in der Gosse aufgelesen. Obwohl ich mich manchmal frage, ob ich dann nicht besser dran wäre.«

Meine Kinnlade klappt herunter. Ich hatte bisher zwischen Jonathan Derby und Millicent Derby keinen Zusammenhang hergestellt, was wahrscheinlich daran liegt, dass es mir leichter fällt zu glauben, eine biblische Plage sei für Jonathans Anwesenheit auf dieser Erde verantwortlich.

»Tut mir leid, Mutter«, sage ich, vergrabe meine Hände in den Manteltaschen und setze mich neben sie.

Sie sieht mich an und zieht eine Augenbraue hoch. Ihre gewitzten grauen Augen leuchten amüsiert auf.

»Du entschuldigst dich bei mir und trittst sogar noch vor dem Mittagessen in Erscheinung – bist du krank?«, fragt sie.

»Es muss an der Landluft liegen«, antworte ich. »Was ist mit dir? Warum sitzt du an diesem scheußlichen Vormittag hier draußen?«

Sie gibt ein Grunzen von sich und schlingt die Arme noch enger um ihren Körper. »Ich war mit Helena zu einem Spaziergang verabredet, aber sie hat sich nicht blicken lassen. Zweifellos hat sie sich mal wieder in der Uhrzeit vertan, wie das so ihre Art ist. Ich weiß, dass sie heute Nachmittag ein Treffen mit Cecil Ravencourt hat. Wahrscheinlich ist sie statt zu unserer Verabredung dorthin gegangen.«

»Ravencourt schläft noch«, sage ich.

Millicent starrt mich neugierig an.

»Das hat mir Cunningham erzählt – Ravencourts Kammerdiener«, lüge ich rasch.

»Mit dem bist du bekannt?«

»Flüchtig.«

»Nun, ich würde lieber keine allzu enge Freundschaft mit ihm schließen«, sagt sie mit einem missbilligenden Ton in der Stimme. »Ich verstehe ja, wie sehr du es genießt, dich mit irgendwelchen zwielichtigen Gestalten zu umgeben, aber danach zu urteilen, was Cecil mir erzählt hat, ist dieser Kerl äußerst untauglich, selbst für deine geringen Ansprüche.«

Das weckt mein Interesse. Ich mag den Kammerdiener. Aber er hat sich erst bereiterklärt, mir zu helfen, als ich drohte, ihn mit seinem Geheimnis zu erpressen. Bevor ich nicht weiß, was er zu verbergen hat, kann ich mich nicht auf ihn verlassen. Und Millicent könnte der Schlüssel zur Aufklärung dieser Frage sein.

»Inwiefern?«, frage ich beiläufig.

»Oh, das weiß ich nicht so genau«, antwortet sie und wedelt unbekümmert mit ihrer Hand in meine Richtung. »Du kennst doch Cecil. Bei dem stecken die Geheimnisse in jeder Hautfalte. Wenn man den Gerüchten Glauben schenken darf, hat er Cunningham nur eingestellt, weil Helena ihn darum gebeten hat. Und jetzt hat er irgendetwas Unappetitliches über den Jungen herausgefunden und denkt darüber nach, ihm den Laufpass zu geben.«

»Unappetitlich?«, frage ich.

»Nun, so hat sich Cecil jedenfalls ausgedrückt, aber mehr konnte ich nicht aus ihm herausbekommen. Der verdammte Kerl hat eine riesengroße Klappe, aber du weißt ja, wie sehr er Skandale hasst. Wenn man Cunninghams Abstammung bedenkt, muss es sich schon um einen äußerst anzüglichen Skandal handeln, um Cecil derart besorgt zu machen. Ich wünschte, ich wüsste, was es ist.«

»Cunninghams Abstammung?«, frage ich. »Ich glaube, da habe ich was verpasst.«

»Der Junge ist auf Blackheath aufgewachsen«, antwortet sie. »Als Sohn der Köchin. Oder jedenfalls ist das die Geschichte, die man verlauten ließ.«

»Und das stimmt nicht?«

Die alte Dame gibt ein lautes Gackern von sich und sieht mich schlitzohrig von der Seite an.

»Man sagt, der hochwohlgeborene Lord Peter Hardcastle habe sich von Zeit zu Zeit in London amüsiert. Nun, und bei einer dieser Gelegenheiten ist ihm dann sein kleines Vergnügen bis zurück nach Blackheath gefolgt, mit einem Baby in ihren Armen, von dem sie behauptet hat, er sei der Vater. Peter wollte das Kind der Kirche übergeben, aber Helena ist eingeschritten und hat verlangt, dass sie es behalten.«

»Warum hätte sie das tun sollen?«

»Wie ich Helena kenne, hat sie ihn damit wahrscheinlich kränken wollen«, schnieft Millicent und dreht ihr Gesicht aus dem schneidenden Wind. »Sie mochte ihren Mann nie besonders, und es hat ihr wahrscheinlich eine gewisse Genugtuung bereitet, seine Schande in die eigenen vier Wände einzuladen. Gut möglich, dass sich der arme Peter während der letzten dreiunddreißig Jahre jede Nacht in den Schlaf geweint hat. Wie auch immer, sie haben das Baby jedenfalls Mrs. Drudge, der Köchin, gegeben, damit sie es großzieht, und Helena hat darüber hinaus dafür gesorgt, dass auch jeder wusste, wessen Kind es war.«

»Und weiß Cunningham über all das Bescheid?«

»Ich kann mir kaum vorstellen, dass er es nicht weiß. Es gehört

227

schließlich zu der Sorte von Geheimnissen, die sich die Leute gegenseitig ins Ohr brüllen«, antwortet die alte Dame, zupft ein Taschentuch aus ihrem Ärmel und wischt sich die Nase ab. »Du kannst ihn ja selbst fragen, wenn ihr so gute Kumpel seid. Sollen wir gehen? Ich sehe kaum einen Nutzen darin, wenn wir uns beide hier auf dieser Bank zu Tode frieren und auf eine Frau warten, die nicht erscheinen wird.«

Sie steht auf, bevor ich auch nur die Gelegenheit bekomme zu antworten, stampft mit den Füßen und bläst sich warme Luft in die behandschuhten Hände. Es ist wahrhaftig ein äußerst scheußlicher Tag. Der graue Himmel spuckt unablässig Regen aus und peitscht sich selbst allmählich zu einem wütenden Sturm auf.

»Warum bist du eigentlich überhaupt hier draußen?«, frage ich, während unsere Schritte über den Kiesweg knirschen, der das Haus umläuft. »Hättest du Lady Hardcastle nicht irgendwo im Haus treffen können?«

»Da sind zu viele Leute, denen ich lieber nicht begegnen möchte«, antwortet sie.

Warum war sie heute Morgen in der Küche?

»Wo wir gerade von Begegnungen mit Leuten reden – ich habe gehört, du seist heute früh in der Küche gewesen«, sage ich.

»Wer hat dir denn das erzählt?«, fragt sie aufgebracht.

»Nun ...«

»Ich bin nicht einmal in der Nähe der Küche gewesen«, fährt sie fort, ohne auf meine Antwort zu warten. »Ekelhafter Ort. Den Geruch bekommt man wochenlang nicht mehr aus den Kleidern.«

Sie scheint über diese Unterstellung ehrlich empört zu sein, was bedeutet, dass sie wahrscheinlich noch gar nicht dort war. Einen Moment später stupst sie mich gut gelaunt mit dem Ellbogen in die Seite. Ihre Stimme klingt plötzlich schadenfroh. »Hast du das von Donald Davies gehört? Anscheinend hat er sich gestern Abend ein Automobil geben lassen und ist zurück nach London geflüchtet. Der Stallmeister hat ihn gesehen. Er hat erzählt, Davies sei im strömenden

Regen aufgetaucht und habe dabei Kleider getragen, die in allen Farben des Regenbogens schillerten.«

Das gibt mir zu denken. Mittlerweile hätte ich doch eigentlich längst zu Donald Davies zurückkehren müssen – so wie ich es mit dem Butler getan habe. Er war mein dritter Wirt, und Anna hat mir erzählt, ich müsse in jedem von ihnen einen ganzen Tag durchleben, ob ich will oder nicht. Es muss einige Zeit vor Mittag gewesen sein, als ich ihn schlafend auf der Straße zurückließ, also warum bin ich ihm dann nicht wieder begegnet?

Du hast ihn vollkommen allein und wehrlos zurückgelassen.

Ich spüre eine Welle von Schuldgefühlen in mir aufsteigen. Wer weiß, womöglich hat ihn der Lakai schon gefunden.

»Hast du mir überhaupt zugehört?«, fragt Millicent verärgert. »Ich habe gerade erzählt, dass Donald Davies sich in einem Automobil davongemacht hat. Die haben alle einen Dachschaden, die gesamte Familie, jeder Einzelne von ihnen. Und damit äußere ich lediglich eine fundierte ärztliche Diagnose.«

»Du hast dich ganz offenbar mit Dickie unterhalten«, sage ich geistesabwesend. Ich denke immer noch über Davies nach.

»Das kann man kaum eine Unterhaltung nennen. Es war eher ein Monolog«, spottet sie. »Ich habe mich dreißig Minuten lang verzweifelt bemüht, nicht andauernd diesen Schnurrbart anzustarren. Es ist erstaunlich, dass überhaupt noch ein Geräusch durch dieses Gestrüpp dringt.«

Das bringt mich zum Lachen.

»Gibt es auf Blackheath überhaupt jemanden, den du leiden kannst, Mutter?«

»Nicht, dass ich wüsste. Aber ich bin wahrscheinlich nur neidisch. Die gute Gesellschaft ist ein einziger endloser Tanz, Darling. Und wo wir gerade vom Tanzen sprechen, hier kommt der Leierkastenmann höchstpersönlich.«

Ich folge ihrem Blick und sehe Daniel vom Haus her auf uns zukommen. Trotz der Kälte trägt er nur Leinenhosen und einen Cricket-

Pullover – in derselben Kleidung wird er Bell zum ersten Mal in der Eingangshalle begegnen. Ich schaue auf die Uhr. Bis zu diesem Treffen kann es nicht mehr lange hin sein.

»Mr. Coleridge«, ruft Millicent mit forcierter Leutseligkeit.

»Mrs. Derby«, sagt er und schließt zu uns auf. »Und, wie viele Herzen haben Sie heute schon gebrochen?«

»Die bringe ich heutzutage nicht einmal mehr zum Erbeben, Mr. Coleridge, leider Gottes.« Es liegt eine gewisse Vorsicht in ihrer Stimme, als würde sie gerade eine Brücke überqueren, bei der sie jeden Moment damit rechnet, dass sie unter ihr einstürzt. »Und was für anrüchige Geschäfte treiben Sie an diesem scheußlichen Vormittag ins Freie hinaus?«

»Ich wollte Ihren Sohn um einen Gefallen bitten. Aber ich versichere Ihnen, dass es sich um nichts Ungesetzliches handelt.«

»Wie enttäuschend.«

»Da kann ich Ihnen nur recht geben.« Er sieht mich zum ersten Mal an. »Auf ein Wort, Derby?«

Wir gehen beiseite. Millicent bemüht sich derweil redlich, so auszusehen, als würde sie unsere Unterhaltung nicht im Geringsten interessieren, wirft uns jedoch gleichzeitig über ihren Schal hinweg neugierige Blicke zu.

»Was ist passiert?«

»Ich werde mir den Lakaien vorknöpfen«, sagt er. Der Ausdruck in seinem hübschen Gesicht schwankt irgendwo zwischen Angst und Aufregung.

»Wie denn?«, frage ich, sofort begeistert von dieser Idee.

»Wir wissen, dass er gegen ein Uhr im Speisesaal sein wird, um Ravencourt zu piesacken«, antwortet er. »Ich schlage vor, dass wir uns den elenden Hund genau in dem Moment vorknöpfen.«

Allein die Erinnerung an die gespenstischen Schritte und das teuflische Lachen reicht schon, um mir eine Gänsehaut den Rücken hinunterzujagen, und gleichzeitig füllen sich meine Adern mit flüssigem Feuer bei dem Gedanken, diesen Dämon endlich in die Finger zu bekommen. Die animalische Wildheit dieses Gefühls ist nicht weit von dem entfernt, was Derby im Wald gefühlt hat, als wir der Kammerzofe hinterherjagten. Sofort bin ich auf der Hut. Ich darf diesen Wirt auch nicht eine Sekunde lang die Zügel schießen lassen.

»Wie lautet dein Plan?«, frage ich, bemüht, meinen Enthusiasmus zu dämpfen. »Ich war in diesem Raum vollkommen allein und konnte nicht einmal erahnen, wo er sich versteckt hielt.«

»Das konnte ich ebenso wenig, bis ich gestern Abend mit einem alten Freund der Hardcastles ins Gespräch kam«, sagt er und zieht mich ein wenig weiter von Millicent fort, der es gelungen ist, sich näher an unsere Unterhaltung heranzuschleichen. »Wie sich herausstellt, gibt es unter dem Fußboden ein wahres Labyrinth aus Tunneln und Schlupflöchern. Dort muss sich der Lakai versteckt haben und dort werden wir ihm auch endgültig das Handwerk legen.«

»Wie denn?«

»Mein neuer Freund hat mir erzählt, zu diesem Tunnelsystem gebe es Eingänge in der Bibliothek, im Salon und in der Galerie. Ich schlage vor, dass jeder von uns einen Eingang bewacht und den Lakaien ergreift, sobald er herauskommt.«

»Klingt perfekt«, sage ich und bemühe mich gleichzeitig, Derbys steigende Begeisterung in Schach zu halten. »Ich übernehme die Bibliothek, du den Salon. Und wer wird in der Galerie sein?«

»Frag Anna«, antwortet er. »Aber keiner von uns ist stark genug, um es allein mit dem Lakaien aufnehmen zu können. Machen wir es doch so: Ihr beiden übernehmt die Bibliothek und ich trommele ein paar unserer anderen Wirte zusammen, damit sie mir im Salon und in der Galerie helfen. Was meinst du?«

»Großartig«, sage ich und strahle ihn an.

Wenn ich nicht die ganze Zeit damit beschäftigt wäre, Derby zu zügeln, wäre er schon längst mit einer Laterne und einem Küchenmesser zu den Tunneln gerannt.

»Gut«, sagt er und schenkt mir ein derart warmes Lächeln, dass ich unmöglich auch nur ansatzweise an ein Scheitern glauben kann. »Sieh zu, dass du ein paar Minuten vor eins deine Position einnimmst. Mit ein bisschen Glück wird dieser ganze Spuk dann noch vor dem Abendessen vorüber sein.«

Er dreht sich um und will fortgehen, doch ich halte ihn am Arm fest.

»Hast du Anna gegenüber behauptet, du würdest einen Weg finden, wie wir beide entkommen können, wenn sie uns hilft?«, frage ich.

Er starrt mich unverwandt an, und ich ziehe rasch meine Hand zurück.

»Ja«, antwortet er.

»Das war eine Lüge, nicht wahr?«, frage ich. »Nur einer von uns kann aus Blackheath entkommen.«

»Nennen wir es doch eine potentielle Lüge. Ich habe die Hoffnung noch nicht aufgegeben, unseren Teil der Abmachung einhalten zu können.«

»Du bist mein letzter Wirt – wie viel Hoffnung hast du denn noch?«

»Nicht besonders viel«, antwortet er, und sein Gesichtsausdruck wird ein wenig weicher. »Ich weiß, dass dir viel an ihr liegt. Glaub mir, ich habe nicht vergessen, wie sich das anfühlt. Aber wir brauchen sie unbedingt auf unserer Seite. Wir werden nie aus diesem Haus entkommen, wenn wir uns die ganze Zeit sowohl vor dem Lakaien als auch vor Anna in Acht nehmen müssen.«

»Ich muss ihr die Wahrheit sagen«, entgegne ich, entsetzt darüber, mit welcher Kaltschnäuzigkeit und Geringschätzung er meiner Freundin begegnet.

Er wird plötzlich stocksteif.

»Wenn du das tust, machst du sie dir zur Feindin«, zischt er, während er sich gleichzeitig nach allen Seiten umsieht, um sicherzustellen, dass uns niemand zuhört. »Und zerstörst damit auch jede Hoffnung, ihr tatsächlich helfen zu können.«

Er bläht die Wangen auf, fährt sich mit den Fingern durch die Haare und lächelt mich an. Die Aufregung dringt ihm aus allen Poren, wie Luft, die einem durchlöcherten Ballon entweicht.

»Du musst tun, was du für richtig hältst«, sagt er schließlich. »Aber warte wenigstens, bis wir uns den Lakaien geschnappt haben.« Er schaut auf die Uhr. »Warte noch drei Stunden. Das ist alles, worum ich dich bitte.«

Unsere Blicke begegnen sich, meiner voller Zweifel, seiner flehentlich. Ich kann nicht anders, ich beuge mich seinen Wünschen.

»Nun gut«, sage ich.

»Du wirst es nicht bereuen«, beteuert er.

Er legt mir kurz die Hand auf die Schulter, winkt Millicent fröhlich zu und geht dann mit energischen Schritten zum Haus zurück. Dabei erweckt er den Anschein eines Mannes, der nichts anderes kennt als das Ziel, das er vor Augen hat.

Als ich mich umdrehe, stelle ich fest, dass Millicent mich mit gespitzten Lippen betrachtet.

»Du hast ein paar ziemlich üble Freunde«, sagt sie.

»Ich bin ein ziemlich übler Kerl«, entgegne ich und halte ihrem Blick stand, bis sie schließlich den Kopf schüttelt und weitergeht, wenn auch langsam genug, so dass ich sie einholen kann. Nach ein paar Schritten erreichen wir ein langgestrecktes Gebäude – offenbar ein Gewächshaus. Die meisten Fenstergläser sind gesprungen, und die Pflanzen im Innern wuchern so wild, dass sie die Scheiben fast aus ihren Rahmen pressen. Millicent versucht, einen Blick hineinzuwerfen, aber der Blätterwald ist viel zu dicht. Sie winkt mir, dass ich ihr folgen soll, und wir gehen zum anderen Ende des Gebäudes. Dort müssen wir jedoch feststellen, dass der Eingang mit einer brandneuen Kette und einem Vorhängeschloss versperrt wurde.

»Schade«, sagt sie und rüttelt vergeblich an der Tür. »Als ich jung war, bin ich immer sehr gern hierhergekommen.«

»Du bist früher schon einmal auf Blackheath gewesen?«

»Als ich noch ein kleines Mädchen war, habe ich hier immer die Sommermonate verbracht. Das haben wir alle: Cecil Ravencourt, die Curtis-Zwillinge, Peter Hardcastle und Helena – so haben die beiden sich überhaupt erst kennengelernt. Nach meiner Heirat bin ich dann

auch zusammen mit deinem Bruder und deiner Schwester hierhergekommen. Die beiden sind praktisch zusammen mit Evelyn, Michael
und Thomas aufgewachsen.«

Sie hakt sich bei mir unter, und wir gehen weiter.

»Ach, wie sehr habe ich jene Sommer geliebt«, sagt sie. »Helena war
immer ganz fürchterlich neidisch auf deine Schwester, weil Evelyn so
unscheinbar war. Michael sah auch nicht viel besser aus, wenn du
mich fragst, mit diesem komischen eingedrückten Gesicht. Thomas
war der Einzige von ihnen, der eine Prise Schönheit abbekommen hat,
und ausgerechnet er ist in diesem See ums Leben gekommen. Da hat
das Schicksal der armen Frau gleich doppelt schlimm mitgespielt,
finde ich. Aber so ist das eben. Und kein Einziger von dieser Brut
konnte es auch nur im Geringsten mit dir aufnehmen, mein hübscher
Junge!«, sagt sie und legt eine Hand an meine Wange.

»Evelyn hat sich ganz gut gemacht«, widerspreche ich ihr. »Genauer
gesagt ist sie zu einer recht beeindruckenden Schönheit herangewachsen.«

»Tatsächlich?«, fragt Millicent ungläubig. »Dann muss sie in Paris
aufgeblüht sein. Aber das ist mir neu. Dieses Mädel geht mir schon
den ganzen Vormittag aus dem Weg. Da ist sie wohl wie ihre Mutter,
der Apfel fällt nicht weit vom Stamm. Das erklärt auch, warum Cecil
wie ein Aasgeier über ihr kreist. Der eitelste Mann, der mir jemals
begegnet ist, und das will was heißen, wenn man fünfzig Jahre mit
deinem Vater zusammengelebt hat.«

»Die Hardcastles hassen sie, wusstest du das? Evelyn, meine ich.«

»Wer hat dir denn diesen Unsinn eingeredet?«, fragt Millicent und
packt mich am Arm, um sich an mir abzustützen, während sie versucht, einen Schlammklumpen von ihrem Stiefel zu lösen. »Michael
betet sie an. Er ist schließlich jeden Monat nach Paris gereist, um sie
zu besuchen. Soweit ich gehört habe, kleben die beiden seit ihrer
Rückkehr zusammen wie Pech und Schwefel. Und Peter hasst sie
nicht, er ist einfach nur desinteressiert. Es handelt sich also einzig und
allein um Helena, und die hat sich niemals so recht wieder gefangen,

seit Thomas ermordet wurde. Sie kommt immer noch hierher, stell dir vor, jedes Jahr, am Jahrestag seines Todes. Dann geht sie um den See herum und redet sogar manchmal mit ihm. Habe ich selbst gehört.«

Der Weg hat uns bis zum Spiegelteich geführt. Hier wird sich Evelyn heute Abend das Leben nehmen. Und wie bei allem, was Blackheath anbelangt, ist die Schönheit dieses Ortes darauf angewiesen, dass man ihn einzig und allein aus der Ferne betrachtet. Vom Ballsaal aus gesehen ist das Becken ein prächtiger Anblick, eine langgezogene, funkelnde Fläche, in der sich die gesamte Dramatik des Hauses widerspiegelt. Doch hier und jetzt ist es nichts weiter als ein schmutziger Teich, mit einer rissigen, aufgesprungenen Steinumrandung und einer Moosschicht auf der Wasseroberfläche, die so dick wie ein Teppich ist.

Warum sollte sie sich hier das Leben nehmen wollen? Warum nicht in ihrem Schlafzimmer oder in der Eingangshalle?

»Geht es dir nicht gut, mein Schatz?«, fragt Millicent. »Du siehst ein bisschen blass aus.«

»Ich dachte nur, was für eine Schande es ist, dass die Familie dieses Anwesen so hat verwahrlosen lassen«, antworte ich und ringe mir ein Lächeln ab.

»Ja, ich weiß, aber was blieb ihnen anderes übrig?«, sagt sie und zieht sich ihren Schal fester um den Hals. »Nach dem Mord konnten sie hier nicht mehr leben, und niemand will heutzutage noch so einen riesigen Steinhaufen kaufen, besonders dann nicht, wenn sich darin so eine Geschichte abgespielt hat wie die, die hier auf Blackheath geschehen ist. Sie hätten das Haus einfach seinem Schicksal überlassen und darauf warten sollen, dass der Wald es verschluckt, wenn du mich fragst.«

Es ist ein sentimentaler Gedanke. Aber in Jonathan Derbys Kopf kann sich nichts besonders lange halten, weshalb ich mich auch alsbald von den Vorbereitungen für das Fest am heutigen Abend ablenken lasse, die ich durch die neben uns liegenden Fenster des Ballsaals erkennen kann. Diener und Werkleute schrubben die Böden und streichen die Wände, während Dienstmädchen mit langen Staubwedeln auf wankenden Trittleitern balancieren. Am gegenüberliegenden Ende des Saals stehen gelangweilt wirkende Musiker und hobeln Sechzehntelläufe von ihren auf Hochglanz polierten Instrumenten herunter, während Evelyn Hardcastle gestikulierend in der Mitte des Raumes steht und Anweisungen gibt. Sie huscht von einer Gruppe zur nächsten, berührt einen Arm hier, eine Schulter dort, verbreitet überall ihre Liebenswürdigkeit und löst in mir eine fast unerträgliche Sehnsucht nach dem Nachmittag aus, den wir zusammen verbracht haben.

Mein Blick sucht Madeline Aubert, und ich entdecke sie, wie sie zusammen mit Lucy Harper – dem Mädchen, das von Ted Stanwin so schlecht behandelt wurde und mit dem sich Ravencourt angefreundet hat – lachend eine Chaiselongue in die Nähe der Bühne rückt. Dass diese beiden misshandelten Frauen einander gefunden haben, tröstet mich irgendwie ein wenig, auch wenn es meine Schuldgefühle wegen der Geschehnisse von heute früh in keiner Weise mildert.

»Ich habe dir schon das letzte Mal klipp und klar gesagt, dass ich nicht noch einmal für die Bereinigung eines deiner Fehltritte sorgen werde«, sagt Millicent mit scharfer Stimme, während sich ihr gesamter Körper verkrampft.

Sie beobachtet mich dabei, wie ich den Dienstmädchen zusehe. In ihrem Blick vermengt sich Abscheu mit Liebe, und in diesem nebligen Gemisch nehmen Derbys düstere Geheimnisse immer mehr Gestalt an. Was ich bisher nur ansatzweise begriffen habe, wird jetzt allzu offensichtlich. Derby ist ein Vergewaltiger. Und zwar einer, der das mehr als einmal getan hat. Sie haben sich alle dort versammelt, sind alle in Milllicents Blick eingeschlossen, jede Frau, die er jemals angefallen, jedes einzelne Leben, das er zerstört hat. Millicent trägt sie alle in sich. Welche Dunkelheit auch immer in Jonathan Derbys Seele lauert – seine Mutter hat sie des Nachts zu Bett gebracht und sorgsam zugedeckt.

»Es müssen immer die Schwachen, Wehrlosen sein, die du dir aussuchst, nicht wahr?«, sagt sie. »Immer die ...«

Sie verstummt, und ihr Mund bleibt offen stehen, als hätten sich die nächsten Worte einfach auf ihren Lippen in Luft aufgelöst.

»Ich muss gehen«, sagt sie plötzlich und drückt mir die Hand. »Mir kam gerade ein ganz seltsamer Gedanke. Ich sehe dich beim Abendessen, mein Schatz.«

Ohne ein weiteres Wort dreht Millicent sich um, geht den Weg zurück, den wir gekommen sind, und verschwindet um die Hausecke. Verdutzt schaue ich in den Ballsaal und versuche zu entdecken, was diese Reaktion in ihr ausgelöst haben mag. Doch abgesehen vom Orchester sind sämtliche Personen verschwunden. In diesem Moment entdecke ich die Schachfigur, die auf der Fensterbank steht. Wenn ich mich nicht irre, ist es dieselbe handgeschnitzte Figur, die ich in Bells Koffer gefunden habe. Sie hat weiße Farbflecken und starrt mich aus ihren grob geschnitzten Augen an. Direkt über ihrem Kopf wurde eine Nachricht in den Schmutz auf der Fensterscheibe gekratzt.

Hinter dir.

Und tatsächlich, als ich mich umdrehe, sehe ich Anna, die mir vom Waldrand aus zuwinkt. Ihr winziger Körper ist in einen grauen Mantel gehüllt. Ich stecke die Schachfigur ein, schaue mich prüfend um, ob wir auch allein sind, und folge ihr dann tiefer in den Wald hinein, bis wir außerhalb der Sichtweite von Blackheath sind. Es hat den Anschein, als habe sie schon eine ganze Weile dort gewartet, denn sie tanzt unablässig von einem Fuß auf den anderen, um sich warm zu halten. Doch ihren blau angelaufenen Wangen nach zu urteilen, ist sie mit diesen Aufwärmversuchen kläglich gescheitert, was kaum verwunderlich ist, wenn man ihre Kleidung betrachtet. Ihr grauer Mantel ist verschlissen, ihr ebenso grauer, gestrickter Hut so dünn wie Spinnweben. Es handelt sich ganz offenbar um Kleider, die über zahllose Generationen hinweg weitervererbt und so oft geflickt wurden, dass sich das ursprüngliche Material längst aufgelöst hat.

»Ich nehme mal nicht an, dass du zufällig einen Apfel oder sowas in der Art dabeihast?«, fragt sie ohne jede Einleitung. »Ich sterbe vor Hunger.«

»Nur einen Flachmann«, antworte ich und halte ihr die Flasche hin.

»Dann muss ich halt damit vorliebnehmen«, sagt sie, nimmt ihn entgegen und schraubt den Verschluss ab.

»Ich dachte, es wäre zu gefährlich, wenn wir uns außerhalb des Pförtnerhauses treffen?«

»Wer hat dir denn das gesagt?«, fragt sie und verzieht das Gesicht, als sie den Inhalt der Flasche kostet.

»Das warst du«, antworte ich.

»Werde ich sein.«

»Wie bitte?«

»Ich werde es dir erst noch sagen, dass es nicht sicher ist, uns zu treffen, aber das habe ich noch nicht getan«, sagt sie. »Das kann ich gar nicht, ich bin erst seit ein paar Stunden wach und habe den Großteil dieser Zeit damit verbracht, den Lakaien daran zu hindern, deine zukünftigen Wirte aufs Korn zu nehmen. Und dabei habe ich dann glatt auch noch das Frühstück verpasst.«

Ich blinzle sie an und versuche vergeblich, mir zu vergegenwärtigen, wie so ein Tag aussehen mag, an dem alles in der falschen Reihenfolge geschieht. Nicht zum ersten Mal wünsche ich mir die Schnelligkeit herbei, mit der Ravencourts Verstand arbeitet. Nun, da ich auf den begrenzten Umfang von Jonathan Derbys Intellekt angewiesen bin, fühlt es sich so an, als würde ich eine Handvoll Croûtons in eine zähe Suppe werfen und verzweifelt umrühren.

Sie runzelt die Stirn, als sie meine Verwirrung bemerkt.

»Weißt du schon über den Lakaien Bescheid? Ich weiß nie, in welchem Stadium wir uns gerade befinden.«

Ich erzähle ihr rasch alles über Bells totes Kaninchen und die geisterhaften Schritte, die Ravencourt im Speisesaal verfolgt haben. Bei jeder neuen Einzelheit verdüstert sich ihr Gesichtsausdruck zusehends.

»Dieser Hurensohn«, stößt sie entrüstet hervor, als ich fertig bin. Währenddessen läuft sie hin und her wie ein eingesperrter Tiger, hält die Hände geballt und die Schultern nach vorne gedrückt. »Warte nur, bis ich den in die Finger bekomme«, sagt sie und wirft einen mörderischen Blick in Richtung des Hauses.

»Da musst du gar nicht lange warten«, sage ich. »Daniel glaubt, dass er sich in dem unterirdischen Tunnelsystem versteckt, das unter dem Haus verborgen liegt. Es gibt mehrere Eingänge, aber wir beide sollen den in der Bibliothek bewachen. Er möchte, dass wir vor ein Uhr dort sind.«

»Oder wir könnten uns auch einfach selbst die Kehlen durchschneiden und dem Lakaien damit die Mühe ersparen, uns zu töten«, entgegnet sie unverblümt, offenbar wenig beeindruckt von diesem Vorschlag. Sie sieht mich an, als hätte ich den Verstand verloren.

»Wie meinst du das?«

»Der Lakai ist schließlich kein Idiot«, sagt sie. »Wenn wir wissen, wo er wann sein wird, dann wissen wir das, weil wir es wissen sollen. Er ist uns von Anfang an immer einen Schritt voraus gewesen. Es sollte mich nicht überraschen, wenn er uns auflauert, um uns mit unserer eigenen Cleverness eine Falle zu stellen.«

»Aber wir müssen doch irgendetwas tun!«, protestiere ich.

»Das werden wir auch. Aber welchen Sinn hat es, etwas Dummes zu tun, wenn wir stattdessen etwas Kluges tun können«, sagt sie geduldig. »Hör mir gut zu, Aiden, ich weiß, wie verzweifelt du bist, aber wir haben eine Vereinbarung, du und ich. Ich sorge dafür, dass du am Leben bleibst, damit du Evelyns Mörder finden kannst, und dann können wir beide von hier entkommen. Und deshalb erfülle ich in diesem Augenblick nichts anderes als meine Aufgabe. Also versprich mir, dass du dem Lakaien nicht hinterherjagen wirst.«

Ihre Worte ergeben durchaus Sinn, aber sie fallen gegenüber der Angst, von der ich erfüllt bin, kaum ins Gewicht. Wenn auch nur die geringste Chance besteht, diesem Wahnsinnigen das Handwerk zu legen, bevor er meiner habhaft wird, dann ergreife ich sie, ganz gleich, welche Risiken das beinhaltet. Lieber sterbe ich aufrecht auf meinen eigenen zwei Füßen stehend als zusammengekauert in irgendeiner Ecke.

»Ich verspreche es«, sage ich und füge eine weitere Lüge zu dem immer weiterwachsenden Stapel hinzu.

Glücklicherweise friert Anna zu sehr, um das Stocken in meiner Stimme zu bemerken. Obwohl sie ein paar Schlucke aus dem Flachmann genommen hat, zittert sie so heftig, dass ihr jegliche Farbe aus dem Gesicht gewichen ist. Verzweifelt darum bemüht, ein wenig Schutz vor dem Wind zu finden, drückt sie sich eng an mich. Ich kann die Seife auf ihrer Haut riechen und muss den Blick abwenden. Ich möchte nicht, dass sie sieht, wie sich Derbys lüsterne Gedanken wie Schlangen in meinen Augen winden.

Sie spürt mein Unbehagen und neigt den Kopf, um mir in das gesenkte Gesicht zu schauen.

»Deine anderen Wirte sind besser, das verspreche ich dir«, sagt sie. »Du musst an dir selbst festhalten. Gib ihm nicht nach, keinen Zentimeter!«

»Wie soll ich das schaffen, wenn ich nicht weiß, wo diese Wirte enden und wo ich beginne?«

»Wenn du nicht hier wärst, dann hätte Derby mich schon längst mit seinen schmutzigen Händen begrapscht«, sagt sie. »So erkennst du, wer du bist. Du erinnerst dich nicht nur daran, sondern du tust es. Und du hörst nicht auf, es zu tun.«

Doch trotz dieser Worte geht sie einen Schritt zurück, setzt sich wieder dem Wind aus und befreit mich von meinem Unbehagen.

»Du solltest in diesem Wetter nicht hier draußen sein«, sage ich, ziehe meinen Schal aus und winde ihn um ihren Hals. »Du frierst dich noch zu Tode.«

»Und wenn du so weitermachst, dann könnte es glatt passieren, dass die Leute Jonathan Derby aus Versehen für ein menschliches Wesen halten«, sagt sie und stopft derweil die losen Enden des Schals in ihren Mantel.

»Sag das mal zu Evelyn Hardcastle«, entgegne ich. »Sie hat mich heute früh fast erschossen.«

»Du hättest zurückschießen sollen«, sagt Anna nüchtern. »Dann hätten wir ihren Mord auf der Stelle aufklären können.«

»Ich weiß nicht, ob du scherzt oder das ernst meinst«, sage ich.

»Natürlich scherze ich«, sagt sie und bläst sich warme Luft in ihre aufgesprungenen Hände. »Wenn es so einfach wäre, dann wären wir schon vor einer Ewigkeit hier rausgekommen. Allerdings bin ich mir nicht so sicher, ob der Versuch, ihr Leben zu retten, ein so viel besserer Plan ist.«

»Denkst du, ich sollte sie sterben lassen?«

»Ich denke, wir verbringen ziemlich viel Zeit damit, etwas anderes zu tun als das, was man uns aufgetragen hat.«

»Wir können Evelyn nicht beschützen, ohne zu wissen, wer ihren Tod möchte«, sage ich. »Das eine wird uns zum anderen führen.«

»Ich hoffe sehr, dass du da recht hast«, sagt sie skeptisch.

Ich versuche, mir als Antwort irgendeinen ermutigenden Gemeinplatz einfallen zu lassen, aber ihre Zweifel sind mir unter die Haut gekrochen und beginnen an mir zu nagen. Ich habe ihr gesagt, der Versuch, Evelyns Leben zu retten, würde uns den Mörder in die Hände liefern, aber eigentlich war das nichts als ein Ausweichmanöver. Ich habe keinen Plan. Ich weiß nicht einmal mehr, ob ich Evelyn überhaupt retten kann. Ich folge nichts als einem blinden Gefühl und verliere dabei dem Lakaien gegenüber immer mehr an Boden. Anna hat etwas Besseres verdient, aber ich habe keine Ahnung, wie ich ihr das geben soll, ohne Evelyn im Stich zu lassen – und aus irgendeinem Grund ist mir der Gedanke, das zu tun, vollkommen unerträglich.

Auf dem Pfad hinter uns ist plötzlich Lärm zu hören, Stimmen, die vom Wind durch die Bäume getragen werden. Anna nimmt meinen Arm und zieht mich tiefer in den Wald hinein.

»So nett es auch war, dich hier zu treffen – eigentlich bin ich hergekommen, um dich um einen Gefallen zu bitten.«

»Jederzeit, was du willst. Was soll ich tun?«

»Wie spät ist es?«, fragt sie und holt das Skizzenbuch aus ihrer Tasche. Es ist dieselbe Mappe, die ich auch schon im Pförtnerhaus gesehen habe, zerknitterte Papierbögen und ein vollkommen durchlöcherter Einband. Sie hält die Mappe so, dass ich nicht hineinsehen kann, aber der Art und Weise nach zu urteilen, wie sie die einzelnen Seiten durchblättert, enthält sie etwas sehr Wichtiges.

Ich sehe auf die Uhr. »Es ist 10:08 Uhr«, antworte ich, während ich gleichzeitig vor Neugier geradezu platze. »Was steht denn da drin, in dem Buch?«

»Notizen, Informationen, alles, was ich bisher über deine acht Wirte und das, was sie tun, in Erfahrung bringen konnte«, antwortet sie abwesend und fährt mit dem Finger über eine der Seiten. »Und frag mich nicht, ob du einen Blick hineinwerfen kannst, weil das nämlich nicht geht. Wir können es nicht riskieren, dass du mit dem, was du dort erfährst, losziehst und uns dann den ganzen Tag um die Ohren haust.«

»Das hatte ich auch gar nicht vor«, protestiere ich und wende hastig den Blick ab.

»Gut. 10:08 Uhr. Perfekt. In einer Minute werde ich einen Stein ins Gras legen. Ich möchte, dass du unbedingt genau dort, wo er liegt, stehen bleibst, wenn Evelyn sich erschießt. Du darfst dich nicht bewegen, Aiden, keinen einzigen Zentimeter, verstehst du?«

»Was hat das alles zu bedeuten, Anna?«

»Nenn es Plan B, wenn du willst.« Sie drückt mir einen flüchtigen Kuss auf die Wange. Kalte Lippen treffen auf taube Haut. Dann lässt sie das Buch zurück in die Tasche gleiten.

Sie ist erst einen Schritt gegangen, als sie mit den Fingern schnipst, sich wieder zu mir umdreht und mir auf der Handfläche zwei weiße Tabletten entgegenhält.

»Nimm die mit, für später«, sagt sie. »Ich habe sie aus Doktor Dickies Tasche geklaut, als er ins Pförtnerhaus gekommen ist, um nach dem Butler zu schauen.«

»Was ist das?«

»Kopfschmerztabletten. Ich tausche sie gegen meine Schachfigur.«

»Dieses hässliche alte Ding?«, frage ich und reiche ihr den handge-schnitzten König. »Was willst du denn damit?«

Sie lächelt mich an und sieht mir dabei zu, wie ich die Tabletten in ein blaues Taschentuch einschlage.

»Weil du sie mir geschenkt hast«, antwortet sie und schließt schüt-zend die Hand um die Figur. »Das war das erste Versprechen, das du mir gegeben hast. Dieses hässliche alte Ding ist der Grund dafür, dass ich aufgehört habe, mich vor diesem Ort zu fürchten. Es ist der Grund dafür, dass ich aufgehört habe, mich vor dir zu fürchten.«

»Vor mir? Warum hättest du dich vor mir fürchten sollen?«, frage ich. Der Gedanke, irgendetwas könne zwischen uns kommen, ver-letzt mich zutiefst.

»Oh, Aiden«, sagt sie und schüttelt den Kopf. »Wenn wir die Sache hier richtig anfangen, dann werden sich sämtliche Insassen des Hau-ses vor dir fürchten.«

Und mit diesen Worten wird sie vom Wind davongetragen, wird durch die Bäume und hinaus auf den Rasen geweht, der den Spiegel-teich umgibt. Vielleicht liegt es ja an ihrer Jugend oder ihrem Charak-ter oder an irgendeiner seltsamen, geheimnisvollen Alchemie, die sich aus all den elenden Zutaten zusammenbraut, von denen wir um-geben sind, aber ich kann nicht die Spur eines Zweifels in ihr erken-nen. Was auch immer ihr Plan sein mag, sie scheint eine unglaubliche Zuversicht zu hegen, dass er gelingen wird. Eine recht gefährliche Zuversicht womöglich.

Von meiner Position am Waldrand aus sehe ich zu, wie sie einen großen weißen Stein aus dem Blumenbeet aufhebt, sechs Schritte ausmisst und den Stein ins Gras fallen lässt. Dann streckt sie den Arm in einem senkrechten Winkel zu ihrem Körper aus und zieht eine imaginäre Linie zu den Terrassentüren des Ballsaals. Schließlich wischt sie sich – allem Anschein nach zufrieden mit ihrem Werk – den Schlamm von den Fingern, steckt die Hände in die Manteltaschen und spaziert davon.

Aus irgendeinem Grund lost dieses kleine Schauspiel ein ungutes Gefühl in mir aus.

Ich bin freiwillig hierhergekommen, doch für Anna gilt das nicht. Der Pestdoktor hat sie aus irgendeinem Grund nach Blackheath gebracht, und ich habe nicht die geringste Ahnung, welcher Grund das sein könnte.

Wer auch immer Anna in Wahrheit ist – ich folge ihr blind.

25.

Die Schlafzimmertür ist verschlossen, und es dringt nicht das geringste Geräusch in den Flur. Ich hatte gehofft, Helena Hardcastle noch abzufangen, bevor sie sich aufmacht, um ihrem Tagewerk nachzugehen, aber es hat ganz den Anschein, als hielte die Dame des Hauses nichts von Müßiggang. Ich rüttle erneut am Türgriff und drücke das Ohr ans Holz. Doch meine Bemühungen sind ergebnislos, abgesehen von ein paar neugierigen Blicken, die mir die vorbeikommenden Gäste zuwerfen. Sie ist nicht da.

Ich bin schon im Begriff, fortzugehen, als mir ganz plötzlich ein Gedanke kommt: In das Zimmer wurde noch nicht eingebrochen. Ravencourt wird ebendiese Tür am frühen Nachmittag in einem zertrümmerten Zustand vorfinden. Also muss der Einbruch in den nächsten Stunden geschehen.

Ich bin gespannt zu sehen, wer dafür verantwortlich ist und warum diese Person unbedingt das Zimmer betreten möchte. Ursprünglich hatte ich Evelyn in Verdacht gehabt, weil sie einen der beiden Revolver bei sich hatte, die aus Helenas Sekretär gestohlen wurden, aber sie hat mich heute früh im Wald damit fast umgebracht. Wenn sich die Waffe also bereits in ihrem Besitz befindet, muss sie deswegen nicht mehr hier einbrechen.

Es sei denn, es gäbe noch etwas anderes, das sie aus diesem Zimmer braucht.

Der einzige andere Gegenstand, der ganz offenbar fehlte, war die herausgerissene Seite aus Helenas Terminkalender. Millicent war der Ansicht, Helena habe sie selbst herausgerissen, um irgendein verdächtiges Vorhaben zu vertuschen, aber die verbleibenden Seiten waren mit Cunninghams Fingerabdrücken übersät. Er hat sich geweigert, mir diesen Umstand zu erklären, und gleichzeitig abgestritten, für den Einbruch verantwortlich zu sein. Aber falls ich ihn dabei erwische, wie er die Tür mit der Schulter einrammt, wird ihm nichts anderes übrigbleiben, als alles einzugestehen.

Ich entschließe mich, es zu versuchen, begebe mich in die dunkle Ecke am anderen Ende des Flurs und beginne meine Wacht.

Schon nach fünf Minuten langweilt sich Derby fürchterlich.

Ich zapple herum, laufe rastlos hin und her. Es will mir nicht gelingen, ihn zur Ruhe zu bringen.

Da ich nicht weiß, was ich sonst tun soll, folge ich dem Duft des Frühstücksbuffets zum Salon, in der Absicht, zusammen mit einem Teller voller Essen und einem Stuhl in den Flur zurückzukehren. Hoffentlich wird das meinen Wirt für eine halbe Stunde zur Ruhe bringen. Danach werde ich mir irgendeine andere Zerstreuung für ihn einfallen lassen müssen.

Der Frühstücksraum versinkt unter der Last der bleiernen, schläfrigen Konversation, die zwischen den Wänden hin und her wabert. Die meisten Gäste sind mit einem Bein noch im Bett und verbreiten einen unangenehmen Geruch, den sie den Festivitäten des Vorabends zu verdanken haben. Schweiß und Zigarrenrauch haben sich tief in ihre Haut eingegraben, und jeder ihrer Atemzüge wird von einer dichten Alkoholfahne umrankt. Man unterhält sich leise und bewegt sich langsam. Lauter Porzellanmenschen, deren Oberfläche mit zahlreichen Sprüngen durchsetzt ist.

Ich nehme mir einen großen Teller von der Anrichte, häufe Rührei und Nierchen darauf, esse zwischendurch kurz eine Bratwurst direkt von der Anrichteplatte und wische mir dann mit dem Ärmel das Fett von den Lippen. Ich bin so in mein Tun vertieft, dass es eine ganze Weile dauert, bis mir auffällt, dass alle zu reden aufgehört haben.

Im Türrahmen ist ein vierschrötiger Kerl aufgetaucht, der seinen Blick von einem Gesicht zum nächsten gleiten lässt. Auf denjenigen Gesichtern, die sein Blick nur achtlos streift, breitet sich Erleiterung aus. Die im Raum herrschende Nervosität scheint durchaus nicht unbegründet zu sein, denn der Mann, der dort im Türrahmen steht, macht einen ziemlich brutalen Eindruck. Unter seinen schlaff herabhängenden Wangen wuchert ein rotblonder Bart, und seine Nase ist derart verstümmelt, dass sie einem in die Bratpfanne geschlagenen Spiegelei ähnelt. Ein alter, ausgefranster Anzug schafft es kaum, seine breite Gestalt zu umfassen, und auf seinen Schultern, auf denen Regentropfen glitzern, könnte man gut und gern ein ganzes Buffet servieren.

Sein Blick landet auf mir wie ein Felsbrocken.

»Mr. Stanwin möchte Sie sprechen«, sagt er.

Seine Stimme ist rau und voll scharfkantiger Konsonanten.

»Weshalb?«, frage ich.

»Das wird er Ihnen wohl selbst mitteilen.«

»Nun, überbringen Sie Mr. Stanwin mein aufrichtiges Bedauern, aber ich fürchte, ich bin im Augenblick ziemlich beschäftigt.«

»Entweder Sie gehen selbst, oder ich trage Sie«, knurrt er.

Derbys aufbrausendes Temperament kocht sofort hoch, aber es würde nichts nützen, hier eine Szene zu veranstalten. Ich kann diesen Mann nicht besiegen. Bestenfalls kann ich auf ein rasches Ende der Zusammenkunft und eine zeitige Rückkehr zu meiner Aufgabe hoffen. Und außerdem bin ich auch recht neugierig, den Grund zu erfahren, aus dem man mich zu sehen wünscht.

Ich stelle meinen vollgehäuften Teller auf die Anrichte und folge Stanwins Schläger aus dem Zimmer. Der stämmige Kerl fordert mich auf, vorauszugehen, und scheucht mich die Treppe hinauf. Oben angekommen, werde ich angewiesen, mich nach rechts zu wenden und den abgesperrten Ostflügel zu betreten. Als ich den Vorhang zur Seite schiebe, streift eine feuchte Brise mein Gesicht. Ein langgezogener Flur breitet sich vor mir aus. Türen hängen schief aus ihren Scharnieren und geben den Blick auf Prunkzimmer frei, die unter dicken Staubschichten begraben liegen und deren Himmelbetten zu kümmerlichen Ruinen zerfallen sind. Die Luft ist so abgestanden, dass sie mir beim Einatmen in der Kehle kratzt.

»Gehen Sie in das Zimmer dort drüben und warten Sie, bis Sie gerufen werden – wie es sich für einen braven kleinen Gentleman geziemt. Ich gebe Mr. Stanwin Bescheid, dass Sie hier sind«, sagt mein Begleiter und weist mit dem Kinn auf einen Raum zu meiner Linken.

Ich tue wie geheißen und betrete ein Kinderzimmer, dessen fröhliche gelbe Tapete sich in schlaff herabhängenden Bahnen von der Wand gelöst hat. Überall liegen Brettspiele und Holzspielzeuge über den Boden verstreut und unmittelbar hinter der Eingangstür wurde ein verwittertes Schaukelpferd auf seine letzte Weide geführt. Auf einem Kinderschachbrett ist ein Spiel im Gange, bei dem die weißen Figuren von den schwarzen bereits starke Verluste hinnehmen mussten.

Ich habe den Raum kaum betreten, als ich Evelyn im Zimmer nebenan schreien höre. Zum ersten Mal bewegen sich Derby und ich mit vereinten Kräften. Ich rase um die Ecke, nur um festzustellen, dass mir die Tür von dem rothaarigen Raufbold versperrt wird.

»Mr. Stanwin ist noch beschäftigt, Kumpel«, sagt er und wiegt sich auf den Fußballen hin und her, um sich warmzuhalten.

»Ich suche nach Evelyn Hardcastle. Ich habe sie schreien gehört!«, sage ich, vollkommen außer Atem.

»Das mag schon sein, aber es sieht nicht so aus, als könnten Sie viel dagegen unternehmen, stimmt's?«

Ich spähe über seine Schulter in den dahinterliegenden Raum, in der Hoffnung, einen Blick auf Evelyn zu erhaschen. Es scheint sich um eine Art Empfangszimmer zu handeln, doch es ist niemand zu sehen. Die Möbel liegen unter vergilbten Laken begraben, an deren Rändern sich schwarzer Schimmel emporrankt. Die Fenster sind mit alten Zeitungen zugeklebt, und die Wände bestehen nur noch aus verrotteten Brettern. In der gegenüberliegenden Wand befindet sich eine zweite Tür, aber diese ist verschlossen. Dahinter müssen sie sein.

Ich schaue wieder den Mann an, der vor mir steht. Er lächelt mich an und enthüllt dabei eine Reihe schiefer gelber Zähne.

»Ist noch was?«, fragt er.

»Ich muss mich vergewissern, dass es ihr gut geht.«

Ich versuche, mich an ihm vorbei zu drängen, aber das stellt sich als eine überaus törichte Idee heraus. Er wiegt dreimal so viel wie ich und ist doppelt so groß. Und was noch viel wichtiger ist: Er weiß, wie er seine Kraft einzusetzen hat. Er pflanzt mir die flache Hand auf die Brust und schiebt mich rückwärts, wobei sein Gesicht kaum die Spur einer Regung zeigt.

»Sie brauchen sich gar nicht erst zu bemühen«, sagt er. »Ich werde dafür bezahlt, hier zu stehen und sicherzustellen, dass einem braven kleinen Gentleman, wie Sie einer sind, kein Unglück geschieht und er sich nicht aus Versehen an irgendwelche Orte verirrt, an denen er nichts zu suchen hat.«

Es sind nichts als Worte und doch haben sie dieselbe Wirkung wie Kohlen in einem Schmelzofen. Mein Blut kocht. Ich versuche, einen Haken um ihn herum zu schlagen und glaube schon – ich Narr –, es sei mir gelungen, an ihm vorbeizukommen, doch im nächsten Moment werde ich am Schlafittchen gepackt, rückwärtsgezogen und der Länge nach in den Flur hinausgeschleudert.

Mit einem wütenden Knurren rappele ich mich wieder auf.

Er hat sich nicht von der Stelle gerührt. Er ist nicht einmal außer Atem. Es ist ihm vollkommen egal, was ich tue.

»Ihre Eltern haben Sie ja mit allem Möglichen überschüttet, aber Vernunft haben Sie wohl keine abgekriegt, was?«, sagt er, und das verbindliche Desinteresse, mit dem er diese Bemerkung von sich gibt, trifft mich wie ein Eimer voll kalten Wassers. »Mr. Stanwin tut ihr nichts zuleide, wenn es das ist, worüber Sie sich Sorgen machen. Sie brauchen nur ein paar Minuten zu warten, dann können Sie sie selbst fragen, wenn sie dort rauskommt.«

Wir starren uns einen Moment lang an, bis ich mich schließlich den Flur entlang trolle und mich wieder ins Kinderzimmer zurückziehe. Er hat recht, ich werde es nicht schaffen, an ihm vorbeizukommen, aber ich kann auch nicht darauf warten, dass Evelyn das Zimmer verlässt. Nach den Vorkommnissen von heute früh wird sie kein Wort mehr mit Jonathan Derby wechseln. Doch was auch immer dort hinter dieser verschlossenen Tür geschieht, könnte der Grund dafür sein, dass sie sich heute Abend das Leben nimmt.

Ich haste zur Wand hinüber und presse mein Ohr dagegen. Sollte ich die richtige Stelle getroffen haben, dann unterhält sich Evelyn gerade genau nebenan mit Stanwin und wir werden nur durch ein paar verrottete Holzbretter getrennt. Bald schon kann ich das entfernte Summen ihrer Stimmen hören, aber es ist viel zu leise, um irgendetwas verstehen zu können. Ich zücke mein Taschenmesser, schabe damit die Tapete von der Wand und stochere dann mit der Klinge zwischen den Brettern, um die Latten aus ihrer Verankerung zu lösen. Sie sind so feucht, dass sie ohne den geringsten Widerstand herausfallen und das Holz in meinen Händen auseinanderbröckelt.

»… sagen Sie ihr, sie sollte lieber keine Spielchen mit mir spielen, oder es wird euch beiden an den Kragen gehen«, sagt Stanwin, dessen Stimme sich nun durch die noch unversehrt gebliebene Isolierwand Bahn bricht.

»Sagen Sie es ihr doch selbst, ich bin nicht Ihr Laufmädchen«, entgegnet Evelyn frostig.

»Sie werden verdammt noch mal tun, was ich von Ihnen verlange, solange ich hier die Zeche zahle.«

»Ihr Ton gefällt mir nicht, Mr. Stanwin«, sagt Evelyn.

»Und mir gefällt es nicht, wenn man mich zum Narren hält, Miss Hardcastle«, sagt er, wobei er ihren Namen mehr spuckt als ausspricht. »Sie vergessen, dass ich hier fast fünfzehn Jahre lang gearbeitet habe. Ich kenne jede Ecke und jeden Winkel dieses Hauses und auch jede Person, die sich darin aufhält. Verwechseln Sie mich also nicht mit einem von diesen mit Blindheit geschlagenen gutgläubigen Idioten, mit denen Sie sich sonst umgeben.«

Sein Hass ist so dicht und zähflüssig, dass man ihn fast greifen kann – als könnte man ihn aus der Luft herauswringen und in eine Flasche füllen.

»Was ist mit dem Brief?«, fragt Evelyn leise. Von ihrer vormaligen Empörung ist nichts mehr zu hören.

»Den werde ich behalten, damit Sie auch wirklich begreifen, was unsere Vereinbarung zu bedeuten hat.«

»Sie sind eine abscheuliche Kreatur, wissen Sie das?«

Stanwin wischt die Beleidigung mit einem polternden Lachen beiseite, als würde er eine Fliege totschlagen.

»Wenigstens bin ich ehrlich«, entgegnet er. »Wie viele andere Personen, die sich in diesem Haus aufhalten, können das noch von sich behaupten? Sie dürfen jetzt gehen. Und vergessen Sie nicht, meine Nachricht weiterzuleiten.«

Ich höre, wie sich die Tür zu Stanwins Zimmer öffnet und Evelyn ein paar Sekunden später am Kinderzimmer vorbeistürmt. Ich bin versucht, ihr zu folgen, aber eine weitere Auseinandersetzung mit ihr würde mir wohl kaum etwas nützen. Außerdem hat Evelyn einen Brief erwähnt, der sich nun in Stanwins Besitz befindet. Es scheint, als wäre sie sehr begierig darauf, ihn wiederzuerlangen, und das bedeutet wiederum, dass ich unbedingt herausfinden muss, was darin steht. Wer weiß, vielleicht sind Stanwin und Derby ja gute Freunde.

»Jonathan Derby wartet im Kinderzimmer auf Sie«, höre ich den vierschrötigen Kerl zu Stanwin sagen.

»Gut«, antwortet Stanwin. Es entsteht ein scharrendes Geräusch, als eine Schublade geöffnet wird. »Ich gehe nur rasch und ziehe mich für die Jagd um, und dann knöpfen wir uns diesen schmierigen kleinen Hurensohn vor.«

Oder vielleicht auch nicht.

26.

Ich habe die Füße auf den Tisch mit dem Schachbrett gelegt, stütze das Kinn mit der Hand auf, starre das Spiel an und versuche, anhand der Aufstellung der Figuren irgendeine Strategie zu erkennen. Doch das stellt sich als unmöglich heraus. Derby ist einfach zu flatterhaft, um irgendetwas erforschen oder analysieren zu können. Seine Aufmerksamkeit wird immer wieder vom Fenster abgelenkt, von dem Staub, der durch die Luft schwebt, und von den Geräuschen, die man draußen vom Flur hört. Er kommt niemals zur Ruhe.

Daniel hatte mich schon gewarnt, dass jeder unserer Wirte eine andere Art zu denken hat, aber erst jetzt begreife ich die gesamte Tragweite dessen, was er damit gemeint hat. Bell war ein Feigling, und Ravencourt war skrupellos, aber beide hatten einen fokussierten Verstand. Das trifft auf Derby jedoch nicht zu. Die Gedanken schwirren ihm wie Schmeißfliegen durch den Kopf und verbleiben dort allenfalls lange genug, um irritierend und lästig zu sein. Keiner von ihnen lässt sich jemals nieder.

Ein Geräusch lenkt meine Aufmerksamkeit zur Tür. Ted Stanwin steht dort, löscht mit einem Schütteln seiner Hand das Streichholz aus, mit dem er sich gerade seine Pfeife angezündet hat, und sieht mich darüber hinweg prüfend an. Er ist beleibter, als ich es in Erinnerung habe, ein dicker Klotz von einem Mann, der an den Rändern auseinandergeht wie ein Stück schmelzender Butter.

»Ich hätte dich nie für einen Schachspieler gehalten, Jonathan«, sagt er und gibt währenddessen dem alten Schaukelpferd immer wieder einen Stoß, sodass es mit einem dumpfen Pochen über den Fußboden rollt.

»Ich bringe es mir gerade selbst bei«, antworte ich.

»Da tust du gut daran. Man sollte immer bemüht sein, sich weiterzubilden.«

Sein Blick bleibt eine Weile an mir hängen, gleitet dann jedoch zum Fenster hinüber. Obwohl Stanwin bisher nichts Bedrohliches gesagt oder getan hat, jagt er Derby eine gewaltige Angst ein. Mein wild pochender Pulsschlag scheint dieses Gefühl in Morsezeichen klopfen zu wollen.

Ich schaue zur Tür hinüber und mache mich bereit, loszurennen, aber dort draußen im Flur steht der vierschrötige Kerl mit verschränkten Armen gegen die Wand gelehnt. Er schenkt mir ein kurzes freundliches Nicken, als wären wir Zellengenossen in einem Gefängnis.

»Deine Mutter ist ein bisschen spät dran mit ihren Zahlungen«, sagt Stanwin und presst seine Stirn an die Fensterscheibe. »Ich hoffe, es ist alles in Ordnung?«

»Vollkommen in Ordnung«, antworte ich.

»Es täte mir leid, wenn sich das ändern sollte.«

Ich drehe mich auf meinem Stuhl um, damit ich ihm ins Gesicht sehen kann.

»Wollen Sie mir hier gerade drohen, Mr. Stanwin?«

Er wendet sich vom Fenster ab und lächelt erst dem Kerl im Flur, dann mir zu.

»Natürlich nicht, Jonathan. Ich drohe deiner Mutter. Du glaubst doch nicht etwa, dass ich nur wegen eines nichtsnutzigen kleinen Mistkerls wie dir den ganzen weiten Weg hierhergekommen bin, hm?«

Er nimmt einen Zug aus seiner Pfeife, hebt dann eine auf der Erde liegende Puppe auf und wirft sie wie beiläufig auf das Schachbrett, sodass die Figuren durch den ganzen Raum geschleudert werden. Eine blinde Wut packt mich, reißt mich an ihren Schnüren hoch wie eine Marionette und wirft mich auf ihn, aber er fängt meine Faust in der Luft ab, schleudert mich um die eigene Achse und drückt mir mit einem seiner riesigen Arme die Kehle zu.

Sein Atem streift meinen Hals, ein Geruch, so faulig wie vergammeltes Fleisch.

»Rede mit deiner Mutter, Jonathan«, spottet er und drückt meine Luftröhre so fest zusammen, dass mir schwarze Punkte in die Augenwinkel schwimmen. »Sonst könnte es sein, dass ich ihr mal einen kleinen Besuch abstatten muss.«

Er lässt seine Worte einen Moment wirken und gibt mich dann frei. Ich stürze auf die Knie, greife mir an die Kehle und ringe nach Luft.

»Du wirst noch einmal schwer auf die Nase fallen mit deinem ungezügelten Temperament«, sagt er und gestikuliert mit seiner Pfeife in meine Richtung. »Wenn ich du wäre, würde ich ja mal lernen, mich zu beherrschen. Aber keine Angst, mein Freund hier ist sehr geschickt, wenn es darum geht, den Leuten was Neues beizubringen.«

Ich starre ihn vom Boden aus wütend an, aber er hat mir schon den Rücken gekehrt und verlässt das Zimmer. Auf dem Weg in den Flur nickt er seinem Gefährten zu, der nun seinerseits den Raum betritt. Der Schläger sieht mich vollkommen emotionslos an und schält sich aus seiner Jacke.

»Steh auf, Bub«, sagt er. »Je eher wir anfangen, desto eher ist es auch vorbei.«

Irgendwie kommt er mir nun noch größer vor als vorhin. Sein Brustkorb ist ein Panzer, seine Arme scheinen aus den Nähten seines weißen Hemdes zu platzen. Eine furchtbare Angst ergreift mich, als er auf mich zukommt. Meine Finger tasten blind nach einer Waffe und finden das schwere Schachbrett, das auf dem Tisch steht.

Ohne nachzudenken schleudere ich ihm das Brett entgegen.

Die Zeit scheint stillzustehen, während das Schachbrett durch die Luft wirbelt, ein für den Flug so ganz und gar nicht geeignetes Objekt, an das sich mit verzweifelter Hoffnung meine gesamte Zukunft klammert. Offenbar hat das Schicksal eine Schwäche für mich, denn das Brett trifft ihn mit einem widerlichen Knirschen mitten ins Gesicht und schleudert ihn rückwärts gegen die Wand. Er stößt einen dumpfen Schrei aus.

Während ihm das Blut zwischen den Fingern herabrinnt, springe ich auf und rase den Flur entlang, wobei ich höre, wie Stanwins wütende Stimme hinter mir her schallt. Ein rascher Blick zurück zeigt mir, dass Stanwin mit vor Wut rot leuchtendem Gesicht vor den Empfangssaal getreten ist. Ich flüchte die Treppe hinunter und folge dem Geräusch plappernder Stimmen, das mich in den Salon führt. Der Raum hat sich in der Zwischenzeit mit zahlreichen rotäugigen Gästen gefüllt, die ihr Frühstück in sich hineinschaufeln. Doktor Dickie, der gerade schallend lacht, steht mit Michael Hardcastle und Clifford Herrington zusammen, dem Fregattenkapitän, den ich während des Abendessens kennengelert habe. Derweil ist Cunningham damit beschäftigt, riesige Mengen von Essen auf eine silberne Platte zu häufen – das Frühstück, das Ravencourt beim Aufwachen begrüßen wird.

Das plötzliche Versiegen der Gespräche kündigt Stanwins Eintreffen an, weshalb ich rasch in das Arbeitszimmer husche und mich dort hinter der Tür verstecke. Ich bin nicht weit von einem hysterischen Anfall entfernt, und mein Herz klopft so wild, als wollte es mir die Rippen zertrümmern. Ich möchte gleichzeitig lachen und weinen, möchte mir irgendeine Waffe greifen und sie Stanwin mit lautem Gebrüll an den Kopf werfen. Es bedarf sämtlicher, mir zur Verfügung stehender Konzentration, um still stehen zu bleiben, aber falls ich das nicht tue, werde ich auch diesen Wirt und einen weiteren kostbaren Tag verlieren.

Ich schiele durch den Spalt zwischen Tür und Rahmen und sehe zu, wie Stanwin auf der Suche nach mir die anwesenden Gäste an der Schulter packt und herumreißt. Sämtliche Männer machen ihm Platz, mächtige Männer, die diffuse Entschuldigungen stammeln, sobald er sich ihnen nähert. Was auch immer er für eine Macht über diese Leute hat – sie ist so groß, dass sich niemand traut, an der brutalen Art und Weise Anstoß zu nehmen, mit der er sie behandelt. Er könnte mich dort mitten auf dem Teppich zu Tode prügeln, und es würde niemand auch nur ein Wort dagegen sagen. Hier werde ich keinerlei Hilfe finden.

Etwas Kaltes berührt meine Finger, und als ich meinen Blick senke, stelle ich fest, dass sich meine Hand um eine schwere Zigaretten-schachtel geschlossen hat, die auf einem der Regale steht.

Derby bewaffnet sich.

Ich zische ihn wütend an, lasse die Schachtel los und wende meine Aufmerksamkeit wieder dem Salon zu. Fast hätte ich vor Schreck auf-geschrien.

Stanwin ist nur wenige Schritte entfernt. Und er geht direkt auf das Arbeitszimmer zu.

Ich sehe mich verzweifelt nach einem Ort um, an dem ich mich verstecken könnte, aber es gibt keinen, und ich kann auch nicht in die Bibliothek flüchten, ohne an der Tür vorbeizukommen, die zu durch-schreiten er im Begriff steht. Ich sitze in der Falle.

Also nehme ich wieder die Zigarettenschachtel in die Hand, atme tief ein und bereite mich darauf vor, mich auf ihn zu stürzen, sobald er den Raum betritt.

Niemand kommt.

Ich husche zu dem Spalt zurück und spähe wieder in den Salon hinein. Stanwin ist nirgends zu sehen.

Ich zittere und verharre in Ungewissheit. Aber Zögern und Un-schlüssigkeit ist nicht Derbys Sache, dafür fehlt ihm einfach die Ge-duld, und ehe ich mich versehe, bin ich schon um die Tür herumge-schlichen, um den Raum besser überblicken zu können.

Sofort habe ich Stanwin entdeckt.

Er wendet mir den Rücken zu und unterhält sich mit Doktor Di-ckie. Ich bin zu weit entfernt, um ihr Gespräch verstehen zu können, aber das Gesagte reicht anscheinend aus, um den guten Doktor in Höchstgeschwindigkeit aus dem Zimmer zu jagen. Wahrscheinlich ist er losgezogen, um sich um Stanwins verwundeten Leibwächter zu kümmern.

Er verfügt über Betäubungsmittel.

Die Idee ist mir ganz plötzlich und vollständig ausgereift durch den Kopf geschossen.

Ich muss nur hier rauskommen, ohne entdeckt zu werden.

Eine Stimme ruft Stanwin vom Tisch aus zu sich, und sobald er außer Sichtweite ist, lasse ich die Zigarettenschachtel fallen und renne in die Galerie. Es ist zwar ein Umweg, aber so kann ich die Eingangshalle unbemerkt erreichen.

Ich hole Doktor Dickie gerade in dem Moment ein, als er mit der Arzttasche in der Hand sein Schlafzimmer verlässt. Er lächelt, als er mich sieht, was zur Folge hat, dass dieser lächerliche Schnurrbart, den er da im Gesicht hat, gut fünf Zentimeter nach oben schnellt.

»Ah, der junge Master Jonathan«, sagt er fröhlich, als ich mich zu ihm geselle. »Ist alles in Ordnung? Du scheinst mir ein wenig außer Puste zu sein.«

»Es geht mir gut« sage ich und muss mich beeilen, um mit ihm Schritt halten zu können. »Obwohl, eigentlich nicht so richtig. Ich möchte Sie um einen Gefallen bitten.«

Er sieht mich mit zusammengekniffenen Augen an, und bei seinen nächsten Worten ist der eben noch so fröhliche Tonfall vollkommen verschwunden. »Was hast du denn jetzt wieder angestellt?«

»Der Mann, zu dessen Behandlung Sie da gerade auf dem Weg sind. Sie müssen ihn für mich betäuben.«

»Ihn betäuben? Warum zum Teufel sollte ich ihn betäuben wollen?«

»Weil er sonst meiner Mutter etwas antun wird.«

»Millicent?« Er bleibt abrupt stehen und packt mich mit erstaunlicher Kraft am Arm. »Was geht hier vor, Jonathan?«

»Sie schuldet Stanwin Geld.«

Sein Lächeln erstarrt, und sein Griff löst sich. Ohne die Jovialität, die ihn wie einen Ballon aufbläst, wirkt er wie ein müder alter Mann. Die Linien in seinem Gesicht haben sich ein wenig tiefer eingegraben, seine Sorgen sind nicht mehr ganz so gut kaschiert. Einen Moment fühle ich mich ein wenig schuldig, ihm dies anzutun, aber als mir der Blick wieder einfällt, mit dem er den Butler angesehen hat, kurz bevor er ihm die Beruhigungsspritze setzte, sind all meine Zweifel wieder wie weggeblasen.

»Aha. Er hat die liebe Millicent also im Würgegriff, ja?«, sagt er und seufzt. »Das sollte mich ja eigentlich nicht überraschen. Dieser Teufel hat gegen alle von uns irgendetwas in der Hand. Trotzdem, ich hatte gedacht, dass ...«

Er geht weiter, wenn auch langsamer als zuvor. Wir sind oben an der Treppe angekommen, die hinunter zur Eingangshalle führt. Unten flutet gerade eine eisige Kälte ins Innere, während eine Gruppe älterer Herren das Haus verlässt, um einen Spaziergang zu machen. Sie nehmen ihr Gelächter mit sich.

Ich kann Stanwin nirgends entdecken.

»Also dieser Kerl hat deine Mutter bedroht, und dann hast du ihn angegriffen, ja?«, fragt Dickie, der ganz offenbar einen Entschluss gefasst hat. Er strahlt mich an und klopft mir auf die Schulter. »Wie ich sehe, hast du ja doch etwas von deinem Vater in dir. Aber wozu soll es denn gut sein, wenn ich diesen Kerl betäube?«

»Ich brauche eine Gelegenheit, um mit meiner Mutter zu sprechen, bevor er sie in die Finger kriegt.«

Derby mag ja viele Fehler haben, aber das muss man ihm lassen: Er ist ein sehr geschickter Lügner. Ein meisterhaftes Gewebe aus Tücke und Arglist scheint auf seiner Zunge parat zu stehen und nur auf seinen Einsatz zu warten. Doktor Dickie schweigt einen Moment, wälzt die Geschichte in seinem Kopf hin und her und knetet sie sich zurecht, während wir den verlassenen Ostflügel betreten.

»Da habe ich genau das Richtige, um den Kerl für den Rest des Nachmittags ins Land der Träume zu schicken«, sagt er dann und schnipst mit den Fingern. »Du wartest hier. Ich gebe dir Bescheid, sobald ich fertig bin.«

Er strafft seine Schultern, drückt die Brust raus und marschiert auf Stanwins Schlafzimmer zu. Ein alter Krieger, dem man eine letzte Schlacht zu schlagen gab.

Im Flur bin ich leicht zu entdecken, deshalb öffne ich einfach die mir am nächsten gelegene Tür, sobald Doktor Dickie außer Sichtweite ist. Aus einem zerbrochenen Spiegel starrt mir mein eigenes

Spiegelbild entgegen. Gestern konnte ich mir nichts Schlimmeres vorstellen, als in Ravencourts Körper gefangen zu sein, aber Derby stellt eine ganz andere Art von Qual dar – ein rastloser, heimtückischer Gnom, der von einer selbstverschuldeten Tragödie zur nächsten wieselt. Ich kann es kaum erwarten, ihn loszuwerden.

Zehn Minuten später höre ich, wie draußen die Fußbodendielen knarren.

»Jonathan«, flüstert Doktor Dickie. »Jonathan, wo bist du?«

»Hier«, antworte ich und stecke den Kopf aus der Tür.

Er ist bereits an dem Zimmer vorbeigelaufen, aus dem ich nun trete, und fährt beim Klang meiner Stimme zusammen.

»Immer hübsch vorsichtig, junger Mann, sonst bleibt am Ende noch die gute alte Pumpe stehen«, sagt er und klopft sich auf die Brust. »Zerberus schläft und wird das auch für den Großteil des restlichen Tages tun. Ich gehe jetzt und berichte Mr. Stanwin, wie meine Prognose für den Patienten lautet. Ich schlage vor, du nutzt diese Zeit, um dich irgendwo zu verstecken, wo er dich nicht findet. Wie wär's mit Argentinien? Viel Glück!«

Er steht stramm und salutiert zackig. Ich werfe ihm ebenfalls einen militärischen Gruß zu und verdiene mir damit ein weiteres Schulterklopfen. Dann flaniert der Arzt den Flur hinunter, wobei er vollkommen unmelodisch vor sich hin pfeift.

Ich glaube fast, ich habe ihm mit dieser Geschichte eine diebische Freude bereitet, allerdings habe ich natürlich keineswegs vor, mich jetzt zu verstecken. Doktor Dickie wird Stanwin wenigstens ein paar Minuten ablenken, was mir wiederum die Gelegenheit verschafft, seine Habseligkeiten nach Evelyns Brief zu durchsuchen.

Ich durchquere den Empfangsraum, in dem Stanwins Leibwächter eben noch Wache gestanden hatte, und öffne die Tür, die in das Zimmer des Erpressers führt. Es ist ein ziemlich trostloser Ort. Die nackten Fußbodendielen werden nur dürftig von einem verschlissenen Teppich bedeckt, und an der Wand steht ein einzelnes Bett mit Eisengestell, an dessen Rost hartnäckig weiße Farbflecken kleben. Der

einzige Komfort, den das Zimmer zu bieten hat, besteht in einem ver-
hungernden, Asche spuckenden Feuer und einem kleinen Nachttisch, auf dem zwei zerfledderte Bücher liegen. Wie versprochen
finde ich Stanwins Leibwächter schlafend im Bett. Wie er so daliegt,
erinnert er irgendwie an eine monströse Marionette, der sämtliche
Schnüre gekappt wurden. Aus seinem unter einem dicken Verband
begrabenen Gesicht tönt ein lautstarkes Schnarchen, und seine Finger
zucken unruhig. Vielleicht träumt er ja gerade davon, mir den Hals
umzudrehen.

Während ich mit einem Ohr auf Stanwins Rückkehr lausche, öffne
ich rasch den Schrank und durchsuche die Taschen seiner Jacken und
Hosen. Doch ich finde nichts als Flusen und Mottenkugeln. Auch sein
Koffer enthält keinen einzigen persönlichen Gegenstand. Der Mann
scheint vollkommen unempfänglich für jedwede Gemütsregung zu
sein.

Frustriert werfe ich einen Blick auf die Uhr.

Ich bin schon viel zu lange hier, länger als ich das gefahrlos hätte tun
können, aber Derby lässt sich nicht so leicht abschrecken. Mein Wirt
ist äußerst bewandert, was Betrug und Arglist anbelangt. Er kennt
Männer wie Stanwin und auch die Geheimnisse, die sie verbergen.
Der Erpresser hätte den luxuriösesten Raum im ganzen Haus haben
können, wenn er es denn gewollt hätte, aber er hat es vorgezogen, sich
in diese Ruine zurückzuziehen. Er ist paranoid und durchtrieben. Was
auch immer er für Geheimnisse haben mag, er würde sie niemals mit
sich herumtragen – erst recht nicht, wenn er von Feinden umgeben ist.

Sie müssen hier irgendwo sein. Versteckt und gut bewacht.

Mein Blick fällt auf den Kamin und auf die kraftlosen, kümmerlichen Flammen, die darin flackern. Seltsam, wenn man bedenkt, wie
kalt es in diesem Zimmer ist. Ich knie mich auf die Erde, stecke einen
Arm in den Schornstein, taste die Wand ab und entdecke eine schmale
Ablagefläche. Meine suchenden Finger schließen sich um ein Buch.
Ich ziehe es heraus und stelle fest, dass es sich um ein kleines schwarzes Notizbuch handelt, dessen Einband die Spuren fortwährender

Misshandlung trägt. Stanwin hat das Feuer mit Absicht niedrig gehalten, um seinen kostbaren Schatz nicht zu versengen.

Rasch durchblättere ich die zerfledderten Seiten und entdecke, dass es sich um eine Art Geschäftsbuch handelt. Es enthält eine Liste von Daten, die neunzehn Jahre lang zurückreichen. Neben jedem Datum steht ein Eintrag in einer seltsamen Symbolschrift.

Es muss sich um so etwas wie einen Geheimcode handeln.

Evelyns Brief steckt zwischen den letzten beiden Seiten.

Liebste Evelyn,

Mr. Stanwin hat mir von Deiner misslichen Lage berichtet, und ich kann Deine Besorgnis sehr gut nachvollziehen. Das Verhalten Deiner Mutter ist zweifellos äußerst bedenklich, und Du tust gut daran, Dich vor ihr und den Ränken, die sie schmiedet, in Acht zu nehmen – wie auch immer diese aussehen mögen. Ich bin bereit, Dir jederzeit zu Hilfe zu eilen, möchte mich jedoch keinesfalls allein auf Mr. Stanwins Wort verlassen. Ich brauche schon einen Beweis, dass Du auch tatsächlich in dieser Angelegenheit tätig werden möchtest. Auf den Fotografien in den Gesellschaftsseiten der Tageszeitungen habe ich Dich oft einen Siegelring tragen sehen, dessen Gravur eine kleine Burg darstellt. Schicke mir diesen Ring, und ich werde wissen, dass es Dir mit dieser Sache ernst ist.

Herzliche Grüße,

Felicity Maddox

Es sieht ganz so aus, als hätte die clevere Evelyn ihr Schicksal doch nicht so wehrlos hingenommen, wie ich es zunächst angenommen hatte. Sie hat jemanden namens Felicity Maddox um Hilfe gebeten. Die Beschreibung der Gravur mit der kleinen Burg erinnert mich an das Symbol, das jemand auf den Zettel im Brunnen gemalt hat. Es könnte eine Art Unterschrift gewesen sein. Und das würde wiederum bedeuten, dass die Nachricht »Halte Dich von Millicent Derby fern« von Felicity stammt.

Der Leibwächter schnarcht.

Da mir der Brief im Moment keine weiteren Informationen zu bieten hat, stecke ich ihn wieder in das Geschäftsbuch und lasse beides in meiner Hosentasche verschwinden.

»Dem Himmel sei Dank, dass es so hinterlistige Köpfe wie den meinen gibt«, murmele ich triumphierend, während ich das Zimmer verlasse.

»Wie recht du hast«, sagt jemand hinter mir.

Im nächsten Moment explodiert ein höllischer Schmerz in meinem Kopf, und ich schlage mit voller Wucht auf dem Boden auf.

DER ZWEITE TAG (FORTSETZUNG)

27.

Ich huste Blut. Rote Tropfen besudeln mein Kopfkissen. Ich bin wieder zurück im Butler, und als ich mit dem Kopf hochzucke, empört sich mein geplagter Körper in einem stummen schmerzerfüllten Schrei. Neben mir, auf Annas Stuhl, sitzt der Pestdoktor, ein Bein über das andere geschlagen, den Zylinder im Schoß. Er trommelt ungeduldig mit den Fingern auf die Hutkrempe, hört aber damit auf, als er bemerkt, dass ich aufgewacht bin.

»Willkommen zurück, Mr. Bishop«, sagt er durch die Maske hindurch mit dumpfer Stimme.

Ich starre ihn abwesend an. Mein Husten lässt nach, und während ich allmählich wieder Luft bekomme, setze ich mir nach und nach ein Muster des heutigen Tages zusammen. Als ich das erste Mal in diesem Körper aufwachte, war es früher Morgen. Da habe ich erst die Haustür für Bell geöffnet und wurde dann von Gold angegriffen, als ich auf der Suche nach Antworten die Treppe hinaufrannte. Das zweite Mal war kaum eine Viertelstunde später, als ich mit Anna zusammen in der Kutsche zum Pförtnerhaus gebracht wurde. Es muss wohl gegen Mittag gewesen sein, als ich dann das nächste Mal aufgewacht bin und wir uns einander zum ersten Mal richtig vorgestellt haben. Dem Licht draußen vor dem Fenster nach zu urteilen ist es jetzt früher Nachmittag. Das ergibt durchaus Sinn. Anna hat mir gesagt, ich würde in jedem meiner Wirte einen ganzen Tag verbringen, aber ich hatte nicht damit gerechnet, dass ich einen dieser Tage in so vielen einzelnen Bruchstücken erleben würde.

Es kommt mir wie ein grausamer Scherz vor.

Man hat mir acht Wille versprochen, um dieses Rätsel aufzuklären, und ich scheine sie auch zu bekommen – nur, dass Bell ein Feigling war, der Butler halb zu Tode geprügelt wurde, Donald Davies die Flucht ergriffen hat, Ravencourt sich kaum von der Stelle bewegen konnte und Derby nicht in der Lage ist, einen einzigen Gedanken festzuhalten.

Es ist ganz so, als hätte man mich aufgefordert, ein Loch zu graben, und mir zu diesem Zweck statt eines Spatens lauter wild durcheinanderschwirrende Spatzen in die Hand gedrückt.

Der Pestdoktor rutscht auf seinem Stuhl vor und beugt sich zu mir herab. Seine Kleider verströmen einen modrigen Geruch, so wie etwas, das man eine Ewigkeit, ohne es jemals zu lüften, auf dem Speicher vergessen hat.

»Bei unserer letzten Unterhaltung waren wir beide recht schroff«, sagt er. »Deshalb dachte ich, Sie könnten mir jetzt einmal in Ruhe von Ihren Fortschritten berichten. Haben Sie herausgefunden ...«

»Warum musste es ausgerechnet dieser Körper sein?«, unterbreche ich ihn und stöhne auf, als mir ein stechender Schmerz in die Seite fährt. »Warum wurde ich überhaupt an einen von diesen Körpern gefesselt? Ravencourt konnte keine zwei Schritte gehen, ohne erschöpft in sich zusammenzubrechen, der Butler ist außer Gefecht gesetzt, und Derby ist ein Monster. Wenn Sie wirklich möchten, dass ich aus Blackheath entkomme, warum haben Sie mir dann so unglaublich schlechte Karten zugeteilt? Es muss doch bessere Alternativen geben.«

»Es mag vielleicht fähigere Personen geben, aber diese Männer stehen alle mit Evelyns Mord in irgendeinem Zusammenhang«, antwortet er. »Was wiederum heißt, dass sie es auch am ehesten vermögen, Ihnen bei seiner Aufklärung behilflich zu sein.«

»Sind sie denn alle Verdächtige?«

»Zeugen wäre wohl eine treffendere Bezeichnung.«

Ein heftiges Gähnen packt und schüttelt mich. Die Energie, die mich eben noch kurz durchströmt hat, verflüchtigt sich bereits wieder. Doktor Dickie muss mir noch eine weitere Beruhigungsspritze gegeben haben. Ich habe das Gefühl, als würde ich von den Füßen aufwärts aus diesem Körper herausgepresst wie aus einer Tube.

»Und wer entscheidet über die Reihenfolge?«, frage ich. »Warum bin ich zuerst als Bell aufgewacht und heute dann als Derby? Kann ich irgendwie im Voraus erkennen, wer ich als Nächstes sein werde?«

Der Pestdoktor lehnt sich zurück, legt die Finger zu einem spitzen Dach zusammen und neigt den Kopf. Es ist ein langes Schweigen. Ein Schweigen, in dem er mancherlei neu zu bewerten und zu überdenken scheint. Ob er über die Schlüsse, die er dabei zieht, erfreut oder verärgert ist, kann ich unmöglich sagen.

»Warum stellen Sie all diese Fragen?«, fragt er schließlich.

»Neugier«, antworte ich. Und als er darauf nicht reagiert, füge ich hinzu: »Und ich hoffe, dass mir die Antworten, die Sie mir geben, einen Vorteil verschaffen können.«

Er lässt ein kurzes beifälliges Grunzen ertönen.

»Es ist schön zu sehen, dass Sie diese Aufgabe endlich ernst nehmen«, sagt er. »Also gut. Normalerweise würden Sie in Ihren Wirten in der Reihenfolge ankommen, in der sie den Tag über aufwachen. Doch glücklicherweise für Sie habe ich mich ein wenig in die Sache eingemischt.«

»Eingemischt?«

»Wir haben diesen Tanz schon viele Male zuvor getanzt, Sie und ich, öfter als ich mich entsinnen kann – immer wieder denselben Zyklus. Ein ums andere Mal habe ich Ihnen die Aufgabe erteilt, Evelyn Hardcastles Mord aufzuklären, und immer ist dieses Unterfangen am Ende gescheitert. Zunächst glaubte ich, die Verantwortung für dieses Scheitern würde allein auf Ihren Schultern lasten, doch dann gelangte ich nach und nach zu der Erkenntnis, dass dabei auch die Reihenfolge der Wirte eine Rolle spielt. Donald Davies zum Beispiel wacht früh um 3:19 Uhr auf, weshalb er eigentlich auch Ihr erster Wirt sein sollte. Doch das funktioniert nicht, weil sein Leben so viele attraktive und verlockende Facetten hat. Er verfügt über zahlreiche gute Freunde im Haus, über Familie gar – Dinge, zu denen Sie auch später während des gesamten Zyklus immer wieder zurückkehren wollen, statt nach einem Ausweg zu suchen. Ich habe daher den Ablauf geändert und Sebastian Bell zu Ihrem ersten Wirt gemacht«, sagt er, während er sich das Hosenbein hochzieht, um sich kurz am Knöchel zu kratzen.»Lord Ravencourt hingegen wacht erst um 10:30 Uhr auf. Das bedeutet, dass Sie ihn eigentlich erst sehr viel später im Zyklus hätten besuchen sollen, zu einem Zeitpunkt, an dem Eile von höchster Wichtigkeit ist, und nicht ein kühler Verstand.«

Ich kann den Stolz in seiner Stimme hören. Er klingt wie ein Uhrmacher, der ein paar Schritte zurückgetreten ist, um das Uhrwerk zu bewundern, das er gerade gebaut hat.»Bei jedem neuen Zyklus habe ich andere Möglichkeiten ausprobiert und diese Art von Entscheidung für jeden einzelnen Ihrer Wirte getroffen. Und schließlich bin ich dann bei der Reihenfolge angekommen, die Sie gegenwärtig erleben«, fährt er fort, während er mit einer großmütigen Geste die Hände ausbreitet.»Ich bin davon überzeugt, dass Ihnen diese Reihenfolge beim Lösen des Rätsels die besten Aussichten auf Erfolg gewährt.«

»Und warum bin ich dann nicht zu Donald Davies zurückgekehrt, so wie ich immer wieder zu diesem Butler hier zurückkehre?«

»Weil Sie ihn fast acht Stunden lang die endlose Straße in Richtung Dorf hinunter gehetzt haben und er vollkommen erschöpft ist«, antwortet der Pestdoktor, während der Hauch eines Tadels in seiner Stimme mitschwingt.»Gegenwärtig schläft er tief und fest und wird dies auch weiterhin tun, und zwar« – er wirft einen Blick auf die Uhr – »bis 21:38 Uhr. Bis dahin werden Sie weiterhin zwischen dem Butler und Ihren übrigen Wirten hin- und hergezogen werden.«

Im Flur knarzen die Holzdielen. Ich spiele mit dem Gedanken, nach Anna zu rufen – ein Vorhaben, das sich auf meinem Gesicht abgezeichnet haben muss, denn der Pestdoktor schnalzt missbilligend mit der Zunge.

»Kommen Sie schon. Halten Sie mich etwa für so ungeschickt?«, sagt er dann.»Anna ist schon vor einer ganzen Weile fortgegangen, um sich mit Lord Ravencourt zu treffen. Glauben Sie mir, ich kenne die Abläufe an diesem Ort ebenso gut wie ein Theaterregisseur die Auftritte seiner Schauspieler. Wenn ich auch nur den geringsten Verdacht gehabt hätte, dass wir unterbrochen werden könnten, wäre ich nicht hier.«

Ich komme mir wie ein lästiges Ärgernis vor, als wäre ich in seinen Augen ein ungezogenes Schulkind, das ein ums andere Mal ins Büro des Direktors gerufen werden muss. Fast schon keiner Schelte mehr wert.

Erneut werde ich von einem Gähnen geschüttelt, ein langes und lautes Gähnen. Dumpfer Nebel steigt mir in den Kopf.

»Wir haben noch ein paar Minuten, in denen wir uns unterhalten können, bevor Sie wieder einschlafen«, sagt der Pestdoktor und legt seine behandschuhten Hände zusammen, sodass das Leder ein quietschendes Geräusch von sich gibt. »Wenn Sie noch irgendwelche Fragen an mich haben, dann wäre jetzt der richtige Zeitpunkt, sie zu stellen.«

»Warum ist Anna auf Blackheath?«, frage ich rasch. »Sie haben gesagt, ich hätte selbst die Entscheidung getroffen, hierherzukommen – im Gegensatz zu meinen Rivalen. Das bedeutet, dass Anna gegen ihren Willen hierhergebracht wurde. Warum tun Sie ihr das an?«

»Sie können jede Frage stellen außer dieser«, sagt er. »Freiwillig nach Blackheath zu kommen, bringt gewisse Vorteile mit sich. Es gibt aber auch Nachteile, Dinge, die Ihre Rivalen instinktiv begreifen, Sie aber nicht. Ich bin hier, um diese Lücken zu füllen. Mehr nicht. Also, wie laufen nun die Ermittlungen zu Evelyn Hardcastles Mord?«

»Warum der ganze Aufwand? Sie ist doch nur eine einzelne junge Frau«, sage ich müde und muss kämpfen, um die Augen offen zu halten. Das Beruhigungsmittel hat mich mit warmen Händen gepackt und zieht und zerrt an mir. »Inwiefern ist ihr Tod all das hier wert?«

»Ich könnte Ihnen dieselbe Frage stellen«, entgegnet er. »Sie scheuen keine Mühe, um Miss Hardcastle zu retten, trotz zahlreicher Beweise, die daraufhin deuten, dass dies ein ganz und gar unmögliches Unterfangen ist. Weshalb?«

»Ich kann nicht zusehen, wie sie stirbt, ohne etwas dagegen zu unternehmen«, antworte ich.

»Das ist sehr edel von Ihnen«, sagt er und legt erneut den Kopf schief. »Dann lassen Sie mich in gleicher Weise antworten. Miss Hardcastles Mord ist niemals aufgeklärt worden, und ich bin der Ansicht, dass so etwas nicht zugelassen werden darf. Beantwortet das Ihre Frage?«

»Menschen werden jeden Tag ermordet«, widerspreche ich. »Nur ein einziges Unrecht aus der Welt zu schaffen kann unmöglich der Grund für diese ganze Geschichte sein.«

»Ein exzellenter Einwand«, sagt er und klatscht beifällig in die Hände. »Aber wer sagt Ihnen, dass es nicht hunderte von Menschen gibt, die genau wie Sie nach Gerechtigkeit für all diese anderen Seelen trachten?«

»Und? Gibt es sie?«

»Wohl eher nicht. Aber es ist ein schöner Gedanke, nicht wahr?«

Ich merke, wie es mich immer mehr Mühe kostet, ihm zuzuhören, spüre, wie schwer mir die Augenlider werden und wie sich das Zimmer um mich herum aufzulösen beginnt.

»Wir haben nicht mehr viel Zeit, fürchte ich«, sagt der Pestdoktor. »Ich sollte …«

»Warten Sie … ich muss … warum haben Sie …« Meine Worte werden zu Schlamm, der sich zähflüssig durch meinen Mund wälzt. »Sie haben mich … Sie haben mich gefragt … meine Erinnerung …«

Mit einem lauten Rascheln seiner Gewänder erhebt sich der Pestdoktor von seinem Stuhl, holt ein Glas Wasser von der Anrichte und schleudert mir dessen Inhalt ins Gesicht. Das Wasser ist eiskalt. Mein Körper bäumt sich auf, als wäre eine Peitsche auf ihn niedergesaust, und ich werde in mich selbst zurückgezogen.

»Verzeihen Sie, das war höchst ungebührlich«, sagt er und starrt das leere Glas an. Sein Vorgehen hat ihn offenbar selbst überrascht. »Normalerweise lasse ich Sie in diesem Moment einschlafen, aber … nun, ich bin neugierig geworden.« Ganz langsam stellt er das Glas wieder ab. »Was wollten Sie mich fragen? Bitte wählen Sie Ihre Worte mit Bedacht, sie könnten von entscheidender Bedeutung sein.«

Das Wasser brennt mir in den Augen und tropft von meinen Lippen herab, und ein großer nasser Fleck breitet sich auf meinem Baumwollnachthemd aus.

»Als wir uns das erste Mal begegneten, haben Sie mich gefragt, woran ich mich erinnerte, als ich als Sebastian Bell aufwachte«, sage ich. »Warum ist das von Belang?«

»Jedes Mal, wenn Sie scheitern, löschen wir Ihr Gedächtnis und beginnen den Zyklus wieder von vorn, aber es gelingt Ihnen jedes Mal, an etwas Wichtigem festzuhalten, an einem Indiz, wenn Sie so möchten«, sagt er und tupft mir mit einem Taschentuch das Wasser von der Stirn. »Dieses Mal war es Annas Name.«

»Sie haben geantwortet, das sei ein Jammer«, sage ich.

»Das ist es auch.«

»Warum?«

»Zusammen mit der Reihenfolge Ihrer Wirte hat der Gegenstand, an den zu erinnern Sie sich entschieden haben, eine beträchtliche Auswirkung darauf, mit was für einem Ergebnis der Zyklus endet. Hätten Sie sich an den Lakaien erinnert, dann wären Sie sofort losgezogen, um ihn zu jagen. Das wäre wenigstens von Nutzen gewesen. Stattdessen haben Sie sich an Anna gefesselt – und somit an einen Ihrer Gegenspieler.«

»Sie ist meine Freundin«, entgegne ich.

»Auf Blackheath hat niemand Freunde, Mr. Bishop. Und wenn Sie das noch nicht begriffen haben, dann fürchte ich, dass es für Sie wahrscheinlich keine Hoffnung auf Erfolg gibt.«

»Können wir …« Das Beruhigungsmittel zieht mich wieder in die Tiefe. »Können wir beide entkommen?«

»Nein«, antwortet er, faltet sein feuchtes Taschentuch zusammen und steckt es sich wieder in die Tasche. »Ein Ausweg für eine Antwort.

So funktioniert das hier. Um elf Uhr wird einer von Ihnen zum See kommen und mir den Namen des Mörders nennen, und diese Person wird dann gehen dürfen. Sie werden sich entscheiden müssen, um welche Person es sich dabei handeln soll.«

Er zieht seine goldene Taschenuhr aus der Brusttasche und schaut nach, wie spät es ist.

»Die Zeit läuft uns davon, und ich muss dem mir vorgezeichneten Ablauf folgen«, sagt er und holt sich seinen Gehstock, den er neben der Tür abgestellt hatte. »Normalerweise bleibe ich bei diesen Fragen unparteiisch, aber es gibt da etwas, das Sie wissen sollten, bevor Sie über Ihren eigenen Edelmut stolpern. Anna erinnert sich von dem vorherigen Zyklus an mehr als sie Ihnen gegenüber zugegeben hat.«

Seine behandschuhte Hand hebt mein Kinn hoch, und sein Gesicht ist so nah an dem meinen, dass ich ihn durch die Maske atmen hören kann. Er hat blaue Augen. Alte, traurige blaue Augen.

»Sie wird Sie verraten.«

Ich öffne den Mund, um zu protestieren, aber meine Zunge ist zu schwer, um sich noch bewegen zu können. Das Letzte, was ich sehe, ist der Pestdoktor, wie er die Tür öffnet und das Zimmer verlässt. Ein großer, gebeugter Schatten, der die Welt mit sich nimmt.

DER FÜNFTE TAG (FORTSETZUNG)

28.

Das Leben pocht gegen meine Augenlider.

Ich blinzle, einmal, zweimal, aber es schmerzt mich zu sehr, die Augen offen zu halten. Mein Kopf ist eine zerschmetterte Eierschale. Ein Geräusch irgendwo zwischen Stöhnen und Wimmern entfährt meiner Kehle, wie das leise Röcheln eines Tieres, das in die Falle gegangen ist. Ich versuche, mich aufzurichten, aber der Schmerz ist ein Ozean, der in meinem Schädel hin und her brandet. Ich habe nicht die Kraft, den Kopf zu heben.

Zeit vergeht. Ich kann unmöglich sagen, wie viel. Es ist nicht diese Art von Zeit. Ich sehe zu, wie sich mein Bauch hebt und senkt, und sobald ich mich davon überzeugt habe, dass er das auch ohne mein Zutun schafft, hieve ich mich in eine sitzende Position hoch und lehne mich gegen die Wand, von der der Putz abbröckelt. Zu meiner Bestürzung muss ich feststellen, dass ich mich wieder in Jonathan Derbys Körper auf dem Boden des Kinderzimmers befinde. Um mich herum liegen die Scherben einer zerbrochenen Vase verteilt, an denen sich noch Teile meiner Kopfhaut befinden. Jemand muss mir von hinten eins übergebraten haben, als ich aus Stanwins Schlafzimmer gekommen bin, und mich dann hierher geschleift haben, um mich vor neugierigen Blicken zu schützen.

Der Brief, du Narr!

Meine Hand zuckt zu meiner Hosentasche hinauf und sucht dort nach Felicitys Brief und nach dem Geschäftsbuch, das ich Stanwin gestohlen habe. Doch beides ist fort, ebenso wie der Schlüssel zu Bells Koffer. Das Einzige, was mir noch geblieben ist, sind die beiden in ein blaues Taschentuch eingewickelten Kopfschmerztabletten, die Anna mir gab.

Sie wird Sie verraten.

Könnte das hier ihr Werk gewesen sein? Die Warnung des Pestdoktors hätte deutlicher nicht sein können, aber ein Feind würde doch gewiss nicht ein solches Gefühl der Wärme, solch ein Gefühl der Seelenverwandtschaft in mir auslösen? Vielleicht stimmt es ja, dass Anna sich an mehr Einzelheiten aus unserem vorherigen Zyklus erinnern kann, als sie zugeben will, aber falls das, was sie weiß, uns unweigerlich zu Feinden machen würde, warum sollte ich mich dann entscheiden, ihren Namen von einem Leben zum nächsten mühsam mit mir zu zerren, in dem Wissen, dass ich diesem Namen dann hinterherjagen würde wie ein Hund einem brennenden Stöckchen? Nein, falls wirklich ein Verrat im Gange ist, dann sind das vielmehr die von mir gegebenen leeren Versprechungen – und das ist ein Fehler, der sich durchaus wieder beheben lässt. Ich muss nur den richtigen Weg finden, um Anna die Wahrheit zu sagen.

Ich schlucke die Tabletten ohne einen Tropfen Wasser hinunter, kralle mich mit den Fingern in die Wand, um mich hochzuziehen, und wanke in Stanwins Schlafzimmer hinüber.

Der Leibwächter liegt immer noch bewusstlos auf dem Bett. Draußen hinter dem Fenster schwindet bereits das Tageslicht. Ich werfe einen Blick auf die Uhr und stelle fest, dass es sechs Uhr abends ist, was bedeutet, dass sich die Jagdgesellschaft, Stanwin inbegriffen, wahrscheinlich bereits auf dem Rückweg befindet. Wer weiß, vielleicht überqueren sie ja in diesem Moment die Wiese oder steigen schon die Treppe hinauf.

Ich muss sofort dieses Zimmer verlassen, bevor der Erpresser zurückkehrt.

Trotz der Tabletten, die ich genommen habe, fühle ich mich vollkommen benebelt. Die Welt rutscht unter mir weg, während ich in kopfloser Hast durch den Ostflügel renne, die Vorhänge zur Seite schiebe und auf dem Treppenabsatz oberhalb der Eingangshalle ankomme. Jeder Schritt ist ein Kampf, bis ich schließlich durch Doktor Dickies Tür falle und mich fast auf seinen Fußboden übergebe. Sein Zimmer ist mit allen anderen auf diesem Flur identisch. An einer Wand steht ein Himmelbett, und hinter dem Wandschirm gegenüber befinden sich eine Badewanne und ein Waschbecken. Im Gegensatz zu Bell hat Doktor Dickie es sich hier jedoch recht heimelig eingerichtet. Fotografien seiner Enkel sind über den ganzen Raum verteilt, und an einer der Wände hängt ein Kreuz. Er hat sogar einen kleinen Teppich ausgerollt, vermutlich, um seinen nackten Füßen am frühen Morgen den kalten Fußboden zu ersparen.

Eine derartige Vertrautheit mit dem eigenen Ich kommt mir wie ein Wunder vor, und ich erwische mich dabei, wie ich fassungslos Dickies Habseligkeiten anstarre und dabei sogar für einen Moment meine Verletzungen vergesse. Während ich eines der Bilder seiner Enkel in die Hand nehme, frage ich mich zum ersten Mal, ob auch ich eine Familie habe, die jenseits der Mauern von Blackheath auf mich wartet. Habe ich Eltern oder Kinder? Freunde, die mich vermissen?

Das Geräusch von Schritten auf dem Flur lässt mich zusammenfahren, sodass ich das Familienfoto versehentlich auf den Nachttisch fallen lasse und dabei das Glas zerbreche, in das es eingefasst ist. Die Schritte gehen zum Glück vorüber, aber jetzt, da ich mir der Gefahr bewusst geworden bin, bewege ich mich rascher.

Dickie hat seine Arzttasche unters Bett geschoben. Ich kippe ihren gesamten Inhalt auf die Matratze, sodass Flaschen, Scheren, Injektionsspritzen und Verbandsmaterial wild durcheinanderpurzeln. Der letzte Gegenstand, den die Tasche preisgibt, ist eine King-James-Bibel, die auf die Erde fällt und mit aufgeschlagenen Seiten liegenbleibt. Genau wie in dem Exemplar in Sebastian Bells Schlafzimmer sind auch hier gewisse Wörter und Absätze mit roter Tinte unterstrichen.

Es ist ein Geheimcode.

Ein wölfisches Grinsen breitet sich auf Derbys Gesicht aus. Ein Gauner erkennt den anderen. Wenn ich eine Vermutung anstellen müsste, dann würde ich sagen, dass Dickie ein stiller Teilhaber in Bells Drogenhandel ist. Kein Wunder, dass er sich so um das Wohlergehen des guten Doktors sorgte. Er hatte Angst davor, was dieser wohl ausplaudern würde.

Ich schnaube verächtlich. Doch es ist nur ein weiteres Geheimnis in einem Haus, das von Geheimnissen geradezu überquillt, und auch keines, das mich am heutigen Tag zu interessieren hat.

Ich greife mir das Verbandszeug und die Flasche mit Jod aus dem bunten Haufen, der auf dem Bett liegt, nehme alles mit zum Waschbecken hinüber und beginne damit, mich selbst zu verarzten.

Man kann nicht gerade behaupten, dass es eine feinfühlige Operation wird.

Jedes Mal, wenn ich einen Splitter herausziehe, rinnt mir das Blut zwischen den Fingern herab übers Gesicht und tropft von meinem Kinn ins Waschbecken. Vor Schmerz treten mir die Tränen in die Augen und verschleiern meinen Blick. Fast eine halbe Stunde lang schrumpft die Welt zu einem brennenden, verschwommenen Fleck zusammen, während ich meinen porzellangespickten Scheitel auseinandernehme. Mein einziger Trost besteht darin, dass Jonathan Derby unter dieser Tortur wahrscheinlich genauso sehr zu leiden hat wie ich.

Als ich sicher bin, dass ich jede einzelne Scherbe entfernt habe, verbinde ich mir den Kopf mit Mullbinden. Schließlich stecke ich die Bandagen mit einer Sicherheitsnadel fest und betrachte mein Werk im Spiegel.

Der Verband macht keinen schlechten Eindruck. Ich hingegen sehe furchtbar aus.

Mein Gesicht ist bleich, meine Augen sind eingesunken. Mein Hemd ist über und über mit Blut besudelt, weshalb mir nichts anderes übrigbleibt, als es auszuziehen und nur noch im Unterhemd dazustehen. Ich bin in Stücke geschlagen. Aus allen Fugen geraten. Ich kann geradezu spüren, wie ich mich auflöse.

»Was zum Teufel!«, brüllt Doktor Dickie von der Türschwelle.

Ganz offensichtlich ist er gerade von der Jagd zurückgekehrt. Er ist von oben bis unten durchnässt, zittert am ganzen Körper, und seine Gesichtsfarbe ist ebenso grau wie die Asche im Kamin. Sogar sein Schnurrbart lässt traurig seine Enden herabhängen.

Ich folge seinem fassungslos durch den Raum schweifenden Blick und sehe die Verwüstung mit seinen Augen. Das Foto seiner Enkel ist zersprungen und blutverschmiert, seine Bibel achtlos zu Boden geworfen, genau wie seine Arzttasche, deren Inhalt auf dem Bett verstreut liegt. Das Waschbecken ist mit blutigem Wasser gefüllt, mein blutverschmiertes Hemd liegt in seiner Badewanne. Sein eigener Operationssaal dürfte nach einer Amputation auch nicht viel schlimmer aussehen.

Als er mich dort in meinem Unterhemd stehen sieht, während mir ein Ende des Verbands lose in die Stirn fällt, verwandelt sich der Schock auf seinem Gesicht in Wut.

»Was hast du getan, Jonathan?«, brüllt er mich an, wobei seine Stimme vor Zorn immer lauter wird.

»Es tut mir leid, ich wusste nicht, wo ich sonst hingehen sollte«, sage ich panisch. »Nachdem Sie gegangen waren, habe ich Stanwins Zimmer durchsucht, weil ich dachte, ich würde vielleicht etwas entdecken, was meiner Mutter irgendwie helfen könnte, und da habe ich ein Geschäftsbuch gefunden.«

»Ein Geschäftsbuch?«, krächzt er mit erstickter Stimme. »Du hast ihm etwas gestohlen? Du musst das sofort zurückbringen. Jetzt sofort, Jonathan!«, brüllt er, als er sieht, dass ich zögere.

»Das kann ich nicht, ich wurde überfallen. Jemand hat mir eine Vase auf dem Schädel zertrümmert und das Buch gestohlen. Ich habe heftig geblutet, und der Leibwächter konnte jeden Moment aufwachen, also bin ich hierhergekommen.«

Das Ende meiner Geschichte geht in einer entsetzlichen Stille unter. Doktor Dickie stellt das Foto seiner Enkel wieder aufrecht hin, sammelt dann mit langsamen Handgriffen alles wieder in seine Arzttasche ein und schiebt diese schließlich zurück unters Bett.

Er bewegt sich, als hätte man ihn in Ketten gelegt und als müsse er nun die Last meiner Geheimnisse mit sich herumschleppen.

»Es ist meine Schuld«, brummt er. »Ich wusste, dass man dir kein Vertrauen schenken darf, aber die Zuneigung, die ich für deine Mutter hege ...«

Er schüttelt den Kopf, schiebt mich zur Badewanne hinüber und bedeutet mir, mein Hemd einzusammeln. In jeder seiner Bewegungen liegt eine solche Resignation, dass es mir Angst einjagt.

»Ich wollte nicht ...«, hebe ich an.

»Du hast mich benutzt, um Ted Stanwin zu bestehlen«, sagt er leise und hält währenddessen mit beiden Händen die Kante der Anrichte umklammert. »Einen Mann, der mich mit einem einzigen Schnipsen seiner Finger zu Grunde richten kann.«

»Es tut mir leid«, sage ich.

Er fährt plötzlich herum und starrt mich mit einer derart heftigen Wut an, dass sie fast mit Händen zu greifen ist.

»Diese Worte sind aus deinem Mund nichts mehr wert! Damals, nachdem wir diese Geschichte in Enderleigh House vertuscht haben, hast du exakt dasselbe gesagt. Und genauso auch in Little Hampton. Weißt du noch? Und jetzt erwartest du von mir, dass ich diese leere, unaufrichtige Entschuldigung auch noch schlucke?«

Mit hochrot angelaufenen Wangen packt er mein Hemd und presst es mir gegen den Oberkörper. In seinen Augen stehen die Tränen. »Wie vielen Frauen hast du dich aufgezwungen? Kannst du dich überhaupt noch erinnern? Wie oft hast du weinend in den Armen deiner Mutter gelegen und sie angefleht, die Geschichte wieder in Ordnung zu bringen, wie oft hast du versprochen, so etwas nie wieder zu tun, wohlwissend, dass du es doch wieder tun würdest? Und jetzt stehst du schon wieder da und machst dasselbe mit mir – dem dämlichen alten Doktor Dickie. Nun, ich habe genug, ich ertrage das nicht mehr. Seit dem Tage, da ich dich auf die Welt brachte, hast du ihr Angesicht vergiftet und bist nichts als eine Pest und eine Plage gewesen.«

Ich mache einen flehentlichen Schritt auf ihn zu, doch in diesem

Moment zieht er eine silberne Pistole aus der Tasche und hält sie seitlich am Körper, ohne sie jedoch zu erheben. Dabei sieht er mich nicht einmal mehr an.

»Mach, dass du hier rauskommst, Jonathan, oder, bei Gott, ich werde dich erschießen.«

Die Pistole immer im Blick gehe ich rückwärts aus dem Zimmer, schließe die Tür hinter mir und trete in den Flur hinaus.

Mein Herz klopft wie wild.

Doktor Dickies Pistole ist dieselbe, mit der sich Evelyn heute Abend das Leben nehmen wird. Er hält die Mordwaffe in der Hand.

29.

Ich kann unmöglich sagen, wie lange ich dort vor dem Spiegel in meinem Schlafzimmer stehe und Jonathan Derby anstarre. Ich suche nach dem Mann, der in ihm steckt, nach irgendeinem Anzeichen für mein wahres Gesicht.

Ich will, dass Derby seinem Henker in die Augen schaut.

Whisky fließt mir die Kehle hinunter und zieht eine warme Spur durch meinen Körper. Die Flasche, die ich aus dem Salon geplündert habe, ist bereits zur Hälfte leer. Ich habe mir das Zeug eingeflößt, damit meine Hände aufhören zu zittern, denn schließlich brauche ich sie, um mir eine Fliege zu binden. Doktor Dickies Worte haben nur bestätigt, was ich ohnehin schon wusste. Derby ist ein Monster, dessen Verbrechen mit dem Geld seiner Mutter reingewaschen werden. Es gibt keine Gerechtigkeit, die diesen Mann ereilen könnte, kein Gerichtsverfahren, keinerlei Strafe. Wenn er für das, was er getan hat, bezahlen soll, dann muss ich ihn selbst an den Galgen liefern. Und genau das habe ich vor.

Aber zunächst werden wir Evelyn Hardcastles Leben retten.

Mein Blick fällt auf Doktor Dickies silberne Pistole, die harmlos auf einem Sessel liegt, wie eine Fliege, die man mit einer Klatsche aus der Luft geschlagen hat. Es war geradezu erschreckend leicht, sie zu stehlen. Ich brauchte nur einen der Diener mit einem erfundenen Notfall zu Dickie zu schicken, um den Arzt für einen Moment aus seinem Zimmer zu locken. Kaum war er fort, bin ich hineingeschlüpft und habe mir die Pistole von seinem Nachttisch genommen. Ich habe es diesem Tag schon viel zu lange erlaubt, mir seine Bedingungen aufzuzwingen. Damit ist es jetzt vorbei. Wenn jemand Evelyn mit dieser Pistole ermorden will, dann nur über meine Leiche. Zum Teufel mit den Rätseln des Pestdoktors! Ich traue ihm nicht und werde nicht tatenlos danebenstehen, während sich direkt vor meinen Augen entsetzliche Dinge abspielen. Es ist an der Zeit, dass Jonathan Derby endlich einmal etwas Gutes tut auf Erden.

Ich lasse mir die Pistole in die Jackentasche gleiten, nehme einen letzten Schluck Whisky, trete in den Flur hinaus und folge den übrigen Gästen zum Abendessen. Im Gegensatz zu ihren Manieren ist der Geschmack dieser Leute tadellos. Abendroben geben den Blick auf nackte Rücken frei, und auf vornehm blasser Haut prangt glitzernder Schmuck. Die Apathie, die eben noch herrschte, ist wie weggeblasen, und alle Gäste sind plötzlich von verschwenderischem Charme erfüllt. Jetzt, da der Abend mit seinen Zerstreuungen ruft, sind sie endlich wieder zum Leben erwacht.

Wie immer halte ich unter den an mir vorüberziehenden Gesichtern danach Ausschau, ob sich möglicherweise der Lakai unter ihnen befindet. Sein Besuch ist bereits seit Langem überfällig, und je mehr sich dieser Tag in die Länge zieht, desto sicherer bin ich, dass mich etwas Fürchterliches erwartet. Wenigstens wird es ein fairer Kampf werden. Derby hat nur sehr wenige rühmliche Eigenschaften, aber seine Wut macht ihn zu einem gefährlichen Gegner. Ich habe es kaum geschafft, ihn im Zaum zu halten, und mag mir nicht vorstellen, wie sich sein Gegner fühlt, wenn Derby sich mit wildem, ungezügeltem Hass auf ihn stürzt.

In der Eingangshalle steht Michael Hardcastle mit einem niemals nachlassenden, wie aufgemalten Lächeln und begrüßt die Gäste, die die Treppe herunterkommen, als sei er bei jeder einzelnen dieser erbärmlichen Gestalten ehrlich erfreut, sie zu sehen. Ich hatte eigentlich vorgehabt, ihn über die geheimnisvolle Felicity Maddox auszufragen, und auch über den Zettel im Brunnen, aber das muss bis später warten. Zwischen uns türmt sich eine undurchdringliche Wand aus Taft und gestärkten Frackhemden auf.

Leise plätschernde Klaviermusik lockt mich durch die Menge hindurch in die langgestreckte Galerie, in der sich die Gäste mit ihren

Drinks die Zeit vertreiben, während die Dienerschaft nebenan auf der anderen Seite den Speisesaal für das Mahl vorbereitet. Ich nehme mir einen Whisky von einem der Tabletts, die an mir vorüberziehen, und halte nach Millicent Ausschau. Ich hatte gehofft, Derby könne ihr Adé sagen, doch sie ist nirgends zu sehen. Tatsächlich ist die einzige Person, die ich wiedererkenne, Sebastian Bell, der in diesem Moment quer durch die Eingangshalle trottet, offenbar auf dem Weg zu seinem Zimmer.

Ich halte eines der Dienstmädchen auf und frage sie nach Helena Hardcastle, in der Hoffnung, die Dame des Hauses könne vielleicht irgendwo in der Nähe sein, aber sie ist noch nicht in Erscheinung getreten. Das heißt, dass sie schon den ganzen Tag niemand zu Gesicht bekommen hat. Und das kann man nicht einfach nur mehr als Abwesenheit bezeichnen – es bedeutet vielmehr, dass sie ganz offiziell als verschwunden gelten muss. Es kann kein Zufall sein, dass Lady Hardcastle an dem Tag, an dem ihre Tochter stirbt, nirgendwo aufzufinden ist, obwohl ich unmöglich sagen kann, ob man sie als Verdächtige oder als Opfer betrachten sollte. Doch das werde ich herausfinden, so oder so.

Mein Glas ist leer, und mein Kopf fühlt sich allmählich benebelt an. Ich bin von lautem Gelächter und lebhaften Gesprächen umgeben, stehe inmitten von Menschen, die miteinander befreundet oder ineinander verliebt sind. All diese gute Laune führt dazu, dass eine altvertraute Bitterkeit in Derby hochsteigt. Ich kann seinen Ekel spüren, seine Verachtung. Er hasst diese Menschen. Er hasst die ganze Welt. Er hasst sich selbst.

Diener huschen mit ihren silbernen Tabletts an mir vorbei. Evelyns letzte Mahlzeit, die in einer prächtigen Prozession aufgetragen wird.

Warum hat sie keine Angst?

Ich kann sie von hier aus lachen hören. Sie mischt sich unter die anderen Gäste, als lägen all ihre Tage noch vor ihr. Doch als Ravencourt heute früh eine Gefahr erwähnte, die ihr drohe, wusste sie offenbar schon längst darüber Bescheid.

Ich stelle mein Glas ab, durchquere die Eingangshalle und betrete den Flur, der zu Evelyns Schlafzimmer führt. Wenn es überhaupt irgendwelche Antworten gibt, dann werde ich sie vielleicht dort finden.

Jenseits der Eingangshalle hat man die Lampendochte zu schwachen, winzigen Flammen heruntergedreht. Es ist still hier und bedrückend, ein vergessener Winkel am Ende der Welt. Ich habe den Flur schon halb durchquert, als ich einen roten Farbtupfer entdecke, der sich aus den dunklen Schatten löst und auf mich zu kommt.

Die Livree eines Lakaien.

Er versperrt mir den Weg.

Ich erstarre. Dann werfe ich rasch einen Blick zurück, um zu überprüfen, ob ich es bis zur Eingangshalle schaffen kann, bevor er mich erreicht. Die Chancen stehen schlecht. Ich bin nicht einmal sicher, ob meine Beine mir gehorchen würden, wenn ich ihnen befehle, sich in Bewegung zu setzen.

»Verzeihung, Sir«, sagt eine vergnügte Stimme. Der Lakai tritt einen Schritt näher. Jetzt sehe ich, dass er nichts weiter als ein kleiner drahtiger Junge ist, der nicht älter als dreizehn Jahre sein kann, mit Pickeln und einem nervösen Lächeln. »Verzeihung«, wiederholt er nach einer Weile, und ich begreife, dass ich ihm im Weg stehe. Ich murmele eine Entschuldigung, lasse ihn vorbeigehen und stoße dann explosionsartig meinen Atem aus.

Der Lakai hat es geschafft, mir eine solche Angst einzujagen, dass die bloße Andeutung seiner Gegenwart schon genügt, um mich vollständig zu lähmen – selbst im Körper von Derby – einem Mann, der sogar die Sonne verprügeln würde, weil sie es gewagt hat, ihm den Pelz zu verbrennen. Lag das vielleicht genau in der Absicht des Lakaien? Hat er deshalb Bell und Ravencourt nur verhöhnt, statt sie direkt umzubringen? Wenn er so weitermacht, dann hat er bei meinem nächsten Wirt so leichtes Spiel, dass er ihn ganz ohne Gegenwehr zur Strecke bringen kann.

Ich bin auf dem besten Wege, mir den Spitznamen »Kaninchen«, den er mir gegeben hat, redlich zu verdienen.

Vorsichtig gehe ich weiter bis zu Evelyns Schlafzimmer, muss dort jedoch feststellen, dass die Tür verschlossen ist. Als ich anklopfe, wird nicht geöffnet. Aber da ich nicht gewillt bin, wieder abzuziehen, ohne irgendeinen Lohn für meine Mühe vorweisen zu können, trete ich einen Schritt zurück und schicke mich an, mit der Schulter die Tür einzurammen. Doch genau in diesem Moment fällt mir auf, dass sich die Tür zu Helenas Schlafzimmer exakt an der gleichen Stelle befindet wie die Tür, die zu Ravencourts Salon führt. Ich stecke kurz meinen Kopf in beide Zimmer und stelle fest, dass ihre Ausmaße identisch sind. Das legt nahe, dass Evelyns Schlafzimmer früher einmal ein privater Salon war. Und falls dem so ist, dann gibt es von Helenas Zimmer aus eine Verbindungstür, was wiederum sehr nützlich für mich ist, da das Schloss zu ihrem Zimmer seit heute früh kaputt ist.

Meine Vermutung stellt sich als richtig heraus: Die Verbindungstür ist hinter einem reichverzierten Gobelin verborgen, der an der Wand hängt. Glücklicherweise ist sie unverschlossen, sodass ich in Evelyns Zimmer hinüberhuschen kann.

Bei dem gebrochenen Verhältnis, das sie zu ihren Eltern hat, wäre ich kaum überrascht gewesen, wenn man sie in einer Besenkammer statt in einem Schlafzimmer untergebracht hätte. Doch ihr Zimmer ist recht bequem, wenn auch bescheiden eingerichtet, mit einem Himmelbett in der Mitte und einer Badewanne und einer Waschschüssel, die hinter einem an einer Schiene angebrachten Vorhang stehen. Offenbar hat sie es der Zofe schon seit längerer Zeit nicht mehr erlaubt, den Raum zu betreten. Die Badewanne ist mit eiskaltem schmutzigem Wasser gefüllt, zahlreiche Handtücher liegen in einem durchnässten Haufen auf dem Boden, und neben ein paar zusammengeknüllten, mit Schminke verschmierten Papiertüchern entdecke ich eine achtlos auf den Frisiertisch geworfene Halskette. Die Vorhänge sind zugezogen, im Kamin stapeln sich die Holzscheite, und in allen vier Ecken stehen Öllampen, deren flackernder Schein zusammen mit dem Kaminfeuer die Dunkelheit ein wenig in Schach zu halten vermag.

Ich zittere vor Begeisterung. Derby ist so aufgeregt, in Evelyns private Gemächer eingedrungen zu sein, dass mir eine warmglühende Röte durch den ganzen Körper steigt. Ich kann spüren, wie meine Seele vor diesem Wirt zurückschaudert. Gleichzeitig jedoch kann ich kaum an mich halten, während ich in Evelyns Habseligkeiten herumstöbere, auf der Suche nach irgendwelchen Antworten auf die Frage, warum es sie später am heutigen Abend mit der Pistole in der Hand zum Spiegelteich treibt. Man kann nicht gerade behaupten, dass sie ein besonders ordentlicher Mensch wäre. Ihre Kleider sind wahllos in den Schrank gestopft, wo auch immer sie gerade hineinpassen, und in den Schubladen liegt ein wildes, verworrenes Durcheinander aus Modeschmuck, alten Schals und Tüchern. Es ist keinerlei System zu erkennen, keine Ordnung, kein Anzeichen dafür, dass sie die Dienstmädchen auch nur in die Nähe ihrer Besitztümer lässt. Wie auch immer ihre Geheimnisse aussehen mögen, sie versteckt sie auf jeden Fall vor mehr Menschen als nur vor mir allein.

Ich erwische mich dabei, wie ich eine Seidenbluse streiche, starre meine eigene Hand stirnrunzelnd an und begreife dann, dass nicht ich es bin, der sich nach dieser Berührung sehnt, sondern er.

Es ist Derby.

Mit einem Schrei ziehe ich meine Hand zurück und schlage mit einem lauten Knall den Schrank zu.

Ich kann sein Verlangen spüren. Wenn es nach ihm ginge, dann läge ich jetzt auf den Knien, würde mich wie ein Tier durch Evelyns Sachen wühlen und ihren Duft durch die Nase einsaugen. Er ist eine Bestie. Und für eine Sekunde lang hatte er die Kontrolle über mich.

Ich wische mir die Schweißtropfen des Begehrens von der Stirn und atme tief ein, um mich zu sammeln. Dann fahre ich mit meiner Suche fort.

Ich verenge meine Konzentration zu einer scharfen, kompromisslosen Spitze und halte meine Gedanken fest, um ihm nicht die kleinste Lücke zu bieten, durch die er hindurchkriechen könnte. Doch trotz all dieser Bemühungen bleibt meine Suche ergebnislos. Der einzige Gegenstand von Interesse ist ein altes Sammelalbum, in dem Evelyn Erinnerungsstücke aus ihrer Vergangenheit zusammengetragen hat: ein alter Briefwechsel zwischen ihr selbst und Michael, Fotos aus ihrer Kindheit, Gedichtfragmente und Träumereien aus der Zeit ihres Heranwachsens. Alles zusammen zeichnet es das Bild einer sehr einsamen jungen Frau, die ihren Bruder sehr geliebt hat und ihn nun auf das Schmerzlichste vermisst.

Ich schließe das Notizbuch, schiebe es wieder unter das Bett, verlasse den Raum so lautlos, wie ich gekommen bin, und zerre den sich heftig wehrenden, wild um sich schlagenden Derby mit mir fort.

30.

Ich sitze in einer dunklen Ecke der Eingangshalle und habe meinen Sessel so zurechtgerückt, dass ich direkte Sicht auf Evelyns Schlafzimmertür habe. Das Abendessen ist bereits im Gange, aber Evelyn wird in drei Stunden tot sein, und ich bin fest entschlossen, jeden einzelnen Schritt zu verfolgen, den sie auf dem Weg zum Spiegelteich zurücklegen wird.

Eine solche Geduld wäre normalerweise undenkbar für meinen Wirt, aber ich habe entdeckt, dass er gerne raucht, was auch deshalb praktisch ist, weil es mich leicht benommen macht. Das lässt das Krebsgeschwür, als das sich Derby in meinen Gedanken breitgemacht hat, abstumpfen – ein willkommener Bonus dieser von ihm geerbten Angewohnheit, mit dem ich nicht gerechnet hatte.

»Sie halten sich alle bereit. Sie brauchen nur Bescheid zu geben, sobald Sie sie brauchen«, sagt Cunningham, der plötzlich in dem Nebel aufgetaucht ist, der mich einhüllt, und nun neben meinem Sessel kauert.

Auf seinem Gesicht liegt ein zufriedenes Grinsen, das ich mir nicht im Geringsten erklären kann.

»Wer hält sich bereit?«, frage ich und sehe ihn an.

Das Grinsen verschwindet und stattdessen breitet sich eine heftige Verlegenheit auf seinem Gesicht aus. Er springt hastig auf die Füße.

»Bitte verzeihen Sie, Mr. Derby, ich hatte Sie für jemand anderen gehalten«, stößt er hervor.

»Ich *bin* jemand anderes, Cunningham. Ich bin es, Aiden. Aber ich habe trotz allem keinen blassen Schimmer, wovon Sie da gerade sprechen.«

»Sie hatten mich gebeten, ein paar Leute zusammenzutrommeln«, sagt er.

»Nein, das habe ich nicht.«

Unsere Gesichter geben fast spiegelgleich die Verwirrung des jeweils anderen wieder. Cunninghams Züge sehen genauso verknotet aus wie sich mein Gehirn anfühlt.

»Es tut mir leid, er hat gesagt, Sie würden verstehen«, sagt Cunningham nun.

»Wer hat das gesagt?«

Ein Geräusch lässt mich zur Eingangshalle herumfahren, und ich sehe Evelyn über den marmornen Fußboden flüchten, während sie in ihre vors Gesicht geschlagenen Hände schluchzt.

»Nehmen Sie das, ich muss los«, sagt Cunningham und drückt mir ein Stück Papier in die Hand, auf dem die Worte »Von allen« stehen.

»Warten Sie! Ich weiß nicht, was das heißen soll!«, rufe ich ihm nach, aber es ist zu spät, er ist bereits verschwunden.

Ich würde ihm ja hinterherrennen, aber in diesem Augenblick kommt Michael auf der Suche nach Evelyn in die Eingangshalle gelaufen, und sie ist schließlich der Grund, warum ich hier bin. Dies sind die Augenblicke, die mir fehlen – der Grund, warum Evelyn aus der mutigen, liebenswürdigen Frau, die ich als Bell kennengelernt habe, zu dem ziellos umherirrenden, selbstmörderischen Wesen wird, das sich am Spiegelteich das Leben nimmt.

»Evie, Evie, bleib doch hier! Sag mir, was ich tun kann«, ruft Michael, der sie am Ellbogen festzuhalten versucht.

Sie schüttelt den Kopf. Die Tränen, die in ihren Augen stehen, funkeln im Kerzenlicht mit den blitzenden Diamanten in ihren Haaren um die Wette.

»Ich will nur ...« Ihr versagt die Stimme. »Ich muss unbedingt ...«

Sie schüttelt den Kopf, reißt sich von ihm los und flüchtet an mir vorbei zu ihrem Schlafzimmer. Dort hantiert sie ein paar Sekunden vergeblich mit dem Schlüssel, bevor es ihr gelingt, ihn ins Schloss zu stecken, woraufhin sie ins Zimmer schlüpft und die Tür hinter sich zuknallt. Michael sieht ihr niedergeschlagen zu und greift sich dann ein Glas Portwein von dem Tablett, das Madeline gerade in Richtung Speisesaal trägt.

Er leert es in einem einzigen Zug aus, und seine Wangen röten sich.

Dann nimmt er der Zofe das Tablett aus der Hand und bedeutet ihr mit einem Wink, zu Evelyns Schlafzimmer zu gehen.

»Ich übernehme das hier schon, kümmere du dich um deine Herrin«, befiehlt er ihr.

Seine großspurige Geste wird jedoch durch die unmittelbar darauffolgende Verwirrung wieder zunichte gemacht, die ihn ergreift, als er zu entscheiden versucht, was er mit den dreißig Gläsern voll Sherry, Portwein und Brandy anfangen soll, die er nun in Händen hält.

Ich sehe von meinem Sessel aus zu, wie Madeline an Evelyns Tür klopft. Mit jeder neuerlichen, flehentlichen Beschwörung, die keine Beachtung findet, wächst die Verzweiflung der armen Zofe. Schließlich kehrt sie in die Eingangshalle zurück, wo Michael sich immer noch vergeblich nach einem Ort umsieht, an dem er das Tablett abstellen kann.

»Ich fürchte, Mademoiselle ist ...« Madeline macht eine verzagte Handbewegung.

»Schon gut, Madeline«, sagt Michael müde. »Es war ein schwieriger Tag für sie. Lass sie einfach für eine Weile in Ruhe. Sie wird dich sicherlich rufen, sobald sie dich braucht.«

Madeline bleibt einen Moment lang zögernd stehen und sieht zu Evelyns Schlafzimmertür hinüber, aber dann tut sie, wie geheißen, und geht die Dienstbotentreppe zur Küche hinunter.

Als Michael sich wieder nach allen Seiten nach einem Ort umsieht, wo er das Tablett abstellen kann, entdeckt er mich, wie ich dort in der Ecke sitze und ihn beobachte.

»Ich muss ja wie ein ziemlicher Idiot aussehen«, sagt er und wird rot.

»Eher wie ein Kellner, der nichts von seinem Beruf versteht«, gebe ich unverblümt zurück. »Ich nehme an, das Abendessen hat nicht den gewünschten Verlauf genommen?«

»Es ist diese Geschichte mit Ravencourt«, antwortet er und stellt das gefährlich schwankende Tablett auf der gepolsterten Lehne eines Sessels ab. »Hättest du noch eine von diesen Zigaretten übrig?«

Ich erhebe mich aus dem Nebel, reiche ihm eine und brenne sie ihm an. »Muss sie ihn denn wirklich heiraten?«, frage ich dann.

»Wir sind fast bankrott, alter Freund«, seufzt er und nimmt einen langen Zug. »Vater hat jede ertragslose Plantage und jede taub gewordene Mine im gesamten britischen Empire gekauft. Ich schätze, es dauert noch so etwa ein oder zwei Jahre und dann stehen wir mit vollkommen leeren Händen da.«

»Aber ich dachte, Evelyn und deine Eltern hätten sich entfremdet? Warum sollte sie sich dann bereit erklären, diese Sache durchzuziehen?«

»Meinetwegen«, sagt er und schüttelt den Kopf. »Meine Eltern haben gedroht, mich zu enterben, falls sie ihnen nicht gehorcht. Ich würde mich ja geschmeichelt fühlen, wenn ich wegen dieser ganzen Geschichte nicht so fürchterliche Schuldgefühle hätte.«

»Es muss doch einen anderen Weg geben.«

»Vater hat den ein oder zwei Banken, die sich noch ein wenig von seinem Titel beeindrucken ließen, jeden einzelnen Pfennig abgerungen, der sich noch aus ihnen herausquetschen ließ. Wenn wir dieses Geld nicht bekommen, dann … wenn ich ehrlich bin, weiß ich nicht, was passieren wird, aber wir werden auf jeden Fall bettelarm sein. Und ich weiß genau, dass wir in dieser Rolle ein jämmerliches Bild abgeben werden.«

»Das tun die meisten Menschen«, sage ich.

»Na, wenigstens haben die dann Übung darin«, entgegnet er und klopft Asche auf den Marmorfußboden. »Warum hast du denn da einen Verband an deinem Kopf?«

Verlegen berühre ich den Verband mit meiner Hand. Fast hatte ich ihn vergessen.

»Ich bin mit Stanwin aneinandergeraten«, sage ich. »Ich habe gehört, wie er sich mit Evelyn über jemanden namens Felicity Maddox gestritten hat, und habe versucht, ihr zu Hilfe zu eilen.«

»Felicity?«, fragt er, und an seinem Gesichtsausdruck wird deutlich, dass er diesen Namen kennt.

»Du kennst sie?«

Er schweigt einen Moment, nimmt einen tiefen Zug von seiner Zigarette und atmet dann langsam aus.

»Eine alte Freundin meiner Schwester«, sagt er dann. »Ich kann mir nicht erklären, warum die beiden sich über diese Frau streiten sollten. Evelyn hat sie schon seit Jahren nicht mehr gesehen.«

»Sie ist hier auf Blackheath«, sage ich. »Sie hat am Brunnen eine Nachricht für Evelyn hinterlassen.«

»Bist du sicher?«, fragt er skeptisch. »Sie stand nicht auf der Gästeliste, und Evelyn hat kein Wort darüber zu mir gesagt.«

Wir werden von einem Geräusch am Eingang der Halle unterbrochen. Doktor Dickie kommt auf mich zugeeilt, legt mir die Hand auf die Schulter und beugt sich zu meinem Ohr herab.

»Es ist deine Mutter«, flüstert er. »Du musst sofort mitkommen.«

Was auch immer passiert ist, es ist schrecklich genug, dass er die heftige Abneigung, die er mir gegenüber hegt, zumindest zeitweilig begraben hat.

Ich entschuldige mich bei Michael und eile dem Doktor hinterher. Meine Angst wächst mit jedem Schritt, bis er mich schließlich in ihr Schlafzimmer führt.

Das Fenster steht offen, und ein Windstoß streckt seine eisigen Finger nach dem Kerzenlicht aus, das den Raum notdürftig erhellt. Meine Augen brauchen einen Moment, um sich an das Halbdunkel zu gewöhnen, aber schließlich entdecke ich sie. Millicent liegt auf der Seite des Bettes, die sie immer benutzt hat, mit geschlossenen Augen und regloser Brust, als sei sie nur für ein kurzes Schläfchen unter die Decke gekrochen. Sie hatte bereits damit begonnen, sich fürs Abendessen anzukleiden. Ihre normalerweise so wild abstehenden grauen

Haare sind glattgekämmt und hochgesteckt, sodass sie ihr nicht mehr ins Gesicht fallen.

»Es tut mir leid, Jonathan, ich weiß, wie nahe ihr euch standet«, sagt Doktor Dickie.

Eine tiefe Trauer presst mir das Herz zusammen. Ganz gleich, wie oft ich mir selbst sage, dass diese Frau nicht meine Mutter war – es gelingt mir nicht, das Gefühl abzuschütteln.

Meine Tränen kommen plötzlich und lautlos. Zitternd setze ich mich in den Holzstuhl, der neben dem Bett steht, und ergreife ihre immer noch warme Hand.

»Es war ein Herzanfall«, sagt Doktor Dickie mit schmerzerfüllter Stimme. »Es muss ganz plötzlich passiert sein.«

Er steht auf der anderen Seite des Bettes, und auf seinem Gesicht zeichnen sich ebenso heftige Gefühle ab wie auf meinem. Er wischt sich eine Träne aus dem Auge und schließt das Fenster, um den kalten Luftstrom auszusperren. Sofort stehen die Kerzen stramm, und das Licht im Raum verdichtet sich zu einem warmen goldenen Leuchten.

»Kann ich sie warnen?«, frage ich und denke an all die Dinge, die ich morgen richtigstellen könnte.

Eine Sekunde lang sieht er verwirrt aus, aber dann schreibt er die Frage ganz offenbar meinem Gram zu und antwortet mir mit gütiger Stimme.

»Nein«, sagt er und schüttelt den Kopf. »Du hättest sie nicht warnen können.«

»Was, wenn ich …«

»Ihre Zeit war ganz einfach gekommen, Jonathan«, sagt er sanft.

Ich nicke, mehr bringe ich nicht fertig. Er bleibt noch ein Weilchen bei mir und hüllt mich in Worte ein, die ich weder höre, noch spüre. Meine Trauer ist ein bodenloser Abgrund. Es bleibt mir nichts übrig, als hinabzustürzen und zu hoffen, dass ich irgendwann auf dem Grund aufschlage. Doch je tiefer ich falle, desto mehr begreife ich, dass ich nicht einzig und allein um Millicent Derby weine. Es ist noch etwas anderes dort unten, etwas, das zu Aiden gehört. Ein rohes, verzweifeltes Gefühl, voller Trauer und Wut, das in meinem tiefsten Innern brennt. Derbys Kummer hat es freigelegt, aber so sehr ich mich auch anstrenge, es will mir einfach nicht gelingen, es aus dem tiefen Dunkel an die Oberfläche zu zerren.

Lass es dort vergraben.

»Wie bitte?«

Es ist ein Teil von dir. Und jetzt lass davon ab.

Ein Klopfen an der Tür schreckt mich auf, und als ich auf die Uhr schaue, stelle ich fest, dass mehr als eine Stunde vergangen ist. Von dem Arzt ist keine Spur mehr zu sehen. Er muss gegangen sein, ohne dass ich es gemerkt habe.

Evelyn steckt den Kopf ins Zimmer. Ihr Gesicht ist blass, und ihre Wangen sind rot vor Kälte. Sie trägt immer noch das blaue Abendkleid, obwohl es ein paar Knitterfalten davongetragen hat, seit ich sie zum letzten Mal gesehen habe. Das Diadem lugt aus einer der Taschen ihres langen beigefarbenen Mantels hervor, und ihre Gummistiefel ziehen eine Spur aus Schlamm und Blättern über den Fußboden. Sie muss eben erst von ihrem Ausflug zum Friedhof zurückgekehrt sein, den sie zusammen mit Bell unternommen hat.

»Evelyn ...«

Ich will weitersprechen, doch die Worte werden von meinem Kummer ertränkt.

Evelyn sieht sich um, fügt die einzelnen Bruchstücke dieses Augenblicks gedanklich zu einem logischen Ganzen zusammen, schüttelt dann missbilligend den Kopf, betritt das Zimmer und nimmt direkten Kurs auf die Whiskyflasche, die auf der Anrichte steht. Das Glas hat kaum meine Lippen berührt, da kippt sie es schon nach oben und zwingt mich, seinen gesamten Inhalt mit einem Schluck zu leeren.

Ein Würgen steigt mir in die Kehle, und der Whisky rinnt mir am Kinn herab. Ich stoße das Glas fort.

»Warum hast du ...«

»Nun, in deinem gegenwärtigen Zustand bist du mir ja wohl kaum eine Hilfe«, sagt sie.

»Eine Hilfe?«

Sie betrachtet mich eingehend, als wollte sie mich in Gedanken nach allen Seiten drehen und wenden.

Dann reicht sie mir ein Taschentuch.

»Hier, wisch dir das Kinn ab, du siehst grauenhaft aus«, sagt sie. »Ich fürchte, so etwas wie Trauer steht deinem arroganten Gesicht nicht.«

»Wie …«

»Es ist eine lange Geschichte«, sagt sie. »Und ich fürchte, wir sind ziemlich in Zeitnot.«

Ich sitze stumm da, versuche verzweifelt zu begreifen, was hier vor sich geht, und wünsche mir Ravencourts klar arbeitenden Verstand herbei. Es ist so viel passiert, so vieles, das ich mir nicht zusammenreimen kann. Ich hatte ohnehin schon das Gefühl, als würde ich all diese Anhaltspunkte durch eine vollkommen beschlagene Lupe anstarren, und jetzt kommt auch noch Evelyn hinzu, die in diesem Augenblick seelenruhig ein Laken über Millicents Gesicht zieht. So sehr ich mich auch anstrenge, ich komme einfach nicht mehr mit.

Ihr plötzlicher Kummerausbruch während des Abendessens war ganz offensichtlich gespielt, denn von der lähmenden Trauer, die sie da befallen zu haben schien, ist jetzt nicht mehr die geringste Spur zu erkennen. Ihre Augen sind hell und klar, und ihre Stimme klingt nachdenklich.

»Also bin ich nicht die Einzige, die heute Abend stirbt«, sagt sie und streicht der alten Dame über die Haare. »Was für ein Elend.«

Vor Schock fällt mir das Glas aus der Hand.

»Du weißt Bescheid? Über …«

»Den Spiegelteich, ja. Seltsame Geschichte, nicht wahr?«

Ihr Tonfall hat etwas Träumerisches, als würde sie gerade von etwas reden, das ihr irgendwann einmal jemand erzählt und das sie schon halb vergessen hat. Ich würde ja vermuten, ihr Verstand sei vielleicht unter der Last des Geschehens in sich zusammengebrochen, wäre da nicht die Schärfe, die in ihren Worten liegt.

»Du scheinst diese Neuigkeit ja recht gelassen aufzunehmen«, sage ich vorsichtig.

»Nun, du hättest mich mal heute früh sehen sollen. Ich war so wütend, dass ich am liebsten ein paar Löcher in die Wand getreten hätte.«

Evelyn streicht mit der Hand an der Kante des Frisiertisches entlang, öffnet Millicents Schmuckschatulle und berührt den mit Perlen besetzten Griff ihrer Haarbürste. Fast könnte man ihr Tun als begehrlich bezeichnen, wenn es nicht von einem ebenso großen Ausmaß der Ehrerbietung gekennzeichnet wäre.

»Wer will deinen Tod, Evelyn?«, frage ich. Ihr seltsames Verhalten ist mir unheimlich.

»Ich weiß es nicht«, antwortet sie. »Als ich heute Morgen aufwachte, hatte jemand einen Brief unter meiner Tür durchgeschoben. Er enthielt sehr genaue Anweisungen.«

»Aber du weißt nicht, wer ihn geschrieben hat?«

»Constable Rashton hat eine Theorie, aber er will sie offenbar noch für sich behalten.«

»Rashton?«

»Dein Freund? Er hat mir erzählt, du würdest ihm bei den Ermittlungen helfen.« Jedes ihrer Worte trieft geradezu vor Zweifel und Widerwille, aber ich bin zu neugierig geworden, um es persönlich zu nehmen. Könnte dieser Rashton ein weiterer Wirt sein? Vielleicht sogar derselbe Mann, der Cunningham gebeten hat, jene geheimnisvolle Nachricht zu übermitteln, in der »Von allen« stand, und ihm auftrug, ein paar Leute zusammenzutrommeln? So oder so scheint er mich in seinen Plan miteinbezogen zu haben. Ob ich der Sache Vertrauen schenken kann, ist eine ganz andere Frage.

»Wo und wann ist dieser Rashton auf dich zugekommen?«

»Jonathan«, sagt sie mit Nachdruck. »Ich täte nichts lieber, als mich hier mit dir zusammenzusetzen und all deine Fragen zu beantworten, aber dazu fehlt uns die Zeit. Ich werde in zehn Minuten am Spiegelteich erwartet und ich darf auf keinen Fall zu spät kommen. Genau genommen bin ich deshalb überhaupt hier, ich brauche die silberne Pistole, die du dem Doktor abgenommen hast.«

»Du kannst doch nicht ernsthaft vorhaben, das jetzt zu tun?«, frage ich und springe alarmiert von meinem Stuhl auf.

»Ich habe es so verstanden, dass deine Freunde kurz davorstehen, meinen Mörder zu entlarven. Sie brauchen einfach nur noch ein wenig mehr Zeit. Wenn ich jetzt nicht dorthin gehe, wird der Mörder wissen, dass etwas nicht stimmt, und dieses Risiko kann ich nicht eingehen.«

Ich bin mit zwei großen Schritten neben ihr. Mein Puls rast wie wild.

»Willst du damit behaupten, dass sie wissen, wer hinter dem Ganzen steckt?«, frage ich aufgeregt. »Haben sie dir irgendeinen Anhaltspunkt dafür gegeben, wer es sein könnte?«

Evelyn hält eine Kamee aus Millicent Derbys Schmuckkästchen ins Licht, ein Elfenbeingesicht auf blauer Spitze. Ihre Hand zittert. Es ist das erste Zeichen der Angst, das ich an ihr bemerke.

»Nein, das haben sie nicht, aber ich hoffe, dass sie es sehr bald herausfinden. Ich vertraue darauf, dass deine Freunde mich retten, bevor ich gezwungen bin, etwas … Endgültiges zu tun.«

»Etwas Endgültiges?«, frage ich.

»Die Nachricht war sehr deutlich. Entweder ich nehme mir draußen am Spiegelteich um Punkt elf Uhr das Leben, oder jemand, der mir sehr am Herzen liegt, stirbt an meiner statt.«

»Felicity?«, frage ich. »Ich weiß, dass du eine Nachricht von ihr bekommen hast, die sie in die Brunnenmauer gesteckt hatte, und dass du sie um Hilfe im Zusammenhang mit deiner Mutter gebeten hast. Michael hat gesagt, sie sei eine alte Freundin. Ist sie in Gefahr? Wird sie von irgendjemandem gegen ihren Willen festgehalten?«

Das würde zumindest erklären, warum es mir nicht gelungen ist, sie ausfindig zu machen.

Evelyn schlägt die Schmuckschatulle mit einem lauten Scheppern zu und wendet sich zu mir um, wobei sie die Handflächen fest auf den Frisiertisch gepresst hält.

»Ich möchte ja nur ungern ungeduldig klingen, aber solltest du nicht gerade an einem ganz bestimmten Ort sein?«, sagt sie. »Man hat mir aufgetragen, dich an einen Stein zu erinnern, den es zu beobachten gilt. Ergibt das irgendeinen Sinn für dich?«

Ich nicke und denke an das, worum Anna mich heute früh gebeten hat. Ich soll neben dem Stein stehen bleiben, wenn Evelyn sich das Leben nimmt. Und ich soll mich nicht bewegen. Keinen einzigen Zentimeter, hat sie gesagt.

»In diesem Fall habe ich hier alles Notwendige getan und sollte gehen«, sagt Evelyn. »Wo ist die silberne Pistole?«

Selbst in ihren schmalen Fingern wirkt sie wie ein vollkommen belangloses Ding, eher wie Zierrat als wie eine Waffe. Eine geradezu peinliche Art, sein Leben zu beenden. Ich frage mich, ob das womöglich genau der Gedanke ist, der dahintersteht. Vielleicht ist die Wahl dieses Mordinstruments ja eine stille Anklage, ganz ähnlich wie die Methode des Tötens. Evelyn wird nicht einfach nur ermordet, sie wird beschämt, herabgewürdigt.

Sie wird jeder Wahl beraubt.

»Was für eine hübsche Art zu sterben«, sagt Evelyn und starrt die Pistole an »Bitte komm nicht zu spät, Jonathan. Ich glaube, mein Leben hängt davon ab.«

Sie wirft noch einen letzten Blick auf die Schmuckschatulle, und dann ist sie verschwunden.

31.

Ich habe mir die Arme um den Leib geschlungen, um die Kälte ein wenig in Schach zu halten, und stehe direkt über dem von Anna so sorgfältig platzierten Stein. Ich wage es nicht, auch nur einen einzigen Schritt nach links zu machen, wo ich mich wenigstens an einer der Feuerschalen wärmen könnte. Ich habe keine Ahnung, was ich hier soll, aber wenn das zu dem Plan gehört, wie Evelyn gerettet werden kann, dann bleibe ich hier stehen, bis mein Blut zu Eis erstarrt.

Als ich einen Blick zum Waldrand hinüberwerfe, sehe ich den Pestdoktor an seinem üblichen Platz stehen, halb versteckt von der Dunkelheit. Er sieht gar nicht zum Spiegelteich hinüber, wie ich ursprünglich geglaubt hatte, als ich diesen Moment durch Ravencourts Augen sah, sondern vielmehr nach rechts in den Wald hinein. Die Art, wie er den Kopf hält, legt nahe, dass er mit jemandem spricht, aber ich bin zu weit entfernt, um erkennen zu können, mit wem. Doch wer auch immer das sein mag – es ist ein ermutigendes Zeichen. Evelyn hat angedeutet, dass sie Verbündete unter meinen Wirten gefunden hat, also wartet dort in den Büschen doch bestimmt jemand, der ihr gleich zu Hilfe eilen wird?

Evelyn trifft um Punkt elf Uhr ein. Die silberne Pistole hängt schlaff von ihrer Hand herab. Sie wankt von Flamme zu Schatten, folgt den Feuerschalen und lässt ihr blaues Ballkleid im Gras hinter sich her schleifen. Ich wünsche mir sehnlichst, ich könnte ihr die Pistole entreißen, aber irgendwo da draußen ist eine unsichtbare Hand am Werk und setzt Hebel in Bewegung, die ich unmöglich begreifen kann. Jeden Augenblick wird es geschehen. Jemand wird laut rufen, wird einschreiten, da bin ich mir sicher. Einer meiner Wirte wird aus der Dunkelheit gerannt kommen und Evelyn sagen, dass alles vorbei und der

Mörder gefasst worden ist. Sie wird die Pistole fallen lassen und voll Dankbarkeit losschluchzen, und dann wird uns Daniel seinen Plan erläutern, wie sowohl Anna als auch ich von hier entkommen können.

Zum ersten Mal, seit all dies angefangen hat, habe ich das Gefühl, Teil von etwas Größerem zu sein.

Ermutigt verankere ich beide Füße fest im Boden und halte über meinem Stein Wache.

Evelyn ist am Rand des Teiches stehen geblieben und sieht zum Waldrand hinüber. Einen Moment lang rechne ich damit, dass sie den Pestdoktor dort entdecken wird, aber sie wendet den Blick ab, bevor sie ihn damit erreicht. Sie schwankt ein wenig, als wiege sie sich zu einer Musik, die nur sie allein hören kann. Die Flammen der Feuerschale spiegeln sich in den Diamanten ihrer Halskette wie flüssiges Feuer, das an ihrer Kehle herabrinnt. Sie zittert, und auf ihrem Gesicht breitet sich wachsende Verzweiflung aus.

Etwas stimmt nicht.

Ich werfe einen Blick zurück zum Ballsaal und sehe Ravencourt, wie er am Fenster steht und sehnsüchtig zu seiner Freundin hinüberschaut. Worte formen sich auf seinen Lippen, aber sie kommen zu spät, um irgendetwas auszurichten.

»Gott steh mir bei«, flüstert Evelyn in die Nacht.

Tränen rinnen ihr die Wangen herab. Sie setzt sich die Pistole auf den Bauch und drückt ab.

Der Schuss ist so laut, dass er die Welt zerschmettert und meinen verzweifelten Schrei übertönt.

Die Gesellschaft im Ballsaal hält die Luft an.

Überraschte Gesichter wenden sich dem Spiegelteich zu, und ihre Blicke suchen Evelyn. Sie hält ihren Bauch umklammert, und das Blut quillt ihr zwischen den Fingern hervor. Sie sieht verwirrt aus, als hätte man ihr etwas überreicht, das man ihr nicht hätte überreichen sollen, aber bevor sie eine Erklärung dafür finden kann, geben ihre Beine unter ihr nach und sie fällt kopfüber ins Wasser.

Im Nachthimmel explodiert das Feuerwerk. Die Gäste strömen zu den Terrassentüren, strecken ihre Finger aus und geben ein erstauntes Raunen von sich. Jemand rennt auf mich zu, so rasch, dass seine Schritte laut über den Boden donnern. Genau in dem Moment, als er bei mir ankommt, drehe ich mich um, sodass er mir mit seinem gesamten Gewicht gegen die Brust prallt und mich der Länge nach zu Boden wirft.

Mein Gegner versucht, sich aufzurappeln, doch da ihm dies nicht gelingt, zerkratzt er mir stattdessen mit seinen Fingern das Gesicht und rammt mir eines seiner Knie in den Magen. Derbys Jähzorn, der ohnehin stets dicht unter der Oberfläche lauert, ergreift von mir Besitz. Ich schreie wütend auf, hämmere mit meinen Fäusten auf den dunklen Schatten ein und kralle mich in seinen Kleidern fest, während er versucht, sich freizukämpfen.

Ich brülle vor Wut, als jemand anderes hinzukommt und mich vom Boden hochreißt. Doch mein Gegner wird genau wie ich hochgezogen, und wir werden beide von herbeigeeilten Dienstboten festgehalten. Als das Licht ihrer Laternen auf uns fällt, offenbart es den vor Wut schäumenden Michael Hardcastle, der verzweifelt versucht, sich aus dem Griff von Cunninghams starken Armen zu befreien, um zu Evelyns niedergesunkener Gestalt hinüberzulaufen.

Ich starre ihn fassungslos an.

Das Geschehen hat sich verändert.

Diese Offenbarung bringt jeglichen Kampfgeist in mir zum Erliegen. Mein Körper erschlafft in den Armen des Dieners, und ich starre fassungslos zum Spiegelteich hinüber.

Als ich dieses Ereignis durch die Augen Ravencourts sah, da hielt Michael den Körper seiner Schwester umklammert und versuchte vergeblich, sie zum Leben zu erwecken. Jetzt aber zieht ein hochgewachsener Kerl im Trenchcoat sie aus dem Wasser und bedeckt ihren blutdurchtränkten Körper mit Dickies Jacke.

Der Diener lässt mich los. Ich falle auf die Knie und sehe, wie Cunningham den schluchzenden Michael Hardcastle wegführt. Ich will unbedingt so viel wie möglich von diesem Wunder in mich aufsaugen und lasse meinen Blick hektisch hin und her huschen. Drüben am Spiegelteich kniet Doktor Dickie neben Evelyns Leichnam und bespricht etwas mit jenem anderen Mann, der hier das Sagen zu haben scheint. Ravencourt hat sich auf eines der Sofas im Ballsaal zurückgezogen und sitzt gedankenverloren über seinen Gehstock gebeugt. Betrunkene Gäste, die keine Notiz von dem Grauen nehmen, das sich draußen vor den Fenstern abspielt, bedrängen das Orchester und verlangen, dass es weiterspielt, während zahlreiche Dienstboten hilflos herumstehen oder sich bekreuzigen, sobald sie dem unter der Jacke liegenden Körper näher kommen.

Gott weiß, wie lange ich dort in der Dunkelheit sitze und all dies beobachte. Lange genug, um zu sehen, wie alle übrigen Personen von dem Kerl im Trenchcoat ins Haus geschickt werden. Lange genug, um zu sehen, wie Evelyns lebloser Leib fortgetragen wird. Lange genug, um am ganzen Körper vor Kälte stocksteif zu werden.

Lange genug, dass mich der Lakai finden kann.

Er kommt um die hintere Ecke des Hauses spaziert. Um seine Hüften hat er sich einen kleinen Stoffsack geknotet, und von seinen Händen tropft Blut. Als er fast bei mir angekommen ist, zückt er sein Messer und schleift die Klinge über dem Rand der Feuerschale hin und her. Ich kann unmöglich sagen, ob er das Messer schärfen oder erhitzen will, aber ich vermute, das ist bedeutungslos. Er will, dass ich die Klinge sehe, dass ich das verstörende Geräusch höre, das entsteht, wenn Metall über Metall schabt.

Er beobachtet mich, wartet auf eine Reaktion, und wie ich ihn jetzt so ansehe, frage ich mich, wie ihn jemals jemand für einen Diener halten konnte. Er mag zwar in die rotweiße Livree eines Lakaien gekleidet sein, doch es ist ihm nicht die geringste Spur der sonst üblichen Unterwürfigkeit zu eigen. Er ist ein dünner, hochgewachsener Mann mit schmutzig blonden Haaren, einem tropfenförmigen Gesicht, dunklen Augen und einem Grinsen, das man charmant nennen könnte, wenn es nicht so ausdruckslos wäre. Und dann ist da noch diese gebrochene Nase.

Sie ist derart violett verfärbt und geschwollen, dass sie seine Gesichtszüge vollkommen entstellt. Im Licht des Feuers wirkt er wie ein Wesen, das sich nur als Mensch verkleidet hat und dessen Maske allmählich abzurutschen beginnt.

Der Lakai hält das Messer in die Höhe, um sein Werk besser inspizieren zu können. Das Ergebnis scheint ihn zufriedenzustellen. Er nimmt es, schneidet sich den Sack von der Hüfte los und wirft mir diesen dann vor die Füße.

Mit einem dumpfen Geräusch prallt er auf der Erde auf. Der Stoff ist mit Blut durchtränkt und am oberen Ende mit einer Kordel verschnürt. Der Lakai will ganz offenbar, dass ich den Sack öffne, aber ich habe nicht die geringste Absicht, ihm diesen Gefallen zu tun.

Ich rappele mich auf, ziehe mir das Jackett aus und lasse meinen Kopf kreisen, um die Verspannung in meinem Nacken zu lösen.

Ich kann in Gedanken förmlich hören, wie Anna mich anbrüllt, wie sie mir zuruft, ich solle um Himmels willen fortrennen. Sie hat recht, ich sollte Angst haben, und in jedem anderen Wirt hätte ich das auch. Es ist ganz offensichtlich eine Falle. Aber ich bin es müde, mich vor diesem Mann zu fürchten.

Es ist an der Zeit zu kämpfen, und sei es auch nur, um mich selbst davon zu überzeugen, dass ich es auch kann.

Einen Moment lang starren wir uns an. Regen fällt auf uns herab, Wind umtost uns. Wie nicht anders zu erwarten, ist es der Lakai, der schließlich den Bann bricht. Er dreht sich auf dem Absatz um und spurtet in die Dunkelheit des Waldes hinaus.

Wie ein Wahnsinniger brüllend jage ich ihm hinterher.

Kaum habe ich den Waldrand hinter mir gelassen, bedrängen mich die Bäume von allen Seiten. Äste zerkratzen mir das Gesicht, das Laubwerk wird immer dichter.

Meine Beine ermüden allmählich, aber ich laufe immer weiter, bis mir klar wird, dass ich ihn nicht mehr hören kann.

Keuchend und schlitternd komme ich zum Stehen und wirbele im Kreis herum.

Kaum eine Sekunde später wirft er sich auf mich, hält mir den Mund zu, um meine Schreie zu ersticken, rammt mir die Klinge in den Leib und zerfleischt mir den Brustkorb. Das Blut schießt mir gurgelnd in die Kehle hinauf, und meine Knie geben unter mir nach, aber seine starken Arme halten mich umklammert, sodass ich nicht zu Boden falle. Sein Atem ist flach und gierig. Das ist nicht der Klang der Erschöpfung. Es ist Aufregung und Vorfreude.

Ein Streichholz lodert auf, ein winziger Lichtpunkt wird mir vors Gesicht gehalten.

Er kniet mir direkt gegenüber und seine erbarmungslosen schwarzen Augen bohren sich in die meinen.

»Tapferes Kaninchen«, sagt er und schneidet mir die Kehle durch.

DER SECHSTE TAG

32.

»Wach auf! Aiden, wach auf!«

Jemand hämmert gegen meine Tür.

»Du musst aufwachen, Aiden. Aiden!«

Ich kämpfe gegen meine Müdigkeit und starre blinzelnd meine Umgebung an. Ich sitze in einem Stuhl, in klammen, vollkommen verdrehten und verknoteten Kleidern. Es ist mitten in der Nacht. Auf einem Tisch in der Nähe steht eine flackernde Kerze. Eine Decke mit Schottenmuster liegt über meinen Knien ausgebreitet, und die Hände eines alten Mannes ruhen auf einem zerlesenen Buch. Geschwollene Adern wölben sich in dem runzligen Fleisch und kreuzen sich mit zahlreichen Tinten- und Leberflecken. Ich dehne meine alterssteifen Finger.

»Aiden, bitte!«, kommt die Stimme aus dem Flur.

Ich erhebe mich von meinem Stuhl und gehe zur Tür. Wohlvertraute Schmerzen erwachen in meinem ganzen Körper wie ein Schwarm aufgescheuchter Hornissen. Die Scharniere der Tür sind ausgeleiert, und ihr unteres Ende schleift beim Öffnen über den Boden. Dahinter kommt die schlaksige Gestalt Gregory Golds zum Vorschein, der in sich zusammengesunken am Türrahmen lehnt. Er sieht fast genauso aus wie in dem Moment, in dem er den Butler angreifen wird, außer dass er jetzt einen zerfetzten, schlammverkrusteten Smoking trägt. Sein Atem geht mühsam und rasselnd.

Er hält die Schachfigur umklammert, die Anna mir gegeben hat, und das, zusammen mit dem Umstand, dass er meinen wirklichen Namen benutzt hat, reicht aus, um mich davon zu überzeugen, dass ich einen weiteren meiner Wirte vor mir habe. Normalerweise würde ich ein solches Zusammentreffen begrüßen, aber er ist in einem fürchterlichen Zustand, wirr und zerfahren und außer Fassung, wie ein Mann, den man zur Hölle und wieder zurück geschleift hat.

Als er mich sieht, packt er mich an den Schultern. Seine dunklen Augen sind blutunterlaufen und huschen unstet hin und her.

»Steig nicht aus der Kutsche aus«, sagt er. An seinen Lippen hängt ein Faden aus Spucke. »Was auch immer du tust, steig nicht aus der Kutsche aus.«

Seine Angst ist eine Seuche, die mich sofort ansteckt und sich in mir ausbreitet.

»Was ist dir passiert?«, frage ich mit zitternder Stimme.

»Er ... hört nie auf ...«

»Hört nie mit was auf?«, frage ich.

Gold schüttelt den Kopf und pocht sich mit den Knöcheln gegen die Schläfen. Tränen strömen seine Wangen herab, aber ich weiß nicht, wie ich ihn auch nur ansatzweise trösten kann.

»Hört niemals mit was auf, Gold?«, frage ich erneut.

»Zu schneiden«, antwortet er und zieht sich die Ärmel hoch, um die Schnittwunden darunter freizulegen. Sie sehen haargenau so aus wie die Messerverletzungen, mit denen Bell an jenem ersten Morgen aufgewacht ist.

»Du wirst es nicht wollen, du wirst es auf keinen Fall wollen, aber du wirst sie verraten, du wirst alles erzählen, du wirst ihnen alles erzählen, du wirst es nicht wollen, aber du wirst es erzählen«, faselt er. »Sie sind zu zweit. Zwei. Sie sehen ganz gleich aus, aber es sind zwei.«

Sein Verstand ist in tausend Stücke zerschellt, das kann ich jetzt ganz deutlich erkennen. Diesem Mann ist auch der letzte Hauch von Vernunft abhandengekommen. Ich strecke die Hand aus, in der Hoffnung, ihn vielleicht in mein Zimmer ziehen zu können, aber er bekommt es mit der Angst zu tun und weicht zurück, bis er gegen die gegenüberliegende Wand stößt. Nur seine Stimme bleibt noch übrig.

»Stcig nicht aus der Kutsche aus«, zischt er mir ein weiteres Mal zu. Dann macht er kehrt und läuft den Flur entlang.

Ich trete aus meinem Zimmer hinaus, um ihm nachzugehen, aber es ist zu dunkel, um irgendetwas sehen zu können, und als ich endlich mit einer Kerze zurückkehre, ist der Flur leer.

DER ZWEITE TAG (FORTSETZUNG)

33.

Der Körper des Butlers. Die Schmerzen des Butlers. Das schwere, lastende Gefühl der Betäubungsmittel. Es ist wie eine Heimkehr.

Ich bin kaum wach und gleite schon wieder in den Schlaf zurück.

Es wird dunkel. Ein Mann geht in dem winzigen Raum auf und ab. Er hält ein Gewehr im Arm.

Es ist nicht der Pestdoktor. Es ist nicht Gold.

Er hört, dass ich mich rege und dreht sich um. Er steht im Schatten, ich kann ihn nicht erkennen.

Ich öffne den Mund, aber es kommen keine Worte heraus.

Ich schließe die Augen und gleite wieder fort.

DER SECHSTE TAG (FORTSETZUNG)

34.

»Vater.«

Ich schrecke hoch. Nur wenige Zentimeter vor mir schwebt das Gesicht eines jungen Burschen mit roten Haaren und blauen Augen. Ich bin wieder ein alter Mann, sitze in meinem Stuhl und habe die Decke mit dem Schottenmuster über meinen Schoß gebreitet. Der Junge hat sich zu einem rechten Winkel herabgebeugt und hält die Hände hinter dem Rücken verschränkt, als traute er es ihnen nicht zu, sich in der Gesellschaft anderer gut zu benehmen.

Mein grimmiger Blick scheucht ihn zwei Schritte rückwärts.

»Du hast mich gebeten, dich um 9:15 Uhr zu wecken«, sagt er entschuldigend.

Er riecht nach Whisky, Tabak und Angst. Die Angst wallt in ihm hoch und färbt das Weiße seiner Augen gelb. Sie sind auf der Hut, diese Augen, und haben einen gejagten Ausdruck, wie die eines Tieres, das darauf wartet, erlegt zu werden.

Draußen vor dem Fenster ist es hell geworden, die Kerze ist schon vor langer Zeit ausgegangen, und das Feuer ist zu Asche zerfallen. Meine vage Erinnerung daran, eben noch der Butler gewesen zu sein, beweist, dass ich nach Golds Besuch noch einmal eingeschlafen sein muss, aber ich kann mich nicht erinnern, das getan zu haben. Der schreckliche Gedanke an das, was Gold durchgemacht haben muss – was ich bald werde durchmachen müssen –, hat mich bis in die frühen Morgenstunden unruhig im Zimmer auf und ab gehen lassen.

Steig nicht aus der Kutsche aus.

Es war eine Warnung und eine flehentliche Bitte. Er will, dass ich den Verlauf des Tages ändere, und obwohl dieser Gedanke etwas Berauschendes hat, empfinde ich ihn auch als verstörend. Ich weiß, dass es möglich ist, ich habe es gesehen, aber wenn ich clever genug bin, die Dinge zu verändern, dann ist es der Lakai sicherlich auch. Es ist gut möglich, dass wir gerade beide im Kreis herumrennen und das Werk des jeweils anderen zunichtemachen. Es geht schon längst nicht mehr nur darum, die richtige Antwort zu finden, sondern darum, lange genug daran festzuhalten, um sie dem Pestdoktor auch überbringen zu können.

Ich muss unbedingt so bald wie möglich mit dem Künstler sprechen.

Ich setze mich auf dem Stuhl auf und ziehe mir die Decke vom Schoß. Der Junge zuckt bei jeder meiner Bewegungen leicht zusammen, nur um dann sofort zu erstarren und aus den Augenwinkeln zu prüfen, ob mir das aufgefallen ist. Der arme Junge, man hat allen Mut aus ihm herausgeprügelt, und jetzt wird er dafür getreten, dass er ein Feigling ist. Mein Mitleid schmeckt meinem Wirt überhaupt nicht, denn die Verachtung, die er für seinen Sohn hegt, kennt keine Grenzen. Die duckmäuserische Sanftmut dieses Jungen bringt ihn zur Weißglut und seine Schweigsamkeit ist eine Beleidigung. Er ist ein kompletter Versager, eine Niete, ein unverzeihlicher Fehlschlag.

Mein einziger.

Ich schüttele den Kopf und versuche, mich von den düsteren Gedanken dieses Mannes zu befreien. Die Erinnerungen von Bell, Ravencourt und Derby waren vage Schatten, die sich im Nebel auflösten, doch das Gerümpel, das dieses gegenwärtige Leben mit sich gebracht hat, umzingelt mich an allen Ecken und Enden. Ich kann nicht verhindern, dass ich darüber stolpere.

Obwohl die Decke auf meinem Schoß eine gewisse Gebrechlichkeit nahezulegen scheint, spüre ich beim Aufstehen so gut wie keine Steifheit und wachse, als ich mich aufrichte, zu einer beeindruckenden Körpergröße empor. Mein Sohn hat sich in eine Ecke des Raumes zurückgezogen und dort in Schatten gehüllt. Obwohl es sich um keine große Entfernung handelt, ist es doch zu weit für meinen Wirt, dessen Augen auf halber Strecke aufgeben müssen. Ich suche nach einer Brille, weiß aber gleichzeitig, dass das ein zweckloses Unterfangen ist. Dieser Mann, in dem ich da stecke, sieht das Alter als eine Schwäche an, die man nur zulässt, wenn man das Opfer eines zögerlichen, schwankenden Willens ist. Es wird hier keine Brille zu finden sein, genauso wenig wie ein Gehstock. Keinerlei Hilfsmittel jedweder Art. Was auch immer mir für Lasten aufgebürdet werden, ich muss sie selbst ertragen. Allein.

Ich kann spüren, wie mein Sohn meine Stimmung einzuschätzen versucht, wie er mein Gesicht beobachtet, so wie man in den Wolken nach Anzeichen für einen herannahenden Sturm suchen würde.

»Spuck's aus«, sage ich schroff. Seine Zurückhaltung macht mich ganz fahrig.

»Ich hatte gehofft, ich würde vielleicht für die Jagdgesellschaft heute Nachmittag nicht gebraucht«, sagt er.

Die Worte werden mir zu Füßen gelegt wie zwei tote Kaninchen vor einen hungrigen Wolf.

Selbst diese simple Frage zerrt an meinen Nerven. Welcher junge Mann würde nicht jagen gehen wollen? Welcher junge Mann kriecht und kraucht durch die Gegend und schleicht auf Zehenspitzen am Rand der Welt entlang, statt beherzt über ihr Antlitz zu schreiten? Es drängt mich, ihm seine Bitte abzuschlagen, ihn dafür leiden zu lassen, dass er die Frechheit besitzt, so zu sein, wie er ist, aber ich schlucke diesen Impuls hinunter. Wir werden beide glücklicher sein, wenn wir die Gesellschaft des anderen meiden.

»Nun gut«, sage ich und winke ihn fort.

»Danke, Vater«, sagt er und flüchtet aus dem Zimmer, bevor ich meine Meinung ändern kann. Kaum ist er fort, atme ich unbeschwerter, und meine zusammengeballten Hände entkrampfen sich. Die Wut löst die Umschlingung, in die sie meine Brust eingeschlossen hatte, und gibt mir nun die Freiheit, mich im Raum nach den Spuren umzusehen, die sein Bewohner darin hinterlassen hat.

Auf dem Nachttisch liegt ein Stapel mit drei Büchern, bei denen es sich ausschließlich um Werke über die trüben, undurchdringlichen Details des Rechtswesens dreht. Meine Einladung zum Ball dient als Lesezeichen und ist an Edward und Rebecca Dance adressiert. Dieser Name allein reicht schon aus, um mich die Fassung verlieren zu lassen. Ich erinnere mich an Rebeccas Gesicht, an ihren Geruch. Daran, wie ich mich fühlte, wenn ich in ihrer Nähe war. Meine Finger tasten nach dem Medaillon an meinem Hals, in dem sich ihr Bild befindet. Dances Trauer ist ein stiller Schmerz, eine einzelne Träne jeden Tag. Sie ist der einzige Luxus, den er sich gestattet.

Ich schiebe die Trauer brüsk beiseite und trommle mit den Fingern auf die Einladungskarte.

»Dance«, murmele ich.

Ein seltsamer Name für einen so freudlosen Menschen.

Ein Klopfen durchbricht die Stille, der Türgriff wird gedreht, und eine Sekunde später öffnet sich die Tür. Ein großer beleibter Kerl schlurft herein, kratzt sich seinen mit weißen Haaren bedeckten Kopf und verteilt dabei seine Schuppen in alle Himmelsrichtungen. Er trägt einen zerknitterten blauen Anzug, hat einen struppigen weißen Schnurrbart im Gesicht und blutunterlaufene rote Augen. Er sähe fürchterlich aus, wäre da nicht die unbeschwerte Behaglichkeit, mit der er seine Zerzaustheit zur Schau trägt. Mitten im Kratzen hält er inne und starrt mich verwirrt an.

»Ist das hier dein Zimmer, Edward?«, fragt der Fremde.

»Nun, ich bin darin aufgewacht«, antworte ich vorsichtig.

»Verdammt, ich weiß nicht mehr, wo man mich untergebracht hat.«

»Wo hast du denn letzte Nacht geschlafen?«

»Im Sonnenzimmer«, sagt er und kratzt sich in der Achselhöhle. »Herrington hat gewettet, ich würde es nicht schaffen, eine ganze Flasche Port in weniger als einer Viertelstunde auszutrinken. Das ist das

Letzte, woran ich mich erinnere, bis dieser Halunke Gold mich heute früh aufgeweckt hat. Er hat getobt und gewütet wie ein Irrer.«

Die Erwähnung von Golds Namen ruft mir wieder dessen wirre Warnung von letzter Nacht in Erinnerung, zusammen mit den Wunden an seinem Arm. Steig nicht aus der Kutsche aus, hat er gesagt. Heißt das, dass ich irgendwann von hier abreisen werde? Ich weiß, dass ich das Dorf nicht erreichen kann, also halte ich das für sehr unwahrscheinlich.

»Hat Gold irgendetwas gesagt?«, frage ich. »Weißt du, wo er hinwollte oder was er vorhatte?«

»Ich habe mich nicht hingesetzt, um mit dem Mann in aller Seelenruhe ein Tässchen Tee zu trinken, Dance«, sagt er abfällig. »Ich brauchte ihn nur einmal anzusehen, da wusste ich schon, mit was für einer Sorte Mensch ich es zu tun hatte. Und ich habe ihn sehr klar und deutlich wissen lassen, dass er sich bloß in Acht nehmen soll, weil ich ihn nämlich genauestens im Auge behalten werde.« Er sieht sich um. »Habe ich hier vielleicht irgendwo eine Flasche deponiert? Ich brauche dringend etwas, um diese verdammten Kopfschmerzen loszuwerden.«

Ich habe kaum den Mund geöffnet, um zu antworten, als er schon meine Schubladen durchwühlt, diese dann offen stehen lässt und sich stattdessen über meinen Kleiderschrank hermacht. Nachdem er sämtliche Taschen meiner Anzüge abgeklopft hat, wirbelt er auf dem Absatz herum und starrt in den Raum, als hätte er gerade das Gebrüll eines im Gebüsch lauernden Löwen gehört.

Ein weiteres Klopfen, ein weiteres Gesicht. Dieses gehört dem Fregattenkapitän Clifford Herrington, dem langweiligen Marineoffizier, der während des Abendessens neben Ravencourt saß.

»Kommt schon, ihr zwei«, sagt er und sieht auf die Uhr. »Der alte Hardcastle wartet auf uns.«

Befreit von dem verhängnisvollen Einfluss allzu starken Alkohols steht ein aufrechter, gebieterischer Mann vor mir.

»Irgendeine Ahnung, was er von uns will?«, frage ich.

»Nicht die geringste, aber ich nehme an, das wird er uns schon mitteilen, sobald wir dort eintreffen«, antwortet er forsch.

»Ich brauche einen Schluck Whisky. Ohne setze ich keinen Fuß vor den anderen«, sagt mein erster Besucher.

»Drüben im Pförtnerhaus gibt es bestimmt welchen, Sutcliffe«, sagt Herrington und gibt sich nicht die geringste Mühe, seine Ungeduld zu verbergen. »Außerdem kennst du doch Hardcastle, der ist heutzutage immer so verdammt ernst. Es ist wahrscheinlich besser, wenn wir nicht bereits halb betrunken dort eintreffen.«

Meine Verbindung zu Dance ist so stark, dass die bloße Erwähnung von Lord Hardcastle schon ausreicht, um mich verärgert die Wangen aufblasen zu lassen. Die Gegenwart meines Wirtes auf Blackheath ist reiner Pflichterfüllung geschuldet, ein flüchtiger Besuch, der nur genau so lange dauert, bis alle nötigen geschäftlichen Angelegenheiten mit der Familie abgeschlossen sind. Im Gegensatz zu meinem Wirt kann ich selbst es jedoch kaum erwarten, den Hausherrn über seine verschwundene Ehefrau auszufragen, und der Enthusiasmus, mit dem ich diesem Treffen entgegensehe, reibt sich an Dances Rastlosigkeit wie Schmirgelpapier auf nackter Haut.

Irgendwie schaffe ich es gerade, mir selbst auf die Nerven zu gehen.

Sutcliffe hebt die Hand, als ihm der ungeduldige alte Marineoffizier erneut zusetzt, und bittet um etwas Geduld. Dann lässt er seinen gierig tastenden Fingern wieder freien Lauf und durchwühlt meine Regale. Er hält die Nase schnüffelnd in die Luft, springt dann zum Bett hinüber, hebt die Matratze hoch und enthüllt eine von irgendwoher stibitzte Flasche Whisky, die auf dem Lattenrost liegt.

»Dann geh mal voran, Herrington, alter Junge«, sagt er großmütig, während er den Verschluss aufdreht und sich einen kräftigen Schluck gönnt.

Herrington schüttelt den Kopf und winkt uns auf den Flur hinaus, wo Sutcliffe sogleich mit ausgelassener, laut hallender Stimme einen Witz zu erzählen beginnt. Sein Freund versucht vergeblich, ihn zum Schweigen zu bringen. Was für Hanswurste und Witzfiguren! Die

Überschwänglichkeit, mit der sie ihre gute Laune verbreiten, hat etwas derart Überhebliches, dass ich grimmig die Zähne zusammenbeiße. Meinem Wirt sind Ausschweifungen jeglicher Art verhasst, und er würde nur allzu gern mit raschen Schritten vorauseilen. Ich selbst möchte diese Flure jedoch keinesfalls allein durchqueren. Als eine Art Kompromiss folge ich den beiden anderen mit zwei Schritten Abstand, weit entfernt genug, dass ich nicht an ihrer Unterhaltung teilnehmen muss, aber nahe genug, um den Lakaien abzuschrecken, falls dieser irgendwo in der Nähe auf der Lauer liegen sollte.

Am Fuße der Treppe werden wir von jemandem namens Christopher Pettigrew erwartet, der, wie sich herausstellt, jener ölige Kerl ist, mit dem Daniel sich während des Abendessens unterhielt. Er ist dünn und hager und wirkt wie ein fleischgewordenes höhnisches Grinsen, mit dunklen, fettigen Haaren, die er sich quer über den Schädel gekämmt hat. Er ist genauso herablassend und verschlagen wie ich ihn in Erinnerung habe, und sein Blick scheint erst mit langen Fingern meine Hosentaschen durchwühlen zu wollen, bevor er endlich zu meinem Gesicht hinaufwandert. Ich hatte mich schon an dem Abend vor zwei Tagen gefragt, ob er wohl ein zukünftiger Wirt sein könnte, doch falls das zutrifft, habe ich mich ohne großes Widerstreben von seinen Lastern übermannen lassen. Er ist bereits vom Alkohol benebelt und nimmt begeistert die Flasche entgegen, die seine Freunde unter sich kreisen lassen. Es kommt kein einziges Mal vor, dass die Flasche in meine Richtung gereicht wird, weshalb ich auch nie ablehnen muss. Edward Dance hält sich ganz offensichtlich abseits von diesem Gesindel, und ich bin froh darum. Sie sind eine seltsame Truppe. Gewiss, sie scheinen Freunde zu sein, aber das in einer geradezu verzweifelten Weise, als wären sie zusammen auf einer einsamen Insel gestrandet. Glücklicherweise bricht ihre gute Laune zusehends in sich zusammen, je weiter wir uns vom Haus entfernen. Ihr Lachen wird ihnen vom Wind und Regen aus dem Gesicht gepeitscht, und die Flasche verschwindet schon recht bald in einer warmen Hosentasche, zusammen mit der kalten Hand, die sie gehalten hat.

»Ist einer von euch heute Morgen auch von Ravencourts Pudel angekläfft worden?«, fragt der ölige Pettigrew, von dem fast nichts zu sehen ist als ein arglistiges Augenpaar, das über seinem dicken Schal hervorlugt. »Wie heißt er noch mal?«

Er schnipst mit den Fingern, in dem Versuch, die Erinnerung herbeizuzitieren.

»Charles Cunningham«, sage ich geistesabwesend. Ich habe nur halb zugehört. Ich bin mir sicher, ein Stück weiter den Weg hinauf jemanden gesehen zu haben, der uns im Schatten der Bäume folgt. Nur ein kurzes Aufblitzen, kurz genug, um daran zu zweifeln – wäre da nicht der Umstand, dass diese Person die Livree eines Lakaien zu tragen schien. Meine Hand fährt zu meiner Kehle hoch, und für eine Sekunde kann ich wieder seine Klinge spüren.

Ich schaudere und starre mit zusammengekniffenen Augen in den Wald, verzweifelt darum bemüht, Dances abgrundtief schlechtem Sehvermögen noch irgendeinen Nutzen abzuringen. Aber falls es sich tatsächlich um meinen Erzfeind gehandelt haben sollte, so ist er längst verschwunden.

»Das ist es! Der verdammte Charles Cunningham«, sagt Pettigrew.

»Wollte er etwas über Thomas Hardcastles Mord wissen?«, fragt Herrington, der sein Gesicht resolut dem Wind entgegenstemmt – zweifellos eine Gewohnheit, die er noch aus seiner Zeit auf See zurückbehalten hat. »Ich habe gehört, dass er heute Morgen Stanwin aufgesucht hat. Anscheinend hat er ihn in aller Frühe mit seinen Fragen belästigt«, fügt er hinzu.

»Wie unverschämt«, sagt Pettigrew. »Was ist mit dir, Dance, hat er bei dir auch rumgeschnüffelt?«

»Nicht, dass ich wüsste«, sage ich, während ich immer noch in den Wald hineinstarre. Wir kommen gerade an der Stelle vorbei, an der ich glaubte, den Lakaien gesehen zu haben. Doch jetzt stelle ich fest, dass der Farbfleck in Wirklichkeit eine dieser roten Wegmarkierungen ist, die hier und da an die Bäume genagelt wurden. Meine Phantasie bevölkert den Wald mit Ungeheuern.

»Was wollte Cunningham denn?«, frage ich und wende meine Aufmerksamkeit wieder meinen Begleitern zu, wenn auch sehr widerstrebend.

»Er selbst wollte gar nichts«, antwortet Pettigrew. »Er hat all seine Fragen im Auftrag von Ravencourt gestellt. Es scheint ganz so, als würde sich der fette alte Bankier plötzlich für Thomas Hardcastles Mord interessieren.«

Das gibt mir zu denken. Ich mag Cunningham ja einige Aufgaben aufgebürdet haben, als ich Ravencourt war, aber dazu gehörte sicherlich nicht, die Leute zu Thomas Hardcastles Mord zu befragen. Was auch immer Cunningham da gerade treibt, er benutzt Ravencourts Namen, um sich bei den Leuten anzubiedern. Vielleicht gehört das ja zu dem Geheimnis, über das er mich in Unkenntnis halten wollte – jenem Geheimnis, das unbedingt noch seinen Weg in einen Briefumschlag unter dem Sitzpolster des Stuhls in der Bibliothek finden muss.

»Was denn für Fragen?«, hake ich nach. Zum ersten Mal ist mein Interesse geweckt.

»Hat mich immer wieder nach dem zweiten Mörder ausgefragt, dem, von dem Stanwin behauptet hat, er hätte ihn mit einem Gewehrschuss gestreift, bevor er entkommen konnte«, antwortet Herrington, während er sich einen Flachmann an die Lippen hebt. »Wollte wissen, ob es irgendwelche Gerüchte gebe, darüber, wer diese Person war und wie sie aussah.«

»Und gab es welche?«, frage ich.

»Ich habe jedenfalls nie dergleichen gehört«, antwortet Herrington. »Und ich hätte es ihm auch nicht erzählt, wenn das der Fall gewesen wäre. Ich habe ihm eine ordentliche Abfuhr erteilt und ihm gesagt, er solle sich zum Teufel scheren.«

»Das überrascht mich gar nicht, dass Cecil gerade Cunningham darauf angesetzt hat«, wirft Sutcliffe ein und kratzt sich an seinem Schnurrbart. »Der steckt doch mit allen Putzfrauen und Hilfsgärtnern, die jemals einen Penny in Blackheath verdient haben, unter einer Decke. Er weiß wahrscheinlich mehr über dieses Haus als wir alle zusammen.«

»Wieso denn das?«, frage ich.

»Er wohnte doch damals hier, als der Mord geschah«, sagt Sutcliffe und wirft mir über seine Schulter einen Blick zu. »War natürlich damals noch ein Kind, bisschen älter als Evelyn, wenn ich mich recht erinnere. Es wurde damals gemunkelt, er sei Peters Bastard. Helena hat ihn der Köchin aufgehalst, damit die ihn großzieht oder sowas in der Art. Ich habe nie so recht begriffen, wen sie damit eigentlich bestrafen wollte.«

Seine Stimme klingt nachdenklich, was bei einem derart struppigen, unförmigen Geschöpf einen einigermaßen merkwürdigen Eindruck macht. »Die war damals ein hübsches kleines Ding, diese Köchin. Hat ihren Mann im Krieg verloren«, sagt er grüblerisch. »Die Hardcastles haben für die Ausbildung des Jungen bezahlt und ihm sogar die Stelle bei Ravencourt verschafft, als er volljährig wurde.«

»Und warum interessiert sich Ravencourt für einen Mord, der neunzehn Jahre zurückliegt?«, fragt Pettigrew.

»Reine geschäftliche Sorgfalt«, antwortet Herrington unverblümt, während er einen Bogen um einen Haufen Pferdemist macht. »Ravencourt kauft sich schließlich eine Hardcastle, da möchte er schon wissen, was die für Ballast mit sich bringt.«

Danach schweift die Unterhaltung rasch zu Nebensächlichkeiten ab. Doch meine Gedanken bleiben bei Cunningham. Gestern Abend hat er Derby einen Zettel in die Hand gedrückt, auf dem die Worte »Von allen« standen, und mir erzählt, er würde auf Geheiß eines zukünftigen Wirtes eine Reihe von Gästen zusammentrommeln. Das würde bedeuten, dass ich ihm vertrauen kann, aber ganz offensichtlich verfolgt er auf Blackheath auch ganz eigene Absichten. Ich weiß, dass er Peter Hardcastles unehelicher Sohn ist und dass er Fragen zu dem Mord an seinem Halbbruder stellt. Und irgendwo zwischen diesen beiden Tatsachen liegt ein Geheimnis versteckt, das er so verzweifelt bewahren will, dass er sich sogar damit erpressen lässt.

Ich knirsche mit den Zähnen. Wie erfrischend wäre es doch, wenn man an diesem Ort auch nur einer einzigen Person begegnen würde, die exakt das ist, was sie zu sein scheint.

Nachdem wir den gepflasterten Weg zu den Ställen überquert haben, gehen wir in südlicher Richtung auf der niemals endenden Straße, die zum Dorf führt, bis wir endlich das Pförtnerhaus erreichen. Einer nach dem anderen zwängen wir uns in den engen Flur, hängen unsere Mäntel auf, schütteln uns den Regen aus unseren Kleidern und beschweren uns derweil über das draußen herrschende Wetter.

»Hier herein, Freunde«, sagt eine Stimme hinter einer Tür zu unserer Rechten.

Wir folgen der Stimme in eine düstere Wohnstube, die von einem offenen Kaminfeuer beleuchtet wird. Peter Hardcastle sitzt in einem Sessel in der Nähe des Fensters. Er hat ein Bein übers andere geschlagen und ein geöffnetes Buch auf seinem Schoß liegen. Er ist ein wenig älter als es sein Porträt glauben machen will, verfügt jedoch immer noch über einen recht starken und breiten Brustkorb und erweckt zudem einen einigermaßen gesunden Eindruck. Seine dunklen Augenbrauen wachsen v-förmig aufeinander zu, als wollten sie auf die lange Nase und den trübseligen Mund mit seinen herabgezogenen Mundwinkeln hinweisen. Man meint, das zerlumpte Gespenst einstiger, großer Schönheit erkennen zu können, deren Vorrat an glitzernder Pracht jedoch so gut wie versiegt ist.

»Warum zum Teufel treffen wir uns hier draußen?«, fragt Pettigrew mürrisch und lässt sich auf einen Stuhl fallen. »Du besitzt da unten schließlich ein richtiges Herrenhaus ...« – er winkt in die Richtung, in der Blackheath steht – »na ja, oder jedenfalls etwas, das einem Haus zumindest ähnlich sieht.«

»Dieses verdammte Haus war schon immer ein Fluch für meine Familie. Schon als ich ein kleiner Junge war«, sagt Peter Hardcastle und schenkt Drinks in fünf Gläser ein. »Ich werde keinen einzigen Fuß hineinsetzen, bis es sich absolut nicht mehr vermeiden lässt.«

»Vielleicht hättest du daran denken sollen, bevor du eine Schar von Gästen zu der geschmacklosesten Party der Menschheitsgeschichte einludst«, sagt Pettigrew. »Hast du ernsthaft vor, Evelyns Verlobung am Jahrestag des Mordes an deinem eigenen Sohn bekanntzugeben?«

»Denkst du denn, irgendetwas davon war meine Idee?«, entgegnet Hardcastle, schmettert die Flasche auf den Tisch und starrt Pettigrew wütend an. »Denkst du, ich bin gerne hier?«

»Immer mit der Ruhe, Peter«, sagt Sutcliffe besänftigend und watschelt ungelenk zu seinem Freund hinüber, um ihm auf die Schulter zu klopfen. »Christopher hat einfach nur schlechte Laune, weil er – nun, weil er eben Christopher ist.«

»Natürlich«, sagt Hardcastle, dessen rotglühende Wangen nahelegen, dass er alles andere als verständnisvoll ist. »Es ist nur ... Helena verhält sich verdammt merkwürdig. Und dann auch noch diese Geschichte hier. Es ist alles ziemlich aufreibend.«

Er geht zurück zur Anrichte und schenkt die restlichen Drinks aus. Ein unbehagliches Schweigen breitet sich aus. Nur der gegen die Fenster prasselnde Regen ist zu hören.

Was mich anbelangt, so bin ich froh und dankbar, dass es einen Moment still ist und ich mich hinsetzen kann.

Meine Gefährten sind recht forsch marschiert, und es hat mir ziemliche Mühe bereitet, mit ihnen Schritt zu halten. Ich muss erst wieder zu Atem kommen, und mein Stolz gebietet, dass dies niemand mitbekommt. Statt mich also am Gespräch zu beteiligen, sehe ich mich im Zimmer um. Doch es gibt kaum etwas, das eine eingehende Betrachtung lohnen würde. An den Wänden des langen, schmalen Raumes stehen Möbel aufgereiht wie an ein Flussufer gespülte Wrackteile. Der Teppich ist abgewetzt, die Blumentapete grellbunt. In der Luft liegt die Last greiser Lebensjahre, als hätten die vorherigen Bewohner des Hauses in diesem Raum gesessen, bis sie zu Staub zerfielen. Es ist hier zwar bei weitem nicht so unbequem wie in dem Ostflügel, in den Stanwin sich zurückgezogen hat, aber es ist dennoch ein merkwürdiger Aufenthaltsort für den Lord des Anwesens.

Bisher hatte ich noch keinen Anlass, nach der Rolle zu fragen, die Lord Hardcastle bei dem Mord an seiner Tochter spielen könnte, aber dass er sich hier einquartiert hat, legt nahe, dass er außer Sichtweite bleiben möchte. Die Frage ist nur: Welchen Nutzen zieht er aus dieser Abgeschiedenheit?

Die Drinks werden vor uns hingestellt, und Hardcastle setzt sich wieder auf seinen vorherigen Platz. Er nimmt sein Glas, rollt es zwischen den Handflächen hin und her und sammelt seine Gedanken. Sein Gebaren hat etwas Unbeholfenes, das ihn irgendwie liebenswert macht und mich sofort an Michael erinnert.

Sutcliffe, der zu meiner Linken sitzt und sein Glas mit Whisky und Soda bereits zur Hälfte geleert hat, holt ein Dokument aus seiner Jackentasche, reicht es mir und bedeutet mir mit einem Wink, es an Hardcastle weiterzugeben. Es ist ein Ehevertrag, aufgesetzt von der Anwaltskanzlei Dance, Pettigrew & Sutcliffe. Offenbar sind der schwermütige Philip Sutcliffe, der ölige Christopher Pettigrew und ich Geschäftspartner. Doch ich bin sicher, dass Hardcastle uns nicht hierher bestellt hat, um über Evelyns Vermählung zu reden. Dazu wirkt er viel zu abgelenkt, zu unruhig. Außerdem – warum hätte er sonst Herrington zu einer Besprechung hinzugebeten, bei der er eigentlich nur seine Anwälte gebraucht hätte?

Hardcastle bestätigt meinen Verdacht, indem er den Vertrag aus meinen Händen entgegennimmt, nur äußerst flüchtig hineinschaut und ihn dann auf den Tisch wirft.

»Dance und ich haben ihn höchstpersönlich aufgesetzt«, sagt Sutcliffe nun und steht auf, um sich einen weiteren Drink zu holen. »Jetzt brauchst du nur noch Ravencourt und Evelyn unterschreiben zu lassen, und du bist wieder ein reicher Mann. Ravencourt wird dir unmittelbar nach der Unterzeichnung eine Vorauszahlung überweisen und den noch ausstehenden Betrag bis zur eigentlichen Eheschließung treuhänderisch verwalten. In ein paar Jahren wird er dir dann auch noch Blackheath abkaufen. Kein schlechtes Ding, das wir da auf die Beine gestellt haben, wenn ich das mal so sagen darf.«

»Wo ist denn der alte Ravencourt überhaupt?«, fragt Pettigrew und wirft einen Blick zur Tür. »Sollte er nicht bei diesem Gespräch zugegen sein?«

»Helena kümmert sich um ihn«, antwortet Hardcastle. Dann nimmt er einen hölzernen Kasten vom Kaminsims, öffnet ihn und präsentiert uns eine Reihe fetter Zigarren, deren Anblick ein kindisches Raunen in der Runde hervorruft. Ich lehne dankend ab und beobachte Hardcastle dabei, wie er die Zigarren herumreicht. Hinter seinem Lächeln verbirgt sich ein entsetzlicher Eifer, und die scheinbare Freude, die er bei dieser Darbietung empfindet, soll den Weg zu einer ganz anderen Angelegenheit ebnen.

Er will etwas von uns.

»Wie geht es Helena?«, frage ich und nippe an meinem Getränk. Es ist Wasser. Dance gestattet sich nicht einmal die Freuden, die der Alkohol zu bieten hat. »Diese ganze Geschichte hier muss sehr schwer für sie sein.«

»Das will ich auch hoffen. Schließlich war es ihre verdammte Idee, hierher zurückzukehren«, schnaubt Hardcastle, während er sich selbst ebenfalls eine Zigarre nimmt und das Kästchen dann zuklappt. »Wisst ihr, man will ja sein Bestes tun. Ich will sie in allem unterstützen, keine Frage, aber verflixt noch mal, ich habe sie kaum zu Gesicht bekommen, seit wir hier angekommen sind. Ich kriege keine zwei Worte mehr aus ihr heraus. Wäre ich einer von diesen spirituell veranlagten Kerlen, dann würde ich glatt glauben, sie sei von irgendeinem Dämon besessen.«

Streichhölzer werden von Hand zu Hand gereicht, und jeder frönt seinem eigenen Ritual des Zigarrenanzündens. Pettigrew wiegt sich feierlich vor und zurück, Herrington tastet seine Zigarre zärtlich von oben bis unten ab, und Sutcliffe lässt die seine theatralisch in der Luft umherkreisen. Hardcastle hingegen zündet sich sein Exemplar ganz einfach nur an. Währenddessen wirft er mir einen kurzen verschwörerischen Blick zu und verdreht über die Faxen der anderen die Augen.

Kurz flackert so etwas wie Zuneigung in mir auf – das Überbleibsel eines Gefühls, das früher einmal sehr stark war, nun aber zu glimmender Asche zerfallen ist.

Hardcastle bläst eine gewaltige gelbe Rauchfahne in die Luft und lehnt sich in seinem Sessel zurück.

»Gentlemen, ich habe euch heute hierhergebeten, weil wir etwas gemeinsam haben.« Seine Worte klingen steif, als hätte er seine Rede vorher eingeübt. »Wir alle werden von Ted Stanwin erpresst. Ich weiß jedoch einen Weg, wie wir uns befreien können, falls ihr bereit wäret, euch anzuhören, was ich zu sagen habe.«

Er sieht jeden Einzelnen von uns an und wartet auf unsere Reaktion.

Pettigrew und Herrington schweigen, während sich der grobklotzige Sutcliffe verschluckt, prustet und dann einen hastigen Schluck aus seinem Glas nimmt.

»Sprich weiter, Peter«, sagt Pettigrew.

»Ich habe etwas gegen Stanwin in der Hand, das wir gegen unsere Freiheit eintauschen können.«

Im Raum ist es vollkommen still. Pettigrew sitzt auf der Stuhlkante, die vergessene Zigarre qualmt in seiner Hand.

»Und warum hast du das nicht schon längst benutzt?«, fragt er.

»Weil wir da alle gemeinsam drinstecken«, antwortet Hardcastle.

»Wohl eher, weil es ein verdammt großes Risiko ist«, wirft der rotgesichtige Sutcliffe ein. »Du weißt doch, was geschieht, falls es einer von uns wagt, gegen Stanwin vorzugehen. Er wird sofort alles, was er gegen jeden Einzelnen von uns in der Hand hat, an die große Glocke hängen und uns damit Kopf und Kragen kosten. Genau wie er es mit Myerson und dessen Freunden gemacht hat.«

»Er wird uns noch bis aufs Mark aussaugen«, ruft Hardcastle hitzig.

»Er saugt *dich* aus, Peter«, entgegnet Sutcliffe und pocht mit seinem dicken Zeigefinger auf die Tischfläche. »Du stehst im Begriff, dir an Ravencourt eine goldene Nase zu verdienen und willst nicht, dass Stanwin seine dreckigen Finger nach diesem Geld ausstreckt.«

»Dieser Teufel bedient sich seit fast zwanzig Jahren hemmungslos aus meiner Geldschatulle«, ruft Hardcastle und wird rot. »Wie lange soll ich das noch hinnehmen?«

Sein Blick wandert zu Pettigrew.

»Komm schon, Christopher, du bist meinem Vorschlag doch sicher nicht abgeneigt. Stanwin ist schließlich der Grund dafür, dass …« Er unterbricht sich, während eine große Verlegenheit über sein graues Gesicht huscht, wie eine Front aus Gewitterwolken. »Nun, vielleicht wäre Elspeth nicht gegangen, wenn nicht …«

Pettigrew schlürft seinen Drink und äußert weder eine Zurechtweisung noch eine Ermutigung. Ich bin der Einzige, der sehen kann, wie ihm eine hitzige Röte am Hals hinaufkriecht und er das Glas so fest mit seinen Fingern umklammert, dass die Haut unter seinen Nägeln ganz weiß wird.

Hastig wendet Hardcastle seine Aufmerksamkeit mir zu.

»Wir können uns Stanwins Würgegriff entziehen, aber wir müssen uns ihm gemeinsam entgegenstellen«, sagt er und schlägt sich mit der geballten Faust in die Handfläche. »Nur, wenn wir unter Beweis stellen, dass wir alle bereit sind, gegen ihn vorzugehen, wird er uns auch zuhören.«

Sutcliffe bläst die Wangen auf. »Das ist doch …«

»Halt den Mund, Philip«, unterbricht ihn Herrington, dessen befehlsgewohnte Offiziersaugen Hardcastle keine Sekunde loslassen. »Was hast du gegen Stanwin in der Hand?«

Hardcastle wirft einen kurzen argwöhnischen Blick zur Tür hinüber und senkt dann seine Stimme.

»Er hält irgendwo eine uneheliche Tochter verborgen. Er hat Angst, man könne ihre Existenz gegen ihn verwenden, deshalb hat er sie vor allen versteckt. Aber Daniel Coleridge behauptet, er habe herausgefunden, wie sie heißt.«

»Coleridge, der professionelle Glücksspieler?«, fragt Pettigrew. »Wie ist der denn in die ganze Sache verwickelt?«

»Es schien mir nicht geraten, das zu fragen, alter Freund«, antwortet Hardcastle und schwenkt seinen Drink. »Manche Männer steigen eben ab und zu in dunkle Gefilde herab, von denen sich der Rest von uns fernhalten sollte.«

»Man erzählt sich, dass die Hälfte aller Londoner Dienstboten von ihm bestochen wird, damit sie ihm Informationen über ihre Herrschaften zuträgt«, sagt Herrington und zieht verächtlich seine Oberlippe hoch. »Es würde mich nicht wundern, wenn dasselbe auch für Blackheath gälte. Und Stanwin hat hier gewiss lange genug gearbeitet, um hier und da mal ein Geheimnis preisgegeben zu haben. Da könnte also durchaus etwas dran sein.«

Die anderen Männer so über Daniel reden zu hören, löst ein merkwürdiges aufgeregtes Kribbeln in mir aus. Ich weiß ja nun schon seit einiger Zeit, dass er mein letzter Wirt ist, aber er agiert so weit in der Zukunft, dass ich mich ihm nie so recht verbunden gefühlt habe. Jetzt, da ich erkennen kann, wie unsere Ermittlungen zusammenlaufen, fühlt es sich an, als würde ich endlich etwas am Horizont entdecken, nach dem ich ihn schon lange vergeblich abgesucht hatte. Endlich gibt es eine Straße, die uns verbindet.

Hardcastle ist aufgestanden und wärmt sich die Hände am Kaminfeuer. Wenn ich sein von den Flammen erhelltes Gesicht so betrachte, wird deutlich, dass die ins Land gegangenen Jahre ihm mehr geraubt als gegeben haben. Eine große Ungewissheit zieht sich wie ein Sprung durch sein Wesen und untergräbt jeglichen Versuch, eine gewisse Stabilität oder seelische Stärke aufzubauen. Dieser Mann ist in zwei Hälften zerbrochen und dann völlig krumm und schief wieder zusammengefügt worden. Und wenn ich eine Vermutung anstellen müsste, wie das Loch aussieht, das in seiner Mitte klafft, dann würde ich auf die Gestalt eines kleinen Jungen tippen.

»Was will Coleridge von uns?«, frage ich.

Hardcastle starrt mich mit leeren, ausdruckslosen Augen an.

»Wie bitte?«, fragt er zurück.

»Du hast gesagt, Daniel Coleridge habe etwas gegen Stanwin in der Hand, was wiederum bedeutet, dass er im Gegenzug etwas von uns haben will. Ich nehme an, das ist der Grund, warum du uns hier zusammengerufen hast?«

»Ganz genau«, sagt Hardcastle und spielt derweil mit einem losen Knopf an seiner Jacke herum. »Er will, dass wir ihm einen Gefallen tun.«

»Nur einen?«, fragt Pettigrew.

»Einen Gefallen von jedem von uns. Und wir müssen uns verpflichten, unser Versprechen auch einzulösen, sobald er es von uns verlangt, ganz gleich, worum es sich dabei handelt.«

Blicke werden ausgetauscht, Zweifel von einem Gesicht zum anderen weitergereicht. Ich fühle mich wie ein Spion im feindlichen Lager. Ich bin mir zwar nicht sicher, was Daniel vorhat, aber ich habe ganz offensichtlich die Aufgabe, diese Diskussion zu seinen Gunsten zu beeinflussen. Zu *meinen* Gunsten. Wie auch immer dieser Gefallen aussehen mag – er wird hoffentlich dazu dienen, uns zusammen mit Anna aus diesem fürchterlichen Ort zu befreien.

»Ich bin dafür«, sage ich feierlich. »Es ist schon seit Langem überfällig, dass Stanwin endlich die wohlverdiente Quittung für seine Taten erhält.«

»Dem kann ich nur beipflichten«, sagt Pettigrew und wedelt sich den Zigarrenrauch aus dem Gesicht. »Er drückt mir schon viel zu lange mit seinen großen Pranken den Hals zu. Was ist mit dir, Clifford?«

»Der Meinung bin ich auch«, sagt der alte Matrose.

Sämtliche Köpfe wenden sich Sutcliffe zu, dessen Augen unablässig im Kreis durch den Raum schweifen.

»Wir schließen einen Pakt mit dem Teufel«, sagt der zottelige Anwalt schließlich.

»Das mag schon sein«, sagt Hardcastle. »Aber auch ich habe Dante gelesen, Philip. Nicht alle Höllen sind gleich. Also, was sagst du?«

Sutcliffe nickt widerstrebend und starrt währenddessen auf sein Glas hinunter, ohne den Blick zu heben.

»Gut«, sagt Hardcastle. »Ich werde mich erst mit Coleridge treffen, und dann knöpfen wir uns Stanwin noch vor dem Abendessen vor.«

Wenn alles gut geht, wird diese Geschichte hier vorbei sein, bevor wir die Verlobung bekanntgeben.«

»Und so schlüpfen wir mir nichts dir nichts aus einem Geldbeutel heraus und direkt in den nächsten hinein«, sagt Pettigrew und trinkt sein Glas aus. »Wie herrlich es doch ist, ein Gentleman zu sein.«

35.

Jetzt, da wir unsere geschäftlichen Angelegenheiten abgeschlossen haben, trotten Sutcliffe, Pettigrew und Herrington im Gänsemarsch aus dem Wohnzimmer und ziehen dabei eine gewaltige, sich kräuselnde Wolke aus Zigarrenrauch hinter sich her. Peter Hardcastle geht währenddessen zu dem Grammophon hinüber, das auf der Anrichte steht. Er zieht ein Stofftaschentuch aus der Hosentasche, wischt den Staub von einer Schallplatte, senkt die Nadel herab und legt einen Schalter um. Durch das aufragende Rohr schallen Klänge von Brahms in den Raum.

Ich gebe den anderen einen Wink, dass sie ohne mich gehen sollen, und schließe die Tür zum Flur hinter ihnen. Peter hat sich in einen Sessel vor dem Kamin gesetzt und lässt seinen Gedanken freien Lauf. Er hat noch nicht bemerkt, dass ich zurückgeblieben bin, und es fühlt sich an, als würde uns ein tiefer Graben trennen, auch wenn er in Wahrheit nur ein oder zwei Schritte von mir entfernt ist.

Die Zurückhaltung, die Dance in dieser Situation an den Tag legt, lähmt mich. Da ihm selbst jegliche Unterbrechungen verhasst sind, achtet er seinerseits akribisch darauf, andere nicht in ihrem Tun zu stören. Und dann kommt noch erschwerend hinzu, dass die Fragen, die ich jetzt stellen muss, höchst persönlicher Natur sind.

Ich versinke in dem Sumpf der guten Manieren, die meinem Wirt so viel bedeuten. Vor zwei Tagen hätte ich das nicht als Hindernis betrachtet, aber jeder neue Wirt, in dem ich aufwache, ist stärker als der vorherige, und gegen Dance ankämpfen zu müssen, fühlt sich so an, als wäre ich gezwungen, mich beim Gehen gegen einen Orkan zu stemmen.

Immerhin erlaubt es mir die Etikette, ein höfliches Hüsteln von mir zu geben. Hardcastle dreht sich in seinem Sessel um und stellt fest, dass ich noch in der Tür stehe.

»Ah, Dance, alter Freund«, sagt er. »Hast du etwas vergessen?«

»Ich hatte gehofft, wir könnten uns kurz unter vier Augen unterhalten.«

»Gibt es ein Problem mit dem Vertrag?«, fragt er argwöhnisch. »Ich muss zugeben, ich hatte befürchtet, Sutcliffes ständige Sauferei könnte vielleicht ...«

»Es geht nicht um Sutcliffe. Es ist Evelyn«, unterbreche ich ihn.

»Evelyn«, sagt er, und sein Argwohn macht einer großen Erschöpfung Platz. »Ja, natürlich. Komm, setz dich ans Feuer. Dieses verdammte Haus ist schon zugig genug, da muss man sich die Kälte nicht auch noch in die Knochen kriechen lassen.«

Er gewährt mir höflich die Zeit, mich in Ruhe niederzulassen, indem er sich das Hosenbein hochzieht und seinen Fuß vor den Flammen hin und her wendet, als wolle er tanzen. Seine Fehler mögen noch so groß sein, seine Manieren sind einwandfrei.

»Also«, sagt er nach einer Weile, in der er zu der Ansicht gelangt ist, dass den rigorosen Anstandsregeln nun Genüge getan ist. »Was ist mit Evelyn? Ich nehme an, sie weigert sich, das mit der Hochzeit tatsächlich in die Tat umzusetzen?«

Da ich keine Möglichkeit sehe, es ihm schonend beizubringen, entschließe ich mich, ihm die ganze Geschichte einfach geradeheraus aufzutischen.

»Ich fürchte, es ist ein wenig ernster als das«, sage ich. »Jemand hat beschlossen, deine Tochter zu ermorden.«

»Sie zu ermorden?«

Er runzelt die Stirn, lächelt leicht und wartet darauf, dass ich ihm auch noch den Rest des Witzes erzähle. Doch da ich todernst bleibe, verliert er die Fassung und lehnt sich verwirrt vor.

»Das meinst du ernst?«, fragt er und verschränkt die Hände ineinander.

»Ja, das tue ich.«

»Weißt du wer oder warum?«

»Ich weiß nur, wie. Man zwingt sie, Selbstmord zu begehen. Wenn sie es nicht tut, wird jemand, den sie liebt, ermordet werden. Diese Information wurde ihr in einem Brief überbracht.«

»In einem Brief?«, sagt er verächtlich. »Das scheint mir doch alles sehr fragwürdig. Das Ganze ist wahrscheinlich nur ein Spiel. Du weißt doch, wie diese jungen Mädchen so sind.«

»Es ist kein Spiel, Peter«, sage ich streng und wische ihm damit die Zweifel aus dem Gesicht.

»Darf ich fragen, wie du an diese Information gelangt bist?«

»Genau wie ich auch an alle übrigen Informationen gelange. Ich höre zu.«

Er seufzt, kneift sich in die Nase, wiegt die Fakten ab und auch den Mann, der sie ihm vorgelegt hat.

»Glaubst du, jemand will unseren Handel mit Ravencourt sabotieren?«, fragt er schließlich.

»Das hatte ich noch gar nicht in Betracht gezogen«, sage ich, überrascht von seiner Reaktion. Ich hatte erwartet, dass er um das Wohlergehen seiner Tochter besorgt sein und vielleicht hastig einen Plan schmieden würde, wie sich ihre Sicherheit gewährleisten ließe. Aber Evelyn ist für ihn vollkommen nebensächlich. Der einzige Verlust, den er fürchtet, ist der seines Vermögens.

»Fällt dir jemand ein, dem Evelyns Tod in irgendeiner Form dienlich wäre?«, frage ich und muss mich anstrengen, um den Widerwillen zu unterdrücken, den ich ganz plötzlich vor diesem Mann empfinde.

»Nun, wir haben durchaus Feinde – alteingesessene Familien, die nur zu glücklich wären, wenn wir ruiniert wären. Aber von denen würde sich keiner zu so etwas herablassen. Die verlegen sich eher auf andere Methoden. Flüstern herum, verbreiten ihren Klatsch und Tratsch auf irgendwelchen Partys und geben gehässige Kommentare in der *Times* ab. Du weißt ja, wie das ist.«

Er schlägt verdrossen mit der Faust auf die Lehne seines Sessels.

»Verdammt noch mal, Dance, bist du sicher? Das Ganze kommt mir doch sehr abwegig vor.«

»Ich bin sicher. Und um ehrlich zu sein richtet sich mein Verdacht auf jemanden, der dir sehr viel nähersteht. Jemanden unter deinem eigenen Dach«, sage ich.

»Einer der Dienstboten?«, fragt er, senkt seine Stimme und lässt den Blick hastig zur Tür hinüberhuschen.

»Helena«, sage ich.

Der Name seiner Frau trifft ihn wie ein Faustschlag.

»Helena? Du bist doch ... ich meine ... mein lieber Freund ...«

Sein Gesicht wird blutrot. Die Worte kochen in ihm über und schwappen ihm aus dem Mund. Ich kann spüren, wie eine ähnliche Hitze in meinen eigenen Wangen hochsteigt. Diese Befragung ist Gift für Dances Seelenheil.

»Evelyn hat angedeutet, das Verhältnis zu ihrer Mutter sei zerstört«, füge ich rasch hinzu. Ich lege die Worte vor ihn hin wie eine Reihe von Steinen über ein sumpfiges Feld.

Hardcastle ist zum Fenster hinübergegangen und hat mir den Rücken zugekehrt. Die Höflichkeit verbietet es ihm ganz offensichtlich, mich zur Rede zu stellen, aber ich kann sehen, wie sein Körper zittert und wie er die Hände hinter dem Rücken zusammengeballt hat.

»Ich will nicht abstreiten, dass Helena keine große Zuneigung für Evelyn hegt, aber ohne sie sind wir in ein, zwei Jahren bankrott«, sagt er, wobei er jedes seiner Worte sorgfältig abwägt. Er muss kämpfen, um seinen Zorn in Schach zu halten. »Helena würde unsere zukünftige finanzielle Sicherheit niemals auf diese Weise in Gefahr bringen.«

Er hat nicht gesagt, dass sie dessen nicht fähig wäre.

»Aber ...«

»Verdammt noch mal, Dance, was sollen diese Verleumdungen?«, brüllt er mein Spiegelbild im Fenster an, sodass er seine Wut nicht direkt an mir auslassen muss.

Jetzt ist es vorbei. Dance kennt Peter Hardcastle gut genug, um zu wissen, dass der Hausherr jetzt am Ende seiner Geduld angekommen ist. Meine nächste Antwort wird entscheiden, ob er sich mir anvertrauen oder mir die Tür weisen wird. Ich muss meine Worte sehr sorgfältig wählen und dabei genau das in den Vordergrund stellen, was ihm am meisten am Herzen liegt. Entweder ich sage ihm, dass ich hier gerade versuche, das Leben seiner Tochter zu retten, oder ...

»Es tut mir leid, Peter«, beteuere ich und gebe mir Mühe, so versöhnlich wie möglich zu klingen. »Falls tatsächlich jemand versuchen sollte, dieses Abkommen mit Ravencourt zu sabotieren, dann muss ich dem einen Riegel vorschieben, als dein Freund und auch als dein Rechtsbeistand.«

Er fällt in sich zusammen.

»Natürlich musst du das«, sagt er und sieht mich über seine Schulter hinweg an. »Es tut mir leid, alter Freund, es ist nur ... dieses ganze Gerede über Mord ... nun, es hat ein paar alte Erinnerungen geweckt ... du verstehst schon. Ich werde selbstverständlich alles tun, um zu helfen, falls du glaubst, dass sich Evelyn in Gefahr befindet. Aber du irrst dich, wenn du glaubst, dass Helena ihrer Tochter jemals Leid zufügen würde. Sicher, das Verhältnis der beiden ist angespannt, aber sie lieben sich. Da bin ich mir ganz sicher.«

Ich gestatte mir einen kleinen erleichterten Seufzer. Es war anstrengend, die ganze Zeit gegen Dance anzukämpfen, aber jetzt scheine ich endlich kurz davor zu stehen, ein paar Antworten zu bekommen.

»Deine Tochter hat jemanden namens Felicity Maddox kontaktiert und dieser Frau geschrieben, dass sie sich Sorgen wegen Helenas Verhalten macht«, fahre ich fort und folge damit dem Bedürfnis meines Wirtes, alle Fakten in der richtigen Reihenfolge zu nennen. »Felicity steht nicht auf der Gästeliste, aber ich glaube, sie kam dennoch nach Blackheath, um behilflich zu sein. Es besteht durchaus die Möglichkeit, dass sie jetzt als Geisel festgehalten wird, für den Fall, dass Evelyn sich weigern sollte, sich das Leben zu nehmen. Michael hat mir erzählt, Felicity sei eine Kindheitsfreundin deiner Tochter. An mehr konnte er sich jedoch nicht erinnern. Kannst du dich noch an dieses

Mädchen erinnern? Hast du sie vielleicht irgendwo im Haus gesehen? Ich habe Grund zu der Annahme, dass sie sich heute Morgen noch auf freiem Fuß befand.«

Hardcastle sieht verwirrt aus.

»Ich kann mich nicht an sie erinnern und habe sie auch nirgends gesehen. Aber ich muss gestehen, dass Evelyn und ich uns seit ihrer Rückkehr kaum unterhalten haben. Die Umstände, unter denen sie hier eingetroffen ist, die Heirat … all das hat eine Barriere zwischen uns errichtet. Aber es ist merkwürdig, dass Michael dir nicht mehr erzählen konnte. Die beiden sind seit Evelyns Rückkehr vollkommen unzertrennlich, und ich weiß auch, dass er sie oft in Paris besucht und ihr häufig geschrieben hat. Ich hätte gedacht, dass er noch am ehesten diese Felicity kennen würde, wenn es überhaupt irgendjemand tut.«

»Ich werde noch einmal mit ihm sprechen. Aber das, was in Felicitys Brief stand, war doch richtig, nicht wahr? Helena hat sich doch tatsächlich seltsam verhalten in letzter Zeit, oder?«

Die Platte bleibt auf dem Grammophon hängen, und das sich virtuos in die Höhe schraubende Geigensolo wird immer wieder zurück auf die Erde hinuntergezerrt, wie ein Drachen an der Schnur eines übereifrigen Kindes.

Peter wirft einen Blick zu dem Apparat hinüber in der Hoffnung, seine Unzufriedenheit allein könne ausreichen, um ihn wieder in Ordnung zu bringen. Schließlich gibt er auf, geht zu dem Grammophon hinüber, hebt die Nadel hoch, bläst den Staub von der Platte und hält sie ins Licht.

»Sie ist zerkratzt«, sagt er mit einem Kopfschütteln.

Er tauscht die Platte aus, und eine ganz neue Musik schwingt sich empor.

»Erzähl mir von Helena.« Ich versuche, dem Gespräch einen Stoß in die richtige Richtung zu geben. »Es war doch ihre Idee, das Verlöbnis am Jahrestag von Thomas' Tod bekanntzugeben und die Party auf Blackheath zu veranstalten, nicht wahr?«

»Sie hat Evelyn nie verziehen, dass sie Thomas an jenem Vormittag allein gelassen hat«, sagt er und schaut dabei zu, wie sich die Platte dreht. »Ich muss zugeben, ich hatte geglaubt, die Zeit würde ihren Schmerz lindern, aber« – er breitet die Arme aus – »all das hier, das ist so ...« Er atmet tief ein und fasst sich wieder ein wenig. »Helena möchte Evelyn beschämen, das gebe ich durchaus zu. Sie bezeichnet diese Heirat als Bestrafung, aber eigentlich ist es doch eine sehr gute Partie, wenn man das Ganze mal in allen Einzelheiten betrachtet. Ravencourt wird Evelyn nicht anrühren, das hat er mir selbst versichert. ›Ich bin viel zu alt für all das‹, hat er gesagt. Sie kann hinsichtlich ihres Domizils frei zwischen all seinen Häusern wählen, bekommt ein stattliches Taschengeld und kann so leben, wie sie will, so lange sie ihn damit nicht in Verlegenheit bringt. Und als Gegenleistung bekommt er ... nun, du kennst ja die Gerüchte über seine Dienstboten. Gutaussehende Kerle, die rund um die Uhr bei ihm ein- und ausgehen. Ist natürlich alles nur hässlicher Klatsch und Tratsch, aber die Heirat wird dem ein Ende setzen.« Er hält inne und starrt mich trotzig an. »Siehst du, Dance? Warum sollte Helena all das arrangieren, wenn sie vorhätte, Evelyn umzubringen? Das würde ... das könnte sie niemals tun. Im Grunde genommen liebt sie Evelyn ja. Zwar nicht gerade leidenschaftlich, das gebe ich zu, aber durchaus in angemessener Weise. Sie will nur das Gefühl haben, dass Evelyn hinreichend bestraft worden ist. Dann söhnt sie sich wieder mit ihr aus. Du wirst schon sehen. Helena wird schon bald einlenken, und Evelyn wird begreifen, dass diese Heirat eigentlich ein Glück im Unglück ist. Glaub mir, was Helena anbelangt, befindest du dich auf dem Holzweg.«

»Dennoch muss ich mit deiner Frau sprechen, Peter.«

»Mein Kalender ist dort drüben in der Schublade, da stehen auch ihre Termine drin.« Er lacht grimmig. »Unsere Ehe besteht dieser Tage nur noch aus sich überschneidenden Pflichten. Aber du solltest daraus dennoch ersehen können, wo sie gerade zu finden ist.«

Ich eile zu der Schublade hinüber, wobei es mir kaum gelingt, meine Aufregung zu zügeln.

Irgendjemand im Haus, möglicherweise sogar Helena selbst, hat diese Termine aus ihrem Kalender herausgerissen, um zu vertuschen, was sie heute vorhat. Wer auch immer dies tat, hat vergessen oder wusste nicht, dass ihr Ehemann über eine eigene Kopie ihrer Termine verfügt. Und jetzt befindet sich diese Kopie in meinen Händen. Vielleicht können wir ja nun endlich herausbekommen, was es war, das so mühevoll vertuscht werden sollte.

Das Holz der Schublade ist wegen der Feuchtigkeit dermaßen aufgequollen, dass sie sich verkantet hat und nur sehr mühsam öffnen lässt. Im Innern kommt ein mit einer Schnur zugebundenes Moleskine-Büchlein zum Vorschein. Ich durchblättere seine Seiten und finde rasch die für Helena eingetragenen Termine, doch mit meinem Überschwang ist es sofort vorbei. Die meisten von ihnen kenne ich längst. Helena hat sich um 7:30 Uhr mit Cunningham getroffen, auch wenn es keinerlei Hinweise gibt, zu welchem Zweck. Danach war sie um 8:15 Uhr mit Evelyn verabredet und um neun Uhr mit Millicent Derby. Diese Verabredungen hat sie beide versäumt. Um 11:30 Uhr ist eine Zusammenkunft mit dem Stallmeister geplant – also in etwa einer halben Stunde – und dann wird sie am frühen Nachmittag in Ravencourts Salon erwartet.

Dort wird sie nicht erscheinen.

Meine Finger wandern in dem Kalender herum und suchen nach etwas Verdächtigem. Über Evelyn und Ravencourt weiß ich bereits Bescheid, ebenso über Millicent, und sie ist eine alte Freundin, deshalb ist auch das nachvollziehbar, aber welche Angelegenheit könnte so wichtig gewesen sein, dass sie am frühen Morgen als allererstes den Bastard ihres Ehemannes sprechen wollte?

Cunningham hat sich geweigert, mir das zu erzählen, als ich ihn dazu befragt habe, aber er ist der Einzige, der Helena Hardcastle am heutigen Tage zu Gesicht bekommen hat, und das bedeutet, dass ich seine Ausflüchte nicht mehr länger hinnehmen werde.

Ich muss ihn dazu bringen, mir die Wahrheit zu sagen.

Aber zuvor muss ich den Stallungen einen Besuch abstatten.

Zum ersten Mal weiß ich, wo sich die so schwer zu fassende Dame des Hauses aufhalten wird.

»Weißt du, warum sich Helena heute früh mit Charles Cunningham getroffen hat?«, frage ich Peter, während ich den Terminkalender wieder zurück in die Schublade lege.

»Gut möglich, dass Helena ihn einfach nur begrüßen wollte«, antwortet er und gießt sich noch einen Drink ein. »Sie stand dem Jungen schon immer sehr nahe.«

»Ist Charles Cunningham der Grund dafür, dass Stanwin dich erpresst?«, frage ich. »Weiß Stanwin, dass er dein Sohn ist?«

»Komm schon, Dance!«, sagt er und wirft mir einen grimmigen Blick zu.

Ich halte seinem Blick stand, und wehre mich gleichzeitig gegen das Drängen meines Wirtes. Dance legt mir zahllose Entschuldigungen auf die Zunge und will bewirken, dass ich aus dem Raum flüchte. Verdammt ärgerlich. Jedes Mal, wenn ich den Mund öffne, um etwas zu sagen, muss ich erst die tödliche Verlegenheit eines anderen Mannes hinunter kämpfen.

»Du kennst mich, Peter, also weißt du nur zu gut, was es mich kostet, so etwas laut heraus zu sagen«, entgegne ich. »Ich muss über sämtliche Einzelheiten dieser hässlichen Angelegenheit Bescheid wissen.«

Er denkt einen Moment über diese Bemerkung nach, nimmt dann seinen Drink und stellt sich wieder ans Fenster. Nicht, dass dort so besonders viel zu sehen wäre. Die Bäume sind so dicht an das Haus herangewachsen, dass sich ihre Äste gegen das Fensterglas pressen. Peter erweckt den Eindruck, als würde er sie in diesem Moment am liebsten alle ins Innere des Zimmers einladen, wenn er nur könnte.

»Meine Vaterschaft ist nicht der Grund, warum ich erpresst werde«, sagt er schließlich. »Dieser hübsche kleine Skandal wurde damals auf sämtlichen Gesellschaftsseiten ausgewalzt, dafür hat Helena schon gesorgt. Damit lässt sich kein Geld mehr verdienen.«

»Was ist es dann, was Stanwin über dich in der Hand hat?«

»Ich brauche dein Wort darauf, dass niemand sonst davon erfährt«, sagt er.

»Selbstverständlich«, antworte ich, während sich mein Pulsschlag beschleunigt.

»Nun,« – er nippt zur Stärkung an seinem Drink – »bevor Thomas ermordet wurde, hatte Helena eine Affäre mit Charlie Carver.«

»Mit dem Mann, der Thomas ermordet hat?«, rufe ich aus und schieße auf meinem Stuhl in die Höhe.

»Das nennt man wohl ›Hörner aufgesetzt bekommen‹, nicht wahr?«, sagt er, während er weiterhin stocksteif am Fenster stehen bleibt. »In meinem Fall müsste man die Metapher vielleicht ein wenig abändern. Er hat mir die Hörner vielmehr geraubt, indem er mir meinen Sohn nahm und mir stattdessen sein eigenes Kind aufgebürdet hat.«

»Sein eigenes Kind?«

»Cunningham ist nicht mein unehelicher Sohn, Dance. Er ist der Sohn meiner Frau. Charlie Carver war sein Vater.«

»Dieser Schurke!«, rufe ich aus. Für einen Moment ist mir die Kontrolle über Dance entglitten, dessen Empörung jedoch meine eigene Erschütterung widerspiegelt. »Wie um alles in der Welt ist denn das geschehen?«

»Carver und Helena haben sich geliebt«, sagt er wehmütig. »Unsere Ehe war nie … Ich hatte den guten Namen, Helenas Familie das Geld. Das Ganze war praktisch, sogar notwendig, könnte man sagen, aber es bestand keinerlei Zuneigung zwischen uns. Carver und Helena sind zusammen aufgewachsen. Sein Vater war der Wildhüter auf dem Anwesen ihrer Familie. Sie hat mir verschwiegen, in welchem Verhältnis sie zu ihm stand, als sie ihn nach unserer Vermählung nach Blackheath holte. Bedauerlicherweise kamen ihr meine Indiskretionen zu Ohren, unsere Ehe geriet ins Wanken, und etwa ein Jahr später ist sie dann in Carvers Bett gelandet. Bald darauf wurde sie schwanger.«

»Aber du hast Cunningham nicht als dein eigenes Kind anerkannt?«

»Nein. Sie hat zwar während ihrer Schwangerschaft versucht, mich glauben zu machen, er sei von mir, aber sie konnte selbst nicht sicher sein, wer tatsächlich der Vater war, während ich meinerseits damit fortfuhr, zu … nun, die Bedürfnisse eines Mannes sind … du verstehst?«

»Ich denke, das tue ich«, sage ich kühl, während ich mich gleichzeitig der Liebe und des gegenseitigen Respekts entsinne, die Dances Ehe von Anfang an geprägt haben.

»Wie auch immer, ich war auf der Jagd, als Cunningham geboren wurde, also hat sie die Hebamme dazu angestiftet, das Kind aus dem Haus zu schmuggeln und es im Dorf großzuziehen. Bei meiner Rückkehr hat sie mir erzählt, das Kind sei während der Geburt gestorben. Doch sechs Monate später, als sie sicher war, dass das Kind Carver nicht allzu ähnlich sah, tauchte es plötzlich auf unserer Türschwelle auf, in den Armen irgendeines Frauenzimmers, mit dem ich unglücklicherweise einige Zeit in London verbracht hatte. Ein Weib, das keinerlei Skrupel hatte, das Geld meiner Frau zu nehmen und so zu tun, als stamme das Kind von mir. Helena hat das Opfer gespielt und darauf bestanden, dass wir den Jungen bei uns aufnehmen, und zu meiner Schande muss ich gestehen, dass ich mich dazu bereit erklärte. Wir gaben das Kind der Köchin, Mrs. Drudge, die ihn großzog, als wäre es ihr eigener Sohn. Ob du's glaubst oder nicht, aber danach haben wir es tatsächlich geschafft, ein paar Jahre friedlich miteinander auszukommen. Evelyn, Thomas und Michael wurden nacheinander in rascher Abfolge geboren, und für eine Weile waren wir eine glückliche Familie.«

Während der ganzen Geschichte habe ich sein Gesicht genau beobachtet, um nach Anzeichen einer Gefühlsregung zu suchen, aber er hat einfach nur ausdruckslos die Fakten aufgezählt. Erneut fällt mir auf, wie herzlos dieser Mann ist. Vor einer Stunde war ich noch davon ausgegangen, dass es Thomas' Tod war, der seine Gefühlsregungen zu Asche werden ließ, doch mittlerweile frage ich mich, ob dieser Grund und Boden nicht seit jeher vollkommen unfruchtbar war. In diesem Mann gedeiht nichts außer Habgier.

»Und wie hast du dann die Wahrheit herausgefunden?«, frage ich.

»Reiner Zufall«, antwortet er und stemmt zu beiden Seiten des Fensters die Hände gegen die Wand. »Bei einem Spaziergang stieß ich ganz zufällig auf Carver und Helena, die sich über die Zukunft des Jungen stritten. Daraufhin hat sie alles gestanden.«

»Und warum hast du dich nicht von ihr scheiden lassen?«, frage ich.

»Damit alle Welt von meiner Schande erfährt?«, entgegnet er entgeistert. »Heutzutage sind Bastardkinder nichts Besonderes mehr. Aber stell dir vor, was das für ein Getratsche gegeben hätte, wenn herausgekommen wäre, dass Lord Peter Hardcastle von einem gewöhnlichen Gärtnergehilfen zum Hahnrei gemacht wurde? Nein, Dance, das kam überhaupt nicht in Frage.«

»Und was geschah, nachdem du es herausgefunden hattest?«

»Ich habe Carver hinausgeworfen und ihm einen Tag Zeit gegeben, das Anwesen zu verlassen.«

»Und am selben Tag hat er dann Thomas ermordet?«

»Ganz genau. Unsere Auseinandersetzung hat ihn in Rage versetzt und er ... er ...«

Seine Augen sind vom Alkohol rot und verschwommen. Er hat sein Glas schon den ganzen Vormittag immer wieder geleert und neu gefüllt.

»Ein paar Monate später kam Stanwin dann zu Helena und hat die Hand aufgehalten. Wie du siehst, werde ich nicht unmittelbar selbst erpresst, Dance. Es geht um Helena und mit ihr um meinen eigenen Ruf. Dafür bezahle ich.«

»Und was ist mit Michael, Evelyn und Cunningham?«, frage ich.

»Kennen sie diese Geschichte? Oder auch nur Teile davon?«

»Nicht, dass ich wüsste. Es ist schwer genug, ein Geheimnis zu bewahren, da muss man es nicht auch noch einem Kindermund anvertrauen.«

»Aber wie ist es dann Stanwin zu Ohren gekommen?«

»Diese Frage stelle ich mir seit neunzehn Jahren, und ich bin der Antwort noch keinen Deut nähergekommen. Vielleicht war er ja mit

Carver befreundet, schließlich unterhalten sich die Dienstboten untereinander. Anders kann ich mir das nicht erklären. Das Einzige, was ich genau weiß, ist, dass ich ruiniert wäre, wenn irgendetwas davon an die Öffentlichkeit gelangen würde. Ravencourt ist sehr empfindlich, was Skandale anbelangt, und er würde nicht in eine Familie einheiraten wollen, deren Name auf allen Titelseiten der Zeitungen in den Dreck gezogen wird.«

Er senkt die Stimme, die jetzt betrunken und giftig klingt, und weist mit dem Finger direkt auf mich.

»Sieh zu, dass Evelyn am Leben bleibt, und ich gebe dir alles, was du verlangst, hörst du? Ich werde nicht dulden, dass diese Schlampe mich mein Vermögen kostet, Dance. Das lasse ich einfach nicht zu.«

36.

Peter Hardcastle ist in ein betrunkenes Schmollen verfallen und hält sein Glas so fest umklammert, als hätte er Angst, jemand könne es ihm wegnehmen. Ich komme zu dem Schluss, dass er mir nun nicht weiter von Nutzen ist, nehme mir einen Apfel aus der Obstschale, murmele noch eine unaufrichtige Entschuldigung, schleiche mich aus dem Zimmer und schließe die Tür hinter mir, damit er nicht mitbekommt, dass ich die Treppe hinaufsteige. Ich muss unbedingt mit Gold reden und will zuvor nicht noch durch einen Sumpf aus Fragen waten müssen.

Am oberen Ende der Treppe begrüßt mich ein Luftzug. Er windet und dreht sich wie eine gierige Schlange, zwängt sich durch die gesprungenen Fenster und Spalten unter den Türen hindurch und wirbelt die über den Boden verteilten Blätter auf. Ich muss daran denken, wie ich eben diesen Flur als Sebastian Bell durchschritten habe, auf der Suche nach dem Butler und mit Evelyn an meiner Seite. Es ist seltsam, sich die beiden hier vorzustellen und noch seltsamer, sich in Erinnerung zu rufen, dass Bell und ich ein und derselbe Mann sind. Seine Feigheit lässt mich erschaudern, aber es liegt mittlerweile eine so große Entfernung zwischen uns, dass sie kein Teil mehr von mir ist. Er kommt mir wie eine peinliche Geschichte vor, die mir vor Jahren einmal jemand auf einer Party erzählt hat. Als müsse sich jemand anderes für ihn schämen.

Dance verachtet Männer wie Bell, aber ich kann es mir nicht leisten, ein solch voreingenommenes Urteil zu fällen. Ich habe keine Ahnung, was für ein Mensch ich jenseits der Mauern von Blackheath bin oder wie ich denke, wenn ich nicht im Kopf eines anderen stecke. Wer weiß, vielleicht bin ich ja genau wie Bell … und wäre das denn tatsächlich so furchtbar? Ich beneide ihn um sein Mitgefühl, so wie ich Ravencourt um seine Intelligenz beneide und Dance um seine Fähigkeit, hinter jedem verhüllenden Schleier den eigentlichen Kern einer Sache erkennen zu können. Wäre es mir möglich, auch nur eine einzige dieser Eigenschaften aus Blackheath mitzunehmen, so würde ihr Besitz mich mit Stolz erfüllen.

Nachdem ich mich vergewissert habe, dass ich allein im Flur bin, betrete ich das Zimmer, in dem Gregory Gold mit gefesselten Händen von der Decke herabhängt. Er murmelt vor sich hin, krümmt sich vor Schmerzen und scheint sich verzweifelt zu bemühen, einem äußerst hartnäckigen Albtraum zu entfliehen. Das Mitgefühl drängt mich, ihn loszuschneiden, aber Anna hätte ihn sicher nicht so hier hängen lassen, wenn es nicht einen sehr triftigen Grund dafür gebe.

Dennoch, ich muss unbedingt mit ihm sprechen. Also schüttle ich ihn, erst sanft, dann kräftiger.

Nichts.

Ich gebe ihm einen Schlag auf die Wange und schütte ihm dann das Wasser aus einem in der Nähe stehenden Krug über den Kopf, aber er wacht nicht auf. Wie grauenvoll. Doktor Dickies Beruhigungsmittel kennen kein Erbarmen. Ganz gleich, wie sehr Gold sich windet, es gelingt ihm nicht, sich aus ihren Fängen zu befreien. Mir dreht sich der Magen um, und eine Eiseskälte schleicht mir in die Knochen. Bis jetzt hatte ich nur ein vages, unwirkliches Bild der Schrecknisse, die mir in meiner Zukunft bevorstanden – es waren dunkle Schatten, die mir im Nebel auflauerten. Doch dies hier, das bin ich, das ist mein Schicksal. Ich stelle mich auf die Zehenspitzen und ziehe seine Ärmel herunter, sodass ich die Schnittwunden an seinen Armen sehen kann, die er mir gestern Nacht gezeigt hat.

»Steig nicht aus der Kutsche aus«, murmele ich, mir seine Warnung in Erinnerung rufend.

»Lassen Sie ihn sofort los!«, sagt Anna hinter mir. »Und dann drehen Sie sich um. Schön langsam. Ich werde Sie kein zweites Mal auffordern.«

Ich tue wie geheißen.

Sie steht auf der Türschwelle und zielt mit einem Gewehr auf mich. Die blonden Haare quellen unter ihrer Haube hervor, ihr Gesichtsausdruck ist grimmig. Sie hält das Gewehr zielgenau und mit ruhiger Hand, und ihr Finger liegt auf dem Abzug. Eine falsche Bewegung und sie würde mich töten, um Gold zu schützen, da bin ich mir sicher. Ganz gleich, wie schlecht meine Chancen stehen, wie sehr sich das Schicksal auch gegen mich gewendet haben mag – zu wissen, dass ich jemandem so viel bedeute, führt dazu, dass sich selbst Dances kaltes Herz in seiner Brust weitet.

»Ich bin es, Anna«, sage ich. »Ich bin Aiden!«

»Aiden?«

Sie senkt das Gewehr ein wenig und tritt näher an mich heran, so nah, dass ich ihren Atem spüren kann, und betrachtet mit prüfendem Blick die Furchen und Falten, die ich in dieser Gestalt hinzugewonnen habe.

»Das Buch erwähnte, dass du alt werden würdest«, sagt sie und hält das Gewehr nur noch mit einer Hand. »Aber nicht, dass du ein Gesicht wie ein Grabstein haben würdest.«

Sie nickt zu Gold hinüber.

»Und, bewunderst du die Messerschnitte?«, fragt sie. »Der Arzt meinte, die habe er sich selbst zugefügt. Der arme Kerl hat seine Arme in Fetzen geschnitten.«

»Warum?«, frage ich entsetzt und versuche mir vorzustellen, unter welchen Umständen ich mich wohl selbst mit dem Messer attackieren könnte.

»Das müsstest du eigentlich besser wissen als ich«, schnieft sie. »Lass uns an einem wärmeren Ort reden.«

Ich folge ihr in das gegenüberliegende Zimmer, wo der Butler unter einem weißen Baumwolllaken liegt und friedlich schläft. Durch ein hohes Fenster fällt helles Licht in den Raum, und im Kamin flackert ein kleines Feuer. Abgesehen von dem getrockneten Blut, das das Kopfkissen verunstaltet, mutet alles recht gemütlich an und verströmt eine liebevolle, innige Atmosphäre.

»Ist er schon aufgewacht?«, frage ich und nicke zu dem Butler hinüber.

»Ganz kurz, in der Kutsche. Wir sind noch nicht lange hier. Der arme Kerl konnte kaum atmen. Was ist mit Dance? Wie ist er so?«, fragt Anna und schiebt währenddessen das Gewehr unters Bett.

»Humorlos. Hasst seinen Sohn. Ansonsten ist er in Ordnung. Alles ist besser als Jonathan Derby«, antworte ich und gieße mir ein Glas Wasser aus dem Krug ein, der auf dem Tisch steht.

»Den habe ich heute früh kennengelernt«, sagt sie gedankenverloren. »Ich kann mir kaum vorstellen, dass es Spaß macht, in dessen Kopf zu stecken.«

»Tut es auch nicht«, sage ich und werfe ihr den Apfel zu, den ich aus dem Wohnzimmer mitgenommen hatte. »Du hast ihm erzählt, dass du Hunger hast, also habe ich dir das hier mitgebracht. Ich war nicht sicher, ob du in der Zwischenzeit Gelegenheit hattest, etwas zu essen.«

»Hatte ich nicht«, sagt sie und reibt den Apfel an ihrer Schürze sauber. »Danke!«

Ich gehe zum Fenster hinüber und wische mit dem Hemdsärmel ein kleines Loch in den Schmutz. Das Fenster geht auf die Straße hinaus. Überrascht stelle ich fest, dass dort draußen der Pestdoktor steht und auf das Pförtnerhaus zeigt. Direkt neben ihm steht Daniel, und die beiden scheinen sich miteinander zu beraten. Es verstört mich, Zeuge dieser kleinen Szene geworden zu sein. Bisher war mein Gesprächspartner stets schärfstens darauf bedacht, eine Barriere zwischen uns aufzurichten. Die Nähe, die ich nun dort vor mir sehe, kommt mir wie eine Kollaboration vor. Als hätte ich mich ergeben, hätte mich Blackheath in gewisser Weise gebeugt und Evelyns Tod als unabwendbar hingenommen, zusammen mit der Behauptung des Pestdoktors, dass nur einer von uns entkommen kann. Doch nichts könnte der Wahrheit weniger entsprechen. Das Bewusstsein, dass ich diesen Tag ändern kann, hat mir den Glauben daran zurückgegeben, dass es zu kämpfen lohnt. Also worüber um alles in der Welt unterhalten sich diese beiden dort unten?

»Was siehst du dort?«, fragt Anna.

»Den Pestdoktor, wie er mit Daniel spricht«, antworte ich.

»Den habe ich noch nicht kennengelernt«, sagt sie und beißt in ihren Apfel. »Und was zum Teufel ist ein Pestdoktor?«

Ich blinzle sie an. »Es wird allmählich zu einem Problem, dass ich dir andauernd in der falschen Reihenfolge begegne.«

»Wenigstens gibt es von mir nur eine Einzige«, sagt sie. »Erzähl mir von deinem Pestdoktor.«

Ich weihe sie rasch in meine Geschichte mit dem Pestdoktor ein, angefangen bei unserer ersten Begegnung im Arbeitszimmer, als ich Sebastian Bell war. Ich erzähle ihr, wie er mein Automobil anhielt, als ich zu fliehen versuchte, und wie er mich unlängst gescholten hat, als ich in Gestalt von Jonathan Derby der Zofe Madeline Aubert im Wald hinterherjagte. Es kommt mir vor, als sei das eine Ewigkeit her.

»Klingt ganz so, als hättest du einen Freund gewonnen«, sagt sie und kaut geräuschvoll ihren Apfel.

»Er benutzt mich«, sage ich. »Ich weiß nur noch nicht wofür.«

»Aber Daniel könnte das wissen. Die beiden machen einen ziemlich kumpelhaften Eindruck«, sagt sie und stellt sich neben mich ans Fenster. »Hast du irgendeine Ahnung, worüber die sich da gerade unterhalten? Hast du vielleicht Evelyns Mord aufgeklärt und vergessen, es mir zu erzählen?«

»Wenn wir es richtig anfangen, dann wird es gar keinen Mord zum Aufklären geben«, sage ich, während meine Aufmerksamkeit unverwandt auf die beiden Gestalten dort unten gerichtet bleibt.

»Also versuchst du immer noch, sie zu retten, obwohl der Pestdoktor dir gesagt hat, das sei nahezu unmöglich?«

»Die Hälfte dessen, was er mir sagt, ignoriere ich grundsätzlich«, sage ich abwesend. »Nenne es eine gesunde Skepsis gegenüber jeglichen Weisheiten, die durch eine Maske hindurch mitgeteilt werden. Außerdem weiß ich, dass es möglich ist, diesen Tag zu ändern. Ich habe es gesehen.«

»Verdammt noch mal, Aiden«, sagt sie wütend.

»Was ist denn?«, frage ich verwundert.

»Das hier! All das hier!«, ruft sie und breitet verärgert die Arme aus. »Wir hatten eine Vereinbarung, du und ich. Ich sollte in diesem kleinen Zimmer hocken und dafür sorgen, dass den beiden hier nichts geschieht, und du wolltest derweil deine acht Leben dazu benutzen, diesen Mord aufzuklären.«

»Aber genau das tue ich doch«, sage ich. Ihr Zorn verwirrt mich.

»Nein, das tust du nicht«, entgegnet sie. »Du rennst durch die Gegend und versuchst, eine Person zu retten, deren Tod unsere beste Chance auf ein Entkommen ist.«

»Sie ist meine Freundin, Anna.«

»Sie ist *Bells* Freundin«, widerspricht sie. »Sie hat Ravencourt gedemütigt und Derby fast umgebracht. So wie ich das sehe, hat ein langer eisiger Winter mehr Wärme als diese Frau.«

»Sie hatte gute Gründe für ihr Verhalten.«

Es ist eine kümmerliche Antwort, mit der ich eigentlich nur die Frage abwehren will, statt sie zu beantworten. Anna hat recht, Evelyn ist schon seit sehr langer Zeit nicht mehr meine Freundin gewesen, und obwohl die Erinnerung an ihre Herzlichkeit immer noch nachklingt, ist sie doch nicht meine treibende Kraft. Da ist etwas anderes, etwas tiefer Liegendes, etwas, das sich in mir krümmt und windet. Die Vorstellung, einfach zuzulassen, dass sie niedergeschlachtet wird, macht mich krank. Nicht Dance und auch keinen anderen meiner Wirte, nein, es macht *mich* krank, mich, Aiden Bishop.

Doch unglücklicherweise steigert Anna sich gerade in eine heftige Wut hinein und gibt mir keine Gelegenheit, über diese Offenbarung nachzudenken.

»Ihre Gründe sind mir egal, es sind deine Gründe, die mir wichtig sind«, sagt sie und weist mit dem Finger auf mich. »Vielleicht kannst du es ja nicht spüren, aber tief in meinem Innern weiß ich, wie lange ich schon an diesem Ort bin. Es sind *Jahrzehnte*, Aiden, da bin ich mir ganz sicher. Ich muss hier raus, ich muss einfach von hier fortkommen, und das hier ist meine beste Gelegenheit. Mit dir zusammen. Du hast acht Leben, du wirst es schon irgendwann schaffen. Aber ich tue all das nur ein einziges Mal und vergesse es dann wieder. Ohne dich stecke ich fest. Und was ist, wenn du das nächste Mal als Bell aufwachst und dich nicht an mich erinnerst?«

»Ich werde dich nicht hier zurücklassen, Anna«, sage ich mit Nachdruck. Die Verzweiflung in ihrer Stimme erschüttert mich.

»Dann kläre diesen verdammten Mord auf, so, wie es dir der Pestdoktor aufgetragen hat, und glaube ihm endlich, wenn er dir sagt, dass Evelyn nicht gerettet werden kann!«

»Ich kann ihm nicht vertrauen«, sage ich und verliere die Beherrschung. Ich muss ihr den Rücken zukehren.

»Warum nicht? Alles, was er gesagt hat, ist doch eingetreten. Er ...«

»Er hat mir gesagt, dass du mich verraten wirst«, rufe ich aus.

»Was?«

»Er hat mir gesagt, du würdest mich verraten«, wiederhole ich, von diesem Geständnis vollkommen aufgewühlt. Bis jetzt hatte ich die Anschuldigung kein einziges Mal ausgesprochen und es vorgezogen, sie in eine stille Ecke meiner Gedanken zu verbannen. Jetzt, da ich es laut gesagt habe, wird es plötzlich zu einer realen Möglichkeit, und es jagt mir Angst ein. Anna hat recht, alles, was der Pestdoktor angekündigt hat, ist wahr geworden, und so stark meine Verbindung zu dieser Frau auch sein mag, die da gerade vor mir steht, ich kann unmöglich vollkommen sicher sein, dass sie sich nicht gegen mich wenden wird.

Sie taumelt rückwärts, als wäre sie geschlagen worden, und schüttelt den Kopf.

»Ich würde nie ... Aiden, das würde ich nie tun, das schwöre ich.«

»Er hat gesagt, du würdest dich an mehr Dinge aus unserem letzten Zyklus erinnern, als du zugeben wolltest«, sage ich. »Stimmt das? Gibt es da etwas, das du mir verschwiegen hast?«

Sie zögert.

»Ist es wahr, Anna?«, bedränge ich sie.

»Nein«, sagt sie mit Nachdruck. »Er versucht, uns zu entzweien, Aiden. Ich weiß nicht warum, aber du darfst nicht auf ihn hören.«

»Aber genau das meine ich doch«, brülle ich. »Wenn der Pestdoktor über Evelyn die Wahrheit sagt, dann sagt er auch über dich die Wahrheit. Und das glaube ich nicht. Ich glaube, er will irgendetwas, etwas, über das wir nicht Bescheid wissen, und ich glaube, er benutzt uns, um es sich zu verschaffen.«

»Selbst, wenn das der Fall wäre, verstehe ich nicht, warum du so darauf bestehst, Evelyn zu retten«, sagt Anna, die noch immer versucht, das, was ich ihr erzählt habe, zu verarbeiten.

»Weil jemand sie umbringen wird«, sage ich zögernd. »Und diese Person begeht diesen Mord nicht selbst, sondern verstrickt Evelyn in ein derart teuflisches Netz, dass sie es ihrerseits tun muss. Und dann sorgt die Person auch noch dafür, dass alle es sehen können. Das ist grausam, und wer auch immer dafür verantwortlich ist, genießt das Ganze. Und ich kann nicht ... Es ist ganz gleich, ob wir sie mögen oder nicht oder ob der Pestdoktor recht hat – man darf es einfach nicht hinnehmen, wenn jemand umgebracht und dabei auch noch zur Schau gestellt wird. Sie ist unschuldig. Und wir können das verhindern. Und das sollten wir auch.«

Ich verstumme atemlos. Wie ein Schlafwandler taumele ich an dem Rand einer Erinnerung entlang, die Annas Fragen in mir wachgerufen haben. Es kommt mir so vor, als sei ein Vorhang aufgezogen worden und als könne ich nun durch den entstandenen Spalt fast den Mann sehen, der ich früher einmal war. Schuld und Trauer, diese Gefühle sind der Schlüssel, da bin ich ganz sicher. Ihretwegen bin ich überhaupt erst nach Blackheath gekommen. Sie haben mich dazu getrieben, Evelyn retten zu wollen, aber das ist nicht der eigentliche Grund, warum ich hier bin.

»Da war noch jemand anderes«, sage ich langsam und versuche, mich an den Rändern der Erinnerung festzuklammern. »Es war eine Frau, glaube ich. Sie ist der Grund, warum ich hierhergekommen bin. Aber ich habe sie nicht retten können.«

»Wie war ihr Name?«, fragt Anna. Sie nimmt meine runzligen alten Hände in die ihren und schaut zu mir hoch.

»Ich kann mich nicht daran erinnern«, sage ich, während mir vor lauter Konzentration der Schädel brummt.

»War ich es?«

»Ich weiß es nicht«, sage ich.

Die Erinnerung entgleitet mir. Tränen laufen mir über die Wangen, und ein dumpfer Schmerz zerreißt meine Brust. Ich habe das Gefühl, als hätte ich jemanden verloren, aber ich habe keine Ahnung, wen. Ich schaue in Annas geweitete braune Augen.

»Sie ist fort«, sage ich schwach.

»Es tut mir leid, Aiden.«

»Das braucht es nicht«, sage ich und kann spüren, wie meine Kräfte zurückkehren. »Wir werden aus Blackheath herauskommen, das verspreche ich dir, aber ich muss es auf meine Art tun. Ich werde es schon schaffen, aber du musst mir vertrauen, Anna.«

Ich rechne damit, dass sie Einspruch erhebt, aber sie verblüfft mich mit einem Lächeln.

»Also gut. Wo fangen wir an?«, fragt sie.

»Ich werde jetzt als Erstes Helena Hardcastle ausfindig machen«, antworte ich und wische mir mit einem Taschentuch die Tränen aus dem Gesicht. »Hast du irgendetwas über den Lakaien herausfinden können? Er hat Derby letzte Nacht getötet, und ein Angriff auf Dance wird zweifellos auch nicht mehr lange auf sich warten lassen.«

»Was das betrifft, habe ich tatsächlich einen Plan ausgeheckt.«

Sie schaut unters Bett, holt das Skizzenbuch darunter hervor und wirft es mir in den Schoß. Nun habe ich endlich das Buch vor mir, dessen Anweisungen sie schon den ganzen Tag gefolgt ist, aber das komplexe, ausgeklügelte Geflecht aus Ursache und Wirkung, mit dem ich gerechnet hatte, ist nirgends zu entdecken.

Soweit ich das erkennen kann, besteht der Inhalt aus reinem Kauderwelsch.

»Ich dachte, ich dürfte das nicht sehen?«, frage ich und verrenke den Hals, um ihre ungelenke, auf dem Kopf stehende Schrift zu lesen. »Ich fühle mich geehrt.«

»Nicht nötig. Ich lasse dich nur so viel sehen, wie du brauchst«, sagt sie.

Jemand hat mit fahriger Hand irgendwelche rot eingekreisten Warnungen eingetragen, hat Zeichnungen von den Ereignissen dieses Tages gemacht, sowie Bruchstücke von Gesprächen aufgeschrieben. All das wurde flüchtig aufs Papier geworfen, ohne irgendeinen erklärenden Zusammenhang. Ich erkenne den ein oder anderen Moment wieder, einschließlich einer hastigen Skizze der Szene, wie der Butler von Gold verprügelt wird. Doch das meiste ist bedeutungslos.

Erst nachdem ich das Chaos eine Weile hilflos angestarrt habe, beginne ich zu erkennen, dass Anna versucht hat, eine gewisse Ordnung hineinzubringen. Sie hat sich einen Bleistift genommen und sorgfältig Notizen neben die jeweiligen Eintragungen an den Rand geschrieben. Sie hat Vermutungen angestellt, Zeiten notiert, unsere Gespräche festgehalten und Querverweise zu denen hergestellt, die bereits im Buch standen. Auf diese Weise hat sie versucht, dem Buch diejenigen Informationen zu entlocken, die ihr nützlich sein könnten.

»Ich bezweifle, dass du damit viel anfangen kannst«, sagt Anna, die mir dabei zusieht, wie ich um Verständnis ringe. »Einer deiner Wirte hat es mir in die Hand gedrückt. Es könnte genauso gut in einer anderen Sprache verfasst worden sein. Das meiste ergibt überhaupt keinen Sinn, aber ich habe immer wieder etwas hinzugefügt und benutze es, um einen Überblick darüber zu gewinnen, was du so treibst. Da drin steht alles, was ich über dich weiß. Jeder einzelne Wirt und auch alles, was diese Wirte getan haben. Nur so gelingt es mir einigermaßen Schritt zu halten, aber das Buch ist nicht vollständig. Es gibt noch einige Lücken. Deshalb musst du mir sagen, wann der beste Zeitpunkt wäre, um Bell anzusprechen.«

»Bell? Warum Bell?«

»Dieser Lakai sucht nach mir. Also werden wir ihm ganz genau mitteilen, wo ich zu einem bestimmten Zeitpunkt sein werde«, sagt sie und schreibt eine Notiz auf ein loses Blatt Papier. »Wir trommeln ein paar deiner anderen Wirte zusammen und lauern ihm auf, wenn er sein Messer zückt.«

»Und wie sollen wir das anstellen – ihn in eine Falle zu locken?«, frage ich.

»Hiermit.« Sie reicht mir die Notiz. »Wenn du mir alles über Bells Tag berichtest, dann kann ich diesen Zettel irgendwo platzieren, wo er ihn mit Sicherheit finden wird. Dann brauche ich das Ganze nur noch beiläufig in der Küche zu erwähnen, und innerhalb einer Stunde weiß das ganze Haus davon. Und dem Lakaien wird es dann auf jeden Fall auch zu Ohren kommen.«

Du darfst Blackheath auf keinen Fall verlassen, es hängen mehr Leben davon ab als nur Dein eigenes. Komm um zwanzig nach zehn Uhr abends zu dem Mausoleum auf dem Familienfriedhof. Ich treffe Dich dort und werde Dir alles erklären.

In Liebe, Anna

Ich fühle mich an jenen Abend zurückversetzt, als Evelyn und Bell mit dem Revolver in der Hand auf den dunklen Friedhof pirschten und dort nichts als Schatten und einen zertrümmerten, blutbesudelten Kompass fanden.

Das mag zwar kein besonders ermutigendes Omen sein, aber es ist auch kein endgültiger, klar umrissener Tatbestand. Es ist nur ein weiteres Stück Zukunft, das sich aus dem Knäuel gelöst hat, und bevor ich nicht dort angekommen bin, werde ich nicht wissen, was es zu bedeuten hat.

Anna wartet auf meine Reaktion, aber mein vages Unbehagen ist kein ausreichender Grund, um etwas gegen ihren Plan einzuwenden.

»Hast du gesehen, wie das hier endet? Wird es funktionieren?«, fragt sie und fingert nervös am Saum ihres Ärmels herum.

»Das weiß ich nicht. Aber einen besseren Plan haben wir nicht«, antworte ich.

»Wir werden Hilfe brauchen, und dir gehen allmählich die Wirte aus.«

»Mach dir keine Gedanken. Ich werde die Notiz finden.«

Dann hole ich einen Füllfederhalter aus meiner Tasche und füge der Nachricht noch eine weitere Zeile hinzu, eine, die dem armen Bell eine Menge Ärger ersparen wird.

Oh, und vergiss Deine Handschuhe nicht, sie fangen gerade zu brennen an.

37.

Ich höre die Pferde, bevor ich sie sehen kann. Dutzende von Hufen, die über Pflastersteine klappern. Es dauert nicht lange, und ich rieche sie auch, ein modriger Geruch, unter den sich der Gestank von Mist mischt, ein dichter, heranrollender Nebel, den selbst der heftige Wind nicht zerstreuen kann. Kurz nachdem ich von ihren Ausdünstungen heimgesucht wurde, sehe ich endlich auch die Tiere selbst. Es sind etwa dreißig, vor Kutschen gespannte Pferde, die aus den Stallungen heraus und über die Hauptstraße zum Dorf geführt werden.

Die Stallburschen, die zu Fuß neben ihnen hergehen, tragen alle eine Art Uniform, die aus Schiebermützen, weißen Hemden und losen grauen Hosen besteht. Dadurch sind sie genauso wenig voneinander zu unterscheiden wie die Tiere, die sich in ihrer Obhut befinden.

Ich starre nervös auf die vielen Hufe. Eine Erinnerung schießt mir durch den Kopf, ich entsinne mich, wie ich einmal als Junge von einem Pferd abgeworfen wurde, wie dann die Hufe der Bestie mich an der Brust trafen, wie meine Knochen zersplitterten …

Lass nicht zu, dass Dance dich vereinnahmt.

Ich reiße mich von den Erinnerungen meines Wirtes los und senke die Hand, die sich instinktiv zu der Narbe an meiner Brust gehoben hat.

Es wird immer schlimmer.

Bells Persönlichkeit ist nur äußerst selten an die Oberfläche gekommen. Aber Derbys Lüsternheit und Dances rigorose Manieren, zusammen mit seinen schrecklichen Kindheitserinnerungen, machen es immer schwieriger, einen geraden Kurs zu halten.

Ein paar Pferde in der Mitte schnappen nach den Tieren weiter außen, sodass sich eine Welle der Unrast durch die muskulöse braune Flut zieht. Das reicht schon aus, um mich einen panischen, unbesonnenen Schritt von der Straße herunter tun zu lassen, was zur Folge hat, dass ich direkt in einen Haufen Pferdemist trete.

Ich bin noch damit beschäftigt, mir den Dreck von den Schuhen zu wischen, als sich einer der Stallburschen aus dem Rudel löst.

»Kann ich Ihnen irgendwie helfen, Mr. Dance?«, fragt er und zieht grüßend die Mütze vom Kopf.

»Du kennst mich?«, frage ich, überrascht, dass er meinen Namen weiß.

»Verzeihen Sie, Sir, ich heiße Oswald, Sir. Ich habe den Hengst für Sie gesattelt, auf dem Sie gestern geritten sind. Das ist eine schöne Sache, Sir, wenn man einen echten Gentleman auf einem Pferd sieht. Es gibt nicht mehr viele, die noch so reiten können wie Sie, Sir.«

Er lächelt und zeigt mir dabei seine von zahlreichen Lücken durchsetzten, vom Tabak braun gefärbten Zahnreihen.

»Ach ja, natürlich«, sage ich, während ihn die vorübertrottenden Pferde in den Rücken stupsen. »Aber ja, Oswald, du kannst mir tatsächlich helfen. Ich suche Lady Hardcastle. Sie war eigentlich mit Alf Miller, dem Stallmeister verabredet.«

»Was ihre Ladyschaft angeht, bin ich mir nicht sicher, aber Alf haben Sie gerade eben verpasst. Der ist vor etwa zehn Minuten mit jemandem fortgegangen. Sie sind runter zum See, soweit ich das erkennen konnte, und haben den Pfad an der Koppel entlang genommen. Der geht rechts ab, direkt hinter dem Torbogen. Wenn Sie sich beeilen, können Sie die beiden wahrscheinlich noch einholen.«

»Danke, Oswald.«

»Gern geschehen, Sir.«

Dann lupft er noch einmal kurz seine Mütze und reiht sich wieder ins Rudel ein.

Ich halte mich am Straßenrand und gehe weiter auf die Stallungen zu, wobei mich die losen Pflastersteine erheblich verlangsamen. In meinen anderen Wirten bin ich einfach nur zur Seite gesprungen, wenn einer der Steine unter mir nachgab. Doch Dances alte Beine sind nicht mehr wendig genug für ein solches Ausweichmanöver, und jedes Mal, wenn einer der Steine unter meiner Last zu wackeln beginnt, verrenkt es mir den Knöchel und die Knie und droht, mich zu Fall zu bringen.

In verdrießlicher Stimmung gehe ich unter dem Torbogen hindurch. Der dahinter liegende Hof, in dem eben noch die Kutschen standen, ist mit Hafer, Heu und zerquetschtem Obst übersät. Ein einzelner Junge bemüht sich redlich, den Müll mit einem Besen in die Ecken zu kehren – eine Arbeit, die ihm wahrscheinlich sehr viel leichter von der Hand gehen würde, wenn er nicht lediglich halb so groß wie sein Besen wäre. Er wirft mir einen schüchternen Blick zu, als ich an ihm vorübergehe, und versucht, seine Mütze zu ziehen, schafft es jedoch stattdessen nur, sich das Kleidungsstück vom Wind fortreißen zu lassen. Das Letzte, was ich von ihm sehe, ist, wie er der Mütze so verzweifelt über den Hof hinterherjagt, als risse sie all seine Träume mit sich fort.

Der Weg, der sich an der Koppel entlangzieht, ist wenig mehr als ein schlammiger, mit Pfützen übersäter Pfad, und meine Hosenbeine sind bereits nach halber Strecke von oben bis unten mit Dreck besudelt. Zweige knacken, Regen tropft von den Pflanzen herab. Ich habe das Gefühl, beobachtet zu werden. Und auch wenn da nichts ist, das darauf schließen ließe, dass dieses Gefühl nicht einfach nur meiner Nervosität geschuldet ist, könnte ich schwören, eine Gegenwart im Wald zu spüren, ein Augenpaar, das jeden meiner Schritte verfolgt. Ich kann nur hoffen, dass ich mich irre, denn falls in diesem Augenblick der Lakai auf den Pfad hinausspringen sollte, bin ich zu schwach, um mich gegen ihn zu wehren, und zu langsam, um davonzurennen. Der Rest meines Lebens würde dann exakt so lange dauern, wie er bräuchte, um sich für eine Methode des Tötens zu entscheiden.

Da ich weder von Lady Hardcastle noch dem Stallmeister die geringste Spur erkennen kann, opfere ich auch den letzten kümmerlichen Rest meiner Würde und trabe beunruhigt los, wobei ich mir nun auch den Rücken von oben bis unten mit Schlamm vollspritze.

Der Pfad biegt schon bald in einem scharfen Winkel von der Koppel ab und führt in den Wald hinein. Je weiter ich mich von den Stallungen entferne, desto stärker wird das Gefühl, dass ich beobachtet werde. Dornige Zweige greifen nach meinen Kleidern, während ich mich durchs Unterholz zwänge, bis ich endlich das Gemurmel von Stimmen und das Plätschern des Wassers am Seeufer höre. Ich verspüre eine überwältigende Erleichterung und merke gleichzeitig, dass ich die ganze Zeit den Atem angehalten habe. Nach wenigen Schritten stehe ich vor den Gesuchten, auch wenn ich nun feststellen muss, dass es nicht Lady Hardcastle ist, die den Stallmeister begleitet, sondern vielmehr Cunningham, Ravencourts Kammerdiener. Er trägt einen dicken Mantel und jenen langen, violetten Schal, von dem er sich so mühsam zu befreien versucht, als er in Ravencourts Gespräch mit Daniel hineinplatzt.

Der Bankier muss wohl gerade in der Bibliothek sitzen und schlafen. Die Besorgnis, die das Zusammentreffen mit mir ganz offenbar in den beiden Männern auslöst, lässt mich zu der Überzeugung gelangen, dass sie hier sehr viel mehr als nur Klatsch und Tratsch ausgetauscht haben.

Cunningham fängt sich als Erster und lächelt mich liebenswürdig an.

»Mr. Dance, was für eine nette Überraschung«, sagt er. »Was führt Sie hierher, an einem so hässlichen Vormittag?«

»Ich bin auf der Suche nach Helena Hardcastle«, antworte ich und lasse meinen Blick von Cunningham hinüber zu dem Stallmeister wandern. »Ich habe mir sagen lassen, sie wäre mit Mr. Miller hier spazieren gegangen.«

»Nein, Sir«, sagt Miller und knetet nervös seine Mütze in den Händen. »Sie ist in meiner Hütte mit mir verabredet, Sir. Ich bin gerade auf dem Weg dorthin.«

»Dann sitzen wir drei ja alle im selben Boot«, sagt Cunningham.

»Auch ich hatte gehofft, ihr zu begegnen. Vielleicht können wir ja zusammen gehen. Die Angelegenheit, die ich mit ihr besprechen wollte, sollte nicht viel Zeit in Anspruch nehmen, aber ich stelle mich auch gerne hinten an, sozusagen.«

»Und worum geht es bei Ihrer Angelegenheit?«, frage ich, während wir uns wieder zurück in Richtung der Stallungen aufmachen. »Ich hatte den Eindruck gewonnen, dass Sie sich bereits vor dem Frühstück mit Lady Hardcastle getroffen haben.«

Meine so unverblümt ausgesprochene Frage bringt seine fröhliche Fassade für einen kurzen Moment ins Wanken, und ein ärgerliches Zucken huscht über sein Gesicht.

»Nur ein paar Sachen im Auftrag von Lord Hardcastle«, sagt er schließlich. »Sie wissen ja, wie das so läuft. Ein Chaos zieht bald das nächste nach sich.«

»Aber Sie haben die Dame des Hauses heute bereits gesehen?«, frage ich.

»In der Tat, gleich am frühen Morgen.«

»Und welchen Eindruck machte sie da auf Sie?«

Er zuckt mit den Schultern und sieht mich mit gerunzelter Stirn an. »Das kann ich unmöglich sagen. Es war nur eine sehr kurze Unterhaltung. Darf ich fragen, was Sie mit Ihren Fragen bezwecken, Mr. Dance? Es kommt mir allmählich so vor, als stünde ich Ihnen im Gerichtssaal gegenüber.«

»Niemand außer Ihnen hat Lady Hardcastle am heutigen Tage zu Gesicht bekommen. Das erscheint mir doch recht eigenartig.«

»Vielleicht möchte sie es ja vermeiden, mit zu vielen Fragen belästigt zu werden«, sagt er aufbrausend.

In gereizter Stimmung kommen wir an der Hütte des Stallmeisters an. Mr. Miller windet sich vor Unbehagen, als er uns hereinbittet. Das Innere der Hütte ist genauso sauber und ordentlich wie beim letzten Mal, als ich hier war, wenn auch viel zu klein für drei Männer und die Last der Geheimnisse, die sie mit sich tragen.

Ich setze mich auf den Stuhl, der am Tisch steht, während Cunningham das Bücherregal betrachtet und der Stallmeister unruhig hin und her huscht und sich bemüht, Ordnung in einer bereits tadellos aufgeräumten Hütte zu schaffen.

Wir warten zehn Minuten, aber Lady Hardcastle tritt nicht in Erscheinung.

Cunningham bricht als Erster das Schweigen.

»Nun, wie es scheint, hat die Dame des Hauses andere Pläne«, sagt er und schaut auf die Uhr. »Ich sollte wohl besser los, ich werde in der Bibliothek erwartet. Ich wünsche Ihnen einen guten Morgen, Mr. Dance, Mr. Miller«, fügt er hinzu, neigt grüßend den Kopf, öffnet die Tür und geht fort.

Miller wirft mir einen nervösen Blick zu.

»Und was ist mit Ihnen, Mr. Dance?«, fragt er. »Möchten Sie noch länger warten?«

Ich ignoriere seine Frage. Stattdessen stehe ich auf und stelle mich neben ihn an den Kamin.

»Worüber haben Sie sich mit Cunningham unterhalten?«, frage ich.

Er starrt so gebannt aus dem Fenster, als würden seine Antworten jeden Moment durch einen Boten überbracht. Ich schnipse mit den Fingern vor seinem Gesicht, sodass sich seine wässrigen Augen wieder mir zuwenden.

»Im Augenblick bin ich einfach nur neugierig, Mr. Miller«, sage ich mit leiser Stimme, die vor der Androhung möglicher unangenehmer Folgen förmlich trieft. »Doch in etwa einer Minute werde ich verärgert sein. Sagen Sie mir, worüber Sie sich unterhalten haben.«

»Er wollte bloß, dass ihm jemand das Anwesen zeigt«, antwortet Miller und streckt die Unterlippe vor, sodass das rosafarbene Fleisch darunter zum Vorschein kommt. »Wollte sich den See ansehen. Mehr nicht.«

Was auch immer es für Talente sein mögen, die Miller auf Erden geschenkt wurden, das Lügen gehört jedenfalls nicht dazu. Sein altes, von zahllosen Furchen und Hautfalten durchzogenes Gesicht ist wie eine Bühne. Jedes Stirnrunzeln ist eine Tragödie, jedes Lächeln eine Farce. Und weil das Lügenerzählen irgendwo dazwischen angesiedelt ist, reicht eine einzige Unwahrheit schon aus, um die gesamte Theatervorstellung wie ein Kartenhaus in sich zusammenfallen zu lassen.

Ich lege ihm eine Hand auf die Schulter, senke mein Gesicht zu seinem herab und starre ihm in die Augen. Sein Blick ergreift vor meinem die Flucht.

»Charles Cunningham ist auf diesem Anwesen aufgewachsen, Mr. Miller, wie Sie sehr wohl wissen. Er braucht also keineswegs einen Reiseführer. Raus damit, worüber haben Sie gesprochen?«

Er schüttelt den Kopf. »Ich habe versprochen …«

»Auch ich kann Versprechungen machen, Miller, aber meine werden Ihnen nicht gefallen.« Meine Finger bohren sich so fest in die Haut über seinem Schlüsselbein, dass ihm ein schmerzlicher Laut entfährt.

»Er hat Fragen über den ermordeten Jungen gestellt«, sagt er widerstrebend.

»Thomas Hardcastle?«

»Nein, Sir, den anderen.«

»Was für einen anderen?«

»Keith Parker, den Stalljungen.«

»Was für ein Stalljunge? Was reden Sie da?«

»An den erinnert sich keiner, Sir, der war nicht wichtig genug«, sagt er und knirscht mit den Zähnen. »Er war einer von meinen Stalljungen. Ein ganz liebenswerter Bursche. War damals so ungefähr vierzehn. Er ist verschwunden, eine Woche vor dem Tod von Master Thomas. Ein paar Gendarmen sind gekommen und haben sich im Wald umgesehen, aber sie konnten seine Leiche nirgendwo finden. Also haben sie behauptet, er sei abgehauen. Aber ich schwöre Ihnen, Sir, das hätte er nie getan. Der hat seine Mutter heiß und innig geliebt, und auch seine Arbeit. Der wäre nie im Leben fortgelaufen. Das habe ich auch damals gesagt, aber auf mich wollte ja keiner hören.«

»Hat man ihn jemals gefunden?«

»Nein, Sir, nie.«

»Und das haben Sie Cunningham erzählt?«

»Ja, Sir.«

»War das alles, was Sie ihm erzählt haben?«

Seine Augen huschen hin und her.

»Da war noch mehr, habe ich recht?«, insistiere ich.

»Nein, Sir.«

»Lügen Sie mich nicht an, Miller«, sage ich kalt, während die Wut in mir hochsteigt. Dance hasst Menschen, die versuchen, ihn zu täuschen. Er nimmt das als Zeichen dafür, dass sie ihn für leichtgläubig oder dumm halten. Um überhaupt den Versuch zu wagen, jemanden anzulügen, muss sich der Lügner für klüger halten als die Person, die er anlügt, und diese Annahme empfindet Dance als Beleidigung von geradezu grotesken Ausmaßen.

»Ich lüge nicht, Sir«, protestiert der Stallmeister, während auf seiner Stirn eine Ader anschwillt.

»Natürlich lügen Sie! Sagen Sie mir, was Sie wissen!«, verlange ich.

»Das kann ich nicht.«

»Sie können. Oder ich werde Sie ruinieren, Mr. Miller«, drohe ich und lasse meinem Wirt die Zügel schießen. »Ich werde Ihnen alles nehmen, was Sie besitzen, jedes lumpige Kleidungsstück und jeden kümmerlichen Pfennig, den Sie sich irgendwo aufgespart haben.«

Dances Worte strömen mir aus dem Mund, jedes Einzelne von ihnen trieft vor Gift. So und nicht anders führt er seine Anwaltskanzlei. Er zwingt seine Gegner mit brutalen Drohungen und Einschüchterungen in die Knie. Auf seine ganz eigene Weise ist Dance womöglich genauso niederträchtig wie Derby.

»Ich werde jede Einzelheit über Sie ...«

»Die Geschichte ist eine Lüge«, bricht es aus Miller heraus.

Sein Gesicht ist aschfahl, in seinen Augen liegt ein gehetzter Ausdruck.

»Was hat das zu bedeuten? Heraus damit!«, sage ich.

»Die Leute behaupten, Charlie Carver habe Master Thomas umgebracht, Sir.«

»Was ist damit?«

»Nun, das konnte er gar nicht, Sir. Charlie und ich, wir waren befreundet. Charlie hatte sich an dem Morgen mit Lord Hardcastle gestritten und war gefeuert worden, also hat er beschlossen, sich eine Entschädigung zu holen.«

»Eine Entschädigung?«

»Ein paar Flaschen Brandy, Sir, direkt aus Lord Hardcastles Arbeitszimmer. Er ist einfach hineinmarschiert und hat sie sich genommen.«

»Nun gut, da hat er also ein paar Flaschen Brandy geklaut«, sage ich. »Inwiefern ist das ein Beweis für seine Unschuld?«

»Er hat mich abgeholt, direkt nachdem ich Miss Evelyn auf ihr Pony gesetzt habe und sie davongeritten ist. Er wollte ein letztes Mal mit einem Freund was trinken, hat er gesagt. Da konnte ich ja schlecht nein sagen, nicht wahr? Wir zwei haben dann diese ganzen Flaschen zusammen ausgetrunken, ich und Charlie, aber so ungefähr eine halbe Stunde bevor der Mord geschah, hat er gesagt, ich müsse nun gehen.«

»Gehen? Warum?«

»Er hat gesagt, es würde ihn noch jemand anderes besuchen kommen.«

»Wer?«

»Das weiß ich nicht, Sir, das hat er nicht gesagt. Er hat nur …«

Er gerät ins Stocken, als wolle er die nun folgende Antwort erst einmal gründlich abtasten und nach einem Abgrund suchen, nach einem Spalt, von dem er sicher ist, dass er unweigerlich hineinstürzen wird.

»Was?«, frage ich unwirsch.

Der arme Tölpel ringt seine Hände und schiebt mit der Ferse seines linken Fußes den Teppich in Falten.

»Er hat gesagt, es sei schon alles geregelt, Sir, er hat gesagt, man würde ihm helfen, anderswo eine gute Stellung zu bekommen. Ich dachte, dass vielleicht ...«

»Ja?«

»Nun, so wie er redete, Sir ... da dachte ich ...«

»Jetzt spucken Sie's schon aus, Miller, um Himmels willen.«

»Lady Hardcastle, Sir«, sagt er und sieht mir zum ersten Mal direkt in die Augen. »Ich dachte, er wäre vielleicht mit Lady Helena Hardcastle verabredet. Die beiden haben immer so vertraut gewirkt.«

Meine Hand gleitet von seiner Schulter herab.

»Aber Sie haben sie nicht eintreffen sehen?«

»Ich ...«

»Sie sind gar nicht erst fortgegangen, stimmt's?«, sage ich, als ich die Schuldgefühle in seinem Gesicht sehe. »Sie wollten wissen, wer es war, der da kommen würde, und haben sich in der Nähe versteckt gehalten.«

»Nur eine Minute, Sir, nur um sicherzugehen, dass bei ihm alles in Ordnung war.«

»Warum haben Sie niemandem von dieser Sache erzählt?«, frage ich und starre ihn mit gerunzelter Stirn an.

»Weil man mir gesagt hat, dass ich das nicht tun soll, Sir.«

»Wer hat Ihnen das gesagt?«

Er blickt zu mir auf und macht hilflose Kaubewegungen mit seinem Kiefer, die sein Schweigen zu einem verzweifelten Flehen werden lassen.

»Wer war es, verdammt noch mal?«, insistiere ich.

»Nun, es war Lady Hardcastle, Sir. Deshalb habe ich auch ... nun, sie hätte doch niemals zugelassen, dass Charlie ihren Sohn umbringt, nicht wahr? Und wenn sie es doch zugelassen hätte, dann hätte sie mir doch nicht gesagt, dass ich darüber Schweigen bewahren soll. Das ergibt doch keinen Sinn, oder? Also muss er unschuldig sein.«

»Und dieses Geheimnis haben Sie all die Jahre für sich behalten?«

»Ich hatte Angst, Sir. Furchtbare Angst.«

»Vor Helena Hardcastle?«

»Vor dem Messer, Sir. Das Messer, mit dem Master Thomas getötet wurde. Sie haben es in Carvers Hütte gefunden. Es war unter den Dielen versteckt. Das hat ihn schließlich den Kopf gekostet, Sir.«

»Warum um alles in der Welt hatten Sie denn solche Angst vor diesem Messer, Miller?«

»Weil es mein Messer war, Sir. Es war ein Hufeisenmesser. Ein paar Tage vor dem Mord ist es aus meiner Hütte verschwunden. Zusammen mit einer meiner Lieblingsdecken, die auf dem Bett lag. Ich dachte, na ja, ich dachte, man würde vielleicht dann mich beschuldigen, Sir. Von wegen, dass ich mit Carver gemeinsame Sache gemacht hätte.«

Die nächsten Minuten ziehen in einem verschwommenen Nebel an mir vorüber. Meine Gedanken sind weit, weit entfernt. Ich habe nur ein sehr vages Bewusstsein davon, wie ich verspreche, Millers Geheimnis zu bewahren, die Hütte verlasse und zurück zum Haus gehe. Auf dem Weg werde ich vollkommen vom Regen durchnässt.

Michael Hardcastle hat mir erzählt, es sei jemand am Morgen von Thomas' Tod bei Charlie Carver gewesen, jemand, der von einem Schuss aus Stanwins Gewehr getroffen wurde, bevor er oder sie entkommen konnte. Könnte diese Person Lady Hardcastle gewesen sein? Wenn ja, dann muss ihre Verletzung in aller Stille von jemandem behandelt worden sein.

Doktor Dickie?

Die Hardcastles hatten an jenem Wochenende, an dem Thomas ermordet wurde, ein Fest veranstaltet, und Evelyns Bericht zufolge wurden dieselben Gäste auch zu dem jetzigen Ball wieder eingeladen. Dickie zählt heute zu den Gästen, also ist er wahrscheinlich auch vor neunzehn Jahren hier gewesen.

Er wird nicht reden, er ist treu wie ein Hund.

»Er ist zusammen mit Bell in den Drogenhandel verwickelt«, sage ich laut, als mir die mit zahlreichen Markierungen versehene Bibel einfällt, die ich als Jonathan Derby in seinem Zimmer gefunden habe. »Das dürfte als Druckmittel ausreichen, um die Wahrheit aus ihm herauszupressen.«

Meine Aufregung wächst. Falls Dickie bestätigen sollte, dass Lady Hardcastle in die Schulter geschossen wurde, dann macht sie das im Zusammenhang mit Thomas' Tod zur Verdächtigen. Aber warum um alles in der Welt sollte sie ihren eigenen Sohn töten oder es zulassen, dass Carver – ein Mann, von dem Lord Hardcastle behauptete, sie habe ihn geliebt – statt ihrer die Schuld dafür auf sich nimmt?

Das, was Dance in diesem Augenblick empfindet, könnte man fast als Frohlocken bezeichnen. Schließlich hat der alte Anwalt sein ganzes Leben damit verbracht, wie ein witternder Bluthund den Fakten hinterherzujagen. Erst als sich die Umrisse von Blackheath am Horizont abzeichnen, werde ich endlich wieder meiner Umgebung gewahr. Aus dieser Entfernung und mit diesen schwachen alten Augen ist das Haus ein verschwommener Fleck. Die Risse und Spalten sind unsichtbar geworden, und ich sehe das Haus, wie es früher einmal gewesen sein muss, damals, als die junge Millicent Derby zusammen mit Ravencourt und den Hardcastles ihre Sommerferien hier verbracht hat, als die Kinder frei von Angst im Wald spielten und ihre Eltern fröhliche Feste feierten und sich an Musik, Gelächter und Gesang erfreuten.

Wie zauberhaft es damals hier gewesen sein muss.

Man kann schon verstehen, warum Helena Hardcastle sich vielleicht nach diesen Zeiten zurücksehnt und versuchen könnte, sie wieder auferstehen zu lassen, indem sie ein weiteres Fest veranstaltet. Man kann es verstehen, aber nur ein Narr würde zu dem Schluss kommen, dass das der Grund für all diese Geschehnisse ist.

Es ist unmöglich, das alte Blackheath wieder zum Leben zu erwecken. Der Mord an Thomas Hardcastle hat diesen Ort für alle Ewigkeit zu einer leeren Hülle gemacht und dafür gesorgt, dass er nur noch als Ruine taugt. Und doch, trotz dieses Umstands hat sie dieselben Gäste zu der gleichen Feier geladen, auf den Tag genau neunzehn Jahre später. Sie hat die Vergangenheit ausgegraben und in ein prächtiges Gewand gezwängt – aber zu welchem Zweck?

Falls Miller recht hat und Charlie Carver an dem Mord von Thomas

Hardcastle unschuldig ist, dann spricht vieles dafür, dass Helena Hardcastle diese Tat auf dem Gewissen hat – die Frau, die jenes fürchterliche Netz gesponnen hat, in dem wir uns alle verfangen haben, und die zudem – davon bin ich mehr und mehr überzeugt – in dessen Mittelpunkt lauert.

Es ist gut möglich, dass sie vorhat, Evelyn heute Abend zu töten. Und ich habe noch immer nicht die geringste Ahnung, wie ich sie finden, geschweige denn, wie ich sie aufhalten soll.

38.

Ein paar Gentlemen stehen rauchend vor dem Haus und tauschen Geschichten über die zügellosen Ausschweifungen der letzten Nacht aus. Ihre fröhlichen Begrüßungen folgen mir die Treppenstufen hinauf, doch ich gehe wortlos an ihnen vorüber. Meine Beine und mein Kreuz schmerzen höllisch und verlangen nach einem warmen, wohligen Bad. Aber dafür habe ich keine Zeit. Die Jagd beginnt in einer halben Stunde, und ich darf sie auf keinen Fall verpassen. Ich habe zu viele Fragen, und ein Großteil meiner Antworten wird mit einem Gewehr unterm Arm unterwegs sein.

Ich hole mir eine Karaffe mit Whisky aus dem Salon, ziehe mich auf mein Zimmer zurück und kippe mir zwei unverdünnte Gläser die Kehle hinunter, um die Schmerzen zu betäuben. Ich kann deutlich spüren, mit welcher Ablehnung Dance meinem Tun begegnet. Es ist nicht allein der Umstand, dass ich mir ein Unwohlsein eingestehe, der seinen Widerwillen hervorruft, sondern auch mein Bedürfnis, diesem Unwohlsein in irgendeiner Form Abhilfe zu schaffen. Mein Wirt hat für das, was mit ihm geschieht, nichts als Verachtung übrig. Das Altern ist für ihn ein Akt der Niedertracht. Und der Verschleiß und die Auszehrung, die damit einhergehen, sind inakzeptabel.

Nachdem ich mir die schlammverkrusteten Kleider ausgezogen habe, trete ich zum Spiegel hinüber. Schließlich habe ich noch immer keine Ahnung, wie Dance eigentlich aussieht. Jeden Morgen in einem neuen Körper aufzuwachen, ist mir bereits zur Selbstverständlichkeit geworden, doch der Wunsch, vielleicht einen Blick auf den wahren Aiden Bishop zu erhaschen, drängt mich dazu, in den Spiegel zu schauen.

Dance ist Ende siebzig und von außen genauso vertrocknet und grau wie von innen. Er ist nahezu vollständig kahl, und sein Gesicht ist ein wahres Flussbett aus Falten, die von seinem Schädel herabströmen und eine gewaltige Römernase umfließen wie einen Fels in der Brandung. Zu beiden Seiten dieses Zinkens wächst ein kleiner grauer Schnurrbart, und darüber liegen dunkle, leblose Augen, die nichts von dem Mann preisgeben, der dahintersteckt – außer, dass sie die Vermutung aufwerfen, dass es einen solchen Mann womöglich gar nicht gibt. Dance scheint geradezu zwanghaft auf Anonymität zu achten. Seine Kleider sind, wenn auch von guter Qualität, sämtlich in verschiedenen Grautönen gehalten, lediglich seine Halstücher und Krawatten weisen ein wenig Farbe auf. Doch selbst da ist seine Wahl entweder auf dunkelrot oder dunkelblau gefallen. Das Ganze erweckt den Eindruck, als habe er sich sein eigenes Leben wie eine Tarnkappe übergestülpt, um darunter zu verschwinden.

Seine Jagdkluft aus Tweed spannt ein wenig um die Körpermitte, aber sie passt noch einigermaßen. Nachdem ich mir mit einem weiteren Glas Whisky die Kehle gewärmt habe, durchquere ich den Flur zu Doktor Dickies Zimmer und klopfe an die Tür.

Von der anderen Seite nähern sich Schritte, die Tür wird weit geöffnet, und Doktor Dickie steht vor mir. Er ist bereits zur Jagd angekleidet.

»So viel wie hier muss ich selbst in meiner eigenen Praxis nicht arbeiten«, brummt er missmutig. »Ich sollte Sie also warnen. Ich habe heute bereits eine Messerstichwunde, einen Gedächtnisverlust und das Opfer einer brutalen Prügelattacke behandelt. Also was auch immer Ihnen fehlt – es sollte besser interessant sein! Und vorzugsweise oberhalb der Gürtellinie.«

»Sie betreiben zusammen mit Sebastian Bell einen florierenden Drogenhandel«, sage ich unverblümt und schaue zu, wie ihm das Lächeln auf dem Gesicht gefriert. »Er verkauft, Sie liefern.«

Der Doktor wird so weiß wie ein Bettlaken und muss sich an den Türrahmen lehnen.

Ich sehe seine Schwäche und nutze meinen Vorteil. »Ted Stanwin würde mich für diese Information fürstlich bezahlen, aber ich brauche

Stanwin nicht. Ich möchte vielmehr wissen, ob Sie an dem Tag, an dem Thomas Hardcastle ermordet wurde, Lady Helena Hardcastle oder irgendeine andere Person wegen einer Schusswunde behandelt haben?«

»Die Polizei hat mir damals dieselbe Frage gestellt und ich habe ihnen eine ehrliche Antwort gegeben«, krächzt er und lockert sich den Kragen. »Nein, das habe ich nicht.«

Ich wende mich mit einem finsteren Blick von ihm ab. »Dann gehe ich jetzt zu Stanwin«, sage ich.

»Verdammt noch mal, Mann, ich sage die Wahrheit«, ruft er und packt mich am Arm.

Wir sehen uns an. Seine Augen sind alt und trüb und von einer gewaltigen Angst erfüllt. Und was auch immer er in den meinen entdeckt, veranlasst ihn dazu, sofort meinen Arm loszulassen.

»Helena Hardcastle liebt ihre Kinder mehr als ihr eigenes Leben. Und den kleinen Thomas hat sie am allermeisten geliebt«, sagt er mit Nachdruck. »Sie hätte ihm niemals Leid zufügen können. Dazu wäre sie gar nicht fähig gewesen. Ich schwöre Ihnen, auf meine Ehre als Gentleman, dass an jenem Tag niemand mit einer Schusswunde zu mir gekommen ist und ich nicht die geringste Ahnung habe, wen Stanwin angeschossen haben könnte.«

Ich halte seinen flehentlichen Blick eine Sekunde lang fest und suche nach einem Aufflackern von Arglist oder Täuschung. Aber er sagt die Wahrheit. Da bin ich mir ganz sicher.

Ernüchtert lasse ich den Doktor gehen und kehre in die Eingangshalle zurück, wo sich der Rest der männlichen Gäste versammelt hat. Sie rauchen und plaudern und warten ganz offenbar ungeduldig auf den Beginn der Jagd. Ich war mir so sicher, dass Dickie Helenas Verwicklung in das Geschehen bestätigen und mir so einen Ansatzpunkt zur Aufklärung von Evelyns Tod verschaffen würde.

Jetzt muss ich mir unbedingt ein besseres Bild davon verschaffen, was mit Thomas geschehen ist. Und ich weiß auch schon genau, wen ich diesbezüglich fragen kann.

Ich begebe mich zum Salon in der Hoffnung, Ted Stanwin dort

zu finden. Stattdessen treffe ich den in grüne Jagdkluft gekleideten Philip Sutcliffe an, der mit vollem Einsatz und ohne jedes Geschick die Tasten eines Pianofortes attackiert. Die Musik, die man eigentlich nicht als solche bezeichnen kann, versetzt mich an den ersten Morgen zurück, den ich in diesem Haus verbracht habe – eine Erinnerung, die just in diesem Moment von Sebastian Bell durchlebt wird. Dort steht er, allein und beklommen in der hintersten Ecke und klammert sich an seinen Drink, von dem er nicht einmal den Namen kennt. Das Mitleid, das ich für ihn hege, wird von Dances Gereiztheit fast gänzlich wieder zunichte gemacht. Für Unwissenheit hat der alte Anwalt nichts übrig. Ginge es nach ihm, dann würde er Bell bei erster Gelegenheit wohl alles sofort erzählen – ganz gleich, was das für Konsequenzen nach sich zieht. Ich muss zugeben, dass ich diese Idee ziemlich verlockend finde.

Warum sollte Bell nicht wissen, dass er an jenem ersten Vormittag nicht etwa Anna, sondern ein Dienstmädchen namens Madeline Aubert gesehen hat? Und dass keine von beiden zu Tode kam und seine Schuldgefühle somit vollkommen unnötig sind? Ich könnte ihm den Zyklus erklären und ihm sagen, dass Evelyns Mord der Schlüssel zu seiner Befreiung ist. Das würde ihn auch davon abhalten, seinen Tag als Donald Davies mit einem Fluchtversuch zu verschwenden. Cunningham ist Charlie Carvers Sohn, könnte ich ihm sagen, und es sieht so aus, als versuche er zu beweisen, dass Carver am Mord von Thomas Hardcastle unschuldig ist. Wenn der rechte Zeitpunkt gekommen ist, dann ist das die Information, mit der du Cunningham erpressen wirst, denn Ravencourt verabscheut jegliche Art von Skandal und würde seinen Kammerdiener mit ziemlicher Sicherheit entlassen, falls er das herausfindet. Ich könnte Bell sagen, er solle nach der geheimnisvollen Felicity Maddox suchen, und – was sehr viel wichtiger ist – nach Helena Hardcastle, weil bei der verschwundenen Dame des Hauses alle Fäden zusammenlaufen.

Es würde nicht funktionieren.

»Ich weiß«, murmele ich zerknirscht.

Bells erster Gedanke wäre, dass ich aus dem Irrenhaus entsprungen sein muss, und wenn er dann endlich doch erkennen sollte, dass alles der Wahrheit entspricht, würden seine Ermittlungen den Tag vollständig auf den Kopf stellen. So gerne ich ihm auch helfen würde – ich bin der Antwort selbst zu nahegekommen, um es jetzt noch zu riskieren, dass der gesamte Zyklus zunichte gemacht wird.

Bell wird allein klarkommen müssen.

Eine Hand packt mich am Ellenbogen. Es ist Christopher Pettigrew, der mit einem Teller in der Hand neben mir aufgetaucht ist. Ich stand noch nie so nah neben ihm wie in diesem Augenblick, und wenn Dance nicht so tadellose Umgangsformen hätte, dann würde sich mein Widerwillen nur allzu deutlich auf meinem Gesicht abzeichnen. Von Nahem sieht Pettigrew aus, als habe man ihn gerade aus seinem eigenen Grab geschaufelt.

»Bald sind wir ihn los«, sagt Pettigrew und nickt über meine Schulter hinweg zu Ted Stanwin hinüber, der gerade in einer der kalten Platten herumstochert, die auf dem Esstisch stehen, und derweil die anderen Gäste durch zusammengekniffene Augen beobachtet. Es ist deutlich zu sehen, wie sehr sie ihn anekeln.

Bis zu diesem Augenblick hatte ich ihn für einen simplen Rüpel gehalten, einen Tyrannen, der andere gern schikaniert, aber jetzt erkenne ich, dass er mehr ist als das. Erpressung ist sein Lebensunterhalt, und deshalb kennt er auch jedes Geheimnis, jede verborgene Schmach, jeden erdenklichen Skandal und jede Perversität, die es in diesem Haus zu finden gibt. Und was noch schlimmer ist: Er weiß, wer mit welchem Vergehen ungestraft davongekommen ist. Das wiederum führt dazu, dass er nichts als Verachtung für jeden übrig hat, der sich auf Blackheath aufhält – einschließlich seiner selbst –, weil all diese schmutzigen Geheimnisse von allen stillschweigend hingenommen werden. Und deswegen versucht er auch jeden Tag, irgendeinen Streit vom Zaun zu brechen, weil er sich dadurch ein wenig besser fühlt.

Jemand drängt sich an mir vorbei. Es ist Charles Cunningham, der mit Ravencourts Brief in der Hand aus der Bibliothek gekommen ist und einen sehr verwirrten Eindruck macht. Das Dienstmädchen Lucy Harper räumt derweil die Teller ab, ohne Notiz von den Ereignissen zu nehmen, die sich um sie herum zusammenbrauen. Es versetzt mir einen schmerzlichen Stich, als ich erkenne, dass sie ein wenig meiner verstorbenen Frau Rebecca ähnelt – als diese noch jung war natürlich. Es gibt da eine Ähnlichkeit in der Art, wie sie sich bewegt, eine Sanftheit in jeder ihrer Handlungen, als ob …

Rebecca war nicht deine Frau.

»Verdammt noch mal, Dance«, sage ich und stoße ihn aus meinen Gedanken.

»Entschuldige, das habe ich nicht ganz verstanden, alter Freund«, sagt Pettigrew und sieht mich mit gerunzelter Stirn an.

Die Schamesröte steigt mir ins Gesicht, und ich öffne den Mund, um ihm zu antworten, werde jedoch in diesem Moment von der armen Lucy Harper abgelenkt, die sich an Stanwin vorbeizudrängen versucht, um einen leeren Teller abzuräumen. Sie ist hübscher, als ich sie in Erinnerung habe, mit Sommersprossen und blauen Augen und wilden roten Haaren, die sie vergeblich unter ihrer Haube festzustecken versucht.

»'Tschuldigung, Ted«, sagt sie.

»Ted?«, fragt er wütend, ergreift ihr Handgelenk und drückt es so fest, dass sie vor Schmerz zusammenzuckt.

»Wen zum Teufel glaubst du denn hier vor dir zu haben, Lucy? Du hast mich gefälligst Mr. Stanwin zu nennen. Ich gehöre nicht mehr zu den Ratten im Dienstbotentrakt.«

Schockiert und verängstigt wendet sie sich um und schaut uns hilfesuchend an.

Im Gegensatz zu Sebastian Bell ist Dance ein scharfer Beobachter, der über einige Menschenkenntnis verfügt, und als ich nun erneut zusehe, wie sich diese Szene vor meinen Augen abspielt, fällt mir etwas Seltsames auf. Als ich zum ersten Mal Zeuge des Geschehens wurde, nahm ich lediglich Lucys durch die brutale Behandlung ausgelöste

Angst zur Kenntnis, aber sie hat nicht einfach nur Angst, sie ist auch überrascht. Um nicht zu sagen, vollkommen aus dem Gleichgewicht gebracht. Und was fast noch seltsamer ist: Stanwin geht es genauso.

»Lass sie los, Ted«, sagt Daniel Coleridge von der Türschwelle her.

Der Rest der Auseinandersetzung verläuft so, wie ich sie in Erinnerung habe. Stanwin zieht sich zurück, Daniel geht zu Bell hinüber und nimmt ihn ins Arbeitszimmer mit, um sich dort mit Michael zu treffen. Im Vorübergehen nickt er mir kurz zu.

»Sollen wir gehen?«, fragt Pettigrew. »Ich nehme mal an, das war's mit der hier gebotenen Unterhaltung.«

Ich überlege kurz, ob ich Stanwin nicht nachgehen soll, aber es widerstrebt mir, diese ganzen Stufen hinaufzuklettern und den weiten Weg in den Ostflügel auf mich zu nehmen, während ich doch genau weiß, dass er an diesem Jagdausflug teilnehmen wird. Besser ich warte hier auf ihn, beschließe ich.

Wir drängen uns durch die wegen des eben erfolgten Auftritts noch ganz empörte Menge, durchqueren die Eingangshalle und treten auf die Auffahrt hinaus. Dort treffen wir auf Sutcliffe, der zusammen mit Herrington und einer Reihe von anderen Männern, die ich nicht kenne, bereits auf den Beginn der Jagd wartet. Dunkle Wolken türmen sich auf und brauen sich zu einem Sturm zusammen – demselben Sturm, dem ich nun schon ein halbes Dutzend Mal dabei zugesehen habe, wie er erbarmungslos auf Blackheath einprügelt. Die Jagdgesellschaft hat sich zu einem dichten Rudel zusammengerottet und hält ihre Hüte und Jacken fest, während der Wind mit tausend diebischen Fingern danach greift. Lediglich die Hunde scheinen den Aufbruch kaum erwarten zu können, zerren an ihren Leinen und bellen in den düsteren Himmel. Es wird ein grässlicher Nachmittag werden, und zu wissen, dass ich mich mitten hineinbegebe, macht es nur noch schlimmer.

»Hallo miteinander!«, ruft Sutcliffe, als er uns kommen sieht. Sein Jackett ist an den Schultern mit Schuppen übersät.

Herrington nickt uns zur Begrüßung zu, während er gleichzeitig versucht, ein unerfreuliches Souvenir von seinem Schuh zu kratzen.

»Habt ihr Daniel Coleridges kleine Machtprobe mit Stanwin gesehen?«, fragt er. »Ich glaube, wir haben am Ende doch auf das richtige Pferd gesetzt.«

»Wir werden sehen«, sagt Sutcliffe düster. »Wo ist Daniel überhaupt?«

Ich schaue mich um, aber Daniel ist nirgends zu sehen. Ich kann nur mit einem Schulterzucken antworten.

Die Jagdaufseher verteilen Gewehre an die Teilnehmer der Jagd, die kein eigenes Gewehr mitgebracht haben und zu denen auch ich gehöre. Das Exemplar, das man mir aushändigt, ist gut geölt und auf Hochglanz poliert. Der Lauf ist abgeknickt und gibt so den Blick auf die zwei in der Trommel steckenden roten Patronen frei. Die übrigen Jagdteilnehmer scheinen alle über eine gewisse Erfahrung mit Schusswaffen zu verfügen und prüfen sofort die Einstellung von Kimme und Korn, indem sie ihr Visier auf imaginäre Ziele im Himmel richten. Dance teilt ihren Enthusiasmus für diesen Zeitvertreib jedoch ganz offenbar nicht, weshalb ich etwas in Verlegenheit gerate, was mein weiteres Vorgehen anbelangt. Nachdem einer der Jagdaufseher mir ein paar Minuten ungeduldig dabei zugesehen hat, wie ich hilflos mit dem Gewehr herumhantiere, zeigt er mir, wie ich die Waffe über meinen Unterarm zu legen habe, reicht mir einen Karton mit Patronen und begibt sich dann zum nächsten Jagdteilnehmer.

Ich muss zugeben, dass ich mich gleich besser fühle, weil ich ein Gewehr in den Händen halte. Ich habe den ganzen Tag schon das Gefühl, beobachtet zu werden, und werde froh sein, über eine Waffe zu verfügen, wenn ich erst einmal von den Bäumen des Waldes umgeben bin. Der Lakai lauert ohne Zweifel auf eine Gelegenheit, mich allein zu erwischen, und ich werde den Teufel tun und ihm die Sache in irgendeiner Form erleichtern.

Wie aus dem Nichts taucht plötzlich Michael Hardcastle neben uns auf und bläst sich warme Luft in die Hände.

»Verzeihen Sie die Verspätung, Gentlemen«, sagt er. »Mein Vater lässt sich entschuldigen, es ist ihm etwas dazwischengekommen. Er hat uns gebeten, ohne ihn aufzubrechen.«

»Und was sollen wir tun, wenn wir Bells toter Frau über den Weg laufen?«, fragt Pettigrew sarkastisch.

Michael wirft ihm einen strengen Blick zu. »Ich bitte um ein wenig christliches Mitgefühl«, sagt er. »Doktor Bell hat einiges hinter sich.«

»Ja, genau: fünf Flaschen mindestens«, entgegnet Sutcliffe und löst mit dieser Bemerkung bei allen Anwesenden außer Michael ein hämisches Gelächter aus. Als er dem vernichtenden Blick des jungen Mannes begegnet, wirft er die Hände in die Luft. »Ach, nun komm schon, Michael, du hast doch selbst gesehen, in was für einer Verfassung er gestern Abend war. Du kannst doch nicht allen Ernstes glauben, dass wir im Wald irgendetwas finden werden? Es wird niemand vermisst. Der Mann phantasiert doch.«

»Bell würde sich so eine Geschichte niemals ausdenken«, erwidert Michael. »Ich habe seine Schnittwunden gesehen. Irgendjemand hat ihm da draußen übel mitgespielt und ihm den Arm zerfleischt.«

»Er ist wahrscheinlich einfach nur über seine eigene Flasche gestolpert«, schnaubt Pettigrew verächtlich und reibt sich die Hände, um sie aufzuwärmen.

Wir werden von dem obersten Jagdaufseher unterbrochen, der Michael einen schwarzen Revolver reicht. Abgesehen von einem langen Kratzer, der sich am Lauf entlangzieht, ist er mit der Waffe identisch, die Evelyn heute Abend mit auf den Friedhof nehmen wird, und muss somit die zweite Hälfte des Paares sein, das aus Helena Hardcastles Schlafzimmer entwendet wurde.

»Ich habe ihn für Sie geölt, Sir«, sagt der Jagdaufseher, lupft kurz seine Kappe und entfernt sich wieder.

Michael lässt die Waffe in das Holster an seiner Hüfte gleiten und nimmt die Unterhaltung mit uns wieder auf. Mein Interesse an dem Revolver scheint er nicht zu bemerken.

»Mir ist nicht ganz begreiflich, warum sich alle so echauffieren«, fährt er fort. »Die Jagd ist schon seit Tagen geplant, wir laufen lediglich in eine etwas andere Richtung, als ursprünglich vorgesehen, das ist alles. Wenn wir etwas entdecken, umso besser. Und wenn nicht, dann haben wir nichts verloren und gleichzeitig zur Beruhigung des Doktors beigetragen.«

Einige erwartungsvolle Blicke wenden sich mir zu. Dances Meinung ist bei solchen Angelegenheiten anscheinend ausschlaggebend. Doch das Gebell der Hunde erspart es mir, einen Kommentar dazu abgeben zu müssen. Die Jagdaufseher haben den Tieren ein wenig die Leinen gelockert, und die Hundeschar zieht unsere Gesellschaft nun quer über den Rasen hinter sich her und zum Wald hinüber.

Ich drehe mich zum Haus um und versuche, Bell ausfindig zu machen. Dort steht er, vom Fenster des Arbeitszimmers eingerahmt und größtenteils hinter den roten Vorhängen verborgen. In diesem Licht und auf diese Entfernung hat er etwas von einem Gespenst. Auch wenn in diesem Fall wohl nicht er das Haus, sondern vielmehr das Haus ihn mit seinem Spuk heimsucht.

Die anderen Jäger haben den Wald bereits betreten, und als ich sie endlich einhole, hat sich die Schar schon in mehrere kleine Gruppen aufgeteilt. Ich muss Stanwin unbedingt zu Helena befragen, aber er geht sehr schnell und hält sich zudem abseits vom Rest unserer Gesellschaft. Ich schaffe es kaum, ihn im Blick zu behalten, geschweige denn, ein Gespräch mit ihm zu beginnen. Schließlich gebe ich auf und fasse stattdessen den Beschluss, ihn mir vorzuknöpfen, sobald wir eine Rast einlegen.

Aus Angst davor, unterwegs womöglich dem Lakaien zu begegnen, geselle ich mich zu Sutcliffe und Pettigrew, die immer noch darüber nachgrübeln, welche Tragweite die Vereinbarung zwischen Daniel und Lord Hardcastle haben könnte. Ihre gute Laune hat sich längst in Luft aufgelöst, denn der uns umgebende Wald verbreitet eine äußerst beklemmende Stimmung. Nach einer Stunde hat er alle Äußerungen zu einem Flüstern zusammengestaucht und zwanzig Minuten später sogar jegliche Konversation zum Erliegen gebracht. Selbst die Hunde sind still geworden und schnüffeln nur noch stumm am Boden, während sie uns immer tiefer in die Dunkelheit hineinziehen. Das Gewicht des Gewehrs in meinem Arm hat etwas Tröstliches, und ich klammere mich geradezu verzweifelt daran fest. Ich ermüde zwar rasch, achte jedoch immer darauf, dass ich nicht zu weit hinter die anderen zurückfalle.

»Koste es aus, alter Mann«, ruft Daniel Coleridge mir von hinten zu.

»Wie bitte?« Nur sehr schwerfällig tauche ich aus den Gedanken wieder auf, in denen ich mich verloren hatte.

»Dance ist fraglos einer der besseren Wirte«, sagt Daniel, während er mich allmählich einholt. »Ein kluger Kopf, eine ruhige Art und ein einigermaßen leistungsfähiger Körper.«

»Dieser einigermaßen leistungsfähige Körper fühlt sich aber gerade an, als wäre er tausend Kilometer und nicht nur zehn gelaufen«, entgegne ich und höre selbst, wie müde meine Stimme klingt.

»Michael hat es so geplant, dass sich die Jagdgesellschaft gleich aufteilen wird«, sagt er. »Die älteren Herrschaften können dann ein wenig verschnaufen, während die Jüngeren weiterlaufen. Keine Angst, du bekommst bald die Gelegenheit, deinen müden Beinen eine kleine Rast zu gönnen.«

Zwischen uns ragt plötzlich ein dichtes Gebüsch auf, das uns dazu zwingt, unsere Unterhaltung blind fortzuführen, wie zwei Liebende, die in einem Irrgarten ein Stelldichein haben.

»Es ist verdammt ärgerlich, wenn man die ganze Zeit müde ist«, sage ich, während ich durch die Blätter einen kurzen Blick auf ihn erhasche. »Ich muss schon sagen, ich freue mich auf Coleridges Jugend.«

»Lass dich nicht von seinem hübschen Gesicht täuschen«, sagt er gedankenverloren. »Coleridge hat eine pechschwarze Seele. Es ist sehr ermüdend, ihn in Schach zu halten. Eins kann ich dir sagen: Wenn du diesen Körper hier trägst, dann wirst du mit großer Zuneigung an Dance zurückdenken. Also genieße es, so lange es geht.«

Wir haben das Gebüsch hinter uns gelassen, sodass Daniel nun neben mir laufen kann. Er hat ein blaues Auge, humpelt leicht, und jeder seiner Schritte wird von einem leisen schmerzlichen Aufstöhnen begleitet. Ich erinnere mich, diese Verletzungen während des Abendessens gesehen zu haben, aber im sanften Kerzenlicht sahen sie weit weniger schwerwiegend aus. Der Schock muss sich auf meinem Gesicht abgezeichnet haben, denn er lächelt schwach.

»Es ist nicht so schlimm, wie es aussieht«, sagt er dann.

»Was ist passiert?«

»Ich habe mir mit dem Lakaien eine Verfolgungsjagd durch das unterirdische Tunnelsystem geliefert«, antwortet er.

»Du bist ohne mich losgezogen?«, frage ich, erstaunt ob seiner Tollkühnheit. Als wir den Plan schmiedeten, den Lakaien in den unterirdischen Gewölben in die Enge zu treiben, stand außer Frage, dass mindestens sechs Leute nötig gewesen wären, um Aussicht auf Erfolg zu haben – nämlich jeweils zwei Personen, die jeden der drei Eingänge im Auge behalten hätten. Nachdem Anna sich geweigert hatte zu helfen und Derby bewusstlos geschlagen wurde, war ich davon ausgegangen, dass Daniel den Plan fallen lassen würde. Offenbar ist Derby nicht der letzte meiner Wirte, der sich durch eine große Starrköpfigkeit auszeichnet.

»Ich hatte keine Wahl, alter Freund«, sagt er. »Ich dachte, ich hätte ihn erwischt. Wie sich herausstellte, hatte ich mich jedoch geirrt. Glücklicherweise ist es mir gelungen, ihn abzuwehren, bevor er sein Messer zücken konnte.«

Er ist so wütend, dass er seine Worte mehr zischt als spricht. Ich kann mir kaum vorstellen, wie es sein muss, so von der Zukunft besessen zu sein, dass man sich von der Gegenwart überrumpeln lässt.

»Hast du schon einen Weg gefunden, um Anna zu befreien?«, frage ich.

Mit einem schmerzlichen Stöhnen schiebt sich Daniel das Gewehr etwas höher den Arm hinauf. Selbst das langsame Tempo, in dem ich gehe, scheint ihm schwerzufallen. Er hinkt und ist kaum in der Lage, sich aufrecht zu halten.

»Habe ich nicht. Und ich glaube auch nicht, dass ich das noch werde«, antwortet er. »Es tut mir leid, aber so ungern du das jetzt auch hören magst: Es kann nur einer von uns von hier entkommen, und je näher der Zeitpunkt der Verabredung heute Abend um elf Uhr rückt, desto wahrscheinlicher wird es, dass Anna uns verrät. Wir können von jetzt an nur noch uns selbst vertrauen.«

Sie wird Sie verraten.

War es dieser Moment, den der Pestdoktor mit seiner Warnung gemeint hat? Es fällt leicht, eine Freundschaft zu pflegen, wenn jeder seinen Nutzen daraus zieht, aber jetzt ... wie wird Anna reagieren, wenn sie erfährt, dass Daniel sie im Stich gelassen hat?

Wie wirst du reagieren?

Daniel spürt mein Zögern und legt mir tröstend eine Hand auf die Schulter. Erstaunt stelle ich fest, dass Dance diesen Mann bewundert. Es begeistert ihn, wie zielstrebig und unbeirrbar Daniel ist, denn das sind Eigenschaften, die mein gegenwärtiger Wirt auch in seinem eigenen Wesen schätzt. Vielleicht hat Daniel diese Information ja auch deshalb mit mir geteilt statt mit irgendeinem anderen unserer Wirte. Diese beiden Männer hier sind sich sehr ähnlich.

»Du hast es ihr doch nicht gesagt, oder?«, fragt er besorgt. »Dass es ein leeres Versprechen war, das wir ihr gegeben haben?«

»Nein, ich war von etwas anderem abgelenkt.«

»Ich weiß, dass das nicht leicht ist, aber du musst das unbedingt für dich behalten«, sagt Daniel. Er spricht so, als wäre ich ein kleines Kind, dem man ein gewichtiges Geheimnis anvertraut. »Wenn wir es schaffen wollen, den Lakaien auszutricksen, dann brauchen wir Annas Hilfe. Und die werden wir nicht bekommen, wenn sie erfährt, dass wir unseren Teil der Abmachung nicht einhalten können.«

Hinter uns sind schwere Schritte zu hören. Ich werfe einen Blick zurück über meine Schulter und sehe, wie sich Michael nähert. Das Lächeln, das sich für gewöhnlich auf seinem Gesicht ausbreitet, ist einem äußerst mürrischen Gesichtsausdruck gewichen.

»Du liebe Güte«, sagt Daniel. »Du siehst ja aus, als wäre dir eine ganze Armee von Läusen über die Leber gelaufen. Was ist denn passiert, um Himmels willen?«

»Es ist diese verdammte Suche hier«, sagt er gereizt. »Belly hat gesehen, wie hier draußen ein Mädchen ermordet wurde, und trotzdem schaffe ich es nicht, dass auch nur eine einzige Person diese Sache ernst nimmt. Ich verlange ja nicht viel. Nur, dass sie sich mal umsehen, während sie durch den Wald gehen. Vielleicht hier und da auch mal einen Blätterhaufen auseinandertreten. Sowas in der Richtung halt.«

Daniel hüstelt und wirft Michael einen verlegenen Blick zu.

»O je«, sagt Michael und sieht ihn mit gerunzelter Stirn an. »Du hast schlechte Neuigkeiten für mich, habe ich recht?«

»Na ja, eigentlich sind es gute Neuigkeiten«, sagt Daniel hastig. »Es gibt gar kein totes Mädchen. Es war alles nur ein Missverständnis.«

»Ein Missverständnis?«, fragt Michael gedehnt. »Wie um alles in der Welt kann es sich bei so etwas denn um ein Missverständnis handeln?«

»Derby war hier draußen«, antwortet Daniel. »Er hat einem Dienstmädchen einen Höllenschreck eingejagt. Die Sache lief aus dem Ruder, und deine Schwester hat einen Schuss auf ihn abgegeben. Bell hat das Ganze dann irrtümlich für einen Mord gehalten.«

»Dieser verdammte Derby!« Michael macht auf dem Absatz kehrt und will zum Haus zurückgehen. »Ich werde das nicht mehr länger dulden! Soll er doch woanders zur Hölle fahren als unter meinem Dach!«

»Es war nicht seine Schuld«, unterbricht ihn Daniel. »Jedenfalls nicht dieses Mal. So schwer es auch ist, das zu glauben, Derby wollte nur helfen. Er hat die Sache nur vollkommen falsch angefasst.«

Michael bleibt stehen und sieht Daniel argwöhnisch an.

»Bist du sicher?«, fragt er.

»Das bin ich«, antwortet Daniel und legt seinem Freund einen Arm um die angespannten Schultern. »Es war ein scheußliches Missverständnis. Dafür kann niemand etwas.«

»Das wäre das erste Mal, dass man das von Derby behaupten kann.« Michael stößt einen zerknirschten Seufzer aus, und die Wut, von der sein Gesicht eben noch erfüllt war, löst sich in Luft auf – so, als hätte es sie nie gegeben. Er ist ganz offenbar ein Mensch, dessen Emotionen immer nur sehr flüchtiger Natur sind. Er gerät schnell in Zorn, ist schnell erheitert, und es würde mich nicht überraschen, wenn er auch genauso schnell gelangweilt wäre. Für einen kurzen Moment stelle ich mir vor, wie es sich anfühlen würde, in seinem Kopf zu stecken. Dances Kälte mag zwar durchaus ihre Nachteile haben, aber sie ist zweifellos dieser Gefühlsschaukel vorzuziehen, auf der Michael sich durch sein Leben schwingt.

»Jetzt habe ich den Burschen da drüben schon den ganzen Vormittag gepredigt, hier draußen läge irgendwo eine Leiche und sie sollten sich was schämen, dass sie so fröhlich sind«, sagt Michael. »Als wäre der Aufenthalt hier an diesem Wochenende nicht schon elend genug für sie.«

»Du wolltest eben einem Freund helfen«, sagt Daniel mit einem väterlichen Lächeln. »Deswegen brauchst du dich doch nicht zu schämen.«

Es überrascht mich, wie liebenswürdig Daniel ist – und erfreut mich mehr, als ich sagen kann. Ich mag zwar bewundern, mit welcher Hingabe er sich der Aufgabe widmet, aus Blackheath zu entkommen, aber die Skrupellosigkeit, mit der er dieses Ziel verfolgt, alarmiert mich. Der Argwohn ist ohnehin stets das erste Gefühl, mit dem ich meiner Umwelt begegne, und mit jeder Minute schnürt mich auch die Angst immer enger ein. Es wäre ein Leichtes, in jeder Person, die mir gegenübertritt, einen Feind zu sehen und sie auch so zu behandeln. Deshalb empfinde ich es als ermutigend, dass Daniel immer noch in der Lage ist, über diese Gedanken hinauszuwachsen.

Während Daniel und Michael dicht nebeneinander hergehen, ergreife ich die Gelegenheit, um den jungen Mann ein wenig auszufragen. »Ich konnte nicht umhin, deinen Revolver zu bemerken«, sage ich und zeige auf das Holster an seiner Hüfte. »Er gehört deiner Mutter, nicht wahr?«

»Ach, tut er das?« Er wirkt ehrlich überrascht. »Ich wusste nicht, dass Mutter überhaupt eine Waffe besitzt. Evelyn hat ihn mir heute früh gegeben.«

»Warum sollte sie dir einen Revolver geben?«, frage ich.

Eine verlegene Röte steigt in Michaels Gesicht.

»Weil ich nicht besonders gern auf die Jagd gehe«, antwortet er und tritt ein paar Blätter auseinander, die vor ihm auf dem Weg liegen. »Dieses ganze Blut und wie sich die Tiere dann verzweifelt hin- und herwälzen, davon wird mir immer übel. Ich hätte eigentlich gar nicht mitgehen sollen. Aber wegen dieser Suche und auch weil sich Vater nicht hat blicken lassen, blieb mir nichts anderes übrig. Ich war in einer ziemlich schlimmen Verfassung deswegen, aber Evelyn ist mit allen Wassern gewaschen. Sie hat mir den hier gegeben« – bei diesen Worten klopft er mit der Hand auf den Revolver – »und meinte, es sei ganz und gar unmöglich, damit irgendetwas zu treffen, aber man würde bei dem Versuch immerhin einen sehr schneidigen Eindruck machen.«

Daniels Versuch, ein Lachen zu unterdrücken, ruft ein gutmütiges Lächeln auf Michaels Gesicht hervor.

»Wo sind deine Eltern, Michael?«, frage ich und ignoriere die Frotzelei der beiden. »Ich hatte geglaubt, dies hier sei ihre Feier, doch die Bürde scheint einzig und allein auf deinen Schultern zu lasten.«

Er kratzt sich im Nacken und macht ein finsteres Gesicht.

»Vater hat sich im Pförtnerhaus verbarrikadiert, Onkel Edward. Er bläst Trübsal, wie gewöhnlich.«

Onkel?

Erinnerungsfetzen treiben an die Oberfläche, flüchtige Eindrücke einer lebenslangen Freundschaft, die Dance mit Peter Hardcastle verbindet und mich zu einem Ehrenmitglied der Familie gemacht hat. Wie auch immer geartet die Verbindung zwischen uns gewesen sein mag, sie ist schon seit Langem eingeschlafen. Doch ich bin überrascht, wie groß nach wie vor die Zuneigung ist, die ich für diesen Jungen hege. Ich kenne ihn schon sein ganzes Leben lang und bin stolz auf ihn. Stolzer als auf meinen eigenen Sohn.

»Und was Mutter anbelangt«, fährt Michael fort, dem meine vorübergehende Verwirrung nicht aufgefallen ist. »Um ehrlich zu sein, hat sie sich sehr seltsam verhalten, seit wir hier eingetroffen sind. Ich hatte gehofft, du könntest vielleicht einmal unter vier Augen mit ihr sprechen. Ich glaube, sie geht mir aus dem Weg.«

»Da habe ich genau das gleiche Problem«, entgegne ich. »Ich versuche schon den ganzen Tag vergeblich, sie irgendwo aufzutreiben.«

Er schweigt kurz und fasst dann offenbar einen Entschluss. Im nächsten Moment senkt er seine Stimme fast zu einem Flüstern und fährt in vertraulichem Tonfall fort: »Ich mache mir Sorgen, dass sie nicht mehr ganz bei Trost ist.«

»Nicht mehr ganz bei Trost?«

»Es kommt mir so vor, als wäre sie ein vollkommen anderer Mensch«, sagt er besorgt. »In einer Minute ist sie noch glücklich und in der nächsten wütend. Es ist ganz und gar unmöglich, da den Überblick zu behalten. Und so wie sie uns heutzutage ansieht, könnte man meinen, sie würde uns gar nicht mehr wiedererkennen.«

Ein weiterer Rivale?

Der Pestdoktor hat behauptet, es gebe drei von uns: den Lakaien, Anna und mich. Ich kann mir nicht vorstellen, zu welchem Zweck er mich diesbezüglich anlügen sollte. Ich werfe Daniel einen verstohlenen Blick zu und versuche abzuschätzen, ob er mehr über diese Sache weiß als ich, aber seine Aufmerksamkeit ist wie gebannt auf Michael gerichtet.

»Wann hat denn dieses seltsame Benehmen angefangen?«, frage ich beiläufig.

»Das kann ich gar nicht so recht sagen. Es fühlt sich wie eine Ewigkeit an.«

»Aber wann ist es dir zum ersten Mal aufgefallen?«

Er kaut auf seiner Unterlippe herum und kramt in seinen Erinnerungen.

»Es waren die Kleider!«, sagt er plötzlich. »Das wird es gewesen sein. Habe ich dir von den Kleidern erzählt?« Bei dieser Frage sieht er

Daniel an, der verständnislos den Kopf schüttelt. »Komm schon, davon muss ich dir doch erzählt haben? Es ist vor ungefähr einem Jahr passiert?«

Daniel schüttelt erneut den Kopf.

»Mutter war anlässlich ihrer alljährlichen makabren Wallfahrt nach Blackheath gefahren, aber kaum war sie wieder in London, kam sie in meine Wohnung in Mayfair gestürmt und hat irgendwelches wirres Zeug gefaselt, darüber, dass sie die Kleider gefunden hätte«, sagt Michael. Er erzählt die Geschichte etwas zögerlich, als würde er damit rechnen, dass Daniel jeden Moment das Wort ergreift und für ihn weitererzählt. »Mehr wollte sie nicht sagen. Nur, dass sie die Kleider gefunden hätte und ob ich irgendetwas darüber wisse.«

»Und wessen Kleider meinte sie?«, frage ich und tue ihm den Gefallen, auf seine Geschichte einzugehen.

Von Helenas verwandelter Persönlichkeit zu hören hat mich erst aufmerken lassen, aber wenn diese Veränderung bereits vor einem Jahr stattgefunden hat, dann ist es sehr unwahrscheinlich, dass es sich bei ihr um einen weiteren Rivalen handelt. Und auch wenn ihrem Verhalten sicherlich etwas sehr Seltsames anhaftet, so sehe ich nicht, wie mir irgendwelche schmutzige Wäsche dabei helfen soll, dieses Rätsel zu lösen.

»Ich habe nicht den blassesten Schimmer«, sagt er und wirft die Hände in die Luft. »Ich konnte kein einziges vernünftiges Wort aus ihr herausbekommen. Am Ende ist es mir gelungen, sie ein wenig zu beruhigen, aber sie hat immer wieder von diesen Kleidern angefangen. Und dann hat sie andauernd dieselben Worte wiederholt: Jetzt werden es alle erfahren.«

»Was erfahren?«, frage ich.

»Das hat sie nicht gesagt. Und kurz darauf ist sie gegangen. Aber auf dieser einen Sache hat sie felsenfest beharrt.«

Die Reihen der Jagdgesellschaft lichten sich, denn die Hunde zerren die einzelnen Jäger in verschiedene Richtungen. Ein Stück weiter den Weg hinunter warten Herrington, Sutcliffe und Pettigrew auf uns. Sie sind offenbar zurückgeblieben, weil sie nicht wissen, wohin sie jetzt gehen sollen. Michael verabschiedet sich rasch von uns und läuft voraus, um ihnen den Weg zu zeigen.

»Konntest du dir einen Reim aus der ganzen Geschichte machen?«, frage ich Daniel.

»Nein, bisher noch nicht«, antwortet er vage.

Er ist ganz unverkennbar mit irgendetwas anderem beschäftigt und sieht Michael gedankenverloren nach. Wir setzen unseren Weg schweigend fort, bis wir ein verlassenes Dorf am Fuß eines Steilhangs erreichen, das aus acht alten Natursteinhäuschen besteht, die sich um die Kreuzung zweier Feldwege gruppieren. Die reetgedeckten Dächer sind verrottet und die Balken, die einst die Dächer stützten, in sich zusammengebrochen. Hier und da findet sich noch ein Echo des einstigen Dorflebens: ein Eimer, der mitten in den Trümmern liegt, oder ein umgekippter Amboss am Straßenrand. Es gibt Leute, die diesen Anblick vielleicht bezaubernd finden mögen, doch ich sehe nur die Andenken an vergangene Strapazen und Entbehrungen. Überbleibsel eines Lebens, das die Leute erleichtert hinter sich gelassen haben.

»Es ist fast Zeit«, murmelt Daniel und starrt das Dorf an.

Auf seinem Gesicht liegt ein Ausdruck, den ich nicht ganz einzuordnen vermag und der zu dem ungeduldigen, aufgeregten und ein wenig beklommenen Tonfall seiner Stimme passt. Ich bekomme eine Gänsehaut. Etwas Denkwürdiges wird hier geschehen, aber ich kann mir beim besten Willen nicht vorstellen, was das sein könnte. Michael zeigt Sutcliffe und Pettigrew eines der alten Steinhäuser, während sich Stanwin gegen einen Baum gelehnt hat und mit seinen Gedanken in weite Ferne geschweift zu sein scheint.

»Mach dich bereit«, lauten Daniels rätselhafte nächsten Worte. Dann verschwindet er im Wald, bevor ich die Gelegenheit habe, ihm weitere Fragen zu stellen. Jeder andere meiner Wirte hätte ihn verfolgt, aber ich bin einfach zu erschöpft. Ich muss mich unbedingt sofort irgendwohin setzen.

Ich entscheide mich für eine zerbröckelnde Mauer, nehme Platz und ruhe mich aus, während sich die anderen unterhalten. Die Augenlider fallen mir zu. Das Alter hat sich mir um den Leib geschlungen, seine giftigen Zähne in meinen Hals geschlagen und alle Kraft aus mir herausgesaugt – und das genau in dem Moment, in dem ich sie am nötigsten gebraucht hätte. Es ist ein äußerst unangenehmes Gefühl – vielleicht sogar noch unangenehmer als Ravencourts gewaltiger Körperumfang. Wenigstens ließ der anfängliche Schock, sich in Ravencourt wiederzufinden, nach einer Weile nach, und ich bekam die Chance, mich an seine körperlichen Einschränkungen zu gewöhnen. Bei Dance sieht das jedoch ganz anders aus. Er hält sich selbst nach wie vor für einen kräftigen jungen Mann und wird sich seines Alters immer nur in den Augenblicken bewusst, wenn sein Blick zufällig auf seine runzligen Hände fällt. Selbst jetzt kann ich spüren, wie er unwillig die Stirn runzelt, weil ich es wage, mich hinsetzen und meiner Erschöpfung nachgeben zu wollen.

Ich zwicke mich in den Arm in dem verzweifelten Bemühen, wach zu bleiben, und stelle verärgert fest, wie mir sämtliche Energie entschwindet.

Plötzlich frage ich mich, wie alt ich wohl jenseits von Blackheath sein mag. Ich habe es mir bisher nicht erlaubt, über diese Frage nachzudenken, denn meine Zeit ist ohnehin zu knapp bemessen, als dass ich sie noch mit sinnlosen Grübeleien verschwenden sollte. Aber hier, jetzt, in diesem Augenblick, bete ich um Jugend, Kraft, gute Gesundheit und einen klaren Verstand. Es wäre unerträglich, all dem zu entkommen, nur um festzustellen, dass ich unwiderruflich gefangen bin, im Körper eines …

DER ZWEITE TAG (FORTSETZUNG)

39.

Unvermittelt fahre ich aus dem Schlaf hoch. Der Pestdoktor, der eben noch auf eine goldene Taschenuhr gestarrt hat und dessen Maske von der Kerze in seiner Hand in ein kränkliches gelbes Licht getaucht wird, schaut auf. Ich bin in den Butler zurückgekehrt und liege in Baumwolllaken eingehüllt im Bett.

»Pünktlich auf die Minute«, sagt der Pestdoktor und klappt seine Uhr zu.

Draußen scheint es dunkel geworden zu sein. Der Raum versinkt im Dämmerlicht, das die winzige Flamme der Kerze kaum in Schach zu halten vermag. Annas Gewehr liegt neben mir auf dem Bett.

»Was ist passiert?«, frage ich mit heiserer Stimme.

»Dance ist auf seiner Mauer eingeschlummert.« Der Pestdoktor lacht leise in sich hinein, stellt die Kerze auf die Erde und lässt sich in den schmalen Stuhl neben dem Bett fallen. Der Stuhl ist viel zu klein für ihn und wird vollständig unter dem üppigen Stoff seines Paletots begraben.

»Nein, ich meinte das Gewehr. Warum liegt es hier neben mir?«

»Einer Ihrer Wirte hat es für Sie dagelassen. Und versuchen Sie gar nicht erst, nach Anna zu rufen«, fügt er hinzu, als er bemerkt, dass ich zur Tür hinüberschaue. »Sie ist nicht im Pförtnerhaus. Ich bin gekommen, um Sie zu warnen, dass Ihr Rivale den Mord fast aufgeklärt hat. Ich rechne fest damit, dass er mich heute Abend am See aufsuchen wird. Sie müssen von jetzt an äußerst zügig zu Werke gehen.«

Ich versuche, mich aufzusetzen, aber der Schmerz in meinen Rippen vereitelt diese Bemühungen sofort wieder.

»Warum interessieren Sie sich so für mich?«, frage ich und warte darauf, dass sich die unerträglichen Qualen wieder an ihren gewohnten Stellen niederlassen.

»Wie bitte?«

»Warum kehren Sie immer wieder hierher zurück, um sich mit mir zu unterhalten? Ich weiß, dass Sie sich nicht mit Anna befassen, und ich könnte wetten, dass Sie sich auch nicht allzu oft mit dem Lakaien treffen.«

»Wie lautet Ihr Name?«

»Was hat das …«

»Beantworten Sie die Frage«, sagt er und pocht mit seinem Gehstock auf den Boden.

»Edward Da… nein, Derby. Ich …« Ich verhaspele mich. »Aiden … sowieso.«

»Sie verlieren sich in den anderen, Mr. Bishop«, sagt er, während er die Arme verschränkt und sich in seinem Stuhl zurücklehnt. »Das geht jetzt schon eine ganze Weile so. Deshalb gestehen wir Ihnen auch nur acht Wirte zu. Wären es mehr als diese Anzahl, dann könnte sich Ihre Persönlichkeit nicht mehr gegen die der anderen durchsetzen.«

Er hat recht. Meine Wirte werden immer stärker und ich immer schwächer. Es ist ganz allmählich passiert, in schleichenden Schritten. Es fühlt sich so an, als wäre ich an einem Strand eingeschlafen und müsste jetzt beim Aufwachen feststellen, dass ich aufs offene Meer hinausgetrieben bin.

»Was kann ich dagegen tun?«, frage ich und spüre, wie Panik in mir hochsteigt.

»Halten Sie sich selbst fest«, sagt er mit einem Schulterzucken. »Mehr können Sie nicht tun. Es gibt da eine Stimme in Ihrem Kopf. Sie müssten Sie eigentlich mittlerweile des Öfteren gehört haben. Trocken, ein wenig distanziert? Sie ist ruhig, wenn Sie in Panik geraten, und furchtlos, wenn Sie Angst haben.«

»Ich habe sie gehört.«

»Das ist das, was noch von dem ursprünglichen Aiden Bishop übriggeblieben ist – von jenem Mann, der damals nach Blackheath kam. Mittlerweile ist es wenig mehr als ein Bruchstück, ein kleines Fragment seiner Persönlichkeit, das sich zwischen den einzelnen Zyklen an Ihnen festgeklammert hat. Wenn Sie anfangen, sich selbst zu verlieren, dann achten Sie auf jene Stimme. Sie ist Ihr Leuchtturm. Sie ist alles, was noch von dem Mann übriggeblieben ist, der Sie früher einmal waren.«

Er erhebt sich mit einem derart gewaltigen Rascheln seiner Kleider, dass die Flamme der Kerze für einen kurzen Moment einknickt. Dann bückt er sich, hebt die Kerze vom Boden auf und geht zur Tür.

»Warten Sie!«, rufe ich.

Er bleibt stehen, wendet mir dabei jedoch den Rücken zu. Das Kerzenlicht umhüllt seinen Körper mit einem warmglühenden Strahlenkranz.

»Wie oft haben wir all das hier schon gemacht?«, frage ich.

»Tausende Male, vermute ich. Mehr als ich es jemals zu zählen vermag.«

»Und warum scheitere ich dann immer wieder?«

Er seufzt und sieht mich über seine Schulter hinweg an. Seine Haltung strahlt eine große Ermüdung aus, als habe sich jeder neuerliche Zyklus wie Sediment auf ihm abgelagert und würde ihn nun mit seiner Last zu Boden drücken.

»Das ist eine Frage, über die ich selbst von Zeit zu Zeit nachgedacht habe«, sagt er, während das schmelzende Wachs von der Kerze herabtropft und auf seinen Handschuh fällt. »Der Zufall hat durchaus auch eine Rolle gespielt. Er hat Sie stolpern lassen, wenn Trittsicherheit Ihre Rettung gewesen wäre. Doch größtenteils, denke ich, liegt es an Ihrer Natur.«

»An meiner Natur?«, frage ich. »Sie meinen, mir sei das Scheitern vorbestimmt?«

»Vorbestimmt? Nein. Das wäre ja schließlich eine Ausrede. Und Blackheath duldet keine Ausreden«, antwortet er. »Nichts von dem, was hier geschieht, ist unabwendbar – und mag es auch noch so sehr danach aussehen. Die Ereignisse laufen Tag für Tag nach dem gleichen Muster ab, weil die Gäste, die sich gemeinsam mit Ihnen hier befinden, Tag für Tag dieselben Entscheidungen treffen. Sie entscheiden sich, auf die Jagd zu gehen, sie entscheiden sich, einander zu betrügen, einer von ihnen trinkt zu viel, versäumt das Frühstück und verpasst so ein Treffen, das seinem Leben eine neue Richtung gegeben hätte. Diese Leute können keinen anderen Weg sehen, also ändern sie sich auch nie. Doch Sie sind anders, Mr. Bishop. Zyklus um Zyklus habe ich beobachtet, wie Sie auf gütige oder grausame Wendungen reagieren – auf willkürliche Fügungen des Schicksals. Sie treffen ganz unterschiedliche Entscheidungen und doch wiederholen Sie in den entscheidenden Momenten dieselben Fehler. Es ist ganz so, als gäbe es da einen Teil von Ihnen, der Sie fortwährend in den Abgrund ziehen möchte.«

»Wollen Sie damit sagen, dass ich ein anderer Mensch werden muss, um entkommen zu können?«

»Ich will damit sagen, dass jeder Mensch in einem selbstgebauten Käfig sitzt«, antwortet er. »Der Aiden Bishop, der anfangs nach Blackheath kam,« – er seufzt, als würde ihn die Erinnerung bekümmern – »wusste genau, was er wollte, und die Art, wie er sich dieser Dinge bemächtigte, war … unerschütterlich. Unbeugsam. Jener Mann hätte es nie geschafft, aus Blackheath zu entkommen. Dieser Aiden Bishop, den ich jetzt vor mir habe, ist ein Anderer. Ich glaube, Sie sind dem Erfolg näher, als Sie es jemals zuvor waren, aber ich habe das auch früher schon gedacht und mich dann getäuscht. Die Wahrheit ist: Die eigentliche Prüfung steht Ihnen noch bevor. Aber bald wird es so weit sein. Und wenn Sie sich verändert haben, wahrhaftig verändert haben, dann … ja, wer weiß. Dann gibt es vielleicht noch Hoffnung für Sie.«

Er bückt sich unter dem Türrahmen hindurch und tritt mit der Kerze in den Flur hinaus.

»Sie haben nach Edward Dance noch vier Wirte, einschließlich dessen, was noch von den Tagen des Butlers und Donald Davies übrig ist. Seien Sie vorsichtig, Mr. Bishop. Der Lakai wird nicht ruhen, bis sie alle tot sind, und ich bin mir nicht sicher, ob Sie es sich leisten können, auch nur einen Einzigen von ihnen zu verlieren.«

Und mit diesen Worten schließt er die Tür hinter sich.

DER SECHSTE TAG (FORTSETZUNG)

40.

Die von Dance durchlebten Jahre senken sich auf mich herab wie tausend winzige Gewichte.

Hinter mir unterhält sich Michael mit Stanwin, und ein Stück weiter entfernt stehen Sutcliffe und Pettigrew mit Drinks in den Händen und lachen schallend.

Rebecca hat sich über mich gebeugt und hält mir ein Tablett mit dem letzten, noch übriggebliebenen Glas Brandy entgegen.

»Rebecca«, sage ich liebevoll und strecke fast schon die Hand aus, um die Wange meiner Frau zu berühren.

»Nein, Sir, ich bin Lucy, Sir, Lucy Harper«, sagt das Dienstmädchen mit besorgter Stimme. »Es tut mir leid, dass ich Sie geweckt habe, aber ich hatte Angst, Sie könnten sonst von der Mauer herunterfallen.«

Ich blinzle die Erinnerung an Dances verstorbene Frau fort und verfluche mich selbst als einen alten Narren. Wie konnte mir nur ein solch lächerlicher Fehler unterlaufen? Glücklicherweise mildert die Erinnerung an die Liebenswürdigkeit, mit der Lucy den Butler behandelt hat, meinen Zorn darüber, in einem Moment derartiger Rührseligkeit ertappt worden zu sein.

»Möchten Sie vielleicht einen Drink, Sir?«, fragt sie. »Etwas, um sich ein wenig aufzuwärmen?«

Ich schaue an ihr vorbei und entdecke Evelyns Zofe, Madeline Aubert, die gerade schmutzige Gläser und halbleere Brandyflaschen in einen Korb füllt. Die beiden müssen ihn von Blackheath aus hierhergetragen haben und sind offenbar eingetroffen, während ich gerade schlief. Ich scheine länger gedöst zu haben, als ich dachte, denn sie bereiten sich bereits wieder zum Aufbruch vor.

»Danke, aber ich glaube, ich bin schon wackelig genug auf den Beinen«, sage ich.

Ihr Blick huscht an mir vorbei zu Ted Stanwin hinüber, der Michael Hardcastle gerade an der Schulter packt. Ihre Verunsicherung steht ihr deutlich ins Gesicht geschrieben, was kaum verwunderlich ist, wenn man bedenkt, wie schlecht Stanwin sie während des Mittagessens behandelt hat.

»Machen Sie sich keine Gedanken, Lucy, ich bringe ihm das Glas selbst hinüber«, sage ich, stehe im gleichen Moment auf und nehme den Brandy vom Tablett. »Ich muss ohnehin mit ihm sprechen.«

»Danke, Sir«, sagt sie mit einem strahlenden Lächeln und geht fort, bevor ich meine Meinung ändern kann.

Stanwin und Michael sind in ein Schweigen verfallen, als ich zu ihnen trete, aber ich kann die ungesagten Dinge und das Unbehagen, das an ihre Stelle getreten ist, förmlich spüren.

»Michael, dürfte ich mich einmal kurz unter vier Augen mit Mr. Stanwin unterhalten?«, frage ich.

»Selbstverständlich«, sagt Michael, neigt den Kopf und zieht sich zurück.

Ich reiche Stanwin das Getränk und ignoriere den Argwohn, mit dem er das Glas beäugt.

»Das passiert ja äußerst selten, dass Sie sich zu einem Gespräch mit mir herablassen, Dance«, sagt Stanwin und mustert mich von oben bis unten, als wären wir zwei Boxer, die sich im Ring gegenübertreten.

»Ich dachte, wir könnten uns vielleicht gegenseitig behilflich sein«, sage ich.

»Ich bin immer daran interessiert, neue Freunde zu gewinnen.«

»Ich muss wissen, was Sie an dem Morgen gesehen haben, an dem Thomas Hardcastle ermordet wurde.«

»Das ist eine alte Geschichte«, sagt er und fährt mit der Fingerspitze am Rand des Glases entlang.

»Aber es lohnt sich gewiss, sie einmal aus erster Hand zu hören«, erwidere ich.

Er schaut über meine Schulter hinweg zu, wie Madeline und Lucy mit ihrem Korb das Dorf verlassen. Es kommt mir ganz so vor, als suchte er nach einer Ablenkung. Offenbar gibt es da etwas an Dance, das ihn nervös macht.

»Na, es wird wohl nichts schaden«, sagt er dann mit einem Ächzen und wendet seine Aufmerksamkeit wieder mir zu. »Ich war damals auf Blackheath der Wildhüter. Gerade war ich damit beschäftigt, meine Runde um den See zu machen, wie jeden Morgen, da sah ich, wie Carver und ein anderer Teufel, der mir den Rücken zukehrte, den kleinen Jungen erstachen. Ich habe auf ihn geschossen, aber er ist in den Wald geflüchtet, während ich mit Carver gekämpft habe.«

»Und dafür haben Lord und Lady Hardcastle Ihnen eine Plantage geschenkt?«, frage ich.

»Das haben sie. Nicht, dass ich sie etwa darum gebeten hätte«, schnaubt er.

»Alf Miller, der Stallmeister, hat behauptet, Helena Hardcastle sei an jenem Morgen mit Carver zusammen gewesen, nur wenige Minuten vor dem Angriff. Was haben Sie dazu zu sagen?«

»Dass er ein Säufer und verdammter Lügner ist«, antwortet Stanwin aalglatt.

Ich suche nach einem Zittern, nach irgendeinem Hinweis auf ein etwaiges Unbehagen, aber er ist gewieft, dieser Kerl, und jetzt, da er weiß, was ich will, ist er auch nicht mehr so zappelig. Ich kann spüren, wie das Zünglein an der Waage zu seinen Gunsten auszuschlagen beginnt. Sein Selbstvertrauen wächst mit jeder Sekunde.

Ich habe diese Situation vollkommen falsch eingeschätzt.

Ich hatte geglaubt, ich könnte ihn genauso einschüchtern, wie ich es beim Stallmeister und Dickie getan habe, aber Stanwins Nervosität war kein Anzeichen von Furcht, es war einfach nur das Unbehagen eines Mannes, der in dem riesigen Stapel seiner Antworten plötzlich auf eine vereinzelte Frage gestoßen ist.

»Nun verraten Sie mir doch mal, Mr. Dance«, sagt er und beugt sich so nah zu mir heran, dass er mir ins Ohr flüstern kann. »Wer ist die Mutter Ihres Sohnes? Ich weiß, dass es nicht Ihre teure verstorbene Rebecca war. Verstehen Sie mich nicht falsch, ich habe da schon die ein oder andere Idee, aber es würde mir die Kosten und Mühen ersparen, mir diese Ideen bestätigen zu lassen, wenn Sie mir die Sache einfach direkt erzählen. Vielleicht setze ich ja sogar Ihre monatlichen Zahlungen aus, für erbrachte Dienstleistungen, sozusagen.«

Das Blut gefriert mir in den Adern. Dieses Geheimnis liegt im tiefsten Inneren von Dances Seele verborgen. Es ist seine größte Schmach, seine einzige Schwäche. Und Stanwin hat soeben seine Faust darum geschlossen.

Ich könnte nicht antworten, selbst wenn ich wollte.

Stanwin tritt einen Schritt von mir zurück und wirft das unberührt gebliebene Glas Brandy mit einer schnellen Drehung seines Handgelenks ins Gebüsch.

»Wenn Sie das nächste Mal zu mir kommen und mit mir verhandeln wollen, dann sorgen Sie gefälligst dafür, dass Sie etwas in der Hand haben, mit dem Sie ...«

Hinter mir knallt ein Gewehrschuss.

Etwas spritzt mir ins Gesicht. Stanwins Körper wird rückwärts geschleudert und stürzt als zerfleischter Klumpen zu Boden. Meine Ohren dröhnen, und als ich meine Wange berühre, entdecke ich Blut an meinen Fingerspitzen.

Stanwins Blut.

Jemand kreischt. Andere schnappen entsetzt nach Luft oder schreien auf.

Niemand rührt sich. Und dann bewegen sich alle gleichzeitig.

Michael und Clifford Herrington rennen zu Stanwin hinüber und brüllen, jemand solle Doktor Dickie holen, aber es ist nur zu deutlich zu erkennen, dass der Erpresser tot ist. In seiner Brust klafft eine gewaltige Lücke, durch die sich die Heimtücke, die seine treibende Kraft war, aus dem Staub gemacht hat. Ein unversehrt gebliebenes

Auge starrt mit einer unausgesprochenen Anschuldigung zu mir hoch. Ich möchte ihm sagen, dass das nicht meine Schuld war, dass ich das nicht getan habe. Das scheint mir plötzlich das Allerwichtigste, die dringlichste Sache der Welt zu sein.

Es ist der Schock.

Im Gebüsch raschelt es, und im nächsten Moment tritt Daniel daraus hervor. Vom Lauf seines Gewehrs steigt Rauch auf, doch er schaut so emotionslos auf den Leichnam herab, dass ich fast glauben könnte, er sei an diesem Verbrechen unschuldig.

»Was hast du getan, Coleridge?«, ruft Michael, während er nachsieht, ob Stanwin noch einen Pulsschlag hat.

»Genau das, was ich deinem Vater versprochen habe«, antwortet Daniel mit ausdrucksloser Stimme. »Ich habe dafür gesorgt, dass Ted Stanwin nie wieder einen von euch erpressen kann.«

»Du hast ihn ermordet!«

»Ja«, sagt Daniel und begegnet Michaels schockiertem Blick. »Das habe ich.«

Dann steckt er eine Hand in die Hosentasche und reicht mir ein seidenes Taschentuch.

»Wisch dir das Gesicht ab, alter Mann«, sagt er.

Unwillkürlich nehme ich das Taschentuch entgegen und danke ihm sogar noch. Ich bin vollkommen benommen. Fassungslos. Nichts von dem, was hier gerade passiert, scheint real. Ich wische mir Stanwins Blut aus dem Gesicht und starre dann die purpurrote Schliere auf dem Taschentuch an, als könne sie mir das Geschehene erklären. Gerade noch habe ich mich mit Stanwin unterhalten, und im nächsten Moment ist er tot. Und ich begreife nicht, wie das möglich ist. Da sollte doch gewiss noch etwas dazwischen geschehen? Eine Verfolgungsjagd? Angst? Eine wie auch immer geartete Warnung? Wir sollten nicht einfach so sterben. Es kommt mir wie ein Betrug vor. So viel bezahlt. Zu viel verlangt.

»Wir sind alle ruiniert!«, wimmert Sutcliffe, lehnt sich gegen einen Baumstamm und sackt in sich zusammen. »Stanwin hat immer gesagt, dass unsere Geheimnisse an die Öffentlichkeit gelangen werden, falls ihm irgendetwas zustoßen sollte.«

»Das ist deine größte Sorge?«, brüllt Herrington und fährt zu ihm herum. »Coleridge hat direkt vor unseren Augen einen Mann ermordet!«

»Einen Mann, den wir alle gehasst haben«, keift Sutcliffe zurück. »Tu nicht so, als hättest du nicht gerade dasselbe gedacht. Gebt's doch zu, das habt ihr alle! Stanwin hat jeden Einzelnen von uns bis aufs Mark ausgesaugt, als er noch lebte, und im Tod wird er uns zerstören.«

»Nein, das wird er nicht«, widerspricht Daniel und legt sich das Gewehr über die Schulter.

Er ist der Einzige von uns, der ruhig bleibt, der Einzige, der sich nicht so verhält, als wäre er plötzlich ein vollkommen anderer Mensch geworden. Nichts von alledem hier bedeutet ihm auch nur das Geringste.

»Alles, was er gegen uns in der Hand hat …«, sagt Pettigrew.

»Wurde in einem Buch festgehalten, das sich jetzt in meinem Besitz befindet«, unterbricht ihn Daniel und nimmt sich eine Zigarette aus seinem silbernen Etui.

Seine Hand zittert nicht einmal. Meine Hand. Was zum Teufel hat Blackheath aus mir gemacht?

»Ich habe jemanden beauftragt, es für mich zu stehlen«, fährt er beiläufig fort und zündet sich derweil seine Zigarette an. »Ihre Geheimnisse sind jetzt meine Geheimnisse, meine Herren. Und sie werden niemals ans Licht kommen. Also, ich glaube, ein jeder von Ihnen schuldet mir ein Versprechen. Und das sieht folgendermaßen aus: Sie werden dieses Vorkommnis für den Rest dieses Tages niemandem gegenüber erwähnen. Haben Sie das verstanden? Falls irgendjemand fragt, Stanwin ist zurückgeblieben, als wir anderen aufgebrochen sind. Er hat nicht gesagt, warum. Und das war das Letzte, was Sie von ihm gesehen haben.«

Ratlose Gesichter starren sich an. Sämtliche Anwesenden sind zu fassungslos, um etwas sagen zu können. Ich kann jedoch unmöglich erkennen, ob sie wegen des Vorkommnisses, dessen Zeugen sie wurden, schockiert sind oder ob sie einfach nur ihr Glück nicht fassen können.

Was mich anbelangt, so lässt zwar der Schock allmählich nach, doch gleichzeitig dringt mir allmählich der Horror dessen, was Daniel getan hat, ins Bewusstsein. Vor einer halben Stunde habe ich ihn noch innerlich gelobt, weil er sich Michael gegenüber so fürsorglich zeigte. Jetzt bin ich über und über mit dem Blut eines anderen Mannes bespritzt, und mir wird klar, dass ich vollkommen unterschätzt hatte, wie verzweifelt und zum Äußersten entschlossen er ist.

Meine Verzweiflung. Dies ist meine Zukunft, die ich da sehe, und bei ihrem Anblick wird mir übel.

»Ich muss Sie die Worte sagen hören, Gentlemen«, fordert Daniel und bläst den Zigarettenrauch aus den Mundwinkeln. »Sie müssen mir versichern, dass Sie begriffen haben, was hier gerade passiert ist.«

Die Beteuerungen treffen in einem wilden Durcheinander bei ihm ein. Sie werden in gedämpftem Ton geäußert, klingen jedoch ehrlich. Nur Michael wirkt aufgebracht.

Daniel begegnet kurz seinem Blick und sagt dann mit kalter Stimme in die Runde: »Und vergessen Sie nicht, ich habe all Ihre Geheimnisse in meinen Händen.« Er lässt seine Worte einwirken. »Und jetzt sollten Sie sich auf den Rückweg machen, bevor noch jemand kommt und nach uns sucht.«

Dieser Vorschlag wird mit einem zustimmenden Gemurmel begrüßt, und im nächsten Moment sind alle wieder im Wald verschwunden. Daniel gibt mir einen Wink, dazubleiben, und wartet mit seinen nächsten Worten, bis die anderen außer Hörweite sind.

»Hilf mir, seine Taschen zu durchsuchen«, sagt er und rollt die Ärmel hoch. »Die anderen Jäger werden bald auf diesem Weg zurückkehren, und ich will vermeiden, dass sie uns mit der Leiche entdecken.«

»Was hast du getan, Daniel?«, zische ich ihn an.

»Morgen ist er wieder lebendig«, sagt er und winkt abschätzig mit der Hand. »Ich habe lediglich eine Vogelscheuche umgestoßen.«

»Wir sollen einen Mord aufklären und nicht selbst einen begehen.«

»Wenn man einem kleinen Jungen eine Spielzeugeisenbahn schenkt, wird er sofort versuchen, sie entgleisen zu lassen«, antwortet er. »Doch weder sagt das etwas über seinen Charakter aus, noch verurteilen wir ihn deswegen.«

»Glaubst du, das hier ist ein Spiel?«, fahre ich ihn an und zeige auf Stanwins Leichnam.

»Eher so etwas wie ein Puzzle, dessen Teile verzichtbar sind. Und wenn wir es lösen, dürfen wir heim.« Er sieht mich mit gerunzelter Stirn an, als sei ich ein Fremder, der ihn nach dem Weg zu einem nicht existenten Ort gefragt hat. »Ich verstehe deine Besorgnis nicht.«

»Wenn wir Evelyns Mord in der Weise lösen, die du da gerade vorgeschlagen hast, verdienen wir es nicht, heimzukehren! Kannst du denn nicht sehen, dass diese Masken, die wir da tragen, uns verraten? Dass sie unser Innerstes preisgeben? Sie stellen uns bloß.«

»Du faselst«, sagt er und durchsucht Stanwins Taschen.

»Wir sind immer dann am meisten wir selbst, wenn wir glauben, von niemandem beobachtet zu werden. Begreifst du das denn nicht? Es ist ganz gleich, ob Stanwin morgen wieder lebendig ist. Du hast ihn heute ermordet! Du hast einen Mann kaltblütig hingerichtet, und das wird sich für den Rest deines Lebens als Schandfleck in deine Seele brennen. Ich weiß nicht, warum wir hier sind, Daniel, oder warum uns dies alles geschieht, aber wir sollten beweisen, dass es ein Unrecht ist, und nicht etwa, dass wir nichts Besseres verdient haben.«

»Du siehst das vollkommen falsch«, sagt er, und in seiner Stimme schwingt jetzt Verachtung mit. »Wir können diesen Leuten genauso wenig ein Leid zufügen wie den Schatten, die sie an die Wand werfen. Ich begreife nicht, was du von mir verlangst.«

»Dass wir einen höheren Anspruch an uns selbst haben«, antworte ich, und meine Stimme wird lauter. »Dass wir bessere Menschen sind als unsere Wirte! Stanwin zu ermorden, das war Daniel Coleridges

Lösung, aber es sollte nicht deine sein. Du bist ein guter Mensch, das darfst du niemals aus den Augen verlieren.«

»Ein guter Mensch!«, spottet er. »Sich vor unerquicklichen Taten zu drücken, macht dich noch lange nicht zu einem guten Menschen. Schau dir doch an, wo wir sind und was man uns angetan hat. Wenn wir von diesem Ort entkommen wollen, dann müssen wir tun, was nötig ist, selbst wenn uns unsere wahre Natur etwas anderes gebietet. Ich weiß, dass dir bei dieser Sache schlecht wird, aber du bist eben zu zart besaitet. Ich war genauso, doch jetzt habe ich keine Zeit mehr, aufgrund meiner moralischen Überzeugungen auf Zehenspitzen einherzugehen. Ich kann diese Geschichte heute Abend zu Ende bringen und das habe ich auch fest vor, also beurteile mein Tun nicht danach, wie sehr ich mich an meiner eigenen Tugendhaftigkeit festklammere oder nicht – beurteile es danach, wie viel ich zu opfern bereit bin, damit du an deiner Tugendhaftigkeit festhalten kannst. Wenn ich scheitere, kannst du es ja immer noch auf einem anderen Weg versuchen.«

»Und wie willst du dir selbst noch in die Augen sehen können, wenn du hier fertig bist?«, verlange ich zu wissen.

»Ich werde in die Gesichter meiner Familie schauen und werde wissen, dass das, was ich an diesem Ort verloren habe, nicht im Entferntesten so wichtig war wie die Belohnung, die ich erhielt, als ich ihn verließ.«

»Das kannst du nicht allen Ernstes glauben«, sage ich.

»Doch, das tue ich. Und du wirst es auch, wenn du erst einmal noch ein paar Tage an diesem Ort verbracht hast«, antwortet er. »Also, bitte, hilf mir jetzt endlich, ihn zu durchsuchen, bevor die Jagdgesellschaft uns hier entdeckt. Ich habe nicht vor, meinen Abend damit zu verschwenden, die Fragen eines Polizisten zu beantworten.«

Es hat keinen Zweck, sich noch weiter mit ihm zu streiten. Sein Blick hat sich verschlossen, als habe er die Läden zugeschlagen.

Ich seufze und beuge mich über den Leichnam.

»Wonach soll ich suchen?«, frage ich.

»Nach Antworten, wie immer«, sagt er, während er die blutverschmierte Jacke des Erpressers aufknöpft. »Stanwin hat jede einzelne Lüge gesammelt, die es auf Blackheath gab, einschließlich des letzten Puzzleteils, das uns noch fehlt – nämlich den Grund für Evelyns Mord. Jede noch so winzige Erkenntnis, die er gesammelt hat, steht in einem Buch, das in Geheimschrift verfasst ist. Um es lesen zu können, braucht man ein zweites separates Buch, das den Chiffrierungscode enthält. Das Erstgenannte befindet sich in meinem Besitz, und das Zweite trägt Stanwin immer bei sich.«

Das war das Buch, das Derby aus Stanwins Schlafzimmer gestohlen hat.

»Hast du es Derby abgenommen?«, frage ich. »Irgendjemand hat mir eins über den Schädel gezogen, kaum dass ich es in die Finger bekommen hatte.«

»Natürlich nicht«, sagt er. »Coleridge hatte bereits jemanden damit beauftragt, das Buch an sich zu nehmen, bevor ich die Kontrolle über ihn übernahm. Bis zu dem Moment, an dem man mir das Buch überbrachte, wusste ich nicht einmal, dass er sich für Stanwins erpresserische Unternehmungen interessierte. Falls es dich tröstet: Ich habe kurz darüber nachgedacht, ob ich dich vielleicht warnen sollte.«

»Und? Warum hast du es nicht getan?«

Er zuckt mit den Schultern. »Derby ist nichts weiter als ein räudiger Hund. Es schien mir für alle Beteiligten das Beste, wenn er ein paar Stunden außer Gefecht gesetzt wird. Und jetzt komm schon, wir haben nicht viel Zeit.«

Schaudernd knie ich mich neben die Leiche. Kein Mensch sollte auf diese Art sterben müssen, selbst jemand wie Stanwin nicht. Seine Brust ist nur noch ein Haufen zerfetzten Fleisches, und seine Kleider sind von Blut durchtränkt. Es quillt mir über die Finger, als ich die Hand in seine Hosentasche stecke.

Ich komme nur sehr langsam voran, weil ich mich kaum zum Hinsehen überwinden kann.

Daniel hat keinerlei solcher Skrupel. Er klopft Stanwins Hemd und Jackett ab und scheint sich nicht im Geringsten um den zerfleischten Körper darunter zu scheren. Als wir schließlich mit unserer Untersuchung fertig sind, haben wir ein Zigarettenetui, ein Taschenmesser und ein Feuerzeug gefunden – aber kein Buch mit einem Chiffrierungscode.

Wir sehen uns an.

»Wir müssen ihn auf den Bauch rollen«, sagt Daniel und spricht damit meine Gedanken aus.

Stanwin war ein großer, kräftiger Mann, und es bedarf einiger Mühe, ihn umzuwenden. Aber es ist die Sache wert. Es ist mir weit weniger unangenehm, einen Leichnam zu durchsuchen, der mich nicht anstarrt.

Während Daniel mit den Händen an Stanwins Hosenbeinen entlang tastet, hebe ich sein Jackett an und entdecke eine Stelle, an der das Futter ausgebeult ist und am Rand mehr schlecht als recht wieder zugenäht wurde.

Ich werde von einer fast fieberhaften Aufregung erfasst, für die ich mich jedoch sofort schäme. Das Letzte, was ich will, ist, Daniels Methoden zu rechtfertigen. Aber jetzt, da wir so kurz vor einer wichtigen Entdeckung stehen, kann ich nicht verhindern, dass sich meine Stimmung ganz eindeutig hebt.

Ich nehme das Taschenmesser des Toten, trenne die Nähte auf, und im nächsten Moment fällt mir das Codebuch in die Hand. Kaum hat es sich aus dem Futter gelöst, bemerke ich, dass sich dort drinnen noch etwas anderes befindet. Ich stecke die Hand hinein und ziehe ein kleines silbernes Medaillon heraus. Es hat keine Kette mehr, doch es enthält ein Bildnis, das zwar alt und rissig ist, aber ganz unverkennbar ein kleines Mädchen darstellt, das etwa sieben oder acht Jahre alt ist und rote Haare hat.

Ich halte Daniel das Bild entgegen, aber er ist viel zu beschäftigt damit, die Seiten des Codebuchs durchzublättern, um mich zu beachten.

»Das ist es«, sagt er aufgeregt. »Das ist unser Ausweg.«

»Das will ich doch hoffen«, sage ich. »Schließlich haben wir einen sehr hohen Preis dafür bezahlt.«

Als er von dem Buch aufschaut, ist er ein anderer Mann als der, der es zu lesen begonnen hat. Das hier ist weder Bells Daniel noch Ravencourts Daniel. Es ist noch nicht einmal mehr der Mann von vor ein paar Minuten, der mir die Notwendigkeit seines Handelns erklärt hat. Dies ist ein siegreicher Mann – einer, der mit einem Fuß bereits zur Tür hinaus ist.

»Ich bin nicht stolz auf das, was ich getan habe«, sagt er. »Aber es gab keinen anderen Weg, wie wir das hier geschafft hätten, das musst du mir glauben.«

Er mag zwar nicht stolz darauf sein, aber er schämt sich auch nicht dafür. Das ist nur allzu offensichtlich. Ich muss an die Warnung des Pestdoktors denken.

Der Aiden Bishop, der anfangs nach Blackheath kam ... wusste genau, was er wollte, und die Art, wie er sich dieser Dinge bemächtigte, war ... unerschütterlich. Unbeugsam. Jener Mann hätte es nie geschafft, aus Blackheath zu entkommen.

In seiner Verzweiflung begeht Daniel dieselben Fehler, die ich immer begangen habe. Er tut genau das, vor dem mich der Pestdoktor gewarnt und von dem er mir prophezeit hat, dass ich es tun würde.

Was auch immer geschieht, ich darf nicht zulassen, dass ich zu dieser Person werde.

»Bist du so weit? Können wir gehen?«, fragt Daniel.

»Kennst du den Heimweg?«, frage ich zurück. Als ich meinen Blick durch den Wald schweifen lasse, wird mir bewusst, dass ich nicht die leiseste Ahnung habe, auf welchem Weg wir hierhergekommen sind.

»Wir müssen nach Osten«, sagt er.

»Und in welcher Richtung liegt Osten?«

Er steckt die Hand in die Hosentasche und zieht Bells Kompass hervor.

»Ich habe ihn mir heute früh von ihm geborgt«, sagt er und legt ihn sich auf die Handfläche. »Schon witzig, wie sich die Dinge wiederholen, nicht wahr?«

41.

Wir erreichen Blackheath ganz unvermittelt. Plötzlich lichten sich die Bäume und geben den Blick auf den schlammigen Rasen und die vom Kerzenlicht hell erleuchteten Fenster frei. Ich muss zugeben, dass ich froh bin, das Haus zu sehen. Trotz des Gewehrs in meinen Händen habe ich während des gesamten Weges immer wieder nach dem Lakaien Ausschau gehalten. Wenn das Codebuch tatsächlich so wertvoll ist, wie Daniel glaubt, dann muss ich davon ausgehen, dass unser Feind ebenfalls danach sucht.

Sein Angriff wird gewiss nicht lange auf sich warten lassen.

Hinter den Fenstern des oberen Stockwerks sind zahlreiche umherhuschende Silhouetten zu erkennen. Die Teilnehmer der Jagdgesellschaft trotten die Stufen hinauf und verschwinden im goldenen Schein der Eingangshalle, zerren sich dort ihre Hüte und Jacken vom Körper und werfen sie auf die Erde. Auf dem marmornen Boden sammeln sich überall Pfützen aus schmutzigem Wasser. Ein Dienstmädchen mit einem Tablett voller Sherrygläser geht zwischen uns hin und her. Daniel nimmt zwei Gläser vom Tablett und reicht mir eines.

Nachdem er kurz mit mir angestoßen hat, schüttet er sich das Getränk die Kehle hinunter, just in dem Moment, in dem Michael zu uns tritt. Genau wie der Rest der Jagdgesellschaft erweckt er den Eindruck, als hätte er sich gerade von Noahs Arche heruntergeschleppt. Seine dunklen, vom Regen vollkommen durchnässten Haare kleben an seinem bleichen Gesicht. Ich werfe einen flüchtigen Blick auf seine Armbanduhr und stelle fest, dass es 18:07 Uhr ist.

»Ich habe ein paar vertrauenswürdige Diener ausgesandt, um Stanwin zu holen«, flüstert er und nimmt sich ebenfalls einen Sherry vom Tablett. »Ich habe ihnen gesagt, ich sei auf dem Rückweg von der Jagd auf seine Leiche gestoßen, und sie angewiesen, ihn in einem der alten Geräteschuppen aufzubahren. Dort wird ihn niemand finden. Und ich werde die Polizei erst morgen früh verständigen. Es tut mir leid, aber ich wollte ihn nicht länger als unbedingt nötig im Wald verfaulen lassen.«

Er umklammert sein halbleeres Sherryglas. Das Getränk hat ihm zwar ein wenig Farbe auf die Wangen gezaubert, aber längst nicht genug.

Die Menge in der Eingangshalle beginnt sich zu lichten. Ein paar Dienstmädchen sind bereits mit Eimern voll Seifenwasser angetreten und versuchen nun, uns mit ihren gerunzelten Stirnen und drohenden Wischlappen zum Gehen zu bewegen, damit sie mit ihrer Arbeit beginnen können.

Michael reibt sich die Augen und sieht uns zum ersten Mal direkt an.

»Ich werde das Versprechen meines Vaters einhalten«, sagt er. »Aber gern tue ich das nicht.«

»Michael …«, sagt Daniel und hält ihm die Hand hin. Doch Michael geht einen Schritt rückwärts.

»Nein, bitte«, sagt er. Es steht ihm deutlich ins Gesicht geschrieben, wie verraten er sich fühlt. »Wir unterhalten uns ein anderes Mal. Aber nicht jetzt. Nicht heute Abend.«

Mit diesen Worten kehrt er uns den Rücken zu und geht die Treppen zu seinem Schlafzimmer hinauf.

»Kümmere dich nicht um ihn«, sagt Daniel. »Er denkt, ich hätte aus Geldgier gehandelt. Er begreift nicht, wie wichtig das alles ist. Die Antwort steht in diesem Geschäftsbuch, da bin ich mir ganz sicher!«

Er ist so aufgeregt wie ein kleiner Junge, der gerade eine neue Steinschleuder bekommen hat.

»Wir haben es fast geschafft, Dance«, sagt er. »Wir sind so gut wie frei.«

»Und was geschieht dann?«, frage ich. »Wirst *du* hier herauskommen? Oder werde *ich* diesen Ort verlassen? Wir können nicht beide entkommen, wir sind ein und derselbe Mann.«

»Das weiß ich nicht«, antwortet er. »Ich nehme an, dass Aiden Bishop wieder aufwachen und sein Gedächtnis wiederfinden wird. Es steht zu hoffen, dass er sich weder an dich noch an mich erinnern wird. Wir sind nur ein übler Traum, den man am besten sofort wieder vergisst.« Er schaut auf die Uhr. »Aber lass uns jetzt nicht darüber nachdenken. Anna hat ein Treffen mit Bell heute Abend auf dem Friedhof arrangiert. Falls sie recht hat, wird der Lakai davon Wind bekommen haben und garantiert dort auftauchen. Sie wird unsere Hilfe brauchen, um ihn zu fangen. Das bedeutet, dass wir noch vier Stunden Zeit haben, um das, was wir wissen wollen, aus diesem Buch herauszuholen. Was hältst du davon, wenn du dich jetzt erst einmal umziehst und dann in mein Zimmer hochkommst? Dann suchen wir gemeinsam.«

»Ich bin gleich da«, antworte ich.

Seine Euphorie ist ein gewaltiger Ansporn. Heute Abend knöpfen wir uns den Lakaien vor und bringen dem Pestdoktor seine Antwort. Irgendwo im Haus sind meine anderen Wirte zweifelsohne gerade damit beschäftigt, ihre Pläne zur Rettung von Evelyns Leben neu zu justieren. Und das bedeutet, dass ich jetzt nur noch einen Weg finden muss, wie auch Anna gerettet werden kann. Ich kann nicht glauben, dass sie mich die ganze Zeit angelogen hat, und ich kann mir ebenso wenig vorstellen, diesen Ort ohne sie zu verlassen. Nicht nach all den Dingen, die sie getan hat, um mir zu helfen.

Die Bodendielen knarzen, während ich mich auf den Weg zurück zu meinem Zimmer begebe. Das ganze Haus scheint unter dem Gewicht der von der Jagd zurückgekehrten Menschen mürrisch aufzustöhnen. In diesem Augenblick machen sich sicher alle Gäste zum Abendessen fertig.

Ich beneide sie um ihren Abend. Mir hingegen stehen düsterere Machenschaften bevor.

Sehr viel düsterere. Der Lakai wird sich nicht wehrlos seinem Schicksal ergeben.

»Da bist du ja«, sage ich, während ich mich umsehe, um sicherzustellen, dass mir auch niemand zuhört. »Stimmt es, dass du alles bist, was noch von dem ursprünglichen Aiden Bishop übriggeblieben ist?«

Meine Frage wird mit einem Schweigen beantwortet, und irgendwo in meinem Innern kann ich spüren, wie Dance spöttisch über mich grinst. Ich mag mir kaum vorstellen, was der verknöcherte alte Anwalt über einen Mann sagen würde, der so unverhohlen mit sich selbst redet.

Abgesehen von dem schwachen Schein des Feuers liegt mein Schlafzimmer in Dämmerlicht gehüllt. Die Dienerschaft hat anscheinend vergessen, rechtzeitig zu meiner Ankunft die Kerzen anzuzünden. Ein Gefühl des Argwohns kriecht mir unter die Haut, und ich hebe das Gewehr an die Schulter. Einer der Jagdaufseher hatte es mir abnehmen wollen, aber ich habe ihn mit der Behauptung abgewimmelt, die Waffe sei Teil meiner privaten Sammlung.

Als ich die Laterne anzünde, die neben der Tür hängt, sehe ich Anna dort in einer Ecke des Zimmers stehen. Sie hält die Arme an den Körper gedrückt und starrt mit leerem Gesichtsausdruck vor sich.

»Anna«, sage ich überrascht und lasse das Gewehr sinken. »Was ist denn …«

Hinter mir knarzt das Holz, und dann flammt der Schmerz in meiner Seite auf. Eine raue Hand reißt mich rückwärts und hält mir den Mund zu. Ich werde herumgewirbelt und stehe dem Lakaien gegenüber. Auf seinem Gesicht liegt ein höhnisches Grinsen, und seine Augen zerkratzen mir das Gesicht, als wollten sie nach etwas graben, das darunter verborgen liegt.

Diese Augen.

Ich versuche zu schreien, aber er umklammert mein Kinn wie in einem Schraubstock.

Dann hebt er das Messer in die Höhe. Ganz langsam fährt er mit der Spitze an meiner Brust herab und rammt es mir dann in den Bauch. Jeder neue Hieb löst einen noch größeren Schmerz aus als der vorherige, bis ich nichts anderes mehr spüre als nur noch den Schmerz.

Mir ist noch nie so kalt gewesen. Ich habe mich noch nie so still gefühlt.

Meine Beine geben unter mir nach, doch seine Arme fangen mein Gewicht auf und lassen mich behutsam auf die Erde heruntersinken. Dann hält er meinen Blick fest und saugt das ihm entgleitende Leben in sich auf.

Ich öffne den Mund, um zu schreien, aber es kommt kein Laut heraus.

»Lauf, Kaninchen«, sagt er und hält sein Gesicht ganz nah an das meine. »Lauf!«

DER ZWEITE TAG (FORTSETZUNG)

42.

Ich schreie und fahre aus dem Bett des Butlers hoch, nur, um von dem Lakaien wieder hinuntergedrückt zu werden.

»Ist er das?«, fragt er und schaut über seine Schulter zu Anna hinüber, die neben dem Fenster steht.

»Ja«, sagt sie mit einem Zittern in der Stimme.

Der Lakai beugt sich zu mir herab. Seine Stimme ist heiser, und sein biergetränkter Atem legt sich warm auf meine Wange.

»Bist nicht weit genug gehüpft, Kaninchen«, sagt er.

Die Klinge fährt mir in die Seite. Mein Blut ergießt sich auf das Laken und nimmt mein Leben mit sich fort.

DER SIEBTE TAG

43.

Ich schreie in eine tiefe, erdrückende Dunkelheit hinein. Mein Rücken lehnt an einer Wand, und ich habe die Knie bis zum Kinn hochgezogen. Instinktiv fahre ich mit meiner Hand zu der Stelle, wo der Butler erstochen wurde, und verfluche meine eigene Dummheit. Der Pestdoktor hat die Wahrheit gesagt. Anna hat mich verraten.

Mir wird übel. Meine Vernunft sucht fieberhaft nach einer plausiblen Erklärung. Doch ich habe es mit eigenen Augen gesehen. Sie hat mich die ganze Zeit angelogen.

Sie ist nicht die Einzige, die das getan hat.

»Halt den Mund«, sage ich wütend. Mein Herz rast, und mein Atem geht flach. Ich muss mich unbedingt beruhigen, sonst werde ich niemandem etwas nützen. Ich nehme mir eine Minute Zeit und versuche, an etwas anderes zu denken, irgendetwas, egal was, nur nicht an Anna, aber das fällt mir erstaunlich schwer. Es war mir gar nicht bewusst, wie oft meine Gedanken in stillen Momenten zu ihr hinübergewandert sind.

Ihr Name bedeutete Sicherheit. Geborgenheit.

Sie war meine Freundin.

Ich verlagere ein wenig mein Gewicht, drehe mich zur Seite und versuche herauszufinden, wo ich aufgewacht bin und ob ich mich in unmittelbarer Gefahr befinde. Auf den ersten Blick scheint dies nicht der Fall zu sein. Meine Schultern berühren die Wand, und in der Nähe meines rechten Ohrs fällt ein schmaler Lichtstreifen durch einen Spalt und legt sich wie flimmernder Staub auf die Pappschachteln links neben mir und auf die Flaschen zu meinen Füßen.

Ich halte meine Armbanduhr ins Licht und stelle fest, dass es 10:13 Uhr ist. Bell hat noch nicht einmal das Haus erreicht.

»Es ist noch früh«, sage ich voller Erleichterung zu mir selbst. »Ich habe immer noch Zeit.«

Meine Lippen sind trocken, meine Zunge aufgesprungen. Die Luft ist so schwer von Schimmel, dass es sich anfühlt, als hätte man mir einen schmutzigen Lappen in den Rachen gestopft. Ein Getränk wäre jetzt großartig, etwas Kaltes, egal was. Hauptsache, es enthält ein paar Eiswürfel. Es kommt mir vor, als sei es eine Ewigkeit her, dass ich unter einer baumwollenen Bettdecke aufgewacht bin, während sich die Qualen, die der Tag für mich bereithielt, geduldig auf der anderen Seite eines warmen Bades aufreihten.

Ich hatte ja gar keine Ahnung, wie gut es mir da ging.

Mein Wirt muss die ganze Nacht in dieser Haltung geschlafen haben, denn jede Bewegung schmerzt fürchterlich. Glücklicherweise ist das Brett zu meiner Rechten lose und lässt sich ohne große Mühe beiseiteschieben. Meine Augen fangen an zu tränen, als sie von dem grellen Licht des dahinter liegenden Raumes getroffen werden.

Ich befinde mich in einer langen Galerie, die sich über die gesamte Länge des Hauses erstreckt. Die Wände sind aus dunklem Holz, und auf dem Boden stehen zahllose alte, unter einer dicken Staubschicht begrabene und von gefräßigen Holzwürmern ausgehöhlte Möbelstücke. Ich klopfe mir den Schmutz von den Kleidern, stehe auf und schwenke ein wenig die Arme, um wieder etwas Leben in meine eingerosteten Glieder zu bringen. Offenbar hat mein Wirt die Nacht in einer Abstellkammer unter einer kleinen, zu einer Bühne hinaufführenden Treppe verbracht. Vergilbte Noten stehen vor einem staubigen Cello aufgeschlagen. Der Anblick gibt mir das Gefühl, als hätte ich ein großes Unheil verschlafen – als sei ein Urteil gefällt und vollstreckt worden, während ich mich in diese Kammer gezwängt hatte.

Warum zum Teufel bin ich dort hineingekrochen?

Mit schmerzenden Gliedern stolpere ich zu einem der Fenster hinüber, die die Galerie säumen. Die Scheibe liegt unter einer dicken Schmutzschicht begraben, aber als ich mit meinem Ärmel eine Lücke hineinwische, kann ich unter mir den Garten von Blackheath erkennen. Ich befinde mich im obersten Stockwerk des Hauses.

Aus purer Gewohnheit durchsuche ich meine Hosentaschen nach einem Hinweis darauf, wer ich bin, aber dann wird mir bewusst, dass ich einen solchen Hinweis gar nicht brauche. Mein Name ist Jim Rashton. Ich bin siebenundzwanzig Jahre alt, Constable bei der Polizei, und meine Eltern Margaret und Henry platzen jedes Mal vor Stolz, wenn sie das irgendjemandem erzählen. Ich habe eine Schwester, ich habe einen Hund, und ich bin in eine Frau namens Grace Davies verliebt, die auch der Grund dafür ist, dass ich auf dieser Party bin.

Was auch immer das für ein Schutzwall war, der sich zuvor zwischen mir und meinen Wirten aufgerichtet hatte – er ist fast vollständig eingerissen. Ich kann Rashtons Leben kaum noch von meinem eigenen unterscheiden. Unglücklicherweise verliert sich meine Erinnerung daran, wie ich in diese Abstellkammer gelangt bin, in einem diffusen Nebel, für den die von Rashton gestern Abend getrunkene Flasche Whisky verantwortlich ist. Ich erinnere mich nur daran, alte Geschichten erzählt, gelacht und getanzt zu haben und mit tollkühner Geschwindigkeit durch einen Abend gerauscht zu sein, der keinen anderen Zweck hatte als den, mich zu amüsieren.

War der Lakai hier? Bin ich vor ihm hierher geflüchtet?

Ich suche verzweifelt nach einer Erinnerung, aber der gestrige Abend ist ein einziges betrunkenes Wirrwarr. Vor Aufregung greife ich instinktiv nach dem ledernen Zigarettenetui, das Rashton immer in der Hosentasche hat, doch es ist nur noch eine einzige Zigarette übrig. Ich bin versucht, sie mir anzuzünden, um meine Nerven ein wenig zu beruhigen, aber vielleicht ist es ja besser, wenn ich nervös und unruhig bleibe, insbesondere, wenn ich mir den Weg aus diesem Raum freikämpfen muss. Der Lakai hat meine Spur von Dance bis zum Butler verfolgt – es ist also eher unwahrscheinlich, dass ich in Rashton einen sicheren Hafen gefunden habe.

Absolute Vorsicht – das sollte von nun an mein bester Freund sein.

Ich sehe mich nach einer Waffe um, ergreife eine bronzene Statue des Atlas und halte sie mir hoch über den Kopf, während ich mich langsam vorwärts schleiche. Dabei bahne ich mir einen Weg durch einen Wall aus Schränken und durch ein riesiges Labyrinth aus ineinander verkeilten Stühlen, bis ich schließlich an einem verblichenen schwarzen Vorhang ankomme, der sich über die gesamte Länge des Raumes zieht. An den Wänden lehnen Bäume aus Pappmaché, und daneben stehen mehrere Kleiderständer, die vor Kostümen geradezu überquellen. Mitten unter ihnen entdecke ich sechs oder sieben Pestdoktorgewänder. Die dazugehörenden Hüte und Masken stapeln sich in einer Kiste auf der Erde. Es scheint ganz so, als hätte die Familie hier früher die ein oder andere Theateraufführung auf die Bühne gebracht.

Eine Bodendiele knarzt, irgendetwas ruckt am Vorhang. Dort hinten schleicht jemand herum.

Ich spanne sämtliche Muskeln an, hebe den Atlas hoch über meinen Kopf und ...

Anna platzt hinter dem Vorhang hervor. Ihre Wangen glühen.

»Oh, Gott sei Dank!«, sagt sie, als sie mich entdeckt.

Sie ist außer Atem, unter ihren geröteten braunen Augen liegen dunkle Ringe, und ihre blonden, offen herabhängenden Haare sind vollkommen zerzaust. Die Haube hält sie zusammengeknüllt in der Hand, und das Skizzenbuch mit den Aufzeichnungen zu jedem einzelnen meiner Wirte hat sie sich in die Schürze gesteckt.

»Du bist Rashton, stimmt's? Komm schon, wir haben nur eine halbe Stunde, um die anderen zu retten«, sagt sie und läuft zu mir hinüber, um meine Hand zu ergreifen.

Ich mache einen Schritt rückwärts und halte die Statue nach wie vor hoch über meinen Kopf, doch ihre atemlose Begrüßung hat mich aus dem Gleichgewicht gebracht, genau wie das Fehlen jeglichen Schuldgefühls in ihrer Stimme.

»Ich werde nirgendwo mit dir hingehen«, sage ich und umfasse den Atlas noch ein wenig fester.

Auf ihrem Gesicht macht sich Verwirrung breit, doch dann scheint ihr allmählich etwas bewusst zu werden. »Ist das wegen der Sache, die mit Dance und dem Butler passiert ist?«, fragt sie. »Darüber weiß ich nichts. Eigentlich weiß ich so gut wie gar nichts. Ich bin noch nicht lange wach. Das Einzige, was ich sagen kann, ist, dass du in acht verschiedenen Personen steckst, dass ein Lakai sie eine nach der anderen ermorden will und dass wir jetzt dringend losmüssen, um die zu retten, die noch übrig sind.«

»Und du erwartest, dass ich dir vertraue?«, frage ich fassungslos. »Du hast Dance abgelenkt, sodass der Lakai ihn töten konnte. Du hast danebengestanden, während er den Butler erstochen hat. Du hast ihm die ganze Zeit geholfen. Ich habe dich gesehen!«

Sie schüttelt den Kopf. »Jetzt sei doch nicht so ein Idiot!«, ruft sie. »Ich habe noch nichts davon getan, und selbst wenn ich es tun sollte, dann wird es nicht deshalb geschehen, weil ich dich verraten habe. Wenn ich tatsächlich deinen Tod wollte, hätte ich deine Wirte einen nach dem anderen abmurksen können, bevor sie überhaupt aufwachen. Du würdest mich nicht kommen sehen. Außerdem würde ich nie mit einem Mann zusammenarbeiten, der sich unter Garantie gegen mich wenden würde, sobald er mich nicht mehr braucht.«

»Was sollst du denn sonst dort gewollt haben?«, verlange ich zu wissen.

»Ich habe keine Ahnung. Diesen Teil habe ich noch nicht erlebt«, blafft sie zurück. »Du – ein anderes du, meine ich – hast auf mich gewartet, als ich aufgewacht bin. Er hat mir das Buch gegeben. Darin habe ich gelesen, dass ich erst Derby im Wald treffen und dann hierherkommen soll, um dich zu retten. So sieht mein bisheriger Tag aus. Das ist alles, was ich weiß.«

»Das reicht mir nicht«, sage ich schroff. »Ich habe nichts von dem getan, was du da beschreibst, und weiß deshalb auch nicht, ob du die Wahrheit sagst.«

Ich stelle die Statue auf den Boden und gehe an ihr vorbei auf den schwarzen Vorhang zu, hinter dem sie aufgetaucht ist.

»Ich kann dir nicht vertrauen, Anna«, sage ich.

»Warum nicht?«, ruft sie und greift nach meiner herabhängenden Hand. »Ich vertraue *dir*!«

»Das ist nicht ...«

»Kannst du dich aus unseren vorherigen Zyklen noch an irgendetwas erinnern?«

»Nur an deinen Namen«, antworte ich und blicke auf ihre Finger herab, die sich mit meinen verflochten haben. Mein Widerstand beginnt, in sich zusammenzubrechen. Ich würde ihr so unendlich gerne glauben können.

»Aber du kannst dich nicht daran erinnern, wie auch nur ein einziger von ihnen endete?«

»Nein«, antworte ich ungeduldig. »Warum fragst du?«

»Weil ich es tue«, sagt sie. »Ich weiß deinen Namen deshalb, weil ich mich daran erinnere, im Pförtnerhaus nach dir gerufen zu haben. Wir hatten vereinbart, uns dort zu treffen. Du warst spät dran, und ich machte mir Sorgen. Ich war so glücklich, dich zu sehen. Und dann habe ich den Ausdruck auf deinem Gesicht gesehen.«

Ihre Augen begegnen den meinen. Ihre Pupillen sind weit und dunkel und scheinen mich herauszufordern. Und sie sind vollkommen unschuldig. Es ist doch gewiss unmöglich, dass sie ...

In diesem Haus trägt jeder eine Maske.

»Du hast mich ermordet, dort im Pförtnerhaus, ohne eine Sekunde zu zögern«, sagt sie, berührt meine Wange und schaut mir mit prüfendem Blick in das Gesicht, das ich selbst noch gar nicht gesehen habe. »Als du heute Morgen zu mir kamst, da hatte ich solche Angst, dass ich fast fortgelaufen wäre. Aber du warst so gebrochen ... so verängstigt. Deine sämtlichen Leben hatten sich in einen einzigen Scherbenhaufen verwandelt und waren über dir zusammengebrochen. Du konntest eins nicht mehr vom anderen unterscheiden. Du wusstest nicht einmal mehr, wer du warst. Du hast mir dieses Buch in die Hand gedrückt und gesagt, es täte dir leid. Das hast du immer wieder gesagt. Du hast mir geschworen, du seiest nicht mehr derselbe

Mann und dass wir es nicht schaffen würden, von hier zu entkommen, wenn wir immer wieder dieselben Fehler machen. Das war das Letzte, was du gesagt hast.«

Erinnerungen werden in mir wach. Ganz allmählich. Sie sind so weit entfernt, dass ich mir wie ein Mann vorkomme, der die Hand über einen Fluss ausstreckt, um einen Schmetterling zu fangen.

Sie drückt mir eine Schachfigur in die Handfläche und schließt meine Finger darum.

»Vielleicht hilft ja das hier«, sagt sie. »Wir haben diese Schachfiguren im letzten Zyklus als Erkennungszeichen benutzt. Ein König für dich, weil mit deinem Erfolg alles steht und fällt, und ein Turm für mich, weil ich dich beschütze, so wie jetzt.«

Ich erinnere mich an die Schuld, an den unendlichen Kummer. Ich erinnere mich an die Reue. Es sind keine Bilder, es ist nicht einmal eine Erinnerung. Doch das ist nicht wichtig. Ich kann die Wahrheit ihrer Worte spüren, genau wie ich die Stärke unserer Freundschaft gespürt habe, als wir uns zum ersten Mal begegnet sind, und auch die fürchterliche, unerträgliche Trauer, die der Grund dafür ist, dass ich überhaupt erst nach Blackheath gekommen bin. Sie hat recht. Ich habe sie ermordet.

»Erinnerst du dich jetzt?«, fragt sie.

Ich nicke beschämt, und eine große Übelkeit steigt in mir hoch. Ich wollte ihr kein Leid zufügen, das weiß ich genau. Wir hatten zusammengearbeitet, so wie heute, aber dann hat sich etwas geändert … Ich begann zu verzweifeln. Ich sah, wie mir der Ausweg zu entgleiten drohte, und geriet in Panik. Ich schwor mir, einen Weg zu finden, wie ich sie nach meinem eigenen Weggang hier herausbekommen würde. Ich kleidete meinen Verrat in hehre Absichten und tat etwas Furchtbares.

Ich erschaudere und werde von einer Welle des Abscheus erfasst.

»Ich weiß nicht, aus welchem Zyklus diese Erinnerung stammt«, sagt Anna. »Aber ich glaube, ich habe daran festgehalten, damit es mir eine Warnung bleibt. Dass ich dir nie wieder vertrauen darf.«

»Es tut mir leid, Anna«, sage ich. »Ich ... ich habe das, was ich dir angetan habe, aus meinem Gedächtnis verbannt. Stattdessen habe ich an deinem Namen festgehalten. Das war das Versprechen, das ich mir selbst – und dir – gegeben habe, das nächste Mal besser zu handeln.«

»Und dieses Versprechen hältst du ja auch«, sagt sie tröstend.

Ich wünschte, das wäre wahr. Aber ich weiß, dass es das nicht ist. Ich habe meine Zukunft gesehen. Ich habe mit dem, der sie verkörpert, gesprochen und habe ihm bei seinen Machenschaften geholfen. Daniel macht dieselben Fehler, die ich in meinem letzten Zyklus gemacht habe. Die Verzweiflung hat ihn skrupellos werden lassen, und falls es mir nicht gelingt, ihn aufzuhalten, wird er Anna erneut opfern.

»Warum hast du mir nicht die Wahrheit gesagt, als wir uns das erste Mal begegneten?«, frage ich, immer noch beschämt.

»Weil du sie bereits kanntest«, antwortet sie und runzelt die Stirn. »Aus meiner Perspektive sind wir uns vor zwei Stunden das erste Mal begegnet, und da wusstest du bereits über mich Bescheid.«

»Als ich dich kennenlernte, das erste Mal, da war ich Ravencourt«, sage ich.

»Dann lernen wir uns in der Mitte kennen, denn ich weiß noch nicht, wer das ist«, erwidert sie. »Aber das ist jetzt nicht wichtig. Ich werde es ihm nicht sagen und auch keinem der anderen, weil es nicht von Bedeutung ist. Das waren nicht wir, in diesen anderen Zyklen. Wer auch immer diese Leute waren, sie haben andere Entscheidungen getroffen und andere Fehler gemacht. Ich entscheide mich, dir zu vertrauen, Aiden, und du musst mir ebenfalls vertrauen, denn dieser Ort ist ... du weißt ja, wie er funktioniert. Was auch immer du geglaubt hast, das ich tue, während dich der Lakai ermordet hat – das war nicht die ganze Geschichte. Es war nicht die Wahrheit.«

Sie würde ja einen einigermaßen selbstsicheren Eindruck machen, wäre da nicht das nervöse Pulsieren einer Ader an ihrem Hals oder die Art, wie sie mit dem Fuß über die Erde scharrt. Ich kann spüren, wie ihre Hand an meiner Wange zittert, und ich kann die Anspannung in ihrer Stimme hören.

Unter all ihrer nach außen zur Schau getragenen Tapferkeit hat sie immer noch Angst vor mir. Vor dem Mann, der ich war. Dem Mann, der womöglich immer noch in meinem Innern lauert.

Ich kann mir kaum vorstellen, wie viel Mut es sie gekostet haben muss, hierherzukommen.

»Ich habe keine Ahnung, wie ich uns beide hier herausbringen soll, Anna.«

»Ich weiß.«

»Aber das werde ich. Ich werde nicht ohne dich von hier fortgehen. Das verspreche ich.«

»Auch das weiß ich.«

Im nächsten Moment verpasst sie mir eine Ohrfeige.

»Das ist dafür, dass du mich ermordet hast«, sagt sie. Und dann stellt sie sich auf die Zehenspitzen und küsst mich auf die brennende Stelle auf meiner Wange. »Und jetzt lass uns gehen und dafür sorgen, dass der Lakai nicht noch mehr von dir umbringt.«

44.

Das Holz knarzt, und auf der schmalen Wendeltreppe wird es immer dunkler, je tiefer wir steigen, bis wir schließlich ganz im Dämmerlicht versinken.

»Weißt du, warum ich dort in dieser Abstellkammer war?«, frage ich Anna, die so schnell vor mir herläuft, als müsse sie dem Weltuntergang entkommen.

»Keine Ahnung, aber es hat dir das Leben gerettet«, antwortet sie und wirft mir über die Schulter einen raschen Blick zu. »Das Buch sagt, der Lakai würde sich Rashton ungefähr um diese Zeit vorknöpfen. Wenn er letzte Nacht in seinem Zimmer geschlafen hätte, dann hätte ihn der Lakai dort gefunden.«

»Vielleicht sollten wir ihn mich ja finden *lassen*«, sage ich und werde plötzlich ganz aufgeregt. »Komm mit, ich habe eine Idee.«

Ich dränge mich an Anna vorbei und hechte immer zwei Stufen auf einmal nehmend die Treppe hinunter.

Wenn der Lakai sich heute früh Rashton holen will, dann ist davon auszugehen, dass er jetzt in diesem Moment immer noch in den Fluren umherschleicht. Er wird damit rechnen, einen friedlich in seinem Bett schlafenden Mann anzutreffen, und das bedeutet, dass ich ausnahmsweise endlich einmal die Oberhand haben werde. Mit ein wenig Glück kann ich die Sache hier und jetzt zu Ende bringen.

Die Stufen enden abrupt vor einer weißgetünchten Wand. Anna ist immer noch auf halber Strecke und ruft mir zu, ich solle nicht so schnell rennen. Da Rashton ein mit beachtlichen Fähigkeiten gesegneter Polizeibeamter ist – wie er selbst ohne Umschweife verkünden würde –, ist er bestens mit allen Arten von Verstecken und Geheimfächern vertraut. Mit ein paar fachkundigen Tastbewegungen machen meine Finger einen verborgenen Riegel ausfindig, und im nächsten Moment purzele ich schon durch die Tür und in den dunklen Flur auf der anderen Seite hinaus. Ein paar Kerzen flackern in den Wandleuchtern, und zu meiner Linken liegt das in diesem Augenblick vollkommen verwaiste Sonnenzimmer. Ich bin im Erdgeschoss angekommen, und die Tür, durch die ich den Flur betreten habe, verschmilzt bereits wieder mit der Wand.

Der Lakai ist weniger als zwanzig Meter entfernt. Er kniet auf dem Boden und ist damit beschäftigt, das Schloss zu einem Zimmer aufzubrechen, von dem ich instinktiv weiß, dass es das meine ist.

»Suchst du vielleicht nach mir, du Bastard?«, fauche ich und schleudere mich auf ihn, bevor er die Gelegenheit bekommt, sein Messer zu zücken.

Er ist schneller wieder auf den Beinen, als ich mir das jemals hätte vorstellen können, macht einen Satz rückwärts und tritt mich dann mit voller Wucht in die Brust, sodass mir die Luft wegbleibt. Ich lande unglücklich und halte mir die schmerzenden Rippen, aber er bewegt sich nicht von der Stelle. Er steht einfach nur da, wartet und wischt sich mit dem Handrücken die Spucke aus dem Mundwinkel.

»Tapferes Kaninchen«, sagt er grinsend. »Ich werde dir hübsch langsam den Bauch aufschlitzen.«

Ich stehe auf und klopfe mir den Staub von den Kleidern. Dann baue ich mich in Boxhaltung vor ihm auf und hebe die Fäuste. Plötzlich wird mir bewusst, wie schwer sich meine Arme anfühlen. Die Nacht in der Abstellkammer hat mir nicht gerade gutgetan, und mein Selbstvertrauen schrumpft mit jeder Sekunde weiter in sich zusammen. Dieses Mal nähere ich mich ihm langsam, täusche nach rechts und nach links und suche vergeblich nach einer Lücke in seiner Deckung. Im nächsten Moment trifft mich ein Schlag unters Kinn, sodass mein Kopf nach hinten geschleudert wird. Den zweiten Schlag, den er mir in den Bauch schmettert, sehe ich nicht einmal mehr kommen, genauso wenig wie den dritten, der mich zu Boden wirft.

Ich habe die Orientierung verloren, mir ist schwindelig, und ich ringe nach Atem. Im nächsten Moment ragt der Lakai über mir auf, zerrt mich an den Haaren wieder auf die Füße und greift nach seinem Messer.

»He!«, ruft Anna.

Es ist nur eine winzige Ablenkung, aber sie genügt. Ich winde mich aus seinem Griff, trete ihn ins Knie und ramme ihm dann mit solcher Wucht meine Schulter ins Gesicht, dass ihm die Nase bricht und sein Blut auf mein Hemd spritzt. Er taumelt rückwärts durch den Flur, greift nach einer in einer Nische stehenden Büste und schleudert sie mit einer Hand nach mir, sodass ich gezwungen bin, zur Seite zu springen, während er um die Ecke flüchtet.

Ich will ihn verfolgen, aber mir fehlt die Kraft. Stattdessen rutsche ich an der Wand hinunter, bis ich auf der Erde sitze, und halte mir die schmerzenden Rippen. Ich bin zutiefst erschüttert und vollkommen verunsichert. Er war zu schnell. Zu stark. Hätte dieser Kampf nur noch eine Minute länger gedauert, wäre ich jetzt tot. Da bin ich mir ganz sicher.

»Du verdammter Idiot!«, brüllt Anna und starrt mich zornig an. »Beinahe hättest du es geschafft, dich von ihm umbringen zu lassen!«

»Hat er dich gesehen?«, frage ich und spucke das Blut aus, das sich in meinem Mund gesammelt hat.

»Ich glaube nicht«, antwortet sie und streckt mir die Hand entgegen, um mir beim Aufstehen zu helfen. »Ich bin im Dunkeln geblieben. Und ich denke nicht, dass er noch besonders viel gesehen hat, nachdem du ihm die Nase gebrochen hast.«

»Es tut mir leid, Anna«, sage ich. »Ich habe ehrlich geglaubt, wir könnten ihn erwischen.«

»Es sollte dir auch verdammt noch mal leidtun«, sagt sie und schließt mich zu meiner Überraschung ungestüm in die Arme. Sie zittert am ganzen Körper. »Du musst vorsichtig sein, Aiden. Dieser Bastard ist schuld daran, dass du nur noch ganz wenige Wirte zur Verfügung hast. Wenn du jetzt einen Fehler machst, kommen wir nicht mehr hier raus.«

Die Erkenntnis trifft mich wie ein Faustschlag.

»Ich habe nur noch drei Wirte übrig«, wiederhole ich fassungslos. Sebastian Bell ist ohnmächtig geworden, nachdem er das tote Kaninchen in der Schachtel gesehen hat. Der Butler, Dance und Derby wurden niedergemetzelt und Ravencourt ist im Ballsaal eingeschlafen, nachdem er Zeuge von Evelyns Selbstmord wurde. Es bleiben also nur noch Rashton, Davies und Gregory Gold übrig. Wegen dieser ganzen hin und her Springerei und der in einzelne Fragmente zersplitterten Tage hatte ich den Überblick verloren.

Ich hätte es sofort erkennen müssen.

Daniel hat behauptet, der letzte meiner Wirte zu sein, aber das kann unmöglich stimmen.

Eine heißglühende Decke aus Scham hüllt mich ein. Ich kann nicht fassen, dass ich mich so leicht – ja geradezu willentlich – habe täuschen lassen.

Es war nicht allein deine Schuld.

Der Pestdoktor hat mich gewarnt, dass Anna mich verraten würde. Aber warum hätte er das tun sollen, wenn es doch eigentlich Daniel war, der mich die ganze Zeit angelogen hat? Und warum hat er mir gesagt, es gebe nur drei Leute, die versuchen, aus diesem Haus zu entkommen, wenn es in Wahrheit vier sind? Er hat keine Mühe gescheut, um Daniels doppeltes Spiel zu vertuschen.

»Ich bin so blind gewesen«, sage ich dumpf.

»Was ist passiert?«, fragt Anna, lehnt sich zurück und sieht mich besorgt an.

Ich zögere. In meinem Verstand greifen die Rädchen ineinander, während sich gleichzeitig mein Schamgefühl verflüchtigt und einer eiskalten Berechnung Platz macht. Daniels Lügen waren ausgeklügelt, aber es bleibt noch ungeklärt, welchem Sinn und Zweck sie dienen sollten. Ich könnte es ja verstehen, wenn er sich mein Vertrauen erschlichen hätte, um von meinen Nachforschungen zu profitieren, aber das ist nicht der Fall. Er hat mich kaum danach gefragt. Im Gegenteil: Er hat mich überhaupt erst auf den richtigen Weg gebracht, indem er mir gesagt hat, es sei Evelyn, die während des Balls ermordet werden würde. Und er hat mich vor dem Lakaien gewarnt.

Ich kann ihn zwar nicht länger als Freund bezeichnen, aber ich kann auch nicht sicher sein, dass er mein Feind ist. Ich muss unbedingt wissen, auf welcher Seite er steht. Und das erreiche ich am besten, indem ich die Illusion meiner Unwissenheit aufrechterhalte, bis er seine wahren Absichten zu erkennen gibt.

Und ich muss bei Anna anfangen.

Gnade uns Gott, falls sie Derby oder Dance gegenüber etwas davon ausplaudern sollte. Deren unmittelbare Reaktion auf ein Problem sieht unweigerlich so aus, dass sie es an den Hörnern packen, ganz gleich, wie scharf und spitz diese Hörner auch sein mögen.

Anna schaut mich an und wartet auf eine Antwort.

»Ich weiß etwas«, sage ich und begegne ihrem Blick. »Etwas, das für uns beide wichtig ist. Aber ich kann dir nicht erzählen, worum es sich dabei handelt.«

»Du hast Angst, dadurch den Tag zu verändern«, sagt sie, als sei es das Selbstverständlichste auf der Welt. »Keine Sorge, dieses Buch hier ist voll von Dingen, die ich dir nicht erzählen darf.« Sie lächelt, und ihre Besorgnis verschwindet, als wäre sie nie dagewesen. »Ich vertraue dir, Aiden. Ich wäre nicht hier, wenn ich das nicht täte.«

Dann hält sie mir ihre Hand hin und hilft mir vom Boden auf.

»Wir können nicht in diesem Flur stehen bleiben«, sagt sie. »Ich bin nur deshalb noch nicht tot, weil der Lakai nicht weiß, wer ich bin. Wenn er uns zusammen sieht, dann werde ich nicht mehr lange genug leben, um dir noch helfen zu können.« Sie streicht sich die Schürze glatt, rückt ihre Haube zurecht und senkt ihr Kinn, um einen möglichst schüchternen, bescheidenen Eindruck zu vermitteln. »Ich gehe vor. Triff mich in zehn Minuten vor Bells Schlafzimmer und halte die Augen offen. Wenn der Lakai erst einmal seine Wunden verarztet hat, wird er nach dir suchen.«

Ich erkläre mich einverstanden, habe jedoch keineswegs vor, in der Zwischenzeit in diesem zugigen Korridor herumzusitzen. Sämtliche Ereignisse des heutigen Tages sind mit den Fingerabdrücken von Helena Hardcastle übersät. Ich muss unbedingt mit ihr sprechen, und dieser Moment ist vielleicht meine letzte Chance.

Während ich unterwegs immer noch an meinem verletzten Stolz und meinen schmerzenden Rippen herumlaboriere, gehe ich in den Salon hinüber und schaue nach, ob sie sich möglicherweise dort aufhält. Doch ich treffe nur ein paar Frühaufsteher an, die sich das Maul darüber zerreißen, wie Derby von Stanwins Schläger fortgeschleift wurde. Und tatsächlich, dort auf dem Tisch, genau wo er ihn abgestellt hat, steht immer noch sein Teller mit Rührei und Nierchen. Das Essen ist noch warm, er kann also noch nicht lange fort sein. Ich nicke den Anwesenden kurz zu und begebe mich dann zu Helenas Schlafzimmer. Als ich an ihre Tür klopfe, antwortet mir nur ein hartnäckiges Schweigen. Mir läuft die Zeit davon, also trete ich einfach die Tür ein, wobei ich gleichzeitig das Schloss zertrümmere.

Und damit ist auch das Geheimnis des Einbrechers aufgeklärt.

Die Vorhänge sind zugezogen, und die zerwühlten Laken sind von der Matratze auf die Erde herabgeglitten. Der Raum ist von der vergifteten Atmosphäre eines unruhigen Schlafes und dem Schweiß von Albträumen erfüllt, ohne bisher von frischer Luft reingewaschen worden zu sein. Der Kleiderschrank steht offen, und ein Frisiertisch ist über und über mit Puder bedeckt, das aus einer großen Dose verschüttet wurde. Mehrere Schönheitsmittelchen wurden aufgerissen und dann zur Seite geschoben, was den Gedanken nahelegt, dass Lady Hardcastle ihre Morgentoilette mit großer Hast absolviert hat. Ich lege meine Hand auf das Bett und stelle fest, dass sich die Matratze kalt anfühlt. Sie muss den Raum schon vor einiger Zeit verlassen haben.

Genau wie in dem Moment, als ich diesen Raum zusammen mit Millicent Derby betrat, steht die Rollklappe des Sekretärs offen. Ebenso ist bereits die Seite mit dem heutigen Datum aus Helenas Terminkalender herausgerissen worden und die Lackschatulle, die eigentlich zwei Revolver enthalten sollte, steht leer. Evelyn muss sich die Waffen schon sehr früh heute Morgen geholt haben, höchstwahrscheinlich unmittelbar nach Erhalt der Nachricht, in der sie zum Selbstmord aufgefordert wurde. Es dürfte ihr keinerlei Schwierigkeiten bereitet haben, nach dem Fortgang ihrer Mutter einfach von ihrem eigenen Zimmer aus durch die Verbindungstür zu schlüpfen.

Aber wenn sie plant, sich mit dem Revolver zu erschießen, warum benutzt sie dann letzten Endes die silberne Pistole, die Derby aus Doktor Dickies Zimmer gestohlen hat? Und warum sollte sie beide Revolver aus der Schatulle nehmen? Ich weiß, dass sie eine der beiden Waffen Michael geben wird, damit er sie auf die Jagd mitnimmt, aber ich kann mir kaum vorstellen, dass Michaels Probleme in ihren Gedanken an vorderster Stelle stehen, nachdem sie erfahren musste, dass sowohl ihr eigenes Leben als auch das ihrer Freundin bedroht ist.

Mein Blick huscht zu dem Terminkalender hinüber und zu der Stelle, an der die Seite herausgerissen wurde. Ist das ebenfalls Evelyns Werk oder ist jemand anderes dafür verantwortlich? Millicent hatte Helena Hardcastle selbst im Verdacht.

Ich fahre mit der Fingerspitze über den abgerissenen Rand. Meine Besorgnis steigt mit jeder Sekunde.

Ich habe Helenas Termine in Lord Hardcastles Kalender einsehen können, also weiß ich, dass auf der fehlenden Seite ihre Verabredungen mit Cunningham, Evelyn, Millicent Derby, dem Stallmeister und Ravencourt eingetragen sind. Die einzige dieser Verabredungen, von der ich sicher sein kann, dass sie auch eingehalten wurde, ist die mit Cunningham. Er hat es Dance gegenüber zugegeben, und seine tintenverschmierten Fingerabdrücke finden sich überall in den Seiten des Kalenders.

Mit wachsender Unruhe schlage ich das Buch zu. Es gibt immer noch so viel, das ich nicht begreife, und mir läuft die Zeit davon.

Während ich nach oben gehe, um Anna zu treffen, schießen mir die verschiedensten Gedanken durch den Kopf und nagen an meiner Seelenruhe. Anna ist bereits vor Ort, läuft ungeduldig vor Bells Zimmertür auf und ab und durchblättert derweil das Skizzenbuch. Auf der anderen Seite der Tür kann ich gedämpfte Stimmen hören. Das müssen Daniel und Bell sein, die sich da drinnen gerade unterhalten, was wiederum bedeutet, dass sich der Butler in diesem Moment unten bei Mrs. Drudge in der Küche aufhält. Er wird schon bald nach oben kommen.

»Hast du Gold gesehen? Er sollte eigentlich längst hier sein«, sagt Anna und starrt in die Dunkelheit des Flurs hinaus, als hoffte sie, ihn nur mit der Schärfe ihres Blicks aus den Schatten herausschneiden zu können.

»Nein, habe ich nicht«, antworte ich und sehe mich nervös um. »Warum sind wir hier?«

»Der Lakai wird heute früh sowohl den Butler als auch Gold töten, es sei denn, es gelingt uns, die beiden an einen sicheren Ort zu verfrachten, wo ich sie beschützen kann«, sagt sie.

»Wie zum Beispiel das Pförtnerhaus.«

»Ganz genau. Nur darf es nicht so aussehen, als würden wir das mit Absicht tun. Denn dann wird der Lakai wissen, wer ich bin, und mich ebenfalls töten. Wenn wir ihn davon überzeugen können, dass ich nur eine simple Krankenschwester bin, und wenn Gold und der Butler zu schwerwiegende Verletzungen davongetragen haben, um noch eine Bedrohung darzustellen, dann wird er uns eine Weile in Ruhe lassen. Und genau das wollen wir erreichen. Das Buch meint, die beiden hätten bei dieser ganzen Sache noch eine Rolle zu spielen, immer gesetzt den Fall, wir schaffen es, sie am Leben zu halten.«

»Und wozu brauchst du mich?«

»Ich habe nicht die leiseste Ahnung. Ich weiß nicht einmal, was ich selbst tun soll. Das Buch sagt nur, dass ich dich um diese Zeit hierherbringen soll, aber« – sie seufzt und schüttelt den Kopf – »das war die einzige klare Anweisung. Alles andere ist nichts als Kauderwelsch. Wie ich schon sagte, du warst nicht gerade klar im Kopf, als du es mir gegeben hast. Ich habe einen Großteil der vergangenen Stunde damit verbracht, zu versuchen, die einzelnen Seiten zu entziffern, in dem Bewusstsein, dass du – wenn ich etwas falsch verstehe oder zu spät komme – sterben wirst.«

Ich erschaudere. Dieser kurze Blick in meine Zukunft macht mich nervös.

Es muss Gregory Gold gewesen sein, der Anna das Buch gegeben hat. Mein letzter Wirt. Ich kann mich noch genau daran erinnern, wie er vor Dances Zimmertür irgendein konfuses Zeug über eine Kutsche gefaselt hat. Und ich weiß noch, dass ich dachte, wie bemitleidenswert er doch war und wie beängstigend. Diese wilden, verirrten dunklen Augen.

Ich kann nicht gerade behaupten, dass ich mich auf den morgigen Tag freue.

Ich verschränke die Arme und lehne mich an die Wand, so dicht neben Anna, dass sich unsere Schultern berühren. Wenn man weiß, dass man jemanden in einem vorherigen Leben ermordet hat, wirkt sich das für gewöhnlich ein wenig einschränkend darauf aus, wie man diesem Jemand seine Zuneigung zeigen kann.

»Du hast dich auf jeden Fall sehr viel besser geschlagen als ich«, sage ich. »Als ich zum ersten Mal meine Zukunft gezeigt bekam, habe ich nichts als Fehler gemacht. Ich bin einem Dienstmädchen namens Madeline Aubert durch den Wald hinterhergejagt, weil ich dachte, ich würde dadurch ihr Leben retten, und habe das arme Mädchen stattdessen fast zu Tode geängstigt.«

»Man sollte für diesen Tag eine Gebrauchsanweisung bekommen«, brummt sie verdrießlich.

»Vielleicht tut man ja am besten das, was einem gerade das eigene Bauchgefühl sagt«, sage ich.

»Ich glaube nicht, dass Weglaufen und Sichverstecken uns eine besonders große Hilfe wären«, entgegnet sie. Ihre Verdrossenheit wird von dem Geräusch hastiger Schritte durchbrochen, die die Treppe hinaufeilen.

Wortlos stieben wir auseinander und verstecken uns. Sie verschwindet um die Ecke, während ich in ein Zimmer hineinschlüpfe, dessen Tür offen steht. Aus Neugier lasse ich die Tür einen Spaltbreit geöffnet, sodass ich sehen kann, wie der Butler den Flur entlang auf uns zugehumpelt kommt. Sein verbrannter Körper wirkt sogar noch erbärmlicher, wenn man ihn in Bewegung sieht. Wie etwas, das man zusammengeknüllt und weggeworfen hat – eine in einen Pyjama und einen rattenfellbraunen Morgenrock gehüllte Ansammlung aus scharfen Ecken und Kanten. Ich hatte geglaubt, der Umstand, dass ich so viele dieser Momente immer und immer wieder erlebt habe, würde mich abstumpfen lassen, aber ich kann die Frustration und die Angst des Butlers lebhaft spüren, während er zu Bells Zimmer rennt, um ihn wegen dieses neuen Körpers zur Rede zu stellen, in dem er gefangen ist.

Aus einem der Zimmer tritt Gregory Gold in den Flur hinaus, doch der Butler ist viel zu sehr mit seinen gegenwärtigen Problemen beschäftigt, um ihn zu bemerken. Auf diese Entfernung und während er mir den Rücken zukehrt, wirkt der Künstler auf seltsame Weise formlos – als wäre er kaum noch ein Mensch, sondern eher ein langgezogener, an die Wand geworfener Schatten. Er hält einen Schürhaken in der Hand und beginnt ohne jegliche Vorwarnung, damit auf den Butler einzuschlagen.

Ich erinnere mich an diesen Angriff. An die Schmerzen.

Mitleid ergreift mich, und ein unerträgliches Gefühl der Hilflosigkeit. Der herabsausende Schürhaken lässt einen Sprühregen aus Blut an die Wand des Flurs spritzen.

Ich fühle mich, als wäre ich wieder selbst der Butler, während er sich auf der Erde zusammenkauert, um Gnade fleht und verzweifelt die Hand nach Hilfe ausstreckt. Eine Hilfe, die nicht kommen wird.

Und das ist der Moment, in dem sich alle Vernunft von mir lossagt.

Ich greife mir eine Vase von einer neben mir stehenden Kommode, springe mit höllischer Wut in den Flur hinaus, stürze mich auf Gold und schmettere ihm das Gefäß mit solcher Wucht auf den Kopf, dass die Porzellanscherben um ihn herum zu Boden regnen und er in sich zusammensinkt.

Eine atemlose Stille erfüllt die Luft, während ich dort stehe, den zerbrochenen Rand der Vase umklammert halte und die beiden bewusstlosen Männer zu meinen Füßen anstarre.

Anna taucht hinter mir auf.

»Was ist passiert?«, ruft sie und tut so, als sei sie überrascht.

»Ich ...«

Am anderen Ende des Flurs hat sich eine Gruppe von Menschen versammelt – halb angekleidete Herren und erschrockene Damen, die von dem Lärm aus ihren Betten gerissen wurden. Ihre Blicke wandern von dem Blut an der Wand zu den Körpern, die auf der Erde liegen, und bleiben dann mit unverhohlener Neugierde an meiner Person hängen. Falls sich der Lakai unter ihnen befindet, hat er sich so tief geduckt, dass man ihn nicht sehen kann.

Und das ist wahrscheinlich auch besser so.

Ich bin so wütend, dass ich mich ansonsten wahrscheinlich in irgendeine neuerliche Tollkühnheit gestürzt hätte.

Doktor Dickie kommt die Treppe hinaufgeeilt. Im Gegensatz zu den übrigen Gästen ist er bereits vollständig angekleidet. Die Spitzen seines gewaltigen Schnurrbarts sind fachmännisch eingeölt, und sein kahl werdender Kopf glänzt von irgendeiner Lotion, mit der er seinen Schädel eingerieben hat.

»Was zum Teufel ist hier passiert?«, ruft er.

»Gold hat den Verstand verloren«, antworte ich und bemühe mich, meine Stimme zum Zittern zu bringen, als sei ich das Opfer einer heftigen Gemütserregung. »Er hat sich mit einem Schürhaken auf den Butler gestürzt, also habe ich ...«

Ich wedele mit dem Bruchstück der Vase in Golds Richtung.

»Geh und hol meine Arzttasche, Mädchen«, sagt Dickie zu Anna, die sich in sein Blickfeld geschoben hat. »Sie steht neben meinem Bett.«

Anna tut wie geheißen und fügt so die einzelnen Puzzleteile der Zukunft mit großem Geschick zusammen, ohne jemals den Anschein zu erwecken, als habe sie die Dinge in die Hand genommen. Der Arzt verlangt nach einem gut geheizten, abgeschiedenen Raum, in dem er sich um den Butler kümmern kann – also schlägt Anna das Pförtnerhaus vor und erklärt sich gleichzeitig bereit, die nötigen Medikamente zu verabreichen. Und weil sich einfach kein anderer Ort findet, wo man Gold einsperren kann, fasst man den Entschluss, auch ihn zum Pförtnerhaus zu bringen. Dort soll ihm dann in regelmäßigen Abständen ein Beruhigungsmittel verabreicht werden, bis einer der Diener einen Polizisten aus dem Dorf holen kann. Anna macht sich erbötig, einen solchen Diener ausfindig zu machen.

Man legt den Butler auf eine provisorische Trage und steigt mit ihm die Treppe hinunter. Anna wirft mir im Gehen ein kurzes, erleichtertes Lächeln zu. Ich beantworte es mit einem ratlosen Stirnrunzeln. All diese Mühe, und ich bin mir keineswegs sicher, was wir eigentlich damit erreicht haben. Der Butler wird kaum aus dem Bett herauskönnen und somit heute Abend leichte Beute für den Lakaien sein. Und Gregory Gold wird ruhiggestellt und muss gefesselt von der Decke herabbaumeln. Er wird zwar überleben, aber sein Verstand ist vollkommen zerrüttet.

Dieser Gedanke ist nicht gerade ermutigend, wenn man bedenkt, dass wir den im Buch festgehaltenen Anweisungen gefolgt sind. Gold hat Anna dieses Buch gegeben. Er ist der letzte meiner Wirte, und ich habe nicht die leiseste Ahnung, was er mit seinem Tun bezwecken will. Ich kann mir nicht einmal mehr sicher sein, dass er es selbst noch weiß. Nicht nach allem, was er durchgemacht hat.

Ich durchforste mein Gedächtnis und suche nach den Teilen der Zukunft, die ich gesehen, aber noch nicht durchlebt habe. Ich muss immer noch herausfinden, was die Nachricht mit den Worten »Von allen« zu bedeuten hat, die Cunningham Derby überbringt, und warum er diesem erzählt, er habe ein paar Leute zusammengetrommelt. Ich weiß nicht, warum sich Evelyn die silberne Pistole von Derby holt, obwohl sie doch bereits den schwarzen Revolver ihrer Mutter in ihrem Besitz hat, oder warum Derby einen Stein bewachen muss, während sie sich das Leben nimmt.

Es ist äußerst frustrierend. Ich kann die Brotkrumen sehen, die auf meinem Weg ausgelegt sind, aber es könnte genauso gut sein, dass ihre Spur mich an den Rand eines Abgrunds führt. Unglücklicherweise gibt es jedoch keinen anderen Weg, dem ich folgen könnte.

45.

Da ich nun von Dances fortgeschrittenem Alter befreit bin, hatte ich gehofft, auf diesem Weg auch all seine quälenden Schmerzen loszuwerden, aber wegen der in der Abstellkammer verbrachten Nacht kommt es mir so vor, als würden sich in jeden einzelnen meiner Knochen tausende von Nadeln bohren. Jedes Mal, wenn ich mich dehne oder bücke oder drehe, durchfährt mich ein plötzlicher, stechender Schmerz, sodass ich immer wieder aufstöhne und eine neue Beschwerde auf den stetig wachsenden Stapel häufe. Der Weg zu meinem Zimmer ist sehr viel mühsamer, als ich dachte. Rashton muss gestern Abend einen ziemlichen Eindruck hinterlassen haben, denn ich werde auf meinem Weg durch das Haus immer wieder angehalten, weil mir jemand die Hand schütteln oder einen herzlichen Klaps auf den Rücken verpassen will. Begrüßungen werden mir in den Weg geworfen wie Steine, und das Wohlwollen dieser Leute verpasst mir blaue Flecken.

Als ich endlich mein Schlafzimmer erreicht habe, wische ich mir sofort das gezwungene Lächeln aus dem Gesicht. Auf der Erde liegt ein weißer Umschlag, der irgendeinen unförmigen Gegenstand enthält. Jemand muss ihn mir unter der Tür hindurchgeschoben haben. Ich reiße ihn auf und schaue mich währenddessen im Flur um, ob die Person, die ihn hinterlassen hat, noch irgendwo zu sehen ist.

Du hast ihn selbst hinterlassen

beginnt die Nachricht im Umschlag. Das Papier ist um eine Schachfigur gewickelt, die fast mit derjenigen identisch ist, die Anna immer mit sich herumträgt.

Besorg dir Ampullen mit Amylnitrit, Natriumnitrit und Natrium-
thiosulfat.
GIB SIE AUF KEINEN FALL AUS DER HAND.

GG

»Gregory Gold«, seufze ich, als ich die Initialen lese.

Er muss den Umschlag hierhergebracht haben, bevor er den Butler angegriffen hat.

Jetzt weiß ich auch, wie Anna sich fühlen muss. Die Anweisungen sind kaum lesbar, und selbst nachdem es mir gelungen ist, Golds fürchterliche Handschrift zu entziffern, bleiben sie gänzlich unverständlich.

Ich werfe die Nachricht und die Schachfigur auf die Kommode, schließe meine Tür ab und verbarrikadiere sie zusätzlich noch mit einem Stuhl. Normalerweise würde ich sofort Rashtons Habseligkeiten durchsuchen oder vor einen Spiegel treten, um dieses neue Gesicht in Augenschein zu nehmen, aber ich weiß bereits, was sich in den Schubladen befindet, und auch, wie ich aussehe. Ich muss nur in Gedanken nach einer Frage suchen, und schon habe ich die Antwort. Deshalb weiß ich auch, dass in der Sockenschublade ein paar Schlagringe versteckt sind. Rashton hat sie vor ein paar Jahren von irgendeinem Kneipenraufbold beschlagnahmt, und sie haben sich schon mehr als einmal als nützlich erwiesen. Ich streife sie mir über die Finger und denke dabei unablässig an den Lakaien, daran, wie er sein Gesicht zu meinem herabgeneigt, meinen letzten Atemzug in sich eingesogen und ein genüssliches Seufzen von sich gegeben hat, weil er mich nun zu irgendeiner finsteren persönlichen Strichliste hinzufügen konnte.

Meine Hände zittern. Aber Rashton ist nicht Bell. Angst spornt ihn an, statt ihn zu lähmen. Er will den Lakaien aufspüren und ihm den Garaus machen. Er will sich die Würde zurückholen, die ihm in unserem eben erfolgten Aufeinandertreffen verloren gegangen ist. Wenn ich an unseren Kampf von heute früh zurückdenke, dann bin ich sicher, dass es Rashton war, der mich die Treppe hinunter und in den Flur hinausgetrieben hat. Das war seine Wut, sein Stolz. Er hatte die Kontrolle, und mir ist es nicht einmal aufgefallen.

Das darf nicht noch einmal passieren.

Rashtons Tollkühnheit wird uns noch das Leben kosten, und ich darf diesen Wirt auf keinen Fall verschwenden. Wenn ich Anna und mich aus diesem Schlamassel befreien will, dann muss ich dem Lakaien immer einen Schritt voraus sein, statt andauernd hinter ihm herzurennen. Und ich weiß auch schon jemanden, der mir dabei behilflich sein kann, auch wenn es nicht leicht sein wird, diese Person zu überzeugen.

Ich ziehe mir die Schlagringe wieder von den Händen, fülle das Becken mit Wasser, stelle mich vor den Spiegel und wasche mich.

Rashton ist ein junger Mann – wenn auch nicht ganz so jung, wie er selbst gern glauben würde. Er ist groß, stark und bemerkenswert gutaussehend. Seine Nase ist mit Sommersprossen übersät, seine Augen haben die Farbe von Honig, und seine Haare sind kurz und blond. Sein ganzes Gesicht ist wie aus Sonnenlicht gesponnen. Der einzige Anflug von Unvollkommenheit findet sich in der Narbe einer alten Schussverletzung, die sich über seine Schulter zieht. Die gezackte Linie ist jedoch so verblasst, dass sie kaum noch zu sehen ist. Die Erinnerung würde sich mir sofort erschließen – ich bräuchte nur danach zu fragen –, aber ich habe es schon mit genug Kummer zu tun, ohne mich in Gedanken auch noch mit dem Elend eines anderen Mannes herumschlagen zu müssen.

Gerade, als ich mir den Brustkorb abtrockne, rüttelt jemand an der Türklinke, was mich dazu veranlasst, sofort wieder nach den Schlagringen zu greifen.

»Jim, bist du da drin? Irgendjemand hat die Tür abgeschlossen.«

Es ist die Stimme einer Frau, rauchig und spröde.

Rasch ziehe ich mir ein frisches Hemd an, entferne den Stuhl vor der Klinke und schließe die Tür auf. Draußen steht eine verwirrt aussehende junge Frau, die bereits ihre Faust erhoben hat, um erneut anzuklopfen. Ein Paar blauer Augen begutachtet mich unter langen Wimpern. Der Strich ihres roten Lippenstifts ist der einzige Farbtupfer in einem gletscherweißen Gesicht. Sie ist Anfang zwanzig, und ihre dichten schwarzen Haare fallen in üppigen Wellen auf ihre frischgestärkte, in einer Reithose steckende weiße Bluse herab. Die Gegenwart dieser Frau bringt Rashtons Blut sofort in Wallung.

»Grace …« Mein Wirt schiebt mir den Namen auf die Zunge und auch noch so einiges mehr. Ich koche geradezu über, in einem munter brodelnden Gemisch aus leidenschaftlicher Hingabe, Euphorie, Erregung und dem Gefühl von Unzulänglichkeit.

»Hast du schon gehört, was mein verdammter Idiot von Bruder getan hat?«, fragt sie und drängt sich an mir vorbei ins Zimmer.

»Nein, aber ich nehme an, das werde ich gleich.«

»Gestern Abend hat er eines der Automobile ausgeliehen«, sagt sie und wirft sich aufs Bett. »Er ist um zwei Uhr in der Früh – anscheinend in allen Farben des Regenbogens gekleidet – zum Stallmeister gekommen, hat ihn aus dem Schlaf gerissen und sich dann mit dem Auto in Richtung Dorf aus dem Staub gemacht.«

Sie hat die Sache vollkommen falsch aufgefasst, aber ich kann den guten Ruf ihres Bruders unmöglich retten. Es war meine Entscheidung, in das Auto zu steigen, aus dem Haus zu fliehen und zum Dorf zu fahren. In diesem Moment liegt der arme Donald Davies schlafend auf einem Feldweg, wo ich ihn im Stich gelassen habe, während mein jetziger Wirt verzweifelt versucht, mich aus der Tür hinauszuzerren und auf die Suche nach ihm zu schicken.

Seine Loyalität gegenüber Davies ist so stark, dass sie mich fast erdrückt, und als ich nach den Gründen dafür suche, werde ich sofort von entsetzlichen Bildern heimgesucht. Rashtons große Verbundenheit mit Donald Davies wurde im Schlamm und Blut der Schützengräben geschmiedet. Die beiden sind als ahnungslose Toren in den Krieg gezogen und als Brüder wieder zurückgekehrt, und jeder von ihnen ist an geheimen Stellen zu Bruch gegangen, die nur der jeweils andere kennt.

Ich kann Rashtons Wut auf mich spüren, darüber, wie ich seinen Freund behandelt habe.

Oder vielleicht bin ich ja auch nur auf mich selbst wütend.

Wir sind so miteinander verworren, dass ich unsere Gefühle nicht mehr auseinanderhalten kann.

»Es ist meine Schuld«, sagt Grace niedergeschlagen. »Er wollte Bell noch mehr von diesem Gift abkaufen, also habe ich damit gedroht, es Papa zu erzählen. Ich wusste, dass er wütend auf mich war, aber ich hätte nie gedacht, dass er sich direkt aus dem Staub machen würde.« Sie gibt ein ratloses Seufzen von sich. »Du glaubst doch nicht, dass er irgendetwas Dummes angestellt hat, oder?«

»Es geht ihm gut«, sage ich beruhigend und setze mich neben sie. »Er ist einfach nur ein bisschen in Panik geraten, das ist alles.«

»Ich wünschte, wir wären diesem verdammten Doktor nie begegnet«, sagt sie, während sie mit dem Handrücken die Falten auf meinem Hemd glattstreicht. »Donald ist nicht mehr derselbe, seit dieser Bell mit seinem Zauberkoffer aufgetaucht ist. Es ist dieses verdammte Laudanum. Das lässt ihn nicht mehr los. Ich kann mich kaum noch mit ihm unterhalten. Ich wünschte, es gäbe etwas, das wir ...«

Ihr Satz reißt mittendrin abrupt ab – als hätte ihn ein Gedankenblitz in zwei Teile gespalten. Ich kann geradezu sehen, wie sie in ihrem Kopf mit weit aufgerissenen Augen einen Schritt zurückgeht, um ihre Idee besser in Augenschein nehmen zu können. Sie folgt dem Gedanken vom Start bis zum Ziel, als wäre er ein Pferd, auf das sie beim Derby gesetzt hat.

»Ich muss los und etwas mit Charles besprechen«, sagt sie unvermittelt, küsst mich auf die Lippen und stürmt dann in den Flur hinaus.

Sie ist verschwunden, bevor ich antworten kann, und nur die geöffnete Tür lässt erkennen, dass sie jemals hier war.

Ich stehe auf, um die Tür zu schließen. Ich bin erhitzt, verärgert und ziemlich verwirrt. Alles in allem waren die Dinge viel einfacher, als ich noch in dieser Abstellkammer steckte.

46.

Schritt für Schritt pirsche ich mich durch den Flur, ganz langsam und behutsam, und stecke den Kopf kurz in jedes Zimmer, bevor ich es wage, daran vorbeizugehen. Ich habe mir die Schlagringe über die Finger gezogen und zucke bei jedem Geräusch und jedem Schatten, der auf meinen Weg fällt, zusammen. Ich versuche, mich auf den Angriff gefasst zu machen, der mit Sicherheit kommen wird, denn ich weiß, dass ich den Lakaien unmöglich besiegen kann, falls er mir einen Hinterhalt legt.

Ich schiebe den Samtvorhang beiseite, der den Flur verschließt, und betrete den verlassenen Ostflügel des Hauses. Ein scharfer Wind erhebt sich und schlägt den Stoff des Vorhangs klatschend gegen die Wand. Es klingt so, als würde ein Metzger ein paar Fleischbrocken auf einen Schlachttisch schmettern.

Ich halte erst an, als ich das Kinderzimmer erreicht habe.

Derbys bewusstloser Körper ist nicht gleich zu entdecken. Man hat ihn in die entlegenste Ecke des Zimmers geschleift und hinter dem Schaukelpferd versteckt, sodass er von der Tür aus nicht zu sehen ist. Sein Kopf ist in einem üblen Zustand – ein Chaos aus geronnenem Blut und zerbrochenem Porzellan –, aber er lebt und ist gut versteckt. Wer auch immer ihn überfallen hat, als er aus Stanwins Schlafzimmer kam, hatte zumindest genug Verantwortungsgefühl, um zu verhindern, dass ihn der Erpresser findet und sofort tötet, aber nicht genug Zeit, um ihn an einen sichereren Ort zu verfrachten. Mit schnellen Handgriffen durchsuche ich seine Taschen, aber alles, was er Stanwin abgenommen hatte, ist gestohlen worden. Ich hatte es auch nicht anders erwartet. Doch es war einen Versuch wert – schließlich ist Derby für so viele der Geheimnisse verantwortlich, die es in diesem Hause gibt.

Ich lasse ihn schlafend dort liegen und gehe weiter zu Stanwins Zimmer, das am Ende des Flurs gelegen ist. Dass er sich in diese elende Ecke des Hauses zurückgezogen hat – weit entfernt von den Bequemlichkeiten, die der Rest von Blackheath zu bieten hat, und seien sie auch noch so kümmerlich –, kann doch sicherlich nur aus Angst geschehen sein. Und wenn das tatsächlich sein Kriterium war, hat er eine gute Wahl getroffen. Die Fußbodendielen bilden eine ganze Armee von Spähern, die ihm meine Annäherung bei jedem Schritt entgegenschreien, und zudem hat der lange Flur nur einen einzigen Ein- und Ausgang. Der Erpresser glaubt sich ganz offenbar an allen Ecken und Enden von Feinden umgeben – ein Umstand, den ich vielleicht zu meinem Vorteil nutzen kann.

Ich durchquere den Empfangsraum und klopfe an Stanwins Schlafzimmertür. Eine seltsame Stille antwortet auf mein Klopfen – es ist wie ein lautloses Dröhnen, das eine Person verursacht, die versucht, so leise wie möglich zu sein.

»Hier ist Constable Rashton«, rufe ich durch das Holz der Zimmertür und stecke derweil die Schlagringe in meine Hosentaschen. »Ich muss mit Ihnen sprechen.«

Meine Ankündigung löst auf der anderen Seite eine hektische Geschäftigkeit aus. Schritte huschen über den Boden, eine Schublade wird knarzend auf- und wieder zugeschoben, etwas wird vom Boden aufgehoben und woanders wieder hingestellt. Endlich schleicht sich eine Stimme durch den Türrahmen.

»Herein«, sagt Ted Stanwin.

Er sitzt auf einem Stuhl, steckt mit einer Hand in seinem linken Stiefel und putzt diesen so rigoros wie es nur ein Soldat tut. Ein flüchtiger Schauder durchfährt mich, als mir bewusst wird, wie unheimlich diese Begegnung ist. Das letzte Mal, als ich diesen Mann sah, lag er tot auf dem Waldboden, und ich habe seine Hosentaschen durchsucht. Blackheath hat ihn am Schlafittchen gepackt, hochgehoben, ihm den Staub von den Kleidern geklopft und wie eine Spieluhr wieder aufgezogen, damit er alles noch einmal tun kann. Wenn dieser

Ort nicht die Hölle ist, so steht doch auf jeden Fall der Teufel in den Kulissen und macht sich Notizen.

Ich schaue an Stanwin vorbei zu dem Leibwächter hinüber, der tief schlafend im Bett liegt und geräuschvoll durch seine dick verbundene Nase atmet. Ich bin überrascht, dass Stanwin ihn nicht an einen anderen Ort verfrachtet hat, und noch überraschter bin ich, als ich feststelle, in welchem Winkel der Erpresser seinen Stuhl ausgerichtet hat – nämlich so, dass er sein Gesicht dem Bett zugewandt hat. Fast genauso, wie es Anna bei dem Butler getan hat. Offenbar hegt Stanwin eine ziemlich große Zuneigung für diesen Kerl.

Ich frage mich, wie er wohl reagieren würde, wenn er erführe, dass Derby die ganze Zeit direkt nebenan liegt.

»Ah, der Mann, der alle Fäden zieht«, sagt Stanwin und lässt die Hand mit der Schuhbürste einen Moment untätig in der Luft schweben, während er mich betrachtet.

»Ich fürchte, Sie stellen mich mit Ihren Worten vor ein Rätsel«, sage ich verwirrt.

»Ich wäre kein besonders guter Erpresser, wenn ich meine Gesprächspartner nicht immer mal wieder vor Rätsel stellen würde«, sagt er und weist mit der Hand auf einen klapprigen Holzstuhl, der neben dem Kamin steht. Ich folge seiner Einladung, ziehe mir den Stuhl jedoch näher zum Bett heran, wobei ich sorgfältig darauf achte, dass ich nicht auf die dreckige Zeitung oder die Stiefelwichse trete, die auf dem Fußboden liegen.

Stanwins Aufmachung wirkt wie die Reiche-Mann-Variante einer Stallburschenlivree: Sein weißes Hemd ist gebügelt und seine schwarze Hose tadellos sauber. Wenn ich ihn mir jetzt so anschaue, wie er dort sitzt, überaus schlicht gekleidet, während er seine eigenen Stiefel putzt und sich in die verfallenste Ecke eines ehemals prachtvollen Hauses zurückgezogen hat, kann ich unmöglich erkennen, was ihm die neunzehn Jahre seiner erpresserischen Umtriebe eigentlich eingebracht haben. Seine Wangen und seine Nase sind von geplatzten Äderchen durchzogen, und seine eingesunkenen, blutunterlaufenen, schlafhungrigen Augen halten unablässig nach Monstern Ausschau, die vor seiner Tür lauern könnten.

Monster, die er selbst heraufbeschworen hat.

Hinter all seinem Gepolter steht eine zu Asche zerfallene Seele. Das Feuer, das ihn früher einmal angetrieben hat, ist schon seit Langem erloschen, und vor mir sitzt nur die leere, ausgefranste Hülle eines gebrochenen Mannes, dessen Geheimnisse das Einzige sind, das ihm noch ein wenig Wärme spendet. Mittlerweile hat er selbst genauso viel Angst vor seinen Opfern wie sie vor ihm.

Ein Gefühl des Mitleids steigt in mir hoch. Es gibt da etwas an Stanwins Situation, das mir auf eine unheimliche Weise bekannt vorkommt. In meinem tiefsten Innern, unter all meinen Wirten vergraben, dort, wo sich der wahre Aiden Bishop verbirgt, kann ich spüren, wie sich eine Erinnerung regt. Ich bin wegen einer Frau hierhergekommen. Ich wollte sie retten, aber das gelang mir nicht. Blackheath war meine Chance, es … ja, was … es noch einmal zu versuchen?

Was wollte ich erreichen, indem ich hierherkam?

Lass es gut sein.

»Nennen wir die Dinge doch einmal beim Namen«, sagt Stanwin und sieht mir dabei unverwandt ins Gesicht. »Sie stecken mit Cecil Ravencourt, Charles Cunningham, Daniel Coleridge und noch ein paar anderen unter einer Decke, und Ihr ganzer Trupp fischt gerade im Trüben und versucht einen Mord aufzuklären, der neunzehn Jahre her ist.«

Jegliche Gedanken, die ich zuvor gefasst hatte, zerstreuen sich wie eine Schar aufgescheuchter Vögel.

»Oh, nun machen Sie nicht so ein schockiertes Gesicht«, sagt er, während er eingehend einen stumpfen Fleck betrachtet, der seinen Stiefel verunziert. »Cunningham ist heute früh zu mir gekommen und hat im Auftrag seines fetten Dienstherrn ein paar Fragen gestellt, und nur ein paar Minuten später kam Daniel Coleridge und hat ebenfalls herumgeschnüffelt. Beide wollten etwas über den Mann wissen, den ich angeschossen habe, als ich Master Hardcastles Mörder fortjagte. Und jetzt kommen Sie. Es ist nicht schwer, Ihre Pläne zu durchschauen – jedenfalls nicht, wenn man zwei Augen und ein einigermaßen taugliches Gehirn im Kopf hat.«

Er sieht mich an. Für einen kurzen Moment entgleitet ihm die Fassade der Nonchalance und gibt den Blick auf die Berechnung frei, die seinem Wesen zugrunde liegt. Während ich verzweifelt nach den richtigen Worten suche – nach irgendetwas, mit dem ich seinen Verdacht zerstreuen könnte –, lässt er mich keine Sekunde aus den Augen. Das Schweigen zieht sich in die Länge und wird immer angespannter.

»Ich habe mich schon gefragt, wie Sie das wohl aufnehmen würden«, grunzt Stanwin, stellt seinen Stiefel auf das Zeitungspapier auf der Erde und wischt sich die Hände an einem Lappen ab.

Als er das nächste Mal das Wort ergreift, tut er es mit tiefer, leiser Stimme, wie jemand, der eine Geschichte erzählt. »Ich denke, dieses plötzliche Dürsten nach Gerechtigkeit hat zwei mögliche Gründe«, sagt er und kratzt sich mit einem Taschenmesser den Schmutz aus den Fingernägeln. »Entweder hat Ravencourt Wind von einem Skandal bekommen und bezahlt Sie dafür, dass Sie die Sache für ihn untersuchen, oder Sie glauben, dass es da einen großen, bedeutenden Fall gibt, der nur auf seine Auflösung wartet und mit dessen Hilfe Sie in den Zeitungen groß rauskommen und sich einen Namen machen können.«

Mein Schweigen veranlasst ihn zu einem spöttischen Lächeln.

»Schauen Sie, Rashton, Sie kennen weder mich noch mein Unternehmen, aber ich kenne Menschen wie Sie. Sie sind ein Bulle aus der Arbeiterschicht, der mit einer reichen Frau ausgeht, die er sich nicht leisten kann. Es ist nichts Schlimmes dabei, wenn man die gesellschaftliche Stufenleiter ein bisschen hinaufklettern will, das habe ich selbst ja auch getan, aber Sie werden Geld brauchen, um überhaupt erst einen Fuß auf die Leiter zu setzen, und da kann ich Ihnen behilflich sein. Informationen sind kostbar, und das bedeutet, dass wir uns gegenseitig unter die Arme greifen können.«

Er hält meinen Blick fest, aber es fällt ihm nicht leicht. Der Puls an seinem Hals klopft wie wild, und auf seine Stirn ist der Schweiß getreten. Seine Vorgehensweise birgt eine große Gefahr, und das weiß er nur zu gut. Dennoch kann ich spüren, wie verlockend sein Angebot ist. Rashton wäre nur zu gern in der Lage, für seine Unternehmungen mit Grace bezahlen zu können. Er wünscht sich verzweifelt, er könnte es sich leisten, feinere Kleidung zu kaufen und sie mehr als einmal pro Monat zum Abendessen auszuführen.

Die Sache ist nur die: Noch lieber als das will er ein guter Polizist sein.

»Wie viele Leute wissen, dass Lucy Harper Ihre Tochter ist?«, frage ich unverblümt.

Nun ist es an mir, zuzusehen, wie *ihm* die Kinnlade herunterfällt.

Mein Argwohn wurde geweckt, als ich dabei zusah, wie er Lucy während des Mittagessens zusammenstauchte, nur weil sie es gewagt hatte, ihn mit Vornamen anzusprechen, als sie ihn bat, zur Seite zu treten. Ich dachte nicht weiter darüber nach, als ich es mit Bells Augen sah, denn Stanwin ist schließlich ein brutaler Kerl und ein Erpresser, weshalb mir das Ganze auch recht logisch vorkam. Erst, als ich in Gestalt von Dance erneut Zeuge dieser Szene wurde, fiel mir die Zuneigung in Lucys Stimme auf, und auch die Angst auf seinem Gesicht. Sie steht mitten in einem Zimmer voller Männer, die ihm nur zu gern ein Messer zwischen die Rippen stechen würden, und hat nichts Besseres zu tun, als mehr oder minder deutlich kundzutun, dass er ihr etwas bedeutet. Genauso gut hätte sie sich eine Zielscheibe auf den Rücken malen können. Kein Wunder, dass er sie so heftig attackiert hat. Er musste sie so rasch wie möglich aus diesem Zimmer herausbekommen.

»Welche Lucy?«, fragt er, während er den Lappen in seinen Fingern zu einem immer festeren Knäuel zusammendreht.

»Verkaufen Sie mich nicht für dumm, Stanwin«, unterbreche ich ihn. »Das Mädchen hat Ihre roten Haare geerbt, und Sie haben ein Medaillon mit ihrem Bild in Ihrer Jacke, zusammen mit einem Codebuch, in dem die Einzelheiten Ihrer erpresserischen Geschäfte vermerkt sind. Es ist schon ein wenig seltsam, zwei so unterschiedliche Dinge zusammen zu verstecken – aber es sind die einzigen Dinge, die Ihnen etwas bedeuten. Sie hätten mal hören sollen, wie leidenschaftlich Ihre Tochter Sie Ravencourt gegenüber verteidigt hat.«

Jedes einzelne Wort aus meinem Mund trifft ihn wie ein Hammerschlag.

»Es ist nicht schwer, das zu durchschauen – jedenfalls nicht, wenn man zwei Augen und ein einigermaßen taugliches Gehirn im Kopf hat«, füge ich hinzu.

»Was wollen Sie von mir?«, fragt er leise.

»Ich muss wissen, was an dem Morgen, an dem Thomas Hardcastle ermordet wurde, wirklich passiert ist.«

Er fährt sich mit der Zunge über die Lippen, während sich gleichzeitig sein Verstand an die Arbeit macht – ein Getriebe, dessen Stangen und Rädchen mit Lügen geschmiert sind.

»Charlie Carver und ein anderer Mann haben Thomas zum See geschleppt und ihn dort erdolcht«, sagt er und hebt den Stiefel wieder auf. »Ich habe Carver gepackt, aber der andere konnte entkommen. Gibt es noch irgendwelche anderen alten Geschichten, die Sie gerne hören würden?«

»Wenn ich an Lügen interessiert wäre, hätte ich Helena Hardcastle gefragt«, antworte ich, falte die Hände zwischen den Knien und beuge mich vor. »Lady Hardcastle war dort, nicht wahr? So wie es Alf Miller gesagt hat. Alle glauben, die Familie hätte Ihnen eine Plantage dafür gegeben, dass Sie versucht haben, den kleinen Jungen zu retten, aber ich weiß, dass die Sache ganz anders abgelaufen ist. Sie erpressen Helena Hardcastle seit neunzehn Jahren. Seit dem Tag, an dem der Junge gestorben ist. Sie haben an jenem Vormittag etwas gesehen, etwas, mit dem Sie sie all die Jahre bedroht haben. Lady Hardcastle hat ihrem Mann erzählt, das Geld sei dazu da, das Geheimnis von Cunninghams wahrer Herkunft zu bewahren, aber das war es nicht, stimmt's? Es war eine viel größere Sache.«

»Und wenn ich mich weigere, Ihnen zu sagen, was ich gesehen habe, was dann?«, knurrt er und wirft den Stiefel in die Ecke. »Nur zu, erzählen Sie überall herum, dass Lucy Harpers Vater der infame Ted Stanwin ist. Dann brauchen Sie nur noch zu warten, um zu sehen, wer sie als Erster ermordet!«

Ich öffne den Mund, um zu antworten, und stelle dann verblüfft fest, dass kein Wort herauskommt. Natürlich war das mein Plan. Aber während ich hier sitze, muss ich an jenen Augenblick auf der Treppe zurückdenken, als Lucy den verwirrten Butler zurück in die Küche geleitete, damit er nicht in Schwierigkeiten geriet. Im Gegensatz zu ihrem Vater hat sie ein gutes Herz, ein Herz voller Wärme und Zweifel und Sanftheit – perfekt dazu geeignet, um von einem Mann wie mir zertrampelt zu werden. Kein Wunder, dass Stanwin sich ferngehalten und ihre Erziehung allein ihrer Mutter überlassen hat. Er hat seiner Familie wahrscheinlich über die Jahre regelmäßig heimlich eine kleine Geldsumme zukommen lassen, damit sie gut leben konnte, bis er es dann irgendwann schaffen würde, sie für immer dem Griff seiner mächtigen Feinde zu entziehen.

»Nein«, sage ich, wobei ich genauso sehr zu mir selbst spreche wie zu Stanwin. »Lucy war gut zu mir, als ich dringend ein bisschen Güte brauchte. Ich werde sie nicht in Gefahr bringen, selbst wegen dieser Sache nicht.«

Zu meiner Überraschung huschen ein Lächeln und ein Ausdruck des Bedauerns über sein Gesicht.

»Mit Sentimentalitäten werden Sie in diesem Haus nicht weit kommen«, sagt er.

»Wie wäre es dann mit gesundem Menschenverstand?«, frage ich. »Evelyn Hardcastle wird heute Abend ermordet werden, und ich glaube, der Grund dafür ist etwas, das vor neunzehn Jahren passiert ist. Ich denke, es läge in Ihrem eigenen Interesse, Evelyn am Leben zu halten, damit sie Ravencourt heiraten kann und Sie weiter Ihr Geld bekommen.«

Er gibt ein überraschtes Pfeifen von sich. »Wenn das stimmt, dann lässt sich mehr Geld mit dem Wissen verdienen, wer für diese Tat verantwortlich ist. Aber Sie sehen die Sache vollkommen falsch«, fügt er mit Nachdruck hinzu. »Ich habe es gar nicht nötig, weiterhin bezahlt zu werden. Ich höre nämlich auf. Ich erwarte noch eine große Zahlung, und dann verkaufe ich mein Geschäft und mache mich aus dem Staub. Darum bin ich überhaupt nur nach Blackheath gekommen, um diesen Handel zum Abschluss zu bringen und Lucy abzuholen. Ich nehme sie mit.«

»An wen verkaufen Sie?«

»An Daniel Coleridge.«

»Coleridge hat vor, Sie in ein paar Stunden während der Jagd zu ermorden. Was ist Ihnen diese Information wert?«

Stanwin sieht mich mit misstrauisch glänzenden Augen an.

»Mich ermorden?«, fragt er. »Wir haben eine faire Abmachung getroffen, er und ich. Wir wollen den Handel draußen im Wald zum Abschluss bringen.«

»Sie haben Ihr Geschäft auf zwei Bücher verteilt, sehe ich das richtig?«, frage ich. »Alle Namen, Verbrechen und Zahlungen sind in einem Buch eingetragen – natürlich in einem Geheimcode. Und der Entschlüsselungscode steht in einem zweiten Buch. Sie halten die beiden Bücher immer getrennt versteckt und glauben, dass Sie dadurch auf der sicheren Seite sind, aber das ist nicht der Fall. Und faire Abmachung hin oder her, Sie werden ermordet werden, und zwar in« – ich schiebe mir den Hemdsärmel hoch, um auf die Uhr zu schauen – »vier Stunden. Zu diesem Zeitpunkt wird Coleridge dann im Besitz beider Bücher sein, ohne auch nur einen einzigen Pfennig dafür bezahlt zu haben.«

Stanwin wirkt zum ersten Mal verunsichert.

Er zieht die Schublade an seinem Nachttisch auf, holt eine Pfeife und einen kleinen Tabakbeutel heraus und stopft den Tabak in den Pfeifenkopf. Dann streicht er den überschüssigen Tabak vom Pfeifenkopf, lässt ein Streichholz über den Tabakblättern kreisen und zieht ein paarmal an der Pfeife, um die Flamme anzufachen. Als er mir endlich wieder seine Aufmerksamkeit zuwendet, brennt der Tabak, und der Rauch bildet einen ganz und gar unverdienten Heiligenschein um seinen Kopf.

»Wie wird er das anfangen?«, fragt Stanwin aus den Mundwinkeln, während er die Pfeife zwischen seinen gelben Zähnen geklemmt hält.

»Was haben Sie an dem Morgen gesehen, als Thomas Hardcastle starb?«, frage ich.

»Darauf läuft es also hinaus? Ein Mord für einen Mord?«

»Eine faire Abmachung«, sage ich.

Er spuckt sich in die Handfläche.

»Hand drauf«, sagt er.

Ich tue wie geheißen und zünde mir dann meine letzte Zigarette an. Das Bedürfnis nach Tabak ist ganz langsam in mir gewachsen, wie die Flut, die an einem Ufer hinaufsteigt, und ich fülle mir die Kehle mit so viel Rauch, dass mir genüsslich die Augen tränen.

Stanwin kratzt sich die Bartstoppeln und beginnt zu erzählen. Er klingt nachdenklich.

»Das war ein komischer Tag, damals, von Anfang an«, sagt er und schiebt sich die Pfeife im Mund zurecht. »Die Partygäste waren eingetroffen, und es herrschte bereits eine ziemlich üble Atmosphäre im Haus. Streitereien in der Küche, Prügeleien in den Ställen, sogar die Gäste haben sich in die Haare gekriegt. Man konnte an keiner einzigen verschlossenen Tür vorbeigehen, ohne irgendwelche lauten Stimmen zu hören.«

Er wirkt jetzt irgendwie wachsam, vorsichtig – wie jemand, der im Begriff steht, einen Koffer voll scharfer Gegenstände auszupacken.

»Es war nicht gerade eine Überraschung, als Charlie gefeuert wurde«, sagt er. »Er hat die ganze Zeit mit Lady Hardcastle rumgemacht, seit einer halben Ewigkeit. Zuerst nur heimlich. Und später dann ziemlich unverhohlen. Zu unverhohlen, wenn Sie mich fragen. Die beiden wollten erwischt werden, denke ich. Welche Geschichte es war, die sie dann schließlich hat auffliegen lassen, weiß ich nicht, aber die Nachricht, dass Charlie von Lord Hardcastle entlassen wurde, hat sich wie ein Lauffeuer in der Küche verbreitet. Wir dachten alle, er würde zu uns runterkommen, um sich zu verabschieden, aber wir haben keinen Mucks gehört. Und dann, ein paar Stunden später, kommt mich eines der Dienstmädchen holen und erzählt mir, sie sei gerade Charlie begegnet, der sturzbetrunken in den Schlafzimmern der Kinder herumgelaufen sei.«

»In den Schlafzimmern der Kinder? Sind Sie sicher?«

»Das hat sie jedenfalls gesagt. Er hat seinen Kopf in ein Zimmer nach dem anderen gesteckt, als würde er etwas suchen.«

»Haben Sie irgendeine Ahnung, was das gewesen sein könnte?«

»Das Dienstmädchen glaubte, dass er sich vielleicht verabschieden wollte, aber die Kinder waren alle zum Spielen draußen. Wie auch immer, er hat das Haus jedenfalls mit einer großen Ledertasche verlassen, die er sich über die Schulter gehängt hatte.«

»Und das Dienstmädchen wusste nicht, was die Tasche enthielt?«

»Sie hatte keine Ahnung. Was auch immer es war – alle haben es ihm gegönnt. Er war beliebt, der Charlie. Wir mochten ihn alle.«

Stanwin seufzt und legt den Kopf ins Genick.

»Und was geschah dann?«, hake ich nach. Ich kann sehen, wie sehr es ihm widerstrebt, weiterzureden.

»Charlie war mein Freund«, sagt er schleppend. »Also bin ich losgezogen, um ihn zu suchen. Ich wollte mich von ihm verabschieden, das war der Hauptgrund. Das Letzte, was irgendjemand von ihm gesehen hatte, war, dass er zum See hinunterging, also habe ich mich auch auf den Weg dorthin gemacht. Aber er war nicht da. Es war niemand da. Jedenfalls hat es zunächst so ausgesehen. Ich wäre beinahe wieder gegangen, aber dann sah ich das Blut auf der Erde.«

»Sie sind den Blutspuren gefolgt?«, frage ich.

»Ja, bis zum Seeufer hinunter … und dort habe ich dann den Jungen gesehen.«

Er holt tief Luft und streicht sich dann mit einer Hand übers Gesicht. Die Erinnerung hat so lange schon in der dunkelsten Ecke seines Gedächtnisses gelauert, dass es mich nicht überrascht, wie schwer es ihm zu fallen scheint, sie ans Licht zu zerren. Alles, was später aus ihm wurde, wuchs aus jenem giftigen Samen empor.

»Was haben Sie gesehen, Stanwin?«, frage ich.

Er lässt die Hand vom Gesicht herabfallen und starrt mich an, als sei ich ein Priester, der ihm die Beichte abverlangt.

»Zuerst nur Lady Hardcastle«, antwortet er. »Sie kniete im Schlamm und schluchzte sich die Seele aus dem Leib. Überall war Blut. Ich habe den Jungen erst nicht gesehen, sie hatte ihn sich so eng an die Brust gedrückt ... Aber als sie mich kommen hörte, hat sie sich umgedreht. Sie hatte ihm in den Hals gestochen, so tief, dass sie ihm fast den Kopf abgetrennt hatte.«

»Sie hat die Tat gestanden?«

Ich kann die Aufregung in meiner Stimme hören. Als ich den Blick senke, stelle ich fest, dass ich die Hände zu Fäusten geballt habe. Mein ganzer Körper ist angespannt. Ich sitze auf der Stuhlkante und habe den Atem angehalten.

Sofort schäme ich mich.

»Mehr oder weniger«, sagt Stanwin. »Sie hat einfach nur immer wieder gesagt, dass es ein Unfall war. Das war das Einzige, immer und immer wieder. Es war ein Unfall.«

»Und wie passt Carver jetzt in diese Geschichte?«, frage ich.

»Er ist später dazugekommen.«

»Wie viel später?«

»Ich weiß es nicht ...«

»Fünf Minuten, zwanzig Minuten?«, frage ich. »Das ist sehr wichtig, Stanwin.«

»Zwanzig waren es nicht, vielleicht eher zehn. Es kann nicht so besonders lang gedauert haben.«

»Hatte er die Tasche bei sich?«

»Die Tasche?«

»Die braune Ledertasche, die das Dienstmädchen bei ihm gesehen hat und die er aus dem Haus mitgenommen hatte. Trug er die bei sich?«

»Nein, da war keine Tasche.« Er zeigt mit der Pfeife auf mich. »Sie wissen etwas, habe ich recht?«

»Ich glaube schon, ja. Bitte erzählen Sie zu Ende.«

»Carver kam zu mir und nahm mich beiseite. Er war vollkommen nüchtern, so nüchtern wie nur ein Mann sein kann, der gerade einen Schock erlitten hat. Er bat mich, alles zu vergessen, was ich da gerade gesehen hatte, und überall zu erzählen, dass er den Mord begangen habe. Ich sagte ihm, dass ich das nicht tun würde, jedenfalls nicht für sie, nicht für die Hardcastles, aber er sagte mir, dass er sie liebe, dass es ein Unfall gewesen und diese Sache das Einzige sei, was er für sie tun, das Einzige, was er ihr geben könne. Er meinte, er habe ohnehin keine Zukunft mehr, nicht, nachdem man ihn aus Blackheath gefeuert habe und er von Helena fortgehen müsse. Er ließ mich schwören, dass ich ihr Geheimnis bewahren würde.«

»Und das haben Sie auch getan. Nur haben Sie sie dafür bezahlen lassen«, sage ich.

»Und hätten Sie etwa anders gehandelt, Bulle?«, fragt er wütend. »Sie hätten sie wohl an Ort und Stelle in Ketten gelegt, was? Und damit das Versprechen gebrochen, das Sie Ihrem Freund gegeben hatten? Oder hätten Sie sie vollkommen straffrei davonkommen lassen?«

Ich schüttele den Kopf. Ich habe keine Antwort für ihn parat, aber ich interessiere mich auch nicht für seine wehleidigen Rechtfertigungsversuche. In dieser Geschichte gibt es nur zwei Opfer: Thomas Hardcastle und Charlie Carver. Ein ermordetes Kind und ein Mann, der sich selbst an den Galgen geliefert hat, um die Frau, die er liebte, zu beschützen. Ich komme zu spät, um noch einem von ihnen helfen zu können, aber ich werde es nicht zulassen, dass die Wahrheit auch nur eine Sekunde länger verborgen bleibt.

Ihre Vertuschung hat schon genug Schaden angerichtet.

47.

Die Büsche rascheln, Zweige knacken. Daniel läuft in raschem Tempo durch den Wald und macht nicht den geringsten Versuch, dabei heimlich vorzugehen. Das braucht er auch gar nicht. Meine anderen Wirte sind alle beschäftigt, und die übrigen Gäste befinden sich entweder auf der Jagd oder im Sonnenzimmer.

Mein Herz klopft wie wild. Er ist aus dem Haus geschlüpft, nachdem er sich im Arbeitszimmer mit Bell und Michael unterhalten hat, und ich bin ihm während der letzten Viertelstunde gefolgt, indem ich mich leise zwischen den Bäumen hindurchgeschlichen habe. Ich erinnere mich daran, dass er den Anfang der Jagd verpasst hat und Dance erst einholen musste, und ich bin neugierig, aus welchem Grund. Ich hoffe, dass sein gegenwärtiges Vorhaben mehr Licht auf seine Pläne werfen wird.

Die Bäume treten plötzlich auseinander und geben den Blick auf eine ziemlich düstere, hässliche Lichtung frei. Wir sind nicht weit vom See entfernt, zu meiner Rechten kann ich das Wasser durch die Bäume schimmern sehen. Der Lakai tänzelt im Kreis wie ein Tier, das man in einen Käfig gesperrt hat. Rasch ducke ich mich hinter einen Busch, um nicht gesehen zu werden.

»Mach es kurz und knapp«, sagt Daniel und geht auf ihn zu.

Der Lakai verpasst ihm einen Faustschlag aufs Kinn.

Daniel taumelt rückwärts, richtet sich dann wieder auf und gibt dem Lakaien mit einem Kopfnicken zu verstehen, dass er ein zweites Mal zuschlagen soll. Der Hieb trifft ihn in den Magen und wird von einer Geraden ins Gesicht gefolgt, die ihn zu Boden wirft.

»Mehr?«, fragt der Lakai und ragt drohend über ihm auf.

»Das reicht«, sagt Daniel und tupft sich die aufgeplatzte Lippe.

»Dance soll glauben, dass wir gekämpft haben, aber es braucht nicht so auszusehen, als hättest du mich fast umgebracht.«

Die beiden arbeiten zusammen.

»Schaffst du es, die anderen noch einzuholen?«, fragt der Lakai und hilft Daniel von der Erde hoch. »Die Jagdgesellschaft hat einen ziemlich großen Vorsprung.«

»Da ist eine Menge alter Beine dabei. Die können noch nicht weit gekommen sein. Schon irgendwelchen Erfolg bei der Suche nach Anna gehabt?«

»Noch nicht. Ich war beschäftigt.«

»Dann beeil dich mal. Unser Freund wird langsam ungeduldig.«

Also darum geht es. Sie wollen sich Anna schnappen.

Deshalb hat Daniel mir gesagt, ich solle sie suchen, als ich Ravencourt war. Deshalb hat er Derby beauftragt, sie mit zur Bibliothek zu bringen, als er ihm seine Pläne schilderte, wie er dem Lakaien eine Falle stellen wollte. Ich sollte sie zu ihm führen wie ein Lamm zur Schlachtbank.

Mir dreht sich der Kopf, während ich zusehe, wie sie noch ein paar letzte Worte austauschen. Dann macht sich der Lakai auf den Weg zurück zum Haus. Daniel wischt sich das Blut aus dem Gesicht, bewegt sich jedoch nicht von der Stelle. Eine Sekunde später sehe ich auch, warum nicht. Der Pestdoktor betritt die Lichtung. Das muss der »Freund« sein, von dem Daniel gesprochen hat.

Es ist genau, wie ich befürchtet hatte. Sie stecken alle unter einer Decke. Daniel hat sich mit dem Lakaien verbündet, und sie jagen Anna im Auftrag des Pestdoktors. Ich kann mir beim besten Willen nicht vorstellen, worauf diese Feindseligkeit gründet, aber es erklärt zumindest, warum mich der Pestdoktor schon den ganzen Tag gegen sie einnehmen wollte. Er legt Daniel eine Hand auf die Schulter und führt ihn in den Wald hinein, sodass ich die beiden nicht mehr sehen kann. Die Vertrautheit, die diese Geste nahelegt, wirft mich vollkommen aus der Bahn. Ich kann mich an kein einziges Mal erinnern, bei dem mich der Pestdoktor berührt hätte oder mir auch nur nahe genug gekommen wäre, um eine solche Geste zu ermöglichen.

Ich ducke mich und laufe ihnen so schnell wie möglich hinterher. An der Baumgrenze bleibe ich stehen, um nach ihren Stimmen zu lauschen, aber ich kann nichts hören. Fluchend laufe ich tiefer in den Wald hinein und bleibe zwischendurch immer wieder stehen, in der Hoffnung, sie vielleicht noch irgendwo zu erspähen. Aber es nützt nichts. Sie sind verschwunden.

Ich habe das Gefühl, als würde ich schlafwandeln. Langsam kehre ich zum Haus zurück, auf dem Weg, auf dem ich gekommen bin.

All das, was ich an jenem ersten Tag gesehen habe – wie viel davon war real? War überhaupt irgendjemand der, der er vorgab zu sein? Ich hielt Daniel und Evelyn für meine Freunde und den Pestdoktor für einen Wahnsinnigen, ich glaubte, ein Arzt namens Sebastian Bell zu sein, dessen größtes Problem sein Gedächtnisverlust war. Wie hätte ich wissen sollen, dass all dies lediglich meine Startposition in einem Rennen war, von dem mir niemand gesagt hatte, dass ich es würde laufen müssen?

Du solltest dir viel eher über die Ziellinie Gedanken machen.

»Der Friedhof«, sage ich laut.

Daniel glaubt, er könne Anna dort zu fassen kriegen, und ich zweifle keine Sekunde daran, dass er bei diesem Versuch auch den Lakaien mitbringen wird. Das ist der Punkt, an dem das Ganze hier enden wird, und ich muss darauf vorbereitet sein.

Ich bin am Wunschbrunnen angekommen, dort, wo Evelyn an jenem ersten Morgen die Nachricht von Felicity erhielt. Ich bin begierig, meinen Plan in die Tat umzusetzen, aber statt zurück zum Haus zu gehen, drehe ich mich um und laufe zum See. Dafür ist Rashton verantwortlich. Es ist sein Instinkt. Der Instinkt eines Polizisten. Er will den Tatort in Augenschein nehmen, während Stanwins Aussage ihm noch frisch im Gedächtnis ist. Der Pfad ist so zugewachsen, dass er kaum zu erkennen ist. Auf beiden Seiten senken sich die Äste des Waldes bis fast zum Boden herab, und Baumwurzeln schlängeln sich aus der Erde. Brombeergestrüpp verhakt sich in meinem Trenchcoat, und der Regen tropft von den Blättern. Endlich erreiche ich das schlammige Ufer des Sees.

Ich habe ihn immer nur aus der Ferne gesehen. Wenn man direkt davorsteht, merkt man, dass er in Wahrheit viel größer ist, als man gedacht hatte, und dass sein Wasser die Farbe von moosbewachsenen Steinen hat. Ein paar zu Gerippen vermoderte Ruderboote liegen am gegenüberliegenden rechten Ufer in einem Bootshaus vertäut, das so verfallen ist, dass es eigentlich nur noch als Feuerholz taugt. Auf einer Insel in der Mitte des Sees steht ein Musikpavillon, dessen abblätterndes türkisfarbenes Dach und hölzerne Einfassung von Wind und Wetter zerfressen sind.

Kein Wunder, dass die Hardcastles beschlossen, Blackheath zu verlassen. Etwas Böses hat sich hier zugetragen, das den See bis auf den heutigen Tag nicht loslässt. Mein Unbehagen ist so groß, dass ich mich fast auf dem Absatz umdrehe, aber der Teil von mir, der begreifen will, was hier vor neunzehn Jahren geschah, ist größer. Also laufe ich am Ufer entlang und umrunde den gesamten See zwei Mal – wie ein Gerichtsmediziner, der eine Leiche umkreist, die auf seinem Untersuchungstisch liegt.

Eine Stunde vergeht. Meine Augen schweifen geschäftig umher, aber sie bleiben an nichts hängen.

Stanwins Geschichte klingt überzeugend, aber sie erklärt nicht, warum die Vergangenheit ihre Finger ausgestreckt hat, um sich ein weiteres Kind der Hardcastles zu holen. Sie erklärt nicht, wer dahintersteckt oder was diese Person sich davon verspricht. Ich hatte geglaubt, hierherzukommen würde mir etwas Klarheit verschaffen, aber was auch immer der See für Erinnerungen in sich birgt – es scheint ihm nichts daran zu liegen, sie mit mir zu teilen. Er lässt nicht mit sich verhandeln, so wie Stanwin, und er lässt sich auch nicht einschüchtern wie der Stallmeister.

Ich bin vollkommen durchnässt und durchgefroren, und man sollte meinen, dass mich das in Versuchung bringen würde, einfach aufzugeben, aber Rashton zerrt mich bereits zum Spiegelteich hinüber. Die Augen des Polizisten sind nicht so weichlich und bequem wie die meiner anderen Wirte. Sie suchen nach Ecken und Kanten, nach Dingen, die nicht da sind, aber vielleicht da sein sollten. Meine Erinnerungen an diesen Ort reichen ihm nicht aus, er muss alles mit eigenen Augen und aus einer unverbrauchten Perspektive sehen. Also stelle ich mich, die Hände in den Hosentaschen vergraben, an den Rand des Teiches, dessen Wasser hoch genug steht, um meine Schuhsohlen zu berühren. Ein leichter Regen kräuselt die Wasseroberfläche, und die Tropfen springen mit einem leisen Klirren von den dicken Moosflecken ab, die auf dem Teich treiben.

Wenigstens der Regen bleibt immer gleich. Er prasselt auf Bells Gesicht, während dieser mit Evelyn durch den Wald geht, er prasselt auf die Fenster des Pförtnerhauses, wo der Butler schläft und Gold von der Decke hängt, Ravencourt lauscht ihm, während er in seinem Salon sitzt und sich fragt, warum Cunningham noch nicht zurückgekehrt ist, und Derby ... nun, Derby ist immer noch bewusstlos, was auf jeden Fall das Beste ist, was ihm passieren konnte. Davies ist auf der Straße zusammengebrochen oder befindet sich vielleicht auch auf dem Rückweg. So oder so – er wird jedenfalls gerade nass. Genau wie Dance, der mit dem Gewehr überm Arm durch den Wald trottet und sich sonstwohin wünscht.

Was mich anbelangt, so stehe ich genau an der Stelle, an der Evelyn heute Abend stehen wird. Genau dort, wo sie sich eine silberne Pistole an den Bauch halten und abdrücken wird.

Ich sehe das, was sie sehen wird.

Ich versuche zu verstehen.

Der Mörder hat einen Weg gefunden, wie er Evelyn dazu zwingen kann, Selbstmord zu begehen – aber warum durfte sie das nicht in ihrem Schlafzimmer tun, wo sie keinerlei Zeugen hätte? Warum musste sie hierherkommen, und dann auch noch genau während der Party?

Damit es jeder sehen konnte.

»Warum also nicht mitten auf der Tanzfläche oder gleich auf der Bühne?«, murmele ich vor mich hin.

Das Ganze ist viel zu theatralisch.

Rashton hat in Dutzenden von Mordfällen ermittelt. Morde sind niemals inszeniert, sie geschehen unmittelbar, sind impulsive Handlungen. Männer, die nach einem harten Arbeitstag zu tief ins Glas schauen und ihre Bitterkeit vom Bodensatz hochspülen. Ein Kampf entbrennt, die Ehefrau ist es leid, sich ein blaues Auge schlagen zu lassen und packt sich das erstbeste Küchenmesser. Der Tod ereignet sich in schmalen Gassen oder in stillen Wohnzimmern mit Spitzendeckchen auf den Esstischen. Bäume stürzen um, Menschen werden erdrückt, Werkzeuge rutschen aus. Menschen sterben auf Arten und Weisen, auf die sie immer schon gestorben sind – sie sterben rasch, sterben aus Ungeduld oder aus Pech, aber nicht hier, nicht vor einem Publikum von hundert Leuten in Ballkleidern und Smokingjacken.

Was ist das für ein Kopf, der einen Plan aushckt, bei dem Mord zu einer Theatervorstellung wird?

Ich drehe mich zum Haus um und versuche mich daran zu erinnern, welchen Weg Evelyn zum Spiegelteich genommen hat. Ich erinnere mich, wie sie in der Dunkelheit von Flamme zu Flamme gewankt ist und dabei so unsicher auf den Beinen war, als wäre sie betrunken. Ich erinnere mich an die silberne Pistole, die sie in der Hand hielt, an den Schuss, an die Stille danach und an das Feuerwerk, das genau in dem Moment hochging, als sie ins Wasser stürzte.

Warum hat sie sich zwei Waffen besorgt, wenn doch eine schon reichen würde?

Ein Mord, der nicht wie ein Mord aussieht.

So hat es der Pestdoktor beschrieben … aber was wäre, wenn … mein Verstand tastet sich an einen Gedanken heran, lockt ihn heraus aus dem Halbdunkel. Ganz allmählich kommt eine Idee zum Vorschein. Eine äußerst seltsame Idee.

Aber die einzige, die Sinn ergibt.

Jemand berührt mich an der Schulter, und ich schrecke so plötzlich auf, dass ich fast in den Spiegelteich falle. Glücklicherweise bekommt Grace mich noch zu fassen und zieht mich in ihre Arme. Ich muss zugeben, dass mir dieser Unfall nicht unbedingt unangenehm ist, zumal ich, als ich mich umdrehe, in diese unglaublichen blauen Augen blicke, die mit einer Mischung aus Liebe und Verwunderung zu mir aufschauen.

»Was um alles in der Welt tust du hier draußen?«, fragt sie. »Ich habe dich überall gesucht. Du hast das Mittagessen verpasst.«

Ihre Stimme klingt besorgt. Sie hält meinen Blick fest und sucht in meinen Augen nach etwas, auch wenn ich nicht die geringste Ahnung habe, was das sein mag.

»Ich wollte ein wenig spazieren gehen«, antworte ich und versuche, ihre Besorgnis zu zerstreuen. »Und dann habe ich angefangen mir auszumalen, wie dieser Ort hier wohl in seiner ganzen Pracht ausgesehen haben muss.«

Ein Ausdruck des Zweifels huscht über ihr Gesicht, aber er verschwindet so schnell wie ein Wimpernschlag ihrer herrlichen Augen. Sie hakt sich bei mir unter und bringt mich so in den Genuss ihrer Körperwärme.

»Es fällt schwer, sich das jetzt noch auszumalen«, sagt sie. »Alle Erinnerungen, die ich an diesen Ort habe – selbst die glücklichen – werden von dem überschattet, was Thomas angetan wurde.«

»Warst du hier, damals, als es geschah?«

»Habe ich dir das nie erzählt?«, fragt sie und legt ihren Kopf auf meine Schulter. »Vielleicht hielt ich es ja für besser, das nicht zu tun. Schließlich war ich damals noch sehr jung. Ja, ich war hier. Fast jeder der Gäste, die heute hier sind, war damals auch hier.«

»Hast du gesehen, wie es passiert ist?«

»Gott sei Dank nicht, nein«, antwortet sie entsetzt. »Evelyn hatte eine Schatzsuche für die Kinder organisiert. Ich kann damals nicht älter als sieben gewesen sein, genauso alt wie Thomas. Evelyn war zehn. Sie wirkte damals schon sehr erwachsen, also war sie während des Tages für uns verantwortlich.«

Grace klingt, als wäre sie weit fort – abgelenkt von einer verblassten Erinnerung, die ihr zu entgleiten droht.

»Heute ist mir natürlich klar, dass sie einfach nur reiten gehen wollte und keine Lust hatte, sich um uns zu kümmern, aber damals fanden wir alle, dass sie schrecklich nett zu uns war. Wir hatten unglaublich viel Spaß, haben uns gegenseitig durch den Wald gejagt und nach Hinweisen und Spuren gesucht. Und dann ist Thomas ganz plötzlich fortgerannt. Wir haben ihn nie wiedergesehen.«

»Er ist fortgerannt? Hat er gesagt, warum er wegrannte oder wo er hinwollte?«

»Du klingst genau wie der Polizist, der mich damals verhört hat«, sagt sie und schlingt ihre Arme noch ein wenig fester um mich. »Nein, er war zu schnell weg, um ihm noch irgendwelche Fragen zu stellen. Er wollte wissen, wie spät es ist, und dann ist er verschwunden.«

»Er hat gefragt, wie spät es ist?«

»Ja, als hätte er irgendeine Verabredung.«

»Und er hat euch nicht gesagt, wo er hinwollte?«

»Nein.«

»Hat er sich irgendwie seltsam verhalten oder etwas Seltsames gesagt?«

»Na ja, man musste ihm jedes Wort aus der Nase ziehen«, sagt sie. »Wenn ich es recht bedenke, dann war er eigentlich schon die ganze Woche in einer sonderbaren Stimmung. Verschlossen und mürrisch. Das sah ihm gar nicht ähnlich.«

»Wie war er denn normalerweise?«

Sie zuckt mit den Schultern. »Meistens war er eine ziemliche Nervensäge. Er war eben in diesem Alter. Er machte sich einen Spaß daraus, uns an den Haaren zu ziehen oder einen Höllenschreck einzujagen. Manchmal schlich er uns im Wald hinterher und sprang dann hinter irgendeinem Baum hervor, wenn wir am wenigsten damit rechneten.«

»Aber in dieser Woche hatte er sich schon die ganze Zeit seltsam verhalten?«, frage ich. »Bist du sicher, dass das der genaue Zeitraum war, seit dem er sich so verhielt?«

»Na ja, das war der Zeitraum, in dem wir uns vor Beginn der Party auf Blackheath aufgehalten hatten, also ja, ich bin sicher.« Sie erschaudert kurz und schaut zu mir hoch. »Na, wo haben Sie sich mit Ihren Gedanken denn da gerade festgekrallt, Mr. Rashton?«, fragt sie.

»Festgekrallt?«

»Ich kann diese kleine Falte sehen«, sie tippt mit den Fingern auf eine Stelle zwischen meinen Augenbrauen, »die du immer dann bekommst, wenn dich irgendwo der Schuh drückt.«

»Ich bin mir noch nicht ganz sicher.«

»Na, das solltest du jedenfalls besser nicht tun, wenn du meiner Großmutter vorgestellt wirst.«

»Meine Stirn runzeln?«

»Nein, du sollst nicht denken, du Dussel.«

»Warum denn nicht, um Himmels willen?«

»Sie hält nicht viel von jungen Männern, die zu viel nachdenken. In ihren Augen ist das ein Zeichen von Faulheit.«

Es wird rasch empfindlich kalt. Der kümmerliche Rest Farbe, den der Tag noch besaß, ergreift vor den dunklen Sturmwolken die Flucht, die den Himmel drangsalieren.

»Sollen wir zum Haus zurückgehen?«, fragt Grace und stampft mit den Füßen auf, um sich ein wenig aufzuwärmen. »Ich bin ebenso ungern auf Blackheath wie jeder andere Gast, aber so unerträglich, dass ich lieber hier draußen zu Tode erfrieren würde als das Haus zu betreten, finde ich es nun auch wieder nicht.«

Ein wenig hilflos starre ich auf den Spiegelteich. Ich kann meiner Idee unmöglich nachgehen, ohne vorher mit Evelyn gesprochen zu haben, und die ist gerade mit Bell unterwegs. Woran auch immer meine Gedanken sich gerade festgekrallt haben – um Graces Worte zu benutzen –, es wird warten müssen, bis Evelyn in ein paar Stunden zurückkehrt. Und zudem kommt mir die Vorstellung, ein wenig Zeit mit einer Person zu verbringen, die nicht in die zahlreichen Tragödien des heutigen Tages verwickelt ist, sehr verlockend vor.

Mit eng aneinandergeschmiegten Schultern gehen wir zum Haus

zurück und erreichen die Eingangshalle just in dem Moment, in dem Charles Cunningham die Treppe hinuntergelaufen kommt. Seine Stirn ist gerunzelt, und er wirkt gedankenverloren.

»Geht es dir nicht gut, Charles?«, fragt Grace und lenkt damit seine Aufmerksamkeit auf sich. »Also wirklich! Was ist in diesem Haus heute bloß mit den Männern los? Ihr steckt alle mit euren Köpfen in irgendwelchen Wolken.«

Ganz plötzlich breitet sich ein Grinsen auf seinem Gesicht aus. Seine Freude, uns zu sehen, stimmt so gar nicht mit dem Ernst überein, mit dem er mir bisher immer begegnet ist.

»Ah, die beiden Menschen, die mir von allen die liebsten sind!«, verkündet er mit großer Geste und springt drei Stufen auf einmal hinunter, um uns beiden auf die Schulter zu klopfen. »Tut mir leid, ich war gerade in Gedanken weit fort.«

Eine große Zuneigung zaubert auch mir ein breites Lächeln aufs Gesicht.

Bis jetzt war der Kammerdiener nur eine Person, die ab und zu in meinen Tag hinein- und wieder herausgehuscht ist, jemand, der manchmal zwar durchaus hilfreich war, der aber immer eigene Absichten verfolgte und dem man daher unmöglich vertrauen konnte. Ihn mit Rashtons Augen zu sehen ist ganz so, als würde man zuschauen, wie ein mit Kohle gezeichneter Umriss mit lauter Farben gefüllt wird.

Grace und Donald Davies haben ihre Sommerferien auf Blackheath verbracht und sind zusammen mit Michael, Evelyn, Thomas und Charles Cunningham aufgewachsen. Obwohl Letzterer von der Köchin großgezogen wurde, hielten ihn doch alle für Peter Hardcastles leiblichen Sohn, und das erhob ihn wiederum über den Dienstbotentrakt. Helena Hardcastle unterstützte diese Sichtweise und wies die Gouvernante an, Cunningham zusammen mit den Hardcastle-Geschwistern zu unterrichten. Er mag zwar später zu einem Dienstboten geworden sein, aber weder Grace noch Donald würden ihn jemals als solchen ansehen, ganz gleich, was ihre Eltern dazu sagen. Die drei sind praktisch eine Familie, weshalb Cunningham auch einer der Ersten war, den Donald Davies seinem Freund Rashton nach ihrer Rückkehr aus dem Krieg vorgestellt hat. Die drei Männer stehen sich so nah, als wären sie Brüder.

»Ist Ravencourt mal wieder unerträglich?«, fragt Grace. »Du hast doch wohl nicht seine zweite Portion Rührei vergessen? Du weißt doch, wie ungehalten ihn das macht.«

»Nein, nein, das ist es nicht.« Cunningham schüttelt nachdenklich den Kopf. »Kennt ihr das? Wenn der Tag auf eine ganz bestimmte Art beginnt, und dann, ganz plötzlich, nimmt er eine vollkommen andere Richtung? Ravencourt hat mir etwas ziemlich Erstaunliches erzählt, und um ehrlich zu sein, habe ich es noch immer nicht so ganz begriffen.«

»Was hat er denn gesagt?«, fragt Grace und legt den Kopf schief.

»Dass er nicht …« Er verstummt und zwickt sich in die Nase. Dann überlegt er es sich anders, seufzt und beschließt, das Thema zu wechseln. »Am besten erzähle ich euch das heute Abend bei einem Glas Brandy, wenn sich alles geklärt hat. Im Moment fehlen mir, glaube ich, noch die richtigen Worte.«

»Es ist immer dasselbe mit dir, Charles«, sagt sie und stampft mit dem Fuß auf. »Du fängst genüsslich mit irgendwelchen pikanten Anekdoten an und dann erzählst du sie nicht zu Ende.«

»Na, vielleicht hebt ja dann das hier deine Stimmung.«

Er zieht einen silbernen Schlüssel aus der Tasche. Daran hängt ein Etikett aus Pappe, das ihn als Eigentum von Sebastian Bell kenntlich macht. Als ich diesen Schlüssel das letzte Mal sah, befand er sich in der Hosentasche des widerwärtigen Jonathan Derby, kurz bevor ihm jemand vor der Tür von Stanwins Schlafzimmer eins übergezogen und die Taschen ausgeleert hat.

Ich kann spüren, wie ich plötzlich in ein Gesamtbild eingefügt werde, wie ich einraste, als wäre ich ein kleines Zahnrädchen in dem Getriebe einer gewaltigen, tickenden Uhr, die einen Mechanismus antreibt, den zu begreifen ich zu klein und unbedeutend bin.

»Du hast ihn für mich gefunden?«, ruft Grace und klatscht in die Hände.

Er strahlt mich an. »Grace hat mich gebeten, den Ersatzschlüssel zu Bells Schlafzimmer aus der Küche zu holen, damit wir seine Drogen klauen können«, sagt er und lässt den Schlüssel von seinem Finger herabbaumeln. »Ich habe noch eins draufgelegt und den Schlüssel zu seinem Koffer gefunden.«

»Es ist kindisch, aber ich will, dass Bell genauso leidet, wie Donald es gerade tut«, sagt sie, während ihre Augen böse funkeln.

»Und wie bist du an diesen Schlüssel gekommen?«, frage ich Cunningham.

»Ganz zufällig, als ich gerade meinen üblichen Pflichten nachging«, antwortet er ein wenig verlegen. »Ich habe seinen Zimmerschlüssel in der Tasche. Denkt nur – all diese kleinen Fläschchen und Röhrchen, wie sie im See versinken. Wäre das nicht großartig?«

»Nicht im See«, sagt Grace und verzieht das Gesicht. »Es ist schon schlimm genug, zurück nach Blackheath zu kommen, aber ich werde keinen einzigen Fuß in die Nähe dieses scheußlichen Ortes setzen.«

»Wie wär's mit dem Wunschbrunnen?«, frage ich. »Draußen in der Nähe des Pförtnerhauses. Er ist alt und tief. Wenn wir die Drogen da hineinwerfen, wird sie nie wieder jemand finden.«

»Perfekt«, sagt Cunningham und reibt sich vergnügt die Hände. »Nun, der gute alte Doktor befindet sich gerade auf einem Spaziergang zusammen mit Miss Hardcastle, also würde ich sagen: Jetzt oder nie. Na, wer hat Lust auf einen kleinen Raubzug?«

48.

Grace hält vor der Tür Wache, während Cunningham und ich in Bells Zimmer schlüpfen. Meine Nostalgie lässt alles in den hellsten Farben erstrahlen. Nach all den Kämpfen, die ich mit den herrschsüchtigen Naturen meiner anderen Wirte ausgefochten habe, ist meine Haltung Bell gegenüber um einiges milder geworden. Im Gegensatz zu Derby, Ravencourt oder Rashton war Sebastian Bell ein unbeschriebenes Blatt, ein Mann, der sich auf dem Rückzug befand, und das sogar vor sich selbst. Ich bin in ihn hineingeströmt und habe die leeren Stellen so vollständig ausgefüllt, dass ich nicht einmal merkte, dass er die falsche Form hatte.

Auf eine seltsame Art und Weise fühlt er sich wie ein alter Freund an.

»Wo, glaubst du, hat er dieses Zeug versteckt?«, fragt Cunningham, während er die Tür hinter uns schließt.

Obwohl ich ganz genau weiß, wo sich Bells Koffer befindet, täusche ich Unwissen vor. So verschaffe ich mir die Gelegenheit, noch eine kleine Weile in seiner Abwesenheit hier herumzulaufen und das Gefühl zu genießen, in ein Leben zurückzukehren, dem ich einmal innegewohnt habe.

Doch Cunningham hat den Koffer schon bald gefunden und fordert mich auf, ihm dabei behilflich zu sein, das Ding aus dem Schrank zu ziehen. Der Koffer macht einen fürchterlichen Lärm, als er ihn über die hölzernen Bodendielen schleift. Ein Glück, dass alle auf der Jagd sind, denn dieses Geräusch hätte Tote aufwecken können.

Der Schlüssel passt perfekt, die Verriegelung springt auf, der Koffer öffnet sich auf gut geölten Scharnieren und gibt den Blick auf das Innere frei, das vor braunen, in ordentlichen Reihen angeordneten Fläschchen und Ampullen überquillt.

Cunningham hat einen Jutesack mitgebracht, und so knien wir uns zu beiden Seiten des Koffers auf die Erde und machen uns daran, den Sack mit Bells geheimen Vorräten zu füllen. Es gibt alle möglichen Arten von Tinkturen und Gebräuen und nicht ausschließlich solche, die dazu dienen sollen, dem Käufer ein dümmliches Lächeln aufs Gesicht zu zaubern. Inmitten der zweifelhaften Genüsse, die der Koffer zu bieten hat, befindet sich auch ein halbleerer Glaskolben mit Strychnin. Die weißen Körner sehen so harmlos aus, dass man sie fast für grobes Salz halten könnte.

Was um alles in der Welt will er denn damit?

»Bell verkauft aber auch alles an jeden, was?«, sagt Cunningham mit einem missbilligenden Kopfschütteln, nimmt mir den Kolben aus der Hand und wirft ihn in den Sack. »Aber nicht mehr lange.«

Während ich die einzelnen Flaschen aus dem Koffer nehme, fällt mir die Nachricht ein, die Gold unter meiner Tür hindurchgeschoben und in der er mir drei Dinge genannt hat, die ich stibitzen soll.

Glücklicherweise ist Cunningham so begeistert bei der Arbeit, dass ihm nicht auffällt, wie ich mir die Ampullen rasch in die Tasche stecke. Genauso wenig bemerkt er die Schachfigur, die ich in den Koffer fallenlasse. Unter all den Ränken, die heute geschmiedet werden, mag dies ja eine vollkommen unbedeutende Angelegenheit sein, eine, die kaum der Mühe lohnt, aber ich erinnere mich noch genau daran, wie viel Trost mir diese kleine Figur gespendet hat, und wie viel Kraft. Sie war ein Zeichen dafür, dass mir jemand wohlgesinnt war, in einem Moment, in dem ich ein solches Zeichen am dringendsten brauchte. Und es macht mich froh, dass ich es selbst bin, der dieses Zeichen setzt.

»Charles, ich werde dich jetzt etwas fragen, und du musst mir bitte die Wahrheit sagen«, hebe ich an.

»Ich hab's dir doch schon tausend Mal gesagt, ich werde mich bei deinen Streitereien mit Grace nicht einmischen«, sagt er abwesend, während er gewissenhaft den Jutesack füllt. »Was auch immer diese Woche der Grund dafür war, dass ihr euch in die Haare gekriegt habt, gib einfach zu, dass du Unrecht hattest und sei dankbar, wenn sie deine Entschuldigung annimmt.«

Er schenkt mir ein flüchtiges Grinsen, aber es verfliegt sofort, als er meinen ernsten Gesichtsausdruck bemerkt.

»Was ist?«, fragt er.

»Woher hast du den Schlüssel zu diesem Koffer?«, frage ich zurück.

»Wenn du's unbedingt wissen willst, einer der Diener hat ihn mir gegeben«, sagt er und weicht meinem Blick aus, während er mit dem Packen fortwährt.

»Nein, das hat er nicht«, sage ich und kratze mich am Hals. »Du hast ihn dem bewusstlosen Jonathan Derby abgenommen, nachdem du ihm eine Vase auf dem Schädel zertrümmert hast. Daniel Coleridge hat dich damit beauftragt, Stanwins Erpresserbuch zu stehlen, habe ich recht?«

»Das … das ist kompletter Unsinn«, sagt er.

»Bitte, Charles«, sage ich, und meine Stimme ist so emotionsgeladen, dass sie ganz rau klingt. »Ich habe bereits mit Stanwin gesprochen.«

Rashton hat während der vergangenen Jahre unzählige Male auf Cunninghams Freundschaft und Rat gebaut, und es ist ihm unerträglich, zusehen zu müssen, wie sich sein Freund im grellen Scheinwerferlicht meines Verhörs windet.

»Ich … ich wollte ihn nicht niederschlagen«, sagt Cunningham betreten. »Ich hatte Ravencourt gerade in seine Badewanne gesetzt und wollte mir etwas zum Frühstück holen, als ich einen Tumult auf der Treppe hörte und sah, wie Derby ins Arbeitszimmer flitzte. Stanwin war ihm dicht auf den Fersen. Da dachte ich, das wäre doch jetzt die Gelegenheit, um rasch in Stanwins Zimmer hineinzuschlüpfen, während alle anderen abgelenkt waren, und mir das Geschäftsbuch zu schnappen. Aber der Leibwächter war da. Also habe ich mich im gegenüberliegenden Raum versteckt, um zu beobachten, was als Nächstes passieren würde.«

»Du hast gesehen, wie Dickie dem Leibwächter ein Beruhigungsmittel verabreicht hat und wie Derby dann das Geschäftsbuch gefunden hat«, setze ich seine Geschichte fort. »Und du konntest unmöglich zulassen, dass er sich mit dem Geschäftsbuch davonmacht, dazu war es viel zu wertvoll.«

Cunningham nickt eifrig.

»Stanwin weiß, was an jenem Morgen passiert ist. Er weiß, wer Thomas wirklich getötet hat«, sagt er. »All die Jahre hat er gelogen. Und die Wahrheit steht in seinem Geschäftsbuch. Coleridge wird es für mich entziffern, und dann wird jedermann wissen, dass mein Vater – mein wirklicher Vater – unschuldig ist.«

Eine große Angst ist ihm in die Augen gestiegen.

»Weiß Stanwin über die Vereinbarung Bescheid, die ich mit Coleridge getroffen habe?«, fragt er plötzlich. »Hast du ihn deshalb aufgesucht?«

»Er weiß von nichts«, antworte ich sanft. »Ich bin zu ihm gegangen, um ihn zu Thomas Hardcastles Mord zu befragen.«

»Und hat er es dir erzählt?«

»Er war mir etwas schuldig, dafür, dass ich sein Leben gerettet habe.«

Cunningham, der immer noch auf dem Boden kniet, packt mich mit beiden Händen an den Schultern. »Du kannst Wunder vollbringen, Jim!«, sagt er. »Jetzt spann mich nicht auf die Folter.«

»Er hat die blutüberströmte Lady Hardcastle gesehen, wie sie Thomas' Leichnam in den Armen hielt«, antworte ich und beobachte ihn scharf. »Stanwin hat die entsprechenden Schlüsse daraus gezogen, aber ein paar Minuten später ist Carver gekommen und hat darauf bestanden, dass Stanwin ihm die Schuld zuschieben soll.«

Cunningham starrt durch mich hindurch, während er verzweifelt versucht, irgendwelche Mängel in der so lange gesuchten Antwort zu finden. Als er das nächste Mal das Wort ergreift, schwingt eine große Bitterkeit in seiner Stimme mit.

»Das war ja klar«, sagt er und sackt in sich zusammen. »Ich habe Jahre damit verbracht, die Unschuld meines Vaters zu beweisen, also finde ich natürlich heraus, dass stattdessen meine Mutter die Mörderin war.«

»Seit wann wusstest du, wer deine wahren Eltern sind?«, frage ich und versuche, so tröstlich wie möglich zu klingen.

»Mutter hat es mir erzählt, als ich einundzwanzig wurde«, antwortet er. »Sie hat gesagt, mein Vater sei nicht das Monster gewesen, als das man ihn angeprangert hat. Aber sie wollte mir nie erklären, warum nicht. Ich habe seitdem jeden einzelnen Tag meines Lebens damit verbracht herauszufinden, was sie gemeint hat.«

»Du hast sie heute früh getroffen, nicht wahr?«

»Ich habe ihr eine Tasse Tee gebracht«, sagt er sanft. »Sie hat den Tee im Bett getrunken, während wir uns ein bisschen unterhalten haben. Das habe ich als Kind auch immer schon gemacht. Damals hat sie mich dann gefragt, ob ich glücklich sei und wie es mit dem Unterricht so laufen würde. Sie war immer sehr gütig zu mir. Diese morgendlichen Unterhaltungen, das war mir immer der liebste Moment am ganzen Tag.«

»Und heute Morgen? Ich nehme an, sie hat nichts Verdächtiges gesagt?«

»Darüber, dass sie Thomas ermordet hat? Nein, das wurde nicht erwähnt«, sagt er sarkastisch.

»Ich meinte, irgendetwas Ungewöhnliches. Etwas, das in irgendeiner Weise untypisch für sie war.«

»Untypisch!«, schnaubt er. »Sie war schon seit einem Jahr oder länger nicht mehr normal. Sie verändert ihr Verhalten so oft, dass ich einfach nicht mehr mitkomme. In der einen Sekunde ist sie vollkommen ausgelassen und in der nächsten bricht sie in Tränen aus.«

»Seit einem Jahr«, sage ich nachdenklich. »Also genau seitdem sie anlässlich des Jahrestags von Thomas' Tod nach Blackheath gefahren ist?«

Direkt nach dieser Reise ist sie vor Michaels Tür aufgetaucht und hat irgendwelches wirres Zeugs über Kleider von sich gegeben.

»Ja ... vielleicht«, sagt er und zieht sich an einem Ohrläppchen.

»Sag, du denkst doch nicht, dass das alles zu viel für sie war? Die Schuld, meine ich. Das würde erklären, warum sie sich so seltsam verhalten hat. Vielleicht hat sie ja all ihren Mut zusammengenommen, um endlich ein Geständnis abzulegen? Das würde jedenfalls ihre Stimmung von heute früh erklären.«

»Warum? Worüber habt ihr euch unterhalten?«

»Sie war eigentlich sehr ruhig. Eine Spur abwesend vielleicht. Sie hat darüber geredet, die Dinge richtigstellen zu wollen, und wie leid es ihr tut, dass ich mich wegen des Namens meines Vaters schämen musste, während ich aufwuchs.« Er macht ein trauriges Gesicht. »Das ist es, nicht wahr? Sie hat vor, während der Party heute Abend ein Geständnis abzulegen. Darum hat sie sich die ganze Mühe gemacht, Blackheath wieder zu eröffnen und dieselben Gäste wie damals einzuladen.«

»Mag sein«, sage ich, kann jedoch nicht verhindern, dass Zweifel in meiner Stimme mitschwingen. »Warum waren deine Fingerabdrücke überall in ihrem Terminkalender? Wonach hast du gesucht?«

»Als ich sie drängte, mir doch etwas mehr dazu zu sagen, bat sie mich, nachzusehen, um wie viel Uhr sie mit dem Stallmeister verabredet war. Sie sagte, nach dieser Zusammenkunft könne sie mir mehr erzählen, und ich solle sie bei den Stallungen treffen. Ich habe gewartet, aber sie ist nicht gekommen. Ich suche schon den ganzen Tag nach ihr, aber niemand hat sie gesehen. Vielleicht ist sie ja ins Dorf gefahren.«

Ich gehe über diese Bemerkung hinweg.

»Erzähl mir von dem Stallburschen, der vermisst wird«, sage ich. »Du hast den Stallmeister heute früh nach ihm ausgefragt.«

»Da gibt es eigentlich nichts zu erzählen. Vor ein paar Jahren habe ich mich mit dem Inspektor betrunken, der bei dem Mord an Thomas ermittelt hat. Er hat nie geglaubt, dass mein Vater – Carver, meine ich – es getan hat. Und das hat er hauptsächlich damit begründet, dass dieser andere Junge, Keith Parker, eine Woche vorher verschwunden ist, während sich mein Vater zusammen mit Lady Hardcastle in London aufhielt. Der Inspektor fand diesen Zufall verdächtig. Er hat alle möglichen Leute zu dem Jungen befragt, aber es ist nichts dabei herausgekommen. Es hieß, Parker sei einfach abgehauen, ohne irgendjemandem Bescheid zu sagen, und nicht wieder zurückgekehrt. Einen Leichnam hat man nie gefunden. Deshalb ließ sich das Gerücht, er sei von zu Hause weggelaufen, auch nicht widerlegen.«

»Kanntest du ihn?«

»Nur flüchtig. Er hat manchmal mit uns gespielt, aber die Kinder der Dienerschaft mussten auch immer irgendwelche Arbeiten auf dem Anwesen verrichten. Er hat meistens in den Ställen gearbeitet. Wir haben ihn nur sehr selten zu Gesicht bekommen.«

Er bemerkt meine angespannte Stimmung und sieht mich fragend an.

»Glaubst du wirklich, dass meine Mutter eine Mörderin ist?«, fragt er.

»Deshalb brauche ich deine Hilfe – um genau das herauszufinden«, antworte ich. »Deine Mutter hat dich Mrs. Drudge anvertraut, damit sie dich großzieht, richtig? Heißt das, dass die beiden sich nahestanden?«

»Sehr nahe. Mrs. Drudge war die einzige Person, die wusste, wer mein leiblicher Vater war, noch bevor es Stanwin herausgefunden hat.«

»Gut. Dann musst du mir einen Gefallen tun.«

»Was für einen Gefallen?«

»Genauer gesagt sind es zwei Gefallen«, antworte ich. »Mrs. Drudge muss mir ... Oh!«

Ich habe soeben meine eigene Vergangenheit eingeholt. Die Antwort zu der Frage, die ich zu stellen im Begriff stand, wurde mir bereits überbracht. Jetzt muss ich nur noch sicherstellen, dass es noch einmal passiert.

Cunningham wedelt mir mit einer Hand vor dem Gesicht herum. »Geht es dir nicht gut, Jim? Du siehst aus, als wäre dir plötzlich unwohl.«

»Tut mir leid, altes Haus, ich war kurz abgelenkt«, sage ich und wische seine Verwunderung fort. »Wie schon gesagt, Mrs. Drudge muss etwas für mich klarstellen und dann musst du ein paar Leute für mich zusammentrommeln. Und wenn du damit fertig bist, dann musst du Jonathan Derby suchen und ihm alles sagen, was du herausgefunden hast.«

»Derby? Was hat denn dieser Halunke mit der ganzen Sache zu tun?«

Die Tür wird geöffnet, und Grace steckt ihren Kopf ins Zimmer.

»Um Himmels willen, warum dauert das so lange?«, fragt sie. »Wenn wir noch ein paar Minuten länger warten, müssen wir Bell ein Bad einlassen und so tun als gehörten wir zur Dienerschaft.«

»Nur noch eine Minute«, sage ich und lege meine Hand auf Cunninghams Arm. »Wir werden die Sache richtigstellen, das verspreche ich dir. Und jetzt hör mir gut zu. Was ich dir jetzt sage, ist sehr wichtig.«

49.

Der Jutesack gibt auf dem Weg zum Wunschbrunnen bei jedem Schritt ein lautes Klirren von sich. Sein schweres Gewicht in Kombination mit dem unwegsamen Gelände bringt mich immer wieder zum Stolpern, was wiederum Grace jedes Mal mitfühlend zusammenzucken lässt.

Cunningham ist losgerannt, damit er sich um die Gefallen kümmern kann, um die ich ihn gebeten habe, und Grace hat seinen plötzlichen Aufbruch mit einem verwirrten Schweigen zur Kenntnis genommen. Ich verspüre den Drang, ihr die Sache zu erklären, aber Rashton kennt diese Frau gut genug, um zu wissen, dass sie keine Erklärung erwartet. Kaum zehn Minuten, nachdem Donald Davies seiner dankbaren Familie den Mann vorgestellt hat, der ihm im Krieg das Leben gerettet hatte, war es jedem, der ein Paar Augen im Kopf und ein Herz im Leib hatte, klar, dass Jim Rashton und Grace Davies eines Tages heiraten würden. Unbeeindruckt von ihrer so unterschiedlichen Herkunft schlugen die beiden noch während jenes ersten Abendessens eine Brücke aus kleinen spitzen, liebevollen Neckereien und bohrenden Fragen, bis ganz bald schon – über einen Tisch voller Besteck hinweg, dessen Gebrauch Rashton ein Rätsel war – die Liebe zwischen ihnen aufzublühen begann. Was an diesem Abend geboren wurde, wuchs mit jedem Tag mehr, bis sich die beiden schließlich eine eigene Welt geschaffen hatten, die nur sie allein bewohnten. Grace weiß, dass ich ihr die Geschichte erzählen werde, sobald ich erst einmal das Ende kenne und das Ganze mit genügend Beweisen abstützen kann. In der Zwischenzeit gehen wir in kameradschaftlichem Schweigen durch den Wald und sind einfach nur glücklich, beieinander zu sein.

Ich habe mir die Schlagringe übergezogen, wobei ich eine vage Bemerkung zu einer möglichen Bedrohung seitens Bells und Doktor Dickies Bundesgenossen fallen ließ. Es ist eine eher fadenscheinige Lüge, aber sie genügt, um dafür zu sorgen, dass Grace auf der Hut bleibt und jedes vom Regen triefende Blatt argwöhnisch anstarrt. Als wir endlich an die Lichtung gelangen, auf der sich der Wunschbrunnen befindet, schiebt Grace vor dem Betreten derselben noch rasch einen Ast beiseite, damit ich mich nicht darin verfange. Ich schreite zum Brunnen hinüber und werfe den Sack ohne jede Umschweife in den Schacht, wo er mit einem gewaltigen Krachen auf dem Grund aufschlägt.

Dann wedele ich ein wenig mit den Armen, um meine schmerzenden Muskeln zu lockern, während Grace in die Finsternis des Brunnens hinabstarrt.

»Und, wünschst du dir was?«, fragt sie.

»Dass ich den Sack nicht wieder zurücktragen muss«, antworte ich.

»Na sowas! Es funktioniert ja tatsächlich!«, sagt sie. »Glaubst du, man kann sich mehr Wünsche wünschen?«

»Das wäre doch gemogelt!«

»Na ja, bestimmt hat den Brunnen seit einer halben Ewigkeit niemand mehr benutzt. Da sind bestimmt noch ein paar Wünsche übrig.«

»Darf ich dich was fragen?«, frage ich.

»Du hast doch sonst keine Hemmungen, mir Fragen zu stellen«, entgegnet sie, während sie sich so weit in den Brunnen hinunterbeugt, dass ihre Füße in der Luft schweben.

»An dem Vormittag, an dem Thomas ermordet wurde, als ihr auf diese Schatzsuche gegangen seid, wer war da alles dabei?«

»Komm schon, Jim, das ist neunzehn Jahre her«, sagt sie mit dumpfer Stimme durch die Mauer des Brunnens hindurch.

»War Charles dabei?«

»Charles?« Sie hebt den Kopf aus dem Brunnen. »Ja, wahrscheinlich.«

»Wahrscheinlich oder tatsächlich? Das ist sehr wichtig, Grace.«

»Das sehe ich«, sagt sie, tritt von dem Brunnen zurück und wischt sich die Hände ab. »Hat er etwas Schlimmes auf dem Gewissen?«

»Ich hoffe nicht.«

»Das hoffe ich auch«, sagt sie, während sich meine Besorgnis in ihren Augen widerspiegelt. »Lass mich nachdenken. Warte mal einen Moment, ja, er war da! Er hatte ein ganzes Früchtebrot aus der Küche gestohlen, ich weiß noch, wie er mir und Donald etwas davon abgegeben hat. Das muss Mrs. Drudge fuchsteufelswild gemacht haben.«

»Was ist mit Michael Hardcastle, war er auch dabei?«

»Michael? Ich weiß nicht so genau ...«

Während sie nachdenkt, greift sie sich unwillkürlich mit einer Hand ins Haar und wickelt sich eine Locke um ihren Finger. Es ist eine vertraute Geste, eine, die Rashton mit einer solch überwältigenden Liebe erfüllt, dass ich für einen Moment fast vollständig beiseitegeschoben werde.

»Er war krank und lag im Bett, glaube ich«, sagt sie schließlich. »Er hatte sich irgendeine von diesen Kinderkrankheiten eingefangen.«

Sie ergreift meine Hand mit beiden Händen und hält meinen Blick mit ihren herrlichen blauen Augen fest.

»Bist du da gerade in etwas Gefährliches verwickelt, Jim?«, fragt sie.

»Ja.«

»Machst du es für Charles?«

»Zum Teil.«

»Wirst du mir jemals erzählen, worum es dabei geht?«

»Ja, sobald ich weiß, was gesagt werden muss.«

Sie stellt sich auf die Zehenspitzen und küsst mich auf die Nase.

»Dann solltest du wohl besser los«, sagt sie und reibt mir mit dem Finger ihren Lippenstift von der Haut. »Ich kenne dich, wenn du einen Knochen ausgraben willst. Du bist erst glücklich, wenn du ihn zwischen den Zähnen hast.«

»Danke.«

»Du kannst mir mit der Geschichte danken, und zwar bald.«

»Das werde ich«, sage ich.

Es ist Rashton, der sie jetzt küsst. Als es mir endlich gelingt, ihm den Körper wieder zu entreißen, habe ich vor Leidenschaft und Verlegenheit einen roten Kopf, während Grace mich mit einem vorwitzigen Glitzern in den Augen angrinst. Ich schaffe es kaum, sie dort allein zurückzulassen, aber zum ersten Mal seit Beginn dieser Geschichte habe ich der Wahrheit meine Finger um den Hals gelegt, und falls ich es nicht schaffe, fester zuzudrücken, fürchte ich, dass sie mir wieder entgleiten wird. Ich muss unbedingt mit Anna sprechen.

Ich nehme den gepflasterten Weg, der um die Rückseite des Pförtnerhauses herumführt, schüttle den Regen aus dem Trenchcoat und hänge ihn an den Garderobenständer in der Küche. Schritte hallen auf den Bodendielen wider wie ein Herzschlag im Holz. Aus dem Wohnzimmer zu meiner Rechten ist Lärm zu hören. Dort haben sich Dance und seine Kumpane heute früh mit Peter Hardcastle getroffen. Ich gehe zunächst davon aus, dass einer von ihnen zurückgekehrt ist, aber als ich die Tür öffne, sehe ich stattdessen, wie sich Anna über Peter Hardcastle beugt, der in demselben Stuhl in sich zusammengesunken ist, in dem ich ihn gestern habe sitzen sehen.

Er ist tot.

»Anna«, sage ich leise.

Sie dreht sich mit schockiertem Gesicht zu mir um.

»Ich habe ein Geräusch gehört und bin nach unten gekommen ...«, erklärt sie und gestikuliert zu dem Leichnam hinüber. Im Gegensatz zu mir hat sie den heutigen Tag nicht damit verbracht, durch eine Blutlache nach der anderen zu waten. Plötzlich vor einem toten Menschen zu stehen hat ihr sehr zugesetzt.

»Warum gehst du nicht nach oben und spritzt dir ein wenig kaltes Wasser ins Gesicht?«, sage ich und berühre leicht ihren Arm. »Ich werde mal ein bisschen herumschnüffeln.«

Sie nickt mir dankbar zu, betrachtet den Leichnam noch mit einem letzten zögerlichen Blick und verlässt dann hastig das Zimmer. Ich kann ihr das nur zu gut nachfühlen. Peter Hardcastles früher einmal so attraktive Gesichtszüge sind auf fürchterliche Weise verzerrt. Sein rechtes Auge ist fast gänzlich verschlossen, das linke steht weit offen. Seine Hände umklammern die Stuhllehne, und sein Rücken hat sich vor qualvollen Schmerzen gewölbt. Was auch immer hier geschehen ist, hat ihm nicht nur sein Leben, sondern auch seine Würde geraubt.

Mein erster Gedanke ist, dass ihn ein Herzanfall hinweggerafft hat, aber Rashtons Instinkte machen mich skeptisch.

Ich strecke die Hand aus, um seine Augen zu schließen, aber ich kann mich nicht dazu überwinden, ihn zu berühren. Es sind mir nur noch so wenige Wirte geblieben, und ich möchte den Blick des Todes lieber nicht erneut auf mich lenken.

Aus seiner Westentasche lugt ein zusammengefalteter Brief hervor. Ich ziehe ihn heraus und lese die darin enthaltene Nachricht.

Ich konnte Ravencourt nicht heiraten und ich konnte meiner Familie nicht verzeihen, dass sie mich dazu zwingen wollte. Sie haben sich das hier selbst zuzuschreiben.

Evelyn Hardcastle

Ein Luftzug fährt durch ein offenstehendes Fenster. Der Fensterrahmen ist mit Schlamm verschmiert, was nahelegt, dass jemand auf diesem Weg entkommen ist. Das Einzige, was in diesem Raum nicht seine übliche Ordnung zu haben scheint, ist eine Schublade, die jemand offen stehen gelassen hat. Es ist dieselbe Schublade, die ich in Gestalt von Dance durchsuchte, und tatsächlich, Peters Terminkalender ist verschwunden. Erst hat jemand eine Seite aus Helenas Kalender herausgerissen, und jetzt wurde auch Peters Exemplar entwendet. Die Vertuschung von irgendeiner von Helenas heutigen Unternehmungen ist ganz offenbar einen Mord wert. Das ist eine nützliche Information. Entsetzlich, aber nützlich.

Ich stecke mir den Brief in die Tasche und werfe dann einen Blick zum Fenster hinaus, um nach irgendwelchen Hinweisen für die Identität des Mörders zu suchen. Doch dort gibt es nicht viel zu sehen, außer einer Reihe von Fußstapfen im Schlamm, die der Regen bereits mit sich fortwäscht. Ihre Form und Größe legen nahe, dass die Person, die aus dem Pförtnerhaus flüchtete, eine Frau mit spitzen Stiefeln war, was der Notiz eine gewisse Glaubwürdigkeit verleihen würde, wenn ich nicht genau wüsste, dass Evelyn sich in diesem Moment in der Gesellschaft von Bell aufhält.

Sie kann für diese Tat also unmöglich verantwortlich sein.

Ich setze mich in einen Stuhl, der Peter Hardcastle gegenübersteht, genau wie Dance es heute Morgen getan hat. Trotz der späten Stunde scheint die Erinnerung an jene Zusammenkunft immer noch im Raum zu schweben. Die Gläser, aus denen wir getrunken haben, stehen nach wie vor auf dem Tisch, und auch der Zigarrenrauch hängt noch in der Luft. Hardcastle trägt dieselben Kleider, in denen ich ihn zuletzt gesehen habe, was bedeutet, dass er gar nicht mehr dazu gekommen ist, sich für die Jagd umzuziehen. Er ist wahrscheinlich also schon seit mehreren Stunden tot. Ich tauche meinen Finger in ein Glas nach dem anderen und koste bei jedem Drink ein winziges Bisschen von der Fingerspitze. Alle schmecken vollkommen harmlos – außer dem Inhalt des Glases, aus dem Lord Hardcastle getrunken hat. Hinter dem rauchigen Whiskygeschmack lässt sich eine ganz leichte bittere Note ausmachen.

Rashton erkennt sie sofort.

»Strychnin«, sage ich und starre in das verzerrt lächelnde Gesicht des Opfers. Er sieht aus, als wäre er höchst erfreut, diese Neuigkeit zu hören – so als hätte er hier die ganze Zeit gesessen und darauf gewartet, dass ihm endlich jemand mitteilt, woran er gestorben ist. Er würde wahrscheinlich auch gerne wissen, wer ihn getötet hat. Ich habe da zwar schon so eine Idee, aber für den Augenblick ist das alles, was es ist – nur eine Idee.

»Und, hat er dir irgendetwas erzählt?«, fragt Anna und reicht mir ein Handtuch.

Sie ist immer noch ein wenig blass, aber ihre Stimme ist kräftiger, was nahelegt, dass sie sich von ihrem anfänglichen Schock etwas erholt hat. Trotzdem hält sie einen gebührenden Abstand von dem Leichnam und hat die Arme eng um den Leib verschränkt.

»Jemand hat ihn mit Strychnin vergiftet«, antworte ich. »Und Bell hat das Zeug besorgt.«

»Bell? Dein erster Wirt? Du denkst, er ist in diese ganze Sache verwickelt?«

»Nicht willentlich«, sage ich und trockne mir die Haare. »Er ist ein viel zu großer Feigling, um sich auf so etwas wie einen Mord einzulassen. Strychnin wird oft in kleineren Mengen als Rattengift verkauft. Wenn der Mörder zum hiesigen Haushalt gehört, könnte er oder sie eine ziemlich große Menge bestellt haben, mit der Behauptung, das sei für die Instandhaltung von Blackheath nötig. Bell hätte keinen Grund gehabt, etwas zu argwöhnen – bis zu dem Zeitpunkt, an dem dann überall die Vergiftungsopfer tot herumliegen. Das könnte auch erklären, warum jemand versucht hat, ihn zu töten.«

»Woher weißt du das alles?«, fragt Anna erstaunt.

»Rashton weiß es«, sage ich und klopfe mir an die Stirn. »Er hat vor ein paar Jahren in einem Strychnin-Fall ermittelt. Eine ziemlich scheußliche Geschichte. Es ging um eine Erbschaft.«

»Und daran kannst du dich einfach so … erinnern?«

Ich nicke, während ich immer noch darüber nachdenke, was diese Vergiftung zu bedeuten hat.

»Jemand hat Bell gestern Abend in den Wald gelockt, mit der Absicht, ihn zum Schweigen zu bringen«, sage ich zu mir selbst. »Aber der gute alte Doktor hat es irgendwie geschafft, mit nur ein paar Verletzungen am Arm zu entkommen und seinen Verfolger in der Dunkelheit abzuschütteln. Was für ein Glückspilz.«

Anna sieht mich auf eine seltsame Art an.

»Was ist?«, frage ich mit gerunzelter Stirn.

»Es ist die Art, wie du sprichst.« Sie gerät ins Stocken. »Es war nicht … ich habe dich nicht wiedererkannt. Aiden, wie viel von *dir* ist überhaupt noch da drin?«

»Genug«, antworte ich ungeduldig und gebe ihr den Brief, den ich in Hardcastles Tasche gefunden habe. »Du solltest dir das hier ansehen. Jemand möchte uns glauben machen, dass Evelyn diese Tat begangen hat. Der Mörder versucht, uns das Ganze auf dem Silbertablett zu präsentieren.«

Sie reißt ihren Blick von mir los und betrachtet den Brief.

»Was wäre, wenn wir die Sache bisher vollkommen falsch aufgefasst haben?«, fragt sie, nachdem sie fertig gelesen hat. »Was wäre, wenn jemand die gesamte Familie Hardcastle um die Ecke bringen will?«

»Du glaubst, Helena hat sich versteckt?«

»Wenn sie auch nur einen Funken Verstand besitzt, dann tut sie genau das.«

Ich wälze den Gedanken in meinem Kopf ein wenig hin und her, um ihn von allen Seiten zu begutachten. Oder zumindest versuche ich das. Aber er ist zu schwer. Zu gewichtig. Ich kann nicht erkennen, was dahinterstehen könnte.

»Was tun wir als Nächstes?«, fragt Anna.

»Ich will, dass du Evelyn Bescheid gibst, dass der Butler aufgewacht ist und unter vier Augen mit ihr reden möchte«, sage ich und stehe auf.

»Aber der Butler ist nicht aufgewacht und will auch nicht mit ihr reden.«

»Nein, aber ich möchte es. Und ich würde lieber nicht zur Zielscheibe des Lakaien werden, wenn ich es irgend vermeiden kann.«

»Natürlich gehe ich. Aber du musst statt meiner den Butler und Gold bewachen«, sagt sie.

»Das werde ich.«

»Und was wirst du Evelyn sagen, wenn sie hierherkommt?«

»Ich werde ihr mitteilen, auf welche Weise sie sterben wird.«

50.

Es ist 17:42 Uhr, und Anna ist noch immer nicht zurückgekehrt.

Es ist nun über drei Stunden her, dass sie fortgegangen ist. Drei Stunden, in denen ich immer unruhiger und besorgter wurde. Das Gewehr liegt in meinem Schoß, doch bei dem leisesten Geräusch habe ich es sofort in der Hand, sodass es sich eigentlich fast die ganze Zeit dort befindet. Ich habe keine Ahnung, wie Anna das ausgehalten hat.

Dieser Ort kommt nie zur Ruhe. Der Wind krallt sich durch die Ritzen in den Fenstern und fährt heulend die Flure entlang. Balken knarren, Bodendielen dehnen sich und verlagern ihr Gewicht, als wäre das Haus ein alter Mann, der versucht, sich aus seinem Stuhl zu erheben. Ein ums andere Mal höre ich Schritte, die sich nähern, nur um dann, wenn ich aufspringe und die Tür öffne, festzustellen, dass ich von dem Geräusch eines losen Fensterladens oder eines ans Fenster klopfenden Astes genarrt wurde.

Mittlerweile rufen diese Geräusche jedoch keinerlei Reaktion mehr in mir wach, weil ich nicht mehr glaube, dass meine Freundin noch zurückkehren wird. Nachdem etwa eine Stunde meiner Wacht verstrichen war, versuchte ich noch, mich mit dem Gedanken zu beruhigen, dass sie wahrscheinlich nur irgendwelche Besorgungen zu machen hatte, und bemühte mich, diese Theorie zu belegen, indem ich mir aus unseren bisherigen Begegnungen ein Bild ihres Tages zusammenfügte. Ihrem eigenen Bericht zufolge begegnete sie erst Gold, traf dann Derby im Wald und danach Dance, bis sie schließlich mich auf dem Speicher abgeholt hat. Nach dieser Begegnung hat sie sich auf der Kutschfahrt hierher zum ersten Mal mit dem Butler unterhalten, hat in der Hütte des Stallmeisters eine Nachricht für Bell hinterlassen und schließlich Ravencourt in seinem Salon aufgesucht. Nach diesem Treffen gab es noch ein Gespräch mit dem Butler, aber danach habe ich sie erst wiedergesehen, als der Lakai abends Dance angegriffen hat.

Seit sechs Tagen verschwindet sie jeden Nachmittag von der Bildfläche, und es ist mir nicht einmal aufgefallen.

Nun, da ich meine dritte Stunde in diesem Raum verbringe und die Dunkelheit sich bereits gegen das Fensterglas presst, bin ich sicher, dass sie in Schwierigkeiten steckt, und dass der Lakai etwas damit zu tun hat. Ich habe sie zwar mit unserem Feind zusammen gesehen und weiß daher, dass sie noch lebt, aber das ist ein schwacher Trost. Was auch immer der Lakai Gold angetan hat, es hat ihm den Verstand geraubt, und ich kann den Gedanken nicht ertragen, dass Anna eine ähnliche Folter durchleiden muss.

Mit dem Gewehr in der Hand laufe ich im Raum auf und ab und versuche, meine Furcht lange genug zu unterdrücken, um einen Plan schmieden zu können. Das Einfachste wäre, hier zu warten, in dem Wissen, dass sich der Lakai letztendlich den Butler holen kommen wird, aber wenn ich das tue, dann verschwende ich kostbare Stunden, die ich zur Aufklärung von Evelyns Mord brauche. Und was nützt es mir, wenn ich Anna rette und sie dann nicht aus diesem Haus befreien kann? So verzweifelt ich mich auch gerade fühlen mag, ich muss mich erst um Evelyn kümmern und hoffen, dass Anna in der Zwischenzeit alleine zurechtkommt.

Der Butler wimmert leise, dann flattern seine Augenlider und öffnen sich.

Einen Moment lang starren wir uns einfach nur an und tauschen Schuld gegen Verwirrung aus.

Indem ich ihn und Gold unbewacht lasse, verurteile ich sie zu Wahnsinn und Tod, aber ich sehe keinen anderen Weg.

Während er wieder einschläft, lege ich das Gewehr neben ihn aufs Bett. Ich habe ihn sterben sehen, aber das muss ich nicht als gegeben hinnehmen. Mein Gewissen fordert, dass ich ihm zumindest eine faire Chance verschaffe.

Ich greife mir meinen Mantel vom Stuhl und mache mich nach Blackheath auf, ohne noch einen Blick zurückzuwerfen.

Evelyns chaotisches Schlafzimmer ist genau so, wie ich es zurückgelassen habe, mit dem einzigen Unterschied, dass das Feuer nun so weit heruntergebrannt ist, dass man bei seinem schwachen Licht kaum noch etwas sehen kann. Ich werfe ein paar Scheite hinein und beginne mit meiner Durchsuchung.

Meine Hände zittern, auch wenn dieses Mal nicht Derbys Wollust dafür verantwortlich ist, sondern meine eigene Aufregung. Wenn ich finde, wonach ich suche, dann weiß ich, wer für Evelyns Tod verantwortlich ist. Die Freiheit wird zum Greifen nah sein.

Derby mag diesen Raum vor einer Weile schon einmal durchsucht haben, aber er verfügte weder über Rashtons Ausbildung noch über seine Erfahrung. Die Hände des Constables beginnen sofort damit, nach Verstecken zu tasten – hinter den Schränken, im Bettgestell –, und seine Füße klopfen die Bodendielen ab, in der Hoffnung, ein loses Brett zu finden. Und dennoch stehe ich nach einer gründlichen Suche mit leeren Händen da.

Es ist nichts zu finden.

Ich drehe mich auf der Stelle im Kreis, lasse den Blick über die Möbel schweifen und versuche etwas zu entdecken, das mir bisher entgangen sein könnte. Ich kann mich wegen des Selbstmordes unmöglich irren – keine andere Erklärung ergibt Sinn. Und in diesem Moment fällt mein Blick auf den Gobelin, der auch auf dieser Seite die Verbindungstür zwischen Helenas und Evelyns Schlafzimmern verbirgt. Ich nehme mir eine der Öllampen, gehe in das andere Zimmer hinüber und fange mit meiner Suche wieder von vorn an.

Ich habe die Hoffnung schon fast aufgegeben, als ich die Matratze vom Bett hochhebe und ein Stoffsäckchen finde, das an eines der Bretter festgebunden wurde. Ich ziehe die Kordel auf und finde zwei Waffen im Innern. Eine von ihnen ist eine harmlose Startpistole, so wie sie auf keinem Dorffest fehlen darf. Die andere ist der schwarze Revolver, den sich Evelyn aus dem Zimmer ihrer Mutter geholt hat –

die Waffe, die sie heute früh im Wald bei sich trug und die sie heute Abend mit auf den Friedhof nehmen wird. Sie ist geladen. In der Kammer fehlt eine einzige Kugel. Zudem enthält das Säckchen noch eine Ampulle mit Blut und eine kleine Spritze, die mit einer farblosen Flüssigkeit gefüllt ist.

Mein Herz rast.

»Ich hatte recht«, murmele ich.

Das Flattern des Vorhangs rettet mir das Leben.

Die Brise, die von der geöffneten Tür herüberweht, berührt meinen Nacken einen kurzen Moment bevor ich die Schritte hinter mir höre. Ich werfe mich auf die Erde und höre, wie ein Messer durch die Luft saust. Dann rolle ich mich auf den Rücken und hebe den Revolver gerade noch rechtzeitig, um zu sehen, wie der Lakai in den Flur hinaus flüchtet.

Ich lasse den Kopf auf die Bodendielen fallen, lege mir den Revolver auf den Bauch und bedanke mich bei einem gütigen Schicksal. Hätte ich die Bewegung im Vorhang auch nur eine Sekunde später bemerkt, wäre es jetzt um mich geschehen gewesen.

Ich gebe mir einen Moment Zeit, um wieder zu Atem zu kommen, stehe auf und stecke die Spritze und die beiden Waffen wieder in das Stoffsäckchen. Die Ampulle mit dem Blut nehme ich jedoch mit. Dann verlasse ich vorsichtig das Zimmer und erkundige mich, wo Evelyn sich gerade befindet. Nach einer Weile weist mich jemand zum Ballsaal, wo gerade mit laut hallenden Hammerschlägen die Bühne fertiggebaut wird. Sämtliche Terrassentüren stehen weit offen, in der Hoffnung, auf diesem Wege die Farbdämpfe und den Staub aus dem Raum zu vertreiben, und auf dem Boden knien Dienstmädchen und schrubben ihre Jugend fort.

Ich entdecke Evelyn neben der Bühne, wo sie sich mit dem Kapellmeister unterhält. Sie trägt immer noch ihr grünes Tageskleid, aber Madeline Aubert steht bereits hinter ihr, den Mund voller Haarnadeln, und steckt damit hastig eine unbändige Haarsträhne nach der anderen fest, um so Evelyns Frisur für den heutigen Abend zu formen.

»Miss Hardcastle«, rufe ich laut, während ich den Raum durchquere.

Sie verabschiedet sich mit einem freundlichen Lächeln von dem Kapellmeister, drückt noch kurz seinen Arm und wendet sich dann mir zu.

»Bitte, nennen Sie mich doch Evelyn«, sagt sie und hält mir ihre Hand hin. »Und Sie sind?«

»Jim Rashton.«

»Ah, ja, der Polizist«, sagt sie, und sofort verschwindet das Lächeln aus ihrem Gesicht. »Ist alles in Ordnung? Sie sehen ein wenig erhitzt aus.«

»Ich bin diesen ganzen gesellschaftlichen Trubel nicht gewohnt«, sage ich.

Ich schüttele ihr die Hand und stelle dabei überrascht fest, wie kalt sie ist.

»Wie kann ich Ihnen behilflich sein, Mr. Rashton?«, fragt sie.

Ihre Stimme klingt distanziert, um nicht zu sagen verärgert. Ich komme mir wie ein zertretenes Insekt vor, das sie an ihrer Schuhsohle entdeckt hat.

Wie schon in Gestalt von Ravencourt fällt mir die Verachtung auf, mit der Evelyn sich wie mit einer Rüstung umgibt. Von all den üblen Streichen, die Blackheath einem spielt, ist dieser vielleicht der Grausamste: sämtlichen unangenehmen Seiten einer Person begegnen zu müssen, die man einmal für eine Freundin gehalten hat.

Diese Erkenntnis gibt mir zu denken.

Evelyn war freundlich zu Bell, und die Erinnerung an diese Liebenswürdigkeit hat mich seither angespornt, aber der Pestdoktor hat behauptet, er habe während zahlreicher Zyklen mit verschiedenen Kombinationen meiner Wirte herumexperimentiert. Wäre Ravencourt mein erster Wirt gewesen, wie er das sicherlich zu irgendeinem Zeitpunkt auch einmal war, dann hätte ich nur Evelyns verächtliche Seite kennengelernt. Derby hätte sie nur in Wut versetzt, und ich bezweifle, dass sie sich die Mühe gemacht hätte, zu Mitgliedern der Dienerschaft, wie es der Butler und Gold sind, besonders liebenswürdig zu sein. Das bedeutet, dass es Zyklen gab, während derer ich diese Frau habe sterben sehen und so gut wie nichts dabei empfunden habe. Bei denen es meine einzige Sorge war, ihren Mord aufzuklären, statt verzweifelt zu versuchen, ihn zu verhindern.

Fast möchte ich sie beneiden, diese anderen Ichs.

»Dürfte ich mit Ihnen« – ich werfe einen kurzen Blick zu Madeline hinüber – »unter vier Augen sprechen?«

»Ich bin furchtbar beschäftigt«, sagt sie. »Worum geht es denn?«

»Ich würde es wirklich vorziehen, das unter vier Augen zu besprechen.«

»Und ich würde es vorziehen, diesen Ballsaal fertig herzurichten, bevor die Gäste eintreffen und feststellen müssen, dass ihnen kein Ort zum Tanzen zur Verfügung steht«, entgegnet sie scharf. »Sie können sich wohl vorstellen, welchem unserer beider Ansinnen ich größeres Gewicht beimesse.«

Madeline grinst hämisch und steckt eine weitere Locke von Evelyns Haaren fest.

»Also gut«, sage ich und ziehe die Ampulle mit Blut aus der Tasche, die ich in dem Stoffsäckchen gefunden habe. »Dann unterhalten wir uns einmal hierüber.«

Genauso gut hätte ich sie ins Gesicht schlagen können. Der Schock verschwindet jedoch so rasch wieder aus ihren Zügen, dass es mir schwerfällt zu glauben, dass er jemals dort war.

»Wir bringen das später zu Ende, Maddie«, sagt Evelyn und fixiert mich mit kalten, starren Augen. »Geh in die Küche hinunter und hol dir was zu essen.«

Madelines Blick ist kaum weniger misstrauisch, aber sie steckt die Haarnadeln in ihre Schürzentasche, macht dann einen Knicks und verlässt den Raum.

Evelyn nimmt meinen Arm und führt mich in eine Ecke des Ballsaals, die so weit wie möglich von den lauschenden Ohren der Dienerschaft entfernt ist.

»Ist es Ihre Gewohnheit, die Habseligkeiten anderer Leute zu durchwühlen, Mr. Rashton?«, fragt sie, während sie sich eine Zigarette aus ihrem Etui nimmt.

»In letzter Zeit schon.«

»Vielleicht sollten Sie sich ein Hobby zulegen.«

»Ich habe ein Hobby. Ich versuche, Ihr Leben zu retten.«

»Mein Leben muss nicht gerettet werden«, sagt sie kalt. »Vielleicht sollten Sie es ja mal mit Gärtnern versuchen.«

»Oder vielleicht könnte ich ja auch einen Selbstmord vortäuschen, damit ich Lord Ravencourt nicht heiraten muss?«, sage ich und genieße es, wie ihr hochnäsiger Gesichtsausdruck in sich zusammenfällt. »Das scheint Sie ja in letzter Zeit ganz gut zu beschäftigen. Eine sehr clevere Idee. Unglücklicherweise wird jedoch jemand diesen vorgetäuschten Selbstmord dazu benutzen, Sie tatsächlich umzubringen, was noch viel cleverer ist.«

Ihr Mund bleibt offen stehen, und ihre blauen Augen weiten sich schockiert.

Sie wendet den Blick ab und versucht, sich die Zigarette anzuzünden, die sie zwischen den Fingern hält, doch ihre Hand zittert zu sehr. Ich nehme ihr das Streichholz ab und zünde es selbst an. Die Flamme versengt mir die Fingerspitzen.

»Wer hat Sie dazu angestiftet?«, zischt sie wütend.

»Wovon reden Sie?«

»Mein Plan«, sagt sie und reißt mir die Ampulle mit dem Blut aus der Hand. »Wer hat Ihnen davon erzählt?«

»Warum? Wer ist denn sonst noch darin verwickelt?«, frage ich zurück. »Ich weiß, dass Sie jemanden namens Felicity ins Haus eingeladen haben, aber ich weiß noch nicht, wer das ist.«

»Sie ist …« Evelyn schüttelt den Kopf. »Nichts. Ich sollte nicht einmal mit Ihnen reden.«

Sie dreht sich um und will zur Tür gehen, aber ich halte sie am Handgelenk fest und ziehe sie ein wenig gewaltsamer zurück, als ich das vorgehabt hatte. Ihre Augen blitzen zornig auf. Ich lasse sie sofort los und hebe die Hände.

»Ted Stanwin hat mir alles erzählt«, sage ich, in dem verzweifelten Versuch zu verhindern, dass sie wutentbrannt aus dem Ballsaal stürmt.

Ich brauche eine plausible Erklärung für das, was ich weiß, und Derby hat gehört, wie Stanwin und Evelyn sich heute Morgen gestritten haben. Wenn ich sehr viel Glück habe, dann hat der Erpresser seine schmutzigen Finger auch in diese Sache gesteckt. Es ist gar nicht mal besonders weit hergeholt. Schließlich hat er seine Hand auch bei allen anderen Ereignissen im Spiel, die sich am heutigen Tag zutragen.

Evelyn steht reglos da wie ein wachsames Reh im Wald, das gerade einen Zweig hat knacken hören.

»Er hat gesagt, Sie hätten vor, sich heute Abend am Spiegelteich das Leben zu nehmen. Aber das ergab einfach keinen Sinn«, rede ich weiter und vertraue darauf, dass Stanwins geradezu mystischer Ruf ausreicht, um diese Geschichte glaubhaft zu machen. »Verzeihen Sie meine Direktheit, Miss Hardcastle, aber wenn Sie ernsthaft vorhätten, Ihr Leben zu beenden, dann wären Sie längst tot und würden nicht die pflichtbewusste Gastgeberin für Leute spielen, die Sie verachten. Mein zweiter Gedanke war, dass Sie unbedingt wollen, dass alle Ihnen dabei zusehen, aber warum tun Sie es dann nicht hier im Ballsaal, während der Party? Das konnte ich mir nicht erklären, bis ich dann schließlich am Rand des Spiegelteichs stand und mir auffiel, wie dunkel und trüb das Wasser ist und wie leicht es etwas verbergen könnte, das man dort hineinfallen lässt.«

Ihre Augen glitzern verächtlich.

»Und was wollen Sie von mir, Mr. Rashton? Geld?«

»Ich versuche, Ihnen zu helfen«, beharre ich. »Ich weiß, dass Sie planen, um elf Uhr zum Spiegelteich zu gehen, sich den schwarzen Revolver gegen den Bauch zu drücken und sich ins Wasser fallenzulassen. Ich weiß, dass Sie den Abzug des Revolvers nicht wirklich betätigen werden und dass stattdessen eine Startpistole das Geräusch des Pistolenschusses verursachen wird, den alle hören sollen. Und ich weiß ebenso, dass Sie vorhaben, die Startpistole ins Wasser zu werfen, wenn Sie damit fertig sind. Die Ampulle mit dem Blut wird Ihnen an einer langen Schnur um den Hals hängen und aufbrechen, sobald Sie mit dem Revolver dagegen schlagen, sodass auch für die erforderliche Blutlache gesorgt ist. Ich nehme an, die Spritze, die ich in dem Säckchen gefunden habe, ist mit einer Kombination aus einem Muskelrelaxans und einem Betäubungsmittel gefüllt, die Ihnen beim Sich-tot-stellen behilflich sein soll und die es für Doktor Dickie – der, wie ich annehme, fürstlich für seine Mühen entlohnt wird – leichter macht, einen gültigen Totenschein auszustellen. Auf diesem Wege lässt sich auch eine hässliche gerichtliche Untersuchung vermeiden. Man kann wohl davon ausgehen, dass Sie dann etwa eine Woche nach Ihrem Tod wieder zurück in Frankreich sein und gemütlich bei einem köstlichen Glas Weißwein sitzen werden.«

Ein paar Dienstmädchen schleppen überschwappende Eimer mit schmutzigem Putzwasser in Richtung der Türen, ihr Geschwätz verstummt sofort, als sie uns bemerken. Sie knicksen verunsichert und gehen dann weiter, während Evelyn mich noch tiefer in die Ecke zieht.

Zum ersten Mal kann ich Angst in ihrem Gesicht erkennen.

»Ich gebe zu, ich wollte Ravencourt nicht heiraten, und ich wusste, dass ich meine Familie nicht daran hindern konnte, mich dazu zu zwingen, es sei denn, ich würde verschwinden, aber warum sollte mich irgendjemand töten wollen?«, fragt sie. Die Zigarette in ihrer Hand zittert immer noch.

Ich schaue ihr prüfend ins Gesicht und suche nach Anzeichen dafür, dass sie lügt, aber genauso gut könnte ich einen Nebelstreifen unter ein Mikroskop legen. Diese Frau hat alle Welt schon seit Tagen angelogen. Ich würde die Wahrheit auch dann nicht erkennen, wenn sie ihr tatsächlich über die Lippen käme.

»Ich habe so meine Vermutungen, aber ich brauche Beweise«, antworte ich. »Deshalb müssen Sie Ihren Plan auch unbedingt durchführen.«

»Meinen Plan durchführen? Sind Sie wahnsinnig?«, ruft sie und senkt dann sofort die Stimme, als sich alle Augen auf uns richten.

»Warum sollte ich ihn durchführen, nach allem, was Sie mir gerade erzählt haben?«

»Weil Sie erst dann in Sicherheit sind, wenn es uns gelungen ist, die Verschwörer aus der Reserve zu locken. Und zu diesem Zweck müssen sie glauben, dass ihr Plan aufgegangen ist.«

»Ich werde in Sicherheit sein, wenn ich hunderte von Meilen von hier entfernt bin.«

»Und wie wollen Sie dorthin kommen?«, frage ich. »Was ist, wenn Ihr Kutscher in der Sache mit drinsteckt? Oder einer der Diener? In diesem Haus verbreitet sich auch ein geflüstertes Wort so rasch wie ein Lauffeuer, und wenn der Mörder Wind davon bekommt, dass Sie zu fliehen versuchen, dann wird er seinen Plan einfach vorverlegen und Sie direkt umbringen. Glauben Sie mir, eine Flucht würde das Unvermeidliche nur hinauszögern. Ich kann die Sache hier und jetzt beenden, aber nur, wenn Sie meinen Anweisungen in allen Punkten Folge leisten. Richten Sie sich eine Pistole auf den Bauch und stellen Sie sich eine halbe Stunde tot. Wer weiß, vielleicht können Sie ja sogar tot bleiben und der Heirat mit Ravencourt entkommen, ganz so, wie Sie es geplant hatten.«

Sie drückt sich die Hand an die Stirn und schließt die Augen, um besser nachdenken zu können. Als sie wieder das Wort ergreift, klingt ihre Stimme nicht nur sehr viel leiser, sondern auch irgendwie hohl.

»Es sieht ganz so aus, als müsste ich zwischen Pest und Cholera wählen«, sagt sie. »Also gut, ich werde es tun. Aber zuerst muss ich etwas wissen. Warum helfen Sie mir, Mr. Rashton?«

»Ich bin Polizist.«

»Ja, aber Sie sind kein Heiliger, und nur ein Heiliger würde sich bei dieser Sache ins Kreuzfeuer stellen.«

»Dann betrachten Sie es als Gefallen für Sebastian Bell«, sage ich.

Vor Überraschung werden ihre Züge weicher. »Bell? Was um alles in der Welt hat der liebe Doktor mit alledem zu tun?«

»Das weiß ich noch nicht. Aber er wurde letzte Nacht angegriffen, und ich zweifle sehr, dass das ein Zufall war.«

»Das mag sein, aber inwieweit ist das Ihre Sorge?«

»Er will ein besserer Mensch werden«, antworte ich. »So etwas gibt es in diesem Haus nur äußerst selten. Und das bewundere ich.«

»Genau wie ich«, sagt sie und schweigt dann einen Moment, um den Mann, der vor ihr steht, einzuschätzen. »Also gut. Erzählen Sie mir, wie Ihr Plan aussieht. Aber zuerst will ich Ihr Wort darauf, dass mir nichts passieren wird. Ich gebe mein Leben in Ihre Hände, und das ist etwas, auf das ich mich nicht ohne eine Garantie einlassen möchte.«

»Woher wollen Sie wissen, dass man sich auf mein Wort verlassen kann?«

»Ich habe mein ganzes Leben in der Gesellschaft ehrloser Männer verbracht«, sagt sie schlicht. »Sie gehören nicht dazu. Also, geben Sie mir Ihr Wort.«

»Hiermit haben Sie es.«

»Und einen Drink«, fügt sie hinzu. »Ich werde ein bisschen Mut brauchen, um diese Sache tatsächlich auch durchzuführen.«

»Mehr als ein bisschen«, sage ich. »Ich möchte, dass Sie sich mit Jonathan Derby anfreunden. Er ist im Besitz einer silbernen Pistole, die wir brauchen werden.«

51.

Ich hocke im Gebüsch in der Nähe des Spiegelteichs, während drinnen das Abendessen serviert wird und die Gäste ihre Plätze am Tisch einnehmen. Es ist noch früh, aber mein Plan steht und fällt damit, dass ich Evelyn als Erster erreiche, wenn sie das Haus verlässt. Ich kann es nicht riskieren, dass mich die Vergangenheit zu Fall bringt.

Regen tropft von den Blättern und zieht eine eiskalte Spur über meine Haut.

Der Wind fährt mir ins Gesicht, und meine Beine werden von Krämpfen heimgesucht.

Als ich mein Gewicht verlagere, wird mir bewusst, dass ich schon den ganzen Tag nichts gegessen oder getrunken habe – keine idealen Voraussetzungen für den mir bevorstehenden Abend. Mir ist schwindelig. Und da es nichts gibt, womit ich mich ablenken könnte, spüre ich, wie sich mir sämtliche meiner Wirte von innen gegen den Schädel pressen. Sie drängen sich mit ihren Erinnerungen in meine Gedanken, und das Gewicht, mit dem sie auf mir lasten, ist so gewaltig, dass ich es fast nicht ertragen kann. Ich will alles, was sie wollen. Ich spüre ihre Schmerzen, und ihre Ängste lassen mich verzagen. Ich bin kein einzelner Mann mehr. Ich bin ein ganzer Chor.

Zwei Diener kommen aus dem Haus, ohne mich zu bemerken. Ihre Arme sind mit Holz für die Feuerschalen beladen, und an ihren Gürteln hängen Öllampen. Eine nach der anderen zünden sie die Schalen an und ziehen so eine Linie aus Feuer durch die pechschwarze Nacht. Die letzte Schale, die sie anzünden, steht unmittelbar neben dem Gewächshaus, und ihr Feuer spiegelt sich in den riesigen Glasscheiben, sodass es aussieht, als würde das gesamte Gebäude in hellen Flammen stehen.

Während hier draußen der Wind heult und es von den Bäumen herabtropft, scheint Blackheath zu flimmern und sich zu verwandeln. Das Haus folgt den Gästen in seinem Innern, begleitet sie vom Speisesaal zu ihren Zimmern und schließlich zum Ballsaal, wo sich das Orchester auf der Bühne versammelt hat und die zum Tanz geladenen Besucher warten. Als die Diener die Terrassentüren öffnen, ergießt sich die Musik in einem gewaltigen Schwall auf die Rasenfläche und strömt dem Waldrand entgegen.

»Jetzt sehen Sie all diese Leute so, wie ich sie sehe«, sagt der Pestdoktor mit leiser Stimme. »Wie Schauspieler in einem Theaterstück, die Abend für Abend dasselbe tun.«

Er steht direkt hinter mir, größtenteils von den Bäumen und Sträuchern verborgen. In dem ungewissen Licht der Feuerschale schwebt seine Maske in der Dunkelheit wie eine verirrte Seele, die versucht, sich von ihrem Körper loszureißen.

»Haben Sie dem Lakaien von Anna erzählt?«, zische ich.

Es bedarf aller mir zur Verfügung stehenden Selbstbeherrschung, um mich nicht auf ihn zu stürzen und ihm den Hals umzudrehen.

»Ich hege an keinem von beiden auch nur das geringste Interesse«, antwortet er tonlos.

»Ich habe Sie vor dem Pförtnerhaus zusammen mit Daniel gesehen, und dann auch noch einmal in der Nähe des Sees. Und jetzt ist Anna verschwunden«, sage ich. »Haben Sie dem Lakaien gesagt, wo er sie finden kann?«

Zum ersten Mal, seit ich ihm begegnet bin, wirkt der Pestdoktor verunsichert.

»Ich versichere Ihnen, ich war an keinem dieser beiden Orte, Mr. Bishop.«

»Ich habe Sie gesehen«, knurre ich. »Sie haben mit ihm gesprochen.«

»Das war nicht …« Er verstummt, und als er erneut das Wort ergreift, klingt es, als sei ihm ein Licht aufgegangen. »Also so hat er es angestellt. Ich habe mich schon gefragt, woher er so viel wusste.«

»Daniel hat mich von Anfang an belogen, und Sie haben sein Geheimnis bewahrt.«

»Es steht mir nicht zu, mich einzumischen. Und ich wusste, dass Sie ihn letztendlich durchschauen würden.«

»Und warum haben Sie mich dann vor Anna gewarnt?«

»Weil ich Sorge hatte, dass hier Ihre Klarsicht versagen würde.«

Die Musik verstummt abrupt. Ich schaue auf die Uhr und stelle fest, dass es nur noch wenige Minuten vor elf ist. Michael Hardcastle hat das Orchester zum Schweigen gebracht, um die versammelten Gäste zu fragen, ob irgendjemand seine Schwester gesehen hat. Seitlich am Haus verwirbelt sich die Dunkelheit, und eine noch dunklere Gestalt tritt aus ihr hervor. Es ist Derby, der Annas Anweisungen gemäß seine Position über dem Stein einnimmt.

»Ich war nicht in der Nähe des Sees, Mr. Bishop, glauben Sie mir«, sagt der Pestdoktor. »Ich werde Ihnen schon bald alles erklären, aber für den Augenblick habe ich meine eigenen Ermittlungen durchzuführen.«

Er entfernt sich mit raschen Schritten und lässt dabei eine Menge von Fragen zurück. Würde ich in irgendeinem anderen Wirt stecken, wäre ich ihm sofort hinterhergerannt, aber Rashton ist raffinierter als die anderen. Er lässt sich nicht so leicht aus der Ruhe bringen, und gleichzeitig denkt er schneller. Jetzt, in diesem Moment, ist Evelyn das einzige Anliegen, das für mich zählt. Ich verbanne den Pestdoktor aus meinen Gedanken und krieche näher an den Spiegelteich heran. Zum Glück sind die Blätter und Zweige von dem heftigen Regen so zermürbt, dass ihnen die Kraft fehlt, sich mit einem Knacken oder Rascheln über den Tritt meiner Füße zu beschweren.

Evelyn nähert sich. Sie schluchzt und hält zwischen den Bäumen nach mir Ausschau. Was auch immer sie in dieser Geschichte für eine Rolle spielt, sie ist in diesem Moment ganz unverkennbar von einer gewaltigen Angst erfüllt und zittert heftig am ganzen Körper. Sie muss sich das Muskelrelaxans bereits verabreicht haben, denn sie wankt leicht, als bewege sie sich zu einer Musik, die nur sie allein hören kann.

Ich raschele an einem der Büsche neben mir, um sie wissen zu lassen, dass ich hier bin, aber die Droge hat ganz offenbar ihre Wirkung getan. Sie vermag kaum noch etwas zu sehen, geschweige denn, mich in der Dunkelheit auszumachen. Dennoch geht sie immer weiter. Die silberne Pistole funkelt in ihrer rechten Hand, und mit der linken hält sie sich die Startpistole gegen das Bein gedrückt, sodass man diese vom Haus aus nicht sehen kann.

Sie hat Mut, das muss ich ihr lassen.

Als sie den Rand des Spiegelteichs erreicht, zögert sie kurz. Da ich weiß, was als Nächstes folgt, frage ich mich, ob die silberne Pistole vielleicht jetzt zu schwer für sie wiegt und ihr der einmal gefasste Plan nun zu viel abverlangt.

»Gott steh uns bei«, sagt sie leise, hält sich den Revolver an den Bauch und betätigt den Abzug der Startpistole an ihrem Bein.

Der Schuss ist so laut, dass er die Welt in Stücke schlägt. Die Startpistole gleitet Evelyn aus der Hand und versinkt im tiefschwarzen Wasser des Spiegelteichs, während die silberne Pistole ins Gras fällt.

Auf ihrem Kleid breitet sich eine Blutlache aus.

Sie starrt verwirrt das Blut an und stürzt dann kopfüber in den Teich.

Eine fürchterliche Seelenqual übermannt mich und lähmt mich vollständig. Der Pistolenschuss und der Ausdruck auf Evelyns Gesicht, bevor sie in den Teich stürzte, haben eine alte Erinnerung in mir wachgerufen.

Dafür hast du jetzt keine Zeit.

Die Erinnerung ist zum Greifen nah. Fast kann ich ein anderes Gesicht sehen, ein anderes Flehen hören. Eine andere Frau, die ich nicht retten konnte, deretwegen ich nach Blackheath kam, um sie zu … ja, was?

»Warum bin ich hierhergekommen?«, keuche ich laut und versuche, die Erinnerung aus der Dunkelheit zu zerren.

Rette Evelyn, sie ertrinkt!

Ich blinzle und schaue zum Spiegelteich hinüber, in dem Evelyn mit dem Gesicht nach unten treibt. Meine Seelenqual wird von einer heftigen Panik hinweggefegt. Ich rappele mich auf, springe aus dem Gebüsch und in das eiskalte Wasser hinein. Ihr Kleid hat sich auf der Wasseroberfläche ausgebreitet wie ein schwerer, vollgesogener Sack, und der Grund des Spiegelteichs ist mit glitschigem Moos bedeckt.

Ich bekomme sie nicht zu fassen.

In der Nähe des Ballsaals gibt es plötzlich einen gewaltigen Lärm. Derby kämpft mit Michael Hardcastle und lenkt dabei fast genauso viel Aufmerksamkeit auf sich wie die sterbende Frau im Teich.

Über unseren Köpfen explodiert das Feuerwerk und taucht alles in ein rotes, violettes, gelbes und orangefarbenes Licht.

Ich schlinge meine Arme um Evelyns Taille, zerre sie aus dem Wasser und lege sie ins Gras.

Dann sacke ich im Schlamm in mich zusammen. Während ich versuche, wieder zu Atem zu kommen, werfe ich kurz einen Blick zu Cunningham hinüber, um zu überprüfen, ob es ihm auch gelungen ist, Michael festzuhalten, so wie ich ihn gebeten hatte.

Das ist es.

Der Plan funktioniert. Das ist jedoch durchaus nicht mein Verdienst. Die von dem Pistolenknall ausgelöste Erinnerung hat mich fast außer Gefecht gesetzt. Eine andere Frau und ein anderer Tod. Es war die Angst auf Evelyns Gesicht. Das war der Grund. Ich habe diese Angst wiedererkannt. Sie war es, die mich nach Blackheath gebracht hat. Da bin ich mir ganz sicher.

Doktor Dickie kommt auf mich zugelaufen. Er ist ganz rot im Gesicht und keucht vor Anstrengung, und er schaut, als ginge in seinen Augen ein ganzes Vermögen in Flammen auf. Evelyn hat mir erzählt, dass er tatsächlich für die Fälschung ihres Totenscheins bezahlt wurde. Der leutselige alte Soldat hat sich da ein ziemlich beeindruckendes kriminelles Imperium auf die Beine gestellt.

»Was ist passiert?«, fragt er.

»Sie hat sich erschossen«, antworte ich und sehe zu, wie die Hoffnung auf seinem Gesicht aufblüht. »Ich habe alles mitangesehen, aber ich konnte nichts dagegen tun.«

»Sie dürfen sich nicht selbst die Schuld geben«, sagt er und legt mir die Hand auf die Schulter. »Warum gehen Sie nicht ins Haus und holen sich einen Brandy, während ich sie untersuche. Überlassen Sie einfach alles mir, ja?«

Als er sich neben Evelyns Körper hinkniet, greife ich mir rasch die silberne Pistole, die auf der Erde liegt, und gehe zu Michael hinüber, der immer noch von Cunningham festgehalten wird. Wenn man sich die zwei so ansieht, sollte man es kaum für möglich halten, dass Cunningham in der Lage ist, Michael festzuhalten. Michael ist klein und stämmig und erinnert an einen Stier – dennoch halten ihn Cunninghams Arme wie zwei Taue umklammert. Je mehr er sich windet, desto fester wird Cunninghams Griff. Mittlerweile könnten ihn nicht einmal mehr eine Brechstange oder ein Stemmeisen befreien.

»Es tut mir entsetzlich leid, Mr. Hardcastle«, sage ich und lege mitleidig meine Hand auf den Arm des sich heftig wehrenden Mannes. »Ihre Schwester hat sich das Leben genommen.«

Sofort hört er auf zu kämpfen, und Tränen steigen ihm in die Augen. Sein verzweifelter Blick wandert zum Spiegelteich hinüber.

»Das können Sie doch nicht mit Sicherheit wissen«, sagt er, während er den Hals reckt, um an mir vorbeizuschauen. »Sie könnte doch immer noch ...«

»Der Arzt hat es bestätigt. Es tut mir unendlich leid«, sage ich, nehme die silberne Pistole aus meiner Tasche und drücke sie ihm in die Hand. »Sie hat diese Pistole benutzt. Erkennen Sie die Waffe wieder?«

»Nein.«

»Nun, Sie sollten sie wohl für den Augenblick an sich nehmen«, schlage ich vor. »Ich habe ein paar Lakaien gebeten, ihren Leichnam in das Sonnenzimmer zu tragen, fort von« – ich gestikuliere zu der Menschenmenge hinüber – »nun ja, fort eben. Falls Sie ein paar Minuten mit Ihrer Schwester allein verbringen möchten, kann ich das arrangieren.«

Er starrt stumm die Pistole an, als hätte man ihm einen Gegenstand aus der fernen Zukunft überreicht.

»Mr. Hardcastle?«

Er schüttelt den Kopf, und sein leerer Blick begegnet dem meinen.

»Was ... ja, natürlich«, antwortet er, während sich seine Finger um die Pistole schließen. »Vielen Dank, Inspektor.«

»Ich bin nur ein Constable, Sir«, sage ich und winke Cunningham zu mir. »Charles, wärest du so nett und geleitest Mr. Hardcastle zum Sonnenzimmer? Und versuch doch bitte, ihn möglichst von Menschenmengen fernzuhalten, ja?«

Cunningham nickt kurz, legt Michael seine Hand aufs Kreuz und schiebt ihn sanft aber bestimmt in Richtung des Hauses. Nicht zum ersten Mal bin ich froh darüber, dass der Kammerdiener auf meiner Seite steht. Während ich ihm nachschaue, versetzt mir der Gedanke einen Stich, dass dies wahrscheinlich unsere letzte Begegnung war. Trotz all der Lügen und des Argwohns, von denen unser Verhältnis zumeist geprägt war, habe ich ihn während der vergangenen Woche ziemlich ins Herz geschlossen.

Der alte Arzt hat seine Untersuchung abgeschlossen und richtet sich nun langsam wieder auf. Unter seiner strengen Aufsicht heben die Lakaien Evelyns Körper auf eine Trage. Währenddessen hat sich Dickie die Trauer übergestülpt wie einen billigen Anzug aus zweiter Hand. Ich begreife nicht, wie mir das zuvor entgehen konnte. Hier wird Mord zur Pantomime. Es kommt mir so vor, als würde überall, wo ich hinschaue, der Vorhang rascheln.

Während die Trage mit Evelyn von der Erde hochgehoben wird, renne ich durch den Regen zur Rückseite des Hauses, schlüpfe durch die Terrassentüren, die ich zuvor aufgeschlossen hatte, ins Sonnenzimmer und verstecke mich hinter einem fernöstlichen Wandschirm. Evelyns Großmutter beobachtet mich aus ihrem Gemälde über dem Kamin. Im flackernden Licht der Kerzen könnte ich schwören, dass es so aussieht, als lächelte sie. Vielleicht wusste sie ja immer schon Bescheid und musste hilflos Tag für Tag zusehen, während der Rest von uns, die wir vollkommen blind für die Wahrheit waren, einen groben Schnitzer nach dem anderen machte.

Kein Wunder, dass sie bisher immer so grimmig gewirkt hat.

Der Regen klopft gegen die Fenster. Im nächsten Moment treffen die Lakaien mit der Trage ein. Sie gehen sehr langsam, damit Evelyns Körper, der nun mit Dickies Jacke bedeckt ist, nicht aus dem Gleichgewicht gerät. Dennoch haben sie den Körper im Handumdrehen auf die Anrichte gelegt, halten sich noch kurz andächtig ihre Mützen an die Brust, verschwinden dann durch die Terrassentüren und schließen diese hinter sich.

Als ich ihnen nachschaue, fällt mein Blick zufällig auf mein eigenes Spiegelbild. Ich stehe da, die Hände in den Hosentaschen vergraben, und Rashtons ruhiges, selbstbewusstes Gesicht ist von einer absoluten Gewissheit durchdrungen.

Selbst mein Spiegelbild lügt mich an.

Gewissheit war das Erste, was Blackheath mir geraubt hat.

Die Tür öffnet sich, und der Luftzug aus dem Flur greift nach den Flammen der Kerzen. Durch die Lücken zwischen den Paneelen kann ich Michael erkennen, wie er sich bleich und zitternd am Türrahmen festhält, um nicht in die Knie zu sinken. Tränen stehen ihm in den Augen. Cunningham steht direkt hinter ihm, und nachdem er einen flüchtigen Blick zu dem Wandschirm hinübergeworfen hat, hinter dem ich mich versteckt halte, lässt er uns allein und schließt die Tür.

Kaum glaubt Michael sich unbeobachtet, ist seine Trauer wie weggeblasen. Er richtet sich auf, seine Augen werden hart, und ganz plötzlich hat er das Gebaren einer Raubkatze. Er hastet zu Evelyns Körper hinüber und durchsucht ihren blutüberströmten Bauch nach einem Einschussloch. Als er keines findet, fängt er an, unruhig vor sich hin zu murmeln.

Mit gerunzelter Stirn entfernt er das Magazin aus der Pistole, die ich ihm draußen gegeben habe, und stellt fest, dass sie geladen ist. Evelyn hätte eigentlich einen schwarzen Revolver mit zum Teich nehmen sollen und nicht diese Pistole. Er fragt sich gerade zweifellos, was sie dazu veranlasst hat, eine andere Waffe zu benutzen, und ob sie trotz allem dem ursprünglich gefassten Plan gefolgt ist.

Nachdem er sich vergewissert hat, dass sie immer noch lebt, tritt er ein paar Schritte zurück, trommelt nachdenklich mit den Fingern auf seine Lippen und betrachtet die Pistole, als wolle er sich mit der Waffe unterhalten. Er runzelt die Stirn, beißt sich auf die Lippen und scheint sich durch eine Reihe von heiklen Fragen hindurchzukämpfen. Ich verliere ihn einen Moment lang aus den Augen, als er in einer Ecke des Raumes verschwindet, und bin gezwungen, mich ein wenig aus meinem Versteck vorzubeugen, um besser sehen zu können. Er hat sich ein besticktes Kissen von einem der Stühle genommen, kehrt nun damit zu Evelyn zurück und drückt ihr das Kissen auf den Bauch – vermutlich, um den Knall der Pistole zu dämpfen, die er ihr gegen den Leib presst.

Er zögert nicht, nimmt nicht einmal Abschied. Stattdessen wendet er nur kurz das Gesicht ab und betätigt den Abzug.

Die Pistole gibt nur ein ohnmächtiges Klicken von sich. Er versucht es erneut, immer und immer wieder, bis ich schließlich hinter dem Wandschirm hervortrete und dieser Farce ein Ende bereite.

»Es wird nicht funktionieren«, sage ich. »Ich habe den Schlagbolzen abgefeilt.«

Er dreht sich nicht um. Er lässt nicht einmal die Pistole los.

»Ich mache Sie zu einem reichen Mann, wenn Sie mich jetzt nicht daran hindern, sie zu töten, Inspektor«, sagt er mit einem leichten Zittern in der Stimme.

»Das kann ich nicht tun. Und wie ich Ihnen schon draußen sagte, ich bin kein Inspektor, sondern lediglich ein Constable.«

»Oh, aber das werden Sie sicherlich nicht mehr lange bleiben, bei Ihrem Verstand. Da bin ich mir ganz sicher.«

Er zittert, während er die Pistole immer noch fest gegen Evelyns Körper gedrückt hält. Mir läuft der Schweiß den Rücken hinunter. Die Anspannung im Raum lässt sich mit Händen greifen.

»Lassen Sie die Waffe fallen und drehen Sie sich um, Mr. Hardcastle. Schön langsam, wenn's recht ist.«

»Sie brauchen vor mir keine Angst zu haben, Inspektor«, sagt er, lässt die Pistole in einen Pflanzentopf fallen und dreht sich mit erhobenen Händen um. »Ich möchte niemandem etwas zuleide tun.«

»Das möchten Sie nicht?«, frage ich, während ich überrascht feststelle, wie viel Trauer auf seinem Gesicht zu lesen ist. »Sie haben gerade versucht, Ihrer Schwester fünf Kugeln in den Leib zu jagen.«

»Und mit jeder Einzelnen von ihnen hätte ich ihr einen Gefallen getan, glauben Sie mir.«

Während er die Hände nach wie vor erhoben hält, krümmt er einen seiner langgliedrigen Finger in Richtung eines Sessels, der neben dem Schachbrett steht – dem Ort, an dem ich Evelyn das erste Mal begegnet bin.

»Dürfte ich mich vielleicht setzen?«, fragt er. »Mir ist ein wenig schwindelig.«

»Nur zu«, antworte ich, beobachte ihn jedoch genau, während er sich in den Sessel fallen lässt. Ich habe ein wenig Sorge, dass er zur Tür hinausstürzen und flüchten könnte, aber um ehrlich zu sein erweckt er eher den Eindruck eines Mannes, der allen Kampfgeist verloren hat. Er ist bleich und nervös, seine Arme hängen ihm schlaff am Körper herab, und er hat die Beine von sich gestreckt. Es kommt mir so vor, als hätte es ihn sämtliche Kraft gekostet, die er besaß, die Pistole zu nehmen und abzudrücken.

Diesem Mann ist es nicht leichtgefallen, zum Mörder zu werden.

Ich warte, bis er sich niedergelassen hat, ziehe mir dann einen Ohrensessel vom Fenster heran, und setze mich ihm gegenüber.

»Woher wussten Sie, was ich vorhatte?«, fragt er.

»Es waren die Revolver«, antworte ich, während ich mich ein wenig tiefer in die Polster sinken lasse.

»Die Revolver?«

»Ein Paar zusammengehöriger Revolver wurde heute früh aus dem Zimmer Ihrer Mutter entwendet. Evelyn hatte einen davon, und Sie den anderen. Das ergab für mich keinen Sinn.«

»Ich kann Ihnen nicht folgen.«

»Die einzigen einleuchtenden Gründe, warum Evelyn eine Waffe hätte stehlen sollen, wären gewesen, dass sie sich in Gefahr glaubte – was für jemanden, der im Begriff steht, Selbstmord zu begehen, eine eher überflüssige Vorsichtsmaßnahme wäre –, oder eben, dass sie vorhatte, diese Waffe für ihren Selbstmord zu benutzen. Da die zweite Variante sehr viel wahrscheinlicher war, warf das wiederum die Frage auf, warum um alles in der Welt sie beide Revolver hätte mitnehmen sollen. Einer hätte für diese Aufgabe doch sicher ausgereicht.«

»Und zu welchem Schluss hat Sie dieser Gedanke dann geführt?«

»Zu keinem. Bis es Dance auffiel, dass Sie während der Jagd den zweiten Revolver bei sich trugen. Die Sache war zuvor schon seltsam genug, aber jetzt wurde das Ganze geradezu absurd. Eine Frau, die einen Selbstmord plant und der es schlechter nicht gehen könnte, besitzt dennoch genügend Weitblick, um sich an die Abneigung ihres Bruders gegen die Jagd zu erinnern und die zweite Waffe für ihn zu stehlen?«

»Meine Schwester liebt mich sehr, Inspektor.«

»Mag sein. Aber Sie haben Dance erzählt, Sie hätten erst mittags erfahren, dass Sie mit auf die Jagd gehen müssen, und die Revolver sind am frühen Morgen aus dem Zimmer Ihrer Mutter verschwunden, lange bevor die Entscheidung zu Ihrer Teilnahme fiel. Evelyn konnte den zweiten Revolver unmöglich aus dem von Ihnen genannten Grund entwendet haben. Als ich dann von dem geplanten vorgetäuschten Selbstmord Ihrer Schwester Wind bekam, begriff ich, dass Sie gelogen hatten. Und von da an wurde alles klar. Evelyn hat die Revolver nicht aus dem Zimmer Ihrer Mutter gestohlen, das waren Sie. Einen haben Sie behalten und den anderen haben Sie Evelyn gegeben, damit sie ihn als Requisite benutzen kann.«

»Evelyn hat Ihnen von dem vorgetäuschten Selbstmord erzählt?«, fragt er in zweifelndem Tonfall.

»Zum Teil«, antworte ich. »Sie hat mir erzählt, Sie hätten sich bereit erklärt, ihr zu helfen. Sie wollten zum Spiegelteich laufen und sie aufs

Gras hinausziehen, wie es ein trauernder Bruder sicherlich tun würde. Da wurde mir klar, dass Ihnen das die Gelegenheit gab, das perfekte Verbrechen zu begehen. Und ebenso wurde mir klar, warum Sie zwei identische Revolver benötigten. Bevor Sie Ihre Schwester aus dem Teich zogen, brauchten Sie ihr nur in den Bauch zu schießen, wobei Sie sich das Feuerwerk zunutze machen konnten, um das Geräusch des zweiten Schusses zu übertönen. Die Mordwaffe würde dann in dem trüben Wasser verschwinden, und die Kugel würde zu der zweiten Waffe passen, die Evelyn gerade ins Gras hatte fallen lassen. Mord durch Selbstmord. Ziemlich brillant, eigentlich.«

»Und deshalb haben Sie ihr gesagt, sie solle stattdessen die silberne Pistole benutzen«, sagt er, während er allmählich begreift. »Damit wollten Sie erreichen, dass ich meinen Plan ändere.«

»Ich musste Sie ja irgendwie ködern, damit die Falle auch zuschnappen konnte.«

»Sehr clever«, sagt er und mimt eine Runde Beifall.

»Nicht clever genug«, entgegne ich. Es erstaunt mich, wie gelassen er bleibt. »Ich verstehe noch immer nicht, warum Sie das alles getan haben. Man hat mir am heutigen Tag immer und immer wieder versichert, wie nahe Sie und Evelyn sich stehen. Wie viel Ihre Schwester Ihnen bedeutet. War das alles eine Lüge?«

Vor Zorn setzt er sich kerzengerade im Sessel auf.

»Ich liebe meine Schwester mehr als alles andere auf der Welt«, sagt er und starrt mich wütend an. »Ich würde alles für sie tun. Warum sonst, glauben Sie, wäre sie wohl zu mir gekommen, um um Hilfe zu bitten? Warum sonst hätte ich zustimmen sollen?«

Seine Leidenschaft bringt mich aus der Fassung. Ich habe diesen Plan in Gang gesetzt, weil ich die Geschichte zu kennen glaubte, die Michael erzählen würde, aber so sah sie nicht aus. Ich hatte damit gerechnet, er würde mir erzählen, wie ihn seine Mutter zu diesem Mord angestiftet hat, während sie aus der Ferne die Fäden in der Hand behielt. Nicht zum ersten Mal beschleicht mich das sichere Gefühl, mich auf dem Holzweg zu befinden.

»Aber wenn Sie Ihre Schwester lieben, warum haben Sie sie dann verraten?«, frage ich verwirrt.

»Weil ihr Plan nicht funktionieren würde!«, antwortet er und schlägt mit der flachen Hand auf die Stuhllehne. »Wir konnten die Summe nicht aufbringen, die Doktor Dickie für den gefälschten Totenschein haben wollte. Er hat sich zwar trotzdem bereit erklärt, uns zu helfen, aber gestern hat Coleridge dann herausgefunden, dass Dickie vorhatte, unser Geheimnis heute am späteren Abend an unseren Vater zu verkaufen. Verstehen Sie denn nicht? Nach alledem wäre Evelyn wieder auf Blackheath aufgewacht, in demselben Leben gefangen, dem sie so verzweifelt hatte entfliehen wollen.«

»Haben Sie ihr das erzählt?«

»Wie hätte ich das denn tun sollen?«, fragt er unglücklich. »Dieser Plan war ihre einzige Chance, frei und glücklich zu sein. Wie konnte ich ihr das wegnehmen?«

»Sie hätten Dickie töten können.«

»Coleridge hat dasselbe gesagt – aber wann hätte ich das tun sollen? Ich brauchte ihn, um Evelyns Tod zu bestätigen, und er wollte sich unmittelbar darauf mit Vater treffen.« Er schüttelt den Kopf. »Ich habe die einzig mögliche Entscheidung getroffen.«

Neben seinem Stuhl stehen zwei Gläser mit Whisky. Eines ist halbvoll und mit Lippenstift verschmiert, das andere hat einen einigermaßen sauberen Rand und enthält nur noch einen kleinen Rest Alkohol. Michael streckt ganz langsam eine Hand nach dem mit Lippenstift verschmierten Glas aus, während er mich keine Sekunde aus den Augen lässt.

»Hätten Sie etwas dagegen, wenn ich mir einen Drink gönne?«, fragt er. »Das war Evelyns Glas. Wir haben hier drinnen vor Beginn des Balls noch kurz angestoßen. Haben uns Glück gewünscht und so weiter.«

Seine Stimme gerät kurz ins Stocken. Jeder andere Wirt würde vielleicht glauben, dass er von Reue übermannt wird, aber Rashton kann Angst auch noch auf einen Kilometer Entfernung erkennen.

»Nein, natürlich nicht.«

Er hebt dankbar das Glas hoch und nimmt einen kräftigen Schluck. Das Getränk mag ihn zwar nicht trösten, aber es sorgt wenigstens dafür, dass seine Hand nicht mehr zittert.

»Ich kenne meine Schwester, Inspektor«, sagt er mit rauer Stimme. »Sie hat es immer schon gehasst, zu etwas gezwungen zu werden, selbst, als wir noch Kinder waren. Sie hätte die Demütigung nicht ertragen, die ein Leben an der Seite von Ravencourt mit sich gebracht hätte. Sie hätte es nicht ertragen zu wissen, dass die Leute hinter ihrem Rücken über sie lachen. Sehen Sie nur, was sie zu tun gewillt war, um diesem Schicksal zu entfliehen. Diese Heirat hätte sie langsam aber sicher zerstört. Ich wollte ihr dieses Leid ersparen.«

Seine Wangen sind gerötet, seine grünen Augen glasig. Gleichzeitig sind sie mit solch liebevoller, ehrlicher Trauer gefüllt, dass ich fast geneigt bin, ihm Glauben zu schenken.

»Und ich nehme an, das Geld hatte damit überhaupt nichts zu tun?«, frage ich unverblümt.

Der finstere Blick, den er mir jetzt zuwirft, entstellt seine Trauer.

»Evelyn hat mir erzählt, dass Ihre Eltern drohten, Sie zu enterben, falls sie nicht tat, was man von ihr verlangte«, sage ich. »Ihr Wohlergehen war das Druckmittel. Und es hat funktioniert. Diese Drohung war der Grund dafür, dass sie der Aufforderung, hierherzukommen, überhaupt erst gefolgt ist. Aber wer weiß, ob sie das noch einmal getan hätte, jetzt, da ihr Fluchtplan zunichte gemacht worden war? Und wenn Evelyn tot ist, wird mit ihr auch diese Ungewissheit zu Grabe getragen.«

»Sehen Sie sich doch einmal um, Inspektor«, sagt er und gestikuliert mit seinem Glas im Raum umher. »Glauben Sie denn allen Ernstes, dass irgendetwas hiervon es wert ist, dafür zu töten?«

»Jetzt, da Ihr Vater das Familienvermögen nicht mehr verprassen kann, haben sich Ihre finanziellen Aussichten erheblich verbessert.«

»Das Vermögen zu verprassen ist alles, wofür mein Vater taugt«, schnaubt er und leert das Glas.

»Haben Sie ihn deshalb getötet?«

Sein Blick wird noch finsterer. Er hat die Lippen zusammengepresst und sieht blass aus.

»Ich habe seine Leiche gefunden, Michael. Ich weiß, dass Sie ihn vergiftet haben, wahrscheinlich als Sie dort waren, um ihn zur Jagd abzuholen. Sie haben eine Notiz dagelassen, in der Sie Evelyn die Schuld in die Schuhe schieben. Die Fußabdrücke vor dem Fenster waren besonders hinterlistig.« Über sein Gesicht huscht ein unsicheres Flackern. »Oder war das jemand anderes?«, frage ich langsam. »Felicity vielleicht? Ich muss zugeben, dieses Geheimnis habe ich noch immer nicht gelüftet. Oder waren es die Fußabdrücke Ihrer Mutter? Wo ist sie, Michael? Oder haben Sie sie ebenfalls umgebracht?«

Seine Augen weiten sich, und sein Gesicht verkrampft sich vor Schock. Das Glas entgleitet seiner Hand und fällt auf die Erde.

»Wollen Sie das abstreiten?«, frage ich, plötzlich unsicher geworden.

»Nein … ich … ich …«

»Wo ist Ihre Mutter, Michael? Hat Lady Hardcastle Sie zu alldem angestiftet?«

»Sie … ich …«

Zuerst verwechsle ich seine verhaspelte Sprechweise mit Reue und sein Keuchen mit der Kurzatmigkeit eines Mannes, der nach den richtigen Worten sucht. Erst als seine Finger sich um die Lehne des Stuhls krallen und ihm weißer Schaum auf die Lippen tritt, begreife ich, dass er vergiftet wurde.

Ich springe alarmiert auf, aber ich habe keine Ahnung, was ich tun soll.

»Hilfe! Jemand muss uns helfen!«, brülle ich.

Sein Rücken krümmt sich, seine Muskeln verkrampfen sich, und seine Augen werden rot, als die Äderchen darin platzen. Gurgelnd fällt er nach vorn auf die Erde. Im selben Moment höre ich hinter mir ein lautes Rattern. Als ich auf dem Absatz herumfahre, sehe ich Evelyn, die sich auf der Anrichte krümmt, während der gleiche weiße Schaum zwischen ihren Lippen hervorsprudelt.

Die Tür wird aufgestoßen und Cunningham starrt mit offenem Mund auf das Geschehen.

»Was ist passiert?«, fragt er.

»Sie wurden vergiftet«, antworte ich und schaue von einem der Geschwister zum anderen. »Hol Dickie!«

Er ist verschwunden, bevor die Worte meine Lippen verlassen haben. Mit der Hand an der Stirn starre ich die beiden hilflos an. Evelyn krümmt sich auf der Anrichte, als sei sie von einem Dämon besessen, während Michael seine Zähne so fest zusammenbeißt, dass sie laut knirschen.

Die Drogen, du Narr.

Ich fahre mit der Hand in die Tasche und hole die drei Ampullen heraus, die ich auftragsgemäß aus Bells Koffer gestohlen habe, während Cunningham und ich ihn heute Nachmittag plünderten. Ich falte die Nachricht auseinander und suche nach einer Gebrauchsanleitung, von der ich schon im Voraus weiß, dass es sie nicht gibt. Vermutlich soll ich alles zusammenschütten, aber ich habe keine Ahnung, wie viel davon ich ihnen einflößen soll. Ich weiß nicht einmal, ob die Dosis für beide reichen wird.

»Ich weiß nicht, wen ich retten soll«, rufe ich und schaue zwischen Michael und Evelyn hin und her.

Michael weiß mehr, als er uns erzählt hat.

»Aber ich habe Evelyn mein Wort gegeben, dass ich sie beschützen würde«, sage ich.

Evelyn krümmt sich nun so heftig auf der Anrichte, dass sie auf die Erde stürzt, während Michael sich weiterhin wild hin und her wirft. Seine Augen sind jetzt so weit nach hinten verdreht, dass man nur noch das Weiße sieht.

»Verdammt«, sage ich und haste zur Bar hinüber.

Ich schütte den Inhalt aller drei Ampullen in ein Whiskyglas, füge einen Schuss Wasser aus einer Karaffe hinzu und rühre alles zusammen, bis es schäumt. Evelyns Rücken krümmt sich, ihre Finger vergraben sich in dem dichten Gewebe des Teppichs. Ich biege ihren

Kopf nach hinten und schütte ihr das gesamte ekelhafte Gebräu die Kehle hinunter, während ich gleichzeitig höre, wie Michael hinter mir erstickt.

Evelyns Krämpfe hören genauso plötzlich auf, wie sie begonnen haben. Blutige Tränen rinnen ihr aus den Augen, und sie ringt in tiefen, heiseren Zügen nach Luft. Ich seufze erleichtert und lege ihr zwei Finger an den Hals. Ihr Puls rast, aber er ist kräftig. Sie wird überleben. Im Gegensatz zu Michael.

Schuldbewusst schaue ich zu dem Leichnam des jungen Mannes hinüber. Er sieht genauso aus, wie es sein Vater im Wohnzimmer des Pförtnerhauses tat. Sie wurden alle drei offensichtlich von derselben Person vergiftet, mit dem Strychnin, das von Sebastian Bell ins Haus geschmuggelt wurde. Das Gift muss in dem Whisky enthalten gewesen sein, den Michael getrunken hat. Evelyns Whisky. Ihr Glas war noch halbvoll. Wenn man bedenkt, wie lange es gedauert hat, bis das Gift bei ihr gewirkt hat, kann sie nur ein- oder zweimal daran genippt haben. Michael hingegen hat das Glas in weniger als einer Minute ausgetrunken. Wusste er, dass sein Inhalt vergiftet war? Die Angst, die ich auf seinem Gesicht sah, widerspricht dieser Theorie.

Das hier war das Werk einer anderen Person.

Es gibt noch einen weiteren Mörder auf Blackheath.

»Aber wer ist es?«, verlange ich zu wissen. Ich bin wütend auf mich selbst, weil ich das, was hier passiert ist, nicht verhindern konnte. »Felicity? Helena Hardcastle? Mit wem hat Michael zusammengearbeitet? Oder war es jemand, von dem er nichts wusste?«

Evelyn regt sich. Die Farbe kehrt bereits in ihre Wangen zurück. Was auch immer dieses Gebräu enthielt, es entfaltet seine Wirkung sehr rasch, auch wenn sie immer noch sehr entkräftet ist. Ihre Finger krallen sich in meinen Ärmel, und ihre Lippen formen leere Klänge.

Ich neige mein Ohr zu ihrem Mund herab.

»Ich bin nicht …« Sie schluckt. »Millicent war … Mord.«

Sie zerrt mit schwachen Fingern an dem Kragen um ihren Hals und holt eine Kette hervor, die unter ihrem Kleid versteckt war. Daran hängt ein Siegelring, in den, wenn mich nicht alles täuscht, das Wappen der Hardcastles eingraviert ist.

Ich blinzle sie an, ohne zu begreifen.

»Ich hoffe, du hast alles bekommen, was du brauchtest«, sagt eine Stimme von den Terrassentüren her. »Aber es wird dir nicht viel nützen.«

Ich blicke über die Schulter und sehe den Lakaien, der in diesem Moment aus der Dunkelheit tritt. Sein Messer funkelt im Kerzenlicht, als er mit der Spitze an sein Bein tippt. Er trägt seine rotweiße Livree, deren Jacke vor Schmutz starrt und mit zahllosen Fettflecken übersät ist – als würde sich nun endlich die Quintessenz seines Wesens durch den Stoff hindurch Bahn brechen. Ein sauberer, leerer Stoffsack ist um seine Hüfte gebunden, und mit steigendem Entsetzen erinnere ich mich daran, wie er Derby einen vollen Sack zu Füßen warf, dessen Stoff so blutdurchtränkt war, dass er mit einem nassen Klatschen auf der Erde aufschlug.

Ich schaue auf die Uhr. Derby ist in diesem Augenblick dort draußen, wärmt sich an einer der Feuerschalen und schaut zu, wie sich um ihn herum die Party in ihre Bestandteile auflöst. Was auch immer der Lakai in diesen Sack tun wird – er hat vor, es aus Rashton herauszuschneiden.

Der Lakai lächelt mich an, und seine Augen funkeln vor Vorfreude.

»Man sollte meinen, es würde mir allmählich langweilig werden, dich immer wieder ins Jenseits zu befördern, was?«, fragt er.

Die silberne Pistole liegt immer noch in dem Pflanzentopf, in den Michael sie geworfen hat. Sie wird sich zwar nicht abfeuern lassen, aber das weiß der Lakai schließlich nicht. Wenn ich sie irgendwie erreichen kann, dann gelingt es mir vielleicht, ihn mit einem Bluff zur Flucht zu bewegen. Es dürfte äußerst knapp werden, aber zwischen uns steht ein Tisch, der ihm den Weg versperrt. Ich sollte es schaffen, mir die Pistole zu schnappen, bevor er mich erreichen kann.

»Ich werde es ganz langsam tun«, sagt er und berührt seine gebrochene Nase. »Das bin ich dir hierfür schuldig.«

Furcht ist etwas, das Rashton so gut wie nie zulässt, doch jetzt fürchtet er sich, und ich mich mit ihm. Ich habe nach dem heutigen Tag noch zwei Wirte übrig, aber Gregory Gold wird den Großteil seines Tages damit verbringen, im Pförtnerhaus an der Decke zu hängen, und Donald Davies ist auf einem Feldweg gestrandet, meilenweit entfernt von hier. Wenn ich jetzt sterbe, dann ist nicht abzusehen, wie viele Chancen ich noch bekomme, Blackheath zu entfliehen.

»Schlag dir das mit der Pistole ruhig aus dem Kopf«, sagt der Lakai. »Die wirst du nicht brauchen.«

Ich verstehe ihn falsch und spüre, wie ein Funken Hoffnung in meiner Brust auflodert, doch er erlischt sofort wieder, als ich sein spöttisches Grinsen sehe.

»O nein, mein hübscher Junge, ich werde dich töten«, sagt er und wedelt mit seinem Messer in meine Richtung. »Ich will damit nur sagen, dass du dich nicht wehren wirst«, fügt er hinzu und kommt näher. »Ich habe nämlich Anna in meiner Gewalt, weißt du? Und wenn du nicht willst, dass sie einen besonders hässlichen Tod stirbt, dann wirst du dich mir freiwillig überlassen und wirst die, die noch übrig sind – wer auch immer die sind – heute Abend zum Friedhof bringen.«

Er öffnet die Hand, und Annas Schachfigur kommt zum Vorschein. Sie ist blutbefleckt. Mit einer Drehung seines Handgelenks wirft er die Figur ins Feuer, wo die Flammen sie sofort verzehren.

Noch ein Schritt näher.

»Und, wie entscheidest du dich?«, fragt er.

Meine Hände sind an beiden Seiten meines Körpers zu Fäusten geballt, mein Mund ist trocken. Seit er denken kann, hat Rashton damit gerechnet, dass er jung sterben wird. In einer dunklen Gasse oder auf dem Schlachtfeld, an einem Ort jenseits von allem Licht und Trost, jenseits aller Freundschaft, in einer aussichtslosen Situation. Er war sich bewusst, wie messerscharf die Kanten seines Lebens geworden waren, und hatte damit seinen Frieden geschlossen, weil er fest davon überzeugt war, dass er nicht kampflos sterben würde. Mochte es auch ein noch so vergeblicher, noch so schwacher Trost sein – aber er hegte den unerschütterlichen Glauben, dass er eines Tages mit erhobenen Fäusten in die Dunkelheit hinaustreten würde.

Und jetzt hat ihm der Lakai selbst das noch geraubt. Ich soll ohne Gegenwehr sterben und ich schäme mich dafür.

»Wie lautet deine Antwort?«, fragt der Lakai mit steigender Ungeduld.

Ich kann mich nicht dazu überwinden, die Worte zu sagen, will nicht zugeben, wie vollständig besiegt ich bin. Hätte ich nur noch eine einzige weitere Stunde in diesem Körper gehabt, dann hätte ich das Rätsel gelöst, und diese Gewissheit ruft in mir das Verlangen wach, laut loszubrüllen.

»Deine Antwort!«, fordert er mich auf.

Ich ringe mir ein Nicken ab. Er beugt sich drohend über mich, und sein Gestank hüllt mich ein, während er sein Messer in der mir schon so vertrauten Stelle zwischen meinen Rippen versenkt und das Blut mir in Kehle und Mund steigt.

Er packt mein Kinn, hebt mein Gesicht zu sich hoch und schaut mir in die Augen.

»Da waren's nur noch zwei«, sagt er. Und mit diesen Worten dreht er die Klinge um.

DER DRITTE TAG (FORTSETZUNG)

52.

Regen prasselt auf das Dach, Pferdehufe klappern über Pflastersteine. Ich befinde mich in einer Kutsche. Auf dem Sitz mir gegenüber haben sich zwei in Abendrobe gekleidete Damen zusammengezwängt. Sie unterhalten sich leise und stoßen immer wieder mit den Schultern aneinander, während die Kutsche von einer Seite zur anderen schwankt.

Steig nicht aus der Kutsche aus.

Die Angst jagt mir einen kalten Schauder den Rücken hinunter. Das ist der Moment, vor dem Gold mich gewarnt hat. Der Moment, der ihn in den Wahnsinn getrieben hat. Dort draußen in der Dunkelheit wartet der Lakai mit seinem Messer.

»Er ist aufgewacht, Audrey«, sagt eine der beiden Frauen, als sie bemerkt, dass ich mich bewegt habe.

Die zweite Dame lehnt sich weit vor, vielleicht, weil sie glaubt, dass ich schlecht höre.

»Wir haben Sie schlafend am Straßenrand gefunden«, sagt sie laut und legt mir eine Hand aufs Knie. »Ihr Automobil stand ein paar Meilen weiter. Unser Kutscher hat noch versucht, es zum Laufen zu bringen, aber er war damit überfordert.«

»Ich bin Donald Davies«, sage ich und spüre, wie eine Welle der Erleichterung in mir hochsteigt.

Als ich das letzte Mal in diesem Körper steckte, bin ich in einem Auto durch die Nacht gefahren, bis der Morgen anbrach, und habe es stehen lassen, als mir das Benzin ausging. Ich bin stundenlang die niemals endende Straße zum Dorf entlanggelaufen und dann schließlich vor Erschöpfung zusammengebrochen, ohne meinem Ziel jemals näher gekommen zu sein. Davies muss den ganzen Tag geschlafen haben. Und das hat ihn vor dem Zorn des Lakaien gerettet.

Der Pestdoktor hat mir gesagt, ich würde zu Davies zurückkehren, sobald dieser aufwacht. Doch ich hätte niemals gewagt, mir vorzustellen, dass er, wenn es dann passiert, gerettet und nach Blackheath zurückgebracht werden würde.

Endlich ist mir auch einmal etwas Glück beschieden.

»Sie wunderbare, großartige, herrliche Frau«, sage ich, umfasse das Gesicht meiner Retterin mit beiden Händen und drücke ihr schwungvoll einen Kuss auf die Lippen. »Sie wissen ja gar nicht, was Sie getan haben.«

Bevor sie antworten kann, stecke ich meinen Kopf aus dem Fenster. Es ist Abend, und die schwankenden Laternen der Kutsche werfen ihren Schein in die Dunkelheit, ohne sie verbannen zu können. Wir sitzen in einer von drei Kutschen, die vom Dorf aus auf das Haus zurollen. Etwa zwölf weitere Kutschen stehen am Straßenrand, deren Kutscher schnarchend auf dem Bock sitzen oder in kleinen Gruppen beisammenstehen, sich unterhalten und eine Zigarette teilen. Ich kann Musik hören, die vom Haus zu uns hinüberweht, und Gelächter, das so schrill und durchdringend ist, dass es die zwischen uns liegende Distanz mühelos überbrückt. Die Party ist in vollem Gange.

Hoffnung keimt in mir auf.

Evelyn hat sich noch nicht zum Spiegelteich aufgemacht, was bedeutet, dass mir vielleicht noch genug Zeit bleibt, um Michael zu verhören und herauszufinden, ob er mit irgendjemandem unter einer Decke steckt. Und selbst falls ich dafür zu spät kommen sollte, kann ich immer noch dem Lakaien auflauern, wenn er sich Rashton holt, und auf diese Weise herausfinden, wo er Anna festhält.

Steig nicht aus der Kutsche aus.

»Nur noch wenige Minuten, dann sind wir in Blackheath, M'Lady«, ruft der Kutscher von irgendwo über unseren Köpfen zu uns herunter.

Ich schaue noch einmal aus dem Fenster. Das Haus liegt direkt vor uns und die Stallungen ein Stück weiter rechts die Straße hinunter. Dort werden die Gewehre aufbewahrt, und ich wäre ein Narr, wenn ich versuchen wollte, es ohne eine Waffe mit dem Lakaien aufzunehmen.

Ich entriegele die Tür, springe aus der Kutsche und lande in einem schmerzlichen Knäuel auf den nassen Pflastersteinen. Die Damen kreischen, und der Kutscher brüllt mir hinterher, während ich mich aufrappele und in Richtung der fernen Lichter losstolpere. Der Pestdoktor hat behauptet, der Ablauf des heutigen Tages werde von den Charakteren der ihn durchlebenden Personen bestimmt. Ich kann nur hoffen, dass er damit recht hat und dass mir das Schicksal gnädig ist, denn falls nicht, sind sowohl ich selbst als auch Anna zum Scheitern verurteilt.

Im Schein der Feuerschalen schirren Stalljungen die Pferde von den Kutschen ab und führen die wiehernden Tiere in den schützenden Stall. Sie arbeiten rasch, sehen jedoch vollkommen erschöpft aus, als hätten sie kaum noch Kraft zu reden. Ich wende mich an den mir nächststehenden Burschen, der trotz des Regens nur ein Baumwollhemd mit hochgekrempelten Ärmeln trägt.

»Wo werden die Gewehre aufbewahrt?«, frage ich.

Der Bursche ist damit beschäftigt, einen Gurt stramm zu ziehen, und knirscht angestrengt mit den Zähnen, während er versucht, den straffen Riemen bis zur letzten Schnalle hinaufzuziehen.

Er wirft mir unter seiner Tellermütze mit zusammengekniffenen Augen einen misstrauischen Blick zu.

»Bisschen spät, um noch auf die Jagd zu gehen, oder?«, sagt er.

»Und viel zu früh, um unverschämt zu werden«, herrsche ich ihn an. Mein Wirt hat die Zügel übernommen und lässt den Burschen die verächtliche Arroganz der Oberschicht spüren. »Wo sind die verdammten Gewehre? Oder muss ich erst Lord Hardcastle hierherbemühen, damit er dich persönlich fragt?«

Er mustert mich von oben bis unten und nickt dann über seine Schulter hinweg zu einem kleinen Gebäude aus rotem Backstein hinüber, durch dessen Fenster ein schwacher Lichtschein fällt. Die

Gewehre sind auf einem hölzernen Gestell aufgereiht, und in einer Schublade daneben finden sich Kartons mit Patronen. Ich nehme mir eines der Gewehre, lade es sorgfältig und stecke mir dann noch ein paar Ersatzpatronen in die Hosentasche.

Das kalte, sperrige Gewicht des Gewehrs erfüllt mich mit neuem Mut und treibt mich vor sich her, über den Hof und die Straße entlang nach Blackheath hinüber. Die Stallburschen tauschen Blicke aus, als ich mich ihnen nähere, und treten beiseite, um mich durchzulassen. Zweifellos halten sie mich für irgend so einen reichen Irren, der meint, eine Rechnung begleichen zu müssen. Noch eine Geschichte, die man zu dem Haufen von Klatsch und Tratsch hinzufügen kann, die der Dienerschaft morgen früh zur Zerstreuung dienen wird. Auf jeden Fall bin ich es in ihren Augen nicht wert, aufgehalten zu werden und dabei womöglich eine Körperverletzung in Kauf zu nehmen. Ich bin froh über ihre Zurückhaltung. Kämen sie mir auch nur ein paar Zentimeter näher, dann würde ihnen vielleicht auffallen, wie übervoll meine Augen sind. All meine bisherigen Wirte haben sich darin versammelt und drängeln sich gegenseitig zur Seite, um besser sehen zu können. Der Lakai hat jedem Einzelnen von ihnen auf die ein oder andere Weise Leid zugefügt, und nun wollen sie alle Zeuge seiner Hinrichtung werden. Ich schaffe es kaum, einen klaren Gedanken zu fassen, so laut schreien sie durcheinander.

Auf halber Strecke zum Haus bemerke ich ein auf und ab tanzendes Licht, das auf mich zukommt. Sofort krümme ich meinen Finger noch fester um den Abzug des Gewehrs.

»Ich bin's«, ruft Daniel über den heulenden Wind hinweg.

Er hält eine Sturmlaterne in der Hand, deren wächsernes Licht ihm über Gesicht und Oberkörper rinnt und ihm den Anschein eines soeben aus der Flasche gefahrenen Geistes verleiht.

»Wir müssen uns beeilen, der Lakai ist auf dem Friedhof«, sagt Daniel. »Er hat Anna bei sich.«

Er glaubt immer noch, er könne uns mit seinem Mummenschanz zum Narren halten.

Ich streiche mit einem Finger am Gewehr entlang, starre zu Blackheath hinüber und frage mich, wie ich jetzt wohl am besten vorgehen soll. Michael könnte genau in diesem Moment im Sonnenzimmer sein, aber ich bin mir sicher, dass Daniel weiß, wo Anna festgehalten wird, und ich werde keine bessere Gelegenheit mehr bekommen, ihm diese Information zu entreißen. Zwei Wege und zwei Ziele. Und aus irgendeinem Grund weiß ich genau, dass einer von ihnen zum Scheitern verurteilt ist.

»Das ist jetzt unsere Chance!«, ruft Daniel und wischt sich die Regentropfen aus den Augen. »Genau darauf haben wir gewartet! Er ist dort, jetzt in diesem Augenblick, und hat sich auf die Lauer gelegt. Aber er weiß nicht, dass wir uns gefunden haben. Wir können seine eigene Falle über ihm zuschnappen lassen. Wir haben die Chance, das jetzt gemeinsam zu beenden.«

Ich habe schon so lange darum gekämpft, meine Zukunft zu verändern, habe schon so lange versucht, diesem Tag eine andere Richtung zu verleihen, und jetzt, da ich es geschafft habe, kommt es mir so vor, als sei ich dennoch zum Scheitern verurteilt. Ich werde von dem Gefühl gequält, lauter vergebliche Entscheidungen getroffen zu haben. Ich habe Evelyn gerettet und Michaels Pläne durchkreuzt – zwei Erfolge, die nur dann von Belang sind, wenn Anna und ich lange genug überleben, um sie um elf Uhr dem Pestdoktor zu präsentieren.

Von diesem Punkt an treffe ich jede einzelne Entscheidung blind, und weil mir nach dem heutigen Tag nur noch ein einziger Wirt übrigbleibt, ist jede dieser Entscheidungen von Belang.

»Und was, wenn es schiefgeht?«, rufe ich zurück. Meine Worte scheinen kaum an seine Ohren zu gelangen. Der Regen prasselt mit ohrenbetäubendem Lärm auf die Pflastersteine, während der Wind an den Bäumen reißt und zerrt und kreischend durch die Äste fährt wie ein wildes Tier, das seinem Käfig entsprungen ist.

»Haben wir denn eine Wahl?«, brüllt Daniel und packt mich mit einer Hand an der Schulter. »Wir haben einen Plan, und das heißt, dass wir ihm gegenüber zum allerersten Mal im Vorteil sind. Wir müssen es versuchen.«

Ich erinnere mich an das erste Mal, als ich diesem Mann begegnet bin, wie ruhig er da auf mich wirkte, wie geduldig und vernünftig. Nichts davon ist jetzt noch übrig. Die endlosen Stürme von Blackheath haben alles mit sich fortgerissen. Er hat die Augen eines Fanatikers, gierig und flehentlich, wild und verzweifelt. Es scheint ganz so, als hinge für ihn von dem Erfolg dieser Unternehmung genauso viel ab wie für mich.

Er hat recht. Wir müssen der Sache jetzt ein Ende setzen.

»Wie spät ist es?«, frage ich.

Er runzelt die Stirn. »Warum ist das denn wichtig?«

»Das weiß ich immer erst hinterher«, antworte ich. »Wie spät? Sag's mir, bitte!«

Er schaut ungeduldig auf seine Uhr. »Es ist 21:46 Uhr«, sagt er. »Können wir jetzt gehen?«

Ich nicke und folge ihm über die Rasenfläche.

Wir schleichen uns an den Friedhof heran. Über unseren Köpfen kneifen die Sterne feige die Augen zu, und als Daniel schließlich das Tor öffnet, ist der flackernde Schein seiner Sturmlaterne das einzige Licht, das uns noch bleibt. Hier sind wir durch die Bäume ein wenig vor dem Sturm geschützt, dennoch trifft er uns immer wieder mit scharfen Böen und dolchartigen Windstößen, die sich ihren Weg durch die Risse in der Rüstung des Waldes bahnen.

»Wir sollten uns verstecken, aber so, dass man uns nicht sehen kann«, flüstert Daniel und hängt die Laterne an den Arm des Engels. »Wir können Anna ja rufen, sobald sie eintrifft.«

Ich hebe mir das Gewehr an die Schulter und drücke beide Läufe an Daniels Hinterkopf.

»Du kannst dir das Theater jetzt sparen, Daniel, ich weiß, dass wir nicht dieselbe Person sind«, sage ich, während mein Blick kurz hinüber zum Waldrand huscht, um zu schauen, ob ich den Lakaien irgendwo entdecken kann. Unglücklicherweise ist das Licht der Laterne jedoch so hell, dass es einen Großteil dessen verbirgt, was es doch eigentlich sichtbar machen sollte.

»Heb die Hände hoch und dreh dich um«, sage ich.

Er tut wie geheißen und starrt mich an, als wolle er mich sezieren – als suche er nach irgendwelchen Anzeichen dafür, dass etwas in mir zerbrochen ist. Ich habe keine Ahnung, ob er das Gesuchte findet oder nicht, aber nach einem langen Schweigen breitet sich schließlich ein bezauberndes Lächeln auf seinem hübschen Gesicht aus.

»Na, es konnte ja nicht ewig funktionieren«, sagt er schließlich und gestikuliert kurz in Richtung seiner Brusttasche. Ich gebe ihm zu verstehen, dass er ruhig hineingreifen soll, und so holt er ganz langsam sein Zigarettenetui hervor und klopft sich einen Stängel in die Handfläche.

Ich bin diesem Mann zum Friedhof gefolgt, weil ich wusste, dass ich keine ruhige Sekunde hätte und mich andauernd paranoid umdrehen würde, wenn ich mich ihm jetzt nicht entgegenstelle. Ich würde immer darauf warten, dass er erneut zuschlägt. Doch als ich jetzt sehe, mit welcher Seelenruhe er mir gegenübersteht, gerät meine Gewissheit, die richtige Entscheidung getroffen zu haben, ins Wanken.

»Wo ist sie, Daniel? Wo ist Anna?«, frage ich.

»Na, aber das wäre doch genau meine Frage gewesen!«, sagt er und steckt sich die Zigarette zwischen die Lippen. »Genau das wollte ich dich fragen – wo ist Anna? Ich versuche schon den ganzen Tag, dich dazu zu bewegen, es mir zu verraten. Ich dachte sogar schon, ich hätte Erfolg gehabt, als Derby sich bereit erklärte, mir dabei zu helfen, den Lakaien aus seinem unterirdischen Versteck herauszujagen. Du hättest dein Gesicht sehen sollen. So eifrig und so bemüht, mir jeden Wunsch von den Lippen abzulesen.«

Beim dritten Versuch gelingt es ihm endlich, die Zigarette anzuzünden, die er mit der Hand vor dem Wind abzuschirmen versucht. Im Licht des Streichholzes wirkt sein Gesicht genauso hohläugig wie die Statuen, die ihn umgeben. Ich ziele mit einem Gewehr auf ihn, und dennoch hat er die Oberhand.

»Wo ist der Lakai?«, frage ich. Das Gewehr in meinen Armen wird immer schwerer. »Ich weiß, dass ihr beide unter einer Decke steckt.«

»Aber nein, so ist es ganz und gar nicht. Ich fürchte, du verstehst das vollkommen falsch«, sagt er und tut den Lakaien mit einer Handbewegung ab. »Er ist nicht so wie du, ich oder Anna. Er ist nur einer von den Leuten, mit denen Coleridge zusammengearbeitet hat. Es gibt im Haus tatsächlich so einige von ihnen. Der Lakai, wie du ihn nennst, war einfach nur der hellste Kopf in dem ganzen Pack, also habe ich ihm erklärt, was auf Blackheath eigentlich so vor sich geht. Ich denke zwar nicht, dass er mir geglaubt hat, aber das Umbringen anderer Leute ist seine Spezialität, und deshalb hat er auch nicht mit der Wimper gezuckt, als ich ihm deine ganzen Wirte gezeigt habe. Er hat die Sache wahrscheinlich von vorne bis hinten genossen, um ehrlich zu sein. Aber es hat natürlich auch enorm geholfen, dass ich ihn dabei zu einem stinkreichen Mann gemacht habe.«

Er bläst den Rauch durch seine Nasenlöcher und grinst mich an, als würden wir gerade über einen heimlichen Scherz lachen, den nur wir beide kennen. Sein Auftreten zeugt von großem Selbstvertrauen und von der Zuversicht eines Mannes, dessen Welt aus Vorahnungen besteht. Ein ziemlich entmutigender Kontrast zu meinen zitternden Händen und meinem wild pochenden Herz. Er plant irgendetwas, und bevor ich nicht weiß, was das ist, bleibt mir nichts anderes übrig als abzuwarten.

»Du bist wie Anna, habe ich recht?«, frage ich. »Ein einziger Tag, und dann vergisst du alles und fängst wieder von vorne an.«

»Das scheint mir nicht gerade fair zu sein, findest du nicht auch? Schließlich hast du acht Leben und acht Tage. Dir wurde alles auf einem Silbertablett serviert. Warum ist das eigentlich so?«

»Wie ich sehe, hat dir der Pestdoktor nicht alles über mich erzählt.«

Er grinst erneut. Sein Lächeln ist wie Eis, das mir das Rückgrat hinunterrinnt.

»Warum tust du das, Daniel?«, frage ich, überrascht, wie elend ich mich fühle. »Wir hätten uns gegenseitig helfen können.«

»Aber mein lieber Freund, du *hast* mir doch geholfen«, sagt er. »Ich habe jetzt Stanwins beiden Erpresserbücher in meinem Besitz. Hätte Derby nicht in Stanwins Schlafzimmer herumgestöbert, dann hätte ich womöglich nur das eine gefunden und wäre der Antwort jetzt kein Stück näher als heute Morgen. Doch jetzt kann ich das, was ich erfahren habe, in zwei Stunden am See abliefern, und das bedeutet, dass ich hier rauskomme. Und das habe ich dir zu verdanken. Das müsste dir doch eigentlich ein kleiner Trost sein.«

Auf dem nassen Untergrund sind Fußtritte zu hören. Jemand spannt den Hahn einer Schusswaffe, und kaltes Metall bohrt sich in meinen Rücken. Im selben Moment drängt sich einer der Gauner, mit denen sich Daniel verbündet hat, an mir vorbei und stellt sich neben ihn ins Licht der Sturmlaterne. Im Gegensatz zu seinem Kumpan, der hinter mir steht, ist er unbewaffnet, aber so wie er aussieht, braucht er auch gar keine Waffe. Er hat das Gesicht eines Kneipenraufbolds, mit gebrochener Nase und einer hässlichen Narbe, die sich quer über seine Wange zieht. Vor lauter Vorfreude reibt er seine Fingerknöchel aneinander und fährt sich mit der Zunge über die Lippen. Beides stimmt mich nicht gerade zuversichtlich gegenüber dem, was mich jetzt erwartet.

»Und jetzt sei brav und lass die Waffe fallen«, sagt Daniel.

Ich seufze, werfe das Gewehr auf die Erde und hebe die Hände hoch. So töricht das auch sein mag, so ist doch das, was ich mir in diesem Augenblick am meisten wünsche, dass sie nicht so zittern würden.

»Sie können jetzt rauskommen«, sagt Daniel mit etwas lauterer Stimme.

Im Gebüsch zu meiner Linken raschelt es, und dann tritt der Pestdoktor in den Lichtschein der Laterne. Ich stehe schon im Begriff, ihm irgendeine Beleidigung an den Kopf zu werfen, als mir eine einzelne silberne Träne auffällt, die auf die linke Hälfte seiner Maske gemalt ist. Sie glitzert im Lichtschein, und jetzt, als ich näher hinsehe, fallen mir auch noch weitere Unterschiede auf. Der Mantel ist von feinerem Stoff und dunkler, und sein Saum ist nicht so zerfranst. Eine Stickerei aus Rosen windet sich an den Handschuhen in die Höhe, und jetzt erkenne ich, dass diese Person um einiges kleiner ist und sich aufrechter hält.

Das ist nicht der Pestdoktor.

»Das waren Sie! Sie haben sich mit Daniel in der Nähe des Sees unterhalten«, sage ich.

Daniel gibt ein erstauntes Pfeifen von sich und wirft einen Blick zu seinem Verbündeten hinüber.

»Wie zum Teufel kann er das beobachtet haben?«, fragt er die silberne Träne. »Haben Sie diesen Ort nicht gewählt, damit uns niemand zusammen sieht?«

»Ich habe Sie auch vor dem Pförtnerhaus gesehen«, sage ich.

»Das wird ja immer merkwürdiger.« Daniel amüsiert sich ganz offenbar auf Kosten seines Verbündeten. »Ich dachte, Sie kennen jede einzelne Sekunde seines Tages?« Er verfällt in einen schwülstigen Tonfall. »An diesem Ort geschieht nichts ohne mein Wissen, Mr. Coleridge«, spottet er.

»Wenn das wahr wäre, bräuchte ich nicht Ihre Hilfe, um Annabelle zu fangen«, sagt Silberne Träne. Ihre Stimme klingt hoheitsvoll und ist meilenweit von dem märtyrerhaften Tonfall meines Pestdoktors entfernt. »Mr. Bishops Unternehmungen haben den üblichen Verlauf der Dinge durchbrochen. Er hat Evelyn Hardcastles Schicksal verändert und zum Tod ihres Bruders beigetragen, und im Zuge dessen hat er die Fäden durchschnitten, von denen dieser Tag bislang zusammengehalten wurde. Er hat sein Bündnis mit Annabelle sehr viel länger aufrechterhalten als jemals zuvor, und das bedeutet, dass die Dinge nicht mehr in ihrer bisherigen Reihenfolge geschehen und von längerer oder kürzerer Dauer sind – gesetzt den Fall, sie geschehen überhaupt. Nichts ist da, wo es hingehört.«

Die Maske wendet sich mir zu.

»Eigentlich sollte ich Ihnen Beifall zollen, Mr. Bishop«, sagt sie. »Ich habe Blackheath schon seit Jahrzehnten nicht mehr in einem derartigen Chaos erlebt.«

»Wer sind Sie?«, frage ich.

»Dasselbe könnte ich Sie fragen«, sagt sie und tut meine Frage mit einer Handbewegung ab. »Aber das werde ich nicht, weil Sie sich selbst nicht kennen und auch, weil es dringendere Fragen gibt. Es muss Ihnen genügen, wenn ich sage, dass ich von meinen Vorgesetzten hierher gesandt wurde, um die Fehler meines Kollegen zu korrigieren. Und jetzt erzählen Sie Mr. Coleridge bitte, wo er Annabelle finden kann.«

»Annabelle?«

»Er nennt sie Anna«, erklärt Daniel.

»Was wollen Sie von Anna?«, frage ich.

»Das geht Sie nichts an«, sagt Silberne Träne.

»Das geht mich sehr wohl etwas an«, entgegne ich. »Sie müssen Anna ja schon sehr verzweifelt in die Finger kriegen wollen, wenn Sie sich zu diesem Zweck mit so jemandem wie Daniel einlassen.«

»Ich stelle lediglich das Gleichgewicht wieder her«, sagt sie. »Glauben Sie denn, es ist Zufall, dass Sie genau diese acht Wirte bekommen haben – jene Männer, die mit dem Mord an Evelyn am engsten in Verbindung stehen? Interessiert es Sie nicht, warum Sie genau in dem Moment als Donald Davies aufgewacht sind, in dem Sie ihn am verzweifeltsten brauchten? Mein Kollege hat Sie von Anfang an zu seinem Liebling erklärt. Und das verstößt gegen alle Regeln. Er sollte beobachten, ohne sich einzumischen, sollte lediglich am See in Erscheinung treten und dort auf eine Antwort warten. Nichts weiter. Und was noch schlimmer ist, er hat einer Kreatur Tür und Tor geöffnet, die dieses Haus niemals verlassen darf. Ich kann auf keinen Fall zulassen, dass das so weitergeht.«

»Also deshalb bist du hier«, sagt der Pestdoktor und tritt aus der Dunkelheit. Das Regenwasser fließt ihm in zahllosen Rinnsalen an der Maske herab.

Daniel spannt sämtliche Glieder an und beobachtet den Eindringling mit wachsamen Augen.

»Verzeih, dass ich meine Anwesenheit nicht schon früher kundtat,

Josephine«, fährt der Pestdoktor fort. Seine Aufmerksamkeit ist ausschließlich auf Silberne Träne gerichtet. »Ich war mir nicht sicher, ob du mir auch die Wahrheit sagen würdest, wenn ich dich direkt gefragt hätte. Schließlich hast du dir einige Mühe gegeben, im Verborgenen zu bleiben. Ich hätte nie erfahren, dass du auf Blackheath bist, wenn Mr. Rashton dich nicht entdeckt hätte.«

»Josephine?«, unterbricht ihn Daniel. »Sie beide kennen sich?«

Silberne Träne ignoriert ihn.

»Ich hatte gehofft, dass es nicht so weit kommen würde«, sagt sie zu dem Pestdoktor. Ihr Tonfall ist weicher geworden, wärmer. Ein leises Bedauern schwingt darin mit. »Ich hatte die Absicht, meine Aufgabe zu vollenden und dann wieder zu verschwinden, ohne dass du jemals davon erfahren hättest.«

»Ich sehe keinen Grund dafür, warum du überhaupt hier bist. Blackheath fällt in meinen Aufgabenbereich. Und ich habe alles unter Kontrolle.«

»Das kannst du unmöglich glauben!«, sagt sie und gerät immer mehr außer sich. »Sieh doch nur, wie nah Aiden und Annabelle ihrem Ziel gekommen sind, wie nah sie der Flucht sind! Er ist gewillt, sich für sie zu opfern. Erkennst du das nicht? Wenn wir nichts dagegen unternehmen, dann wird sie schon bald mit der Antwort vor dir stehen, und was willst du dann tun?«

»Ich bin davon überzeugt, dass es nicht dazu kommen wird.«

»Und ich bin davon überzeugt, dass es sehr wohl dazu kommen wird«, schnaubt sie. »Gib mir eine ehrliche Antwort: Wirst du sie gehen lassen?«

Die Frage bringt ihn einen Moment lang zum Verstummen, und an seinem leicht geneigten Kopf ist zu erkennen, wie unschlüssig er ist. Mein Blick huscht zu Daniel hinüber, der die beiden vollkommen gebannt beobachtet. Ich könnte mir vorstellen, dass er sich so ähnlich fühlt wie ich – wie ein Kind, das zusieht, während seine Eltern sich streiten, und nur die Hälfte dessen versteht, was gesagt wird.

Als der Pestdoktor wieder das Wort ergreift, spricht er mit fester Stimme, doch das, was er sagt, klingt eingeübt, als beruhe seine Überzeugung auf einer ständigen Wiederholung der immergleichen Worte und nicht auf einem echten Glauben.

»Auf Blackheath gibt es sehr klare Regeln, und ich bin ihnen genauso verpflichtet wie du«, sagt er. »Sollte sie mir den Namen von Evelyn Hardcastles Mörder nennen, kann ich mich nicht weigern, ihrem Anliegen Gehör zu schenken.«

»Regeln hin oder her, du weißt, was unsere Vorgesetzten tun werden, falls es Annabelle gelingt, Blackheath zu entkommen.«

»Haben sie dich gesandt, um meinen Platz einzunehmen?«

»Natürlich nicht.« Sie seufzt, als hätten seine Worte sie verletzt. »Denkst du denn allen Ernstes, ihre Reaktion würde derart zurückhaltend ausfallen? Ich bin als deine Freundin gekommen, um dieses Chaos zu bereinigen, und zwar, bevor sie überhaupt auch nur davon erfahren, wie gefährlich nahe du davorstandst, einen unverzeihlichen Fehler zu begehen. Ich werde Annabelle in aller Stille aus dem Weg räumen und sicherstellen, dass du keine Wahl treffen musst, die du bereuen wirst.«

Sie gibt Daniel ein Zeichen. »Mr. Coleridge, würden Sie bitte Mr. Bishop dazu bewegen, uns Annabelles Aufenthaltsort preiszugeben. Ich denke, Sie wissen, was hier auf dem Spiel steht.«

Daniel tritt seine Zigarette mit der Ferse aus und nickt dem Gauner neben sich zu, der mich an den Armen packt und festhält. Ich versuche, mich zu wehren, aber er ist viel zu stark.

»Josephine, was du da tust, ist verboten«, sagt der Pestdoktor entsetzt. »Wir greifen nicht unmittelbar ins Geschehen ein. Wir erteilen keine Befehle. Und wir geben ihnen gewiss keine Informationen an die Hand, die sie eigentlich nicht haben dürften. Du brichst jede einzelne Regel, die aufrecht zu halten wir uns verpflichtet haben.«

»Du wagst es, mir Vorhaltungen zu machen?«, sagt Silberne Träne verächtlich. »Du hast doch die ganze Zeit nichts anderes getan, als dich einzumischen.«

Der Pestdoktor schüttelt heftig den Kopf.

»Ich habe Mr. Bishop lediglich den Zweck genannt, zu dem er hier ist, und ihn ermutigt, wann immer er ins Wanken geriet. Im Gegensatz zu Daniel und Anna ist er nicht mit einem eingebrannten Bewusstsein der hiesigen Regeln aufgewacht. Er hatte die Freiheit zu zweifeln und von seinem Ziel abzuschweifen. Ich habe ihm niemals Wissen an die Hand gegeben, das er sich nicht selbst verdient hätte, so wie du es bei Daniel getan hast. Ich strebte danach, ein Gleichgewicht herzustellen, und nicht danach, einen Vorteil zu verschaffen. Ich flehe dich an, tu das nicht. Lass die Ereignisse ihren natürlichen Verlauf nehmen. Er steht so kurz davor, das Rätsel zu lösen.«

»Und deshalb gilt das Gleiche für Annabelle«, sagt sie, während ihre Stimme immer härter wird. »Es tut mir leid, aber ich muss zwischen Aiden Bishops Wohlergehen und dem deinen wählen. Fahren Sie fort, Mr. Coleridge.«

»Nein!«, ruft der Pestdoktor und hält beschwichtigend eine Hand in die Höhe.

Der Gauner, der hinter mir gestanden hatte, zielt mit seiner Schrotflinte auf ihn. Er ist nervös, und sein Finger scheint sich ein wenig zu fest um den Abzug zu krümmen. Ich habe keine Ahnung, ob der Pestdoktor durch eine solche Waffe verletzt werden kann, aber ich kann nicht zulassen, dass er dieses Risiko eingeht. Ich brauche ihn lebend.

»Gehen Sie einfach«, sage ich zu ihm. »Es gibt hier nichts mehr für Sie zu tun.«

»Was hier geschieht ist unrecht«, protestiert er.

»Dann stellen Sie es wieder richtig. Meine anderen Wirte brauchen Sie.« Ich halte einen Moment vielsagend inne. »Ich jedoch nicht.«

Ich weiß nicht, ob es an meinem Tonfall liegt oder ob er auch einfach nur schon einmal gesehen hat, wie dieser Moment endet, aber schließlich lenkt er tatsächlich ein, wenn auch nur widerwillig, starrt Josephine noch einmal kurz an und verlässt dann den Friedhof.

»Selbstlos wie eh und je«, sagt Daniel und kommt auf mich zu. »Du sollst wissen, dass ich diese Eigenschaft immer schon an dir bewundert habe, Aiden. Wie du gekämpft hast, um die Frau zu retten, deren Tod dir die Freiheit beschert hätte. Und deine Zuneigung zu Anna, die dich zweifellos verraten hätte, wenn ich ihr nicht zuvorgekommen wäre. Aber ich fürchte, letztendlich war alles umsonst. Nur einer von uns kann dieses Haus verlassen, und es liegt nicht in meinem Interesse, dass du das bist.«

Im Geäst über meinem Kopf versammelt sich eine Schar von Krähen. Sie kommen, als hätte man sie eingeladen, gleiten auf lautlosen Flügeln heran, mit glänzenden, regennassen Federkleidern. Sie sind zu Dutzenden, drängen sich zusammen wie die Trauergäste auf einer Beerdigung und betrachten mich mit einer solchen Neugier, dass es mir eine Gänsehaut den Rücken hinunterjagt.

»Bis vor einer Stunde hatten wir Anna in unserem Gewahrsam, aber dann ist es ihr irgendwie gelungen zu entkommen«, fährt Daniel fort. »Wo würde sie sich wohl verstecken, Aiden? Sag mir, wo sie ist, und ich weise meine Männer an, deinen Tod nicht in die Länge zu ziehen. Jetzt sind nur noch du und Gold übrig. Zwei kurze knappe Gewehrschüsse, und du wachst als Bell auf, klopfst an die Tür von Blackheath und beginnst alles wieder von vorne, ohne dass ich dir diesmal in die Quere komme. Du bist doch nicht auf den Kopf gefallen, ich bin mir sicher, du wirst den Mord an Evelyn im Handumdrehen aufklären.«

Sein in gieriger Erwartung verzerrtes Gesicht schwebt schaurig im Licht der Laterne.

»Na, wie groß ist wohl jetzt deine Angst, Daniel?«, frage ich langsam. »Du hast meine zukünftigen Wirte getötet, also bin ich keine Bedrohung mehr für dich, aber du hast keine Ahnung, wo Anna ist. Das hat schon den ganzen Tag an dir genagt, nicht wahr? Du befürchtest, dass sie das Rätsel vor dir lösen wird.«

Es ist mein Lächeln, das ihm Angst einjagt. Es ruft die – wenn auch noch so leise – Befürchtung in ihm wach, dass ich vielleicht doch nicht so ausweglos in der Falle sitze, wie er zunächst glaubte.

»Wenn du mir nicht gibst, was ich haben will, dann schneide ich dich in Stücke«, sagt Daniel und fährt mir mit der Fingerspitze quer übers Gesicht. »Ich werde dich Zentimeter für Zentimeter auseinandernehmen.«

»Ich weiß. Ich bin mir selbst begegnet, nachdem du mit mir fertig warst«, sage ich und starre ihn an. »Du zerstörst meinen Verstand so unwiderruflich, dass ich meinen Wahnsinn bis in Gregory Gold hineintrage. Und der zerfetzt sich dann selbst die Arme und brabbelt Edward Dance irgendwelche unverständlichen Warnungen ins Gesicht. Es ist entsetzlich. Aber meine Antwort lautet dennoch Nein.«

»Sag mir, wo sie ist«, herrscht er mich an. Seine Stimme wird immer lauter. »Coleridge hat die Hälfte der Dienerschaft dieses Hauses bestochen, und meine Geldbörse ist so prall gefüllt, dass ich mir damit, falls nötig, auch noch die andere Hälfte kaufen kann. Ich kann dafür sorgen, dass der ganze See umzingelt wird, und zwar gleich doppelt. Begreifst du denn nicht? Ich habe schon längst gewonnen. Wozu soll dir deine Sturheit denn jetzt noch dienen?«

»Zur Übung«, fauche ich. »Du wirst von mir nichts erfahren, Daniel. Und jede Minute, die ich hier stehe und deine Pläne vereitle, gibt Anna eine weitere Minute Zeit, um mit ihrer Antwort zum Pestdoktor zu gelangen. Du bräuchtest mehr als hundert Männer, um in einer so pechschwarzen Nacht wie dieser den See zu bewachen, und ich bezweifle, dass selbst Silberne Träne dir dabei helfen kann.«

»Du wirst entsetzliche Schmerzen leiden«, zischt er.

»Es ist nur noch eine Stunde bis elf Uhr«, sage ich. »Was glaubst du? Wer von uns beiden hält es länger aus?«

Daniel schlägt mir seine Faust mit solcher Wucht in den Leib, dass mir alle Luft aus der Lunge entweicht und ich auf die Knie falle. Als ich hochschaue, steht er drohend über mir und reibt sich die aufgeschürften Fingerknöchel. Zorn flackert ihm übers Gesicht wie ein Sturm, der in einem wolkenlosen Himmel aufzieht. Von dem weltmännischen Hasardeur von heute früh ist nichts mehr übrig. Stattdessen steht ein billiger kleiner Betrüger vor mir, der vor Wut schäumt.

»Ich werde dich ganz langsam töten«, knurrt er.

»Ich bin es nicht, der jetzt hier sterben wird, Daniel«, sage ich und lasse einen gellenden Pfiff ertönen. Die Vögel fliegen aus den Bäumen auf, und es raschelt im Unterholz. Mitten in der tiefschwarzen Dunkelheit des Waldes flackert das Licht einer Laterne auf. Es wird von einem zweiten Licht gefolgt, nur wenige Meter entfernt, und dann von einem dritten.

Daniel fährt herum und folgt den Lichtern der Laternen mit den Augen. Währenddessen bemerkt er nicht, dass Silberne Träne in den Wald zurückweicht und dabei einen ziemlich verunsicherten Eindruck macht.

»Du hast eine ganze Menge von Leuten leiden lassen«, sage ich, während die Lichter immer näherkommen. »Und jetzt wirst du ihnen ins Auge sehen.«

»Wie?«, stammelt er, vollkommen fassungslos über diese plötzliche Wendung, die sein Schicksal genommen hat. »Ich habe deine zukünftigen Wirte doch alle umgebracht.«

»Aber ihre Freunde hast du nicht getötet«, sage ich. »Als Anna mir von ihrem Plan erzählte, dem Lakaien hier eine Falle zu stellen, kam ich zu dem Schluss, dass wir mehr Leute brauchen würden, und habe Cunningham um Hilfe gebeten. Und als mir dann klar wurde, dass du mit dem Lakaien unter einer Decke steckst, habe ich meine Rekrutierungskampagne noch ein wenig ausgeweitet. Es war nicht schwer, Leute zu finden, die du dir zu Feinden gemacht hast.«

Grace Davies tritt als Erste in Erscheinung, mit erhobenem Gewehr. Rashton hätte sich am liebsten die Zunge abgebissen, um mich daran zu hindern, sie um Hilfe zu bitten, aber mir gingen die Alternativen aus. In diesem Augenblick ist der Rest meiner Wirte anderweitig beschäftigt oder bereits tot, und Cunningham befindet sich zusammen mit Ravencourt auf dem Ball. Das zweite Licht gehört zu Lucy Harper, die sich sehr rasch zu meinem Vorhaben überreden ließ, als ich ihr offenbarte, dass Daniel ihren Vater ermordet hat, und als Letzter kommt Stanwins Leibwächter. Sein Kopf verschwindet fast gänzlich unter einem Verband, und nur seine kalten, harten Augen lugen darunter hervor. Obwohl sie alle bewaffnet sind, macht doch niemand einen besonders selbstsicheren Eindruck, und ich fürchte, dass kein Einziger von ihnen auch nur im Entferntesten ein anvisiertes Ziel treffen würde. Aber das macht nichts. Im Augenblick ist es die zahlenmäßige Überlegenheit, die von Bedeutung ist, und die reicht aus, um Daniel aus dem Konzept zu bringen, genau wie Silberne Träne, deren maskiertes Gesicht sich hierhin und dorthin dreht und ganz offenbar nach einem Fluchtweg sucht.

»Es ist vorbei, Daniel«, sage ich mit eisiger Stimme. »Ergib dich. Dann werde ich dir nichts tun und dich nach Blackheath zurückkehren lassen.«

Er starrt erst mich und dann meine Freunde an, voller Wut und Verzweiflung.

»Ich weiß, was dieser Ort aus einem Menschen machen kann«, fahre ich fort. »Aber du warst heute Morgen freundlich zu Bell, und während der Jagd habe ich gesehen, dass du eine gewisse Zuneigung zu Michael hegst. Sei also noch ein einziges Mal ein guter Mensch und pfeif den Lakaien zurück. Lass Anna und mich gehen, mit deinem Einverständnis.«

Der Ausdruck auf seinem Gesicht gerät ins Wanken und spiegelt seine inneren Qualen wider, aber es genügt nicht. Blackheath hat ihn restlos vergiftet.

»Tötet sie«, sagt er schonungslos.

Hinter mir erschallt ein Gewehrknall, und ich werfe mich instinktiv zu Boden. Meine Verbündeten zerstreuen sich, während Daniels Männer ihnen drohend zu Leibe rücken und einen Schuss nach dem anderen in die Dunkelheit abfeuern. Der unbewaffnete Gauner duckt sich und schlägt sich auf die linke Flanke, um ihnen von dort aus in den Rücken zu fallen.

Ich kann unmöglich sagen, ob es mein eigener Zorn oder der meines Wirtes ist, der mich dazu treibt, auf Daniel loszugehen. Donald Davies schäumt vor Wut – auch wenn diese Wut ihre Wurzeln eher in seiner Herkunft als Gentleman hat und nicht von dem Verbrechen an sich ausgelöst wird. Er empfindet es als Beleidigung, dass irgendjemand es wagen sollte, ihn so schändlich zu behandeln.

Meine eigene Wut hat einen viel persönlicheren Charakter.

Daniel hat sich mir seit jenem ersten Morgen die ganze Zeit in den Weg gestellt. Er hat versucht, aus Blackheath zu entkommen, indem er über mich hinweg geklettert ist, und hat meine Pläne zunichte gemacht, um seine eigenen zu fördern. Er ist als Freund zu mir gekommen, hat mir charmant lächelnd ins Gesicht gelogen, während er mich gleichzeitig verriet, und genau das ist es, was mich jetzt dazu veranlasst, mich ihm wie ein Speer in die Magengrube zu schleudern.

Er macht einen Schritt zur Seite und trifft mich mit einem Aufwärtshaken in den Bauch. Während ich mich noch vor Schmerzen krümme, schaffe ich es, ihn in den Unterleib zu boxen, ihn dann im Genick zu packen und zu Boden zu reißen.

Zu spät sehe ich den Kompass.

Er schmettert ihn mir so heftig gegen die Wange, dass das Glas zerbricht. Blut tropft mir vom Kinn, meine Augen tränen, und die nassen Blätter rutschen mir unter den Handflächen weg, als ich versuche, mich aufzustützen. Daniel will sich auf mich werfen, aber im nächsten Moment pfeift ein Schuss an seinem Kopf vorbei und trifft Silberne Träne, die laut aufschreit, sich an die Schulter fasst und zusammensackt.

Daniel schaut kurz auf die Waffe in Lucy Harpers zitternder Hand und ergreift dann die Flucht in Richtung des Hauses. Ich rappele mich auf und jage ihm hinterher.

Wir rennen wie Katz und Maus über den Rasen vor dem Haus, laufen die Auffahrt entlang in Richtung Dorf und fliegen am Pförtnerhaus vorbei. Schon glaube ich, dass er versuchen will, zum Dorf zu flüchten, als er plötzlich nach links abbiegt, dem Pfad zum Wunschbrunnen folgt und von dort aus zum See weiterläuft.

Es ist pechschwarz. Der Mond schleicht hinter den Wolken entlang wie ein Hund hinter einem alten Holzzaun, und es dauert nicht lange, da habe ich den Flüchtenden vor mir aus den Augen verloren. Aus

Angst vor einem Hinterhalt drossele ich mein Tempo und lausche angestrengt in die Nacht hinaus. Eulen schreien, Regen tropft durch die Blätter der Bäume. Äste greifen nach mir, während ich geduckt und im Zickzack durch den Wald laufe. Plötzlich stoße ich ganz unvermittelt auf Daniel, der in gekrümmter Haltung am Ufer des Sees kniet. Er hat die Hände auf die Knie gelegt, und ringt nach Atem. Die Sturmlaterne hat er neben sich auf die Erde gestellt.

Er kann nirgendwo mehr hinrennen, es gibt keinen Ausweg.

Meine Hände zittern heftig, und in meiner Brust kriecht die Angst hoch. Der Zorn hat mir zwar Mut verliehen, aber er hat mich auch zum Narren gehalten. Donald Davies ist klein und schmächtig und weicher als das Bett, in dem er schläft. Daniel hingegen ist viel größer und stärker. Und er nutzt seine körperliche Kraft schamlos aus, um Leute wie Davies einzuschüchtern. Hinzu kommt, dass ich die zahlenmäßige Überlegenheit, die ich auf dem Friedhof noch gehabt haben mag, längst verloren habe. Und das bedeutet, dass – zum ersten Mal, seit ich auf Blackheath eingetroffen bin – keiner von uns beiden weiß, was als Nächstes passieren wird.

Als Daniel sieht, wie ich mich nähere, winkt er mir, ich möge einen Moment warten und ihn wieder zu Atem kommen lassen. Ich gewähre ihm die gewünschte Pause und nutze die Zeit, um mir einen schweren Stein auszusuchen, der mir als Waffe dienen kann. Nach der Geschichte mit dem Kompass kann von einem fairen Kampf ohnehin keine Rede mehr sein.

»Was auch immer du tust, sie werden deine Freundin nicht gehen lassen«, stößt er keuchend hervor. »Silberne Träne hat mir alles über dich erzählt, im Austausch für das Versprechen, dass ich Anna finden und töten werde. Sie hat mir sämtliche Einzelheiten über deine Wirte berichtet: wer sie sind, wo sie aufwachen und wann. Verstehst du denn nicht? Es ist vollkommen egal, was du tust. Ich bin der Einzige von uns, der entkommen kann.«

»Das hättest du mir auch schon früher sagen können«, entgegne ich. »Es hätte nicht so enden müssen.«

»Ich habe eine Frau und einen Sohn. Das ist die Erinnerung, die ich mitgebracht habe. Kannst du dir vorstellen, wie sich das anfühlt? Zu wissen, dass sie dort draußen sind und auf mich warten? Oder dass sie es womöglich schon aufgegeben haben?«

Ich gehe einen Schritt auf ihn zu, während ich den Stein seitlich an meinem Körper versteckt halte.

»Wie willst du ihnen noch ins Gesicht schauen können, nach allem, was du getan hast, um von diesem Ort zu entkommen?«, frage ich.

»Ich bin das, was Blackheath aus mir gemacht hat«, keucht er und spuckt einen Klumpen Schleim auf die Erde.

»Nein, Blackheath ist das, was wir daraus gemacht haben«, entgegne ich und gehe noch ein kleines Stück weiter auf ihn zu. Er kniet immer noch auf der Erde, vollkommen erschöpft und in sich zusammengesunken. Nur noch ein paar Schritte, und es wird alles vorbei sein. »Unsere Entscheidungen haben uns an diesen Punkt geführt, Daniel. Wenn das hier tatsächlich die Hölle ist, dann haben wir sie uns selbst geschaffen.«

»Und was denkst du, was wir tun sollten?«, fragt er und schaut zu mir hoch. »Hier herumsitzen und in Reue versinken, so lange, bis es jemand für angebracht hält, die Türen zu öffnen?«

»Hilf mir, Evelyn zu retten, und dann können wir unsere Erkenntnisse gemeinsam zum Pestdoktor bringen«, beschwöre ich ihn. »Wir alle drei, du, ich und Anna. Wir haben die Chance, als bessere Menschen von diesem Ort fortzugehen, als wir es bei unserer Ankunft waren.«

»Das kann ich nicht riskieren«, sagt er mit leerer, ausdrucksloser Stimme. »Ich werde mir diese Gelegenheit zu entkommen nicht entgehen lassen. Nicht wegen irgendwelcher dämlichen Schuldgefühle und auch nicht, um Leuten zu helfen, denen schon längst nicht mehr geholfen werden kann.«

Und dann stößt er ohne jede Warnung die Sturmlaterne um.

Die Nacht flutet mir in die Augen.

Ich höre das platschende Geräusch seiner Schritte, noch bevor er mir so heftig seine Schulter in den Bauch rammt, dass mir der Atem wegbleibt.

Mit einem dumpfen Geräusch schlagen wir auf der Erde auf, und der Stein entgleitet meiner Hand.

Ich schaffe es gerade noch, meine Arme hochzureißen, um mein Gesicht zu schützen, aber sie sind dünn und zart, und seine Schläge durchbrechen meine Deckung mit Leichtigkeit. Mein Mund füllt sich mit Blut, und alles an mir wird taub, innen wie außen, während seine Schläge unablässig auf mich herabprasseln, bis schließlich seine Knöchel von meinen blutigen Wangen abrutschen.

Plötzlich lastet sein Körper nicht mehr auf mir. Er hat von mir abgelassen.

Keuchend steht er da, und sein Schweiß tropft auf mich herab.

»Ich hatte ja eigentlich vermeiden wollen, dass es so weit kommt«, sagt er.

Kräftige Finger packen mich an den Fußknöcheln und ziehen mich durch den Morast zum Wasser hinunter. Ich versuche, nach ihm zu greifen, aber seine Schläge haben mir sämtliche Kraft geraubt, und ich falle wieder in mich zusammen.

Er hält kurz inne und wischt sich den Schweiß von der Stirn. Das Mondlicht hämmert sich durch die Baumwipfel und zieht ihm alle Farbe aus dem Gesicht. Seine Haare sind silbern, seine Haut so weiß wie frisch gefallener Schnee. Er schaut mit demselben Mitleid auf mich herab, das er auch Bell entgegengebracht hat, an jenem ersten Morgen, an dem ich hier eintraf.

»Wir müssen nicht ...« Ich huste Blut.

»Du hättest mir nicht in die Quere kommen sollen«, sagt er und zerrt mich wieder vorwärts. »Das ist alles, was ich jemals von dir verlangt habe.«

Er stapft in den See hinaus und zieht mich hinter sich her, sodass erst meine Beine und dann meine Brust und mein Kopf in das kalte Wasser eintauchen. Der Schock weckt meinen Kampfgeist wieder ein wenig, und ich versuche, mich in den Morast zu krallen und zurück ans Ufer zu ziehen, aber Daniel packt mich an den Haaren und drückt mein Gesicht in das eiskalte Wasser.

Ich zerkratze ihm die Hand und trete mit den Beinen nach ihm, aber er ist zu stark.

Mein Körper krümmt sich und will verzweifelt nach Atem ringen.

Er hält mich weiter erbarmungslos nach unten gedrückt.

Ich sehe den vor neunzehn Jahren gestorbenen Thomas Hardcastle, wie er mit seinen blonden Haaren und staunenden, weit aufgerissenen Augen aus der Dunkelheit zu mir hinaufgeschwommen kommt. Er hatte sich dort unten verirrt, doch nun nimmt er meine Hand, drückt meine Finger und fordert mich auf, tapfer zu sein.

Ich schaffe es nicht, noch länger den Atem anzuhalten. Der Mund springt mir auf, und das eiskalte, schlammige Wasser dringt in meine Lunge.

Mein Körper beginnt wild zu zucken.

Thomas zieht meine Seele aus dem sterbenden Fleisch, und wir schweben Seite an Seite im Wasser und schauen zu, wie Donald Davies ertrinkt.

Es ist friedlich und still. Erstaunlich leise.

Dann stürzt etwas mit einem lauten Aufprall ins Wasser.

Hände tauchen in den See, packen den Körper von Donald Davies und zerren ihn an die Oberfläche. Eine Sekunde später folge ich ihm.

Die Finger des toten Jungen sind immer noch mit meinen verwoben, aber ich schaffe es nicht, ihn aus dem See zu befreien. Er ist hier gestorben und deshalb ist er auch hier gefangen und muss nun traurig zusehen, wie ich in Sicherheit gezogen werde.

Ich liege im Morast, in einem Körper aus Blei, und huste Wasser.

Daniel treibt mit dem Gesicht nach unten im See.

Jemand schlägt mich auf die Wange.

Dann noch einmal, fester diesmal.

Anna beugt sich über mich, aber alles ist verschwommen. Der See hält mir die Hand über die Ohren und zieht mich in seinen Schoß zurück.

Die Dunkelheit ruft mich.

Anna beugt sich noch näher zu mir herab. Eine Person wie ein kleiner Fleck.

»… komm zu mir«, schreit Anna, mit leisen, weit entfernten Worten. »Um 7:12 Uhr in der Eingangshalle …«

Unten im See winkt Thomas mich wieder zu sich. Ich schließe die Augen und geselle mich zu dem ertrunkenen Kind.

DER ACHTE TAG

53.

Meine Wange ruht auf der Rundung eines weiblichen Rückens. Wir sind splitternackt, liegen auf einer schmutzigen Matratze und haben uns in einem Wirrwarr aus schweißgetränkten Laken verfangen. Durch das verfaulte Holz der Fensterrahmen schlängelt sich der Regen, rinnt an der Wand herab und sammelt sich in Pfützen auf den nackten Bodendielen.

Die Frau neben mir wacht im selben Moment auf wie ich und dreht sich zu mir um. Madeline Aubert schaut mich mit grünen, vor kränklicher Bedürftigkeit schimmernden Augen an. Die dunklen Haare der Zofe kleben ihr an den feuchten Wangen, und sie hat große Ähnlichkeit mit dem Thomas Hardcastle aus meinem Traum – ein ertrunkenes Wesen, das sich verzweifelt an dem erstbesten Gegenstand festklammert, der seinen Weg kreuzt.

Als sie feststellt, dass ich es bin, der neben ihr liegt, lässt sie den Kopf mit einem enttäuschten Seufzer wieder zurück aufs Kissen fallen. Eine so unverhohlene Geringschätzung sollte mich eigentlich kränken, aber sofern meine Eitelkeit tatsächlich verletzt wurde, wird sie sofort wieder durch die Erinnerung an unser erstes Zusammentreffen geheilt. Ich weiß noch genau, wie wir uns beide schämten, weil wir uns so elendiglich nach etwas sehnten, und mit welchem Eifer sie sich dann in meine Arme warf, als ich eins von Bells Laudanum-Fläschchen aus der Tasche zog.

Ich lasse meinen Blick träge durch die Hütte schweifen, um zu sehen, ob irgendwo noch weitere Drogen zu finden sind. Meine Arbeit für die Hardcastles ist beendet – die neuen Familienporträts sind fertig und hängen in der langen Galerie. Man hat mich nicht auf die Party eingeladen, und ich werde auch nicht im Haus erwartet. Das bedeutet, dass ich den Vormittag frei habe und mich einfach weiter auf dieser Matratze räkeln kann, während mich die Welt umkreist wie Farbe, die ein Abflussloch hinunterwirbelt.

Mein Blick bleibt an Madelines Haube und Schürze hängen, die über eine Stuhllehne drapiert sind.

Als hätte mich jemand ins Gesicht geschlagen, kehre ich zu mir selbst zurück. Die Uniform hat Annas Gesicht vor meinem geistigen Auge erstehen lassen, ihre Stimme und die Berührung ihrer Hände, und die Gefahr, in der wir uns befinden.

Ich halte mich an dieser Erinnerung fest, und es gelingt mir, Golds Persönlichkeit zur Seite zu drängen.

Ich war derart von seinen Hoffnungen und Ängsten, Lüsten und Leidenschaften erfüllt, dass mir Aiden Bishop im Licht des Morgens wie ein flüchtiger Traum vorkam.

Ich hatte geglaubt, dies wäre alles, was ich bin.

Als ich mich von der Matratze herunterwälze, werfe ich einen Haufen leerer Laudanum-Fläschchen um, die wie eine Schar flüchtender Mäuse über den Boden davonrollen. Ich trete sie mit dem Fuß beiseite, gehe zum Kamin hinüber, in dem eine einzelne kümmerliche Flamme an den Resten der Glut züngelt, und füttere das Feuer mit Anzündholz und Scheiten, die ich mir von dem danebenstehenden Holzstapel nehme, bis es wieder einigermaßen kräftig brennt. Auf dem Kaminsims stehen handgeschnitzte Schachfiguren. Einige sind bemalt, obwohl es wahrscheinlich zutreffender wäre zu sagen, dass sie mit Farben befleckt sind, und direkt neben den halbfertigen Figuren liegt ein kleines Messer, das Gold ganz offenbar zum Schnitzen benutzt hat. Genau diese Schachfiguren sind es, die Anna den ganzen Tag mit sich herumtragen wird, und die Klinge passt perfekt zu den Schnitten, die ich gestern auf Golds Arm gesehen habe.

Wieder einmal hat das Schicksal eines seiner Leuchtfeuer angezündet.

Madeline sammelt ihre Kleider zusammen, die über den gesamten Fußboden verteilt liegen. Die Hast, mit der sie ganz offenbar dort hingeworfen wurden, legt nahe, dass eine unbändige Leidenschaft am Werk war, doch die jetzigen Bewegungen der Zofe lassen nur noch eine große Scham erkennen. Sie kehrt mir den Rücken zu und starrt beim Ankleiden die gegenüberliegende Wand an. Golds Augen sind jedoch keineswegs so züchtig. Er weidet sich an ihrer blassen weißen Haut und dem Anblick ihrer Haare, die ihr den Rücken hinunterfallen.

»Hast du einen Spiegel?«, fragt sie, während sie sich das Kleid zuknöpft. Sie hat ihre Frage mit einem ganz leichten französischen Akzent ausgesprochen.

»Ich glaube nicht«, sage ich und genieße die Wärme des Feuers auf meiner nackten Haut.

»Ich muss furchtbar aussehen«, sagt sie abwesend.

Ein Gentleman würde ihr respektvoll widersprechen, aber Gold ist kein Gentleman und Madeline ist keine Grace Davies. Ich habe sie bislang nie ohne Puder und Schminke gesehen und bin überrascht, wie kränklich sie aussieht. Ihr Gesicht ist furchtbar hager, mit gelber, pockennarbiger Haut und müden, wundgeriebenen Augen.

Sie drückt sich an der gegenüberliegenden Wand entlang, um so weit wie möglich von mir entfernt zu bleiben, und öffnet dann die Tür, um zu gehen. Eisige Luft dringt ins Innere und entzieht dem Raum sämtliche Wärme. Es ist noch sehr früh am Morgen. Die Dämmerung wird erst in ein paar Stunden hereinbrechen, und der Nebel hat sich auf die Bodenflächen herabgesenkt. Dort drüben steht Blackheath, von Bäumen eingerahmt. Noch hat sich die Nacht wie ein Mantel um seine Schultern gelegt. Von dem Winkel zu schließen, aus dem ich das Haus sehe, muss die Hütte, in der ich mich gerade befinde, irgendwo in der Nähe des Familienfriedhofs stehen.

Ich schaue Madeline zu, die auf dem Pfad zum Haus hinübereilt und sich dabei ihren Schal eng um die Schultern geschlungen hat. Hätten die Ereignisse ihren ursprünglichen Verlauf genommen, dann wäre ich es jetzt, der durch die Nacht stolpert. Von Daniels Folter in den Wahnsinn getrieben, hätte ich mir erst das eigene Fleisch mit dem Schnitzmesser zerschunden, hätte dann die Treppen von Blackheath erklommen, wild mit der Faust an Dances Tür gehämmert und ihm meine Warnung entgegengeschrien. Aber weil ich Daniels Verrat durchschaut und ihn auf dem Friedhof überwältigt habe, ist mir dieses Schicksal erspart geblieben. Ich habe den Tag vollkommen neu geschrieben.

Jetzt muss ich nur noch dafür sorgen, dass er auch ein glückliches Ende nimmt.

Ich schließe die Tür hinter Madeline, zünde eine Öllampe an und denke über meine nächsten Schritte nach, während sich die Dunkelheit auf leisen Sohlen in die Ecken des Raumes zurückzieht. Alle möglichen Ideen schießen mir durch den Kopf und schlagen ihre scharfen Klauen in meinen Schädel, darunter auch ein letztes unausgegorenes Monstrum, das darauf wartet, ans Licht gezerrt zu werden.

Schwer zu glauben, dass ich mich an jenem ersten Morgen, an dem ich als Bell aufwachte, darüber grämte, nicht genügend Erinnerungen zu haben. Jetzt muss ich mit einer überreichlichen Fülle kämpfen. Mein Kopf ist wie ein vollgestopfter Koffer, den man dringend einmal entrümpeln müsste. Und weil für Gold die Welt lediglich auf der Leinwand Sinn ergibt, muss ich auch genau dort nach Antworten suchen. Wenn ich von Rashton und Ravencourt eine Sache gelernt habe, dann die: Ich sollte die Talente meiner Wirte zu schätzen wissen, statt mich über ihre Einschränkungen zu beklagen.

Also nehme ich mir die Lampe und gehe zum Atelier im hinteren Teil der Hütte hinüber, um zu schauen, ob ich dort etwas Farbe auftreiben kann. Zahlreiche Gemälde stehen an den Wänden aufgereiht, manche von ihnen halb fertig, während andere in wilder Wut mit einem Messer zerfetzt wurden. Umgestürzte Weinflaschen haben ihren Inhalt auf hunderte von Bleistiftzeichnungen ausgeleert, die auf dem Boden liegen und offenbar achtlos zusammengeknüllt und wegge-

531

worfen wurden. Von der Wand tropft Terpentin herab und verwischt die Farben eines Landschaftsbilds, das Gold anscheinend erst in heller Aufregung begonnen und dann in rasender Wut verworfen hat.

In der Mitte dieser ganzen Verwahrlosung liegen – wie ein Scheiterhaufen, der nur darauf wartet, angezündet zu werden – zahlreiche alte Familienporträts, die aus ihren holzwurmdurchlöcherten, achtlos zur Seite geworfenen Rahmen gerissen wurden. Die meisten Gemälde sind durch das darüber geschüttete Terpentin zerstört worden, und nur einige wenige bleiche Gliedmaßen haben es geschafft, dem Massaker zu entkommen. Evelyn erzählte mir, Gold sei damit beauftragt worden, die auf Blackheath befindlichen Kunstwerke auszubessern, doch es hat ganz den Anschein, als sei er von dem, was er dort vorfand, nicht besonders beeindruckt gewesen.

Während ich den Scheiterhaufen anstarre, nimmt allmählich eine Idee in meinem Kopf Gestalt an.

Ich durchstöbere die Regale, finde einen Holzkohlestift, kehre in das vordere Zimmer zurück und stelle die Öllampe auf die Erde. Es ist keine Leinwand greifbar, also werfe ich meine Gedanken stattdessen einfach direkt an die Wand, die von dem ungewissen, tanzenden Licht der Laterne beschienen wird. Es kommt über mich wie Raserei – ein Wissensschwall, der unaufhaltsam aus mir herausbricht und dafür sorgt, dass der Kohlestift innerhalb weniger Minuten zu einem Stumpen heruntergeschliffen wird und ich gezwungen bin, in das dunkle Hinterzimmer zurückzukehren, um mir einen neuen zu holen.

Ich arbeite mich von oben nach unten durch einen weitverästelten Blätterwald aus Namen, die ich zusammengedrängt knapp unter der Zimmerdecke eintrage, um dann bei jedem in fieberhafter Hast ihre jeweiligen Handlungen im Verlauf dieses Tages einzutragen. Die Wurzeln des Geschehens reichen ganze neunzehn Jahre zurück und wachsen bis tief in einen See hinein, auf dessen Grund ein toter Junge liegt. Zwischendurch reiße ich aus Versehen eine alte Wunde an meiner Hand wieder auf, sodass ich meinen Baum mit roter Farbe verschmiere und mir einen Ärmel vom Hemd abtrennen muss, um die Wunde notdürftig zu verbinden. Dann fahre ich mit meiner Arbeit fort. Als ich endlich von der Wand zurücktrete, strecken schon die ersten Strahlen der Dämmerung ihre Finger über den Horizont. Der Holzkohlestift fällt aus meiner entkräfteten Hand und zerschellt auf den nackten Bodendielen in tausend Stücke. Vollkommen erschöpft und mit zitterndem Arm setze ich mich vor meinem Werk auf die Erde.

Wenn du zu wenige Informationen hast, bist du blind, bei zu vielen wirst du geblendet.

Mit zusammengekniffenen Augen betrachte ich das sich vor mir ausbreitende Muster. In dem Baum klaffen zwei Astlöcher, die für zwei gewaltige Lücken stehen, die sich in meiner Geschichte auftun, zwei Fragen, deren Antworten alles erklären werden: Was wusste Millicent Derby, und wo ist Helena Hardcastle?

Die Tür der Hütte öffnet sich und lässt den Geruch frisch gefallenen Taus herein.

Ich bin zu müde, um mich umzudrehen. Ich bin geschmolzenes Kerzenwachs, ein formloser, verausgabter Klumpen, der nur darauf wartet, dass ihn jemand von der Erde aufkratzt. Ich will nichts als schlafen, will meine Augen schließen und mich von allen Gedanken befreien, aber dies ist mein letzter Wirt. Wenn ich jetzt scheitere, beginnt alles wieder von vorn.

»Sie sind hier?«, fragt der Pestdoktor erstaunt. »Sie sind nie hier. Normalerweise sind Sie um diese Zeit schon längst dem Wahnsinn verfallen. Wie haben Sie ... was ist das?« Er rauscht mit flatternden Gewändern an mir vorbei. Im Licht des neuen Tages macht sein Kostüm einen zutiefst lächerlichen Eindruck. Aus dem albtraumhaften Vogel ist ein Landstreicher aus einem billigen Theaterstück geworden. Kein Wunder, dass er einen Großteil seiner Besuche in nächtlicher Dunkelheit abstattet.

Er bleibt kaum einen Zentimeter vor der Wand stehen, fährt mit der behandschuhten Hand an den Verästelungen des Baumes entlang und verwischt dabei die Namen.

»Bemerkenswert«, sagt er leise und betrachtet das Ganze von oben bis unten.

»Was ist mit Silberner Träne passiert?«, frage ich. »Ich habe gesehen, wie sie auf dem Friedhof von einer Kugel getroffen wurde.«

»Ich habe sie in den Zyklus eingesperrt«, sagt er traurig. »Das war die einzige Möglichkeit, um ihr Leben zu retten. Sie wird in ein paar Stunden aufwachen, in dem Glauben, gerade erst angekommen zu sein, und alles wiederholen, was sie gestern getan hat. Unsere Vorgesetzten werden ihre Abwesenheit sicherlich irgendwann bemerken und hierherkommen, um sie zu befreien. Ich fürchte, dann muss ich mich auf ein paar heikle Fragen gefasst machen.«

Während er dort steht und Zwiesprache mit dem von mir gemalten Baum hält, öffne ich die Eingangstür und lasse mir die Sonnenstrahlen übers Gesicht wandern, bis sich die Wärme auch über meinen Hals und meine nackten Arme ausbreitet. Ich blinzle in das blendende Licht und atme sein goldenes Leuchten. Noch nie zuvor bin ich so früh wach gewesen, habe nie gesehen, wie über diesem Ort die Sonne aufgeht.

Es ist ein Wunder.

»Sagt dieses Gemälde das, was ich glaube, was es sagen will?«, fragt der Pestdoktor. Seine Stimme klingt vor lauter Erwartung ganz angespannt.

»Was glauben Sie denn, was es sagen will?«

»Dass Michael Hardcastle versucht hat, seine eigene Schwester zu ermorden.«

»Dann lautet die Antwort: Ja. Das ist es, was es sagen will.«

Die Vögel singen, und in dem kleinen Garten der Hütte hoppeln drei Kaninchen umher, deren Fell vom Sonnenlicht in eine rostrote Farbe getaucht wird. Hätte ich gewusst, dass sich das Paradies jenseits eines Sonnenaufgangs befindet, hätte ich keine einzige Nacht mehr an den Schlaf verschwendet.

»Sie haben es gelöst, Mr. Bishop! Sie sind der Erste, der das geschafft hat!«, ruft er und seine Stimme wird vor Aufregung immer lauter. »Sie sind frei! Nach all dieser langen Zeit sind Sie endlich frei!« Er holt ein silbernes Fläschchen aus den Falten seines Gewands und drückt es mir in die Hand.

Ich kann unmöglich sagen, um welche Art von Flüssigkeit es sich bei seinem Inhalt handelt, aber sie setzt sämtliche Knochen in meinem Leib in Brand und lässt mich mit einem heftigen Ruck hellwach werden.

»Silberne Träne hat sich zu Recht Sorgen gemacht«, sage ich, während ich immer noch den Kaninchen zuschaue. »Ich werde nicht ohne Anna von hier fortgehen.«

»Das ist nicht Ihre Entscheidung«, entgegnet er und tritt ein paar Schritte zurück, um den Baum besser betrachten zu können.

»Was wollen Sie tun? Mich mit Gewalt zum See hinunterschleifen?«, frage ich.

»Das brauche ich gar nicht«, antwortet er. »Der See war einfach nur ein Treffpunkt. Allein die Antwort ist von Bedeutung. Sie haben den Mord an Evelyn aufgeklärt und mich zudem von Ihrem Lösungsvorschlag überzeugt. Jetzt, da ich die Lösung anerkannt habe, kann Sie nicht einmal Blackheath noch festhalten. Wenn Sie das nächste Mal einschlafen, werden Sie befreit!«

Ich will zornig werden, bringe jedoch nicht die nötige Kraft dazu auf. Der Schlaf zieht mit weichen, warmen Händen an mir, und jedes Mal, wenn ich die Augen schließe, fällt es mir danach umso schwerer, sie wieder zu öffnen. Ich kehre zu der offenstehenden Tür zurück und lasse mich mit dem Rücken am Türrahmen hinabgleiten, bis ich auf der Erde sitze. Eine Hälfte meines Körpers ist im Dunkeln, die andere im Sonnenschein. Ich kann mich nicht dazu überwinden, die Wärme und den Vogelgesang hinter mir zu lassen – die Segnungen einer Welt, die mir so lange verwehrt war.

Ich nehme noch einen Schluck aus dem Flachmann und zwinge mich, wieder wach zu werden.

Es gibt noch so viel zu tun.

Und so viel, was du tun musst, ohne dass man dich dabei sieht.

»Es war kein fairer Wettbewerb«, sage ich. »Ich hatte acht Wirte, während Anna und Daniel nur einen einzigen hatten. Ich konnte mich an eine ganze Woche erinnern und sie konnten das nicht.«

Er schweigt einen Moment und betrachtet mich nachdenklich.

»Diese Vorteile wurden Ihnen gewährt, weil Sie aus freien Stücken nach Blackheath gekommen sind«, sagt er leise, als habe er Angst, belauscht zu werden. »Die anderen taten das jedoch nicht. Und das ist alles, was ich Ihnen zu dieser Angelegenheit sagen kann.«

»Wenn ich mich einmal entschieden habe, herzukommen, dann kann ich das auch ein zweites Mal tun«, sage ich. »Ich werde Anna nicht zurücklassen.«

Er beginnt, unruhig im Raum auf und ab zu laufen, während gleichzeitig sein Blick zwischen mir und dem Gemälde hin und her wandert.

»Sie haben Angst«, stelle ich überrascht fest.

»Ja, ich habe Angst«, herrscht er mich an. »Meine Vorgesetzten, sie sind nicht ... Man sollte sich ihnen nicht widersetzen. Ich verspreche Ihnen, dass ich mich, sobald Sie fort sind, um Anna kümmern werde und ihr jegliche Hilfe zuteilwerden lasse, die zu gewähren in meiner Macht steht.«

»Ein Tag, ein Wirt. Sie wird es nie schaffen, aus Blackheath zu entkommen, das wissen Sie genau«, sage ich. »Ich hätte diese Aufgabe nicht ohne Ravencourts Intelligenz und Dances Gerissenheit bewältigt. Und es war einzig und allein Rashtons Verdienst, dass ich begonnen habe, die einzelnen Hinweise in einem anderen Licht zu betrachten und sie wie Beweismaterial zu behandeln. Verdammt, sogar Derby und Bell haben ihren Teil dazu beigetragen. Anna wird all diese Begabungen und Fähigkeiten brauchen, genau wie ich es getan habe.«

»Ihre Wirte werden immer noch auf Blackheath sein.«

»Aber ich werde sie nicht mehr kontrollieren!«, insistiere ich. »Keiner von ihnen wird einem simplen Dienstmädchen helfen. Ich würde Anna dazu verdammen, für immer und ewig an diesem Ort bleiben zu müssen.«

»Vergessen Sie Anna! All das hat lange genug gedauert«, ruft er, dreht sich wütend zu mir und wedelt mit der Hand durch die Luft.

»Was hat lange genug gedauert?«

Er starrt seine behandschuhte Hand an, offenbar überrascht darüber, die Beherrschung verloren zu haben.

»Sie sind der Einzige, dem es gelingt, mich derart wütend zu machen«, sagt er etwas leiser. »Es ist immer dasselbe. In einem Zyklus nach dem anderen, einem Wirt nach dem anderen. Ich habe zugesehen, wie Sie Freunde verraten, Allianzen geschmiedet und sich rein aus Prinzip dem Tod ans Messer geliefert haben. Ich habe so viele unterschiedliche Versionen von Aiden Bishop gesehen, dass Sie sich wahrscheinlich selbst niemals darin wiedererkennen würden, aber die eine Sache, die sich niemals geändert hat, war Ihre Sturheit. Sie entscheiden sich für einen Weg und folgen ihm bis zum bitteren Ende, ganz gleich, in wie viele Löcher Sie unterwegs stürzen. Es wäre ja beeindruckend, wenn es nicht so unglaublich ärgerlich wäre.«

»Ärgerlich hin oder her, ich muss wissen, warum Silberne Träne einen so ungeheuren Aufwand betrieben hat, um Anna zu töten.«

Er wirft mir einen langen abschätzenden Blick zu und seufzt dann tief.

»Wissen Sie, woran man erkennen kann, ob es ein Monster verdient hat, wieder auf Erden zu wandeln? Ob sich ein Unmensch wahrhaftig von seiner Schuld reingewaschen hat und Ihnen nicht einfach nur erzählt, was Sie hören wollen?« Er nimmt noch einen Schluck aus dem Flachmann. »Sie geben ihm einen Tag ohne jegliche Konsequenzen und beobachten dann, was er mit diesem Tag anfängt.«

Ich bekomme eine Gänsehaut, und das Blut gefriert mir in den Adern.

»Das war alles ein Test?«, frage ich langsam.

»Wir ziehen es vor, es als Rehabilitation zu bezeichnen.«

»Rehabilitation ...«, wiederhole ich, während mir allmählich ein Licht aufgeht, ganz ähnlich wie die Sonne über diesem Haus. »Blackheath ist ein Gefängnis?«

»Ja. Aber statt unsere Gefangenen in einer Zelle verrotten zu lassen, geben wir ihnen die Chance, sich der Freiheit würdig zu erweisen – und zwar jeden einzelnen Tag. Begreifen Sie, was für eine herrliche Sache das ist? Der Mord an Evelyn Hardcastle ist nie aufgeklärt worden und wäre wahrscheinlich auch in Zukunft nie gelöst worden. Indem wir die Gefangenen in diesem Mord einsperren, geben wir ihnen die Gelegenheit, ihre eigenen Verbrechen zu sühnen, und zwar dadurch, dass sie das Verbrechen einer anderen Person aufklären. Wir bestrafen sie und erweisen ihnen gleichzeitig einen Dienst.«

»Gibt es noch andere Orte wie diesen?«, frage ich, während ich versuche, das Ganze zu begreifen.

»Tausende«, antwortet er. »Ich habe ein Dorf gesehen, das jeden Morgen mit drei kopflosen Leichen auf dem Dorfplatz aufwacht, und eine Reihe von Morden auf einem Überseedampfer. Auf diesem Schiff werden wohl an die fünfzehn Gefangene sein, die versuchen, die Morde aufzuklären.«

»Und das heißt, dass Sie dann … ja, was sind Sie eigentlich? Ein Gefängniswärter?«

»Ich bin ein Gutachter. Ich entscheide, ob Sie es verdient haben, entlassen zu werden.«

»Aber Sie haben gesagt, ich sei freiwillig nach Blackheath gekommen. Warum sollte ich mich dazu entschließen, in ein Gefängnis zu gehen?«

»Sie sind wegen Anna gekommen. Aber dann haben Sie sich in diesem Ort verfangen. Blackheath hat Sie in einem Zyklus nach dem anderen auseinandergenommen und in Ihre Einzelteile zerlegt, bis Sie sich schließlich selbst vergessen haben. So und nicht anders ist dieser Ort eben konzipiert.« Seine Stimme ist vor Zorn ganz angespannt, und er hat seine behandschuhten Hände geballt. »Meine Vorgesetzten hätten Sie niemals hierherkommen lassen dürfen. Das war unrecht. Eine halbe Ewigkeit habe ich geglaubt, dass jener unschuldige Mann, der diesen Ort betrat, verloren sei, dass er sich selbst in einer sinnlosen Geste geopfert habe, aber dann haben Sie wieder zu sich zurückgefunden. *Deshalb* habe ich Ihnen geholfen. Ich habe Ihnen die Kontrolle über verschiedene Wirte gewährt und nach den Personen gesucht, die sich am besten eigneten, um den Mord aufzuklären, bis ich mich schließlich für die acht Personen des heutigen Tages entschied. Dann habe ich noch mit ihrer Reihenfolge experimentiert, um sicherzustellen, dass Sie auch aus allen den größtmöglichen Nutzen ziehen. Ich bin sogar so weit gegangen, dafür zu sorgen, dass sich Mr. Rashton in dieser Abstellkammer versteckte, um ihn am Leben zu halten. Ich habe jede nur erdenkliche Regel gebeugt, damit Sie endlich entkommen können. Begreifen Sie jetzt endlich? Sie müssen gehen, solange Sie noch die Person sind, die Sie sein wollen.«

»Und Anna ...?«, stammele ich zögernd. Ich hasse die Frage, die ich jetzt zu stellen im Begriff bin.

Ich habe den Gedanken nie zugelassen, dass Anna womöglich hierhergehören könnte. Stattdessen habe ich es vorgezogen, es so zu sehen, als sei die Anwesenheit an diesem Ort mit den Folgen eines Schiffbruchs oder eines Blitzeinschlags vergleichbar. Indem ich Anna für ein Opfer hielt, habe ich meine eigenen nagenden Zweifel verbannt, sie könne all dies vielleicht verdient haben. Doch jetzt, da ich dieser tröstlichen Sichtweise beraubt wurde, merke ich, wie meine Angst wächst.

»Was hat Anna getan, dass sie so etwas wie Blackheath verdient hat?«, frage ich.

Er schüttelt den Kopf und reicht mir den Flachmann. »Es steht mir nicht zu, Ihnen das zu sagen. Seien Sie lediglich versichert, dass die Schwere der Bestrafung der Schwere des Verbrechens entspricht. Die Gefangenen in dem Dorf, von dem ich Ihnen erzählt habe, oder auch die auf dem Schiff haben alle geringere Strafen erhalten als Anna und Daniel. Jene Orte sind längst nicht so grauenhaft wie dieser hier. Blackheath wurde errichtet, um Teufel zu zerbrechen und nicht irgendwelche gewöhnlichen kleinen Diebe.«

»Wollen Sie damit sagen, dass Anna ein Teufel ist?«

»Ich sage nur, dass jeden Tag tausende von Verbrechen begangen

werden. Aber nur *zwei* Menschen wurden an diesen Ort gesandt.«
Seine Stimme wird nun wieder lauter und scheint unter der Last seiner Gefühle fast zu zerbrechen. »Anna ist einer von ihnen, und doch
haben Sie Ihr Leben riskiert, um ihr bei der Flucht zu helfen. Das ist
Irrsinn.«

»Eine Frau, die eine derartige Loyalität erwecken kann, muss etwas
wert sein.«

»Sie hören mir nicht zu«, sagt er mit geballten Fäusten.

»Ich höre Ihnen durchaus zu, aber ich werde Anna nicht hier zurücklassen«, sage ich. »Selbst, wenn Sie mich heute zwingen zu gehen,
werde ich morgen wieder hierher zurückfinden. Ich habe es einmal
geschafft, ich werde es auch ein zweites Mal schaffen.«

»Nun seien Sie doch kein solcher Narr!« Er schlägt so heftig gegen
den Türrahmen, dass Staub auf unsere Köpfe herunterrieselt. »Es war
nicht Loyalität, deretwegen Sie nach Blackheath gekommen sind,
es war Rache. Sie sind nicht hierhergekommen, um Anna zu *retten*,
sondern Sie kamen, um ein Auge für ein Auge, einen Zahn für einen
Zahn zu fordern. Anna ist hier auf Blackheath in Sicherheit. Gefangen
zwar, aber in Sicherheit. Doch Sie waren dagegen, dass sie eingesperrt
wird, nein, Sie wollten, dass sie leidet. Es gab viele Leute dort draußen, die das ebenfalls wollten, aber keiner war gewillt, das zu tun, was
Sie getan haben, weil keiner von ihnen diese Frau so sehr gehasst hat
wie Sie. Sie sind ihr nach Blackheath gefolgt. Seit dreißig Jahren haben
Sie Ihr Leben der Aufgabe gewidmet, sie zu quälen und zu foltern –
so wie Sie heute Ihrerseits vom Lakaien gefoltert werden.«

Schweigen senkt sich auf uns herab.

Ich öffne den Mund, um zu antworten, aber mein Magen ist bis zu
meinen Schuhsohlen herabgerutscht, und alles dreht sich. Die Welt
hat sich auf den Kopf gestellt, und obwohl ich auf dem Boden sitze,
kann ich spüren, wie ich falle, immer weiter und weiter in die Tiefe
falle.

»Was hat sie getan?«, flüstere ich.

»Meine Vorgesetzten ...«

»… haben einem unschuldigen Mann, der mit der Absicht kam, einen Mord zu begehen, die Tore von Blackheath geöffnet«, entgegne ich. »Ihre Vorgesetzten sind genauso schuldig wie alle anderen hier. Und jetzt sagen Sie mir, was Anna getan hat.«

»Das kann ich nicht«, sagt er schwach. Aber sein Widerstand ist so gut wie gebrochen.

»Sie haben mir doch auch bis jetzt immer geholfen.«

»Ja, weil das, was Ihnen widerfahren ist, ein Unrecht war«, sagt er. Dann nimmt er einen so ausgiebigen Schluck aus dem Flachmann, dass sein Adamsapfel auf und ab hüpft. »Niemand hatte etwas dagegen einzuwenden, dass ich Ihnen bei der Flucht half, weil Sie hier ja ohnehin gar nicht hätten sein dürfen, aber wenn ich Ihnen Dinge erzähle, die Sie nicht wissen dürfen, dann wird das schwerwiegende Folgen haben. Für uns beide.«

»Ich kann nicht von hier fortgehen, ohne zu wissen, warum ich gehen muss, und ich kann nicht versprechen, dass ich nicht zurückkomme, bevor ich nicht genau weiß, warum ich überhaupt erst hierherkam«, sage ich. »Bitte. Das ist der einzige Weg, wie wir diese Geschichte beenden können.«

Die Schnabelmaske wendet sich mir ganz langsam zu, und dann steht er eine geschlagene Minute reglos dort, tief in Gedanken versunken. Ich kann spüren, wie er Maß nimmt, mich einschätzt, wie er meine Eigenschaften eine nach der anderen auf die Waage und dann beiseitelegt, wie er meine Makel ins Licht hält, auf dass er sie besser beurteilen kann.

Es ist nicht dein Maß, das er nimmt.

Was soll das heißen?

Er ist ein guter Mensch. Und dies ist der Moment, in dem er herausfindet, wie gut.

Der Pestdoktor neigt den Kopf und überrascht mich damit, dass er seinen Zylinder abnimmt, sodass die braunen Lederriemen sichtbar werden, mit denen seine Schnabelmaske festgeschnallt ist. Er macht sich daran, einen Riemen nach dem anderen zu lösen und ächzt vor

Anstrengung, während seine dicken Finger an den Schnallen herumtasten. Als auch die letzte Schnalle geöffnet ist, entfernt er sich die Maske vom Gesicht und schlägt die Kapuze zurück, unter der sein kahler Kopf zum Vorschein kommt. Er ist älter, als ich gedacht hatte, und geht eher auf die Sechzig zu als auf die Fünfzig. Sein Gesicht ist das eines anständigen, überarbeiteten Menschen, seine Augen sind blutunterlaufen, und seine Haut hat die Farbe alten Pergaments. Wenn meine Müdigkeit Gestalt annehmen könnte, dann würde sie genau so aussehen wie er.

Ohne von meiner Besorgnis Notiz zu nehmen, legt er den Kopf zurück und hält sein Gesicht in das Licht des frühen Morgens, das durch das Fenster fällt.

»Nun, das war's dann wohl«, sagt er, während er die Maske auf Golds Bett wirft. Ohne die Maske aus Porzellan klingt seine Stimme irgendwie fremd – ganz anders als die, mit der ich vertraut geworden bin.

»Ich nehme mal an, dass Sie das wohl eher nicht hätten tun sollen«, sage ich und nicke zu der Maske hinüber.

»Die Liste wird immer länger«, antwortet er und setzt sich auf eine Treppenstufe draußen vor der Tür, wobei er seine Position so wählt, dass sein ganzer Körper vom Sonnenlicht gebadet wird.

»Ich komme jeden Morgen hierher, bevor ich mit der Arbeit beginne«, sagt er und holt tief Luft. »Ich liebe diesen Moment. Er dauert genau siebzehn Minuten. Dann ziehen Wolken auf, und zwei Lakaien setzen einen Streit fort, den sie am Abend zuvor begonnen hatten und der in einer Prügelei in der Nähe der Stallungen endet.« Er zieht sich die Handschuhe von den Händen, einen Finger nach dem anderen.

»Es ist eine Schande, dass Sie diesen Moment erst jetzt zum ersten Mal genießen können, Mr. Bishop.«

»Bitte, nennen Sie mich doch Aiden«, sage ich und halte ihm meine Hand hin.

»Oliver«, antwortet er und schüttelt sie.

»Oliver«, wiederhole ich nachdenklich. »Ich hätte nie gedacht, dass Sie auch einen Namen haben.«

»Vielleicht sollte ich ihn Donald Davies mitteilen, wenn ich mich ihm dort draußen auf der Straße in den Weg stelle«, sagt er, während ein leichtes Lächeln seine Lippen umspielt. »Er wird sehr wütend sein. Vielleicht beruhigt ihn das ja.«

»Sie wollen immer noch dort hingehen? Warum? Sie haben doch jetzt Ihre Antwort.«

»Bis zu dem Moment, an dem Sie von hier entkommen, ist es meine Pflicht, auch diejenigen zu leiten, die nach Ihnen kommen, und ihnen dieselbe Chance zu gewähren, die auch Sie hatten.«

»Aber Sie wissen doch jetzt, wer Evelyn Hardcastle getötet hat«, sage ich. »Wird das nicht alles verändern?«

»Wollen Sie damit andeuten, dass ich meine Aufgabe vielleicht als erschwert empfinden könnte, weil ich mehr weiß als die Gefangenen?« Er schüttelt den Kopf. »Ich habe schon immer mehr gewusst als die anderen. Ich wusste mehr als Sie. Mein Wissen war noch nie das Problem. Es ist vielmehr das Unwissen, mit dem ich zu kämpfen habe.«

Sein Gesicht verhärtet sich wieder, und die Ungezwungenheit, mit der er eben noch gesprochen hat, ist aus seiner Stimme verschwunden. »Deshalb habe ich auch die Maske abgenommen, Aiden. Sie sollen mein Gesicht sehen und meine Stimme hören und wissen, dass das, was ich Ihnen sage, die reine Wahrheit ist. Wir können uns keine Zweifel leisten, die womöglich zwischen uns stehen. Jetzt nicht mehr.«

»Ich verstehe«, sage ich. Das ist alles, was ich herausbringe. Ich fühle mich wie ein Mann, der darauf wartet, dass das Fallbeil herabsaust.

»Der Name Annabelle Caulker – die Frau, die Sie als Anna kennen – ist in jeder Sprache, in der er ausgesprochen wird, ein Fluch«, sagt er, und es scheint, als wolle er mich mit seinem Blick festnageln. »Sie war die Anführerin einer Gruppe, die Tod und Zerstörung über die Hälfte aller Nationen auf dieser Erde gebracht hat, und sie würde mit ihrem Tun gewiss immer noch fortfahren, wenn sie nicht vor über dreißig Jahren gefasst worden wäre. Das ist die Person, die Sie zu befreien versuchen.«

Ich sollte überrascht sein. Sollte schockiert sein, oder wütend. Ich sollte protestieren. Aber ich empfinde nichts von alledem. Seine Worte kommen mir nicht wie eine Offenbarung vor, sondern eher wie eine Feststellung von Tatsachen, die mir schon seit Langem bekannt sind. Anna ist wild, ungestüm und furchtlos, ja sogar brutal, wenn es nötig ist. Ich habe ihren Gesichtsausdruck gesehen, als sie im Pförtnerhaus mit dem Gewehr auf Dance losging, bevor ihr klarwurde, dass ich es war. Sie hätte ohne jede Reue abgedrückt. Sie hat Daniel getötet, als ich dies nicht fertigbrachte, und beiläufig vorgeschlagen, wir könnten Evelyn doch selbst ermorden, um auf diesem Weg die Frage des Pestdoktors beantworten zu können. Sie hat behauptet, einen Scherz gemacht zu haben, aber so richtig überzeugt bin ich davon selbst jetzt noch nicht.

Und doch – Anna hat diese Personen nur getötet oder bedroht, um mich zu beschützen und mir so die Zeit zu verschaffen, die ich brauchte, um das Rätsel zu lösen. Sie ist stark, sie ist gütig, und sie war immer loyal, sogar dann, als mein Wunsch, Evelyn zu retten, drohte, unsere Ermittlungen zu ihrem Mord zu untergraben.

Von all den Menschen, die es in diesem Haus gibt, war sie die Einzige, die niemals ihre wahre Identität verborgen hat.

»Dieser Mensch ist sie nicht mehr«, wende ich ein. »Sie haben gesagt, Blackheath sei dazu gedacht, Menschen zu rehabilitieren. Es soll ihre frühere Persönlichkeit zerschlagen und die neu gebildete Persönlichkeit einer Prüfung unterziehen. Nun, ich hatte während der vergangenen Woche die Gelegenheit, Anna aus nächster Nähe zu beobachten. Sie hat mir geholfen, hat mein Leben gerettet, und das mehr als einmal. Sie ist meine Freundin.«

»Sie hat Ihre Schwester ermordet«, sagt er schonungslos.

Meine Welt wird leer.

»Sie hat sie gefoltert, gedemütigt und die ganze Welt gezwungen, dabei zuzuschauen«, fährt er fort. »So ein Mensch ist Anna. Und solche Menschen ändern sich nicht, Aiden.«

Ich falle auf die Knie und umklammere meine Schläfen, während Erinnerungen auf mich einfluten.

Meine Schwester hieß Juliette. Sie hatte braune Haare und ein strahlendes Lächeln. Sie wurde damit beauftragt, Annabelle Caulker ausfindig zu machen und zu verhaften, und ich war unendlich stolz auf sie.

Jede einzelne Erinnerung ist wie eine Glasscherbe, die mir in die Seele schneidet.

Juliette war ehrgeizig und clever und vertrat die Ansicht, dass die Gerechtigkeit etwas sei, das man nicht einfach nur als selbstverständlich hinnehmen sollte, sondern das verteidigt werden müsste. Sie brachte mich zum Lachen. Und das war in ihren Augen etwas sehr Lohnendes.

Tränen rinnen mir die Wangen herab.

Annabelle Caulkers Männer kamen mitten in der Nacht und entführten Juliette aus ihrem Haus. Ihr Ehemann wurde mit einer Kugel in den Kopf hingerichtet. Er hatte Glück. Juliettes Kugel ließ sieben Tage auf sich warten. Sie haben sie gefoltert und alle Welt dabei zusehen lassen.

Das nannten sie die gerechte Strafe dafür, dass man sie verfolgt hatte.

Sie sagten, damit hätten wir rechnen müssen.

Ich weiß sonst nichts über mich selbst oder über den Rest meiner Familie. Glückliche Erinnerungen habe ich keine behalten. Nur solche, die mir hier behilflich sein konnten. Nur Hass und Trauer.

Es war der Mord an Juliette, der mich nach Blackheath gebracht hat. Es waren die allwöchentlichen Telefonanrufe, die nicht mehr stattfanden. Die Geschichten, die wir nicht mehr miteinander teilten. Es war die Lücke, die Juliette hätte ausfüllen sollen und nie wieder ausfüllen würde. Und es war die Art, wie Annabelle schließlich gefasst wurde.

Ohne Blutvergießen. Ohne Schmerzen.

Ohne irgendeinen Zwischenfall.

Dann hat man sie nach Blackheath geschickt, wo die Mörderin meiner Schwester ihr ganzes Leben damit verbringen würde, den Tod einer anderen ermordeten Schwester aufzuklären. Das nannten sie Gerechtigkeit. Sie haben sich selbst auf die Schulter geklopft ob ihrer Findigkeit und dachten, ich wäre damit genauso zufrieden, wie sie es waren. Sie dachten, das wäre genug.

Sie irrten sich.

Die Ungerechtigkeit riss mich nachts in Stücke und heftete sich tagsüber an meine Fersen wie ein böser Geist. Sie nagte und nagte an mir, bis sie das Einzige war, woran ich denken konnte.

Ich folgte ihr durch die Pforten der Hölle hindurch. Ich jagte, terrorisierte und quälte Annabelle Caulker, bis ich den Grund vergaß, aus dem ich das tat. Bis ich Juliette vergaß. Bis Annabelle zu Anna wurde und ich nur noch ein verängstigtes Mädchen sah, das einer Schar von Ungeheuern ausgeliefert war.

Ich machte mich selbst zu dem, was ich gehasst, und Annabelle zu dem, was ich geliebt hatte.

Und gab Blackheath die Schuld dafür.

Ich blicke aus tränenwunden Augen zu dem Pestdoktor hoch. Er schaut mir direkt ins Gesicht und versucht, meine Reaktion einzuschätzen. Ich frage mich, was er sieht, denn ich selbst habe keine Ahnung, was ich denken soll. All dies widerfährt mir wegen der Person, die ich zu retten versuche.

All dies ist Annas Schuld.

Annabelle.

»Was?«, frage ich, überrascht, mit wie viel Nachdruck die Stimme in meinem Kopf gesprochen hat.

Es ist Annabelle Caulkers Schuld, nicht Annas. Es war Annabelle, die wir gehasst haben.

»Aiden?«, fragt der Pestdoktor.

Und Annabelle Caulker ist tot.

»Annabelle Caulker ist tot«, wiederhole ich langsam und begegne dem verwunderten Blick des Pestdoktors.

Er schüttelt den Kopf. »Sie irren sich.«

»Es hat dreißig Jahre gedauert«, sage ich. »Und es geschah weder durch Gewalt noch durch Hass. Es geschah durch Vergebung. Annabelle Caulker ist tot.«

»Sie irren sich.«

»Nein, Sie irren sich«, sage ich, während ich mir meiner Sache immer sicherer werde. »Sie haben mich aufgefordert, auf die Stimme in meinem Kopf zu hören, und das tue ich. Sie haben mir gesagt, ich solle daran glauben, dass Blackheath die Menschen läutern könne, und das tue ich. Jetzt müssen aber auch Sie es glauben. Sie sind so von dem Bild der Person besessen, die Anna früher einmal war, dass Sie nicht erkennen können, zu wem sie geworden ist. Und wenn Sie nicht gewillt sind, die Möglichkeit zu akzeptieren, dass sie sich geändert hat – wozu nutzt dann das alles hier?«

Er stochert missmutig mit der Stiefelspitze in der Erde.

»Ich hätte niemals die Maske abnehmen sollen«, knurrt er. Dann steht er auf und geht mit großen Schritten in den Garten hinaus, sodass die Kaninchen auseinanderstieben, die dort am Gras geknabbert haben. Er stemmt die Hände in die Hüften, steht da und starrt auf das in der Ferne liegende Blackheath, und zum ersten Mal begreife ich, dass das Haus genauso sein Herr und Meister ist wie der meine. Aber während ich die Freiheit besaß, Pläne auszutüfteln und die Dinge zu verändern, war er gezwungen, Mord, Vergewaltigung und Selbstmord mitanzusehen – ein Geschehen, das so voller Lügen ist, dass es ausreicht, um das ganze Anwesen darunter zu begraben. Er musste hinnehmen, was auch immer ihm der Tag brachte, ganz gleich, wie entsetzlich es war. Und im Gegensatz zu mir war es ihm nicht erlaubt zu vergessen. Das könnte einen Menschen leicht in den Wahnsinn treiben. Und es würde wohl auch die meisten Menschen in den Wahnsinn treiben – es sei denn, sie hätten einen unerschütterlichen Glauben an das, was sie tun. Es sei denn, sie wären davon überzeugt, dass der Zweck die Mittel heiligt.

Als könne er meine Gedanken lesen, dreht sich der Pestdoktor zu mir um.

»Was verlangen Sie von mir, Aiden?«

»Kommen Sie um elf zum See«, sage ich entschieden. »Es wird ein Monster dort sein, aber ich garantiere Ihnen, dass es nicht Anna sein wird. Beobachten Sie sie, geben Sie ihr eine Chance, sich selbst zu beweisen. Dann werden Sie sehen, wer sie wirklich ist, und erkennen, dass ich recht habe.«

Er wirkt verunsichert.

»Wie wollen Sie das wissen?«, fragt er.

»Weil ich mich in Gefahr befinden werde.«

»Selbst, wenn es Ihnen gelänge, mich davon zu überzeugen, dass sie ein geläuterter Mensch ist, so haben Sie doch das Rätsel um Evelyns Tod bereits selbst gelöst«, sagt er. »Die Regeln sind klar und deutlich: Der erste Gefangene, der erklären kann, wer Evelyn Hardcastle getötet hat, wird freigelassen. Das sind Sie. Nicht Anna. Wie wollen Sie dieses Problem umgehen?«

Ich rappele mich auf die Füße, stolpere zu meinem Baumbild hinüber und stoße mit dem Finger auf die Astlöcher – die Lücken, die in meinem Wissen klaffen.

»Ich habe nicht alles aufgeklärt«, sage ich. »Wenn es Michaels Plan war, seine Schwester im Spiegelteich zu erschießen, warum sollte er sie dann zusätzlich noch vergiften wollen? Ich glaube nicht, dass er dafür verantwortlich war. Und ich glaube ebenso wenig, dass er wusste, dass der Whisky, der ihn getötet hat, vergiftet war. Ich glaube, jemand anderes tat das Gift hinein, für den Fall, dass Michael mit seinem Plan scheitern sollte.«

Der Pestdoktor ist mir ins Innere der Hütte gefolgt.

»Das ist eine ziemlich fadenscheinige Logik, Aiden.«

»Es gibt immer noch viel zu viele offene Fragen, also ist diese Theorie das Einzige, was Sinn ergibt«, sage ich, während ich mich an Evelyns bleiches Gesicht erinnere, nachdem ich ihr im Sonnenzimmer das Leben rettete, und auch an die Nachricht, die mir zu erzählen sie sich so verzweifelt bemüht hat. »Wenn all dies vorbei und abgeschlossen wäre, warum sollte Evelyn dann behaupten, dass Millicent Derby ermordet wurde? Wozu soll das denn dann noch dienen?«

»Vielleicht hat Michael sie ebenfalls getötet?«

»Und wie soll sein Motiv gelautet haben? Nein, es gibt da etwas, das wir übersehen.«

»Was soll das sein?«, fragt er. Aber er klingt nicht mehr ganz so selbstsicher wie eben.

»Ich glaube, dass Michael Hardcastle mit jemand anderem zusammengearbeitet hat, jemandem, der sich die ganze Zeit kein einziges Mal zu erkennen gegeben hat«, antworte ich.

»Ein zweiter Mörder«, sagt er und nimmt sich einen Moment Zeit, um darüber nachzudenken. »Ich bin seit dreißig Jahren hier, und ich habe niemals den Verdacht gehegt, dass ... Das hat niemand jemals getan. Es kann nicht sein, Aiden. Das ist ganz und gar unmöglich.«

»Alles, was am heutigen Tag geschieht, ist unmöglich«, sage ich und schlage mit der Faust gegen meinen Holzkohlebaum. »Es gibt einen zweiten Mörder, ich weiß es genau. Ich habe auch schon eine Idee, wer das sein könnte, und wenn ich recht habe, dann hat diese Person Millicent Derby getötet, um ihre Spuren zu verwischen. Sie ist genauso in Evelyns Mord verwickelt wie Michael, und das bedeutet, dass Sie zwei Antworten auf Ihre Frage benötigen. Wenn Anna Ihnen Michaels Verbündeten liefert, würde das dann nicht reichen, um sie freizulassen?«, frage ich.

»Meine Vorgesetzten wollen nicht, dass Annabelle Caulker Blackheath verlässt«, entgegnet er. »Und ich bin mir nicht sicher, dass man sie davon überzeugen könnte, dass diese Frau sich verändert hat. Und selbst wenn dies möglich wäre, so würden sie doch nach jedem nur erdenklichen Vorwand suchen, um sie weiterhin gefangen zu halten, Aiden.«

»Sie haben mir geholfen, weil ich nicht hierhergehöre«, sage ich. »Wenn ich recht habe, was Anna anbelangt, dann gilt jetzt auch das Gleiche für sie.«

Er fährt sich mit der Hand über den Schädel und läuft unruhig durch den Raum, während sein besorgter Blick zwischen mir und dem Gemälde hin und her huscht.

»Ich kann lediglich versprechen, heute Abend mit einer möglichst unvoreingenommenen Haltung zum See zu kommen«, sagt er.

»Das reicht mir schon aus.« Ich klopfe ihm auf die Schulter. »Treffen Sie mich um elf Uhr am Bootshaus und Sie werden sehen, dass ich recht habe.«

»Und darf ich fragen, was Sie in der Zwischenzeit tun werden?«

»Ich werde herausfinden, wer Millicent Derby getötet hat.«

54.

Ich halte mich immer im Schutz der Bäume und erreiche Blackheath, ohne gesehen zu werden. Mein Hemd ist feucht vom Nebel, und an meinen Schuhen klumpt der Schlamm. Das Sonnenzimmer ist nur ein paar Schritte entfernt. Während ich mich hinter die tropfnassen Sträucher ducke, schaue ich nach, ob sich irgendjemand im Innern regt. Es ist immer noch sehr früh am Tag, aber ich habe keine Ahnung, wann Daniel aufwacht oder zu welchem Zeitpunkt Silberne Träne ihn für ihre Pläne einspannt. Sicherheitshalber muss ich also davon ausgehen, dass er und seine Spione nach wie vor eine Bedrohung für mich darstellen. Und deshalb muss ich im Verborgenen bleiben, bis zu dem Moment, in dem er mit dem Gesicht nach unten ertrunken im See treibt und all seine Pläne und Ränke mit ihm.

Nach ihrem kurzen Streifzug in aller Frühe hat die Sonne uns wieder im Stich gelassen und einer tristen Düsternis überantwortet. Der Himmel ist ein Wust aus Grautönen. Ich lasse meinen Blick über die Blumenbeete schweifen und suche nach irgendwelchen Farbtupfern, und sei es auch nur ein Hauch von Rot, Violett, Rosa oder Weiß. Ich suche nach jener helleren, farbenfroheren Welt, die sich hinter der gegenwärtigen versteckt hält und stelle mir Blackheath in einem strahlenden Licht vor, eine Krone aus Flammen tragend und in einen Umhang aus Feuer gehüllt. Ich sehe den grauen Himmel brennen, sehe schwarze Asche herabregnen wie Schnee. Ich stelle mir die Welt neu erschaffen vor, nur für einen einzigen Augenblick.

Ich stehe da und weiß plötzlich nicht mehr, mit welcher Absicht ich hierherkam. Ich schaue mich um, ohne irgendetwas zu erkennen, und frage mich, warum ich die Hütte ohne meine Pinsel und meine Staffelei verlassen habe. Ich bin doch bestimmt hierhergekommen, um zu malen, aber das Licht, das heute Morgen hier herrscht, begeistert mich nicht gerade. Es ist alles viel zu trostlos und still. Die gesamte Landschaft liegt unter einem tiefen Dunstschleier begraben.

»Ich weiß nicht, warum ich hier bin«, sage ich zu mir selbst und starre auf mein kohleverschmiertes Hemd hinab.

Anna. Du bist wegen Anna hier.

Ihr Name reißt mich aus Golds Verwirrung, und meine Erinnerungen kehren alle gleichzeitig zurück, in einer gewaltigen Flut.

Es wird immer schlimmer.

Ich atme tief die kalte Luft ein und halte die Schachfigur in meiner Hand fest umklammert. Nach und nach gelingt es mir, eine Mauer zwischen mir und Gold aufzurichten, indem ich jede einzelne Erinnerung zu Hilfe nehme, die ich an Anna habe. Ich baue Ziegelsteine aus ihrem Lachen, ihrer Berührung, ihrer Güte und ihrer Wärme, und erst, als ich davon überzeugt bin, dass meine Mauer hoch genug ist, nehme ich die Beobachtung des Sonnenzimmers wieder auf. Nachdem ich mich vergewissert habe, dass das Haus noch im tiefsten Schlaf liegt, betrete ich das Zimmer.

Dances betrunkener Freund Philip Sutcliffe liegt schlafend auf einem der Sofas, das Jackett übers Gesicht gelegt. Er bewegt sich kurz, leckt sich über die Lippen und schielt mich mit trüben Augen an. Dann murmelt er etwas Unverständliches, verlagert sein Gewicht und schläft wieder ein.

Ich warte, lausche. Triefe vor Nässe. Atme schwer.

Nichts sonst bewegt sich.

Aus ihrem Porträt über dem Kamin beobachtet mich Evelyns Großmutter mit gespitzten Lippen. Der Künstler hat offenbar genau den Moment eingefangen, in dem sie einen Tadel aussprechen wollte.

Eine Gänsehaut kriecht mir den Nacken hinauf.

Ich erwische mich dabei, wie ich das Gemälde mit gerunzelter Stirn anstarre und konsterniert feststelle, dass sie ansonsten viel zu sanft dargestellt wurde. Ich male das Bild im Kopf neu, male Bögen und Linien so harsch wie Narben, schichte die Ölfarben wie ein Gebirge übereinander und mache das Gemälde zu einem auf die Leinwand geworfenen Gemütszustand. Einem rabenschwarzen noch dazu. Ich bin mir sicher, dass die alte Schreckschraube eine solche Darstellung aufgrund ihrer Ehrlichkeit vorgezogen hätte.

Lautes, schrilles Gelächter schallt durch die geöffnete Tür, wie ein Dolch, den jemand in die Geschichte seines Gegenübers gerammt und diese damit zum Verstummen gebracht hat. Anscheinend befinden sich die ersten Gäste bereits auf dem Weg zum Frühstück.

Mir läuft die Zeit davon.

Ich schließe die Augen und versuche mich zu erinnern, worüber Millicent sich mit ihrem Sohn unterhalten hat – welche Bemerkung es war, die sie dazu veranlasst hat, sich derart überstürzt auf den Weg zu diesem Raum zu machen –, aber es ist alles ein einziges Durcheinander. Es sind einfach zu viele Tage. Zu viele Gespräche.

Irgendwo am anderen Ende des Flurs wird ein Grammophon zum Leben erweckt und durchbricht die Stille mit einem willkürlichen Tongewirr. Im nächsten Moment gibt es ein Krachen, die Musik verstummt mit einem hässlichen Kreischen, und gedämpfte Stimmen zanken und beschuldigen sich gegenseitig.

Wir standen draußen vor dem Ballsaal. Da hat es angefangen. Millicent war traurig, hatte sich in irgendwelchen Erinnerungen verloren. Wir sprachen über die Vergangenheit, darüber, wie sie schon als Kind nach Blackheath gekommen war und schließlich ihre eigenen Kinder hierherbrachte, als diese alt genug waren. Sie sprach von ihrer Enttäuschung ihretwegen und war dann plötzlich wütend auf mich, weil sie mich dabei erwischte, wie ich Evelyn durch das Fenster des Ballsaals anschaute und weil sie meine Besorgnis mit Lüsternheit verwechselte.

»Es müssen immer die Schwachen, Wehrlosen sein, die du dir aussuchst, nicht wahr?«, sagte sie. »Immer die ...«

Und dann hat sie den Faden verloren, wegen irgendetwas, das sie in diesem Moment sah.

Ich drücke die Augen zu und versuche mich daran zu erinnern, was das war.

Wer war außerdem zusammen mit Evelyn im Raum?

Eine halbe Sekunde später sprinte ich den Flur entlang zur Bildergalerie.

Eine einzelne Öllampe flackert an der Wand, deren kränkliche Flamme die Schatten eher zu ermutigen als zu verbannen scheint. Ich reiße die Lampe vom Haken und beleuchte damit die Familienporträts, eins nach dem anderen.

Die Mauern von Blackheath ziehen sich um mich herum zusammen wie eine Spinne, die zu nah an die Flammen geraten ist.

In ein paar Stunden wird Millicent im Ballsaal etwas bemerken, dass sie derart überrascht, dass sie ihren Sohn einfach dort draußen auf dem Pfad stehen lassen und zu dieser Galerie hinüberhasten wird. Eingewickelt in ihre zahlreichen Schals und mit Argwohn bewaffnet, wird sie Golds eben erst vollendete Gemälde unter den übrigen, sehr viel älteren Bildern entdecken. An jedem anderen Tag wäre sie vielleicht achtlos daran vorbeigelaufen. Vielleicht tat sie das ja auch, während hunderter von anderen Zyklen. Aber nicht dieses Mal. Dieses Mal nimmt die Vergangenheit sie an der Hand und drückt mit aller Gewalt zu.

Die Erinnerung wird sie ermorden.

55.

Es ist 7:12 Uhr morgens, und die Eingangshalle ist ein einziges Chaos. Die Scherben zerbrochener Karaffen liegen über den Marmorboden zerstreut, Porträts hängen schief und Küsse aus Lippenstift prangen auf den Mündern längst verstorbener Männer. Krawatten baumeln wie schlafende Fledermäuse vom Kronleuchter herab, und in der Mitte des ganzen Durcheinanders steht Anna, barfuß, in ein weißes Baumwollnachthemd gekleidet, und starrt auf ihre eigenen Hände, als könne sie sich diesen Anblick nicht erklären.

Sie hat mich noch nicht bemerkt. Ein paar Sekunden bleibe ich einfach nur stehen, betrachte sie und versuche, meine Anna mit den Geschichten in Einklang zu bringen, die mir der Pestdoktor über Annabelle Caulker erzählt hat. Ich frage mich, ob Anna in diesem Augenblick Caulkers Stimme in ihrem Kopf hört, so wie ich Aiden Bishop an jenem ersten Vormittag gehört habe. Eine trockene, ferne Stimme, ein Teil von ihr und doch zugleich etwas von ihr Getrenntes – etwas, das sich nicht ignorieren lässt.

Zu meiner Schande muss ich gestehen, dass mein Glaube an meine Freundin ins Wanken geraten ist. Nachdem ich mir solche Mühe gegeben habe, den Pestdoktor von Annas Unschuld zu überzeugen, habe ich jetzt selbst ein verzerrtes Bild von ihr und frage mich, ob auch nur ein winziger Teil des Monsters, das meine Schwester ermordete, überlebt hat und darauf wartet, wieder hervorzubrechen.

Annabelle Caulker ist tot. Und jetzt hilf ihr.

»Anna«, sage ich leise. Plötzlich mache ich mir Sorgen darüber, wie ich gerade aussehe. Gold hat den Großteil des vergangenen Abends in einem gewaltigen Laudanum-Nebel verbracht, und das einzige Zugeständnis an körperliche Hygiene, das ich mir heute früh abringen konnte, war, ihm etwas Wasser ins Gesicht zu spritzen, bevor ich aus der Hütte gerannt bin. Weiß der Himmel, wie ich in ihren Augen aussehen – oder riechen – muss.

Sie schaut erschrocken zu mir hoch.

»Kenne ich Sie?«, fragt sie.

»Das wirst du«, antworte ich. »Vielleicht hilft ja das hier.«

Ich werfe ihr die Schachfigur zu, die ich aus der Hütte mitgenommen habe, und sie fängt sie mit einer Hand auf. Dann öffnet sie ihre Handfläche, starrt auf die Figur hinunter, und die Erinnerung lässt ihr Gesicht aufstrahlen.

Ohne jede Vorwarnung wirft sie sich in meine Arme und tränkt mein Hemd mit ihren Tränen.

»Aiden«, sagt sie und hält dabei ihren Mund an meinen Brustkorb gedrückt. Sie riecht nach cremiger Seife und Bleichmittel, und ihre Haare verfangen sich in meinen Bartstoppeln. »Ich erinnere mich an dich, ich erinnere mich …«

Ich spüre, wie sie ganz steif wird und ihre Arme herabfallen.

Im nächsten Moment hat sie sich von mir gelöst, schiebt mich von sich fort und hebt eine Scherbe von der Erde auf, um sie als Waffe zu benutzen. Ihre Hand zittert.

»Du hast mich ermordet«, knurrt sie und packt das Glas so fest, dass ihre Hand zu bluten beginnt.

»Ja, das habe ich«, sage ich, während mir gleichzeitig das Wissen darum, was sie meiner Schwester angetan hat, auf die Lippen tritt.

Annabelle Caulker ist tot.

»Und es tut mir leid«, fahre ich fort und stecke die Hände in die Hosentaschen. »Ich verspreche dir, dass es nicht noch einmal geschehen wird.«

Eine Sekunde lang kann sie nichts anderes tun, als mich nur anzublinzeln.

»Ich bin nicht mehr der Mann aus deiner Erinnerung«, sage ich. »Das war ein anderes Leben, eine andere Abfolge von Entscheidungen. Sie war voller Fehler, die ich nun versucht habe zu vermeiden –

was ich auch geschafft habe. Und das habe ich, glaube ich, dir zu verdanken.«

»Komm nicht ...«, sagt sie und hält mir die Scherbe entgegen, als ich einen Schritt auf sie zugehe. »Ich kann nicht ... Ich erinnere mich an viele Dinge. Ich *weiß* viele Dinge.«

»Es gibt Regeln«, sage ich. »Evelyn Hardcastle wird sterben, und wir werden sie gemeinsam retten. Ich weiß einen Weg, wie wir beide hier herauskommen können.«

»Wir können nicht beide entkommen, das ist nicht erlaubt«, widerspricht sie. »So lautet eine der Regeln, habe ich nicht recht?«

»Erlaubt oder nicht, wir werden es trotzdem tun«, sage ich. »Du musst mir vertrauen.«

»Das kann ich nicht«, sagt sie ungestüm, während sie sich mit dem Daumen eine letzte verirrte Träne von der Wange wischt. »Du hast mich getötet. Ich erinnere mich genau. Ich kann den Schuss immer noch spüren. Ich war so froh, dich zu sehen, Aiden. Ich dachte, wir würden endlich von hier fortgehen. Du und ich, zusammen.«

»Das werden wir auch.«

»Du hast mich getötet!«

»Es war nicht das erste Mal«, sage ich, während meine Stimme vor Bedauern und Reue ganz brüchig wird. »Wir haben uns gegenseitig verletzt und geschadet, Anna, und wir haben beide dafür bezahlt. Ich werde dich niemals wieder verraten, das verspreche ich dir. Du kannst mir vertrauen. Du hast mir bereits vertraut, du kannst dich nur nicht mehr daran erinnern.«

Ich hebe die Hände, als wolle ich mich ergeben, und gehe langsam zur Treppe hinüber. Dort wische ich mit der Hand eine zerbrochene Brille und ein wenig Konfetti von der untersten Stufe und setze mich auf den roten Teppich. Jeder einzelne Wirt, den ich jemals hatte, lastet auf mir und drückt mich zu Boden. Sämtliche Erinnerungen, die sie an diesen Raum haben, versammeln sich an den Rändern meines Bewusstseins, und ihr Gewicht ist fast zu schwer, um es ertragen zu können. So deutlich, wie an dem Morgen, an dem es passiert ist –

Dies ist der Morgen, an dem es passiert

– erinnere ich mich an das Gespräch, das Bell mit dem Butler auf der Türschwelle führte, und daran, wie viel Angst beide hatten. In meinen Händen pocht immer noch der Schmerz, den Ravencourts Gehstock verursachte, während sich dieser quer durch das Haus zur Bibliothek kämpfte, kurz bevor Jim Rashton einen Sack voller gestohlener Drogen zur Tür hinausschleppte. Ich höre die leichten Schritte von Donald Davies auf dem Marmorboden, als er nach seiner ersten Begegnung mit dem Pestdoktor aus dem Haus floh, und das Gelächter von Edward Dances Freunden, während er selbst schweigend danebenstand.

So viele Erinnerungen und so viele Geheimnisse. So viele Bürden. Jedes Leben hat so unendlich viel Gewicht. Ich begreife ja nicht mal, wie es irgendjemand schafft, das Gewicht auch nur eines einzigen Lebens zu tragen.

»Was hast du?«, fragt Anna und kommt vorsichtig ein wenig näher, während sie die Scherbe nicht mehr ganz so fest umklammert hält. »Du siehst aus, als ginge es dir nicht gut.«

»Ich habe es mit acht verschiedenen Leuten zu tun, die hier oben herumgeistern«, sage ich und klopfe mir an die Schläfe.

»Acht?«

»Und acht Versionen des heutigen Tages«, sage ich. »Jedes Mal, wenn ich aufwache, bin ich ein anderer Gast dieses Hauses. Dieser hier ist mein letzter. Entweder ich löse das Rätsel heute, oder ich muss morgen wieder ganz von vorne anfangen.«

»Aber das ist nicht ... die Regeln lassen so etwas nicht zu. Wir bekommen nur diesen einen Tag, um den Mord aufzuklären, und du kannst nicht einfach irgendjemand anderes sein. Das ist ... das ist einfach nicht richtig.«

»Die Regeln gelten für mich nicht.«

»Warum nicht?«

»Weil ich aus freien Stücken hierhergekommen bin«, antworte ich und reibe mir die müden Augen. »Ich bin deinetwegen gekommen.«

»Du versuchst, mich zu retten?«, fragt sie ungläubig. Die Scherbe baumelt vergessen von ihren Fingern herab.

»Sowas in der Richtung.«

»Aber du hast mich ermordet.«

»Ich habe nie behauptet, dass ich besonders gut darin war.«

Vielleicht ist es mein Tonfall oder die Art, wie ich zusammengesunken auf der Stufe hocke – jedenfalls lässt Anna die Scherbe zu Boden fallen und setzt sich neben mich. Ich kann ihre Wärme spüren, ihre Greifbarkeit. Sie ist das einzig Reale in einer Welt voller Echos.

»Und versuchst du es immer noch?«, fragt sie und schaut aus ihren großen braunen Augen zu mir hoch. Ihr Gesicht ist bleich und verquollen und tränenverschmiert. »Mich zu retten, meine ich.«

»Ich versuche, uns beide zu retten. Aber das kann ich nur mit deiner Hilfe schaffen«, sage ich. »Du musst mir glauben, Anna. Ich bin nicht derselbe Mann wie der, der dich erschossen hat.«

»Ich würde gerne …« Sie verstummt und schüttelt den Kopf. »Wie soll ich dir jemals wieder vertrauen?«

»Du musst einfach nur damit anfangen«, antworte ich und zucke mit den Schultern. »Für mehr fehlt uns die Zeit.«

Sie nickt und versucht das, was ich gesagt habe, zu verarbeiten. »Und was soll ich tun, um dir zu helfen – gesetzt den Fall, ich könnte anfangen, dir wieder zu vertrauen?«

»Eine ganze Menge kleiner Gefallen und zwei große«, sage ich.

»Was sind die großen Gefallen?«

»Du musst mir das Leben retten. Zwei Mal. Das hier wird dir helfen.«

Ich ziehe das Skizzenbuch aus der Tasche, ein altes, zerfleddertes Ding voller zerknüllter, loser Blätter, dessen lederner Einband mit einer Kordel zusammengehalten wird. Ich habe es beim Verlassen der Hütte in Golds Jacke gefunden. Nachdem ich Golds recht anarchisch anmutende Skizzen weggeworfen hatte, schrieb ich alles hinein, woran ich mich hinsichtlich des Tagesverlaufs meiner einzelnen Wirte erinnern konnte, und fügte überall noch zahlreiche Anmerkungen und Anweisungen hinzu.

»Was ist das?«, fragt sie und nimmt es entgegen.

»Das Buch zu mir«, antworte ich. »Und es ist der einzige Vorsprung, den wir haben.«

56.

»Hast du Gold gesehen? Er sollte eigentlich längst hier sein.«

Ich sitze in Sutcliffes leerem Zimmer und habe die Tür einen winzigen Spalt geöffnet. Im gegenüberliegenden Zimmer unterhält sich Daniel gerade mit Bell, während Anna draußen vor der Tür in heller Ungeduld auf und ab läuft.

Eigentlich liegt mir nichts ferner, als sie in solche Sorge zu versetzen, aber es lässt sich nicht vermeiden. Nachdem ich im ganzen Haus Briefe verteilt hatte – einschließlich des Briefes in der Bibliothek, der Cunninghams wahre Herkunft offenbart –, habe ich mich mit einer Karaffe voll Whisky in diesen Raum zurückgezogen. Seit einer ganzen Stunde trinke ich nun ein Glas nach dem anderen und versuche die Scham über das, was nun kommen wird, wegzuspülen. Ich bin zwar betrunken, aber noch längst nicht betrunken genug.

»Wie sieht unser Plan aus?«, höre ich Rashton zu Anna sagen.

»Wir müssen den Lakaien daran hindern, heute früh sowohl den Butler als auch Gold zu töten«, sagt sie. »Sie haben bei dieser ganzen Sache beide noch eine Rolle zu spielen, immer gesetzt den Fall, wir schaffen es, sie lange genug am Leben zu halten.«

Ich nehme einen weiteren Schluck Whisky und höre ihrer Unterhaltung zu.

Gold hat keine einzige brutale Ader im Leib, und es bräuchte schon erhebliche Überredungskunst, um ihn dazu zu bringen, einem unschuldigen Menschen Leid anzutun. Doch dazu habe ich keine Zeit. Also hoffe ich, dass es mir stattdessen gelingt, ihn zu betäuben.

Bis jetzt habe ich nicht viel Glück damit.

Gold steigt zwar mit den Frauen anderer Männer ins Bett, betrügt beim Würfelspiel und verhält sich generell so, als würde jeden Moment der Himmel auf die Erde herabstürzen, aber er würde nicht einmal eine Wespe zerquetschen, die ihn gerade gestochen hat. Er liebt das Leben viel zu sehr, um einem anderen Wesen Schmerzen zuzufügen, und das ist bedauerlich, denn Schmerz ist das Einzige, was den Butler lange genug am Leben erhalten wird, damit er im Pförtnerhaus Anna kennenlernen kann.

Als ich draußen vor der Tür seine schlurfenden Schritte höre, hole ich tief Luft, trete in den Flur hinaus und versperre ihm den Weg. In Golds merkwürdigen Augen ist der Butler ein geradezu wundervoller Anblick. Sein verbranntes Gesicht ist die reine Freude und viel bezaubernder als die fade Symmetrie, die den meisten Menschen zu eigen ist.

Er versucht, mit einer hastig gemurmelten Entschuldigung zur Seite zu treten, aber ich packe mir sein Handgelenk. Er schaut zu mir hoch und missdeutet meinen Gesichtsausdruck. Er sieht Wut, während ich doch nichts als seelische Qual empfinde. Ich habe nicht das geringste Verlangen danach, diesen Mann zu verletzen, und doch muss ich es tun.

Er versucht, um mich herumzulaufen, aber ich stelle mich ihm erneut in den Weg.

Ich hasse das, was ich jetzt tun muss, und wünschte, ich könnte es ihm erklären, aber dafür reicht die Zeit nicht. Dennoch kann ich mich nicht dazu überwinden, den Schürhaken zu heben und einen unschuldigen Mann damit zu verletzen. Ich sehe ihn immer wieder vor mir, wie er im Bett liegt, in weiße Laken eingehüllt, grün und blau geschlagen, und verzweifelt nach Atem ringend.

Wenn du das jetzt nicht tust, wird Daniel gewinnen.

Allein der Name reicht schon aus, um meinen Hass zu wecken und dafür zu sorgen, dass ich die Fäuste balle. Ich denke an seine Falschheit und Scheinheiligkeit und schüre die Flammen meines Zorns mit der Erinnerung an jede einzelne Lüge, die er mir erzählt hat. Ich ertrinke aufs Neue im See, zusammen mit dem kleinen Jungen. Ich erinnere mich daran, wie sich das Messer des Lakaien anfühlte, als es sich zwischen Dances Rippen schob und Derby die Kehle aufschlitzte. Erinnere mich an die Kapitulation, zu der er Rashton gezwungen hat.

Laut brüllend lasse ich meiner Wut freien Lauf und schlage mit dem Schürhaken, den ich mir vom Kamin mitgenommen habe, auf den Butler ein. Ich treffe ihn mit aller Wucht in den Rücken, schleudere ihn gegen die Wand und schließlich zu Boden.

»Bitte«, sagt er und versucht, von mir fortzurutschen. »Ich bin nicht ...«

Er röchelt um Hilfe und hält flehentlich eine Hand in die Luft. Es ist diese Geste, die mich endgültig die Nerven verlieren lässt. Daniel hat unten am See eine ganz ähnliche Geste gemacht und mir damit aus meinem eigenen Mitgefühl einen Strick gedreht. Jetzt sehe ich nur noch Daniel dort auf der Erde liegen. Meine Wut geht in hellen Flammen auf und kocht mir in den Adern.

Ich trete auf ihn ein.

Einmal, zweimal, wieder und wieder und wieder. Jegliche Vernunft hat mich im Stich gelassen, und blinder Zorn ergießt sich in das so entstandene Vakuum. Jeder Verrat, jeder Schmerz, jeder Kummer, jedes Bedauern, jede Enttäuschung, jede Demütigung, jede Qual, jede Verletzung ... sie alle stürzen auf mich ein und begraben mich unter sich.

Ich kann kaum atmen, kaum sehen. Ich schluchze, während ich ihn immer und immer wieder trete.

Ein tiefes Mitleid mit diesem Mann erfüllt mich.

Ein tiefes Mitleid mit mir selbst.

Ich höre Rashton den Bruchteil einer Sekunde, bevor er mich mit der Vase niederschlägt. Das Krachen hallt in meinem Schädel wider, und ich stürze ins Bodenlose, falle und falle, bis mich der Boden mit seinen harten Armen auffängt.

DER ZWEITE TAG (FORTSETZUNG)

57.

»Aiden!«

Die Stimme ist weit entfernt und gleitet über meinen Körper hinweg wie Wasser, das mit sanftem Plätschern ein Ufer umspült.

»O Gott, wach auf. Bitte, wach auf.«

Müde, so unendlich müde flattern meine Augenlider hoch.

Ich starre eine rissige Wand an, und mein Kopf ruht auf einem weißen, mit rotem Blut bespritzten Kopfkissen. Eine gewaltige Erschöpfung streckt ihre Finger nach mir aus und droht, mich zurück in den Abgrund zu ziehen.

Zu meinem großen Erstaunen bin ich wieder der Butler und liege in dem Bett im Pförtnerhaus.

Bleib wach. Bleib ruhig. Wir stecken in großen Schwierigkeiten.

Ich bewege mich nur eine winzige Spur, und sofort springt mir der Schmerz aus meiner Seite bis in den Mund hinein, sodass ich mir fast auf die Zunge beißen muss, um den Schrei zu unterdrücken, der sich meiner Kehle entringen will. Immerhin sorgt diese Aktion dafür, dass ich jetzt hellwach bin.

Das Laken ist dort, wo mich der Lakai vor einer Weile erstochen hat, vollkommen blutdurchtränkt. Anscheinend war der Schmerz groß genug, um mich ohnmächtig werden zu lassen, aber nicht groß genug, um mich zu töten. Das kann kein Zufall sein. Der Lakai hat eine ganze Menge von Leuten ins Jenseits befördert, er weiß genau, was er tut, und ich bezweifle stark, dass es dieses Mal anders sein sollte. Bei dem Gedanken läuft es mir kalt den Rücken hinunter. Ich hatte geglaubt, es gebe nichts Furchterregendes als jemanden, der mich zu töten versucht. Doch wie sich herausstellt, ist es dabei durchaus von Belang, *wer* dich töten will – und wenn es sich dabei um den Lakaien handelt, dann ist es sehr viel furchterregender, am Leben gelassen worden zu sein.

»Aiden, bist du wach?«

Ich drehe mich unter Schmerzen zur Seite und sehe Anna, die in einer Ecke des Raumes hockt. Ihre Beine und Hände sind mit einem Seil gefesselt, das zusätzlich noch an einen alten Heizkörper festgeknotet wurde. Ihre Wange ist geschwollen, und eines ihrer Augen wird zusehends blau – wie eine Blume, die im Schnee aufblüht.

Durch das Fenster über ihrem Kopf lugt die Nacht ins Zimmer, aber ich habe keine Ahnung, wie spät es ist. Wer weiß, vielleicht ist es ja schon elf Uhr und der Pestdoktor wartet am Ufer des Sees auf uns.

Als Anna sieht, dass ich wach bin, schluchzt sie erleichtert auf.

»Ich dachte, er hätte dich umgebracht«, sagt sie.

»Da sind wir schon zwei«, krächze ich.

»Er hat mich vor dem Haus gepackt und mir gedroht, er würde mich töten, wenn ich nicht mit ihm komme«, sagt sie, während sie sich verzweifelt gegen ihre Fesseln wehrt. »Ich wusste, dass Donald Davies noch irgendwo auf der Straße lag und schlief, und dass er deshalb vor dem Lakaien in Sicherheit war, also habe ich getan, was er verlangt hat. Es tut mir so leid, Aiden, aber ich sah keine andere Möglichkeit.«

Sie wird Sie verraten.

Das war der Moment, vor dem mich der Pestdoktor gewarnt hat, die Entscheidung, die Rashton irrtümlich für einen Beweis für Annas Falschheit hielt. Dieser Mangel an Vertrauen hätte beinahe dazu geführt, dass alles wieder zerstört wurde, was wir uns im Laufe des Tages erarbeitet hatten. Ich frage mich, ob der Pestdoktor über die Hintergründe von Annas »Verrat« Bescheid wusste und diese für seine eigenen Zwecke geheim hielt oder ob er tatsächlich davon überzeugt war, dass sie sich gegen mich gekehrt hatte.

»Es ist nicht deine Schuld, Anna«, sage ich.

»Es tut mir trotzdem leid.« Sie lässt ihren Blick ängstlich zur Tür huschen und senkt dann ihre Stimme. »Kommst du an das Gewehr? Er hat es auf die Anrichte gelegt.«

Ich schaue zu dem Gewehr hinüber. Es ist nur ein paar Meter entfernt, aber es könnte genauso gut auf dem Mond liegen. Ich kann mich kaum zur Seite rollen, geschweige denn aufstehen, um es zu holen.

»Ah, du bist also wach, ja?«, unterbricht uns der Lakai, der in diesem Augenblick durch die Zimmertür tritt und sich dabei mit seinem Taschenmesser große Stücke von einem Apfel abschneidet. »Das ist zu schade. Ich hatte mich schon darauf gefreut, dich wieder aufzuwecken.«

Ein zweiter Mann steht hinter ihm. Es ist der Ganove vom Friedhof, derjenige, der meine Arme festgehalten hat, als Daniel versuchen wollte, Annas Aufenthaltsort aus mir herauszuprügeln.

Der Lakai nähert sich dem Bett.

»Bei unserem letzten Zusammentreffen musste ich dich am Leben lassen«, sagt er. »Es ging nicht anders, aber trotzdem … Das war ganz und gar unbefriedigend.« Er räuspert sich, und ich spüre, wie mir ein nasser Klumpen aus Spucke auf die Wange klatscht. Ein gewaltiger Ekel durchfährt mich, aber mir fehlt die Kraft, um den Arm zu heben und seine Spucke wegzuwischen.

»Das wird nicht noch einmal vorkommen«, sagt er. »Ich mag es gar nicht, wenn die Leute wieder aufwachen. Das kommt mir dann so vor, als hätte ich nur halbe Arbeit geleistet. Ich will Donald Davies, und ich will, dass du mir erzählst, wo ich ihn in die Finger kriegen kann.«

Meine Gedanken wirbeln im Kreis und fügen die gigantischen Puzzleteile meines Lebens ineinander.

Daniel hat mich auf der Straße abgepasst, nachdem ich aus der Kutsche gesprungen war, und mich überredet, ihn zum Friedhof zu begleiten. Ich habe mich nie gefragt, woher er eigentlich wusste, dass ich dort sein würde, aber nun habe ich – trotz allem – meine Antwort. In ein paar Minuten werde ich es dem Lakaien erzählen.

Wenn ich nicht solche Angst hätte, würde ich über diese Ironie des Schicksals lachen.

Daniel glaubt, ich würde Davies verraten und ihn auf diesem Wege in den Tod schicken, aber ohne die Auseinandersetzung der beiden auf dem Friedhof hätte ich nie herausgefunden, dass Silberne Träne auf Blackheath ist, hätte nie am See gegen Daniel gekämpft und somit auch Anna nie die Gelegenheit gegeben, ihn ein für alle Mal zu erledigen.

Es ist eine Falle – und ob es das ist. Eine, die Rashton gebaut hat, Davies zuschnappen ließ und in die ich den Köder legen werde. Sie funktioniert tadellos, keine Frage – mit dem einzigen Problem, dass der Lakai, wenn ich ihm jetzt erzähle, was er wissen will, Anna und mich wie Vieh abschlachten wird.

Er legt sein Messer und den Apfel neben das Gewehr auf die Anrichte, nimmt sich die Dose mit den Schlaftabletten, rüttelt sie, sodass es rasselt, und kippt sich dann eine Tablette in die Handfläche. Ich kann fast hören, wie seine Gedanken dumpf hin und her schwappen, während er die Tablette mit gerunzelter Stirn anstarrt. Sein Kumpan steht immer noch mit ausdruckslosem Gesicht und verschränkten Armen im Türeingang.

Die Dose rasselt erneut. Einmal, zweimal, dreimal.

»Wie viel von dem Zeug braucht man wohl, um einen alten verbrannten Krüppel wie dich um die Ecke zu bringen, eh?«, fragt er, packt mein Kinn mit einer Hand und dreht mein Gesicht brutal zu sich herum.

Ich versuche, mich abzuwenden, aber er packt mich noch fester und starrt mir direkt in die Augen. Ich kann die Hitze spüren, die ihn umgibt. Seine Bosheit ist ein stachliges, glühendes Etwas, das mir über die Haut kriecht. Es hätte mir durchaus auch passieren können, dass ich hinter diesem Blick aufgewacht wäre. Dann hätte ich sein Rattennest von einem Gehirn teilen und durch den Sumpf seiner Erinnerungen und Triebe waten müssen – eine Erfahrung, die ich niemals wieder hätte abschütteln können.

Wer weiß, vielleicht habe ich das ja auch getan, in einem früheren Zyklus.

Plötzlich kommt mir sogar der widerliche Derby wie ein wahrer Segen vor.

Der eiserne Griff des Lakaien lässt mich los, und mein Kopf rollt zur Seite. Schweißtropfen treten mir auf die Stirn.

Ich weiß nicht, wieviel Zeit mir noch bleibt.

»Wenn ich mir so die Verbrennungen anschaue, die du da hast, dann musst du wohl ein ziemlich hartes Leben gehabt haben«, sagt er und macht einen kleinen Schritt rückwärts. »Ein hartes Leben verdient einen leichten Tod, finde ich. Das ist mein Angebot. Du kannst mit einem Bauch voller Pillen einschlafen oder du kannst dich ein paar Stunden lang in schrecklichen Qualen winden, während ich mit meinem Messer immer hübsch knapp an deinen lebenswichtigen Organen vorbeischneide.«

»Lassen Sie ihn in Ruhe!«, schreit Anna aus der Ecke. Das Holz knarzt, als sie sich gegen ihre Fesseln auflehnt.

»Oder noch besser«, sagt er und wedelt mit seinem Messer in ihre Richtung. »Ich könnte dem Mädel da drüben mit meiner Klinge auf den Leib rücken. Ich brauche sie zwar lebend, aber das heißt ja nicht, dass ich sie nicht erst ein bisschen zum Schreien bringen kann.«

Er macht einen Schritt auf sie zu.

»Stallungen«, sage ich leise.

Jäh bleibt er stehen und schaut mich über seine Schulter hinweg an. »Was hast du gesagt?«

Er kommt wieder zu mir zurück.

Schließ die Augen. Lass ihn deine Angst nicht sehen. Das ist es, wonach er giert. Er wird dich erst töten, wenn du die Augen wieder öffnest.

Ich drücke die Augen fest zu und spüre gleichzeitig, wie sich das Bett durchbiegt, als er sich daraufsetzt. Ein paar Sekunden später streichelt mir die Klinge seines Messers über die Wangen.

Die Angst befiehlt mir, die Augen zu öffnen, damit ich die Gefahr kommen sehen kann.

Atme. Sonst nichts. Warte auf den richtigen Moment.

»Donald Davies wird bei den Stallungen sein?«, zischt er. »Hast du das gerade gesagt?«

Ich nicke und versuche, die in mir aufsteigende Panik abzuwehren.

»Lassen Sie ihn in Ruhe!«, schreit Anna erneut aus der Ecke, während sie mit ihren Fersen auf die Fußbodendielen trommelt und heftig an den Stricken zerrt, mit denen sie gefesselt ist.

»Halt den Mund!«, schreit der Lakai sie an und wendet dann seine Aufmerksamkeit wieder mir zu. »Wann?«

Mein Mund ist so trocken, dass ich nicht einmal mehr sicher bin, ob ich überhaupt noch sprechen kann.

»Wann?«, beharrt er, während sich die Klinge so tief in meine Wange frisst, dass Blut hervorquillt.

»Um viertel vor zehn«, antworte ich. Das war, wie ich mich nun erinnere, die Zeit, die Daniel mir genannt hat.

»Los! Das ist schon in zehn Minuten«, befiehlt der Lakai dem Mann an der Tür. Der Gauner geht in den Flur hinaus und verschwindet mit rasch verhallenden Schritten.

Die Klinge wandert an meiner Oberlippe entlang und folgt dann den Konturen meiner Nase, bis ich einen leichten Druck auf einem meiner geschlossenen Augenlider spüre.

»Mach die Augen auf«, zischt er.

Ich frage mich, ob er mein Herz klopfen hören kann. Wie sollte er auch nicht? Es hämmert wie Granatfeuer und zermürbt das kleine bisschen Tapferkeit, das mir noch geblieben ist.

Ich beginne, ganz leicht zu zittern.

»Mach die Augen auf«, wiederholt er mit solchem Nachdruck, dass mir seine Spucke ins Gesicht schlägt. »Öffne die Augen, kleines Kaninchen, lass mich hineinschauen.«

Holz zerbricht. Anna schreit.

Ich kann nicht anders, ich muss hinschauen.

Sie hat es geschafft, den Heizkörper aus seiner Halterung zu reißen und im Zuge dessen ihre Hände zu befreien, wenn auch nicht ihre

Beine. Das Messer verschwindet, und der Lakai springt auf die Füße, wobei die von seinem Gewicht befreiten Sprungfedern des Bettes laut quietschen.

Jetzt! Mach schon!

Ich werfe mich auf ihn. Mein Angriff ist ebenso ungeschickt wie kraftlos und wird nur vom Schwung der Verzweiflung getragen. In neunundneunzig von hundert Fällen wäre ich gescheitert, und mein Körper hätte ihn mit der Gewalt eines durch die Luft flatternden Taschentuchs getroffen, aber es gibt da etwas in dem Winkel, in dem er steht, und in der Art, wie er das Messer hält, das mir zu Gute kommt. Ich packe mir den Griff des Messers, drehe ihn in einer einzigen perfekten Bewegung um und stoße ihm die Klinge in den Bauch. Sein Blut quillt mir zwischen den Fingern hervor, und wir krachen in einem Gewirr aus Armen und Beinen zu Boden.

Er schnappt nach Luft. Einen Moment lang ist er wie betäubt, aber seine Verletzung ist keineswegs tödlich. Im nächsten Moment versucht er schon wieder, auf die Füße zu kommen.

Ich starre auf das Messer, von dem nur noch das Heft zu sehen ist, und weiß dennoch, dass es nicht genügen wird. Er ist zu stark, und ich bin zu schwach.

»Anna«, brülle ich, reiße ihm das Messer aus dem Leib und schleudere es über den Boden in ihre Richtung, muss dann jedoch verzweifelt zusehen, wie es ein paar Zentimeter vor ihren sich vergeblich ausstreckenden Fingerspitzen zum Liegen kommt.

Der Lakai schlägt mir seine Krallen ins Gesicht, reißt mir mit den Fingernägeln die Wange auf und versucht, an meine Kehle zu gelangen, um mich zu würgen. Ich liege mit dem ganzen Gewicht meines Körpers auf seiner rechten Hand und zerdrücke ihm mit der Schulter das Gesicht, sodass er nichts mehr sehen kann. Er ächzt und windet sich und versucht mit allen Mitteln, mich abzuschütteln.

»Ich kann ihn nicht mehr halten!«, schreie ich zu Anna hinüber.

Seine Hand krallt sich in mein Ohr und zieht so fest daran, dass mich ein weißglühender Schmerz blendet. Ich reiße mich los und stoße dabei gegen die Anrichte. Im nächsten Moment fällt das Gewehr zu Boden.

Dem Lakaien gelingt es, die Hand zu befreien, auf der ich gelegen hatte, und mich von sich wegzustoßen. Im Fallen sehe ich, wie Anna, an deren Handgelenken immer noch die durchtrennten Fesseln hängen, nach dem Gewehr greift. Unsere Blicke treffen sich. In ihrem Gesicht lodert haltloser Zorn.

Die Hände des Lakaien schlingen sich um meinen Hals und drücken zu. Ich schlage nach seiner gebrochenen Nase, sodass er vor Schmerz aufheult, aber er lässt nicht los. Er drückt immer fester zu und schnürt mir die Luft ab.

Ein Gewehrknall zerreißt die Luft und ebenso den Lakaien. Sein kopfloser Körper bricht neben mir zusammen, Blut quillt aus seinem Hals und breitet sich auf der Erde aus. Ich starre das Gewehr in Annas zitternden Händen an. Wenn es nicht genau in diesem Moment von der Anrichte gefallen wäre … Wenn das Messer sie nicht erreicht oder sie sich nur ein paar Sekunden später befreit hätte …

Ich erschaudere vor Entsetzen darüber, wie schmal der Grat zwischen Leben und Tod ist.

Anna redet mit mir und umsorgt mich, aber ich bin derart erschöpft, dass ich nur die Hälfte von dem, was sie sagt, hören kann. Das Letzte, was ich spüre, bevor mich die Dunkelheit in sich aufnimmt, ist ihre Hand in der meinen und die sanfte Berührung ihrer Lippen, die meine Stirn küssen.

DER ACHTE TAG (FORTSETZUNG)

58.

Ich kämpfe mich durch den dichten Nebel des Schlafes und mache mich mit einem Hustenanfall bemerkbar. Das Geräusch lässt Anna erschrocken zusammenfahren. Sie steht auf Zehenspitzen, hat ihren Körper gegen meinen gepresst und versucht, mich mit einem Küchenmesser loszuschneiden. Ich bin zurück in Gold und hänge an meinen gefesselten Handgelenken von der Decke herab.

»Gleich habe ich es geschafft. Dann bist du frei«, sagt Anna.

Sie muss sofort aus dem gegenüberliegenden Raum hierhergekommen sein, denn ihre Schürze ist über und über mit dem Blut des Lakaien besudelt. Mit gerunzelter Stirn sägt sie an dem Seil und wird vor lauter Hast ungeschickt. Sie flucht und verlangsamt ihr Tempo ein wenig, und nach ein paar Minuten sind meine Fesseln so locker geworden, dass ich meine Hände herauswinden kann. Ich falle wie ein Stein zu Boden und schlage mit einem dumpfen Knall auf.

»Langsam«, sagt Anna und kniet sich neben mich. »Du warst den ganzen Tag gefesselt und hast keine Kraft mehr.«

»Wie …« Ein trockener Husten übermannt mich, aber in dem Krug ist kein Wasser mehr, mit dem ich meine Kehle befeuchten könnte. Dance hat den gesamten Inhalt verschwendet, als er vor ein paar Stunden versuchte, mich aufzuwecken. Mein Hemd ist immer noch nass davon, dass er den Krug über mich ausgeschüttet hat.

Ich warte, bis der Husten endlich abklingt, und unternehme dann einen zweiten Versuch zu sprechen.

»Wie spät …«, bringe ich über die Lippen und habe das Gefühl, als hätte ich mir Steine durch die Kehle gezwängt.

»Es ist 21:45 Uhr«, antwortet Anna.

Wenn ihr den Lakaien getötet habt, dann kann er weder Rashton noch Derby ermorden. Sie leben noch. Sie können helfen.

»Wir brauchen sie nicht«, krächze ich.

»Brauchen wen nicht?«, fragt Anna.

Ich schüttele den Kopf und bedeute ihr mit einer Geste, dass sie mir aufhelfen soll. »Wir müssen ...«

Ein weiterer schmerzlicher Hustenanfall, ein weiterer mitleidiger Blick von Anna.

»Nun bleib doch einen Moment lang sitzen, um Himmels willen«, sagt sie und reicht mir ein zusammengefaltetes Stück Papier, das aus meiner Brusttasche gefallen ist.

Wenn sie einen Blick hineingeworfen hätte, dann hätte sie die in Golds fürchterlicher Handschrift hingeworfenen Worte »Von allen« lesen können. Diese Worte sind der Schlüssel zu allem, was hier geschieht, und sie haben mich die ganze Zeit verfolgt, seit dem Moment, als Cunningham diese Nachricht vor drei Tagen an Derby überbracht hat.

Ich stecke mir die Notiz wieder in die Tasche und bitte Anna mit einer Geste, mich zu stützen.

Irgendwo da draußen in der Dunkelheit macht sich der Pestdoktor gerade auf den Weg zum See. Dort wird er darauf warten, dass Anna ihm eine Antwort gibt, die sie noch nicht hat. Nach acht mit Nachforschungen verbrachten Tagen haben wir jetzt nur noch wenig mehr als eine Stunde, um unsere Lösung zu präsentieren und diese auch noch triftig zu begründen.

Ich lege meinen Arm um Annas Schultern, sie schlingt ihren um meine Taille, und auf diese Weise stolpern wir wie zwei Betrunkene durch die Tür und fallen fast die Treppe hinunter. Ich bin äußerst schwach, aber das viel größere Problem liegt in der Taubheit meiner Gliedmaßen. Ich komme mir wie eine Holzpuppe an ein paar verheddarten Schnüren vor.

Wir verlassen das Pförtnerhaus, ohne einen Blick zurückzuwerfen.

Draußen schlägt uns die kalte Nachtluft wie eine Wand entgegen. Der schnellste Weg zum See würde uns über den Wunschbrunnen führen, aber dabei besteht eine zu große Gefahr, dass wir unterwegs auf Daniel und Donald Davies stoßen. Ich habe nicht das geringste Verlangen, das von uns geschaffene zerbrechliche Gleichgewicht zu zerstören, indem ich in ein Ereignis hineinplatze, das bereits zu meinen Gunsten ausgefallen ist.

Wir müssen einen Umweg gehen.

Schweißdurchtränkt, keuchend und mit bleiernen Füßen stolpere ich die Auffahrt entlang Blackheath entgegen. Mein Chor begleitet mich: Dance, Derby und Rashton eilen voraus, Bell, Collins und Ravencourt folgen nach und mühen sich, Schritt zu halten. Ich weiß, dass mein zerrütteter Verstand sich das alles nur einbildet, aber ich kann sie alle so deutlich sehen, als schaute ich in einen Spiegel. Ich sehe ihre unterschiedlichen individuellen Gangarten, sehe ihren Eifer oder auch die Verachtung, mit der sie der Aufgabe begegnen, die vor uns liegt.

Wir biegen von der Auffahrt ab und folgen der gepflasterten Straße zu den Stallungen.

Jetzt, da die Party in vollem Gange ist, liegt der Ort einigermaßen ruhig da. Ein paar Stallburschen wärmen sich an den Feuerbecken und warten auf die Ankunft der letzten Kutschen. Die Männer sehen erschöpft aus, aber da ich nicht sicher sein kann, wer von ihnen in Daniels Sold steht, zerre ich Anna aus dem Lichtschein und zu der Koppel hinüber. Wir folgen dem schmalen Pfad, der zum See führt. Am Ende des Wegs erkennen wir das schwache Flackern einer Flamme, die kurz vor dem Erlöschen zu sein scheint, deren warmer Schein sich jedoch trotzdem durch die Lücken zwischen den Bäumen Bahn bricht. Als wir uns näher schleichen, erkenne ich, dass es Daniels zu Boden gefallene Laterne ist, die ihre letzten Atemzüge in den Waldboden haucht.

Ich kneife die Augen zusammen, starre in die Dunkelheit und entdecke den Besitzer der Laterne im See, wie er Donald Davies unter

Wasser hält. Der jüngere Mann tritt wild mit den Beinen um sich und versucht sich zu befreien.

Anna hebt einen Stein vom Boden auf und macht einen Schritt auf die beiden zu, aber ich packe sie am Arm und halte sie zurück.

»Sag ihm … 7:12 Uhr morgens«, krächze ich und hoffe, dass es der Intensität meines Blicks gelingt, die Nachricht zu übermitteln, die meine Kehle nicht mehr erläutern kann.

Im nächsten Moment hechtet Anna in großen Sprüngen auf Daniel zu und hebt schon im Laufen den Stein hoch über den Kopf.

Ich kehre dem Geschehen den Rücken zu, hebe die zu Boden gefallene Sturmlaterne auf und fache die kümmerliche Flamme mit meinem heiseren Atem an. Ich habe kein Verlangen danach, einer weiteren Person beim Sterben zusehen zu müssen, ganz gleich, wie sehr sie das verdient haben mag. Der Pestdoktor hat behauptet, Blackheath sei dazu da, die Menschen zu rehabilitieren, aber mit Gefängnisgittern schafft man keine besseren Menschen und durch Elend und Not zerbricht man nur das wenige Gute, das noch in ihnen übriggeblieben ist. Dieser Ort raubt den Menschen ihre letzte Hoffnung, und ohne diese Hoffnung, was sind da Liebe oder Mitgefühl oder Güte noch wert? Was auch immer die Absicht war, mit der dieser Ort geschaffen wurde – Blackheath spricht einzig und allein das Monster in uns an, und ich habe nicht vor, dem meinigen auch nur eine Sekunde länger die Herrschaft zu überlassen. Es hatte lange genug seinen Willen.

Ich hebe die Laterne auf und mache mich auf den Weg zum Bootshaus. Den ganzen Tag habe ich nach Helena Hardcastle gesucht, weil ich glaubte, sie sei für die Vorkommnisse in diesem Haus verantwortlich. Es ist schon ein seltsamer Gedanke, dass ich wahrscheinlich recht damit hatte, wenn auch nicht auf die Weise, die ich mir ursprünglich vorgestellt hatte.

Ob sie es nun wollte oder nicht, sie ist der Grund für alles, was hier geschieht.

Das Bootshaus ist wenig mehr als ein Schuppen, der über das Wasser hinausragt. Die Pfähle auf der rechten Seite sind eingestürzt, sodass das gesamte Gebäude zur Seite gesunken ist. Die Türen sind verschlossen, aber das Holz ist so faulig, dass es bei der geringsten Berührung zerbröckelt. Die Türen würden sich vollkommen ohne Kraftaufwand öffnen lassen, aber dennoch zögere ich. Meine Hand zittert so stark, dass das Licht der Laterne auf und ab hüpft. Es ist nicht Angst, die mich innehalten lässt – Golds Herz ist so reglos wie ein Stein. Es ist Erwartung. Etwas lange Gesuchtes steht im Begriff, endlich gefunden zu werden, und wenn das passiert, dann ist all dies endlich zu Ende.

Wir werden frei sein.

Ich atme tief ein und drücke die Türen auf. Ein paar aufgescheuchte Fledermäuse flüchten mit empörtem Kreischen aus dem Bootshaus, in dessen Innern zwei zum Skelett vermoderte Ruderboote vertäut sind. Doch nur über eines von ihnen liegt eine vermoderte Decke ausgebreitet.

Ich knie mich auf die Erde und ziehe die Decke zur Seite. Helena Hardcastles bleiches Gesicht kommt zum Vorschein. Ihre Augen stehen weit offen, und die Pupillen sind so farblos wie ihre Haut. Sie wirkt überrascht, als sei der Tod mit einem Blumenstrauß in der Hand vor sie getreten.

Warum hier?

»Weil sich die Geschichte wiederholt«, murmele ich.

»Aiden?«, ruft Anna. Eine leichte Panik schwingt in ihrer Stimme mit.

Ich versuche, eine Antwort zurückzurufen, aber meine heisere Kehle verweigert mir den Dienst, sodass ich gezwungen bin, in den Sturm hinauszutreten. Ich lege den Kopf zurück, lasse mir den herabrauschenden Regen in den Mund fallen und schlucke die eiskalten Tropfen hinunter.

»Hier drüben«, rufe ich dann. »Im Bootshaus.«

Ich trete wieder ins Innere und lasse das Licht meiner Laterne über Helenas Leichnam gleiten. Ihr langer Mantel ist nicht zugeknöpft und gibt den Blick auf eine rostrote Wolljacke, einen Rock und eine weiße

Baumwollbluse frei. Der Hut, den sie getragen hatte, wurde neben sie in das Boot geworfen. Jemand hat ihr den Hals aufgeschlitzt, und es ist schon einige Zeit her, denn das Blut ist geronnen.

Wenn ich recht habe, dann ist sie bereits seit heute früh tot.

Anna hat das Bootshaus erreicht und tritt hinter mich. Als sie die Leiche im Boot entdeckt, gibt sie ein entsetztes Keuchen von sich.

»Ist das …«

»Helena Hardcastle«, sage ich.

»Woher wusstest du, dass sie hier sein würde?«, fragt sie.

»Das hier war die letzte Verabredung, die sie eingehalten hat«, erkläre ich.

Die Wunde an ihrem Hals ist nicht sehr breit, aber breit genug. Es würde mich nicht überraschen, wenn sie genau die Größe eines Hufeisenmessers hätte. Dieselbe Waffe, mit der vor neunzehn Jahren Thomas Hardcastle getötet wurde. Endlich sind wir zum Kern des Geschehens vorgedrungen. Darum hat sich alles gedreht. Jeder andere Todesfall war ein Echo davon. Von einem Mord, den niemand gehört hat.

Meine Beine schmerzen, weil ich so lange in der Hocke verweilt habe, also erhebe ich mich, damit ich sie wieder strecken kann.

»Hat Michael das getan?«, fragt Anna und klammert sich an meinem Mantel fest.

»Nein, das war nicht Michael«, sage ich. »Michael Hardcastle hatte Angst. Er wurde aus Verzweiflung zum Mörder. Dieser Mord war etwas ganz anderes, er wurde genüsslich und mit großer Geduld geplant. Helena wurde hierhergelockt und dann direkt an der Tür erdolcht, sodass sie ins Bootshaus stürzte, wo niemand sie sehen konnte. Der Mörder hat sich einen Ort ausgesucht, der kaum zehn Meter von der Stelle entfernt liegt, an der Thomas Hardcastle getötet wurde, und er hat seine Tat dann auch noch genau am Jahrestag von Thomas' Tod ausgeführt. Was sagt dir das?«

Während ich spreche, sehe ich vor meinem geistigen Auge, wie Lady Hardcastle zu Boden fällt, höre das Knacken des Holzes, als sie im Boot landet. Eine schemenhafte Figur ragt drohend in meinen Gedanken auf. Sie zieht die Decke über den Leichnam und watet dann ins Wasser hinein.

»Der Mörder war vollkommen blutüberströmt«, sage ich und lasse das Licht der Laterne durch den Raum gleiten. »Die Person hat sich im Wasser des Sees gewaschen, denn sie wusste, dass sie hier von den Wänden des Bootshauses verdeckt war. Sie hatte sich frische Kleider zurechtgelegt …«

Und tatsächlich, dort in der Ecke liegt eine alte Reisetasche, und als ich den Verschluss öffne, entdecke ich einen Haufen blutverschmierter Frauenkleider im Innern. Die Kleider des Mörders.

Das alles war geplant …

… vor langer Zeit schon, für ein anderes Opfer.

»Wer hat das getan, Aiden?«, fragt Anna, während sich Angst in ihre Stimme schleicht.

Ich trete aus dem Bootshaus ins Freie und lasse meinen Blick suchend durch die Dunkelheit schweifen, bis ich auf der gegenüberliegenden Seite eine Sturmlaterne entdecke.

»Erwartest du jemanden?«, fragt Anna, deren Augen sich auf das näherkommende Licht geheftet haben.

»Das ist der Mörder«, antworte ich, von einer seltsamen Ruhe erfüllt. »Ich habe Cunningham gebeten, ein Gerücht auszustreuen, dass wir beide hier sein würden, um … nun ja, um das Bootshaus zu benutzen, sozusagen.«

»Aber warum?«, fragt Anna verängstigt. »Wenn du weißt, wer Michael geholfen hat, dann sag es dem Pestdoktor doch!«

»Das kann ich nicht«, sage ich. »Das musst du tun. Du musst den Rest der Geschichte erklären.«

»Was?«, zischt sie und wirft mir einen scharfen Blick zu. »Wir hatten eine Vereinbarung: Ich halte dich am Leben, und du findest Evelyns Mörder.«

»Der Pestdoktor muss die Antwort von dir hören«, sage ich. »Sonst wird er dich nicht gehen lassen. Vertraue mir. Du hast alle Teile des

Puzzles beisammen, du musst sie nur noch richtig zusammensetzen. Hier, nimm das.«

Ich stecke die Hand in die Tasche und gebe ihr den Zettel. Sie faltet ihn auseinander und liest laut.

»Von allen«, sagt sie und runzelt die Stirn. »Was hat das zu bedeuten?«

»Das ist die Antwort zu einer Frage, die Cunningham in meinem Auftrag Mrs. Drudge gestellt hat.«

»Was für eine Frage?«

»Ob Charlie Carver der Vater irgendeines anderen der Hardcastle-Kinder ist. Ich wollte wissen, für wen er sein Leben geben würde.«

»Aber sie sind doch jetzt alle tot.«

Die geheimnisvolle Laterne tanzt in der Luft auf und ab und kommt immer näher und näher. Die Person, die sie in der Hand hält, beeilt sich ganz offenbar und gibt sich auch nicht die geringste Mühe, im Verborgenen zu bleiben. Die Zeiten der List und Täuschung sind vorbei.

»Wer ist das?«, fragt Anna, hält sich schützend die Hand vor Augen und blinzelt in das näherkommende Licht.

»Ja, wer bin ich?«, fragt Madeline Aubert, lässt die Laterne sinken und gibt so den Blick auf das Gewehr frei, mit dem sie direkt auf uns zielt.

Sie hat ihre Zofenuniform abgelegt und trägt stattdessen eine Hose, eine lockere Leinenbluse und eine beigefarbene Strickjacke, die sie sich über die Schultern geworfen hat. Ihre dunklen Haare sind nass, und ihre pockennarbige Haut ist frisch gepudert. Jetzt, da sie die Dienstbotenmaske abgeworfen hat, lässt sich eine große Ähnlichkeit mit ihrer Mutter erkennen. Sie hat die gleichen schräg stehenden Augen und die gleichen Sommersprossen, die ihren milchweißen Teint verwirbeln. Ich kann nur hoffen, dass Anna diese Ähnlichkeit ebenfalls erkennt.

Anna schaut von mir zu Madeline und wieder zurück, und die Verwirrung auf ihrem Gesicht geht in Panik über.

»Aiden, hilf mir«, fleht sie.

»Es muss von dir selbst kommen«, sage ich und taste in der Dunkelheit nach ihrer kalten Hand. »Alle Teile des Puzzles liegen direkt vor dir. Wer war in der Lage, Thomas Hardcastle und Lady Hardcastle mit neunzehn Jahren Abstand auf genau dieselbe Weise zu töten? Warum hat Evelyn gesagt: ›Ich bin nicht …‹ und ›Millicent war Mord‹, nachdem ich sie gerettet hatte? Warum besaß sie einen Siegelring, den sie doch eigentlich Felicity Maddox gegeben hatte? Was wusste Millicent Derby, das sie das Leben gekostet hat? Warum wurde Gregory Gold angestellt, um neue Familienporträts zu malen, während man den Rest des Hauses zu einer Ruine verfallen ließ? Zum Schutz welcher Person würden Helena Hardcastle und Charlie Carver lügen?«

Das Begreifen tritt in Annas Gesicht wie ein Sonnenaufgang, und ihre Augen weiten sich, als sie von dem Zettel zu Madelines erwartungsvollem Gesicht hochschaut.

»Evelyn Hardcastle«, sagt sie leise. Und dann fügt sie ein wenig lauter hinzu: »Sie sind Evelyn Hardcastle!«

59.

Ich bin mir nicht ganz sicher, welche Reaktion ich von Evelyn eigentlich erwartet hatte, aber sie überrascht mich damit, dass sie begeistert in die Hände klatscht und in die Höhe hüpft, als wären wir ihre Lieblingshündchen, die gerade einen neuen Trick vorführen.

»Ich wusste gleich, dass es sich lohnen würde, euch beiden zu folgen«, sagt sie und stellt ihre Laterne auf die Erde, sodass sich deren Schein mit dem der unsrigen vermischt. »Niemand macht sich auf den mühsamen Weg hinaus in die Dunkelheit, ohne über ein paar Kenntnisse zu verfügen, die ihm den Weg weisen. Auch wenn ich gestehen muss, dass ich nicht die geringste Ahnung habe, inwiefern euch beide das alles etwas angeht.«

Sie hat ihren französischen Akzent abgelegt, und mit ihm auch jede restliche Spur der gehorsamen Zofe, hinter deren Fassade sie sich versteckt hatte. Die eben noch hängenden Schultern haben sich aufgerichtet, ihr Nacken hat sich versteift, und sie drückt das Kinn in die Höhe, sodass es aussieht, als würde sie uns von den luftigen Höhen irgendeines Gipfels betrachten.

Ihr fragender Blick wandert zwischen uns hin und her, aber meine Aufmerksamkeit ist auf den Wald gerichtet. Das hier ist alles umsonst, wenn der Pestdoktor nicht da ist, um es mitanzuhören. Doch jenseits des Lichtkegels, den unsere beiden Laternen werfen, ist es pechschwarz. Er könnte nur zehn Meter entfernt stehen, ohne dass ich jemals davon erführe.

Evelyn verwechselt mein Schweigen mit Aufsässigkeit und schenkt mir ein strahlendes Lächeln. Sie genießt diese Situation ganz offenbar. Sie will unser Ende auskosten. Wir müssen sie unbedingt bei Laune halten, bis der Pestdoktor eintrifft.

»Das war es, was du vor all diesen Jahren für Thomas geplant hattest, nicht wahr?«, frage ich und zeige auf Helenas Leichnam im Bootshaus. »Ich habe den Stallmeister befragt, und der hat mir erzählt, du seist an dem Morgen seines Todes ausgeritten. Aber das sollte nur dein Alibi sein. Du hattest mit Thomas abgesprochen, dass ihr euch hier treffen würdet, also musstest du lediglich am Pförtnerhaus vorbeireiten, dort das Pferd irgendwo anbinden und quer durch den Wald zum See laufen. Ich habe die Zeit selbst gestoppt. Du könntest es in weniger als einer halben Stunde geschafft haben, ohne dass dich irgendjemand gesehen hätte. Das gab dir mehr als genug Zeit, Thomas in aller Stille im Bootshaus zu ermorden, dich im Seewasser zu waschen, die Kleider zu wechseln und wieder auf deinem Pferd zu sitzen, bevor überhaupt irgendjemand bemerkt hätte, dass Thomas verschwunden war. Du hattest die Mordwaffe vom Stallmeister gestohlen, und auch die Decke, in die du die Leiche hüllen wolltest. Der Stallmeister sollte als Schuldiger gebrandmarkt werden, sobald man Thomas fand, nur ging der Plan dann schief, nicht wahr?«

»Alles ging schief«, sagt sie verärgert. »Das Bootshaus war nur als Sicherheit gedacht, falls meine erste Idee nicht funktionieren sollte. Ich wollte Thomas eigentlich mit einem Stein betäuben und ihn dann ertränken. Er sollte im See treiben, und irgendjemand sollte ihn dort finden. Ein tragischer Unfall. Dann hätten wir alle einfach weitergelebt wie zuvor. Unglücklicherweise bekam ich nicht die Gelegenheit, auch nur einen dieser Pläne in die Tat umzusetzen. Ich habe Thomas den Stein gegen den Kopf geschlagen, aber nicht annähernd fest genug. Er hat angefangen zu schreien, und dann bin ich in Panik geraten und habe ihn hier draußen erstochen.«

Sie klingt verärgert, wenn auch nicht gerade übermäßig. Als würde sie nichts Gewichtigeres beschreiben als ein Picknick, das durch einen Schlechtwettereinbruch ruiniert wurde. Ich erwische mich dabei, wie ich sie fassungslos anstarre. Zwar hatte ich den Großteil dieser Geschichte bereits geschlussfolgert, bevor ich hierherkam, aber zu hören, wie sie es derart gefühllos und ohne jegliche Reue erzählt, ist entsetzlich. Sie hat keine Seele, kein Gewissen. Ich kann kaum glauben, dass sie überhaupt ein menschliches Wesen ist.

Als Anna auffällt, dass ich ins Stocken geraten bin, übernimmt sie das Gespräch.

»Und das war dann der Moment, in dem Lady Hardcastle und Charlie Carver ganz zufällig auf Sie stießen.« Sie denkt sorgfältig über jedes Wort nach, das sie sagt, als müsste sie damit den auf sie einstürmenden Gedanken einen Weg bahnen. »Irgendwie ist es Ihnen gelungen, sie davon zu überzeugen, dass es ein Unfall war.«

»Das haben die beiden fast im Alleingang geschafft«, sinniert Evelyn. »Ich dachte schon, jetzt sei alles vorbei, als sie auf dem Pfad auftauchten. Ich habe mit irgendeiner Geschichte angefangen, wie ich versucht hätte, Thomas das Messer abzunehmen, und dann hat Carver den fehlenden Rest einfach für mich zu Ende erzählt. Unfall, spielende Kinder, so etwas in der Richtung eben. Er hat mir die Geschichte praktisch auf einem Silbertablett serviert.«

»Wusstest du, dass Carver dein Vater war?«, frage ich, nachdem ich ein wenig meine Fassung wiedererlangt habe.

»Nein, aber ich war ja nur ein Kind. Ich habe einfach nur hingenommen, dass ich ungeheures Glück gehabt hatte, und bin reiten gegangen, wie man es mir auftrug. Erst als man mich dann nach Paris verfrachtete, hat Mutter mir die Wahrheit erzählt. Ich glaube, sie wollte, dass ich stolz auf ihn war.«

»Also Carver entdeckt seine Tochter blutüberströmt am Ufer des Sees«, fährt Anna langsam fort und versucht, alles in die richtige Ordnung zu bringen. »Ihm wird klar, dass Sie ein paar saubere Kleider brauchen werden, und er geht zum Haus, um sie zu holen, während Helena bei Thomas bleibt. Das war es, was Stanwin dann sah, als er Carver zum See folgte, und deshalb hat er geglaubt, Helena habe ihren eigenen Sohn getötet. Und deshalb hat er auch zugelassen, dass sein Freund die Schuld auf sich nahm.«

»Deshalb und auch wegen einer gewaltigen Geldsumme«, sagt Evelyn und kräuselt verächtlich die Lippen, sodass die Spitzen ihrer

Zähne sichtbar werden. Ihre grünen Augen sind gläsern und ausdruckslos. Ohne jedes Mitgefühl. Ohne jede Reue. Für so etwas ist dort kein Platz. »Mutter hat ihn über die Jahre fürstlich dafür bezahlt.«

»Charlie Carver wusste nicht, dass du den Mord im Voraus geplant und dir bereits Kleider zum Wechseln im Bootshaus zurechtgelegt hattest«, sage ich, während ich mich gleichzeitig verzweifelt bemühe, nicht andauernd die Augen durch den Wald schweifen zu lassen, um nach dem Pestdoktor zu suchen. »Die Kleider blieben versteckt, hier im Bootshaus, ganze achtzehn Jahre lang, bis deine Mutter sie dann fand, als sie letztes Jahr nach Blackheath kam. Sie begriff sofort, was sie zu bedeuten hatten. Als sie zurück nach London kam, hat sie Michael davon erzählt, wahrscheinlich, um zu sehen, wie er darauf reagiert.«

»Sie muss geglaubt haben, dass er über den Mord Bescheid wusste«, sagt Anna mitleidig. »Kannst du dir das vorstellen … sie konnte keinem von ihren Kindern mehr trauen.«

Ein Windhauch regt sich, und der Regen tropft mit leisem Klirren auf unsere Laternen. Aus dem Wald kommt ein Geräusch, verschwommen und weit entfernt, aber es reicht, um Evelyns Aufmerksamkeit eine Sekunde abzulenken.

Versuch, Zeit zu schinden, gebe ich Anna lautlos mit einer Mundbewegung zu verstehen, während ich mir den Mantel ausziehe und ihr über die dünnen Schultern lege. Sie lächelt mich dankbar an.

»Es muss furchtbar für Lady Hardcastle gewesen sein«, sagt Anna und zieht sich den Mantel enger um den Leib. »Als ihr klar wurde, dass die Tochter, zu deren Schutz sie es zuließ, dass sich ihr Liebhaber an den Galgen lieferte – dass diese Tochter ihren eigenen Bruder kaltblütig ermordet hatte.« Ihre Stimme wird plötzlich viel tiefer. »Wie konnten Sie das nur tun, Evelyn?«

»Ich denke, die eigentliche Frage ist doch eher, warum sie es getan hat«, sage ich und schaue Anna an. »Thomas ist den Leuten immer gern heimlich gefolgt. Er wusste, dass er in Schwierigkeiten geraten würde, wenn man ihn dabei erwischte, also wurde er sehr geschickt darin, ihnen lautlos hinterherzuschleichen. Eines Tages ist er Evelyn dann in den Wald gefolgt, wo sie sich mit einem Stalljungen getroffen hat. Ich weiß nicht, warum sie sich getroffen haben oder ob dieses Treffen überhaupt geplant war. Vielleicht war es ja auch rein zufällig. Aber dann geschah ein Unfall, glaube ich. Oder zumindest hoffe ich, dass es ein Unfall war«, füge ich hinzu und werfe einen raschen Blick zu Evelyn hinüber, die mich so abschätzig betrachtet, als sei ich eine Motte, die auf ihrer Jacke gelandet ist. Unsere gesamte Zukunft steht in die Falten ihrer Augenwinkel geschrieben. Dieses blasse, weiße Gesicht ist eine Kristallkugel, in deren nebligen Tiefen nichts als das Grauen lauert.

»Aber letztendlich ist das nicht von Belang«, fahre ich fort, als mir klar wird, dass sie nicht vorhat, mir zu antworten. »So oder so – sie hat den Stallburschen getötet. Wahrscheinlich hat Thomas gar nicht so recht begriffen, was er da gerade beobachtet hat, sonst wäre er nach Hause gerannt und hätte alles seiner Mutter erzählt. Auf jeden Fall ist Evelyn irgendwann klar geworden, dass er Bescheid wusste. Sie hatte die Wahl zwischen zwei Möglichkeiten: Entweder sie brachte Thomas zum Schweigen, bevor er es irgendjemandem erzählen konnte, oder sie musste beichten, was sie getan hatte. Sie entschied sich für die erste Möglichkeit und machte sich dann ganz methodisch ans Werk.«

»Wirklich gut«, sagt Evelyn, und ihr Gesicht hellt sich auf. »Abgesehen von ein oder zwei Details klingt es fast so, als wärst du persönlich dabei gewesen. Du bist ja geradezu entzückend, Gregory, weißt du das? Viel unterhaltsamer, als ich gedacht hatte. Gestern Abend hielt ich dich noch für einen ziemlich langweiligen Kerl.«

»Was ist mit dem Stalljungen passiert?«, fragt Anna. »Der Stallmeister hat gesagt, dass er niemals gefunden wurde.«

Evelyn betrachtet sie für eine lange Zeit. Zuerst glaube ich, es läge daran, dass sie zu entscheiden versucht, ob sie die Frage beantworten soll oder nicht, aber dann verstehe ich. Sie sucht nach der Erinnerung. Sie hat schon seit Jahren nicht mehr an diesen Vorfall gedacht.

»Das war eine ziemlich seltsame Geschichte«, sagt Evelyn. Ihre

Stimme klingt, als wäre sie in Gedanken weit fort. »Er hat mich zu irgendwelchen Höhlen mitgenommen, die er entdeckt hatte. Ich wusste, dass meine Eltern etwas dagegen haben würden, also sind wir heimlich gegangen. Aber er war ein schrecklich langweiliger Bursche. Während wir die Höhlen ein wenig erforschten, ist er in ein tiefes Loch gestürzt. Es war nichts Lebensgefährliches, ich hätte mit Leichtigkeit Hilfe holen können. Ich habe ihm gesagt, dass ich jemanden rufen würde, und dann wurde mir klar, dass ich das gar nicht musste. Ich brauchte keine Hilfe zu holen. Ich brauchte gar nichts zu tun. Ich konnte ihn einfach dort zurücklassen. Niemand wusste, wo er hingegangen war oder dass ich mich in seiner Gesellschaft befunden hatte. Das kam mir wie ein Wink des Schicksals vor.«

»Sie haben ihn einfach dort im Stich gelassen«, sagt Anna entsetzt.

»Und wisst ihr, es hat mir sogar ziemlich großen Spaß gemacht. Er war mein aufregendes kleines Geheimnis, bis Thomas mich schließlich gefragt hat, warum ich an jenem Tag zu den Höhlen gegangen war.« Sie hält weiterhin ihre Waffe auf uns gerichtet, während sie gleichzeitig die Laterne aus dem Morast aufhebt. »Und den Rest kennt ihr ja. Eine Schande, eigentlich.«

Sie spannt den Hahn, aber Anna tritt schützend vor mich.

»Warten Sie!«, sagt sie und streckt eine Hand aus.

»Bitte, nicht betteln«, sagt Evelyn verärgert. »Ich habe wirklich Hochachtung vor euch, ehrlich, ihr wisst gar nicht, wie sehr. Außer meiner Mutter hat seit zwanzig Jahren niemand mehr auch nur einen Gedanken an Thomas' Tod verschwendet. Und dann kommt ihr zwei aus heiterem Himmel und habt euch fast die gesamte Geschichte niet- und nagelfest zusammengereimt. Dazu war bestimmt ganz schön viel Entschlossenheit nötig, und das bewundere ich, aber mal ehrlich: Nichts steht einem Menschen so schlecht zu Gesicht wie ein Mangel an Stolz.«

»Ich habe keineswegs vor zu betteln. Aber die Geschichte ist noch nicht zu Ende«, sagt Anna. »Wir haben es verdient, auch den Rest zu hören.«

Evelyn lächelt. Der Ausdruck auf ihrem Gesicht ist betörend und zerbrechlich – und vollkommen wahnsinnig.

»Ihr glaubt wohl, ich sei auf den Kopf gefallen«, sagt sie, während sie sich den Regen aus den Augen wischt.

»Nein, ich glaube, dass Sie uns töten werden«, sagt Anna seelenruhig und klingt, als würde sie mit einem kleinen Kind reden. »Und ich glaube auch, dass es eine Menge Leute hören würden, wenn Sie es hier draußen im Freien täten. Sie müssen uns irgendwo hinbringen, wo es etwas abgeschiedener ist. Also können wir uns unterwegs auch genauso gut unterhalten.«

Evelyn geht ein paar Schritte auf Anna zu und hält ihr die Laterne dicht vors Gesicht, um sie näher in Augenschein zu nehmen. Sie hat den Kopf schief gelegt und die Lippen leicht geöffnet.

»Cleveres Mädchen«, sagt Evelyn und schnurrt geradezu vor Bewunderung. »Also gut, dreht euch um und lauft los.«

Ich lausche diesem Wortwechsel mit zunehmender Panik, während ich gleichzeitig verzweifelt hoffe, der Pestdoktor würde aus der Dunkelheit heraustreten und dem Ganzen endlich ein Ende setzen. Er muss doch mittlerweile genug Beweismaterial haben, um Annas Freilassung zu befürworten.

Es sei denn, er wurde aufgehalten.

Der Gedanke erfüllt mich mit Angst. Anna versucht ihr Bestes, uns am Leben zu halten, aber es ist alles umsonst, wenn der Pestdoktor nicht weiß, wo er uns finden kann.

Ich bücke mich, um unsere Laterne aufzuheben, aber Evelyn tritt sie mit dem Fuß fort und gibt uns mit ihrem Gewehr einen Wink, in den Wald vorauszugehen.

Wir laufen Seite an Seite, während Evelyn uns mit ein paar Schritten Abstand folgt und leise vor sich hin summt. Ich riskiere einen kurzen Blick über die Schulter, aber sie ist so weit von uns entfernt, dass ich ihr das Gewehr unmöglich entreißen kann. Und selbst wenn ich das könnte, würde es doch nichts nützen. Wir sind nicht hier, um Evelyn zu ergreifen, sondern wir sind hier, um zu beweisen, dass

Anna anders ist als sie. Und der beste Weg, das zu tun, besteht darin, sich weiterhin in Gefahr zu begeben.

Eine dichte Wolkendecke hat sich vor die Sterne geschoben, und da uns nur das schwache Licht von Evelyns Laterne zur Verfügung steht, müssen wir äußerst vorsichtig gehen, um nicht zu stolpern. Genauso gut könnte man versuchen, sich einen Weg durch ein Fass voll schwarzer Tinte zu bahnen. Und vom Pestdoktor ist noch immer keine Spur zu sehen.

»Wenn Ihre Mutter schon vor einem Jahr wusste, was Sie getan haben, warum hat sie damals nicht allen davon erzählt?«, fragt Anna und schaut sich nach Evelyn um. »Warum hat sie diese Party organisiert und all diese Leute eingeladen?«

Es liegt echte Neugier in ihrer Stimme. Falls sie Angst hat, hat sie dieses Gefühl so gut versteckt, dass ich es nicht erkennen kann. Offenbar ist Evelyn nicht die Einzige hier, die über schauspielerisches Talent verfügt. Ich kann nur hoffen, dass ich mich ebenso wacker schlage. Mein Herz klopft so wild, dass es mir fast die Rippen zerbricht.

»Geldgier«, sagt Evelyn. »Meine Eltern brauchten Geld nötiger, als meine Mutter mich hängen sehen wollte. Ich kann nur annehmen, dass es eine Weile gedauert hat, die Heirat zu arrangieren, denn Mutter hat mir erst letzten Monat einen Brief geschickt, in dem sie mir mitteilte, dass meine Eltern mich, falls ich mich nicht dazu bereit erklärte, diesen widerlichen Ravencourt zu heiraten, der Polizei ausliefern würden. Diese demütigende Party heute Abend sollte noch eine letzte Spitze zum Abschied sein. Ein winziges bisschen Gerechtigkeit für Thomas.«

»Also haben Sie Ihre Eltern aus Rache getötet?«, fragt Anna.

»Vater war Teil eines Tauschgeschäfts. Michael hat Felicity ermordet, und ich habe dafür Vater ermordet. Mein Bruder wollte zu seinem Erbe kommen, solange überhaupt noch etwas davon übrig war. Und dann wollte er zusammen mit Coleridge Stanwins erpresserisches Unternehmen kaufen.«

»Dann war es also tatsächlich dein Stiefelabdruck, den ich vor dem Fenster des Pförtnerhauses gesehen habe«, sage ich. »Und du hast selbst den Brief hinterlassen, in dem du die Verantwortung dafür übernimmst.«

»Na, ich konnte es doch nicht zulassen, dass man dem armen Michael die Schuld in die Schuhe schiebt, das wäre ja schließlich genau das Gegenteil von dem, was wir erreichen wollten«, sagt sie. »Wenn ich erst einmal von hier fortgegangen bin, habe ich nicht vor, meinen eigentlichen Namen noch zu verwenden, also kann ich ihn ebenso gut gewinnbringend einsetzen.«

»Und Ihre Mutter?«, fragt Anna. »Warum musste sie sterben?«

»Ich war in Paris«, antwortet Evelyn, und zum ersten Mal steigt hitziger Zorn in ihre Stimme. »Wenn sie mich nicht an Ravencourt verschachert hätte, dann hätte sie mich nie wiedergesehen. So wie ich das sehe, hat sie Selbstmord begangen.«

Die Bäume treten ganz plötzlich auseinander und geben den Blick auf das Pförtnerhaus frei. Wir sind an der Rückseite des Hauses angekommen, gegenüber der verriegelten Tür, die in die Küche führt – derselbe Weg, auf dem die falsche Evelyn an jenem ersten Morgen zusammen mit Bell das Haus betrat.

»Wo hast du die andere Evelyn aufgetrieben?«, frage ich.

»Ihr Name war Felicity Maddox. Sie war so eine Art Trickbetrügerin und Hochstaplerin, soweit ich weiß«, antwortet Evelyn vage. »Stanwin hat das alles arrangiert. Michael hat ihm erzählt, die Familie wolle, dass Felicity Ravencourt statt meiner heiratet, und wenn die Hochzeit dann stattgefunden hätte, würde man ihm als Schweigegeld die Hälfte der Mitgift zahlen.«

»Wusste Stanwin, was Sie vorhatten?«, fragt Anna.

»Vielleicht. Aber warum sollte ihn das kümmern?«, sagt Evelyn mit einem Schulterzucken, während sie mir gleichzeitig mit einer Geste bedeutet, die Tür zu öffnen. »Felicity war ein Insekt, weiter nichts. Anscheinend hat heute Nachmittag irgend so ein Polizist versucht, sie zu warnen, und wisst ihr, was sie dann getan hat? Statt ihm die ganze

Geschichte zu beichten, ist sie schnurstracks zu Michael gerannt und hat noch mehr Geld dafür verlangt, dass sie den Mund hält. Also ehrlich, so ein Mensch ist doch ein Schandfleck für die Welt. In meinen Augen hat man der Gesellschaft mit ihrer Ermordung einen Dienst erwiesen.«

»Und Millicent Derby? War ihr Tod auch ein Dienst an der Gesellschaft?«

»Oh, Millicent«, sagt Evelyn, und ihr Gesicht hellt sich bei der Erinnerung auf. »Wisst ihr, damals, als sie noch jung war, da war sie genauso schlimm wie ihr Sohn. Sie hatte später, als sie älter wurde, einfach nur nicht mehr genug Energie dafür.«

Wir durchqueren die Küche und betreten den Flur. Das Haus ist still, all seine Bewohner sind tot. Doch eine der Lampen, die an der Wand hängen, brennt und wirft ihr helles Licht in den Flur – was naheliegt, dass Evelyn von vornherein vorhatte, hierher zurückzukehren.

»Millicent hat dich wiedererkannt, stimmt's?«, frage ich, während ich mit den Fingerspitzen an der Wand entlangstreiche. Ich spüre, wie ich mich auflöse. Nichts von dem, was hier geschieht, fühlt sich noch real an. Ich muss irgendwas Festes berühren, um mich daran zu erinnern, dass ich nicht träume. »Sie hat dich im Ballsaal gesehen, wie du direkt neben Felicity standst«, fahre ich fort und erinnere mich daran, wie sich die alte Dame mitten im Gespräch mit Derby hastig entfernt hat. »Sie hat dich schon als kleines Kind gekannt und zugesehen, wie du aufgewachsen bist. Deshalb hat sie sich weder von einer Dienstbotenuniform noch von Golds neuen Porträts in der Galerie täuschen lassen. Millicent wusste sofort, wer du warst.«

»Sie kam in die Küche hinunter und verlangte zu wissen, was ich da für ein Spiel treibe«, sagt Evelyn. »Ich habe ihr erzählt, das Ganze sei ein Jux, den wir für den Ball geplant hatten, und die törichte alte Schachtel hat mir geglaubt.«

Ich sehe mich um und hoffe, irgendein Anzeichen für die Gegenwart des Pestdoktors zu entdecken, aber meine Hoffnung schwindet mehr und mehr. Es gibt keinen Grund, warum er von unserem Hiersein wissen sollte, also wird er auch niemals erfahren, wie mutig sich Anna verhält oder dass sie sein Rätsel gelöst hat. Wir laufen dem Tod in die Arme, in Gesellschaft einer Wahnsinnigen, und es ist alles umsonst.

»Wie hast du sie umgebracht?«, frage ich und versuche verzweifelt, Evelyn am Reden zu halten, während ich mir einen neuen Plan einfallen lasse.

»Ich habe ein Fläschchen mit Veronal aus Doktor Dickies Tasche gestohlen, ein paar der Tabletten zerdrückt und in ihren Tee getan«, sagt sie. »Als sie ohnmächtig wurde, habe ich ihr ein Kissen aufs Gesicht gedrückt, bis sie zu atmen aufgehört hat, und dann habe ich Dickie geholt.«

Ihre Stimme klingt dabei so vergnügt, als sei dies eine glückliche Kindheitserinnerung, die sie gerade mit ein paar Freunden beim Abendessen teilt. »Er hat das Veronal aus seiner Arzttasche auf ihrem Nachttisch gesehen und sofort begriffen, dass das den Verdacht auf ihn selbst lenken würde«, fährt sie fort. »Das ist das Wunderbare an korrupten Männern – man kann sich stets darauf verlassen, dass sie auch weiterhin korrupt bleiben.«

»Also hat er das Fläschchen mitgenommen und behauptet, es sei ein Herzanfall gewesen, um seinen eigenen Hals zu retten«, sage ich und stoße einen kleinen Seufzer aus.

»Na, jetzt gräm dich mal nicht, mein cleverer kleiner Liebhaber«, sagt sie und stößt mir den Lauf ihres Gewehrs in den Rücken. »Millicent Derby ist genau so gestorben, wie sie gelebt hat, nämlich mit Eleganz und Kalkül. Das war ein Geschenk, glaub's mir. Wir könnten alle von Glück sagen, wenn es uns vergönnt wäre, einen so sinnvollen Tod zu sterben.«

Einen Moment lang befürchte ich, dass sie uns in das Zimmer führen wird, in dem Lord Hardcastle gekrümmt in seinem Sessel sitzt, aber stattdessen scheucht sie uns durch die gegenüberliegende Tür in ein kleines Esszimmer, dessen Möbel lediglich aus vier Stühlen und einem viereckigen Tisch in der Mitte bestehen. Das Licht von Evelyns Laterne huscht an den Wänden entlang und beleuchtet zwei große Segeltuchtaschen, die in einer Ecke stehen. Beide quellen über vor Schmuck, Kleidung und was auch immer Evelyn sonst noch aus Blackheath stehlen konnte.

Ihr neues Leben wird dort beginnen, wo unseres endet.

Als eingefleischter Künstler weiß Gold zumindest die Symmetrie zu schätzen, die darin enthalten ist.

Evelyn stellt ihre Laterne auf den Tisch und bedeutet uns mit einer Handbewegung, uns auf die Erde zu knien. Ihre Augen glitzern, und ihr Gesicht ist gerötet.

Eines der Fenster schaut zur Straße hinaus, aber ich kann keine Spur vom Pestdoktor entdecken.

»Ich fürchte, nun ist euch die Zeit ausgegangen«, sagt sie und hebt das Gewehr.

Noch eine letzte Karte, die es auszuspielen gilt.

»Warum hast du Michael getötet?«, frage ich rasch, indem ich ihr die Anschuldigung entgegenschleudere.

Evelyn erstarrt, und das Lächeln verschwindet aus ihrem Gesicht. »Wovon redest du da?«

»Du hast ihn vergiftet«, sage ich und sehe zu, wie sich Verwirrung auf ihr Gesicht malt. »Jeden Tag hat man mir ein ums andere Mal erzählt, wie nahe ihr beiden euch standet, und wie sehr du ihn geliebt hast. Er wusste nicht einmal, dass du Thomas und deine Mutter getötet hast, habe ich recht? Du wolltest nicht, dass er schlecht von dir denkt. Und doch hast du ihn dann, als es an der Zeit war, genauso bedenkenlos getötet wie alle anderen deiner Opfer.«

Ihr Blick huscht zwischen Anna und mir hin und her, das Gewehr in ihrer Hand gerät ins Wanken. Zum ersten Mal erweckt sie den Eindruck, als habe sie Angst.

»Du lügst. Ich würde Michael niemals etwas antun«, sagt sie.

»Ich habe ihn sterben sehen, Evelyn«, sage ich. »Ich stand direkt daneben, als er …«

Sie schlägt mir so heftig mit dem Gewehr ins Gesicht, dass mir das Blut von der Lippe tropft.

Ich hatte vorgehabt, ihr die Waffe zu entreißen, aber sie war zu schnell für mich und ist bereits wieder einen Schritt von uns zurückgetreten.

»Lüg mich nicht an«, heult sie. Ihre Augen glühen, und ihr Mund stößt panische Atemzüge aus.

»Er lügt nicht«, protestiert Anna und schlingt mir schützend ihre Arme um die Schultern.

Tränen rinnen an Evelyns Wangen herab, und ihre Lippen zittern. Die Liebe, die sie für ihren Bruder hegt, ist verkommen, fanatisch und krank, aber sie ist aufrichtig. Seltsamerweise lässt sie das nur noch abscheulicher wirken.

»Ich habe nicht ...« Sie packt sich an den Haaren und zieht so fest daran, dass sie sich ein paar Büschel mit den Wurzeln ausreißt. »Er wusste, dass ich diesen Kerl nicht heiraten konnte ... er wollte mir helfen.« Sie sieht uns flehentlich an. »Er hat sie für mich getötet, damit ich frei sein konnte ... er hat mich geliebt ...«

»Aber du musstest sichergehen«, sage ich. »Du konntest nicht riskieren, dass er womöglich die Nerven verliert und Felicity wieder aufwacht, also hast du ihr ein Glas mit vergiftetem Whisky gegeben, bevor sie zum Spiegelteich hinausging.«

»Aber Michael haben Sie nichts davon erzählt«, fährt Anna fort. »Und er hat dann das Glas leergetrunken, während Rashton ihn verhörte.«

Evelyns Gewehrlauf ist herabgesunken. Ich spanne alle Muskeln an und bereite mich darauf vor, es mit einem Sprung zu ergreifen, doch Annas Griff um meine Schultern wird plötzlich noch fester.

»Er ist da«, flüstert sie mir ins Ohr und nickt zum Fenster hinüber.

Eine einzelne Kerze brennt draußen auf der Straße und beleuchtet eine Schnabelmaske aus Porzellan. Hoffnung regt sich in mir, erstirbt jedoch sofort wieder. Er steht reglos da und bewegt sich nicht von der Stelle. Er kann nicht einmal hören, was hier drinnen gesagt wird.

Worauf wartet er nur?

»O nein«, sagt Anna. Sie klingt, als wäre ihr übel geworden.

Auch sie starrt zum Pestdoktor hinüber, aber statt der Verwirrung, die mich ergriffen hat, steht ihr blankes Entsetzen ins Gesicht geschrieben. Sie ist leichenblass geworden, und ihre Finger krallen sich in meinen Arm.

»Wir haben es nicht gelöst«, sagt sie ganz leise. »Wir wissen immer noch nicht, wer Evelyn Hardcastle tötet – die *echte* Evelyn Hardcastle. Und unser Kreis von Verdächtigen besteht nur noch aus zwei Personen.«

Ein eiskaltes Gewicht senkt sich auf mich herab.

Ich hatte gehofft, dass Anna sich mit ihrer Entlarvung Evelyns die Freiheit verdient hätte, aber sie hat recht. Mag der Pestdoktor noch so gern von Wiedergutmachung und Läuterung reden – aber die Zeche ist erst bezahlt, wenn noch ein weiteres Leben geopfert wird. Und er erwartet, dass einer von uns beiden es ihm liefert.

Evelyn geht immer noch unruhig auf und ab und zerrt sich an den Haaren. Sie ist durch die Nachricht von Michaels Tod zwar abgelenkt, aber zu weit entfernt, als dass ich ihr einen Hinterhalt legen könnte. Vielleicht würden Anna oder ich es ja schaffen, ihr das Gewehr zu entreißen, aber erst, nachdem sie den anderen von uns damit erschossen hat.

Wir sind ausgetrickst worden.

Der Pestdoktor ist mit voller Absicht ferngeblieben, um zu verhindern, dass er Annas Antwort mitanhören und dem guten Menschen gegenübertreten muss, zu dem sie geworden ist. Er weiß nicht, dass ich mich wegen Michael geirrt habe.

Oder es ist ihm egal.

Er hat bekommen, was er wollte. Wenn ich sterbe, befreit er mich. Wenn sie stirbt, bleibt sie hier gefangen, genau wie es sich seine Vorgesetzten gewünscht haben. Sie werden sie für alle Ewigkeit hier einsperren, ganz gleich, was sie tut.

Unfähig, meine Verzweiflung noch länger zu unterdrücken, springe ich zum Fenster hinüber und schlage mit der Faust gegen das Glas.

»Das ist nicht fair!«, schreie ich die draußen stehende Gestalt des Pestdoktors an.

Mein Wutausbruch schreckt Anna auf, sodass sie vor Angst zurückspringt. Und Evelyn, die meine Wut mit Panik verwechselt, kommt mit erhobenem Gewehr auf mich zu.

Die Verzweiflung hat ihre Krallen tief in meine Seele geschlagen.

Ich habe dem Pestdoktor gesagt, dass ich Anna nicht im Stich lassen würde, dass ich einen Weg finden würde, wie ich nach Blackheath zurückkehren kann, falls man mich freilässt, aber ich kann unmöglich noch einen einzigen weiteren Tag an diesem Ort verbringen. Ich kann mich nicht noch einmal abschlachten lassen. Ich kann nicht noch einmal Felicity dabei zusehen, wie sie sich selbst tötet, kann nicht noch einmal von Daniel Coleridge verraten werden. Ich kann unmöglich auch nur eine einzige Sekunde dieses Tages noch einmal durchleben, und ein Teil von mir – ein sehr viel größerer Teil, als ich das jemals für möglich gehalten hätte – würde sich am liebsten auf Evelyn stürzen und auf diesem Wege alles hinter sich bringen, ganz gleich, was danach mit meiner Freundin geschieht.

Ich bin so blind vor Kummer, dass ich nicht bemerke, wie Anna zu mir hinüberkommt. Sie ignoriert Evelyn einfach, die sie beobachtet wie eine Eule eine tanzende Maus, nimmt meine Hände in die ihren, stellt sich auf Zehenspitzen und küsst mich auf die Wange.

»Wage es nur ja nicht, meinetwegen wieder hierher zurückzukommen«, sagt sie und presst ihre Stirn gegen meine.

Dann dreht sie sich blitzschnell auf dem Absatz herum und macht einen Satz auf Evelyn zu, in einer einzigen fließenden Bewegung.

Der Schuss ist ohrenbetäubend, und für ein paar Sekunden existiert nichts als sein verklingendes Echo. Ich schreie auf und stürze zu Anna hinüber, im gleichen Moment, in dem das Gewehr mit einem lauten Scheppern zu Boden fällt und oberhalb von Evelyns Hüfte Blut durch ihre Bluse sickert.

Ihr Mund öffnet und schließt sich, und sie fällt auf die Knie, mit einem stummen Flehen in den hohlen Augen.

Felicity Maddox steht im Türrahmen wie ein zum Leben erwachter Albtraum. Sie trägt immer noch ihr blaues Ballkleid, das jetzt tropfnass und voller Schlamm ist, und an ihren bleichen Wangen, die sie sich bei ihrem hastigen Lauf durch den Wald vollkommen zerkratzt hat, rinnt die Schminke herab. Ihr Lippenstift ist verschmiert, ihre Haare sind vollkommen zerzaust, aber sie hält den schwarzen Revolver mit ruhiger Hand.

Sie wirft uns einen raschen Blick zu, aber ich bezweifle, dass sie uns tatsächlich wahrnimmt. Die Wut hat sie halb wahnsinnig gemacht. Sie zielt mit dem Revolver auf Evelyns Bauch und drückt ab. Der Schuss ist so laut, dass ich mir die Ohren zuhalten muss. Blut spritzt auf die Tapete. Doch Felicity ist noch immer nicht zufrieden. Sie schießt erneut, und Evelyn bricht zusammen.

Felicity geht zu ihr hinüber und feuert die letzte Kugel auf Evelyns leblosen Körper ab.

60.

Anna hat ihr Gesicht gegen meine Brust gepresst, doch ich kann den Blick nicht von Felicity losreißen. Ich weiß nicht, ob das, was hier passiert ist, Gerechtigkeit war oder nicht – aber wie dem auch immer sei, ich bin unendlich dankbar. Annas Opfer hätte mich befreit, aber die damit verbundene Schuld hätte mich niemals losgelassen.

Ihr Tod hätte mich zu einem Fremden meiner selbst gemacht.

Felicity hat mich gerettet.

Es sind keine Patronen mehr in ihrem Revolver, aber sie betätigt dennoch immer wieder den Abzug und begräbt Evelyn unter einem Trommelfeuer aus hohlen Klicklauten. Ich glaube, sie würde ewig so weitermachen, doch im nächsten Moment tritt der Pestdoktor herein, nimmt ihr sanft die Waffe aus der Hand, und als sei ein Bann gebrochen, klärt sich ihr Blick auf und es kommt wieder Leben in ihre Glieder. Sie sieht todmüde aus, vollkommen erschöpft und leer, als hätte sie sich so viel abverlangt, dass es jeden klaren Gedanken in ihrem Kopf ausgelöscht hat.

Nach einem letzten, ausgiebigen Blick auf Evelyns Leichnam nickt sie dem Pestdoktor zu, drängt sich an ihm vorbei und verlässt den Raum. Sie nimmt nicht einmal eine Laterne mit, die ihr den Weg gewiesen hätte. Eine Sekunde später öffnet sich der Vordereingang, und die Luft wird von dem Geräusch des herabprasselnden Regens erfüllt.

Ich lasse Anna los, sinke auf den Teppich und vergrabe den Kopf in den Händen.

»Sie haben Felicity gesagt, dass wir hier sind, nicht wahr?«, frage ich durch meine Finger hindurch.

Es klingt wie ein Vorwurf, obwohl ich doch genau weiß, dass ich eigentlich meine Dankbarkeit zum Ausdruck bringen wollte. Doch nach allem, was geschehen ist, lassen sich diese beiden Gefühle vielleicht nicht mehr voneinander trennen.

»Ich habe sie vor die Wahl gestellt«, sagt er, während er sich niederkniet, um Evelyns offenstehende Augen zu schließen. »Ihre Wesensart hat dann für den Rest gesorgt, so wie sie das auch bei Ihnen getan hat.«

Bei diesen Worten schaut er Anna an, doch sein Blick gleitet schon bald wieder von ihr ab, schweift über die blutbespritzten Wände und kehrt dann zu dem Leichnam zurück, der zu seinen Füßen liegt. Ich frage mich flüchtig, ob er wohl sein eigenes Werk bewundert – die, wenn auch indirekte, Zerstörung eines menschlichen Wesens.

»Seit wann wussten Sie, wer die echte Evelyn war?«, fragt Anna, die den Pestdoktor von oben bis unten betrachtet wie ein staunendes Kind.

»Seit genau dem Augenblick, an dem auch Sie es wussten«, antwortet er. »Ich bin wie gewünscht zum See gekommen und habe ihre Entlarvung mit eigenen Augen mitangesehen. Als offenbar wurde, wo sie mit Ihnen hingehen würde, bin ich nach Blackheath zurückgekehrt und habe diese Information der Schauspielerin überbracht.«

»Aber warum haben Sie uns geholfen?«, fragt Anna.

»Gerechtigkeit«, antwortet er schlicht. Die Schnabelmaske dreht sich in ihre Richtung. »Evelyn hatte es verdient zu sterben, und Felicity hatte es verdient, sie zu töten. Sie beide haben bewiesen, dass Sie es verdient haben, frei zu sein, und ich konnte nicht zulassen, dass Sie noch an der letzten Hürde scheitern.«

»Ist es jetzt zu Ende? Haben wir es tatsächlich geschafft?«, frage ich. Meine Stimme zittert.

»Fast«, sagt er. »Anna muss mir jedoch noch ganz offiziell die Frage beantworten, wer Evelyn Hardcastle getötet hat.«

»Und was ist mit Aiden?«, fragt sie und legt mir eine Hand auf die Schulter. »Er hat Michael beschuldigt.«

»Mr. Bishop hat die Morde von Michael, Peter und Helena Hardcastle gelöst, sowie den versuchten Mord an Felicity Maddox – ein Verbrechen, das so geschickt verborgen war, dass es selbst mir und meinen Vorgesetzten vollkommen unbekannt war«, sagt der Pest-doktor. »Ich kann ihm weder einen Vorwurf daraus machen, dass er Fragen beantwortet hat, die zu stellen wir niemals auf die Idee gekom-men wären, noch werde ich einen Mann bestrafen, der alles riskiert hat, um das Leben einer anderen Person zu retten. Seine Antwort ist nach wie vor gültig. Jetzt benötige ich die Ihre. Wer hat Evelyn Hard-castle getötet, Anna?«

»Sie haben noch nichts über Aidens andere Wirte gesagt«, beharrt sie. »Werden Sie auch die anderen gehen lassen? Manche von ihnen haben überlebt. Wenn wir uns jetzt aufmachen, können wir wahr-scheinlich immer noch den Butler retten. Und was ist mit dem armen Sebastian Bell? Er ist erst heute früh aufgewacht. Was wird er tun, wenn ich nicht da bin, um ihm zu helfen?«

»Aiden *ist* der Sebastian Bell, der heute früh aufgewacht ist«, ent-gegnet der Pestdoktor sanft. »All diese Wirte waren nie etwas anderes als eine optische Täuschung, Anna. Nichts als Schatten an der Wand. Doch Sie können jetzt zusammen mit der Flamme fortgehen, die diese Schatten geworfen hat. Und sobald die Flamme fort ist, sind auch die Schatten verschwunden.«

Sie blinzelt ihn an.

»Vertrauen Sie mir, Anna«, sagt er. »Sagen Sie mir, wer Evelyn Hard-castle getötet hat, und alle werden befreit sein. Auf die ein oder andere Weise.«

»Aiden?«

Sie sieht mich unsicher an und wartet auf meine Zustimmung. Ich kann nur nicken. Eine ganze Flut von Gefühlen steigt in mir hoch und wartet darauf, endlich hervorbrechen zu können.

»Felicity Maddox«, verkündet sie.

»Ihr seid frei«, sagt er und steht auf. »Blackheath wird keinen von euch mehr festhalten.«

Meine Schultern beben. Ich bin außerstande, noch länger an mich zu halten, und fange erbärmlich zu schluchzen an. Acht Tage des Elends und der Angst strömen aus mir wie Gift. Anna umarmt mich,

aber ich kann nicht aufhören. Ich bin am Ende meiner Nerven angelangt, bin erleichtert und erschöpft und voller Angst, dass wir betro-
gen werden könnten.

Schließlich war alles andere auf Blackheath eine Lüge – warum
nicht auch dies?

Ich starre Evelyns Leichnam an und sehe vor meinem inneren Auge,
wie sich Michael im Sonnenzimmer qualvoll windet, sehe Stanwins
verblüfften Gesichtsausdruck, als Daniel ihn im Wald erschießt, sehe
Peter und Helena, Jonathan und Millicent, Dance, Davies, Rashton.
Den Lakaien und Coleridge. Die Toten haben sich aufgetürmt.

Wie kann man einem solchen Ort jemals entkommen?

Indem man einen Namen sagt ...

»Anna«, murmele ich.

»Ich bin hier«, sagt sie und klammert sich leidenschaftlich an mir
fest. »Wir gehen heim, Aiden. Du hast es geschafft. Du hast dein Versprechen gehalten.«

Sie sieht mich an, ohne einen Hauch von Zweifel in ihren Augen.
Sie lächelt freudestrahlend. Ein Tag und ein Leben. Ich dachte, das
würde nicht ausreichen, um aus diesem Ort zu entkommen, aber vielleicht ist das ja der *einzige* Weg, auf dem man diesem Ort entfliehen
kann.

Während sie mich weiterhin fest umarmt hält, schaut sie zu dem
Pestdoktor hoch.

»Was passiert als Nächstes?«, fragt sie. »Ich kann mich noch immer
an nichts von dem erinnern, was vor dem heutigen Morgen passiert
ist.«

»Das werden Sie«, sagt der Pestdoktor. »Sie haben Ihre Strafe ver-
büßt, deshalb werden Ihnen auch all Ihre Besitztümer wiedergegeben,
einschließlich Ihrer Erinnerungen. Falls Sie dies wollen. Die meisten
entscheiden sich dafür, ihre Erinnerungen hinter sich zu lassen und
so weiterzuleben, wie sie gerade sind. Es lohnt sich vielleicht, darüber
nachzudenken.«

Anna versucht, das Gesagte zu verarbeiten, und in diesem Moment wird mir klar, dass sie immer noch nicht weiß, wer sie ist oder was sie getan hat. Das wird eine sehr schwierige Unterhaltung werden, aber dafür habe ich im Moment nicht die Kraft. Ich muss Blackheath erst hinter mir lassen, es vergraben, tief unten in der Dunkelheit, wo meine Albträume zuhause sind. Dennoch werde ich mich wohl eine sehr lange Zeit nicht von diesem Ort befreien können. Und wenn ich Anna ein ähnliches Leid ersparen kann, und sei es auch nur für kurze Zeit, dann werde ich das tun.

»Sie sollten jetzt gehen«, sagt der Pestdoktor. »Ich glaube, Sie haben schon lange genug hier verweilt.«

»Bist du so weit?«, fragt Anna.

»Das bin ich«, antworte ich und lasse mir von ihr auf die Füße helfen.

»Danke für alles«, sagt sie zu dem Pestdoktor und macht noch einen Knicks, bevor sie das Haus verlässt.

Er schaut zu, wie sie fortgeht, und reicht mir dann Evelyns Laterne.

»Man wird nach ihr suchen, Aiden«, flüstert er. »Trauen Sie niemandem. Und lassen Sie keine Erinnerungen an Ihr vormaliges Leben zu, Sie beide nicht. Bestenfalls werden diese Erinnerungen Sie lähmen, und schlimmstenfalls ...« Er lässt den Satz unvollendet in der Luft hängen. »Sobald Sie frei sind, müssen Sie losrennen und nie wieder damit aufhören. Das ist Ihre einzige Chance.«

»Und was wird mit Ihnen geschehen?«, frage ich. »Ich bezweifle, dass Ihre Vorgesetzten besonders glücklich sein werden, wenn sie herausfinden, was Sie getan haben.«

»Oh, sie werden fuchsteufelswild sein«, sagt er fröhlich. »Aber heute fühlt sich wie ein guter Tag an, und es ist schon sehr lange her, dass Blackheath einen solchen Tag erlebt hat. Ich glaube, ich werde das einfach für eine kleine Weile genießen und mir erst morgen Gedanken darüber machen, was mich das kosten wird. Das Leben wird seinen Preis schon bald genug einfordern – das tut es immer.«

Er hält mir seine Hand hin. »Viel Glück, Aiden.«

»Ihnen auch«, sage ich und schüttele ihm die Hand. Dann trete ich in den Sturm hinaus.

Anna wartet auf der Straße. Ihr Blick ist unverwandt auf Blackheath gerichtet. Sie sieht so jung aus, so unbeschwert, aber es ist eine Maske. Unter diesem Gesicht dort verbirgt sich noch ein zweites – das Gesicht einer Frau, die den Hass der halben Welt auf sich gezogen hat. Und ich habe geholfen, sie zu befreien. Zweifel flackern in mir auf. Aber ganz gleich, was sie getan hat, ganz gleich, was dort draußen auf uns wartet, wir werden es gemeinsam bewältigen. Das Hier und Jetzt, das ist alles, was für mich zählt.

»Wo sollen wir hingehen?«, fragt Anna, während ich den warmen Lichtschein der Laterne über den dunklen Wald schweifen lasse.

»Ich habe keine Ahnung«, antworte ich. »Aber ich glaube, es spielt keine Rolle.«

Sie nimmt meine Hand und drückt sie sanft.

»Dann lass uns einfach losgehen und schauen, wo uns das hinführt.«

Und das tun wir dann auch. Wir setzen einen Fuß vor den anderen und schreiten so in die Dunkelheit hinaus, nur von einem winzigen Licht geleitet, das uns den Weg weist.

Ich versuche, mir vorzustellen, was dort draußen auf mich wartet.

Die Familie, die ich im Stich gelassen habe? Enkel, die man mit Geschichten darüber großzog, was ich getan habe? Oder nur ein weiterer Wald, ein weiteres Haus, das unter der Last seiner Geheimnisse versinkt? Ich hoffe nicht. Ich hoffe, meine Welt ist eine ganz andere. Etwas Unbekanntes, Unergründliches, etwas, das ich mir innerhalb der begrenzten Reichweite von Golds Gedanken nicht einmal vorstellen kann. Denn schließlich ist es nicht nur Blackheath, aus dem ich jetzt entfliehe. Ich entkomme ebenso auch ihnen, den anderen: Bell und dem Butler, Davies, Ravencourt, Dance und Derby. Rashton und Gold. Blackheath war ein Gefängnis, aber sie waren die Fesseln.

Und der Schlüssel.

Ich verdanke jedem Einzelnen von ihnen meine Freiheit.

Und was ist mit Aiden Bishop? Was schulde ich ihm? Dem Mann, der mich in diese Falle geführt hat, damit er Annabelle Caulker quälen konnte? Ich werde ihm seine Erinnerungen nicht zurückgeben, dessen bin ich mir ganz sicher. Morgen werde ich sein Gesicht im Spiegel sehen und es irgendwie schaffen müssen, es zu meinem eigenen zu machen. Und um das zu tun, muss ich ganz von vorn anfangen – frei von der Vergangenheit, frei von ihm und den Fehlern, die er gemacht hat.

Frei von seiner Stimme.

»Danke«, sage ich leise und spüre, wie er mich endlich loslässt und davontreibt.

Es kommt mir wie ein Traum vor, wie etwas, das ich niemals zu hoffen gewagt hatte. Morgen wird es keinen Lakaien mehr geben, den es zu bekämpfen gilt. Keine Evelyn Hardcastle, die ich retten, keinen Daniel Coleridge, den ich überlisten muss. Keine tickende Uhr, die über einem Haus hängt, dessen Geheimnisse wie bei einem mechanischen Geduldsspiel ineinander verschachtelt sind. Statt mit dem Unmöglichen werde ich mich nur mit dem Gewöhnlichen, Normalen befassen müssen. Ich werde den Luxus genießen, zwei Tage hintereinander im selben Bett aufzuwachen oder das nächstgelegene Dorf erreichen zu können, wenn ich dies möchte. Den Luxus des Sonnenscheins. Den Luxus der Aufrichtigkeit. Den Luxus, mein Leben zu leben, ohne dass am Ende des Tages ein Mord auf mich wartet.

Ich kann aus dem morgigen Tag machen, was auch immer ich will. Und das bedeutet, dass ich mich – zum ersten Mal seit Jahrzehnten – darauf freuen kann. Statt etwas zu sein, vor dem ich Angst haben muss, kann er zu einem Versprechen werden, das ich mir selbst gebe. Zu einer Chance, mutiger oder gütiger zu werden und das, was schlecht war, wiedergutzumachen. Ein besserer Mensch zu sein, als ich das heute bin.

Nach dem heutigen Tag ist jeder Tag ein Geschenk.

Ich muss nur immer weitergehen, bis ich ankomme.

DANKSAGUNG

Dieses Buch würde es ohne meinen Agenten Harry Illingworth nicht geben. Er wusste, was aus der Geschichte werden könnte, noch bevor ich es tat, und hat mir geholfen, sie auszugraben. Sie sind Gold wert, Illington.

Ebenso möchte ich meiner Lektorin Alison Hennessey – auch bekannt als die »Queen of Ravens« oder die bezaubernde Absatzmörderin – für ihre Weisheit und den Einsatz ihres Wort-Skalpells danken. Ich habe eine Geschichte geschrieben, und Alison hat ein Buch daraus gemacht.

Auch Grace Menary-Winefield, meiner US-amerikanischen Lektorin, bin ich zu großem Dank verpflichtet, denn sie hat Fragen gestellt, die mir selbst nie in den Sinn gekommen waren, und mir dabei geholfen, noch tiefer in die Welt einzutauchen, die ich geschaffen hatte.

Und wo ich schon einmal dabei bin, muss ich auch unbedingt den Rest des Teams bei Raven Books und Sourcebooks nennen, die mich mit ihrem Talent, ihrem Enthusiasmus und ihrem unglaublich freundlichen Umgang ganz verlegen gemacht haben. Dabei möchte ich besonders Marigold Atkey hervorheben, die so klug, geduldig und gut gelaunt mit meiner Panik und meinen Textänderungen, die auch noch in allerletzter Minute kamen, umgegangen ist. Zweifellos hat sie irgendjemand irgendwo schreien hören, aber dieser jemand bin nicht ich gewesen. Und dafür bin ich ihr äußerst dankbar.

Eine besondere Erwähnung gilt auch meinen allerersten Lesern David Byon, Tim Danton und Nicole Kobie, die diese Geschichte in ihrer »David-Lynch«-Phase gelesen haben und mich freundlicherweise darauf hinwiesen, dass das Einstreuen von Indizien, die Anwendung von Grammatik und gelegentliche Erinnerungen an Handlungselemente keine Zeichen von schriftstellerischer Schwäche sein müssen.

Und zu guter Letzt möchte ich meiner Frau Maresa danken. Wenn man etwas wirklich Dämliches tun will (wie zum Beispiel drei Jahre damit zu verbringen, einen Roman zu schreiben, in dem in der Zeit gereist, von einem Körper zum nächsten gehüpft und ausgiebig gemordet wird), braucht man unbedingt seine allerbeste Freundin an seiner Seite, und zwar bis zum bitteren Ende. Das war sie und ist sie. Ohne sie hätte ich es nicht geschafft.